教育部人文社会科学重点研究基地
黑龙江大学俄罗斯语言文学与文化研究中心　学术丛书
黑龙江大学国际文化教育学院

俄罗斯文学之存在主义传统

Existentialist Tradition in Russian Literature

戴卓萌　郝斌　刘锟○著

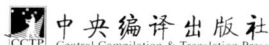

中央编译出版社

国家社科基金后期资助项目
出版说明

后期资助项目是国家社科基金设立的一类重要项目，旨在鼓励广大社科研究者潜心治学，支持基础研究多出优秀成果。它是经过严格评审，从接近完成的科研成果中遴选立项的。为扩大后期资助项目的影响，更好地推动学术发展，促进成果转化，全国哲学社会科学规划办公室按照"统一设计、统一标识、统一版式、形成系列"的总体要求，组织出版国家社科基金后期资助项目成果。

全国哲学社会科学规划办公室

有深度的开采　有力度的挑战

——写在《俄罗斯文学之存在主义传统》付梓之前

俄罗斯文学的存在主义传统——这是一个颇具挑战性的课题。

对于一般的俄罗斯文学爱好者来说，这显然是一种莫大的挑战：因为俄罗斯文学一向是以其丰厚的、多形态的现实主义——18世纪的启蒙现实主义，19世纪的批判现实主义，20世纪的社会主义现实主义，总之，不外乎现实主义——传统而名世。

对于以研读俄罗斯文学为职业的专业研究者的阅读体验，这也是一种不小的挑战：俄罗斯文学中有些作品确乎带有存在主义的色彩，譬如，《地下室手记》；譬如，《伊万·伊里奇之死》；譬如，《斩首的邀请》。俄罗斯文学史上有些作家的创作中确乎具有存在主义的因素，譬如，陀思妥耶夫斯基；譬如，索洛古勃；譬如，纳博科夫。通常在俄罗斯文学批评与文学研究的话语体系里，存在主义毕竟只是一种"色彩"或一些"因素"。

关键在于"传统"二字。传统可是有分量的：传统自有历史，传统还有变异。

俄罗斯文学也有存在主义传统吗？如果有，这一传统的奠基者、建构者、承继者是谁？这一传统的覆盖面有多大？这一传统是经由哪些人之手而得以发扬光大、更新拓展的呢？作为一种传统的俄罗斯存在主义文学，相对于别的国度的存在主义文学——譬如为更多的读者所熟悉的、由典型的存在主义作家萨特与加缪所建构的法国存在主义文学——它又有什么样的相通之处与不同个性呢？我有幸作为《俄罗斯文学之存在主义传统》书稿最早的读者，怀着这份好奇，带着这些追问，在本书三位作者的导引下，我进行了一次俄罗斯的存在主义文学之旅。

开卷有益。《俄罗斯文学之存在主义传统》以其对《地下室手记》

问世以来至 20 世纪 50 年代这一百多年的俄罗斯文学史的深度开采，以其对具有"存在主义文学意识"的陀思妥耶夫斯基、列夫·托尔斯泰、安德列耶夫、别雷、索洛古勃、勃留索夫、阿赫玛托娃、茨维塔耶娃、蒲宁、纳博科夫、加兹达诺夫、什梅廖夫、格·伊万诺夫这 13 位名作家之大量精彩的小说、诗歌文本的思想主题、人物命运、形象内涵、情境构成、情节意蕴、细节语义的精细解读，穿越很大的时空，论据充分地重构出俄罗斯文学的存在主义传统；并以一般读者不太熟悉的格·伊万诺夫、索洛古勃的存在主义同已经为我们比较熟悉的萨特、加缪的存在主义之具体比较，来展现俄罗斯存在主义文学的艺术个性，论证俄罗斯文学的存在主义传统的历史合法性，论述存在主义文学的多形态性，佐证存在主义思想的全人类性。

现在看来，本书作者已经十分出色地完成了这一相当艰巨的任务：从存在主义视角出发，对俄罗斯文学进行全方位的扫描和审视；为俄罗斯文学中的存在主义传统的全面解读和整体研究提供一个阶段性的平台和可诉诸的依据。

俄罗斯文学确乎也有其存在主义传统。这是对原本就丰富多彩的俄罗斯文学的深度开采。俄罗斯文学这颗枝繁叶茂的大树上不仅仅只有现实主义的丰硕果实。本书对俄罗斯文学的存在主义传统的梳理与重构，无疑会丰富我们对俄罗斯文学景观的认知；同时，也无疑会丰富我们对世界"存在主义文学"形态多样性的认知：世界存在主义文学的玫瑰园里，不仅仅只有法国存在主义文学一枝独秀，犹如当年我们确证了象征主义文学远非只是法国的专利。本书作者对俄罗斯存在主义文学的深度开采，令我十分欣慰：20 世纪 80 年代，我曾经投入"俄罗斯象征主义文学"的开采。作为职业的俄罗斯文学研读者，我们的使命就是要潜心于俄罗斯文学的深度开采，就是要致力于引领更多的俄罗斯文学爱好者深入神秘而诱人的白桦林，去采集这个遥远的北方国度文学百花园里的异果奇珍。

但凡是深度开采，自然需要开采者具备独到的眼光，独特的视界。

本书作者是何以完成对俄罗斯的存在主义文学之深度开采的呢？"存在主义"自有多种意涵，有作为一种文学思潮的存在主义，也有作为一种哲学意识的存在主义。就"存在主义意识"而言，既有哲学中的存在主义意识，也有文学中的存在主义意识。本书作者们的入思路径则是

"存在主义的文学意识"。作者们敏锐地看出,"文学意识"是一个可以综合所有文化领域并全面反映时代特征和人的世界观的范畴。借助于"文学意识"这一路径,本书作者们得以顺利进入俄罗斯文学中的存在主义传统这一很长时期处于若明若暗的状态其实蕴藏深厚的矿脉。

关键正是"存在主义的文学意识"。"存在主义的文学意识"这根红线贯穿于作者们对俄罗斯文学的存在主义传统的重构。作者们用"存在主义文学意识这一兼容了哲学和文艺思潮类型的概念"来诠释俄罗斯文学进程,达到了预期的目标。

基于"存在主义的文学意识",本书清晰地梳理出俄罗斯文学的存在主义传统的奠基者:19世纪的陀思妥耶夫斯基与托尔斯泰的"存在主义文学创作经验"建构了俄罗斯文学的存在主义传统。陀思妥耶夫斯基是存在主义文学的鼻祖,《地下室手记》是存在主义文学的开篇之作;几乎所有陀思妥耶夫斯基的小说都渗透着关于存在的悬而未决的问题,这些问题可以称之为存在主义问题。列夫·托尔斯泰的《伊万·伊里奇之死》中所展示的存在主义情境,在后来整整一个世纪中无时无刻不在困扰着人类。托尔斯泰已经预感到两次世界大战以来盛极一时的欧洲存在主义思想的萌动。托尔斯泰晚期作品中体现的存在主义哲学思想,反映了作家对人类幸福、痛苦、理性、爱情、生与死、灵魂与肉体等问题的思索,对俄罗斯文学乃至欧洲存在主义传统的形成都具有重要的意义。陀思妥耶夫斯基与托尔斯泰以其存在主义文学经验,对世界存在主义文学的形成起到了拓荒者的作用。

基于"存在主义的文学意识"在19世纪末20世纪初的俄罗斯的普遍高涨,本书作者将其文本分析的重点投入到俄罗斯文学的"白银时代",尤其投入到俄罗斯象征主义文学的探索上,令人信服地阐明了"用存在主义理念观照和诠释人与世界的本质,成为这一流派创作的典型特征"。

基于"存在主义的文学意识",本书作者准确地看出,上个世纪最初20年里,俄罗斯文学中的存在主义关于人和世界的新观念的轮廓初显,最终在安德列耶夫、别雷、索洛古勃的文学创作与美学思想中得以定型。

基于"存在主义的文学意识",本书作者精辟地写道:

"绝望而厌世"、"其文神秘幽深，自成一家"的安德列耶夫的创作体现了对俄罗斯和欧洲存在主义意识来说一种独特的类型模式——心理存在主义。

别雷以特有的方式确立了存在主义意识，通过对人这个小宇宙和大宇宙关系的研究揭示了本体论的人，从而在关于人向存在主义的突破方面为后人提供了宝贵的经验。

索洛古勃则为存在主义作家们从死亡中领会生存，从畏惧中领会自由，摆脱沉沦和被异化的境遇，从而揭示人的真正的存在，以恢复受社会和外部世界制约的人的个性的自由开启了先河。

在索洛古勃的艺术世界中，作为被造物，人同上帝相连。但作为生物，人又远离上帝，并且作为被造物，人有自我确证的权利。这样，人的生存犹如"魔鬼的秋千"，在存在与非存在之间荡来荡去。

索洛古勃把人生存的世界描述为一个"颠倒"的世界。在这个世界中，精神的因素服从于物质的因素，由此人物产生孤独和忧郁的心绪，产生被抛弃感，进而渴望获得内在的统一。在索洛古勃的小说中，受苦受难的灵魂的孤寂来自于世界的非存在，在那里物质的东西泯灭了一切有生命的因素，人不善于也无法对抗这个世界。因此，通往自由的唯一出路就在于消灭深渊，确立对立于魔鬼因素的"自我"和个性的意志，进而获得存在主义的生存意义。

茨维塔耶娃的作品以生命和死亡、自由与孤独、爱情和艺术、时代和祖国等为题材，被后人誉为不朽的、纪念碑式的诗篇。她的诗歌中的孤独情绪并非体现在社会、伦理的层面上，而是体现在存在主义的层面上：孤独根植于人的天性之中，它所反映的不仅仅是个性与社会的矛盾，还包括人的存在主义意识的显现。孤独同时也是个体进行深刻反思、自我意识觉醒并确定个人价值的必要条件。

在西欧以萨特、加缪为代表的存在主义作家经典作品诞生之前，存在主义意识已在俄国侨民作家和诗人们的创作中鲜明地体现出来。

俄罗斯文学中的存在主义意识在弗拉基米尔·弗拉基米罗维奇·纳博科夫的创作中达到顶峰。他因此成为俄罗斯存在主义文学中最深刻、细腻和最有才华的作家之一。

梦幻与现实、上帝与魔鬼、现实与记忆、生存与死亡、生活与游戏、"我"与"我的影子"、光明与黑暗、真理与谎言、俄罗斯与非俄罗斯,这些相互对立的因素交织在一起并不断相互作用,进而构成了作家的两重世界。世界的实质就隐藏在游戏之中,与主人公共同处在两重世界的界限之上。

人的存在需要自我审视及通过他人的目光来认识自我这样一个过程。每一个人都是这个现实的造物,是由镜子反射出来的映像。纳博科夫的存在主义情境综合了各种精巧的设计,借此为读者打开了观察世界的不同视角。同时又佐以轻松的笔调、精湛的构思、非阴暗的存在主义和色彩斑斓的形而上的论述,建构出别具一格的存在主义情境。从形式和语调上看,它是游戏人生的。但从直面自我的人的存在和心灵深层的挖掘角度,它又是超存在主义的。特殊的情境决定了纳博科夫存在主义意识的独特性,纳博科夫的两重世界则在启迪读者理解现实生活。作家将世界一分为二,进而使我们感受其完整的奇妙!

索洛古勃把周围所发生的一切形容为一层"坚固的霜",一种转瞬即逝、虚假空无的存在。

索洛古勃的神话与加缪的神话在此遥相呼应:生活中的一切都是命中注定的,犹如西叙福斯劳作。加缪试图通过西叙福斯神话建立起某种思想与价值体系,其结果是他像西叙福斯一样每一次把思想的巨石推往山顶,石头注定都要滚落下来,于是一切又从头开始。不仅如此,滚动的石头还裹挟着致命的危险。每一次石头滚落,都可能会碾压到推石头者本人。西叙福斯神话表明:从今以后,主宰人的将不再是神的意志和旨意,而是无所不在、无所不灭的多舛之宿命。在它的面前,人类的生活将失去一切价值,变成荒唐的西叙福斯劳作。

在索洛古勃和加缪的笔下,这一形象的比喻折射成全人类游戏人生的基本法则:人已经无法支配自己的生活与命运;人只是某种无形力量股掌之间的一只玩偶。加缪否定有作为某种统一因素、最高第一原则的神的存在,而索洛古勃则直接把上帝同最初就敌对于人类天性的魔鬼视为同一。

索洛古勃同萨特、加缪等存在主义作家在创作中将世界、上帝和人的相互关系的问题置于存在主义的框架中进行思考,在人的内心世界和唯一的"本我"中寻找着存在的根源。基于这一根源之上的富有创造力的个体与普遍的荒诞、绝望形成了强烈的对比。

本书对陀思妥耶夫斯基、安德列耶夫、别雷、索洛古勃、茨维塔耶娃、纳博科夫这几位作家文本中的"存在主义文学意识"的精细解读，尤其到位。

也许是由于我多年前也曾浸润于这几位俄罗斯作家与诗人的文本世界，本书相关篇章的论述文字令我感到十分亲切。这些精致而犀利的解读，又一次将我带入这些作家与诗人精彩纷呈而令人扼腕的艺术世界，使我得以重温这些作家和诗人对世界与人的根本问题、对人的命运与人的使命、对存在的困境之执著的拷问、之凝重的思考、之深刻的探究。本书对蒲宁的杰作《幽暗的林间小径》之存在主义情境的描写、存在主义思绪的抒写、存在主义理念的表达，有精准而深切的把握，令人产生共鸣。

本书作者以"存在主义的文学意识"来统领全书，确有纲举目张之效。

继续以"存在主义的文学意识"为纲来深度开采俄罗斯文学，我们会看到，俄罗斯文学之存在主义一脉似乎还有一些有待继续开采的空间。本书所构建的俄罗斯文学之存在主义之链，似乎还可向前追溯与向后延展。

譬如，在陀思妥耶夫斯基写出《地下室手记》之前，莱蒙托夫的《当代英雄》（1838～1940）是不是已然显露出"存在主义的文学意识"，毕巧林——那个"冷冰冰地观察着的头脑，悲戚戚地感受着的心灵"，那个高扬个性的自主自决，崇尚意志的绝对权力的"当代英雄"，作为一个已然拥有高度自觉的自我意识的现代个性，一个已然冷静地怀疑与分析并求索着的现代个性——有关人与人的命运、有关他自己的使命的一些思索，是不是已然体现出"存在主义的文学意识"？

譬如，在蒲宁的《幽暗的林间小径》面世之后，当代俄罗斯文学，甚至是苏联解体之后新俄罗斯的"后现实主义文学"是不是也有一些蕴含着"存在主义文学意识"的作家作品？在《地下人，或当代英雄》（1998）中，弗拉基米尔·马卡宁刻画出当代"地下人"。这种"地下人"是城市底层的代表，是当今俄罗斯新资本原始积累时代的乞丐。这种"地下人"有许多缺点和劣迹。他不接受过去的制度，但也与苏联解体后的新秩序格格不入。这种"地下人"不被社会承认，不受社会保护，以边缘性为自我选择的一种生存状态，不随波逐流，不趋炎附势，不见风使舵，不投机钻营，而是"坚定地知道自己的力量，像以前一样坚持自己，坚持自己的观点"的"当代英雄"。通过对这样的人物命运的描写，作品既对苏维埃时代人的命运加以反思，也对当代俄罗斯社会加以批判，同时更体现出作者对当代人的"自我"、对存在、对命运进行深入探索的旨趣。

当代俄罗斯"后现实主义"文学中的一个诗学类型，就是"存在主义的现实主义"。在这里，"后现实主义"作家们致力于寻找混沌乱象自我调节的奥秘，在本体论的混沌乱象内部来构建人的宇宙。在这里，"后现实主义"作品中的主人公深刻体验着"对意义的渴望"，从自身汲取意义，从个人对于自己在这个世界上的使命的认识之中来汲取意义。这样的主人公深刻体验到对世界秩序的个人责任感，坚韧不拔地从事着"西叙福斯式的"劳作，以知其不可为而为之的那种精神不懈进取，在已然落到他的命运上的那一小块天地里耕耘不辍，自强不息。

俄罗斯"后现实主义"文学在其人生观与"意义观"上最为突出的一个特征，就是对于"自由"、对于"意义"有新的体认。"自由"一向作为最高的精神价值而被推崇。"后现代主义"文学把文本的建构过程变成不屈从于任何东西之"自由意识"的成型过程。可是，在"后现实主义"中，绝对的自由已然受到质疑。被推向首位的乃是新的"意义观"——探索作为自由之不可或缺的条件，没有这一条件，自由就会蜕变为小摆设，蜕变为虚空之物，蜕变为那种"无法承受的存在之轻"。

在"后现实主义"者这里，人对整个存在的体认要以不自由为前提，甚至要以寻求某种依存性为前提。在他们的作品中，自由与意义这一问题获得悖论式的处理：只有充分而深刻地体验那种已然获得存在主义式考量的不自由，人才能在这充满灾变的、相对化的、混沌乱象的世界上挺得住。可见，直面现实，植根于现实，在"不自由的现实"之中超越现实而建构"有意义的现实"——这就是"后现实主义"者那种积极发挥正能量的处世态度。

就现实与人的关系而言，"后现实主义"的特征是：第一，它从不怀疑现实世界作为客观的实在，作为多种多样的情境之集合，在真实地存在着。拥有不同秩序而以这样或那样的方式在影响着人的命运的那些情境集合而成的现实世界，在真实地存在着。第二，它从不扯断同人的个性在具体维度上的关联。"后现实主义"恰恰是"经由人且也正是为了人"而试图去体认混沌，在其深层寻找支点：这是人可以以其为支撑的那种支点，这是可以成为人的唯一命运——总是在混沌的情境中沉浮起落的命运——的证明和意义之所在的那种支点。

以马卡宁的创作为代表的当今俄罗斯文学中"存在主义的现实主义"，或许也是"俄罗斯文学的存在主义"之链上的一环。当代俄罗斯"后现实主义文学"的创作探索也在证明，俄罗斯文学的存在主义传统在延续，在拓展。

这些想法，或许可以作为对本书所构建的"俄罗斯文学之存在主义传统"的一点佐证，也是在本书所标举的以"存在主义的文学意识"来梳理俄罗斯文学这一视界的启发之下生发的一点观感。

《俄罗斯文学之存在主义传统》这部深思熟虑精心打磨的著作，已经给我们提供了新知——从新的视界来勘探来开采我们自以为熟悉的俄罗斯文学，开采出俄罗斯文学的存在主义传统并对这一传统加以重构，而且还会启发我们思考——继续勘探继续开采俄罗斯文学的存在主义的矿床蕴藏。一部著作提供新知又启迪心智，这已证明它具备成功地完成其基本的使命的思想能量。在俄罗斯文学研读上有深度地开采而提供新知，有力度地挑战而启迪心智，正是本书基本的学术价值之所在，正是本书值得阅读的核心理据之所依。

这是一次有深度的开采。

这是一次有力度的挑战。

期待这样有深度的开采在当代中国的俄罗斯文学研究界不时出现。

期盼这样有力度的挑战在当代中国的俄罗斯文学研究界不断涌现。

周启超
甲午年五一劳动节·京郊一得居

前 言

　　进入 20 世纪的俄罗斯文学，一路逶迤而来，时而步履凝重，踌躇不前，时而欢声笑语，一路高歌。它经历了象征主义、阿克梅主义、未来主义、先锋主义、社会主义现实主义乃至后现代主义等文艺思潮，忠实地折射出俄罗斯各发展阶段彼此相异的时代特征。其中，一个贯穿于各个时期的基本特征——"苦难的俄罗斯"主题在所有文学流派的作家和诗人的艺术世界里均获得不同程度的体现。因此，对于 20 世纪的俄罗斯文学来说，重要的不仅有跨越几十年的社会主义现实主义，而且还包括前一个世纪相交之际的各种现代主义流派的创作、多年来被封杀的侨民文学、苏联时期暗流涌动的"抽屉文学"以及发轫于六七十年代而至 80 年代末渐成主流的后现代主义文学。

　　前一个世纪之交成为俄罗斯社会意识的转折点。当时，展现在俄罗斯社会面前的是一个满目疮痍、惨绝人寰的荒诞世界。面对绝望无助的孤独，以往的宗教已不能继续给人以宁静和慰藉。于是，人们陷入信仰危机，开始否定原有的信仰，怀疑上帝的存在，乃至发出"上帝已死"的呐喊。时代的怀疑精神导致艺术、哲学、文学彼此接近和相互渗透，而最终的哲学复兴则带来前所未有的对存在的悲剧性的感受。

　　在俄罗斯社会中，对世界悲剧性的感受既源自于叔本华哲学的悲剧情怀，又更多的来自于俄罗斯贵族社会理想的崩溃。叔本华对世界的否定态度和消极悲观的倾向以及这些思想在其他人那里演绎成的种种存在主义观点，在当时的俄罗斯社会环境中获得巨大的反响。在这些哲学理念的作用下，俄罗斯文学中出现具有诸如颓废派和象征主义特征的存在主义文学思维。叔本华的思想在俄罗斯象征主义理论家明斯基、梅列什科夫斯基的早期著作和索洛维约夫、别尔嘉耶夫、舍斯托夫的哲学体系中均有所反映。与此同时，尼采的超人哲学对俄罗斯作家和诗人也产生相当大的影响。尼采的富有创造性因素的权力意志不仅使人和世界的相互联系变得可能,而且为其实现新的统一提供了理论依据。在叔本华和尼采哲学的影响下,俄罗斯文化实现了从悲观主义到肯定生活、从否定神的认知到万物一统思想的过渡。在万物一统思维的基础上,俄罗斯的象征主义文学思潮得以最终形成。

20世纪初,在分崩离析的俄罗斯社会及文化意识中,一切关于信仰的定义,无论是来自上帝的还是为种种伦理道德所规定的,均遭到人们的摒弃。这一时期的俄罗斯处在一个全球化的存在主义反思中,伴随这一思考的是对存在和灵魂的形而上的探究。一切价值观都被置于哲学和文学的重新评估之下。在这个特定的历史时期,哲学认知的基本焦点转向对人的问题的关注,对人的生存之目的及其使命等范畴的诠释。具有浓郁哲学色彩的存在主义文学由此应运而生,成为人解救自身存在的一叶舟楫。

存在主义的基本理念之一就是每一个存在的个体均是一个以自我为中心的不可复制的特定主体,表现为一个绝对的"我"。存在主义告诫世人,上帝死后,再没有谁可以拯救人类。人在这个世界上必须直面存在、孤独、自我以及外部苦难的世界,面对充满非确定性因素和事件的生活。同时,存在主义也传达着另一种思想,即人生而自由,人即自由,每个人都构成一个完整、封闭和独立的小宇宙。人理应反抗、超越荒诞的外部世界,在荒诞的境遇中保持人的尊严与本质,进而用自由与创造的精神去获得对自身价值的肯定。

俄罗斯文学中的存在主义意识契合了俄罗斯文化的全球化焦虑和忧患意识。基于个人的价值高于一切的核心理念,存在主义对个体在异化存在状态中的心理感受和情绪体验尤为刻骨铭心。存在主义文学作品中所揭示的孤独、异己、恐惧、绝望或百无聊赖等情绪体现了现代人的精神危机。人为存在主义思想所困扰,一方面感觉对一切均无能为力,另一方面又希冀自己无所不能。正是在这样一种矛盾心理的作用下,诸多俄罗斯作家和诗人完成了其作品中理想主人公的去神化和神祇的人性化。

诚然,失去上帝的世界注定是一个无法形成完美人性的世界。这是一个具有几千年传统的旧的人性被摧毁、新的人性尚未形成的世界。20世纪初的俄罗斯,几乎人人都醉心于这种人类的自我毁灭。俄罗斯及欧洲哲学、文学和艺术中的存在主义和先锋主义的产生为我们提供了这方面最有力的佐证。俄罗斯作家（安德列耶夫、索洛古勃、纳博科夫、格·伊万诺夫等）和欧洲作家（卡夫卡、加缪、萨特等）的创作遥相呼应，昭示了存在主义思想的全人类性。一方面是卡夫卡在《地洞》、《审判》、《城堡》等创作中预言异化了的人类自甘堕落、自相毁灭的灾难，另一方面是俄罗斯作家普拉东诺夫在其作品《岩浆海》（1931年）中复现卡夫卡通过想象描绘出的荒诞。二者的不同仅在于，在普拉东诺夫的笔下，荒诞被描述成业已发生的事件。

对于前一个世纪之交，列夫·托尔斯泰无疑是一位描写无界限、混沌状态的先行者。伟大的作家面对人类生存和意识的悲剧曾一度感到茫然不知所措。晚期的托尔斯泰在以其特有敏锐的目光重新审视同时代人及其意识世界之后，作家的部分小说中开始从存在主义的角度对即将来临的新世纪进行思考。托尔斯泰的小说《伊万·伊里奇之死》中所展示的存在主义情境在后来整整一个世纪中无时无刻不在困扰着人类。可以说，托尔斯泰已经预感到两次世界大战以来盛极一时的欧洲存在主义思想的萌动与人类思维未来探索的发展趋向。《伊万·伊里奇之死》与陀思妥耶夫斯基的《地下室手记》、《卡拉马佐夫兄弟》等名著相互辉映，成为存在主义文学的先驱之作，对世界存在主义文学运动的形成与发展起到拓荒之作用。众所周知，诸如"孤独个体"、"存在"、"本真存在"、"非本真存在"、"此在的存在"、"客观存在"、"自我存在"、"自在存在"、"对他存在"、"极端境遇"、"自由选择"等存在主义哲学的基本概念以及"焦虑"、"孤独"、"疏离"、"恐惧"、"荒诞"或"畏"、"烦"等存在主义的心理体验，是经由克尔凯郭尔、海德格尔、雅斯贝尔斯、萨特、蒂利希等思想家们的不断探索逐渐演变而成的。这些当代人耳熟能详的词语的产生与一百多年前托尔斯泰对新世纪的存在主义文学思潮的时代预感密不可分。托尔斯泰诉诸小说体裁，将人置于死亡这一极端情境之下，附之以细腻的心理描写和犀利的存在主义分析。哲学名著《存在与时间》的作者海德格尔在书中论述生与死及人的存在问题时，提到《伊万·伊里奇之死》的重要性。显然，托尔斯泰对海德格尔的死亡观的影响是毋庸置疑的。

20世纪初的俄罗斯作家和诗人们已经开始意识到世界和人类精神的毁灭。当时的俄罗斯有识之士正在酝酿一场史无前例的变革。他们视尼采为楷模，义无反顾地去效仿这位哲学大师。反映到存在主义作品中，则表现为主人公均具有相同的思想根源和精神支柱——尼采哲学。对于20世纪俄罗斯文学意识的形成，尼采作为最大的反叛者和独特个性之代表，具有划时代的意义。自这位大师宣布上帝已死之后，无论是欧洲还是俄罗斯的文化界都已经不能继续按从前的定式去思维、感受生活，世界也因此发生脱胎换骨的改变。俄罗斯作家和诗人从存在主义的角度出发，开始注重存在与生存的问题。人的存在的非真实性、世界的荒谬性、恐惧、孤独和被抛弃的感觉使得部分俄罗斯作家和诗人与西欧存在主义作家的创作具有了相同的内涵。这一共性来自于艺术家们殊途同归的对生存的认识和对所处社会世界范围内灾难性、生活悲剧性的相同感受。众所周知，存在主义创作通常是出现在意识体系濒于崩溃的边缘。宗教伦理观的改变和生活理念的缺失导致人内心的冲突，冲突又进一步引发关于人与世界真正存在的问题。

需要指出的是，如果仅仅从阴暗的角度、从毁灭性的传统出发去描写20世纪俄罗斯精神生活及文化意识，将是有失公允的。20世纪在一切遭到破坏、毁灭的同时实现了世纪之初存在主义文学所预言的一切特征。与此同时，文学又在竭力促使世界和自我免遭毁灭。这两个既相互排斥又相互依存的因素构成20世纪俄罗斯文学意识的主要内容。一方面是世界和精神的解体，另一方面是对人性的渴望。否则，我们将很难想象诸如艾托玛托夫的《白轮船》（1970年）、阿斯塔菲耶夫的《鱼王》（1976年）这样一些优秀作品的诞生。

20世纪初，对文艺诸现象进行综合思考的结果导致一种崭新的哲学思潮的出现。这一哲学成为20世纪文学意识的基本内容，其一分为二的性质同时决定了尼采、卡夫卡、别雷、安德列耶夫等人的创作中哲学与美学因素的统一，也决定了俄罗斯未来主义意识中绘画和文学以及象征主义创作中哲学、音乐和诗歌等各要素的统一。

文学意识是唯一一个可以综合所有文化领域并全面反映时代特征和人的世界观之范畴。借助于文学意识，我们得以揭示20世纪集中体现时代精神的俄罗斯文学中最本质的方方面面。毫无疑问，20世纪俄罗斯文学的进程展现给我们的是一个独特的精神现象。前一个世纪之交，世界发生了翻天覆地的变化。上帝被否定之后，人被置于无序的存在和混沌的心灵之中心，从而赋予20世纪作为一个文学时代所具有的完全不同的性质。这就要求用一种新的方法对20世纪俄罗斯文学进程进行解构和诠释，以便使这一进程尽可能地接近客观现实并被再现出来。以往的方法论及有关风格、题材等概念的术语用于解释内涵丰富的 20 世纪俄罗斯文学显然是力不从心的。我们认为，用存在主义这一兼容了哲学和文艺思潮类型的概念来诠释 20 世纪上半叶俄罗斯文学进程将不失为一种行之有效的方法。

关于白银时代至 20 世纪上半叶俄罗斯文学中的存在主义传统研究，最初散见于舍斯托夫、克尔德什、阿达莫维奇、叶罗费耶夫等文学理论家的零星评论中。舍斯托夫在《索洛古勃的诗歌与小说》一书中指出索洛古勃同克尔凯郭尔和陀思妥耶夫斯基存在主义哲学的内在联系。近年来，俄国学者开始关注俄罗斯文学中的存在主义思想研究。《在生命的顶峰》一书中，作者马尔多夫论及托尔斯泰创作中的存在主义思想。阿维林等在《纳博科夫 PRO ET CONTRA》一书中对纳博科夫的创作进行了详尽的研究。作者认为在纳博科夫的小说中明显有卡夫卡、普鲁斯特影响的痕迹。如在小说《斩首的邀请》中，纳博科夫描绘出一个被现实世界千奇百怪的幻象包围的小人物梦魇般的存在。在《1920～1930 年代俄罗斯诗歌和小说》一书中，作者谢苗诺娃对蒲宁、加兹达诺夫等作家创作中的存在主义意识进行探究。扎曼斯卡娅在《20 世纪俄罗斯文学中的存在主义传统》一书中亦指出，相关年代部分作家围绕着自由与异化、自由与孤独、自由与心灵空虚等方面提出的存在主义问题吸引了广大读者。凯尔巴斯·乔治的《尼采在俄罗斯的反响》、加夫丽科娃的《别雷和索洛古勃短篇小说中的世界》等均构成这方面研究的力著。

近几年中国杂志也陆续刊发从存在主义的视角介绍俄罗斯著名作家和诗人的论文。如汪剑钊的《超前的俄罗斯存在主义诗人——格·伊万诺夫简述》、李志强的《面对现世的无奈 无法进攻的防守——"卢仁的防守"的存在主义因素浅析》、王丽欣的《存在主义意识："克里姆·萨姆金的一生"的重评》、曾思艺的《在荒诞的生存中创造神话——试论索洛古勃的诗歌主题》等。国内的研究者们同样指出上述作家作品中所蕴涵的存在主义意识，视其为作者人文思想的组成部分，是西欧存在主义与俄罗斯哲学相融合的产物。

应该指出，目前有关这方面的研究，无论是在国内还是在国外均尚处于探讨阶段。综观国内外研究，研究者们普遍认为这一时期的相关作家创作的主要价值在于他们对世界非凡的洞察力。作家们在创作中描绘出现代社会中人与人关系的异化，探讨诸如存在与非存在、死亡与永生、善与恶、自由与孤独等存在主义问题，对现代社会的荒诞生存进行深刻的透视与剖析，表现出强烈的宿命论和虚无感。然而，学者们研究的焦点多为就事论事地集中在部分作家创作中的存在主义因素方面，没有涉及并探寻19世纪俄罗斯文学泰斗陀思妥耶夫斯基、托尔斯泰等创作中的存在主义经验对后人的影响，以及相关作家在相似的世界文化语境之下其创作中的存在主义特征的异同及其在承继、影响方面的联系。

笔者认为，在俄罗斯文学的长河中，最能体现存在主义思想的当属俄罗斯白银时代的象征派作家和诗人。用存在主义理念观照和诠释人与世界的本质成为这一流派创作的典型特征。象征派的美学思想主要是关于世界和人的理念。象征主义作家和诗人所要反映的不是现实的客观世界，而是个人主观的内心世界。他们认为，现实是黑暗无常和虚幻的，彼岸世界才是真、善、美。只有冲破黑暗的现实，才能抵达光明的彼岸。人生是荒谬、痛苦的，但人可以进行自由选择。象征主义和存在主义作家及诗人们的宗旨都是要干预人生、介入社会生活，运用创造的精神抵达理想的彼岸世界。在对真正、永恒生活的求索中，象征派不断深化对存在的认识。因此，对这一过程的探究将构成对象征主义作品理解的关键。缺乏这一方面的研究，将难以诠释白银时代至20世纪末众多俄罗斯作家和诗人创作的内在相似性，进而无法阐释20世纪俄罗斯文学中独特的人类文化观。

对俄罗斯古典文学传统来说，生命、自由与个体创造的意义、个人生活与民族历史进程的关系等问题历来占有极为重要的位置。存在主义的反思是人意识到自己存在于世界并开始思考自身存在内涵的必然结果。明确提出生存与死亡的关系问题，是当代存在主义哲学和文学用于揭示人之存在本质的最基本的方法。俄罗斯作家和诗人毕其一生所进行的关于人生真谛的精神探寻，关于生与死的问题、人生使命的哲学思考以及对生活意义和死亡本质的拷问，对普遍的爱、善和非暴力的真正宗教的追求，构成了人类精神世界发展进程中一幅幅绚丽悲壮的图景。从存在主义视角出发，对这一图景进行全方位的扫描和审视将开启对俄罗斯文学中关于生与死等问题重新认识的大门，同时提供一把有助于深刻领会俄罗斯当代文学和揭示俄国当代社会文化发展变数的钥匙，并为俄罗斯文学中的存在主义传统的全面解读和整体研究提供一个阶段性的平台和可诉诸的依据。

　　本专著为国家社科基金后期资助项目（"20 世纪上半叶俄罗斯文学中的存在主义传统研究"）的成果。课题主持人为戴卓萌。课题组成员郝斌撰写有"俄罗斯象征主义中的世界与人"的部分章节，刘锟撰写有第二章第一节中的"陀思妥耶夫斯基对俄国象征主义小说的影响"、第三章第一节中的"瓦西里·费维斯基的悲剧"。

　　本书的问世得益于课题主持人学习和工作过的上海外国语大学、北京外国语大学、黑龙江大学各位师长尤其是黄成来教授、金亚娜教授的多年教诲。付梓之际，感谢全国哲学社会科学规划办和黑龙江大学各级领导的鼎力支持。中国社会科学院外国文学研究所俄罗斯文学与文论研究著名学者周启超先生百忙之中拨冗对书稿提出宝贵意见，笔者特表示衷心的感谢。中央编译出版社李小燕编辑为本书的出版做了大量的工作，在此一并表示诚挚的谢意。

　　由于作者才疏学浅，书中问题在所难免，敬请专家和学者批评指正。

郝斌
2014 年 3 月

目 录

第一章 白银时代关于世界和人的宗教哲学观 …………… 001
  一、众说纷纭的人性之回归 …………………………………… 001
  二、万物一统的理念 …………………………………………… 015
  三、俄罗斯象征主义中的世界与人 …………………………… 021

第二章 19世纪俄罗斯经典作家的存在主义创作经验 …… 049
  一、上帝死后无所不可的陀思妥耶夫斯基 …………………… 050
  二、在死亡中明悟永生的托尔斯泰 …………………………… 073

第三章 荒诞世界中人的异化 …………………………………… 093
  一、挣扎于高墙和深渊间的安德列耶夫 ……………………… 093
  二、在有限中希冀无限的别雷 ………………………………… 106

第四章 索洛古勃诗学中的存在主义主题 …………………… 118
  一、生与死的游戏 ……………………………………………… 118
  二、孤独与为自由的徒然抗争 ………………………………… 171
  三、创造的意志与向永恒的回归 ……………………………… 197

第五章 浮游人生的孤独主题 …………………………………… 220
  一、踽踽独行的诗人——勃留索夫 …………………………… 221
  二、孤寂皎洁的月轮——阿赫玛托娃 ………………………… 225
  三、离群索居的天鹅——茨维塔耶娃 ………………………… 229

第六章 俄侨作家创作中的存在主义世界 ……………… 239
　一、游弋于瞬间和永恒间的蒲宁 ……………………… 240
　二、两个世界中的纳博科夫 …………………………… 258
　三、俄罗斯的加缪——加兹达诺夫 …………………… 270
　四、踏上天国之路的什梅廖夫 ………………………… 278

第七章 俄罗斯作家与西方存在主义作家之异同 ……… 310
　一、格·伊万诺夫与萨特 ……………………………… 311
　二、索洛古勃与萨特、加缪 …………………………… 321

参考文献 ………………………………………………… 336

第一章　白银时代关于世界和人的宗教哲学观

俄国文学史上的"白银时代"这一术语最初是由俄罗斯文艺理论家、文学批评家、社会学家兼作家 P. B. 伊万诺夫-拉祖姆尼克（1878~1946）于 20 世纪 20 年代中期提出的①，但全面进入文学研究仅仅是在 20 世纪 60 年代。白银时代首先使人联想起的是那个时代的诗歌创作，后者在诉诸宗教神秘性的同时也反映出相应时代的信仰空虚和伦理道德的危机。这些作品表现了心灵苦闷的沉寂、精神世界的失调、内心情感的混乱和要求得到解脱的宗教神秘倾向的升华。

有一种观点认为，白银时代所表现的是一种西方文化现象。的确，白银时代的精神中不无康德的唯心主义先验论哲学、威尼的个人心灵学、叔本华的悲观主义、柏格森的直觉主义和尼采的超人哲学等因素。在欧洲各民族几百年的漫长历史发展进程中，也确实有过众多与白银时代具有类似创作手法的文学家，如雨果、拜伦、雪莱、华兹华斯、歌德、王尔德、戈蒂耶、波德莱尔、爱伦·坡、兰波、魏尔伦、马拉美等。但是在 19 世纪末 20 世纪初的俄罗斯，白银时代所代表的是一种俄罗斯式的对原欧洲价值的重新定位。在一个新的时代背景下，这一定位一反它所取代的原有的价值定位，以一种更为鲜明的俄罗斯民族的文学方式表现出来。这是一个群星璀璨、硕果累累的创作时空，它因众多杰出的参与者而显示出勃勃生机，成为俄罗斯文化发展史上熠熠生辉的篇章。

一、众说纷纭的人性之回归

所谓白银时代文学，原本是指俄国现代主义诗歌的创作。严格地说，

---

① http://dic.academic.ru/dic.nsf/enc_literature/5383/%D0%A1%D0%B5%D1%80%D0%B5%D0%B1%D1%80%D1%8F%D0%BD%D1%8B%D0%B9。

现代主义文学并不是一种文学类型,也不是一种统一的文学流派。它所代表的是西方文学在经历了古典主义、浪漫主义、现实主义、自然主义等阶段后从近代向现代文学转轨与发展过程中产生的诸多文学流派及其各种观点综合而成的一个庞大的世界性文艺思潮,它包括象征主义文学、未来主义文学、意识流文学、意象主义文学、超现实主义文学、达达主义文学、表现主义文学、抽象主义文学、存在主义文学等等。

(一) 白银时代的社会背景

现代主义文学思潮的出现有其深刻的社会历史原因。自文艺复兴以来理性取代信仰的倾向逐渐成为西方文化发展的主轴,之后又由于对理性的崇拜渐趋极端而转为对理性的否定。许多西方哲学家和思想家对近代哲学中理性万能主义提出了公开的挑战。作为传统信仰象征的上帝被尼采宣布"已死",人们关注的重点由传统的理性世界转向了非理性的精神活动,转向了个人情感和意志的世界。上一个世纪之交前后自然科学重大发现层出不穷。无线电的发明,X光的发现,电子质的确定,量子理论、狭义相对论和广义相对论的确立等极大地动摇了人们原有的对世界结构的认识。世界可知论的观念开始遭到质疑。这一时期,种种哲学思潮、美学思想交替更迭。如果说在此之前,关于人和世界的问题是通过哲学中的理性、宗教中的上帝折射出来的,人和世界是处于截然分明的分离状态,各有其不同的使命和归宿,那么从这一时候起,人和世界均失去了各自原有的界限,获得了某种不定的状态。人的问题开始成为被关注的中心。正如犹太宗教哲学家马丁·布伯所指出的:"在整整一百年的过程中,人在危机的泥潭中越陷越深。人类精神的历史告诉我们,人变得越来越孤独,即感觉到自己单独直面令人不安的陌生世界。"①"人从来没有像现在这样成为有疑问的;他不再知道他是什么,并知道自己不知道。由于不能确定自己的道路,由于自己有疑问,因此,他以无比的忧虑研究他自己的意义和实在,研究自己来自何方、走向何方。"②人们发现,人在世界中地位的稳定性原来是不真实的,整个生存充满了矛盾,原先无法逾越的作为信条的道德价值远不具备绝对的可靠性。人的传统的价值观和理性被无情地摧毁,人变得孤独、迷茫、绝望以及悲

---

① Бубер М., 1993: *Я и ты*, М., Высшая школа, с. 303.
② 〔德〕兰德曼:《哲学人类学》,张乐天译,上海,上海译文出版社,1988年,第1版,第47页。

观厌世,丧失了昔日的自信和恬静,重新为生活价值等问题所困扰,并试图在新的文化背景下找到"人是什么"的答案。"人渴望知道,他是谁,从哪里来,到哪里去。"① 诸如此类的问题不仅构成当时哲学思考的中心,同时也成为整个文化发展的原动力。正是在这种背景下,产生了各种重主观、重非理性的社会思潮和哲学思潮,如叔本华的唯意志论及生存空虚说、克尔凯郭尔和雅斯贝尔斯的生存哲学、尼采的超人哲学和权力意志学说、柏格森的直觉主义。在俄罗斯同样出现了与之相关的宗教哲学思想的繁荣。宗教哲学的核心,"说到底是关于人的问题"。② 作为"上帝已死"的回声,人开始直面自我的存在与个人心灵的混沌。在一个新的历史氛围中,文学家、艺术家和哲学家们开始重新思考个人的使命、关于个性的新的自我表现方式。这一时期的俄罗斯文学发展进程中,充满了各种独特的现象。对以往价值的重新定位,要求作家用与现实相适应的新创作手法进行文学创作。描述和揭露在危机四伏的现代社会中人的个性的丧失、人的自由之被剥夺、人之受制于物和一切异己力量促成了文学中存在主义思想的出现。叔本华悲观哲学和尼采提出的"上帝已死"和"一切价值重估"的号召、对权力意志和超人社会的呼唤,反映出人们对世界统一秩序的信仰危机并影响了当时俄罗斯哲学、文化和社会生活的各个方面。19世纪末俄罗斯发生的经济危机和20世纪初的第一次世界大战使俄罗斯濒临灭顶之灾。动荡的社会、人与世界的分离以及由此所产生的失落感促使俄罗斯哲学家和作家们直视关于存在、生命的意义、死亡、永生等问题,关注道德选择、善与恶的问题,重新审视世界,重新思考自己在这一世界中的位置,重新评价人的价值。"俄罗斯人总是有对另一种生活、另一个世界的渴望,总是有对现存的东西的不满情绪。末日论的明确目的是塑造俄罗斯人的灵魂。朝圣是一种很特殊的俄罗斯现象,其程度是西方没见过的。……朝圣者寻找真理,追求天国,向着远方。……就其精神实质而言,俄罗斯文化最有创造性的代表者都是朝圣者,果戈理、陀思妥耶夫斯基、托尔斯泰、索洛维约夫和一切革命知识分子都是朝圣者。不仅有肉体的朝圣,而且还有精神的朝圣。朝圣不可能在任何有限的东西上静止,它追求的是无限。而这

---

① 〔俄〕别尔嘉耶夫:《论人的奴役与自由》,张百春译,北京,中国城市出版社,2002年,第1版,第18页。

② 金亚娜:《俄国文化论集》,哈尔滨,黑龙江教育出版社,1994年,第1版,第39页。

就是末日论的目的,是一种期望,即一切有限的东西都面临着终点,终极的真理被揭示出来了,未来将出现某种特殊的事物。"① В. 索洛维约夫、Л. 舍斯托夫、Н. 别尔嘉耶夫、С. 布尔加科夫、В. 罗扎诺夫等哲学家"把目光聚焦在个性的精神世界上,并用一些与文学颇为接近的范畴来诠释生活,如人生与命运、良心与关爱、顿悟与困惑。他们共同努力,把人从无所不包的宿命论的假象中解救出来,帮助他去理解实践经验与精神经验的多样性。"②

(二) 俄国知识分子对时代的悲剧性感受

前一个世纪之交是俄罗斯文化、哲学思想、社会意识和社会生活的转捩点。П. 弗洛连斯基是这样描写当时的社会状况的:"我们正经历着前所未有的骤变和意识的危机,在我们的视线面前出乎意料地敞开了黑暗的深渊。悬而未决的问题重新折磨着俄罗斯人的灵魂。"③ 关于危机的主题在当时屡见于《新路》、《生活问题》、《东正教之友》、《心理学问题》、《天平》、《北方时报》、《阿波罗》等颇有影响的刊物中。这些刊物异口同声地探讨着世纪末的危机,讲述着与以往纯理性的乐观主义相关的理念的破灭。

正如别尔嘉耶夫所指出的:"俄罗斯出现了启示的情绪。这些情绪与临近世界末日的感觉和反基督者的感觉结合在一起,也就是具有悲观主义色彩。人们期待的主要不是新基督的时代和天国的降临,而是反基督者的王国。这是对历史的道路极度失望,也是对目前还存在的历史任务丧失信心。这是俄罗斯思想的断层。"④ 根据别尔嘉耶夫的观点,19 世纪末至 20 世纪初对人类来说是一个灾难性的时代。人类在历史的阴霾之际开始总结他们所走过的路程,重新思考自己的历史使命。哲学家兼神秘主义者罗扎诺夫认为,上一代人的不足在于人、人的外部世界和道德的定向参照仅仅被置于社会的层面上,透过社会关系的三棱镜来研究,而作为理念的范畴或精神的世界常常被置于次要的位置或者干脆视而不见。

---

① 〔俄〕别尔嘉耶夫:《俄罗斯思想》,雷永生等译,北京,三联书店,1995 年,第 1 版,第 194 页。
② 〔俄〕阿格诺索夫:《20 世纪俄罗斯文学》,凌建候等译,北京,中国人民大学出版社,2001 年,第 1 版,第 7 页。
③ Флоренский П. А., 1990: Пути русского богословия, т. 1, Вильнюс, с. 452.
④ 〔俄〕别尔嘉耶夫:《俄罗斯思想》,雷永生等译,北京,三联书店,1995 年,第 1 版,第 201 页。

未来的哲学将建立在关于内在的、理性的自我意识基础之上,从平面观察转为立体审视。① 平面方向研究的是人与社会、国家、文化等关系,立体方向则研究人同存在的包罗万象的关系。索洛维约夫在《西方哲学的危机》一书中,对实证主义和纯理性主义作出了否定的评价。他认为实证主义和纯理性主义是一种纯抽象的、有局限性的认识。而认识应该是一种由内在向外在的活动,它不仅能使人综观到人之外的生活,而且还能洞察到人内在世界的精神实质。② 继索洛维约夫之后,别尔嘉耶夫同样认为,以往对人的研究是在社会的层面中进行的,忽视了人在世界中的崇高使命。他认为,要证明世界和人的价值,实现其独一无二的完整的存在,首先应证明个性的超验性及其在世界上应承担的独特使命。③ 持同样观点的还有弗洛连斯基,他强调,回归存在这个形而上的问题应该是那个时代主要的特征:"在那些年代里,许多人突然顿悟出,人是形而上的生物。人在自己身上意外地发现了意想不到的深层世界,那里常常是被黑暗笼罩的无底深渊。"④ 这个深渊迫使人关注尚未解决的关于存在、人生的意义、死亡、永生等问题,关注道德选择、善与恶的问题。对这些问题的兴趣导致了哲学、宗教、文学、艺术等方面的研究和探索的相互融合与渗透。其结果是:在完整的、能容纳周围世界和宇宙、使上帝和全人类走向统一的有机的世界观中,人重新为自己找到了存在的定义。然而,应该指出,这种融合的前提是关于人、人存在的精神基础的哲学思考所发生的实质性转变。在19~20世纪之交的俄罗斯,这一思考与其说是由哲学家们进行的,毋宁说是由文学作品展开的。"俄罗斯思维类型的独特性在于,它一开始就是建立在直觉基础上的。对它来说,认识中的系统的、概念的成分虽说不是某种次要的东西,却仍然是公式化的、不可与完整的生活真理相提并论的东西。"⑤ 正如我们所看到的,通向这种融合的道路是建立在对以往的道德规范性、合理性和有益性否

---

① Розанов В. В., 1911: *Темный лик*, СПб, с. 99.

② 〔俄〕索洛维约夫:《西方哲学的危机》,李树柏译,杭州,浙江人民出版社,2000年,第1版,第46~50页。

③ Бердяев Н. А., 1994: *Философия творчества, культуры, искусства*, в 2 тт., т.1, М., Искусство, с. 77.

④ Флоренский П. А., 1990: *Пути русского богословия*, т. 1, Вильнюс, с. 452.

⑤ 〔俄〕弗兰克:《俄国知识人与精神偶像》,徐凤林译,北京,学林出版社,1999年,第1版,第3~4页。

定的基础之上的。关于人的使命、如何证明世界的残酷与邪恶、证明宇宙的无意义等问题反映出一种新的哲学倾向，这些问题构成了新的否定性哲学思维的基础。

宗教存在主义的代表舍斯托夫则认为，世界的荒诞在于上帝本身：成为荒诞、失去意义的不只是创世主，还包括其整个创造，由此产生人对上帝疏远的基本倾向。对舍斯托夫来说，地下室人是失去了上帝的人。丧失上帝是一切悲剧的根源，自此人类开始感到绝望和恐惧、孤独和被抛弃的悲哀。舍斯托夫之所以将陀思妥耶夫斯基、尼采、契诃夫、索洛古勃作为自己研究的目标，一个重要的原因就是因为他们的作品集中反映了在充满恶的世界中人类完全的孤独。舍斯托夫写道："有一种悲剧的领域，曾经置身于其中的人开始用另一种方式来思考、感受和企望。对所有人来说珍贵与亲近的东西对他来说成为无用的、陌生的。"舍斯托夫所指的就是荒诞的人，荒诞在这里以受苦受难的灵魂无限绝望的形式表现出来。《罪与罚》中的马尔美拉多夫将此归纳为："人已经无处可去"。地下室人无路可走，因为人同世界的联系已被破坏，在人与周围世界之间耸立着一堵陌生的墙。这样的荒诞我们在安德列耶夫、索洛古勃等作家的作品中随处可见。他们的主人公们注定生存在恶的世界中，无路可走，被封闭在必然性的桎梏中，从而失去自由。恶的意志始终没有停息，恶无处不在，无法逃避。舍斯托夫看到的也正是这样的地狱："在大自然的法则中，在秩序中，在科学、实证主义和理想主义中埋藏着不幸的祸根，在对生活的恐惧中有未来的保证。这就是悲剧哲学的基础。"①

对舍斯托夫来说，必然性或者客体化属残酷的恶。这一观点的形而上的基础是：创世主同时兼有恶的意志，他把世界纳入到善与恶的永恒法则的框架中。舍斯托夫认为，真理远在善与恶的界线之外，确切地说在道德的绝对命令的彼岸。舍斯托夫的真理属非理性范畴，真正的信仰是受难者的信仰，是真理的显现。饱受折磨是地下室人的典型特征，生活的恐惧在这里揭示了一个伟大的秘密，即受苦受难的基督的秘密。正是在基督身上包含了存在主义理念中的真正存在。"存在与上帝是一体的，上帝是一切，一切是上帝。上帝与存在不是两种东西，它们是同一的：存在是上帝的意志、思想和行为；上帝是存在的本质、灵魂和生命。

---

① Шестов Л. И., 1993: "Достоевский и Ницше", *Избранное сочинение*, М. Ренессанс, с. 171.

凡有存在的地方就有上帝驻守，凡上帝驻守的地方就是真正的存在。"①基督是反抗的先知，他起来反对伪善的真理，他站到了虚伪的道德原则的彼岸，于是我们看到了一个蒙受被钉上十字架苦难的基督。十字架的痛苦构成了舍斯托夫悲剧哲学的中枢，人的存在是用痛苦和屈辱来衡量的。伊万诺夫-拉祖姆尼克指出了舍斯托夫哲学的这一特征："舍斯托夫领悟并且接受生活的主观事理……人在这里应该经受住煎熬，应该在痛苦与磨砺的熔炉中变得纯净、受到锤炼，这样的痛苦和磨难总是被证明是正确的，让人们认识到生活的主观意义就在悲剧的意义中。"②痛苦和死亡是自由的先决条件，只有付出疯狂和死亡的代价才能获得生活的意义和价值。舍斯托夫认为，在恐惧的状态下，人得以揭示永恒，其中既不存在过去，也不存在未来。然而，单独面对"自我"，看到非存在的深渊时，人明白的只是此在，正是在这个时刻基督的痛苦对人来说是现实的，人与基督共存，与基督共同历经磨难并最终在基督身上领悟到真理。

在死亡的经验和深渊里，地下室人寻找着生活的源泉。舍斯托夫对此写道："他们试图在从来没有人寻找并被公认为除了永恒的黑暗和混乱没有并且也不可能找到所需要的东西的地方搜寻着……在那里，也许每一个地下室人的意义同整个世界一样，这样，也许悲剧的人们能找到他们曾经寻找的东西……"③ 即受苦受难的基督的真理。这样的真理来自于绝望，但在基督身上真理获得了正面的意义。只有凭借信仰，哪怕有时是残酷和荒诞的信仰，人才能获得自由。舍斯托夫为我们揭示了悲剧的实质。在分析索洛古勃的作品时，他在这位作家的创作中看到的是一个个完全绝望了的地下室人。舍斯托夫由此认为索洛古勃是一位天才，他不得不去做无人敢做、大家都回避的事情。在索洛古勃的身后有一股永恒、神秘的力量——劫难、命运。④索洛古勃的主人公的另类性质来自于对生活的恐惧，后者蕴含在作家的世界观中，这就是地下室人的真理。在舍斯托夫看来，索洛古勃的创作如同陀思妥耶夫斯的创作，揭示

---

① 〔古希腊〕柏拉图：《斐多篇·西方哲学原著选读》（上卷），北京大学哲学系编译，北京，商务印书馆，1981年，第1版，第239页。
② Иванов-Разумник Р. В., 1908: *О смысле жизни*, М., Стасюлевича, с. 191.
③ Шестов Л. И., 1993: "Достоевский и Ницше", *Избранное сочинение*, М. Ренессанс, с. 326.
④ Шестов Л. И., 1911: *Поэзия и проза Ф. Сологуба*, СПб., Шиповник, с. 44.

了悲剧的哲学。应该指出，尽管与舍斯托夫的世界观十分接近，索洛古勃的地下室人所反抗和否定的不只是世界，还有基督。基督对他来说不是神，他所经受的苦难证实了上帝的恶。舍斯托夫在上帝身上最终看到的是善并为善作辩护，在这一点上他同索洛维约夫相接近。而索洛古勃正相反，我们没有看到作家为上帝的善所作的辩护。对索洛古勃来说，上帝依然是"恶的意志"、"恶的存在"：

Упрекай меня в чем хочешь,	我的泪水不会为你而流。
Слез моих Ты не источишь,	随你如何谴责我。
И в последний, грозный час	我会迎面走向你
Я пойду Тебе навстречу	在可怕的最终一刻
И на смертный зов отвечу:	我要对死亡的召唤回答：
"Зло от Бога, не от нас!"	"恶来自上帝，而非我辈之过错！"①

在否认上帝的同时，索洛古勃相应地还否定了作为神人的基督：

Что же, смейся надо мною!	你就尽情地嘲笑我吧！
Я слезы Твоей не стою,	一个脆弱的幻想制造者
Хрупкий делатель мечты.	不值得你怜爱。
Только знаю, Царь Небесный,	我知道，在各各他十字架上
Что голгофской мукой крестной	蒙受苦难的是人，
Человек страдал, не Ты.	而不是你——上天的主宰。

索洛古勃对世界悲剧性的感受代表着当时俄国知识分子阶层的普遍感受，这样一种感受无疑加速了俄罗斯白银时代宗教哲学的复兴。这一复兴尤为明显地反映在俄罗斯存在主义和象征主义文学中。

这里，有必要限定一下"存在主义"一词的时代特征。在人类文化发展史上，存在着两种时代特征不尽相同的存在主义意识：文学中的存在主义意识和哲学中的存在主义意识。文学中的存在主义意识因素早在古希腊荷马、埃斯库罗斯的作品中已初见端倪，后来又为但丁、彼特拉

---

① 本书没有标明译文出处的诗歌均为笔者所译。

克、莎士比亚、普希金、果戈理、托尔斯泰、陀思妥耶夫斯基等人继承和演绎；而哲学上的存在主义意识则是指产生于 20 世纪 20～30 年代、最终形成于 40～50 年代的一个重要的文化思潮，它标志着西方哲学近现代转型的完成。前者具有较后者更为悠久的发展历程，因此具有更为深刻的历史内涵；而后者则以提出问题的尖锐性、论述的辨证性和彻底的批判性更为引人注目。本文所谈到的"存在主义"更多的是用于前一个意义上，但也不排除为了说明问题而不时要借用哲学中"存在主义"的内涵。

人的意识中的存在主义成分是人在世界上个性的自我意识个性中最稳定的因素之一。应该说，这一成分的出现是在人首次意识到自己存在于世界并开始思考自身存在的时刻。生存与死亡的问题和境遇是存在主义文学用于揭示人存在的实质的最基本的方法。

（三）叔本华的悲观主义哲学

俄罗斯社会对世界悲剧性的感受主要源于叔本华和尼采的哲学。两位哲学家在各自的著作中分别探讨了关于生活意义的问题，其哲学涵盖了这样一种二律背反的思想：最终要面临死亡的生活是否有价值？人的苦难是否会因未来天堂的无上幸福得以解脱？陀思妥耶夫斯基认为，上帝从来就是美好的，而世界上所有的恶都来自于人的有罪的意志。与陀思妥耶夫斯不同，叔本华把这些问题的重心从基督教伦理方面转移到了本体论方面，世界的不完善导致他开始怀疑上帝的完美。1818 年，叔本华完成了《作为意志与表象的世界》一书。在书中，他认为自己解开了"世界之谜"。这部不朽之作的基本论点就是世界"仅为主体而存在"，它是纯粹的表象。①

叔本华在《作为意志和表象的世界》一书中将世界确定为"意志世界"，世界由表象和意志两种因素构成。"这世界的一面自始至终是表象，而另一面自始至终是意志。"② 客观事物皆是意志的"客体化"。认识的对象没有任何客观性可言，它是认识者的表象，世界只是因为表象的需要而存在。作为表象，世界就是一种主观对客观的态度。世界是梦，是幻觉，世界上没有真理性和客观的东西，我们永远不能认识表象背后

---

① 〔美〕奥德尔：《叔本华》，王德岩译，北京，中华书局，2003 年，第 1 版，第 44 页。
② 〔德〕叔本华：《作为意志和表象的世界》，石冲白译，北京，商务印书馆，1982 年，第 1 版，第 28 页。

的任何真实的存在，因此我们想了解世界这一愿望是不可能实现的。人被置于存在的恒流中，生存于忙碌、虚幻的世界里，感受到经常出现的愿望。人希望能感觉到某种力量、某种可稳定立于其上的基础。这个愿望对他来说是某种"不可遏制的冲动"，即意志。换言之，意志就是连接主、客观的纽结，它是所有生存的最高、也是最本初的原则。意志显现在大自然每一个盲目行为的力量中，同时也表现在人经过缜密思考的实践中。意志作为自身中的唯一，位于时间和空间形式之外，位于必然性的范畴之外，因此对于其根本无基础可言。我们所有的存在均取决于意志的行为，因为人通过意志与世界发生联系。但是意志不会把人引向光明，而是导致黑暗、凶恶力量的出现。世界之恶源于其所注定的黑暗的、盲目的、消灭一切力量的意志。世界和人所有的存在严格地为这种力量所左右，意志的行为显现在存在的所有层面上，从无机世界到有机自然界均是如此。疯狂，欲拥有消灭一切的权力，这就是意志的基本特征。根据意志的行为，世界上所有的存在均逃脱不了毁灭、死亡和堕落的命运。任何一个个体、所有的生物都力求在世界上证实自己，为此只好消灭其他的生物。只要世界上有意志，就有为了生存的盲目的争斗，就有弱肉强食。这种斗争既发生于自然界，也发生在人类的社会生活中。在"对生活意志"的追求过程中，人不可能获得真正的存在和自由。而意志处于时空之外，自由、无根基的属性也决定它不能给予人类以完整的存在。从这一种观点出发所得出的结论是：人的生存是微不足道的，毫无意义的。从呱呱坠地来到这个世界的那一刻起，人就身不由己地注定要遭受痛苦。人生浸透着不幸，"人生是在痛苦和无聊之间像钟摆一样地来回摆动着。"① 生命从一开始就受制于意志。个体是意志的表象，世界归根结底是"无"。在现实中，人的种种动机的背后都有意志在起作用。"人心灵深处有一种无以餍足的需求和永恒的理想——本着自己的意愿生活。"② 不仅如此，由于意志是虚无的，则人无穷尽的欲望就难以得到满足。人生之所以充满痛苦，主要是由于人类的欲望无穷而造成的。充满欲望的人生犹如一场噩梦，由此产生出种种痛苦和纷扰。因此，"根

---

① 〔德〕叔本华：《作为意志和表象的世界》，石冲白译，北京，商务印书馆，1982年，第1版，第427页。
② 〔俄〕舍斯托夫：《旷野呼告》，方珊等译，北京，华夏出版社，1999年，第1版，第375页。

本的解决方法是禁欲和杜绝一切享乐念头，漠视个体生命的存在"①，对一切持清心寡欲的态度。

叔本华不仅为人的自由作了辩解，而且还确定了自由的理念实质。这种基于否定性世界观之上的观点使人重新思考人在世界上的存在，认识人的内心精神实质，这种处理问题的方式引起了西欧和俄罗斯善于进行哲理性思维的思想家们的关注。叔本华的存在主义观点受到普遍赞同。在采取无为的否定的态度的同时，这位哲学家把艺术和创作的作用提高到神的思维的高度。艺术由此成为理智与精神的范畴，既不同生活的意志相关联，也不同现实的实际相联系。

叔本华关于文化艺术哲学的思想如同他的形而上学和伦理学，在当时俄罗斯社会中获得了巨大的反响。叔本华的思想同样反映到象征主义理论家 H. 明斯基的"非存在论"（меонизм）学说中，同时在 Д. 梅列日科夫斯基的早期著作中也有所体现。叔本华的美学观还决定了索洛维约夫的哲学体系。索洛维约夫本人曾多次指出叔本华的否定性世界观对其否定性伦理美学观的影响。② 叔本华的形而上学和伦理学对俄罗斯象征派和颓废派作家的创作同样产生了很大的影响，尤其在安德列耶夫和索洛古勃早期的作品中，每每可发现叔本华思想对他们的重大影响。叔本华的哲学思想成为推动俄罗斯思想和俄罗斯文化自我意识进一步发展的重要因素。他的美学观为俄罗斯哲学走向宗教神秘主义认知世界的方法、走向实证哲学的象征主义和万物一统（всеединство）提供了理论前提。

（四）尼采的超人哲学

尼采基本上接受了叔本华把意志作为本体的观点，但他不赞同叔本华对生命意志的否定，而是肯定了生命意志的作用。在尼采的哲学中，关于人的问题通过诸如"日神精神"、"酒神精神"、"权力意志"、"真实的自我"、"价值重估"、"上帝已死"、"超人学说"这样一些概念得到进一步的阐释。尼采认为，当生命的要求得不到满足时，面对痛苦无须悲观，英雄人物、伟大人物、具有坚强意志的人就是在没有希望中去对抗不可避免的痛苦之命运。尼采在《权力意志》一书中写道："个人是一种全新的东西，创新的东西，绝对的东西，一切行为都完全是他自

---

① 〔德〕海德格尔：《尼采十讲》，苏隆编译，北京，中国言实出版社，2004 年，第 1 版，第 21 页。

② Соловьев В. С., 1992: *Собрание сочинений и писем*, в 15 тт., т. 2, М., ПАИМС.

己的。"① 权力意志是一种无法遏止的追求权力和占有的欲望，存在于世界万物之中，是世界的本质和存在的基础。任何变化中的事物，无论大小或等级高低，均体现出权力意志的本能倾向，如原子间的碰撞、化学物的分解与化合、动物对食物的获取、人类对财富和权力的企求与占有、人对人的统治和支配等等，无不是权力意志在不同层次、不同形态上的实现。维持生存、追求发展和渴求控制异体是权力意志的两种本质。② 权力意志体现了尼采对生命的态度。尼采认为，人始终具有两种本能冲动。在基本冲动受到抑制后，另一种冲动追求力量的扩展，这就是生命的本质，也是意识的本质，权力意志是一种强化力量的意志。尼采从生命的角度概括提出了狄奥尼索斯精神。这种精神提倡超越个人的局限，立足于宇宙的生命，肯定全部生命过程，包括个人的痛苦与毁灭。人生虽然注定要永远地痛苦，但却是有价值的。在尼采看来，意识到人生的痛苦并不意味着否定人生的意义和生命的存在，而应该肯定生命，享受人生，在痛苦中求欢乐，在死亡中求生存。③ 在对人性的理解方面，尼采提出了"真实的自我"这一概念。他认为人们总是以一个虚伪的我或社会意义上的"超我"生存着，所以必须找回迷失的真实的自我。当"自我"实现真实价值以后，个体便会上升成为"超人"。通过对道德价值的基础、标准及目标的重新设定，尼采赋予生命以新的意义，生命的价值更加凸显出来。在"上帝已死"、价值世界出现了一片真空之后，尼采在《查拉图斯特拉如是说》一书中构建了一个理想化的人格形象、"尘世的精英"——"超人"来填补并取代上帝的位置，希望他教给人们生存的意义。"超人说"强调个体生命的自我超越，使自我变得强大，并创造出新的价值，为无意义的生存注入独特的意义。生命本身即是创造之源，因此生命力量的提升也就意味着自我精神境界的超越。生命的本质在于不断地自我超越。④"超人"肯定生命，追求此岸，善于发现世界的潜在意义，在创造行为中赶超在前，不断克服自我，不断完善自己。

---

① 〔德〕尼采：《权力意志》，张念东等译，北京，商务印书馆，1991 年，第 1 版，第 456 页。
② 〔德〕海塞尔：《陀思妥耶夫斯基的上帝》，斯人等译，北京，社会科学文献出版社，1999 年，第 1 版，第 217 页。
③ 〔德〕海德格尔：《尼采十讲》，苏隆编译，北京，中国言实出版社，2004 年，第 1 版，第 111 页。
④ 〔德〕尼采：《查拉图斯特拉如是说》，黄明嘉译，桂林，漓江出版社，2000 年，第 1 版，第 124 页。

这样的人已经不再是叔本华的屈服于命运安排的消极被动的人，而是一个通过个人积极创造而肯定自身生命存在意义的积极主动的人。通过对道德价值的基础、标准及目标的重新设定，尼采建构起一种全新的生命道德学说，其实质是一种非道德意义上的生命意义哲学。这是一种以生命的意义和道德的实质为内容的哲学，它剥离了道德价值对生命价值的遮蔽，生命价值由此获得了澄明。尼采这样一种关于个性创造的超人学说，在白银时代俄国知识分子阶层中得到了极大的反响。

尼采在《查拉图斯特拉如是说》一书中指出，"人之所以伟大，是因为他是一座桥梁，而非目的。人之所以可爱是因为他是一种过渡、一种毁灭。"① 过渡指的是人应该使尘世成为超人的尘世，应该执著地前往"上界"。在尼采那里，生活的意义不在世界之外，而在世界本身，在于作为崇高价值载体的人的自身。由此，存在的开端、世界的统一内涵于生活和世界之中，内涵于具有永恒的价值和意义的"自我"中。人的出路仅在于回归崇高价值和找回已丧失的理念，回归自我与自己创造的世界。因此，创造的因素使人与世界联系起来，并且为新的统一和综合提供了契机。艺术在这里起着主导作用，它渗透到存在的各个领域。对尼采来说，艺术的内容具有通灵论的性质。在艺术的魔法世界中，在把自己同宇宙联系在一起的过程中，在认知和揭示世界深刻意义的过程中，人表现了自己创造的"我"。尼采关于艺术是生活创造的特殊形式的论题潜在地表明，艺术是天才的认识。А.别雷在《作为一种世界观的象征主义》一书中也指出："新的艺术任务不在于形式上的和谐，在于对精神深处的深刻的阐明。"②

尼采的超人学说对现代西方哲学，尤其是存在主义哲学有着极大的启发作用。"海德格尔以生存状态的分析为基础的原始伦理学、萨特对人的生存意义的行动阐释等无不体现出尼采的影响。"③ 在俄罗斯白银时代文化中，超人学说逐渐演绎成为关于神人的学说，Вяч.伊万诺夫的狄奥尼索斯学说、别雷的"人智说"、М.高尔基的"寻神"、"造神"及其他

---

① 〔德〕尼采：《查拉图斯特拉如是说》，黄明嘉译，桂林，漓江出版社，2000年，第1版，第306页。
② Бродский Н. Л., 2001: Литератураный манифест, М., Аграф, с. 72.
③ 〔德〕海德格尔：《尼采十讲》，苏隆编译，北京，中国言实出版社，2004年，第1版，第29页。

作家的种种诗学观均受到了尼采哲学的影响。索洛古勃的唯我主义和自我肯定的思想同样出自尼采的思想。作家在《当今艺术》一文中写道："一个人只有把自己的感觉视为一切认知的唯一的基础时，才能得出以下的结论：唯一可信的存在就是我之存在。所有出现在我面前的东西，对我来说均是我之想象的折射，整个世界对于我如同其他人一样，仅仅是我们的表象。……那么如此绚丽多彩而又与我势同水火的外部世界又是什么？唯我主义者说过：'我之外没有存在，也不可能有存在。任何认知只是向我自身的回归，仅仅是一种手段，只是在重复一个箴言：认识你自己吧！'……当今艺术竭力超越纯艺术的界限，竭力通过创造性的意志努力改造世界。这一艺术中包含着对另一种生活的追求，因此艺术家成为未来的传道士，但是所弘扬的不是教条，而是清晰表达出来的对自我的肯定。自我的肯定标志着个性已开始追求美好的未来。"①

应该指出，尼采在谈到世界的意志即对权力的意志时，指的不是破坏世界的意志，而是富有创造性、能够积极创造世界的意志。由于创造性的意志，世界在其形成过程中呈现出一种不断追求最高级和崇高理念的运动。根据尼采的观点，意志就其内容来说具有通灵的性质，这已经不再是一种盲目地消灭一切的力量，而是一种造神的精神因素。这一因素不仅促成了人和世界的相互联系，而且为它们在新的基础上统一和整合提供了可能性。象征主义在其发展的后期就是以尼采的人类学和美学观为基础。尼采在其哲学中肯定生命意志，用酒神精神来反对叔本华的悲观主义人生观，进而把叔本华的生命意志改造成权力意志。在尼采那里，世界是一个永恒轮回的世界，万物以不断循环往复的生成变化而存在。永恒既在每一个现实的现在的瞬间之后，又在此之前，并因此构成一个循环，这个循环不承认任何游离于现在瞬间之外的永恒"他者"，即永恒轮回是一个现实的和现在的永恒。"永恒轮回观念是我们所能面临的最大挑战，是勇气和生命的最终考验，因为它提出的问题是我们能否肯定生命，肯定我们此时此地的生命。"② 永恒轮回学说旨在说明生命过程的过渡，反对各种目的论观点并赋予生命以存在的意义。可以说，从叔本华到尼采就是一个从否定主义、纯否定、消极无为的思想到肯定性

---

① Сологуб Ф. К., 2002: *Собрание сочинений*, т.6, М., НПК Интелвак, с. 443.
② 〔德〕洛维特、沃格林：《墙上的书写——尼采与基督教》，田立年等译，北京，华夏出版社，2004 年，第 1 版，第 193 页。

统一的过渡。

二、万物一统的理念

在叔本华和尼采关于人和世界的哲学思想影响之下，俄罗斯文化实现了从悲观主义到肯定生活、从否定对神的认知到万物一统的过渡，进而在万物一统的基础上，形成了通灵论艺术和以宗教神秘主义为内涵的象征主义。向万物一统的过渡最终在索洛维约夫那里得以完成。

（一）理性与信仰的统一

万物一统作为俄罗斯宗教哲学中的一个神学思想，吸引了大批俄罗斯宗教哲学家，形成了俄罗斯历史上第一个真正意义上的本土神学学派。万物一统的思想源于古希腊。在俄罗斯，索洛维约夫成为万物一统神学学派的创始人，他第一次把万物一统的思想明确地作为自己宗教哲学体系的核心，赋予这一哲学思维以神学意义。属于这个派别的俄罗斯思想家和作家还有 П. 弗洛连斯基、A. 弗兰克、Л. 卡尔萨文、H. 洛斯基、С. 布尔加科夫等。关于万物一统的概念，我们可以从本体论和认识论两个方面来理解。从本体论角度出发，万物一统的思想意味着世界和上帝是统一的，二者统一于肯定性因素"是"。"'是的状态'是一种纯粹的和先验的概念状态，如巴门尼德的'如若一是'（estin）、柏拉图的'相'或'理念'（idea）、亚里士多德的'是'（on）、斯宾诺莎的'实体'（substance）、康德的'自在之物'（dingansich）、黑格尔的'绝对精神'（absolutergeist）、海德格尔的'在'（sein），这些纯粹概念，在最抽象的意义上是与'神'或'上帝'同一的，'是的状态'作为'是'的纯粹概念化推演过程所指证的乃是上帝的绝对存在状态。"① 在实际生活中，现实世界与上帝则呈分离的状态，这一分离是暂时的，其根源在于人的堕落。世界的使命就是与上帝结合，达到神和人的归一则是人的使命。在认识论上，万物一统强调的是理性与信仰的统一。

（二）索洛维约夫万物归一的哲学体系

索洛维约夫是 19 世纪俄罗斯宗教哲学的集大成者，同时又是俄罗斯宗教哲学和神学的开创者，他结束了俄罗斯哲学体系缺失的时代。索洛维约夫的父亲曾是一名神职人员。在哲学方面，对他影响最大的首先是

---

① 邹诗鹏：《生存论研究》，上海，上海人民出版社，2005 年，第 1 版，第 33 页。

斯宾诺莎，他认为后者是自己"哲学上的初恋"，其次是叔本华、埃·哈特曼、谢林和黑格尔等。1875年，索洛维约夫在伦敦考察期间，对神秘主义、诺斯替教和喀巴拉著作进行了深入的研究，尤为迷恋通灵论和唯灵论。针对叔本华的悲观主义，索洛维约夫提出了新的关于世界和人的思想体系。这个体系就其实质而言，属于东方正教的神秘主义理论。索洛维约夫在《完整知识的哲学基础》一书中写道："神秘主义哲学的对象不是我们感觉到的现象世界，也不是我们思想的观念世界，而是内在生命和活生生的现实。这种哲学研究的不是现象的外在性质，而是物及其生命的内在性质。"① "使我们能够和精神世界、神的世界进行交往的内在（神秘）感悟以及对我们自然世界的内在（而不仅是外在）认知，就叫作神秘体验。神秘体验之可能性，其前提是人有一种直接的、超理性的和超感觉的特殊直觉能力，我们也把这种直觉叫作神秘直觉，并且应当把这种神秘直觉同那种局限于明知故作的主观领域的和心理主义的情绪区别开来。"② 神秘主义指的是各种宗教和文化形式中用理智无法来理解、表达和把握的部分，神秘主义的任务在于解释世界和人的生命现实。其基本特征即在认识上主张神不可知，在方法上主张与神直接相通，神人统一。③ 在该统一中，人之存在的独特性通过世界灵魂索菲亚的概念变得清晰起来。索菲亚作为宇宙的智慧把人同上帝联系起来。整个历史、整个世界的进程可以被视为是索菲亚的堕落和升华的过程，是永恒女性实现的过程。在俄罗斯，对索菲亚学说的研究始于索洛维约夫，后由弗洛连斯基所继续，布尔加科夫在国外侨居时期使这一学说得到广泛、深入的研究。索洛维约夫的索菲亚学说是在西欧神秘主义和诺斯替教、喀巴拉学说的影响下形成的。④ 索菲亚学说的基本内容就是神身上的女性因素。对于这一女性因素，哲学家们各执一词。有神秘的世界灵魂或神圣的本质之说，异教学说中把她作为圣三一的补充第四位格。总之，这一学说体现出某种多神教的印迹。神由于不能从无中创造世界，

---

① 金亚娜：《俄国文化论集》，哈尔滨，黑龙江教育出版社，1994年，第1版，第43页。
② 〔俄〕布尔加科夫：《东正教——教会学说概要》，徐凤林译，北京，商务印书馆，2001年，第1版，第179页。
③ 艾合买提江·艾山：《世界三大一神教中的神秘主义》，《新疆师范大学学报》2004年第1期。
④ 金亚娜：《俄罗斯语言文学研究》（文学卷），第2辑，北京，人民文学出版社，2003年，第1版，第270页。

为此需要男性和女性因素的结合（如犹太教中的喀巴拉教关于神的女性本质的思想、诺斯替教义中关于"索菲亚即女性宇宙"的思想等）。①

索洛维约夫在其哲学体系中，以叔本华的伦理学和美学为出发点，把人类尘世的生存描述成非真实的、完全服从于自私自利的习性的活动。与叔本华不同的是，索洛维约夫没有把恶的源泉归于神祇，而是试图证明善属于绝对的神的范畴。对善和生活意义的证明使他从否定上帝的神学走向了对其肯定的统一。这一统一的实质在于，在最高因素或最高的第一原则的概念中，包含着神的绝对精神的概念，而在后者中又存在着否定的"无"②。

索洛维约夫把上帝定义为实存（Сущее）。"所谓实存，其概念的含义既具体又抽象。任何一个物，只要它存在，就有一定的特征，这些特征的体现者便是实存。它高于物的所有特征和谓项，因此，不能用特征的总和或者存在来称谓它。实存在同其所具有的特征相比较时，已经是某种超存在的东西，因此，索洛维约夫又称它为'超存在'，偶尔又称它为'上帝'和'无'。"③ 是无，因为它不是任何东西，是一切，因为它不能失去任何东西。这个绝对是永恒的，既是个别，又是一切；既是具体的实存和存在，又超乎其上，是上帝，是永恒的基督。它体现着万物无不具有的灵魂和机体的统一，是人能够以直觉感知的那个真正的万物一统，包括逻各斯本身的统一和索菲亚或者永远处在基督之中的理想完人的统一。上帝既是"一切"，同时又是"无"，其自身中包含统一和诸多实质的肯定的因素。索洛维约夫指出："神作为存在，在自身中有无限或无量的潜在性或存在的力量（没有这种力量，就不能有任何生存）。"④ 因此，神的世界的实质在于统一和无遗漏的众多之间的相互作用，也就是神的自身因素和由其创造的芸芸众生之间的相互作用。这种相互作用发生在两个领域内。第一个领域属精神层面，在这里，所有生物与神的意志处在和睦中，上帝圣父的爱成为这种意志的显现。在这个意志中，统一包含在无遗漏的众多之中，而无遗漏的众多又处于统一之中。索洛维约夫把这个领域描述成无意识的范围，在这里任何创造均与

---

① Щуплов А., 1992: *Эрос Россия Серебряный век*, М., Лептос, с. 230.
② 如同黑格尔的"纯存在"和叔本华的"清心寡欲"。
③ 金亚娜：《俄国文化论集》，哈尔滨，黑龙江教育出版社，1994年，第1版，第44页。
④ Соловьев В. С., 1992: *Собрание сочинений и писем*, в 15 тт., т. 2, М., ПАИМС, с. 305.

统一相关，而不是以单独的、有别于其他因素的创造形式存在，尽管个体创造的可能性潜在地存在着。第二个领域属理性层面，索洛维约夫把它描述为以映像的众多性反映出来的神的存在。这些映像与最初的统一相联系，既然上帝拥有存在，映像也因此拥有存在。所有的个体既是独立的，同时又是上帝的映像，并在此基础上与其他个体相关联。任何一个个体对其他个体来说都占有确定的位置、确定的等级。这种确定性在索洛维约夫那里被称作逻各斯范畴，并直接相对于圣子的位格。圣子一方面是单独的个体，另一方面又与圣父紧密相连。

但是仅有这两个领域显然是不够的，因为人与上帝的真正的统一体还没有形成。为了使神的因素得到充分的显现，还需要有第三个领域，其中不是有生命的个体同神的单向的祭祀方面的联系，而是创世主及其被造物双方相互作用的关系。在这个领域内，一方面神的力量作用于人，另一方面人竭力向往上帝，并保持自身的存在。形成创造的统一体的必然性的第三个领域被索洛维约夫称为世界灵魂的索菲亚。简而言之，索菲亚构成神、宇宙和人之间联系的中间环节。

这个来自于诺斯替教的概念在索洛维约夫那里得到了进一步的演化。如果说在诺斯替教学说中，索菲亚呈现女性因素的智慧，她在神界中是有罪的、堕落的、服从于恶的神祇，那么在索洛维约夫那里，世界灵魂或索菲亚则是三位一体的补充因素，她是神的体现。索洛维约夫在《完整知识的哲学基础》和《神人类讲座》里，把人类理解为一个整体，是由人构成了一个同样完整的、同时是普遍的和个性的有机体，这个有机体是神的有机体的必然的实现和存放处，这是人类的有机体。既然是有机体，就应该有自己的灵魂（如同人有身体和灵魂一样），人类的灵魂就是世界灵魂。人类的灵魂就是理想的人类，或理念的人类、人类的理念。"索菲亚是理想的、完善的，永恒地包含神的存在物或基督中的人类。"① 理想的人类就是世界的灵魂，所以索菲亚就是世界灵魂。因此，世界灵魂表达了人类的理想方面，正是这个方面构成了神人类的基本组成部分。作为以上帝的映像与相似物形式诞生的人类本质或者世界灵魂，她是无遗漏众多的统一。索菲亚处在被造物与造物主统一的中心，作为个体的中心和灵魂，表现为其所代表的生活的理念因素和准则，是神在

---

① 〔俄〕索洛维约夫：《神人类讲座》，张百春译，北京，华夏出版社，1999年，第1版，第118~119页。

现实中的显现，是万物存在的真正主宰和神的作用的真正客体。① 作为世界灵魂，索菲亚在自身中同时兼有形而上和形而下的因素，实现着人同世界（在这个世界中上帝、人、世界相互作用）的频繁的联系。Φ.洛谢夫指出："上帝在索菲亚中实现着自身，索菲亚是他的身体和物质中不可分割的一部分。因此，她是上帝之外一切有形的和物质的原形。"② 作为理念的本质、作为上帝和世界的联系环节，索菲亚证明了人的存在，借助于索菲亚，人得以与上帝沟通，成为上帝的映像、圣子，并存在于上帝之中。

如同对待任何一个映像和思维，上帝同样赋予索菲亚以自由。索洛维约夫在《神人类讲座》中写道，作为一个自由的因素，"世界灵魂可以自己选择自己生命渴望的对象……她拥有一切"。因为拥有自由，索菲亚能够从上帝中分离出来。她追求上帝、希望与上帝一样拥有自己的一切、确定自己的意志、自己对上帝的权力，并以此确定她的自我中心思想，从而陷入反上帝的形而上之离散状态。于是，索菲亚脱离了上帝，从上帝存在的万物一统的中心降格至包容万物的造物世界，进而丧失了原本被赋予的能力。造物和造物主之间相互联系的丧失导致了索菲亚的堕落。从其堕落的那一刻起，世界上的每一个个体开始竭力要获得独立，竭力肯定自我。对自我中心思想的追求使得世界上的纷争连绵不断。伊甸园从此消失，原有的和谐被打破，世界陷入混沌的深渊，并导致人注定要遭受苦难，人间往日的完美已经不再。索洛维约夫把这样的情景描述成堕落的、地狱般的图景。③ 但这一分裂不可能是永恒的和无限的，世界灵魂最终必然与神的原则相结合。世界灵魂在脱离上帝之后力图要回归与上帝的统一。但是由于世界灵魂就其天性来说是消极的，这种努力只能是无功而返。为了寻回失去的统一，必须有一个代表积极因素的圣子的位格——逻各斯。索洛维约夫认为，逻各斯或基督就会来到世界，将索菲亚从堕落中引领出来，使人类重返神的统一。作为一种积极的力量，逻各斯把各种因素在宇宙统一的有机体中连接在一起，世界之恶将

---

① 〔俄〕索洛维约夫:《神人类讲座》，张百春译，北京，华夏出版社，1999年，第1版，第137页。

② Бойков В. Ф., 2002: Владимир Соловьев PRO ET CONTRA. СПб., РХГИ, с. 858.

③ 〔俄〕索洛维约夫:《神人类讲座》，张百春译，北京，华夏出版社，1999年，第1版，第138~139页。

被代表爱的逻各斯的力量所战胜。恶不可能有特殊根源，因为一切存在都源于上帝。恶是暂时的，恶既然能出现，就必然会结束。同时，恶的力量彰显出善的力量的存在，是对善的证明。善与恶相互分离，并在彼此的斗争中显现自己。关于该隐和亚伯①的神话就是这种因素相互斗争的最好的例证。恶彻底背离万物一统，失去自己的力量，不再是存在，即完全停止存在，这就是善与恶斗争的结果。该隐在谋杀了弟弟亚伯后，从上帝的视线中消失，他不再生存在这个世界中，注定要流亡终生。由此，恶成为某种非存在，并因此丧失了自我。反之，善根植于爱的统一体中，并借此证明自己的存在。

索洛维约夫通过万物一统来证明爱。在他看来，恶不可能是存在，恶是空虚，是被索菲亚神圣力量战胜了的非存在。当索菲亚在同逻各斯结合到一起时，她会用自身照亮世界。她仿佛降临到深渊和地狱，拯救堕落的灵魂，把分崩离析、各行其是的人类重新聚集到一起，用那照亮深渊的光明来消灭恶。这种万物归一（co-единение）的思想是索洛维约夫哲学体系的关键。在这个万物归一的过程中，尘世的和上界的分裂被泯灭，在索菲亚中，神圣因素和尘世因素相互连接，在同神的世界归一的过程中，尘世被她的光明所照亮并发生嬗变，变得更为崇高、更为神圣。索洛维约夫的万物一统哲学的独特性在于，索洛维约夫及其追随者的基本思想一方面体现在凸显个性的自由中，另一方面体现在能够救赎并把世界变成和谐的神赐中。这种救赎因素对俄罗斯哲学来说尤为重要，它对社会精神生活复兴、精神升华和文化生活的繁荣有着积极的推动作用。与此同时，在索洛维约夫的学说中，叔本华哲学中的悲观主义最终被战胜。索洛维约夫关于通灵论、关于艺术的索菲亚学说对白银时代作家和诗人们的创作产生了很大的影响。

索洛维约夫在万物一统的体系中把世界与人的关系问题提到了一个新的高度。"神圣的和尘世的因素的裂痕在索洛维约夫的哲学中以万物一统的思想重新得到弥合，后者构成上帝、宇宙和人相互关系体系的核心。"② 在万物一统中，尘世和上界通过堕落的世界灵魂索菲亚的升华而

---

① 该隐和亚伯为人类始祖亚当及其妻子夏娃所生的儿子之一，该隐因嫉妒弟弟亚伯而将他杀害，受上帝惩罚。
② 郝斌：《现代主义框架下的俄罗斯"象征主义"》，《郑州大学学报（哲学社会科学版）》2006年第1期。

得到统一。索洛维约夫与叔本华、尼采不同,他在本体论的基础上成功地证明了善是崇高的神的范畴,人和世界在消灭自身内在的恶的同时,在向上帝之善回归的过程中逐渐地成熟起来。宗教信仰、宗教神学理论或者是通灵论为人和世界的成熟提供了契机。生活中,具有宗教、通灵论性质的创造力为新的统一提供了成熟的条件,从而为人类生活的意义的证明提供了可能性。借助于通灵论,人类可以上升到上界,上升到统一的最初源泉、绝对精神和象征本体。

索洛维约夫关于通灵论、神圣的创造生活的学说成为俄罗斯象征主义的基础。象征主义成为当时俄罗斯哲学思想发展中的一个新阶段。在这个阶段中,在统一的综合下,既有古代的柏拉图派哲学思想、诺斯替教、德国浪漫主义的哲学体系,又有同叔本华、尼采的名字相连的新思潮。尽管这是一种综合,象征主义就其实质而言是19~20世纪之交文化生活中的一种新现象,其新颖之处在于它以独特的感性方式揭示了人类向存在实质的回归之路。

索洛维约夫万物一统的形而上之学说对俄罗斯当时文化发展具有其特殊的意义。这里呈现出一种从叔本华、尼采的哲学向着肯定的统一之运动过程。这一运动成为19~20世纪之交俄国哲学、美学发展的强大的推动因素。索络维约夫的肯定性统一的思想推动了俄罗斯宗教人本主义思想的发展。从索络维约夫起,我们看到了一个宗教神秘主义思潮的新时代的开始。

三、俄罗斯象征主义中的世界与人

在所有现代主义潮流和流派中,产生最早、影响最大的当属象征主义。象征主义于19世纪40~50年代在法国出现,80年代让·莫瑞亚斯发表《象征主义宣言》而得到正式承认,90年代传到英、美、德、俄、西班牙等国。在法国作为一种文学流派的象征主义,从1891年起已经解体。象征主义反对描写客观世界,把客观世界视为主观世界的象征,主张诗歌应当表现超现实的理想世界,这一世界非人们的理性可以感知,只有借助直觉和默悟才能达到,通过象征才能予以暗示。象征主义的先驱是美国的艾德加·爱伦·坡和法国的沙尔·波德莱尔,代表作家有法国的斯特法纳·马拉梅、保尔·魏尔伦、阿尔杜尔·兰波,比利时的莫里斯·梅特林克。

(一) 俄国象征主义的产生

处于封建主义桎梏下的俄罗斯社会,地主贵族经济严重地束缚着资本主义的发展。经济落后,政治反动,社会停滞,怨声载道,危机四伏,整个俄罗斯为一种世纪末的悲观、迷惘、颓废的情绪所笼罩。在这样一个历史背景下,俄罗斯现代主义首先表现为一种冷酷的自我封闭的美学思潮,一种极端的自我肯定和一种全然的个人主义。在早期俄罗斯象征主义的创作中,上述特点表现得尤为明显。因而,这些作家们也常常被冠以"现代派作家"的称呼。

俄罗斯象征主义以德国浪漫主义、英国拉斐尔前派和法国象征派先驱波德莱尔的"感应理论"① 以及索洛维约夫万物一统的形而上学为出发点,建构起创造生活的观点。这种观点与其说是建立于绝对因素的统一中,不如说是建立在光明与黑暗、上帝与魔鬼、永恒与现象世界两极因素的统一和不可分割之基础上。对我们来说,至关重要的是这里表现出的这种思维方式。

俄罗斯象征主义的新阶段与俄罗斯革命高涨的开始阶段相吻合。1880年至1890年初,反动势力和叔本华的哲学所造成的悲观情绪此时已让位于对亘古未闻的变革的预感。小象征主义者们登上了文学的舞台。他们是唯心主义哲学家和诗人索洛维约夫的拥护者。索洛维约夫认为旧的世界已经面临灭顶之灾,新的神祇(永恒的女性、世界的灵魂)将化身为美降临人间,以拯救世界,将上天的东西与尘世间的东西结合起来,创造一个尘世间的天国。于是,诸如"美妇人"、"永恒女性"、"陌生女郎"这样一些爱情主题,尤其吸引着象征主义诗人。②

第一次俄罗斯革命(1905~1907年)从本质上改变了俄罗斯象征主义,大部分诗人很快对革命作出了反应。勃洛克创造出一系列以民众为

---

① 波德莱尔在十四行诗《感应》中首次提出著名的象征主义"感应"论。他认为自然界万物互为象征,组成"象征的森林",人的心灵与自然界之间同样互为感应。诗就是这种象征、感应的产物。(请参见朱立元:《当代西方文艺理论》,上海,华东师范大学出版社,1999年,第1版,第10页。)

② 在诸如此类的象征中,我们看到人类神话思维从"瞬息神"到"人格神"的全部发展过程。所不同的是,这一发展常常是在瞬间完成的,而不像人类的宗教观念那样经历了漫长的历史过程。这一过程的实质在于:"理性与知性、财富、际遇、快感高潮、美酒、宴会或爱人的躯体……任何使我们感到欣悦、悲哀或压抑的东西……都像是某种神圣的存在",并在象征主义者那里通过"情感联想"获得了永恒的意义。(请参见〔德〕海德格尔:《尼采十讲》,苏隆编译,北京,中国言实出版社,2004年,第1版,第45~50页。)

主题的形象，勃留索夫撰写了著名的长诗《行进中的匈奴人》。在这首诗中，诗人赞美了旧世界不可避免的灭亡，尽管他认为自己和所有正在消亡的旧文化代表均属于这个旧世界。索罗古勃在革命的年代里出版了诗集《献给祖国》，巴尔蒙特发表了诗集《复仇者的歌》。这两部诗集都是在巴黎出版的，而在俄罗斯则被列为禁书。

（二）象征主义理论

明斯基和梅列日科夫斯基最初研究的关于统一和象征的思想成为象征主义的基本原则。继承这一思想的有索洛古勃、Вяч. 伊万诺夫、别雷、勃洛克等作家和诗人。俄罗斯象征主义创始人、哲学家兼诗人明斯基的"非存在论"构成俄罗斯象征主义关于统一的观点的初级阶段。这位哲学家首先描绘出了新的美学思潮的基本状况。象征主义作为宗教哲学流派同叔本华、尼采和索洛维约夫的哲学紧密联系在一起。俄罗斯象征主义在其最初阶段建立于叔本华的世界观之上。这种世界观尤其鲜明地表现在明斯基的"非存在论"中。早在 1844 年，明斯基同 И. 亚辛斯基试图成立"新浪漫主义"协会。1890 年明斯基出版的《在良知的照耀下：关于生活目的的若干想法和幻想》一书被视为象征主义的宣言。他认为在不可避免的死亡面前一切都是微不足道的，因此人生的唯一价值便在于"对奇异的永恒追求"。① 在这部论著中，明斯基根据叔本华哲学的某些原理，确立了"非存在论"这一新的哲学—美学流派的基本内容，并因此成为俄罗斯象征主义理论的先驱。根据明斯基的观点，不可知、看不见、摸不着的"非存在"（Меон）是宇宙的开端和本原。"起初，没有世界，没有存在物。只有一位神——Меон，它是一切存在、知识和美的本体。一切形式的存在都潜藏在这个神体内，但是只有 Меон 仅存在于其自身之中，一切形式的存在都不能成为有意识的存在。在孤独中，为了造就世界，于是他决定通过完全否定自己来牺牲自己。他说：'让这样的世界来到吧：这个世界将是我自己的对立面；在这个世界上将没有伟大和良知，而只有较大和较小、较好和较坏的事物。这个世界要不停地运动，充满无数分裂的造物，他们互不相等，然而可以相互比拟；虽有差别，但可互相转化；互有斗争，然而又互成重担。我想把我的存在

---

① 刁绍华：《二十世纪俄罗斯文学词典》，哈尔滨，北方文艺出版社，2000 年，第 1 版，第 740 页。

交给许多人,给他们以自由、理智生存的欢乐和自我牺牲的高尚精神;我想要生活和死在许多人身上,成为他们无私的爱和渴望的对象。'这样,乌有神牺牲了自己,创造了一个独特的没有开始、没有结束的多元世界,它渴望团结,然而因为其多元性又不能达到团结。"① 非存在对于世界来说是超验的,它可以感应创造和创世主的意志。非存在不可能用理智去认识,它作为"无"存在形体处于我们的感知之外,只能通过直觉接近它。在艺术创作中实现的正是直觉的玄想和神圣的洞察力。艺术创作具有纯否定的性质,它诉诸超存在的、超感觉世界的洞察力,其对象是"无"或者非存在。在创作的狂热中,人摆脱了空间和时间的限制,从荒诞的世界过渡到绝对自由的"无"的世界。在后一个领域中没有、也不可能有任何对外部世界的依赖关系。因此,艺术是神秘的,它只能是象征的。真正的存在只有在艺术中才能获得。创作能够通向先验的、另一种存在的"无"。从通灵论创作之存在主义的永恒意义出发,明斯基确定了新哲学潮流的理念和"无"的性质。这个潮流包含在对非存在的神圣的东西、即对宇宙生存的有机因素的追求。由此,新的宗教运动的任务在于试图通过思想上坚决的斗争以获得神圣的因素,即神的思想。② 明斯基认为,对神的认识和对世界最基本原则的探索必须凭借神秘的创作,或者借助于直觉的、象征的世界观,这一世界在人的面前展示出的完全是另一番景象。于是诗人成为真正意义上的创世主,而诗本身则类似造神术、通灵论。创世主应自身带有神秘、魔幻的外貌,因为诗人、魔法师、巫师的最终目的是对难以企及的"无"和对作为某种统一的象征的追求。

　　致力于唤起文学的宗教意识的主要人物还有梅列日科夫斯基。梅列日科夫斯基曾参与组织宗教哲学学会并发扬了明斯基的思想。在《托尔斯泰与陀思妥耶夫斯基》一书中,梅列日科夫斯基第一次系统地阐述了两位俄罗斯文学天才的宗教思想,在俄国思想界产生了很大的影响。梅列日科夫斯基1892年创作的《象征诗集》被视为象征主义在创作实际中的首次尝试。这部诗集的发表,使象征主义流派在俄罗斯文学中具有了最终的名称。这一名称通过勃留索夫《俄罗斯象征主义者》三部集子被

---

① 〔俄〕赫克:《革命前后的宗教》,高骅等译,北京,学林出版社,1999年,第1版,第158页。

② Минский Н., 1905: *Религия будущего (Философские разговоры)*, СПб., Альма, с. 1 ~ 2.

确定下来。1893年，梅列日科夫斯基在《当代俄罗斯文学衰落的原因和新流派》一文中指出了新流派的哲学思想和宗教象征主义创作的基本原则。这种创作从希腊艺术、美国浪漫主义作家兼批评家爱伦·坡、德国浪漫主义作家捷·霍夫曼、柳·蒂克的创作中汲取了精华。梅列日科夫斯认为，新的艺术包含三个主要因素：神秘的内涵、象征和扩大的艺术效果。[①] 新的艺术首先应该关注本原的东西，即古希腊罗马时代的象征和柏拉图的思想。要领会柏拉图的思想只能借助于直觉。只有诗和音乐的语言通过寓意、隐喻、象征才能接近"理念"。在诗歌中，与描述叙事语言相比，象征的美发出的闪光对心理的作用更为强烈。象征主义使各种修辞手段、诗的艺术之形成本身变得更为崇高、透明。[②] 通过美所获得的崇高性、透明性有助于产生我们观照理念世界的意识。象征由于与统一的源泉、最高的思想相关联，表达的是永恒的真理，在诗学的神秘符号中，在创造奇迹的词语的音乐中，借助于象征，可以更好地理解人的内心世界和尘世中神圣的本质。由于象征，创作的性质发生了变化，从水平层面上转移到垂直层面上。

梅列日科夫斯基认为真正的艺术的根基是由永恒的宗教神秘主义情感构成的。[③] 他本人信奉宗教神秘主义，认为诗歌的目的是追求人神合一的境界[④]，把自己的创作体系称为"神秘主义的现实主义"，并着重指出，在宗教创作中，基督这位神人在自身中连接神圣、上界的和人类、物种的两个世界。象征主义艺术建立在基督教神人的伦理学观点之上，是对人进行的完整的研究。在象征主义中，人的内心的天性、肉体的属性没有被否定、被抛弃。相反，由于神的光明照射到存在的各个角落，肉体的属性被照亮并受到崇高精神的鼓舞。因此，世界发展的最终目的在于改变自身，从而使堕落的自然界回归到上帝的怀抱。而这只有把世界从罪恶中拯救出来并恢复世界自然现实的神人基督才能做到。[⑤] 这种对神的个性的、生动的感觉使象征主义不同于抽象的本体论和把神视为

---

① Бродский Н. Л., 2001: *Литератураный манифест*, М., Аграф, с. 41.
② Мережковский Д. С., 1914: *Полн. соч.*, т. 15, СПб, с. 249.
③ 金亚娜：《俄罗斯语言文学研究》（文学卷），第2辑，北京，人民文学出版社，2003年，第1版，第39页。
④ 于沛：《斯拉夫文明》，北京，中国社会科学出版社，2001年，第1版，第266页。
⑤ Мережковский Д. С., 1995: *Л. Толстой и Ф. Достоевский. Вечные спутники*, М., Республика.

个人的绝对精神、世界智慧或精神的唯理论。

　　需要指出的是，象征主义把基督视为有生命的个体和神，这种感受同样反映在以叔本华否定主义哲学为出发点的颓废派的世界观中。在某种意义上，以早期的安德列耶夫、索洛古勃为代表的颓废派抽象的神秘主义反映出象征主义所具有的"神秘主义的现实主义"的特征。正如M.H.霍夫曼所指出的，颓废文学的世界观与其说是建立在神的个体感受上，不如说是建立在否定神人观点的"抽象的神秘主义"之上。在叔本华的否定主义哲学中，神不是美好的因素，不具有创造的积极性，而是表现为一种具有与生俱来的消灭倾向性的意志。与颓废派不同，象征主义者认为世界是统一之神的一部分，统一或象征被他们视为是某种指向善的积极性。大自然和人与统一的神交融在一起，变得与神接近和相似，并逐渐充满神性。霍夫曼进而认为，对现实充满生气的感受是象征主义创作固有的特征，这种创作否定自然派庸俗的现实主义和颓废派朦胧的神秘主义，它建立在有生命的、善于思考的个性的宗教现实主义之上。霍夫曼写道："象征主义在同等的程度上有别于神秘主义朦胧的不确定性和自然主义的粗俗复制……现实主义是象征主义中本质性的特征……象征主义艺术家既相信'彼岸'现实的存在，也相信'彼岸'会出现在此岸，如同大地上有天空。形状、形象传达内容，成为后者的象征。"

　　在"统一"的概念中，象征主义在某种程度上接近泛神论的世界观。泛神论把世界的统一理解为"一切中的一切"。大自然存在于上帝之中，上帝融入大自然里。然而需要指出的是，这种相像仅仅是表面的。象征主义接近泛神论思想的同时，在索洛维约夫的影响下，更接近于万物一统的哲学。从这个意义上讲，象征主义是独特的哲学神秘主义。"哲学神秘主义只是对思维着的精神同一切存在的绝对原理之内在紧密联系的体验，是对进行认识活动的理智同真正认识对象之间的根本同一性的意识。"① 在这一神秘主义中，与泛神论不同的是，上帝不只是被视为抽象的绝对精神，而且还是有生命的神人的个体，是全部个体存在的最初形式。

　　象征主义者不倾向于抽象地思考关于神的统一的问题，而是从现实

---

　　① 〔俄〕索洛维约夫：《俄罗斯与欧洲》，徐凤林译，石家庄，河北教育出版社，2002年，第1版，第134页。

的角度、从神的基督教学说角度对这一问题展开探究。神和人对立的品质被视为辩证的统一。这一统一被理解为两种因素的综合。索洛维约夫认为人类社会将经历的三个主要阶段是：多神崇拜时代、基督教时代、神权政治社会时代。在理想的社会里，人类意识的所有领域都将达到伟大的综合。这就是"完整的创造"，或"自由的通灵术"；"自由的神智学"，或"完整知识"；"自由的神权政体"，或"完整社会"。在人类发展的第三个阶段上，人类意识在绝对层次上将达到统一，这个统一与第一个阶段上的多神崇拜时代有共同之处，但也有绝对新的特征，这个新的统一是人类这个发展主体的完全新的、完整的生命，是精神的人类，即神人类。

在索洛维约夫的神人类思想的影响下，梅列日科夫斯基提出了"第三约"思想。梅列日科夫斯基一生所宣扬、秉持的是他的圣灵王国，他的第三约基督教。地与天、肉与灵、圣父与圣子之间存在着无法解决的矛盾。要彻底克服多神教与基督教对立的出路既不单单在精神，也不仅仅靠肉体，而在一个第三者，在于前二者在这第三者中的综合。而这第三者就是同时融合了神圣灵魂与神圣肉体的以圣灵为中介的第三约基督教。梅列日科夫斯基认为，基督教的发展将会经历分别以圣父、圣子、圣灵三个位格为核心的三个阶段。他在《未来的贱民》一文中写道："在圣父最初的王国、《旧约》中展示了作为真理的上帝的权力；在圣子的第二王国、《新约》中展示了作为爱的真理；在圣灵的第三及最后王国中展示了作为自由的爱。并且在这最后的王国里将会发出并能听到最后的、任何人从未说过也从未听到过的未来神的名字：解放者。"[①] 而只有当这"最后的王国"——圣灵之国来临时，才能最终完成圣父和圣神之国没能完成的使命——克服灵与肉的二元对立，让世界在综合之中重归和谐。梅列日科夫斯基的三部曲《基督与反基督者》就是建立在这一综合之上。在第三约中，世界同样在精神确立的每一个发展阶段中显现出尘世和上天、神圣与凡间诸因素的联合和斗争，并最终在高尚的基督的神人那里得到统一。

（三）象征派对永恒理念的追求

勃洛克和别雷同样热衷于索洛维约夫的索菲亚学说，并形成了关于

---

① 〔俄〕梅列日科夫斯基：《重病的俄罗斯》，杜文娟译，昆明，云南人民出版社，1999年，第1版，第17页。

将其完善成为世界范围内神的映像或相似物的思想。别雷是这样描写索菲亚的:"……只有在索菲亚中,我们生活的映像同我们的思想凝聚在一起,在索菲亚中我们大家按新的方式结合在一起。"他认为索菲亚是"有生命理念"的第一有形体,她从上帝那里获得了绝对完善的映像。①在 Вяч. 伊万诺夫的笔下,索菲亚被比作智慧的阿佛洛狄忒,没有她就不可能有统一的世界。作为最高的智慧,她用自身照亮了整个人类,给世界带来了神圣的知识之光。勃洛克认为索菲亚是永恒的女性因素,是美妇人、神秘的陌生女郎,象征着生气勃勃的创造力的神的爱情或爱神,象征着新的生活、永恒的理念:

И каждый вечер, в час назначенный	每晚,在约定好了的时间
(Иль это только снится мне?),	(莫非我只是置身在梦乡?)
Девичий стан, шелками схваченный,	在朦胧的窗口定会浮现
В туманном движется окне.	身着绸衫的年轻女郎。
И медленно, пройдя меж пьяными,	只身一人总不带男伴,
Всегда без спутников, одна	她慢慢穿过醉汉中间,
Дыша духами и туманами,	浑身频频将香雾飘散,
Она садится у окна.	她走近并坐落在窗前。
И веют древними поверьями	她那身飘逸的丝衣锦绸,
Ее упругие шелка,	她那顶插有丧羽的便帽,
И шляпа с траурными перьями,	她那只戴满戒指的纤手,
И в кольцах узкая рука.	都如古代传说般奇妙。
И странной близостью закованный,	对奇异的亲近感使我愕然,
Смотрю за темную вуаль,	透过她深色的面纱凝望,
И вижу берег очарованный	我便看见了迷人的彼岸
И очарованную даль.	看见了令人神往的远方。②

---

① Белый А., 1918: *На перевале. Кризис жизни*, ПБ, Алконост, с. 112.
② 顾蕴璞:《俄罗斯白银时代诗选》,广州,花城出版社,2000 年,第 1 版,第 102 页。

象征派作家对美的发掘首先是一种对永恒的追求,一种对无限的探索。象征主义者以这种对世界灵魂索菲亚的理解来有机地思考象征的统一。在历史演变、宇宙论的进程中他们发现了生命有机的创造,作为这种创造的最终形式是世界被照亮并被结合到统一的宇宙机体中。于是,他们对神话、象征的偏爱就变得易于理解。没有神话创作,同物质的自然世界的联系是不可能的,而象征正好是这一联系最好的媒介。神话为物质世界达到神的境界提供了可能性。在神话中,物质同理念连接在一起,构成更高一级的现实性。"神话表达了对人类生存的特定的理解。神话相信人的生命、世界的依据和局限性存在于我们不能预计和控制的一种力量之中……神话赋予超验的现实以一种内在的、世俗的客观性。神话将彼岸赋予此岸。"① 布尔加科夫同样指出了世界范围内的神话的宗教属性。他认为:"神话产生于宗教的感觉……神话拥有通灵论的起源和通灵论的意义。"② Вяч. 伊万诺夫也认为,神话创作出现在现实主义象征主义的土壤之上。个性化象征主义可以重现古代神话,新的神话就是对现实的新发现,用最完整的形象揭示现实。③

形式上的完美将同样的属性投射到了文字符号语义结构的其他方面,最终创造出某种类似上帝的永恒的美。需要指出的是,象征主义作家所创造的美总是渗透着作者浓郁的情感,呈现为细微情感的有节奏的、旋律般的过渡和交替。作品中表现的不是完美的情感的展现,而是情感的完美的组合。犹如有限的数字排列组合成无限的数字王国一样,情感的过渡和交替构成了象征主义作家取之不尽的宝藏。

这同样可以用来解释象征主义作品中的形象问题。在象征主义的诗歌中,作为一种视觉上栩栩如生的形象在象征主义者那里几乎不存在。形象被远远地搁置到了后面,为一团神秘的烟雾所笼罩。象征性的思考将客体对象同心灵内在的情感、联想、幻想、体悟、感受、意识和下意识、外在经验等杂糅在一起。一切事物都隐去了它们的轮廓,模糊了它们的界线,淡化了它们鲜明的色彩。于是,现实的事物同非现实的感受、诗人的幻想混淆起来,现实生活中五颜六色、形象各异的形式和差别混

---

① 〔德〕布尔特曼:《生存神学与末世论》,李哲汇等译,上海,三联书店,1995 年,第 1 版,第 8 页。

② Булгаков С. Н. , 1994: *Свет невечерний*, М. , Республика, с. 62.

③ Бродский Н. Л. , 2001: *Литератураный манифест*, М. , Аграф, с. 92.

合成为一曲曲忧伤的、近乎于催人泪下的乐章。在象征手法的运用中，体现着白银时代诗人们对美和彼岸世界以及对人存在的理想追求。有鉴于此，我们将从关于象征的特定涵义出发，通过探讨象征主义的艺术手法和审美追求，来审视象征主义与存在主义内涵的结合点。

（四）象征主义的艺术和审美特征

俄罗斯象征主义本质上仍然是一种浪漫主义，是一种对19世纪初浪漫主义的再现。与注重现实、敢于面对现实的现实主义不同，浪漫主义作为一种创作的手法，企图逃避现实于想象和幻想之中。浪漫主义否定生活中的现实，执著于对理想的向往和追求。同时又因倾心于主观现实极易染上情态性。因此，浪漫主义作品具有浓厚的主观抒情色彩，而置理智和意志于情感之下。情感的宣泄构成了浪漫主义作品主题的核心。作品中的情节以及主人公的活动，甚至包括作品的结构和语言都是围绕着情感的表现而获得精心的安排；作品的字里行间都弥漫着感伤、忧郁或激昂、奔放的情调。所有这些俄罗斯19世纪浪漫主义作品中的主导性因素，都构成了象征主义得以滋生的土壤。心灵深处的紧张和骚动、沸腾而混乱的激情，这些典型的浪漫主义因素同样构成了俄罗斯象征主义、尤其是其后期作品的典型特征。

1861年的农奴解放运动并未改变俄罗斯民族的悲惨命运和社会的落后状况。这一点到了19世纪末已经为人们所清醒地意识到。民粹派运动失败后，整个俄国社会为一种黑暗、悲观的气氛所笼罩。以往的价值尺度的消失导致了一种对生活的特殊感觉，人们感到生活极度不稳定，变幻莫测，犹如白驹过隙，于是人失去了内在和外在的支撑。易卜生的戏剧和法国象征主义者的诗歌都表现出这种对骤然产生于脚下的万丈深渊的感受，在俄罗斯象征主义者的诗歌中我们同样可以看到这种感觉的描述。

新兴资产阶级彻底撕掉了旧的宗法制虚伪的外衣，将人与人之间的剥削、压榨关系赤裸裸地暴露在了世人面前，社会陷入了一片惶恐、绝望的气氛中。生活危机与信仰危机、思想意识的空虚和文化空虚导致了人们惶惶不安的心理，并引起了人们对现行社会的激烈否定。这一否定的矛头不仅针对着一小撮唯利是图的新生资产阶级，而且也指向了与其相联系的先进生产装备、科学技术，甚至包括与后者相呼应的理性主义。这一切不可能不影响俄罗斯的诗歌。一些象征主义诗人，如明斯基、梅列日科夫斯基是作为公民诗歌的代表开始他们的创作历程的。

俄罗斯当时的宗教竭力地维护着"正统"学说。这一情况形成的一个主要原因在于沙俄辽阔的版图和缓慢的社会发展进程。在这一缓慢的发展进程中，几乎没有什么新的思想可以同教会的教义相抗衡①，并引发后者的改革。俄罗斯社会通过官方教会体现出的强大的愚昧保守性和通过沙皇政府体现出的顽固的落后性，是俄国知识分子悲观主义产生的另一社会根源。而脱离人民、无根的彷徨感又加重了这一悲观情绪。这一切又恰恰同宗教的本质相应合，因为宗教从来都是建立在人生苦难学说的基础之上，是一付对深感此世悲苦的芸芸众生的宽慰剂或麻醉剂。而当人类社会处于动荡时刻，人生的悲剧以突出的形式集中表现出来之时，这种悲观主义的生活观同宗教的殉难思想就几乎没有区别了。

然而，这仅仅是一种表面上的宗教思想，在它的背后是斯宾诺莎的泛神主义。白银时代的文化不仅容纳了不同的风格和题材，而且囊括了彼此相去甚远、甚至相互牴牾的宗教流派。内容上的驳杂，也影响到它的哲学属性。这里既有西方形而上学的影响，首先是德国唯心主义的影响，也有来自于唯斯拉夫主义力图回归正教本源的企图，并且在正教的基础上组建其哲学体系，使后者同神学桴鼓相应，相得益彰。别尔嘉耶夫是这样描写当时俄罗斯社会的情景的：19世纪即将结束的时候，"俄罗斯出现了启示的情绪。这些情绪与临近世界末日的感觉和反基督者的感觉结合在一起，也就是具有悲观主义色彩。人们期待的主要不是新的基督的时代和天国的降临，而是反基督者的王国。这是对历史的道路极度失望，也是对目前还存在的历史任务丧失信心。这是俄罗斯思想的断层。"②

在这种情况下，渐趋冷落的教堂虽然没有如尼采所言变成上帝的坟墓，但却成为上帝的一座行宫。上帝正走出这所行宫而返归人的意识深处。尼采借一位疯子之口发出的"上帝已死"的惊呼，本不是一项本体论的声明，而只是一项文化上的陈述。"上帝已死"的意思是说，人们不再相信上帝，现行西方文化的价值基础业已崩溃。这样，尼采提出

---

① 一个有趣的事实是，当时俄罗斯社会里为数不多的、有自己独特见地的思想家中大多数都是信徒，或者本人就是宗教思想家，如霍米亚科夫和索洛维约夫。

② 〔俄〕别尔嘉耶夫：《俄罗斯思想》，雷永生等译，北京，三联书店，1995年，第1版，第201页。

"价值转换"才有理由。尼采之前的陀思妥耶夫斯基和尼采之后的萨特说得很清楚：既然上帝已死，那就无所不可了。这一表述证明了上帝在西方文化价值体系中基石一般的地位，预言了它的崩溃将引起的灾难性后果。

与此同时，在俄罗斯象征派诗人身上我们又看到了更多的对自由精神的追求。这种自由既有叔本华、克尔凯郭尔、尼采等唯意志论哲学家的影响，表现为一种在意志主导下的个人情感对社会现实的反抗，也源于俄罗斯民族几千年来蕴藏的异教徒的气质①，见如下巴尔蒙特的诗：

Я люблю тебя, Дьявол, я люблю Тебя, Бог,
Одному — мои стоны, и другому — мой вздох,
Одному — мои крики, а другому — мечты,
Но вы оба велики, вы восторг Красоты.
我爱你，魔鬼，我爱你，上帝，
朝一个呻吟，朝另一个叹息，
对一个叫喊，对另一个幻想，
但你们俩都伟大，都散发出美的魅力。②

另一方面，俄罗斯人的使命感成为他们思索、追求的动力，在造就了俄罗斯光辉的19世纪批判现实主义文学和后来的白银时代象征主义文学的同时，也常常导致个别作家的思想意识危机。在这一危机中，我们既看到了果戈理泪流满面地在焚烧他的手稿，又听到了白银时代诗人不屈的心声，见如下索洛维约夫的诗：

Хоть мы навек незримыми цепями	纵然那肉眼难睹的锁链，
Прикованы к нездешним берегам,	把我们永远锁在彼岸，
Но и в цепях должны свершить мы сами	但带着锁链我们应走完

---

① 正如赫克所指出的："俄国正教起源于东方及斯拉夫的异教遗风，而无神论却完全是西方的产物。"〔俄〕赫克：《革命前后的宗教》，高骅等译，北京，学林出版社，1999年，第1版，第245页。

② 顾蕴璞：《俄罗斯白银时代诗选》，广州，花城出版社，2000年，第1版，第26页。

Тот круг, что боги очертили нам.　　　神灵划下的轮回的路线。①

沙俄时代的俄国知识分子同东正教的关系史总的说来是一部充满了悲剧性矛盾的历史。一方面，旧俄知识分子从教会的教义、礼仪中汲取着精神上的养分，他们追求一种和谐、美好的生活方式，而这种生活方式只有在上帝那里才能得到。另一方面，愚昧保守的教会同沙皇的独裁统治联盟之后，又将这些知识分子永远地排除在教会思想之外（如西·布哈列夫②、列夫·托尔斯泰）。这个教会不允许任何思维方面的探讨，不允许任何思辨性的研究。

作为沙皇政府的御用工具，沙皇时代东正教的基本精神即认为人生是一种苦行，肉体是可鄙的，罪恶产生于肉体的欲望。为了拯救人的精神，人必须牺牲肉体，必须牺牲今世生活。教士的苦行，教徒们悲惨的生活，都只是为了死后的彼世。这一教义宣扬的是逃避现实以使灵魂得到拯救，升入天国。死亡被视为这一过程的媒介，并永远地同俄罗斯人的灵魂连在了一起。

白银时代的知识分子则不能接受教会传统的苦行主义。在西方文明和人文主义精神的鼓舞下，他们向往着美满的新生活，渴望充满欢乐与和谐、能使整个民族团结向上的生活。从19世纪到十月革命之前，这种渴望始终鼓舞着知识分子，激发起他们理想主义的冲动和自我献身的激情。从民粹派到资产阶级革命，一个较具代表性的情况就是出身于贵族门第的青年男女，冲破了家庭的束缚，放弃了社会特权，走到百姓中，去宣传那些与教会精神格格不入、因此也难为落后愚昧的农民所接受的善良的理想。这些带有文艺复兴特点的革命性活动最终在沙皇政府和教会势力的联合镇压下均销声匿迹了。

每一次改革者的失败都带来了更大的精神上的消沉和对现有教会的失望，导致了对宗教教义和社会伦理道德观念的重新解释。一些原本就具有神秘倾向的人陷入了极端的宗教个人主义和神秘主义（如果戈理、陀思妥耶夫斯基）；而另一些人则转向其他的学说（包括马克思主义）

---

① 顾蕴璞：《俄罗斯白银时代诗选》，广州，花城出版社，2000年，第1版，第6页。
② 西奥多·布哈列夫，修士，神父，修道院院长，莫斯科科学院和喀山科学院神学教授。其论《启示录》的书被圣宗教会议列为禁书，后被迫还俗。他的"文化神学"对索洛维约夫、布尔加科夫和罗扎诺夫均有过重大影响。

以寻求精神上的寄托和答案。还有一些人则开始玩世不恭。而这一切随着1905年革命的失败及俄国在日俄战争中的败北而发展到了顶点。

如果说以梅列日科夫斯基、勃柳索夫、索洛古勃、巴尔蒙特、吉皮乌斯为代表的老象征主义者们崇尚唯我的自爱,歌咏死亡,呼唤回到个人幻想世界去品味自我复杂的感情,去宣泄自我的痛苦,沉溺于一种强烈的、非常规的性欲的体验①,那么以伊万诺夫、别雷、勃洛克、索洛维约夫为代表的小象征主义者们则表现出另外一些创作特点。他们勇敢地踏上了一条新的美学探索之路。小象征主义者们崇尚"统一正教性"(соборность),号召诗人们去积极履行诗人们预言般的天职,实现他们的哲学宗教理念。

同宗教一样,白银时代的诗人也把希望寄托于未来。"俄罗斯民族的过去是黑暗的,现在是惨不忍睹的,但我相信她的未来。"② 赫尔岑的这段话成为从19世纪后半叶至20世纪初俄国知识分子的心理写照。他们一遍遍地重复着类似的话语,在自己的行为中一次次地书写着同一主题,见如下索洛维约夫的诗:

Серый сумрак предрассветный	黎明前那灰蒙蒙的昏暗,
Землю всю одел;	笼罩着整个人间大地;
Сердцем вещим уж приветный	一阵和蔼亲切的战栗
Трепет овладел.	袭进预兆吉凶的心里。
Голос вещий не обманет.	预兆的声音不会欺骗。
Верь, проходит тень, —	相信吧,影子将消失,
Не скорби же: скоро встанет	不要难过,很快就会
Новый вечный день.	降临新的永恒的白日。③

经过古典主义、浪漫主义、批判现实主义而日臻成熟的俄罗斯文学运动这时已经发展成为一股具有自我意识的力量。新一代的诗人们在康

---

① Шубарт В., 2003: *Европа и душа востока*, М., Эксмо.
② 〔俄〕别尔嘉耶夫:《俄罗斯思想》,雷永生等译,北京,三联书店,1995年,第1版,第62页。
③ 顾蕴璞:《俄罗斯白银时代诗选》,广州,花城出版社,2000年,第1版,第4页。

德、叔本华、尼采等人的唯心主义哲学影响下,开始了对俄罗斯命运的悲剧式的探索,并最终在宗教的世界中找到了康德的"彼岸世界"。

象征主义逃避和否定"此世",他们歌颂并追求"彼世"。在象征主义诗人的笔下,诸如"美妇人"、"女友"、"陌生女郎"、"罗斯"、"妻子"等意象已不再表示具体的实指,而是被作家用于表示所追求的可望而不可即的无限和永恒的存在。作为知识分子典型代表的象征派,他们集中体现了这一阶层不切实际的特点。这是一些执著于个人理想的人们,他们对现实的认识也是通过他们的理想实现的,见如下勃留索夫的诗:

Я действительности нашей не вижу,	我看不见我们的现实,
Я не знаю нашего века,	我不了解我们的世纪,
Родину я ненавижу,	对我们祖国我也痛恨,
Я люблю идеал человека.	我只爱人的理想境地。①

他们迷恋于自己的理想,犹如一个初恋者不切实际的爱情一样。他们准备为自己的理想去奋斗,贡献出自己的一切,对牢狱、服刑乃至牺牲都无所畏惧。同任何的浪漫主义者一样,象征主义诗人酷爱历史题材。他们所钟情的并非是近前的畴昔,而是遥远的古昔。过去对于象征主义诗人来说是一个能够勾唤起痛楚和忧伤的回忆的梦魇。象征主义者或者是生活在远古,或者是生活在未来。历史是一个象征材料的宝库,而未来则更能完美地体现这些象征。现在对于他们仅仅起着一个承前启后的作用,是一个连接过去和将来的时间"节点"。也正是因为如此,他们才有勇气面对现实中的种种丑恶和灾难,才能忍受这一现实加诸人们的种种不幸。现在对他们来说永远是悲观的。

在象征主义作家看来,象征是连接两个世界的符号。其中,现实的世界对所有的象征主义作家来说都是同一的,对另一个世界的理解则因人而各不相同。因此,符号所代表的象征意义乃至宗教理解也就各不相同。正是这种象征的整体化和个性化赋予了形象超时段性,而整体化象征中的宗教内涵使得这一超时段性更获得了无限的性质。从宗教的意义上说无限几乎就是上帝的代名词,因为只有上帝才会被认为是无限的。

---

① 顾蕴璞:《俄罗斯白银时代诗选》,广州,花城出版社,2000年,第1版,第59页。

这一上帝或类似上帝的属性（斯宾诺莎式的自然）也就成了象征主义诗人们最高的审美标准，构成了俄国象征主义者们关于美的内涵，见如下Вяч. 伊万诺夫的诗：

Снега, зарей одеты	是一派皑皑的白雪，
В пустынях высоты,	是映着彩霞的高峰，
Мы — Вечности обеты	我们是"永恒"的誓约，
В лазури Красоты.	常置身在"美"的碧空。①

真和善，则由于其时段上的相对有限性被赋予了次要的位置。如果说在传统的认识中，美一定要伴随有善，上帝的美首先在于上帝的善，善是一种无功利性的行为；那么在象征主义者那里，美与善传统的渊源被打破了。美被赋予了一种无功利性，从而获得了时间上的永恒性和形象上的动感性，见如下梅列日科夫斯基的诗：

Я людям чужд, и мало верю	我已格格不入于世人，
Я добродетели земной:	不大相信人间的善行，
Иною мерой жизнь я мерю,	我用别样的尺度，另一种
Иной бесцельной красотой.	无功利的美衡量人生。②

需要指出的是，不应由此认为包括象征主义在内的俄国现代主义象征主义不相信真和善，只崇尚美，忠实于陀思妥耶夫斯基的"美拯救世界"的美学信条。象征主义诗人之所以关注"美"，不仅仅是因为美同善、真相比具有更大的时间上的广延性，而且同象征主义作家们对文学作品形式的特殊理解有关。这一理解源于康德的下列思想：现实是令人痛苦、虚假而无诗意的，它不能作为诗的对象。在现实之外还有一个永恒的彼岸，那里有真实，有真理，那个世界虽然不可见，不可知，不能靠理性却可以通过感性的心灵去把握，诗所追求的就是那个彼岸的世界。而诗人借以到达彼岸的舟楫，则是诗所特有的完美形式。

---

① 顾蕴璞：《俄罗斯白银时代诗选》，广州，花城出版社，2000年，第1版，第72页。
② 顾蕴璞：《俄罗斯白银时代诗选》，广州，花城出版社，2000年，第1版，第20页。

象征主义诗人们以固定的格调描写着城市的景象，这里形式、色彩和城市的特征均是固定的。在象征主义者的笔下，城市变成了吸血鬼的家园，散发着瘴疠的泥淖，那里撒旦恣睢，小鬼横行，到处是疯狂、恐惧和绝望，还有诗人无可奈何的孤寂，见如下勃洛克的诗：

Ночь, улица, фонарь, аптека,	黑夜，街道，路灯，药店，
Бессмысленный и тусклый свет.	毫无意义而昏暗的灯光。
Живи еще хоть четверть века —	纵令再活上二十五年，
Все будет так. Исхода нет.	一切照旧。没了没完。
Умрешь — начнешь опять сначала,	你一死，还将从头开始，
И повторится все, как встарь:	一切会重复，像往昔情景：
Ночь, ледяная рябь канала,	黑夜，河面冰冷的涟漪，
Аптека, улица, фонарь.	药店，街道，路灯。①

在巴尔蒙特看来，象征主义者尝试"用其复杂的感受能力改造物质性，使世界服从于自己的意志，并深入到它的奥秘之中"。② 他们同时试图在自己的创造中达到内部世界和外部世界的统一，热切期望取得两个世界之间的完全一致，创造出一个既有神性又有人性的现实的上帝，并在这个道成肉身的上帝中实现自我，见如下巴尔蒙特的诗：

Я в этот мир пришел, чтоб видеть Солнце
И синий кругозор.
Я в этот мир пришел, чтоб видеть Солнце
И выси гор.
我来到这世上是为了见到太阳
和高天的蓝辉。
我来到这世上是为了见到太阳
和群山的巍巍。

---

① 顾蕴璞：《俄罗斯白银时代诗选》，广州，花城出版社，2000年，第1版，第106页。
② 袁可嘉等：《现代主义研究》，北京，中国社会科学出版社，1989年，第1版，第359页。

> Я в этот мир пришел, чтоб видеть море
> И пышный цвет долин.
> Я заключил миры в едином взоре.
> Я властелин.
> 我来到这世上是为了见到大海
> 和谷地的多彩。
> 我把世界囿于一瞥之内,
> 我是它的主宰。①

  然而,象征主义者注定是无法达到这两个世界(新柏拉图主义的"此世"与"彼世")的和谐统一的。象征主义者所处的社会大变革时代是一个理想与现实大脱节的时代。人们一方面为崇高的理想所驱使,充满了激昂的使命感和自我牺牲感;另一方面,他们又完成着在象征主义者看来最应予以谴责的行为——残害生命,毁灭艺术。象征主义者无法面对这一巨大的反差,无法顺应时代的潮流。这就注定他们要生活在巨大的矛盾的重负之下,其沉重的负担使他们的命运要比任何一个时代的艺术家们还要悲惨,而悲剧的命运又促进了他们对审美理想和完美的艺术形式更加执著的追求。

  象征主义作家和诗人对于人类思想有着浓厚的兴趣,他们是那样地倾慕黑格尔、尼采、圣西门、费尔巴哈、马克思。然而,俄罗斯人质朴的天性使他们的这种兴趣缺少了思辨性成分与批判性分析。他们与其说是倾倒在这些思想家的思维逻辑面前,不如说是为后者巨大的热情所折服。这一热情来自于思想家们叛逆的思想,同时又唤醒了象征主义者身上已沉睡多年的俄罗斯人的、普加乔夫式的幽灵。这使他们成为与社会格格不入的人,尽管他们有着良好的初衷和善良的意愿。在革命前的俄国,上至沙皇、王公、大臣贵族,下到平民百姓,直至拦路打劫的强盗和杀人犯,都有着这样一种俄国人所特有的虔诚性。② 他们一方面在为现实的利益忙忙碌碌,另一方面,他们的灵魂则在为生存的意义问题而苦恼。

---

① 顾蕴璞:《俄罗斯白银时代诗选》,广州,花城出版社,2000年,第1版,第25页。
② 〔美〕汤普逊:《理解俄国:俄国文化中的圣愚》,杨德友译,北京,三联书店,1998年,第1版,第3~38页。

白银时代的诗人在宁静中感受宇宙万物存在的真谛，心灵这个小宇宙通过静观和冥思包揽宇宙八荒，吞吐世界万物；并通过有限的词句将这一无限的认识表示出来。这就要求这些文字寓意深刻，极具象征意义。它能够给人以联想，借瞬间把握住永恒的历史线索及其规律。而俄罗斯民族的偏激性妨碍了他们对这一思想后一方面的认同。与西方宗教所宣扬的博爱精神相反，在白银时代的象征主义作品中我们总能感受到"因爱成恨"的成分。"俄罗斯对绝对的爱的渴求，则引向敌视和仇恨。"①于是，我们看到了对现实社会的否定和对死亡的赞美，见如下勃洛克的诗：

Увижу я, как будет погибать	我的祖国啊，我将目睹：
Вселенная, моя отчизна.	宇宙的毁灭近在眼前，
Я буду одиноко ликовать	我将孤身一人地欢呼
Над бытия ужасной тризной.	一切生命的可怕葬宴。
Пусть одинок, но радостен мой век,	我的一生孤单而欢欣，
В уничтожение влюбленный.	对毁灭生来就一往情深，
Да, я, как ни один великий человек,	世上未曾有一个伟人，
Свидетель гибели вселенной.	像我当宇宙毁灭的证人。②

"上帝是自由，是解放者"构成了象征主义诗人的作品中神秘主义的重要内涵之一，见如下勃留索夫的诗：

| Я хочу и по смерти и в море | 我要把自由的我来感知， |
| Сознавать свое вольное "я"! | 即便在我死后的大海上！③ |

在白银时代象征主义诗人笔下，自然界中的生命与死亡，现实社会中的美善与丑恶，人世间的创造与毁灭，都同上帝联系起来，成为诗人

---

① 〔俄〕别尔嘉耶夫：《俄罗斯的命运》，汪建钊译，昆明，云南人民出版社，1999年，第1版，第23页。
② 顾蕴璞：《俄罗斯白银时代诗选》，广州，花城出版社，2000年，第1版，第92页。
③ 顾蕴璞：《俄罗斯白银时代诗选》，广州，花城出版社，2000年，第1版，第65页。

们讴歌的对象，见如下梅列日科夫斯基的诗：

Если розы тихо осыпаются,	如果玫瑰花悄然地凋残，
Если звезды меркнут в небесах,	如果星星在高空里暗淡，
Об утесы волны разбиваются,	如果飞浪拍岩终成碎沫，
Гаснет луч зари на облаках,	如果落日余晖熄灭在云端，
Это смерть, — но без борьбы мучительной,	这就是死，了无临终前的凄惨，
Это смерть, пленяя красотой,	这就是死，动之以美的花环。
Обещает отдых упоительный, —	大自然最美好的馈赠
Лучший дар природы всеблагой.	允诺你醉人的休眠。

对上帝非客体化的认识与宗教理念中关于人性中的神性问题遥相呼应，构成了象征主义诗人创作审美的一个重要方面："非彼非此"原则和"既是彼又是此"原则①。在象征主义诗歌中经常出现的矛盾形象并存的情况（如"是"与"非"、"上帝"与"撒旦"、"开始"与"终结"、"喜悦"与"痛苦"、"火"与"水"）以及矛盾修辞法（"沸腾的冰冷"、"昼的夜"、"夜的昼"等等）。如果说俄罗斯民族"非此即彼"的偏激性促使俄罗斯象征主义诗人在白银时代这个融合了各种不同学说和信仰的时代勇敢地举起批判性的"魔鬼主义"大旗，开始了对"黑暗"、"死亡"、"丑恶"、"毁灭"等的大胆讴歌，那么上述的美学原则和创作手法则为他们提供了一个在表达自己对世界认识的同时得以有节奏地、因而更完全地宣泄自己内心情感的艺术环境。

歌咏痛苦的心灵，它已疲惫不堪，安眠于它那疲惫的活死人墓之中；歌咏死亡，惧怕生活，不愿或无法看到现实生活中有价值的东西，而仅仅看到群魔的乱舞、现实的空虚和残酷——早期俄罗斯象征主义者正是怀着这样的情绪来描述世界的。这种情绪必然导致两个结果，或是赞美死亡，号召走向死亡；或是郁悒消沉，以甜蜜的幻想自我麻醉，消极遁世以求逃避现实生活，最终陷入个人封闭的冷酷的孤芳自赏之中。

所有这些特点，都不同程度地表现在明斯基、科涅夫斯基、吉比乌

---

① 有研究者认为这是唯美主义的一个重要原则。（林精华：《西文视野中的白银时代》，北京，东方出版社，2001年，第1版，第104页。）

斯和勃留索夫早期的诗歌创作中,尤其是勃洛克、安年斯基和索洛古勃的创作中。他们的诗歌都透露出一种消极颓唐、柔弱无力、缺乏意志和毫无生机的气息,尽管有些诗歌具有相当完美的形式,见如下索洛古勃的诗:

О смерть! я твой. Повсюду вижу	死神啊,我属于你!
Одну тебя, — и ненавижу	我所见全是你,——于是我憎恶
Очарования земли.	尘世间七情六欲的魅惑。
Людские чужды мне восторги,	人生的欢乐我都已看破。
Сраженья, праздники и торги,	什么战斗、节目和交易,
Весь этот шум в земной пыли.	这一切喧闹是烟云而已。
Твоей сестры несправедливой,	对于你那位不公道的姐妹,
Ничтожной жизни, робкой, лживой,	卑微、胆怯而虚伪的生命,
Отринул я издавна власть.	我很久以来就拒绝受它支配。
Не мне, обвеянному тайной	你不同凡响的美色之谜,
Твоей красы необычайной,	把我的浑身上下都充溢,
Не мне к ногам ее упасть.	我便决不会再对它陶醉。
Не мне идти на пир блестящий,	我决不去赴豪华的酒宴,
Огнем надменным тяготящий	因那里不可一世的灯焰
Мои дремотные глаза,	刺得我困倦的眼不舒服,
Когда на них уже упала,	而此刻你那冰凉的泪珠,
Прозрачней чистого кристалла,	比纯净的水晶还更醒目,
Твоя холодная слеза.	已一滴滴往我眼眶滚入。①

象征主义将死亡描绘为生命的开端,通过激情般的创作赋予了日常词语以丰富的象征含义。似曾相识的面庞转瞬即逝,现实的短暂性中透出永恒。新的诗学理念要求新的诗歌流派必须推出新的创作手法,于是象征手法应运而生。象征来自于传统宗教中对上帝的描述方法。在宗教

---

① 顾蕴璞:《俄罗斯白银时代诗选》,广州,花城出版社,2000年,第1版,第38~39页。

的理解中,象征首先是同宗教难以说明的关于上帝的真理联系在一起,是后者在凡间的属性;并且随着关于上帝理念的扩大,逐渐获得了包罗万象、广袤无垠的内涵,成为人世间至善至美的符号。符号只有在它获得广博的取之不尽的内涵,当它通过暗示的语言表达出众多的原本与词语外部形式不对应的事物时才能成为真正的象征。这时它已经不再是一种喻义的手段,而是从手段变为了目的。

(五)象征主义与存在主义的契合点

象征主义诗人们对死亡、丑恶、毁灭的讴歌,不仅表现出他们对现实生活的"因爱成恨",表现出他们对东正教教义中的上帝的"离经叛道"的理解,同时也反映出他们精神上的一种孤独寂寞感。这种孤独感来源于象征主义诗人们对现实的存在主义哲学方式的思考,而哲学家,根据别尔嘉耶夫的说法,"从来就是孤独的"。① 这是因为哲学家不是具有集体意识的人,他们不是生活在有限的狭小空间,靠集体帮助他们抵御孤独感,而是"全然开始在宇宙和世界空间中生活,获得世界视野,这就强化了孤独感和被遗弃感"。为了克服这一孤独感,象征主义诗人们采取了对上帝的"非客体化认识",即"我之存在之所以能与上帝的存在相关联,正是因为上帝不是客体,不属于客体化世界。"② 即我们前面说到的象征主义诗人对"彼在真理"的追求和他们与自己心目中上帝的同化。这一同化在象征主义诗人那里是通过象征手法实现的,而神秘主义则是加速实现这一同化的催化剂。

如同存在主义作家,俄罗斯白银时代的象征主义者们大多崇尚的是个体的感受,个体创造时的激情。他们所强调的是一个与传统的普遍的存在概念相区别的生存,强调生存有个体的感受性。如同克尔凯郭尔所指出的,他们在对"是"的追求中,"绝不靠任何客观的慎思,而是靠无限的内在激情。……只有在对激情的理解中才能构成与上帝真正的内在关系。"③ 存在主义者"把生存与思想区分开,并不是否定思想,而是直接针对传统哲学、特别是黑格尔式的抽象的思辨而言的,在他看来,

---

① 〔俄〕别尔嘉耶夫:《精神王国与恺撒王国》,安启念等译,杭州,浙江人民出版社,2000年,第1版,第177页。
② 〔俄〕别尔嘉耶夫:《精神王国与恺撒王国》,安启念等译,杭州,浙江人民出版社,2000年,第1版,第160页。
③ 熊伟:《存在主义哲学资料选辑》,北京,商务印书馆,1997年,第1版,第25~26页。

黑格尔把思想抽象化的做法实际上是用某种玄思消除和处理掉了思想作为生存悖论的当下性。而克尔凯郭尔要凸显的正是生存的悖论性，并通过这一途径恢复思想作为生存的感性联系。"①

从这种在自身中包含神话学说和象征主义的纯神秘主义的立场出发，象征主义者认为个性就是小世界、小宇宙，它包含着整个宇宙。别尔嘉耶夫在《自由的哲学》一书中写道：人是小宇宙，它提供存在——大宇宙秘密的谜底。……一切通灵术学实质上都隐藏着这个关于人——小宇宙的奥秘真理。只有教会意识才能了解这个秘密，只有小宇宙才有能力了解大宇宙。所以人理解宇宙的秘密，他和宇宙是同一组成。② 人之所以有价值，就是因为人有个性，只有个性才是有价值的。个性是存在的中心，这一判断构成存在主义的主题。作为存在中心的个性，能够体验痛苦和快乐，无论是民族、国家、社会建制，还是教会，都没有这个功能，这是个性的优势。人生活的意义就在于揭示自我的世界，发现宇宙的无限性和它那亘古之美。"我之存在的不可分割的意义在于'我'是不会改变的，是永恒的。"③ 这种同永恒的联系给人以生活完整、生存和谐的感觉。向存在主义的突破只有在人神秘地、以自己所有的感觉和信仰去洞察"自我"同"精神世界"的统一的情况下才能实现。由此，象征主义者断言，人的生命具有无限的价值，人可以生存，因为他和创世主在永恒中相连。人生活的意义在于追求存在。创世主把非存在变成了可能的存在，他给了所有物质生存的可能性，并以此将永恒的创造的使命归结为成为上帝的映像。

象征主义者认为只有在永恒中才能获得生活的统一性和完整性。在这一过程中，生存世界与现象世界之间的分裂被弥补。А. Л. 沃伦斯基指出，对万物一统的追求是象征主义本质的特征。根据他的观点，对现实理想的感受是象征主义世界观固有的特征。他写道："象征存在于现象世界和神的世界艺术地结合之中。现象本身的概念是最新的哲学，是美好、富有诗意的财富，它只是在理想的世界观中获得逻辑的意义。这种世界观认为，有形的和无形的、有限的和无限的、现实的和神秘的诸因素结

---

① 邹诗鹏：《生存论研究》，上海，上海人民出版社，2005年，第1版，第61页。
② 〔俄〕别尔嘉耶夫：《自由的哲学》，董友译，桂林，广西师范大学出版社，2001年，第1版，第144页。
③ Белый А., 1918: На перевале. Кризис жизни, ПБ, Алконост, с. 112.

合在不可分割的统一体内,如同两个相互之间密切相关的世界具有不可分割的特征。"①

象征主义关于统一的概念建立于宗教的世界观之上。索洛维约夫这样谈论未来的艺术家:"不仅是宗教思想左右他们,而且他们本人将左右宗教并有意识地把它操作为尘世的体现。"② 对象征主义者来说,象征具有永恒的宗教性。"真正的象征主义艺术触及了宗教领域,因为宗教首先是对所有存在的和任何生命意义关系的感觉。这就是为什么可以把象征主义和宗教创作作为处于某种互相关系中的因素来谈论。"③ 索洛古勃在论及象征主义与宗教的关系时说道:"民主象征主义宣扬统一正教性和大众神性论(коллегиальность)"。当今的艺术属宗教的艺术,因为它"充满了悲剧性内容和自由意志的追求。悲剧始终富有宗教色彩,世界上只有唯一一个意志。当今艺术的宗教性还缘于它是象征主义的艺术,而象征主义总是让我们感到普遍性的联系。象征主义同宗教一样,将所有出现的东西归结为一个共同的本原,并试图深入到生活的意义中。当今艺术的宗教性,还在于它所追求的是一种全人类的艺术,即通过凡间的形式实现了宇宙普遍联系和共性的认知。"④。他在《当今艺术》一文中指出:"任何一种艺术就其实质来说均是象征的,因为它们均属诉诸直觉的认知活动……象征主义的任务是将永恒的东西同现象世界连接在一起。这个任务对于作为特殊的认知方式的艺术来说始终是一贯的,不管其表达的方式如何发生变化。……我们洞悉现象世界后面的本质世界,并在永恒价值世界中评价短暂的生命和邪恶的生活。"⑤ 象征主义指出了宇宙和整个生存世界产生的源泉——象征或者绝对精神。这一源泉在自身中维系了一切存在,构成了崇高的第一原则或神。作为一种超存在,象征主义在自身中涵盖了生存世界中所有悬而未决的问题。在象征主义者那里,尘世间和上界的因素、善与恶并存于存在之中,并存在于既合又分的统一中。这样的统一体被象征主义作为一种象征来思考,也就是作为一切崇高的现实和本原的成因。"弃绝这个世界的理性——上帝的非理

---

① Волынский А. Л., 1906: *Борьба за идеализм*, СПб, с. 134.
② Бродский Н. Л., 2001: *Литератураный манифест*, М., Аграф, с. 78.
③ Иванов Вяч., 1994: *Родное и вселенское*, М., Республика, с. 77~78.
④ Сологуб Ф. К., 2002: *Собрание сочинений*, т. 6, М., НПК Интелвак, с. 443.
⑤ Сологуб Ф. К., 2002: *Собрание сочинений*, т. 6, М., НПК Интелвак, с. 423.

性，就是自由的而不是奴役和黑暗势力的最勇敢的行为：弃绝小理性，克服逻辑的局限性而获得大理性，逻各斯就开始当令了。小理性是 ratio，它是唯理论的，大理性是 logos，它是神秘的。小理性起切断部分的作用，大理性起完整精神生活的作用。小理性永远把主体和客体对立起来，大理性则理解主体和客体的同一。小理性是推论的，大理性是直觉的。"① 从这一前提出发，象征主义者尤为强调宇宙和人的内在结构的统一性。在象征中，现象和本体的因素相互作用，逻各斯和有生命的个体相融合。象征化意味着获得神性，代表神的体现。作为神圣的源泉，统一的光明穿过大气层普照尘世，把一切容纳到统一的全宇宙的有机体中，产生出不同寻常的和谐，宇宙的音乐。因此，在象征的诸意义中包含着所有存在的范畴。

作为完整的因素，上帝创造着世界，所有的存在来源于这一闪耀着圣光的统一的源泉。这种来自于统一的积极性被称为理性或精神。古希腊唯心主义哲学家、新柏拉图主义的创始人普罗提诺这样写道："存在着可以称之为圆心的东西：它的周围是某个从圆心放射出耀眼光芒的圆周；在它们（圆心和圆周）周围是另一个圆周：来自光亮的光亮。"② 上帝创造了世界，统一之光照亮了世界的每一个区域。但是，世界同样拥有其自身的、为自由所规定的存在。因此，这种光在每一个区域内各有其自身的品质、优秀的性能。别雷用神秘主义的内容来解释象征的统一："根据赫耳墨斯的学说，语言创造了世界，思想和语言创造了全能，从全能中产生了显现在七个领域内的七个神灵，在这些领域内显现了宇宙所有的物种。七个神灵在七种领域内的显现构成了天意……世界是小宇宙和大宇宙思想的联合；存在是创造思想的象征。"③

象征主义者以神秘的意义和宇宙论为出发点，得出象征具有神秘性的结论。他们认为，象征是神之光，它能够使世界获得永恒的意义并具有创造的能量。象征作为统一的神的统一之光出现在客观事物中。但在世界体现自己的过程中，象征产生了众多的意义，具有了多义性。在存在的每一个平面上，象征均有其特定的意义。弗洛连斯基认为，象征有

---

① 〔俄〕别尔嘉耶夫：《自由的哲学》，董友译，桂林，广西师范大学出版社，2001 年，第 1 版，第 21 页。

② Плотин, 1995: *Космогония*, М., REFL-book, с. 89.

③ Белый А., 1994: *Символизм как миропонимание*, М., Республика, с. 82.

两个存在的平面：绝对精神的存在和生命体的存在。在象征中连接着现象世界和本体世界、现实世界和非现实世界。① 作为对创造、世界持积极态度的象征，就是逻各斯，是神明的体现，是世界灵魂索菲亚。因此，象征在自身中有三个位格或者三个平面。象征主义的创作因此也触及了精神、理智、内心三个方面。作为这种创作的结果，产生了通灵论。根据象征主义的观点，艺术同样具有三个位格，音乐、诗歌或绘画作为它的不同的区域与象征和统一的神联系在一起。这样，象征或通灵论就成为艺术（音乐、诗歌、绘画）综合的先决条件。巴尔蒙特曾写道："世界是向一切敞开的音乐。整个世界是雕刻出来的诗。"② 索洛古勃同样认为："在象征主义世界观那里没有单纯的现象，于是在感知物质世界相对意义上的事物和现象时，象征主义世界观认为存在着某种包罗万象的统一。只是借助于这一统一，全部物质世界中现存的有形事物才可获得其特定的内涵。"当今艺术"一方面它与上一个时期的带有鲜明倾向性的艺术有着本质上的区别；另一方面它有别于'为艺术而艺术'的自我陶醉的唯美主义，为生活而艺术和为艺术而艺术均属于艺术的不完善的形式。……当今艺术又一次走上了自由创作的康庄大道，因为在艺术中人们再一次获得自由的要素。当今艺术已然意识到其高于生活和自然的优越性。……象征主义艺术不可避免地将导致对生活意义的反思。无独有偶，社会由于各种原因面临关于生存意义的诸多问题时，对象征主义艺术的兴趣将有助于回答这些问题。……在崇高的艺术中形象竭力成为象征，即竭力在自身中纳入多义的内容，竭力要让这个内容在感受过程中能够表达出更多深邃的涵义。……象征主义构成新艺术的基本特点之一。……象征主义是任何一种伟大艺术的基础。这是一股伟大艺术专心致力于其的自发的潮流，这一潮流建立了内容和形式之间的不可分割的联系。……作为完全特殊的认知方式，艺术不能只诉诸理智。它需要鉴赏者产生并行的感受。每个人感受世界都带有其特殊的主观性、彼此相异的印象和经验。赋予我们心中的艺术形象以生命的活力将有助于完成象征主义艺术的基本任务，即洞悉现象世界后面的本质世界。为此，不

---

① Соложенкина С., 2000: "Живая и мертвая вода. Вехи судьбы Федора Сологуба", Сологуб Ф., *Собр. соч.*, т.1, М., НПК Интелвак, с. 287.
② Бальмонт К., 1904: *Горные вершины*, М., Гриф, с. 77.

能仅仅依靠理性和推理、词语，而应借助于直觉和音乐感。"① 因此，在俄罗斯白银时代的诗歌体系中，我们看到了鲜明的人物形象、富有情感性和表现力的诗歌。对于象征主义者来说，整个世界是一个统一的宇宙，是不同领域和谐的统一。世界犹如一部交响曲，演奏的是"歌唱宇宙"的乐章。为了看懂这部美妙的神秘剧，为了领悟理性的世界，必须挖掘宇宙，深入进去，理解统一的神的精神。在富有诗的魅力的音乐中借助直觉我们可以发现理智无法企及的另一种世界。勃留索夫在《开启秘密的钥匙》一文中指出，我们面前的世界诸现象服从于某种规律性的东西，我们的五官和意识欺骗着我们，而科学无力揭穿这种欺骗。唯一的出路就是凭借我们超常的直觉，直觉能够领悟世界诸现象，进入到世界的内核中。自古以来艺术的任务在于刻画出洞察力和灵感的瞬间。② 只有通灵论家掌握着天国的钥匙，上帝神秘的文字只有魔法家才能破解。只有力求深入到存在本原的人才能成为魔法家、通灵论家和诗人。他们与永恒相连，其本人作为一个小世界、小宇宙，他们在改变自身的同时，也改变着宇宙。他们的创作与上帝同在。对象征主义者来说，艺术是一座永不熄灭的灯塔，在艺术中显现出上帝世界的廓落。从这样一种关于艺术的定义出发，我们可以说，象征主义作为一种创作活动，其任务就在于连接暂时与永恒、本体与现象。"只有在创造中才呈现出真正的世界，最现实的世界，上帝中的世界。创造是神的灵感，神的世界，上帝中的世界。创造是神的灵感，神的交往。对于创造者–诗人、创造者–哲学家、创造者–神秘主义者、社会真理的解放和生命的真理的创造者来说，在创造的狂喜中呈现出最后的、隐秘的现实性的世界。……在创造中永远比在现实中有更多的东西，在艺术中永远有比自然中更多的东西。在创造中自然自身被改观，创造是神的作品的顶点，经过创造，神的作品上升到最高处。"③ 作为宗教神秘主义流派，象征主义依靠凭直觉认识世界的方法，从本体论、宇宙论、基督神学的角度来研究世界和人。

承上所述，无论是象征主义者，还是存在主义者，在新的历史时期

---

① Сологуб Ф. К., 2002: *Собрание сочинений*, т. 6, М., НПК Интелвак, с. 423.
② Бродский Н. Л., 2001: *Литератураный манифест*, М., Аграф, с. 62.
③ 〔俄〕别尔嘉耶夫：《自由的哲学》，董友译，桂林，广西师范大学出版社，2001年，第1版，第203页。

对人的价值均进行了重新肯定。他们在自己的创作中关注人与世界和生活意义的问题，强调人的精神存在、个体的极端重要性和个体的自由选择权。与此同时，他们都认为存在先于本质，此世界是荒谬的，人生是痛苦的，但人又是自由的。象征主义和存在主义的作家与诗人们的创作主题也是相似的，他们对死亡、毁灭、孤独、异化、存在、自由、永恒、创造等主题情有独钟。象征主义文学与存在主义文学均努力探索人在荒诞世界里的出路与归宿，探求在荒诞的境遇里人如何保持尊严与本质等问题。

（六）俄罗斯象征派的功绩

俄罗斯象征主义深受法国诗人阿·兰波、斯·马拉美、比利时法语作家兼诗人莫·梅特林克等的创作中神秘主义的影响。尤其是在象征主义主要理论家别雷的创作中，无处不显示着神秘主义对他的巨大影响。别雷在自己的理论体系中综合了普罗提诺、德国中世纪的神秘主义代表艾克哈特的某些思想。可以说，俄罗斯象征主义在自身中实际上综合了所有关于理念的学说。

俄罗斯象征派的功绩在于，他们预见到了文化的危机，指出摆脱危机的出路就在于文化的综合、东西方思想之间的对话以及相互影响。宗教神秘主义的创作把各种文化融合在一起，其中有最古老的世界范围的古代文化，悲剧性感受世界并力争人文主义复兴的中世纪文化，有泛神论和超验世界观的新时代的文化。不同时代的文化呈现在异彩缤纷的统一体中。在这个综合进程中，有生命的存在出现在上帝之中，整个世界构成一个有机体，充满了至高无上的神的意志的体现。可以说，两个世界借助神力结合在一起。用象征思考，意味着在人的身上和"自我"内部会发生变化，会出现神的映像。这种奇迹在象征主义者看来是可能的，任何一种创造的存在皆是因为在其精神深处有神的光照，借助于这一光照才能同宇宙、同永恒理念发生联系，才能在精神领域有所突破，才会有生命的突破和精神方面的自我意识的觉醒。人类经过磨炼，世界最终会到达神人类的境界。俄罗斯象征主义者在自己的创作中力求反映神人的理念，最终战胜悲观主义。他们在理念实现的过程中都有其特殊的创作世界、独特的个性。象征派创作的独特性毫无疑问来源于固有的对世界与人的理解，在于对人类存在的悲剧性的反映。在他们的作品中，关于生活意义的问题尤为尖锐，并成为他们富有哲理的思想的初始点。

第二章 19世纪俄罗斯经典作家的存在主义创作经验

存在主义意识融合了哲学和艺术思考的实质。因此，俄罗斯和西欧存在主义文化的历史特点同时受制于双重类型的意识逻辑。20世纪的意识呈现出多层面的特点。存在主义意识在本体论、存在方式及形而上等几个层面研究人的存在。19世纪末，富有哲学思辨精神的俄罗斯文学泰斗陀思妥耶夫斯基和托尔斯泰天才般地预感到了新世纪的意识。陀思妥耶夫斯基在小说中反映出主人公对生活危机的感受及其善于发现存在最终实质的能力。他的创作与20世纪的意识最为接近，并成为俄罗斯乃至西方存在主义文学强大的催生剂。陀思妥耶夫斯基通常是将个性置于极限境遇和危机的中心来进行研究。而此时的托尔斯泰面对人类生存和意识的悲剧，曾一度感到茫然不知所措。存在主义意识最初只是作为托尔斯泰世界观体现的方式之一。只是到了创作的晚期，托尔斯泰以其特有敏锐的目光重新审视了同时代人及其意识世界，对人获得了新的认识，作家的部分小说亦开始从存在主义的角度对即将来临的新世纪重新进行思考。从安德列·博尔孔斯基的英年早逝到伊万·伊里奇之命赴黄泉，托尔斯泰开辟了一条通往存在主义认识论的独特之路。在小说《伊万·伊里奇之死》（1886年）中，人作为脱离了上帝的存在，面对的是毫无意义的生存和死亡。托尔斯泰在该小说中所展示的存在主义情境在后来整整一个世纪中无时无刻不在困扰着人类。作家诉诸小说体裁，将人置于死亡这一极端情境之下，附之以细腻的心理描写和犀利的存在主义分析。正如有研究者指出的，"海德格尔在其哲学名著《存在与时间》中所涉及的生死问题的人的存在分析，多半可在半个世纪以前问世的《伊万·伊里奇之死》中找到存在主义文学的线索或例证。事实上，海德格尔在书中附注提到了这篇作品的重要性，可见它对海德格尔的'死亡'

讨论极有影响。"①托尔斯泰的《伊万·伊里奇之死》与陀思妥耶夫斯基的《地下室手记》(1864年)、《卡拉马佐夫兄弟》(1880年)等名著相互辉映,构成了存在主义文学的先驱之作。无论是陀思妥耶夫斯基还是托尔斯泰,他们的创作经验对于作为具有完整概念和体裁的存在主义文学运动的形成与发展无疑有着重要的意义。

一、上帝死后无所不可的陀思妥耶夫斯基

费奥多尔·米哈伊罗维奇·陀思妥耶夫斯基(1821~1881)的创作反映了他对危机四伏生活的感受。作家以研究人为己任。在陀思妥耶夫斯基的艺术世界中,不仅人与社会、人与人,而且人与自我之间不断发生碰撞。陀思妥耶夫斯基的创作经验与20世纪的意识最为接近,并成为存在主义文学的典范,对存在主义文学的形成影响巨大。可以说,陀思妥耶夫斯基以对人和世界的思考拉开了20世纪意识的帷幕。

(一) 陀思妥耶夫斯基的存在主义创作经验

20世纪下半叶,俄罗斯学界开始关注陀思妥耶夫斯基对存在主义贡献的问题。当时正值法国存在主义作家宣称自己的创作在文学中自成一派的时候。20世纪60年代,学者们开始对陀思妥耶夫斯基创作中的存在主义进行诠释,研究这位俄国作家对法国存在主义作家(如加缪)创作的影响问题。研究的主要内容均围绕着陀思妥耶夫斯基创作的主题:生活的意义、悲剧性问题、小人物的精神世界、自杀和反抗问题以及长篇小说创作思想方面的经验等。

陀思妥耶夫斯基为后人揭示了这样一条规律:人只有在最黑暗中才能洞悉自己存在的基本真理。通往对20世纪存在本质的认识之路乃是一条从世界的狂欢胜利到发现世界之丑陋的道路。陀思妥耶夫斯基的存在主义创作经验主要涵盖两个方面。首先,陀思妥耶夫斯基的小说充满灾难性,小说的情节均是朝着灾难性的悲剧结局发展;其次,他的小说具有强烈的主观渗透性,常常是把另一个自我作为另一个主观来感受。陀思妥耶夫斯基作为一名人类学家的创作经验为20世纪开启了对人的个性的认识。作家在本质上触及并再现了人内心的最深层次,在其艺术世界里,人内心的自然是与逻辑完全相左的。

---

① http://baike.baidu.com/view/1056669.htm?fromId=9612898。

别尔嘉耶夫在《陀思妥耶夫斯基的世界观》一书中，在建立起作家的精神形象的同时分析了其对人、自由、恶、爱等方面的基本观念。别尔嘉耶夫从更为符合逻辑和情感的角度去审视这位作家的存在主义经验。他认为，陀思妥耶夫斯基关于新世纪的世界观是根据20世纪所特有的参数形成的，作家使存在主义的问题变得更为清晰，并上升到存在主义的主要纲领（"失去上帝的世界"）的层面。这位哲学家进而指出，作家世界观的中心依然是光明和上帝。因此，陀思妥耶夫斯基"为我们保留了最主要和最珍贵的东西，即我们的人格和我们的个性"。①——别尔嘉耶夫援引《地下室手记》写道。正是得益于上帝，陀思妥耶夫斯基人物身上的个性才得以保存下来。不可否认，别尔嘉耶夫对陀思妥耶夫斯基充满激情的判断部分是来自于这位哲学家的基督教世界观。

舍斯托夫则从另一个角度对陀思妥耶夫斯基的创作进行了研究。在《陀思妥耶夫斯基和尼采》一书中，这位哲学家感兴趣的不再是陀思妥耶夫斯基创作的个别方面，而是这位伟大作家的创作手法。② 1935年5月，在巴黎宗教神学院所作的报告《克尔凯郭尔和存在主义哲学》中，舍斯托夫采用了对比手法，在将陀思妥耶夫斯基与尼采的命运和生活之路进行对比的同时，他将这位作家同克尔凯郭尔进行了比较。通过比较，舍斯托夫得出结论：陀思妥耶夫斯基的创作经验对于20世纪意识的全面确立有着非凡的意义。克尔凯郭尔表现了失去认知支点的人的形而上的孤独。陀思妥耶夫斯基则汇集了自身所有的力量，来挣脱认知的控制，绝望地同抽象的真理和辩证法进行搏斗。③

20世纪的存在主义意识沿着尼采和陀思妥耶夫斯基思想轨迹发展，同时竭力克服传统的认知和经验的路标。两位思想家始终面临非此即彼的抉择：一方面是正面而空虚的现实，另一方面是诱人而又令人惶恐的新生活。毫不奇怪，他们在作出抉择时总是犹豫不决，时而用恐惧的诅咒来唤醒自己的思想，时而又陷入冷漠与迟钝，以使紧绷的心灵得到片刻的放松。同时，他们处在与人的思维完全对立的两极。正如陀思妥耶夫斯基在《地下室手记》中所说的，死亡的来临犹如二二得四一样简

---

① http://www.magister.msk.ru/library/philos/berdyaev/berdn008.htm。

② Шестов Л. И., 1993: "Достоевский и Ницше", *Избранное сочинение*, М. Ренессанс, с. 35~121.

③ http://www.odinblago.ru/path/48/2。

单。因此需要作出的选择是：或是推翻二二得四，或是承认对生活的最后审判——死亡。

应该指出，陀思妥耶夫斯基是 20 世纪新宗教哲学复兴的先驱。陀思妥耶夫基否定哲学的出发点是关于存在无意义的思想。他断言存在无意义，其心理学原因一是在于绝望和苦闷，另一个重大根源是因为存在着痛苦。陀思妥耶夫基在长篇小说《卡拉马佐夫兄弟》的第二部第五卷"赞成与反对"里表现了这一痛苦主题。书中论及痛苦会不由自主地导致产生关于存在毫无意义的思想。陀思妥耶夫基通过承认自己无法解决存在意义问题的伊万·卡拉玛佐夫这一形象表明：我们的理性不能把握存在的内涵。与此同时，陀思妥耶夫基还指出了这样一个事实：人本身就包含着存在的意义问题，并通过我们的行为力图揭示这一意义。人希望存在充满内容，希望要生活在一个有意义的世界中。在人的生活中，有诸多方面的东西是由这些问题构成并决定的。人为了一切实际的生活行为也必须事先弄清存在是否具有意义。[①] 陀思妥耶夫斯基在《卡拉马佐夫兄弟》中提出了这样的问题："我的生活是否具有意义？"，"难道我被制造出来仅仅是为了得到我的全部制造只是一个欺骗这样的结论吗？"[②] 陀思妥耶夫基承认这些问题的重要性，并强调它们对实际生活的意义。但是他相信，无法得到对这些问题的单义的回答，这样的问题是理性所无法解释的。

除了生存意义的不可理解，恶的存在同样使得人们为存在的意义绞尽脑汁而备受折磨。人们通常这样为恶辩解：恶是人之存在结构所必不可少的；既然有善，也就必然有恶。因为善和恶是相互联系着的，道高一尺，魔高一丈，善是不能胜过恶的。索洛维约夫曾坚信，善的力量最终也没能战胜恶的力量，因此世界末日之时将出现反基督者的统治。这位哲学家晚年才理解，恶不仅仅是一种不足，不仅仅是不完善，因为不足或不完善可能随着善的力量的增长而逐渐被泯灭。恶是实在的力量，至少是人的力量所无法战胜的力量。也就是说，善的力量自身是不能够

---

① 〔俄〕陀思妥耶夫斯基：《卡拉马佐夫兄弟》，耿济之译，北京，人民文学出版社，2004 年，第 1 版，第 264～265 页。
② 〔德〕劳特·赖因哈德：《陀思妥耶夫斯基哲学》，沈真等译，北京，东方出版社，1997 年，第 1 版，第 199 页。

自足的，善不是万能的。① 因此人们对善的有益性产生了怀疑。陀思妥耶夫斯基在《卡拉马佐夫兄弟》中问道："如果分辨善恶需要付出这么大的代价，我们又要这该死的分辨善恶干什么？"②

陀思妥耶夫斯基在《作家日记》中写道："我们的全部生活和我们的各种焦虑……常常只是微不足道的无谓奔忙……"③ 存在之所以毫无意义，或是因为造物主压根就没有赋予意义，或是因为他赋予的意义完全不可理解。因此，陀思妥耶夫斯基在《白痴》一书中借小说人物之口说道："也许有永恒的生命存在……还会出现一个永恒的问题：既然这样，为什么需要我逆来顺受呢？……人世间之所以需要我这个微不足道的人（我不过是沧海一粟）活下去，无非为了让整体的普遍和谐显得更圆满，为了某种加与减，为了某种反差以及其他等等，就像每天需要许多活物的生命作出牺牲，没有它们的死，其余的世界就不能存在一样……"④作家进而得出结论："存在是昏暗的，而且采取的是奇怪的形式，表现为一种黑暗的征服力；这种力量是厚颜无耻的，因为一切苦难和一切斗争都毫无意义；大自然幻化成某种巨大的、冷酷无情、不会说话的野兽……确切地说……是幻化成了某种庞大的机器，它能碾碎一切希望和信仰。"⑤

别尔嘉耶夫指出，陀思妥耶夫斯基的哲学悲剧谱写了19～20世纪俄罗斯文化的新篇章……自陀思妥耶夫斯基起，开始了"该死的问题"、地下室人和反抗个性的纪元……⑥陀思妥耶夫斯基提出的关于存在的问题将人类推向了存在主义的思考，人们开始通过存在主义的有色镜片来研究关于人和世界的问题。"人类最大的罪孽，是想在抛开上帝的情况下

---

① 张百春：《当代东正教神学思想》，上海，三联书店，2000年，第1版，第99页。
② 〔俄〕陀思妥耶夫斯基：《卡拉马佐夫兄弟》，耿济之译，北京，人民文学出版社，2004年，第1版，第272页。
③ 〔德〕劳特·赖因哈德：《陀思妥耶夫斯基哲学》，沈真等译，北京，东方出版社，1997年，第1版，第199页。
④ 谭桂林：《人与神的对话》，合肥，安徽教育出版社，2000年，第1版，第491～492页。
⑤ 〔德〕劳特·赖因哈德：《陀思妥耶夫斯基哲学》，沈真等译，北京，东方出版社，1997年，第1版，第200页。
⑥ Бердяев Н. А., 1994: *Философия творчества, культуры, искусства*, в 2 тт., т. 2, М., Искусство, с. 143～144.

在尘世间安排自己的生活。"① "陀思妥耶夫斯基所揭示的人对痛苦和苦难的需求,克尔凯郭尔所揭示的人的恐惧和绝望,尼采所揭示的人对强力意志的追求和人的残忍性,也均证明人是堕落的存在体,同时这个存在体时常为自己的堕落而痛苦,并希望克服堕落。"②

陀思妥耶夫斯基的作品就其实质而言是悲剧。他力求抓住和反映社会中的矛盾和冲突。对陀思妥耶夫斯基来说,冲突是生命存在的包罗万象的形式。作家不想用文学手段来平息冲突。相反,他正是在矛盾和冲突之上建构起其独特的艺术体系。然而,陀思妥耶夫斯基毕竟没有被人类的堕落所压服。"从陀思妥耶夫斯基的思想中我们发现,正是相信基督身上具有完美的人性,即他是唯一一个'彻底美的人',才使得这个以表现人类罪恶、堕落、心灵之无底黑洞为中心主题的作家自始至终坚持着美的理想,坚持着人类最终获得救赎的理想。"③ 在揭露"被侮辱与被损害的"社会成因的同时,陀思妥耶夫斯基力图在罪孽深重的人身上找到"善"的闪光。正如索洛维约夫所指出的:"俄国作家陀思妥耶夫斯基就是这种在所有人甚至在坏人和罪犯身上寻找神的火花的人。陀思妥耶夫斯基是这样一些因素的最典型的表达者之一,我们深信这些因素应当成为我们民族独特的道德哲学的基础。"④ 这一点构成了陀思妥耶夫斯基同索洛古勃的本质上的区别。前者在抨击恶的同时要找到恶之中掩盖了的善的因素,进而肯定世界;而后者则是在揭露恶的世界的同时指出恶的普遍存在性,甚至充满善的人也在劫难逃,进而否定世界。

作家对世界不同的认识导致其创作的不同的诗学特征。如果说陀思妥耶夫斯基在善与恶的对立中看到了社会的冲突和人的内心世界的矛盾,在展开这些冲突和矛盾的同时赋予了其作品强烈的戏剧性特征,那么在索洛古勃的作品中则呈现出近乎于向恶一面倒的倾向。世界充满了恶,人在罪恶理念的引导下从事着罪恶的勾当。

在存在主义意识的形成过程中,陀思妥耶夫斯基以对痛苦的爱、自

---

① 〔俄〕舍斯托夫:《钥匙的统治》,张冰译,上海,上海人民出版社,2004年,第1版,第223页。
② 〔俄〕别尔嘉耶夫:《论人的奴役与自由》,张百春译,北京,中国城市出版社,2002年,第1版,第19页。
③ 赵桂莲:《漂泊的灵魂》,北京,北京大学出版社,2002年,第1版,第97页。
④ 〔俄〕索洛维约夫:《俄罗斯与欧洲》,徐凤林译,石家庄,河北教育出版社,2002年,第1版,第260页。

由的悖论、双重的观点、深刻的心理范畴、极限境遇等存在主义经验和完整的艺术内涵进入20世纪思维的层面。作家的存在主义经验导致了两种状况。首先，陀思妥耶夫斯基现象成为19世纪精神和理性历史的分界线。其次，世界范围内的精神层面趋于相同，即不仅是俄罗斯，西欧的艺术思考同样分为陀思妥耶夫斯基"之前"与"之后"。对俄罗斯和西欧存在主义传统历史来说，陀思妥耶夫斯基的经验具有决定性作用，因为陀思妥耶夫斯基的创作正是俄罗斯关于全人类的创作，而20世纪存在主义的文学则是俄罗斯和西欧关于人的思考。同时，根据陀思妥耶夫斯基和托尔斯泰的创作经验可以认为，20世纪俄国存在主义意识并非尾随而是超前于欧洲存在主义思想。

1. 存在主义的开篇之作——《地下室手记》

陀思妥耶夫斯基天才的精神辩证法始于小说《地下室手记》。作家不仅是一位心理学家，更是一位形而上的思想家，其研究触及人精神悲剧的深处。由此得以诠释作家诗学中混乱、危机、病态的世界末日等破坏性因素。陀思妥耶夫斯基对20世纪的主要精神贡献在于，作家再现出混乱以及相对应的疯狂。陀思妥耶夫斯基的存在主义为20世纪哲学和美学思维开启了先河，这也是一条当代人认识陀思妥耶夫斯基的深刻性和矛盾性的真理之路。对俄罗斯文学中存在主义意识形成过程的研究表明，新思维并非来自外部，而是俄罗斯文学内部必然的发展趋势。20世纪俄罗斯存在主义意识的形成并非出现在西欧存在主义之后。根据其来源和最早出现的艺术表现的人物形象，它应该是超前于西欧存在主义文学的。诚然，有助于上一个世纪之交存在主义意识凸显的推动因素部分来自于欧洲，并成为俄罗斯存在主义意识形成的条件。这些推动因素来自于欧洲哲学家的经验，并与俄罗斯社会和文化生活的内部特点和规律产生了相互影响。

"陀思妥耶夫斯基从青年时代起就幻想着个性的解放和尊严。对人权的向往，对每个人都能成为独立意识的向往，规定了陀思妥耶夫斯基的创作生涯始于描写最普通的人，表现他们个性和意识的觉醒。陀思妥耶夫斯基的第一个主人公（《穷人》中的马卡尔·阿列克塞耶维奇·杰武什金）骄傲地宣称：从感情上，内心中我都是人。因此不管作品中表现的小人物是如何渺小，我们总是能感觉到他对自身尊严的追求和对人权的向往。"① 陀思妥耶夫斯基的创作体现了人与世界、人与人、人与自我的抗争。几乎所有陀思妥耶夫斯基的小说都渗透着关于存在的悬而未决的问题。这些问题可以称之为存在主义问题。陀思妥耶夫斯基的贡献在于，他之后的人完全有别于先前的人，人类学的新纪元开始了。可以说，唯有尼采和克尔凯郭尔才能与陀思妥耶夫斯基分享新纪元先锋这一光荣称号。这一新的人类学把人视为充满矛盾和悲剧、不仅饱受苦难而且还甘愿受苦的最不幸的生物。

陀思妥耶夫斯基被公认为存在主义文学的鼻祖，而《地下室手记》则被视为作家的一部纲领性作品、存在主义的开篇之作。舍斯托夫在《陀思妥耶夫斯基和尼采》一书中写道：《地下室手记》是一份公开的（虽然也并非不加掩饰的）宣布脱离自己过去的申明。"我不能，不能再继续伪装了，不能生活在虚伪的生活中，而我没有其他的真理……"②在陀思妥耶夫斯基之前，还没有哪一位俄罗斯作家在作品中表达过如此的绝望。这位哲学家认为，陀思妥耶夫斯基在这部中篇小说中宣告了自己"新的真理"，即极端个性的真理："宁可让全世界完蛋，但是必须让我永远能够喝上茶。"只有极度绝望和拥有非同寻常胆识的人，才会以这样的思想出现在众目睽睽之下。

《地下室手记》可以说是陀思妥耶夫斯基争议最多、最晦涩难读的作品之一。书中，陀思妥耶夫斯基描写了地下室人的自由意志和抗争。这一自由意志和抗争导致人的自由的毁灭和个性的分裂。地下室人认为，人类自由思想的辩证关系是不合理的。地下室人在其辩证法中所否定的也是作者本人世界观中所否定的东西。陀思妥耶夫斯基一如既往地否定将福祉、理性和繁荣建立在自由之上。他认为水晶宫并非是人类最理想的社会模式，进而不赞成将水晶宫建立在人的个性和未来和谐被毁灭的基础上。他引领地下室人走上自由意志和反抗之路，希冀在自由意志和反抗中找到被消灭的自由与被抛弃了的人性。

与此同时，我们在小说中可以看到地下室人对纯理性的怀疑、诘难与否定以及对实证主义思想的拷问。小说第一人称的叙述结构使我们难以正确理解作者的立场。诚然，这一叙述形式不仅可以使作者极其自由地表达主人公的意见，还可以表达作者个人的思想。这样，作者的创作

---

① 戴卓萌：《复调与戏剧性 陀思妥耶夫斯基小说的艺术特点》，《国外文学》1991 年第 3 期。
② http://www.magister.msk.ru/library/philos/shestov/shest07.htm。

主观性获得了客观化的表现，感受的形式转换为感受的对象，展现在读者面前的不仅仅是地下室哲学的宣言，而且还是一幅现代人精神危机和异化的恐怖画面。

2. 地下室意识的悲剧

陀思妥耶夫斯基在其另一部长篇小说《少年·代序》的草稿中写道："我破天荒第一次塑造了一个能够真正代表俄国大多数人的人物形象，并首先揭露了他那畸形的、带有悲剧性的性格。这种悲剧性就在于他本人也意识到了这种丑陋。只有我一个人描写了地下室的悲剧，这个悲剧就在于痛苦和自我折磨，在于意识到了美好的东西却又不能够得到它，主要的是在于这些不幸的人的这样一个明确信念，即所有人都如此，因此就不需要改变了！"①

在《地下室手记》的第一章"地下室"中，陀思妥耶夫斯基在注释中写道："考虑到我们的社会赖以形成的环境，像作者这样的人，在我们的社会中不仅可能存在，而且一定存在。我想比通常更为清楚地将不久前那个时代的一个典型人物公之于众。他是至今还健在的那一代人的代表之一。"②加缪曾经指出："陀思妥耶夫斯基作品中所有的主人公都执著地要探询生活的意义。因此他们都具有现代人的气质：不惧怕世俗的讥讽。"③

小说中的地下室人是一个思想复杂、行为怪诞的人物形象。如同很多存在主义小说一样，主人公无名无姓。地下室人一贫如洗，蛰居在彼得堡的一个地下室里，既无工作又举目无亲，仅凭从一个远房亲戚那里继承来的 6000 卢布苟且度日。他原是一名失意的八等文官，历经坎坷，饱受屈辱，遭人歧视，心中积满了怨恨。然而，地下室人思维敏锐，意识过人，洞察一切，张扬个性，渴望自由，仇视一切正统，处处独辟蹊径。与此同时，他又生性软弱，既无力改变世界，又无力改变自己，只能逆来顺受，甚至甘心堕落，同流合污，为所欲为，做尽卑劣之事。

主人公是这样开始叙述的："我是一个有病的人……我是一个心怀歹毒的人。我是一个其貌不扬的人。"在这段表述中，我们得以窥视地下室

---

① 〔俄〕格罗斯曼：《陀思妥耶夫斯基传》，王健夫译，北京，外国文学出版社，1987年，第1版，第396页。
② Достоевский Ф. М., 2008: *Записки из подполья*, СПб., Азбука-Классика, с. 43.
③ 〔法〕加缪：《西西弗的神话》，杜小真译，北京，三联书店，1987年，第1版，第60页。

人本质中的三个方面：生理品质、道德状态及与他人的关系。他对自我不满，内心惊悸不安。他因无力改变社会而痛苦不堪，并由此心生恶意。他同时又自称，这种恶意是故意做出来的，事实并非如此："诸位，你们可知道我最生气的是什么吗？最让我生气、最让我恶心的事就是，甚至我最恼火的时候，我心中还时时刻刻可耻地意识到，我不仅不是个心怀歹毒的人，甚至也不是个怀恨在心的人，我只会徒然地吓唬麻雀，聊以自娱。当我气得唾沫横飞的时候，你们只要给我拿来个洋娃娃，给我来杯加了糖的茶，说不定我的气就消了。"

地下室人备受痛苦的折磨。痛苦源于发达的意识和智慧，源于要成为一个理想的人的愿望。他本人承认，"意识到的东西太多了——也是一种病，一种真正的、彻头彻尾的病。"这位地下室人意识到自己和周围世界从一开始就不平等。"具体说，就是没有一个人像我，我也不像任何人。'我只是一，而他们是全体。'我思考着，于是就陷入沉思。"主人公把人分成两种类型。第一种类型是"真正的正常人，他的慈母——把他仁慈地生养到人世间来的造化，希望看到他的也正是这样。"第二种类型的人是正常人的对跖体。这类人具有强烈的意识，他们并非来自大自然的怀抱，而是来自象征着科学的蒸馏罐。主人公视自己为这样一个出自实验室的人。对正常人来说，他是一个不可理喻的、可笑愚笨、但自尊性极强的人。自尊衍生出委屈，进而衍生出恶意。他认为自己永远是罪魁祸首，永远是个无辜的罪人。之所以有罪，首先是因为他比周围的人都聪明。

地下室人的悲剧还在于他的思想意识与现实脱节。他清醒地意识到，真实美好的生活应该是什么样的，然而现实并非按他的意识而是按可恶的规律形成。与此同时，这位地下室人确信，甚至是道德上不平等的人与正常人和蒸馏罐的人在社会关系方面是可以平等的。于是他花上整整两年的时间，费尽心机，跟踪一名军官，为的就是要完全平等地从他身旁走过去，当众把自己放到跟他平等的社会地位上。之前，他曾无意间挡住这位军官的路，后者抓住他的双肩，一言不发，既不打招呼，也不作任何解释，就把他挪到一边，然后目中无人地扬长而去。有很多次，地下室人试图报复这位傲慢的将军，他缜密思考着报复的细节，但到关键时刻他却退缩了。终于有一天，他下定决心，鼓足勇气，眯上眼睛，与这位军官肩碰肩结结实实地撞了一下，实现了完全平等地从他身边走过的愿望。地下室人根据自己的意愿将自己的权利捍卫到底。"我受过良好的教育，决不至于迷信，但是我还是很迷信。"在这里，愿望的主基调和命中注定的基调并存。主人公从不着眼于未来，只是关注过去。他明白，"我今天又干了一件卑劣的事，而且既然做了，也就无法挽回了。"①主人公意识到，所发生的一切都是他的过错，但他并不想承认。

地下室人历经内心的折磨并体验着自己的恶意带来的满足感。他对自我的认识转化为对自我的审视，进而对自身产生不满和自责。与此同时，地下室人自尊心极强，他多疑而又爱发脾气。他想象用一些离奇的插曲来调剂生活，从中找到特殊而又绝望的乐趣，以体验一种十分强烈的快感。狭窄、封闭的生活圈子让地下室人觉得毫无出路。正是这种窒息感促使他撰写手记。地下室境遇无异于一种精神漫游。舍斯托夫是这样评论《地下室手记》的："这是一种撕心裂肺的恐怖的哀号，从一个突然确信他一生都在撒谎、伪装，相信生存的最高目的是为最后一个人服务的人嘴里脱口而出。至今他把自己视为被命运打上了标记的人，命中注定要成就一番伟业。现在他突然明白，他一点也不比其他人好，他如同最普通的凡夫俗子，是思想的巨人，行动的矮子。"②

偶尔，地下室人也表露出正面的情感。他作为一个以自我为中心的人，由于自己和社会的相互影响而得以发展。社会之外的人已经不能称其为人。正如一个出自蒸馏罐的人同样需要与社会交往。主人公承认："随着年龄的增长，逐渐感到有一种需要，需要与人交往，需要朋友。我曾经尝试过开始与某些人接近，但是这接近总显得不自然，到后来也就不了了之了。"他"骨子里是个暴君"，总是希望不受限制地主宰他人的灵魂。他从来都是一个人，天马行空，独来独往。

陀思妥耶夫斯基在小说中还描写了一些次要人物，以衬托出地下室人的形象。为同窗兹维尔科夫饯行的片断表现出地下室人在现实世界面前的无能为力。尽管从心底里非常蔑视愚蠢、风流的兹维尔科夫之流，但他还是自告奋勇、死皮赖脸地要求参加他们的聚会，同时又表现出极强的自尊心："这帮糊涂蛋还以为让我跟他们在一起吃饭，是给了我面子，殊不知不是他们给我面子，而是我给了他们面子!"不仅如此，地下室人的思想和行为也与实际行动脱节。他这样写道："这帮卑鄙小人。要

---

① Достоевский Ф. М., 2008: *Записки из подполья*, СПб., Азбука-Классика, с. 43～58.
② http://www.magister.msk.ru/library/philos/shestov/shest07.htm。

知道，我不是舍不得那七个卢布。他们大概以为……我不是舍不得那七个卢布！立刻走人！……不用说，我还是留了下来。"接着他又写道："'我就要坐下去和喝下去……如果我愿意……我还要唱，因为我有权唱……哼。'但是我并没有唱。"① 聚会的结果是，他受尽嘲弄与奚落。寻求尊重、交往的愿望无法实现，使他的精神处于濒临崩溃的边缘。主人公无法克制自己，为宣泄所有的内心痛苦，将社会强加于他的痛苦转嫁到其他弱者的身上。

聚会之后，主人公随同学们去了妓院，但在那里他没有遇到他们，却认识了妓女丽莎。谈话始于对丽莎过去的追问。当他重新燃起丽莎心中早已熄灭的生命之火，以至于后者满怀希望来到他的住处，向他表达自己对新生的愿望时，他却出乎意料地用最恶毒的语言痛斥她、侮辱她。"也许，在世界文学中，再没有比《地下室手记》中描写主人公跟他在妓院里认识的不幸的少女丽莎之间的残酷不仁的故事更阴暗、更绝望的了。"② 当他跑去追赶伤心离去的丽莎时，他们相距还不足两百步远，然而他停下了脚步。显然他强烈地意识到自己灵魂的卑劣、龌龊，意识到自己不能也不配爱上丽莎。既然不能爱、不配爱，那就干脆"让她现在心中永远抱着受屈辱的印象而去"吧。他对丽莎心灵的摧残可以理解为，长期与社会、与他人的疏离以及屈辱卑贱的处境使他远离了"活的生活"③。这种疏离令他本已受伤的心变得更为残酷，甚至演变成对他人的施虐。他企图通过对丽莎的贬低来超越她，并从中获得病态的精神满足。他的丑陋和卑劣并非出自他的本性，而是因为身处一个异化的世界。正如他痛心疾首地对丽莎说的："他们不让我……我没法做一个……好人！"另一方面，丽莎使他明白了必须有所改变。"我筋疲力尽，既感到压抑又感到困惑。但是在这困惑背后已经透露出真实的光。这可恶的真实！"④ 可以认为，丽莎是小说主人公的同貌人。

---

① Достоевский Ф. М., 2008: *Записки из подполья*, СПб., Азбука-Классика, с. 122~125.

② 〔苏〕叶尔米洛夫：《陀思妥耶夫斯基论》，满涛译，上海，上海译文出版社，1985年，第1版，第142页。

③ "活的生活"这一提法在19世纪的俄国文学界和政论界颇为流行，常见于斯拉夫主义者的笔下；屠格涅夫和赫尔岑也曾使用过。其含义可参考陀思妥耶夫斯基《少年》一书中韦尔西洛夫的话："这儿说的生活不是想象的，也不是虚构的……这种生活一定十分单纯，极其平常，人们每日每时都能见到……"

④ Достоевский Ф. М., 2008: *Записки из подполья*, СПб., Азбука-Классика, с. 155.

小说的结尾呈开放式。主人公写道："但是够了；我再也不想在地下室写了……"在这里，省略号成为主人公摆脱困境的一种手段并为自己提供某种选择。但省略号之后将是什么？主人公能否从地下室挣脱出去？还是地下室已将他完全吞噬？对这些疑问，作者给出了答案："不过，这位奇谈怪论者的《手记》写到这里还没写完。他忍不住继续秉笔直书。"

3. 地下室人和陀思妥耶夫斯基哲学

通常，正常的人会谈论理性的胜利，谈论人文主义的目标，而地下室人所表露的均是病态的意识。前者提出伟大的思想，但从不思考如何将这些思想融入到"活的生活"中去；而后者不仅不掩盖生活，而且还以离奇古怪的生活使人震惊。所有的思想对陀思妥耶夫斯基来说，都应该经得起真理的考验。

自由的实质是什么？在存在主义者那里，自由是确定人的本真存在的因素之一。在令人忧郁的世界的制约下，人是缺乏自由的。自由乃是一种人的内部创造能量，它不取决于外部世界，而取决于人的相关行为。但是，当把个人的自由置于一切之上时，个性便落入了险境，等待着希冀实现自由、向真正存在突破或者个性毁灭的人的将是什么呢？对于人来说，是否真的在上帝死后，人就可以为所欲为？正如作家本人所言："地下室的原因是丧失了一般准则的信仰。'不存在任何神圣的东西'。"①地下室人不明白的是，自由越多，他为自己的行为、自己和周围人的生活所负的责任也就越多。

地下室并非是一个自由的世界，其中同样存在着林林总总的人与人的关系。同理，地下室习性也并非是个性的顶峰，而是个性的彻底毁灭。与正常人不同的是，地下室人不仅意识较正常人发达，最主要的是，他在自我面前比正常人更为真挚，勇于直面自己心灵中最阴暗的一面，把别人看不见或者不愿承认的见不得人的东西暴露在光天化日之下，展示出心中最丑陋的脓疮。无论对自己还是他人，他都是一个诚实的人。地下室习性是意识发达的特征。缺少了这种地下室习性，生活就会充满缺陷与谎言、空谈与虚伪。舍斯托夫对此指出："陀思妥耶夫斯基无疑是一

---

① 〔俄〕陀思妥耶夫斯基：《陀思妥耶夫斯基论艺术》，冯增义等译，桂林，漓江出版社，1988年，第1版，第375页。

位具有双重视力的人。"① 具有这种第二视力的人能够看到常人未知和不愿承认的东西。显然，作家把这种双重视觉赋予了自己的主人公。

成为地下室人哲学基础的是关于"石墙"的概念（"是自然规律，是自然科学的结论，是数学。"比如说，他们会向你证明，你是猴子变的，于是你也只好接受这一事实，大可不必因此皱眉）。"石墙"对"我们这些爱思考的人"来说无异于"关于反对的声明"。同"石墙"主题相关的是关于"水晶宫"的概念。在正常人看来是神圣的东西，地下室人都很乐意给以那个表示轻蔑的手势。② 他的逻辑是："把我的愿望消灭掉，把我的理想一扫光，看到你们有更好的东西，那我就跟你们走。"③ 对我们来说，地下室习性中不能接受的是他对水晶宫的态度。他要以自己存在的事实将它捣毁，更不要说掩盖对其的态度。地下室人说道，当水晶宫建成时，他会极其地孤独，因为人会转变成"蚂蚁"、"管风琴的销钉"，生活则变为日程表和对数表。

地下室人反对理性，并对象征着大自然牢固规律、自然发展和必须性的"石墙"进行反抗。他这样说道："但是愿望，甚至多半与人的理性完全背道而驰，甚至顽固地违背理性。"他努力使人相信，人的实质在于对愿望而不是理性的服从，哪怕是违背了自己的利益（没有一个人会明白自己的利益所在却反其道而行之的）。"如果出现这样的情况：有时候人类的利益不仅可能，甚至必须存在于在某种情况下希望自己坏，而不希望对自己有利——那怎么办呢？"地下室人认为，人类的利益被计算得完全错误，以至于这样的利益无法归类。有这样一种最有利的利益，它比所有其他利益更重要、更有利，为了它，在必要时一个人甚至不惜违背一切规律，也就是说，不惜把理性、荣誉、太平、幸福等所有这些美好和有益的事物都置诸脑后，只要能够达到他看得比什么都宝贵的这一初始的、最有利的利益就成。如果为了人类的愿望想象出某种公式，按照二二得四那么简单地生活，那么他就会从一个人变成琴键而任由自然规律随意弹奏。

关于理性，地下室人说道："诸位，理性的确是个好东西，这是无可

---

① 〔俄〕舍斯托夫：《在约伯的天平上》，董友译，北京，三联书店，1989年，第1版，第25页。
② 西俗，以手握拳，把拇指置于中指与食指之间，以示轻蔑与嘲弄。
③ Достоевский Ф. М., 2008: *Записки из подполья*, СПб., Азбука-Классика, с. 80.

争议的，但是理性不过就是理性罢了，它只能满足人的理性思维能力，可是愿望却是整个生命的表现，即人的整个生命的表现……即使我们的生命在这一表现中常常显得很糟糕，但这毕竟是生命……"愿望有时甚至对我们有害，对立于我们的理性，"可是它对我们也可能是最有利的——因为无论如何为我们保留了最主要和最宝贵的东西，即我们的人格和我们的个性。"① 在此，作家把主人公塑造成一个由环境因素决定的人物形象，以此表明自己不能直抒的观点。

地下室人非理性的反抗所针对的是什么呢？理性中的何种因素在陀思妥耶夫斯基看来是不可接受的？这里说所的并非针对理性本身而是人们对理性的滥用。作家批评那些脱离道德准则的理性的花招。陀思妥耶夫斯基并非从非理性主义的东正教角度出发，对理性进行批评。地下室人反对人的天性和社会的合理化，同时他不相信这种合理化会实现。显然，在这一方面，陀思妥耶夫斯基与地下室人持相同的观点。

为了彻底告别自己年轻时代的抽象思想，陀思妥耶夫斯基将"活的生活"的诸多形象对立于这些思想。对陀思妥耶夫斯基来说，什么是"活的生活"？地下室人的封闭性和与其他人隔离的世界妨碍他过"活的生活"。在作家诸多长篇小说中，享受这种生活的是索妮娅、梅什金公爵、阿辽沙·卡拉玛佐夫和佐西玛长老。他们没有处在社会的对立面，没有落入地下室的环境，而是时刻准备着为人类承担罪过，为人类赎罪，使社会变得纯净。

陀思妥耶夫斯基美好的社会思想同信仰、教会和基督的思想紧密相关。地下室人的悲剧还在于他最终也没有获得信仰。在陀思妥耶夫斯基的艺术世界中，理想的社会存在是道德的统一体，是人们基于对所有人来说都美好的活动目标之上的爱的联合。从这一角度出发，社会的不作为以及充满私欲的作为都可以视为是对"活的生活"的拒绝。

显然，在地下室人的表述中流露出陀思妥耶夫斯基本人的思想痕迹。应该指出，陀思妥耶夫斯基的任何一种思想都不能被视为是最终的。陀思妥耶夫斯基是一位辩证主义者，他展示了各种思想的相互作用，它们相互间的连续性，其中每一个正题都有其反题。

人的痛苦境遇导致存在主义哲学中的个性概念对立于哲学中的个性

---

① Достоевский Ф. М., 2008: *Записки из подполья*, СПб., Азбука-Классика, с. 68~72.

概念。前者以意识和个性的封闭为前提。两种概念的相同之处在于对危机主题的不断深化。陀思妥耶夫斯基对理性及哲学的个性概念进行了批判。然而，陀思妥耶夫斯基视摆脱危机的出路不在于对人文主义的拒绝，而是对其的深化。陀思妥耶夫斯基不再相信世界。他看到了人在世界上太多的悲剧性命运，个性与社会的错综复杂关系。陀思妥耶夫斯基在其多部小说中所涉及的"人是什么？"、"人的实质是什么？"、"生活对人来说是什么？"等问题，均反映在后来的哲学领域的存在主义思想家的创作中。这些问题具有深刻的存在主义内涵。可以说，陀思妥耶夫斯基把这些"该死的问题"摆到了自己和世界的面前，给后来的存在主义思想家以相当多的启发，但伟大的作家对这些问题并没有给出自己明确的答案。

（二）陀思妥耶夫斯基对俄国象征主义小说的影响

俄国象征主义的产生稍晚于欧美，因此它更加集中地体现了上一个世纪之交尖锐的思想危机和紧张的社会情绪。俄国象征主义的艺术品位似乎证明，这是一个与传统背道而驰的艺术流派；而实际上象征主义者正是一些俄国知识分子的优秀代表，在体验和借鉴西方的同时，其创作却深深植根于本民族的传统。一个具有代表性的事实是俄国象征主义从产生之初就存在着宗教美学和心理美学的分歧，后来人们把象征主义者划分为老象征主义者和小象征主义者。这种划分表面上看似简单，实际上却难以在时间和空间上找到可靠的理论依据。当代研究者认为，其划分的标准并非根据时间或作者的年龄，而是依据对象征的理解和态度。老象征主义者们强调象征是词语的艺术；而小象征主义者们则认为创作应该充满神秘主义精神，象征应该是言说彼岸世界的语言，是通向彼岸世界的桥梁。由此可见，对于老象征主义者来说，象征主义是一种文学流派，因此更多的继承了法国象征主义的创作理念；而小象征主义者则把象征主义当作一种世界观（如别雷就曾著有《作为一种世界观的象征主义》一书）。对于别雷来说，象征主义从一开始就不是一个简单的艺术和文学流派，而是一种思维方式和一种生命映象。小象征主义者探求彼岸世界存在本质的精神则恰恰反映了他们对俄国经典文学传统的尊重和继承。因此，这种划分鲜明地体现了俄国象征主义的文化特征。

在西方，象征主义的最高成就主要集中在诗歌和戏剧领域；而俄国象征主义诗人们的身份和功能却并非单一，他们是诗人，也是杰出的宗教哲学精神的探索者，同时又是优秀的小说创作者。俄国象征主义在对世界语言艺术产生巨大影响的同时,他们更是以小说创作的非凡成就令世人瞩目。例如别雷的《彼得堡》从艺术手法上看,是世界著名的意识流小说;但从世界观的表达来看,它是典型的俄国象征主义小说。如果说俄国的象征主义诗歌基本上继承了法国象征主义诗人的创作原则,那么在小说创作中,俄国象征主义者则在宗教精神的探索和诗学手法的创新方面走得更远。陀思妥耶夫斯基正是被象征主义者列入神殿的作家之一,他们视陀思妥耶夫斯基为自己的先师,这从当时象征主义者们对陀思妥耶夫斯基美学和精神本质的热评中可见一斑。

1. 陀思妥耶夫斯基与俄国现代派文学

作为陀思妥耶夫斯基的诠释者,白银时代的思想家们是以哲学家的语言、存在主义或人格主义的眼光、形而上的精神美学来解读陀思妥耶夫斯基及其作品的。与这种人文文化的哲学背景相适应,俄国象征主义者们从陀思妥耶夫斯基对普通人的精神探索和其主人公的对话中发现神人与人神的对立与差别,以陀思妥耶夫斯基的思想检验自己的文化意识和宗教哲学体验。在他们的视野中,陀思妥耶夫斯基的作品具有强烈的历史意义和哲学价值。这一时期产生了大量关于陀思妥耶夫斯基的文章和著作,象征主义者们或者从形而上的立场表达对这位大师的理解,或者从他身上寻找与自己的精神探索相契合的东西。梅列日科夫斯基的《列·托尔斯泰和陀思妥耶夫斯基》把陀思妥耶夫斯基作为俄罗斯性格中与肉体相对立的宗教精神的承载者加以赞颂;而罗扎诺夫的《陀思妥耶夫斯基的"大法官"》则通过对《卡拉马佐夫兄弟》中关键章节的分析解读了陀思妥耶夫斯基的理性哲学体系,其中的思考和评说也是汪洋恣肆,成为一部哲学专论;此外,集中解读陀思妥耶夫斯基诗学的还有Вяч.伊万诺夫,他的相关文章和著作更为丰富,如早期的文章《陀思妥耶夫斯基与悲剧小说》、《小说〈群魔〉中的神话要素》、《俄国的面貌与假面具:陀思妥耶夫斯基思想体系研究》等,后来收入《陀思妥耶夫斯基:悲剧—神话—神秘主义》一书。

关于陀思妥耶夫斯基小说的神话性特征,当代俄罗斯著名文学理论家托波罗夫、洛特曼、巴赫金以及梅列金斯基等都作过专门的论述。而Вяч.伊万诺夫也曾论述过陀思妥耶夫斯基创作中的大地母神崇拜问题。他指出,在陀思妥耶夫斯基的一系列小说中,如《罪与罚》中的拉斯科尔尼科夫、《卡拉马佐夫兄弟》中的阿辽沙等在心灵感受到上帝的呼唤时都会匍匐身体去亲吻大地,可见大地母神的形象在陀思妥耶夫斯基的艺术世界中是隐秘地存在的。大地母神这一来自古老的多神教神话的形象被象征主义艺术家所集中关注和阐释,并在他们的宗教文化哲学学说中被赋予极高的意义。人类依靠大地母亲安身立命,得到她的孕育、接纳、宽恕和拯救。人作为大地之子与母亲血肉相连,因此人们视大地为万物之灵,是一切死亡和复活的出发点和归宿,是自在的理性和世界灵魂的体现。正是基于这样的理解,伊万诺夫把大地母亲形象与索菲亚观念联系和等同起来,而在同时代的东正教神学家布尔加科夫的学说里,大地母亲形象则体现为新索菲亚。

如果说在陀思妥耶夫斯基那里,神话和现实还体现为不兼容或隐秘的关系,会呈现为"文中文"来揭示最高的宗教追问和哲学思考,如《宗教大法官的传说》等,而在象征主义小说中神话和现实则常常融为一体,体现出典型的魔幻性和虚幻感,现实世界和另一个神秘世界时而矛盾对立,时而交织在一起,演变出一系列的神话元素,包括人类最古老的神话原型。神话在象征主义小说中获得了本体意义,正如伊万诺夫在评价索洛古勃的创作时所说的:"它的世界观本质上是神话化的。"①他的神话化一方面体现在作品中人类古典神话(如古希腊神话和圣经神话)的潜文本里,另一方面体现在他个人自创的神话成分中,例如《卑劣的小魔鬼》中时常出现和纠缠彼列多诺夫的灰色小鬼正是彼列多诺夫卑鄙天性的象征。彼得堡这一城市形象在陀思妥耶夫斯基笔下也构成一种神话传统。彼得堡是俄罗斯文化中现代性的体现者,作为陀思妥耶夫斯基小说世界的存在背景和展开空间,它体现为晦暗、肮脏、破旧和不祥的面貌。彼得堡神话般的形成和存在被象征主义作家赋予了种种形象,而别雷的小说《彼得堡》则继续和彰显了它必然毁灭的主题。

象征主义作为上世纪之初最主要也是最有成就的文学流派,更为明确地意识到陀思妥耶夫斯基传统的意义和价值。对于陀思妥耶夫斯基自称的"最高意义上的现实主义",象征主义者们给予了多种理解和定义,其中有不少人从象征的视角解读其作品的艺术价值,如伊万诺夫称之为"现实主义的象征主义"或"象征的现实主义",而别尔嘉耶夫称之为"形而上的象征主义"等。这主要是与其小说文本中大量的布道仪式的

---

① 俄罗斯科学院高尔基世界文学研究所:《俄罗斯白银时代文学史》(第1卷),谷羽等译,兰州,敦煌文艺出版社,2006年,第1版,第218页。

对话和情节有关。已有研究者指出,虽然不能说象征主义是陀思妥耶夫斯基创作的主要方式,但他的艺术世界中的确存在着诸多的象征性因素和细节,如梦境、幻想、寓言等等。而且研究者们还注意到,陀氏小说中的空间地点、服装饰品、数字手势等,包括一些景物,都具有象征性。或许,这也是为什么陀思妥耶夫斯基自己也不承认自己是心理分析的高手,而是自称为最高意义上的现实主义者的原因之一。实际上,一切真正伟大的艺术都是象征性的,象征是连接可见和不可见世界的桥梁,因此它是更加深刻的,也是真正意义上的现实,也就是最高的现实。在陀思妥耶夫斯基那里,人类的现实和另一个世界的现实都是真实的,它们共同构成统一的神性世界,其中隐喻和象征无处不在。透过可见的世界观照另一个世界的真实是陀思妥耶夫斯基艺术的主要特征和基本准则,而这也正是象征主义艺术的创作诗学和终极目标。

2. 对个体生命本质的宗教性思考

弘扬新宗教精神是俄国象征文学的主要特征之一,而对宗教精神的深刻思考正是始于陀思妥耶夫斯基,他的创作体现了俄罗斯文化和个体生存的精神性本质,也证明了俄罗斯对于基督教信仰的深度依赖关系。俄国象征主义完全把象征视为感受彼岸世界、追问世界神性本质的手段,神秘主义和"思想特征"把它和陀思妥耶夫斯基内在地联系起来。不同的是,俄国象征主义者对基督教完全是持怀疑、否定、改造或革新的姿态,"他们企图通过各种途径和方式在艺术创作中最大限度地体现世界的整体神性。"[①] 为了寻求拯救世界的神性因素,他们首先借助的便是综合的理念,在通常意义上便是哲学的理性和艺术的直觉,其次是基督教精神和多神教精神、狄奥尼索斯精神和阿波罗精神等因素的综合。

所有这一切均与当时时代的精神氛围紧密相关。那时的俄罗斯社会,神秘主义已进入到日常生活、社会思想和哲学之中,神智主义和通灵术的盛行即是最鲜明的例证。俄国象征主义者们把艺术创作和神的启示以及神学探索等同起来,哲学家们同时进行文学创作,而作家和诗人们者则承载着哲学和神学探索的使命。个体的精神冲突、人神与神人的对立是陀思妥耶夫斯基小说的永恒母题,这一点在俄国象征主义小说中通过"反基督"的艺术理念得到了进一步的发挥和阐释。"文学家和哲学家通

---

① Колобаева Л. А., 2000: *Русский символизм*, М., Издательство Московского университета, с. 290.

过陀思妥耶夫斯基这位伟大的宗教裁判者形象，对19～20世纪反基督产生的历史条件进行了研究。"① 在尼采哲学的影响下，在俄罗斯白银时代的思想领域形成了规模宏大的新基督教运动，产生了颇具影响的文化神学，而陀思妥耶夫斯基则成为这一学说思潮中能够与尼采相对话和抗衡的俄罗斯精神的代表。另一方面，在某些象征主义者的小说艺术世界中，人神和神人的对立从陀思妥耶夫斯基艺术世界中的个体内心转移到整个世界文化的精神生活领域。例如梅列日科夫斯基把对基督教的思考和异教精神联系起来，在他的一系列小说作品中，那些在对上帝的信仰和否定之间徘徊的痛苦的主人公都被作者作为宗教思考的载体，他们在历史的洪流中消亡，但他们的探索精神将引领人类通过基督教走向真正的圣灵的王国。

　　梅列日科夫斯基始终是从一个独特的视角，从人类精神文化和俄罗斯现实出发，揭示出一个作家、一部作品乃至其整个诗学体系的精神本质。在诸多的经典作家之中，对梅列日科夫斯基的创作影响最大的仍是陀思妥耶夫斯基。这不但与前者个人的经历有关（少年时代的他就曾作为崇拜者拜访过陀思妥耶夫斯基），同时也是整个时代文化的普遍特征：作家们一方面下意识地接受陀思妥耶夫斯基的影响，另一方面又和他进行激烈的争论。他们对陀思妥耶夫斯基的精神价值的认识越来越深刻，以至于不得不承认自己对这位伟大作家精神上的依赖性。梅列日科夫斯基的象征主义具有独特的宗教内涵，而象征是他的一种思维方式。在诗歌方面他更富有一种不可言喻的宗教性和神秘主义情结。但即便是如此，梅列日科夫斯基也继承了陀思妥耶夫斯基土壤派和城市文学的强大思想传统，他的精神立场中包含着民粹主义、市民主题以及某种特殊形式的宗教性。② 19世纪末梅列日科夫斯基的创作中渐渐出现了新基督教主题，而他对陀思妥耶夫斯基的宗教意义的评论成为他重新思考传统基督教价值的里程碑。我们知道，个体和集体命运的关系是所有经典文学最集中、最紧张的思考对象，这是一种对于个性的存在本质的思考。在陀思妥耶夫斯基的影响下，渐渐形成了一些象征主义者世界观中的存在主义因素。

---

　　① 俄罗斯科学院高尔基世界文学研究所：《俄罗斯白银时代文学史》（第1卷），谷羽等译，兰州，敦煌文艺出版社，2006年，第1版，第71页。
　　② Бельчевичен С. П., 1999: *Проблема взаимосвязи культуры и религии в философии Д. С. Мережковского*, Тверь: ТвГУ, с. 14.

在对个体生命本质的思考方面，俄国象征主义对陀思妥耶夫斯基传统的继承大致可以分为两种倾向：或者作家突出人身上的魔鬼力量或异教因素，如索洛古勃笔下的《卑劣的小魔鬼》中的彼列多诺夫；或者强调人的神性力量，这是一种人的神化——由于"世界之恶"的存在而产生的一种比陀思妥耶夫斯基更加深刻的怀疑论，上帝被淡化和否定。索洛古勃在他的《编织的传说》中就塑造了这样一个类似救世主的创造者形象。特里罗多夫的庄园是一个脱离了尘世污染的天堂，而主人公和恋人伊丽莎白则坚持用自由的创造对抗现实的庸俗和邪恶，他们不再寄希望于耶稣基督的虚假承诺。这两位创造者能通鬼魂，也是现代科技的主宰，他们用飞行器带领需要拯救的人们飞向太空去寻找乐土。小说中既有浓重的神秘主义因素，也可以看到陀思妥耶夫斯基《一个荒唐人的梦》中的幻想现实主义的影响。

陀思妥耶夫斯基关注人及人的内在世界，而非人的外部存在。用其最伟大的作品《卡拉马佐夫兄弟》中人物的话说："魔鬼与上帝在这里厮杀，人心就是战场。"这一观点作为一种宗教哲学命题为象征主义作家们所承袭。人不仅是自然的存在物，也是一切实存和宇宙的中心。陀思妥耶夫斯基几乎所有的思想都是和人及世界的命运相关。他把人置于极限境遇中接受精神和心理的试验，旨在弄清楚为什么人的内心存在着灵与肉、善与恶的斗争，两者又是如何搏斗的。他天才地预见到当个体中人神的因素被唤醒时人的精神状态，而当人完全沉溺于欣赏自己的理性而自诩为上帝的时候，他就会拒绝永恒的精神价值。陀思妥耶夫斯基及其小说中人物的所有对话都是基于神人和人神的对立，人的命运就存在于人神和神人、基督和反基督等对立因素的冲突之中。在探索新宗教真理的诸多象征主义作家中，梅列日科夫斯基对于历史人物心路历程的关注正是着眼于这样一种内在的斗争。作家笔下的一系列人物形象都是综合了道德哲学思考、追寻绝对真理和对末日的期待感等因素，借助象征表达了作者的历史宗教观。于是在他的小说中，人物都会以作者的口吻说话，这也表明作者的历史观不是作为现成的真理，而是和小说中的人物一样，始终处于一种努力获得精神真理的痛苦求索过程中。可以说，这也是一种"复调性"的体现。在《彼得与阿列克塞》中，梅列日科夫斯基突出了彼得的复杂本质，因为他对彼得大帝的评价视角不在于他的历史功过，而是纯粹从宗教理念，或者说是从对基督教本质的思考出发，突出了彼得作为具有超常意志的"神人"对教会的践踏以及他给俄国传统宗教生活带来的巨大震荡。每当彼得这个巨人变得软弱时，在他身上就会显示出一个宗教信徒的特征：皇太子阿列克塞一案使他不得不在是否杀掉亲生儿子这件事上作出决定。这对一个父亲来说无疑是严酷的考验和痛苦的抉择，使他陷入一种困境：宽恕儿子就要毁掉俄国，处死儿子无异于毁掉自己。此时读者看到的不只是一个充满人性矛盾和弱点、有血有肉的彼得，而且也看到了一个传承了东正教信仰的彼得，此时他不再是一个专断的君主、政权的代表，而是一个在命运面前变得异常渺小的生命个体。

  如果说陀思妥耶夫斯基笔下那个来到人间、遭遇了宗教大法官雄辩质疑的基督是作者神正论思考的核心所在，体现了作者思想的矛盾性，那么《白痴》中化身梅什金的"基督公爵"则代表了作者对于拯救世界之美的终极理想。与此不同，象征主义者则完全是从另一种理念和神秘主义的感知出发来认识和再现耶稣基督形象的。在对耶稣基督人格神秘性的解读方面，俄国象征主义作家们把陀思妥耶夫斯基对驯顺的救世主形象的神正论思考变成一种更加普遍的话题加以发挥，强调了基督耶稣形象与俄罗斯命运和未来的关系。梅列日科夫斯基在《不为人知的耶稣》一书中从神秘主义的理性视角解读了耶稣形象，这部作品也可以视为基督学研究中的新贡献。当然，梅列日科夫斯基的文学取向使他的这篇散文体小说时常远离福音书的原型，因此其中对耶稣的理解截然对立于传统基督教教义。梅列日科夫斯基所希冀的是用全新的眼光认识耶稣的尘世生活。他认为，福音书中有关的耶稣生平缺少细节描写是因为耶稣的神性身份对于只有人的智慧和有限认知的学生来说是隐秘的，这种对于基督神性的理解在同时代的另一位作家安德列耶夫笔下也有类似的格调。为了揭示基督之名的新意义，作者不只借助于伪经野史，而且努力要恢复福音书成书之前的某种文本，一种"前福音书"。他认为基督教对神子的认识是不全面的，因此他努力对新约中信息不足的部分进行了重构，试图以此消除对基督教意识的误解。耶稣基督或类基督的形象在列米佐夫、勃洛克和索洛古勃的艺术世界都经常出现，他们或者借助耶稣的形象表达自己的哲学理念，或者赋予笔下人物以基督的特征而让他的命运结局走向基督的反面，以此来表达自己的宗教和艺术思考。

  3. 作为一种诗学手段的人格分裂

  人格分裂是陀思妥耶夫斯基小说意义结构的主要表达手段。人格分裂，或称人格双重性，在不同的哲学学说中有不同的理解。许多研究者，尤其是中世纪宗教形而上学观念的代表们认为，在分裂的人格中可以看到人本性中共同和永恒的属性。因为在人的本性中存在着善恶两种因素。① 但陀思妥耶夫斯基作品中的人格分裂主题既有对人身上永恒的共性因素的展示，也是一种人格心理的体现，因此陀思妥耶夫斯基小说的心理分析特征是不容否认的。同时，从更高的意义上，也就是"最高意义上的现实主义"角度来看，人格的双重性又是人在神化过程中的一种启蒙和启示。陀思妥耶夫斯基笔下的人格分裂其实是通过个性的充分自我展示、崩溃、解体而显露共性本质，看到存在于虚幻现实中的人在疯狂的精神世界中趋向神性的需求。"双重性和二律背反是陀思妥耶夫斯基有关人类思考的两块'基石'，非常符合个性的二位一体的概念，实质上成了白银时代文学的共同财富。"② 陀思妥耶夫斯基作品中人物孤独冷漠的生存情态、高度紧张的精神冲突以及狂暴的情欲作为人性斗争的两极中的负极，在象征主义作家笔下得到了进一步的彰显。俄国象征主义小说继承了陀思妥耶夫斯基对存在的具体问题的关注，吸收了作家的宗教探索精神和看待现实的存在主义视角，同时，其思想基础、形而上学意义和表达手段更为复杂。"陀思妥耶夫斯基创作，甚至可以说整个俄罗斯文学，是从《双重人格》开始深入研究人格分裂的主题的，这一主题稍后又为白银时代的创作者以极度病态的形式加以表达。"③ 这在索洛古勃那里体现得尤为明显。基于对人本性中恶的因素的形而上和存在主义的思考，索洛古勃发挥了陀思妥耶夫斯基的人格分裂母题。但这种人格分裂已等同于人性的堕落和魔鬼的主宰，是善的完全缺失，是对神性的完全否定。他的小说《卑劣的小魔鬼》如同陀思妥耶夫斯基的作品，不但反映了现实，而且超越了现实，可以说是陀思妥耶夫斯基"最高意义上的现实主义"或者说"幻想现实主义"传统的再现。对于小说主人公彼列多诺夫最终的疯狂则完全理应作象征主义的理解，他杀死融基督和牺牲祭品绵羊形象特征于一身的人物沃洛京，是因为作者心中对上帝的怀疑

---

① Альберт Ковач, 2008: *Поэтика Достоевского*, М., Водолей Publishier, с. 100.

② 俄罗斯科学院高尔基世界文学研究所·《俄罗斯白银时代文学史》（第1卷），谷羽等译，兰州，敦煌文艺出版社，2006年，第1版，第18页。

③ Дунаев М. М., 1999: *Православие и русская литература*, т. 3. М., Христианская литература, с. 293.

达到极致，以至于在自己的作品中让一个类似基督的替代品惨死在恶魔手中。而索洛古勃的《小矮人》中所体现的人性退化的悲剧则通过象征主义的方式深化了陀思妥耶夫基小说中的人性分裂主题，从形而上学的意义上来说，甚至比《双重人格》更加深刻。换言之，如果说陀思妥耶夫斯基小说文化隐语中的魔鬼因素是潜在的，那么在象征主义者笔下的魔鬼已经登堂入室，成为文学审美、精神探索和诗学手段的主导因素。

人格分裂的手法也为梅列日科夫斯基所借鉴，他的几部小说在探索人类存在的神学本质问题时都使用了人格分裂的手法，其中与陀思妥耶夫斯基的《双重人格》和《卡拉马佐夫兄弟》有一定的传承关系，但这种手法与陀思妥耶夫斯基的个性分裂又具有本质和功能上的差异，不只是不同。可以说"梅列日科夫斯基的同貌人和陀思妥耶夫斯基的同貌人是完全对立的"。① 陀思妥耶夫斯基小说中，当人物内心发生激烈的斗争和矛盾时，人格意识会发生分裂，看到自己的同貌人；而在梅列日科夫斯基笔下，则是一个主人公身上的矛盾因素在另一个人物眼中体现为同貌人。例如《复活的众神：艺术大帝达·芬奇》中，达·芬奇本人并没有意识到自己人格的分裂，而是他身上体现出的强烈的矛盾本质致使他的学生乔万尼·贝特拉菲奥感到恐惧而发生幻觉，仿佛看到了自己老师的同貌人。两位作家笔下的同貌人都是在心理学意义上产生的，但产生幻觉和发生分裂的主体不同。换言之，陀思妥耶夫斯基的同貌人只是相对于被复制的人物本身来说的，而梅列日科夫斯基小说中的同貌人是被复制人物身边的人所看到的。在《彼得与阿列克塞》中，彼得和儿子进行对话时，彼得在阿列克塞王子的感觉中分裂成为人和野兽两种面貌。被复制的主人公或分裂的人物本人不介入自己和同貌人的任何冲突，也就是说他是小说中唯一看不到自己的同貌人的人，他感受不到自己的存在中有任何可怕或反常之处。相反，他周围的人物却都能发现他的这种不寻常的人格特征。梅列日科夫斯基类似的手法无疑受到前辈的影响，但诸多的不同又说明：一则二者对人格分裂的本质有着完全不同的理解，二是二者服从于完全不同的叙述目的，揭示了完全不同性质的人物内在矛盾。

白银时代的文化精英们无疑清楚地意识到陀思妥耶夫斯基文学和精

---

① Флорова Л. Н., 1996: *Проблемы творчества Д. С. Мережковского*, М., МГОПУ, с. 7.

神遗产的意义。正如俄罗斯科学院的专家们所说,他们的一系列宗教哲学、文化哲学和艺术的探索是"通过陀思妥耶夫斯基才串连起了最为牢固的线索。陀思妥耶夫斯基贯穿于世纪之交的俄罗斯的精神生活,对他的浓厚兴趣倒退几十年完全不可想象。"① 而俄国象征主义者对陀思妥耶夫斯基的推崇和热衷,首先是源于后者对于上帝和人类存在本质问题的不断拷问;其次是其灵魂中浓厚的俄罗斯民族文化根基;再者是因为陀思妥耶夫斯基创作手法中丰富的现代主义元素;最后就是陀思妥耶夫斯基作品所体现的俄罗斯式的精神癫狂。陀思妥耶夫斯基作品的宗教终极思考作为历史上否定神学的一种方式,它所传达出来的神秘感受在象征主义者那里找到了共鸣。无法用平庸的语言表达上帝的真理,这是陀思妥耶夫斯基的艺术直觉,也是象征主义者们感受世界的方式。正因为如此,他们才把陀思妥耶夫斯基视为大师和先知,在其精神中寻找俄国灵魂的密码,寻找通向人心灵的道路和表达生命呼告的终极形式。

二、在死亡中明悟永生的托尔斯泰*

在上一个世纪之交的俄罗斯作家中,"为存在主义形成提供了非常重要的思想材料"② 的当属陀思妥耶夫斯基和托尔斯泰。其中,"充满内心冲突和矛盾的列夫·托尔斯泰至今仍是一个谜,他的许多传记没有一部是完满的。"③

对于俄罗斯古典文学传统来说,一个重要的问题是生命的意义、人的社会使命、人的生命与历史进程的关系等,而对于人的存在意义的问题则常常采取否定的解决方式,认为人的意志在世界体系规律和命运意志面前是微不足道的。只是到了 19 世纪末期,随着资本主义在封建俄罗斯的发展,社会矛盾和危机表现出较西方资本主义国家更为激烈和残酷的特点,人的异化现象开始大规模地蚕食社会各个阶层,包括知识阶

---

① 俄罗斯科学院高尔基世界文学研究所:《俄罗斯白银时代文学史》(第 1 卷),谷羽等译,兰州,敦煌文艺出版社,2006 年,第 1 版,第 17 页。

* 本章节的部分内容分别发表于《列夫·托尔斯泰创作中的宗教存在主义意识——谈托尔斯泰创作中的死亡主题》、《论托尔斯泰小说〈克莱采奏鸣曲〉中的存在主义思想》两篇文章(《外语学刊》2005 年第 2 期、《俄罗斯学刊》2013 年第 1 期)。

② 刘放桐:《新编现代西方哲学》,北京,人民出版社,2000 年,第 1 版,第 333 页。

③ 〔俄〕叶夫多基莫夫:《俄罗斯思想中的耶稣》,杨德友译,北京,学林出版社,1999 年,第 1 版,第 81 页。

层——贵族知识分子和平民知识分子。传统的思维方式被打破，孤寂、烦恼、畏惧、绝望、迷惘的悲观情绪随着先是先进的贵族知识分子、后是民粹派的理想的破灭而日趋强烈。只有在这时，个人的"存在"问题才开始作为一个社会问题进入到人们的视野中，并在文学作品中得到相应的反映。托尔斯泰的创作经验为俄罗斯文学中解决生存与死亡的问题提供了更新、更有意义的途径。

列夫·尼古拉耶维奇·托尔斯泰（1828~1910）毕生都在进行不倦的人生之路的精神探索。他建立了自己的宗教哲学学说，其中心是对生命意义和死亡本质的追问，对普遍的爱、善和非暴力的"真正宗教"的寻求。托尔斯泰的精神发展过程十分复杂，始终伴随着作者本人的怀疑论。作家的世界观大约形成于19世纪的40~60年代。当时，他对一些重大的哲学问题，诸如生命的本质和意义、其所承受的自然和社会环境的制约性、个体中的神、人的统一、这种统一得以实现的理想和手段、艺术的本质等产生了浓厚的兴趣，并力求在自己的创作中寻找答案。他早期的哲学观受卢梭、康德和叔本华等西方哲学的影响，19世纪80年代以后接受了东方哲学，后者对作家哲学观和世界观的转变有很大作用。托尔斯泰曾自称是虚无主义者，直到50岁才成为东正教教徒，而老年又被教会革出教门。托尔斯泰信仰上帝，但却用理性的思考追问上帝是否存在。对于他来说，上帝是对生活的爱，是物质和精神的统一，是一切和永恒的完整性。同时，托尔斯泰否定上帝的三位一体性，认为它不符合健全的理性，是基督教中存在的多神教观念的表现。对于托尔斯泰，基督不是永生的神人，而是具有神的属性的凡人的形象，他替人类承担了罪过，是人类的英雄，为人类指出了应走的道路。伟大作家的这些观念均与东正教相悖，他没有诉诸基督教中"救赎"的观念，而主张人类的自救。托尔斯泰的生命观和死亡观均同作家上述的主张密切相关。

在19世纪80年代，托尔斯泰并非立刻就转入到存在主义思想意识上。在他的作品中，我们依旧能够看到他由来已久的关于战争、和平、生存、死亡、自然等关系人的生存的诸范畴的观点。这里，我们能看到一种作家从本体论出发直观到的人与自然的和谐，个人融入到现实与自然中（如在故事《霍尔斯托密尔》中，人和自然完全融合到了一起）。作家此时仍在不断地提出"上帝与人"的关系问题，力图弄明白他们之间的相关联系。就其实质而言，这里所呈现出的仅仅是存在主义极限问题的萌芽。只是到了上帝在尘世间和作家本人的世界观中均受到怀疑的时候，随着上帝从这个世界上的逐渐消失，"萌芽"才转变成为存在主义意义下的界限问题。就托尔斯泰来说，对于这一问题的解决方式，与其说是求助于宗教神学，毋宁说是包含在关于人的界限问题本身的性质之中，体现为在人类之初就规定了人的本质的那些原始伦理规则。托尔斯泰艺术思维的这种根本性的转变在小说《安娜·卡列尼娜》一书中已经显露出来。作家将小说建构在人类存在的最基本的欲念力量和过程之上，驱动情节的是生命本能的需求。这里，生命的基本欲望通过小说的形式被毫无掩饰地展现出来。

（一）托尔斯泰的死亡意识和永生理念

死亡主题成了俄罗斯存在主义传统的首批作品之一——托尔斯泰的中篇小说《伊万·伊里奇之死》的中心内容并非偶然。托尔斯泰先前就已经逐渐接近这一存在主义的核心概念（《三死》、《战争与和平》、《安娜·卡列尼娜》）。在19世纪末的俄罗斯文学中，死亡主题以其特殊的普遍性越来越吸引了人们的视线。"关于死亡的问题和生存意义的问题以不可战胜的力量吸引着众多现代诗人。"[①] 在我们意识到的生命的各种可能性中，死亡属于人的最"内在"、最"本真"、最极端的可能性。这一可能性不是在生命终结时才出现的外力作用的结果，而是从生命一产生就蕴含于其中的一种标志着其具有终结性的可能性。人生最大的悲哀莫过于死。于是，就产生了人间普遍的拒斥死亡、掩盖死亡、努力忘却死亡、"常人不知有死"的现象。另一方面，死亡永远是个人的，对所有人来说均是不可知的，永远是唯一的。"上帝面前人人平等"。换言之，即"死亡面前人人平等"。人只有在面对行将到来的死亡时，才能将其终生碌碌而为之"烦"的一切当作过眼云烟，从而真正关注自我的"生"（存在），真正领悟生命的意义，并由此得到超越。

对于俄罗斯文学来说，这一思想由于俄罗斯人固有的对生命意义的探索而得到强化。"俄罗斯人具有的常常被称为'末世品质'的东西，与寻求世界末日之日的好奇心无涉；这是一种在日常生活琐事中转向终极的存在方式，是一种首先在终极光明中提出存在整体意义的天生习

[①] Сологуб Ф. К., 2002: *Собрание сочинений*, т. 6, М., НПК Интелвак, с. 439.

惯。"① 于是，在作家艺术构思的死的境遇下，不同的生活被平等地考察、比较，以便从中感悟出人生的真谛。正如海德格尔所说："本真生存的存在论须待把先行到死中去之具体结构找出来才弄得明白。"② 对死的思考转为对生活真谛的思考，转为对人的存在的思考，并促成俄罗斯文学部分的存在主义化过程。

托尔斯泰很早就接触到了死亡意识。1860 年，作家痛苦地目睹了长兄尼古拉——这个从童年起就部分地取代了父亲而明显地影响他世界观的人的死亡过程。这时，他已经触摸到实际上也横亘于自己面前的、毁灭一切的死神。1869 年，托尔斯泰体验了几乎导致他精神崩溃的"阿尔扎马斯的恐怖"——死亡意识的突然、猛烈的袭击。生命再一次袒露出残酷、悲凉的真面目。"阿尔扎马斯的恐怖"使托尔斯泰陷入一场深深的精神危机中。"他所深刻感受的不是肉体死亡上的恐惧，而是死之在形而上的恐惧，同时他对把他变成某种物的盲目的、非人格的东西感到痛恨。"在陷入了极度的、令人毛骨悚然的惶恐之后，作家的整个身心充满了对生命和生的权利的渴求。如何能摆脱死亡，或者说为了寻找"我为什么活着"的答案，托尔斯泰开始了浮士德式的人类知识海洋中的求索。然而，所有有关人生哲理的书籍只能使他徒增烦恼，这些书都毫无例外地重复着苏格拉底的那句令人心碎的名言："我们接近真理的程度仅仅取决于我们能在多大程度上摆脱生命。"③ "阿尔扎马斯的恐怖"可以说是托尔斯泰关于死亡的存在主义哲学观形成的重要基础。这种对死亡的畏惧来自于面对上帝所产生的灵魂深处对自身的忏悔。正是这种对死亡的意识使托尔斯泰醒悟，使他进一步认识到人存在的本体论价值，不断追问人生的意义。

但是，如果说存在主义哲学家们是从死亡理解生存，从畏惧中领悟自由，从而揭示人的真正的存在，以恢复受到社会和外部世界制约的人的个性的自由，使人摆脱沉沦和被异化的境况，那么在托尔斯泰看来，人的拯救之路仅在于对上帝的信仰，在于人的无我、谦逊、真诚和爱，

---

① 〔俄〕叶夫多基莫夫：《俄罗斯思想中的耶稣》，杨德友译，北京，学林出版社，1999年，第 1 版，第 32 页。

② 〔德〕海德格尔：《存在与时间》，陈嘉映译，北京，三联书店，1999 年，第 1 版，第 302 页。

③ 《托尔斯泰文集》（第 15 卷），倪蕊琴选编，冯增义等译，北京，人民文学出版社，1989 年，第 1 版，第 82 页。

在于灵魂的自我完善。依然是浮士德对生活本身的赞美给了托尔斯泰以启发,尽管对同时代人生活方式的考察曾使作家感到困惑不解。托尔斯泰发现根据对待生活的不同态度可以将周围的人分为四种类型:浑浑噩噩型、寻欢作乐型、无所作为型和绝望自裁型。所有类型的人都在否定着生命,并且无一例外地在肯定着苏格拉底前面的话。然而幸运的是,作家登上一个比浮士德更高的阶梯,赋予生命更广延的时间属性,从人民创造历史中找到关于生活意义的答案,并在新的基础上重新确立对生活的信心,找到自己的上帝。① 这时的上帝已经不再是教会人士所宣称的东正教意义上的上帝。② 对于托尔斯泰来说,"上帝"和"爱"、乃至于"生活"属于同义词。信仰上帝,就是要以博爱的精神去为大家服务,去像普通人一样生活、劳动并创造生命的价值,通过"道德自我完善"将个人的有限融入到上帝的无限之中。在托尔斯泰那里,存在主义的"自由"变成上帝信仰中的"我为人人",从而达到作家意识中的宗教与存在主义的统一。③ 在《谢尔基神父》中卡萨基最终选择的帕申卡的信仰方式即为佐证。托尔斯泰以一种罕见的历史主义态度指出,对于"生活目的何在"这一问题,"无论是精确的科学还是沉思的哲学都无法作出令人满意的回答。只有在信仰中,才能发现生活的意义和目的。"④

伴随着上述的思想,作家开始意识到了肉体幸福的虚假,认为人的理性的生命不是肉体的生命,它是超时空的现象,因此这个生命没有死亡。这里,托尔斯泰接受了基督教永生的观念。所以,当他经历人的死亡,包括最亲近的人,如他的爱女玛莎的死亡时,他十分平静,因为他所感受到的是人肉身的消亡和新生命的开始,这令他感到欣慰。作家确信,只要人的生命是有意义的,它便会在人的肉体死亡以后继续存在。这种观念完全符合基督教关于永生的理念:人的物质生命是暂时的,只有灵魂得到基督教的拯救,升入天堂同上帝相结合,才能得到真正的永

---

① 《托尔斯泰文集》(第15卷),倪蕊琴选编,冯增义等译,北京,人民文学出版社,1989年,第1版,第42~45页。

② 托尔斯泰只是沿用了"上帝"这一名称,因为正如罗素所说:"人们宁愿放弃迄今为止'上帝'一词所代表的观念,也不愿放弃'上帝'这个词。"

③ 有趣的是,托尔斯泰的这种特殊的宗教与存在意识的结合被别尔嘉耶夫冠以"宗教无政府主义"的名称。(〔俄〕别尔嘉耶夫:《俄罗斯思想》,雷永生等译,北京,三联书店,1995年,第1版,第150页。)

④ 〔德〕海克尔:《托尔斯泰宗教哲学思想综述》,董江阳编译,《宗教学研究》1995年第1期,第43页。

恒生命。这里所说的"永生"并非仅指时间上的恒长，同时也包括对时间和空间的超越。

（二）《三死》中的死亡情境

在短篇小说《三死》中，死亡主题沿着几个方向展开。从社会学的角度，我们可以理出"贵族地主太太——庄稼汉"这条主线，这也是俄罗斯文学研究历来主要侧重的方面。但是对于作家，社会问题在这里看来并不构成一个主要的问题。故事基本的冲突被移至精神生活的层面上。对于托尔斯泰来说，贵族地主太太的生存与死亡所代表的是一种虚伪与琐屑，她的言行矫揉造作，内心缺乏信仰和宁静。与这种生存对立的是一个庄稼汉深刻的、默默无闻的生活与死亡。后者对生活与死亡均要求不高，并且在关于生活的内容和伦理方面思路清晰，内心宁静。在小说中，存在着两种伦理层面的道德标准。第一种是关于上帝的信仰，它体现着全人类的精神。小说结尾处的圣诗显示出至高无上的基督教真理。庄稼汉的生与死都是处于对上帝的信仰之中。而贵族地主太太的生存中没有上帝。对作家关于她是否明白圣诗中的伟大真理的追问，答案只有一个，那就是直到死神降临，她还是对此憷然无知。"缺乏上帝"的观念在这些人的生活和行为中几乎是与生俱来、世代相袭的。垂死的地主太太的丈夫与她一样，只注重语言的形式。他甚至没有让孩子们同母亲作最后的告别：死亡面前只能有谎话，这就是生存中虚伪的结果。

小说中另一条道德标准是自然。生存的真实性取决于对自然的态度，因为生活的真实性必须经过自然的检验。一个垂死的人滞留在这个世界上，耽搁了一会儿，这是自然的真实。庄稼汉临终前说了一句"我的死期到了"，同样体现着自然的真实。简单的话语充满哲理、平静自然，使人能感觉到他内心宽慰的恬静。以劳动为内容的健康生活同样是真实自然的，因为它是人类历史发展的自然和真实的再现。从这个角度出发，地主太太的一生都是在欺骗、谎言和幻想中度过，她早在死神降临之前就已经死亡。

应该指出，托尔斯泰一生都崇尚简单的自然、真实。这里也许不无作家童年对卢梭的崇拜。① 尽管作家本人认为"在宗教信仰提出的答案中包含着深刻的智慧"，但是作家对信仰的把握却不是通过宗教历史纷繁

---

① 陈鹤鸣：《美好而难解的"小绿棒"情结》，《外国文学研究》1997年第3期。

复杂的形式，而是通过对人类（尤其是人类发展史中占时间跨度最长的原始人类）通过世代传承与生俱来之把握自然的最单纯方式的沉思，领悟到一种直觉的，统摄过去、现在和未来的宗教性思维方式。在人类历史发展的过程中，这种宗教直观的、统摄的思维方式不仅承担解释人类探索尚未把握的未知现象和范畴，而且在人类洞察未来和象征性的表述未来中起着巨大的作用。托尔斯泰本人对此写道："当我相信有限时，我用理性去检验它，结果理性的回答是毫无结果。当我相信无限时，我发现人是永恒的一部分。于是我回到能够从全人类在我所不了解的远古时代为自己制定的指导原则中，找到这一意志的表现。也就是说，我恢复了对上帝、对道德完善、对表现了生命意义传统的信仰。"①

小说中的第三种死亡写的是树的死亡。作者是这样来描写树的死亡过程：树死得平静、诚实、壮丽。壮丽是因为它不说谎、不弯曲，无所畏惧，无所惋惜。壮丽的死亡构成大树归寂的情境："树干颤抖一下，歪斜一下，又迅速直了起来，紧挨树根部惊恐地摇摆着。霎时间一切沉寂下来，但树干又弯了一下，从树干上发出折裂声，于是树杈被折断，树枝下垂，斧声和脚步声沉寂了下来。一只红胸鸲尖叫一声，一拍翅膀向高处飞去。它的翅膀掠过的那棵小树枝摇晃了一下，然后就像别的树枝一样，连同它的全部叶子静止不动了。"② 但树的死亡只是人的死亡的延续：树被砍下来给庄稼汉做墓地用的十字架。

（三）《战争与和平》中死亡与永生的主题

相比之下，小说《战争与和平》中安德列·博尔孔斯基公爵的死亡的描写则更深入了一步，成为作者对死亡过程的研究。在作者的笔下，主人公的这一死亡最终获得了一种纯朴和庄严的神秘色彩。这种神秘性看来是尘世的生者（包括作者在内）所无法理解的。

在结构上，有关安德列公爵对死亡来临的心理过程的描写同对主人公生命终结过程的描写一样，在第十六章占有很大的比重。"睡着的时候，他还在想他近来不断想到的问题，——生与死。想得更多的是死。他觉得自己离死更近了。……'爱情妨碍死。爱情是生。一句话，我所了解的一切，我了解，只是因为我爱。一切都只是由爱结合起来的。爱

---

① 〔德〕策勒尔：《古希腊哲学史纲》，翁绍军译，济南，山东人民出版社，1996年，第1版，第345页。

② Толстой Л. Н., 1987: Собр., соч., в 12 тт., т.2, М., Наука, с. 242.

是上帝，而死对我来说，是爱的一部分，是回到普遍的永恒的本源里去。'……一种痛苦的恐怖袭击着他。而这种恐怖是一种死亡的恐怖；它站在门外。但正在他无力地、畏难地向门走去时，这个可怕的东西已经在那一边推门，要闯进来了。一种非人类的东西——死神——要闯进门来了，必须挡住它。他紧紧抓住门，鼓起了最后的力量去顶门，上锁已经不行了；但他的力量又弱，动作又笨，恐怖所推着的门打开了，又关上了。它又在外边推门。他最后超自然的努力白费了，两扇门无声地打开了。它进来了，它是死神。于是安德列公爵死了。但是就在他死去的一刹那，安德列公爵想起他是在睡觉；在他死去的一刹那，他作了一次努力，醒过来了。'是的，这是死神。我死去——又醒了。是的，死是觉醒，'这想法忽然在他心灵中明朗起来了，先前遮蔽着未知物的幕，现在，在他心灵的幻境中揭开了。他似乎觉得，先前他身上受束缚的力量得到了解放，觉得身上一直有一种奇怪的轻飘之感。"① 梦醒之后，安德列公爵进入了一种全新的状态，即从生活中觉醒的状态。这同时也是作家本人亲身经历的两次梦境的翻版，列夫·托尔斯泰在《作家日记》中写道："我醒了，我为苏醒感到幸福。"② 作家在以后的写作中又多次地发挥死亡—苏醒的主题。

在《战争与和平》中有一个存在主义的黑洞（即死亡）。这一黑洞处于小说的画面之外，以庄严神秘的形式旋入到小说中，并被神秘地拟人化为"它"。在其强大的吸力面前，安德列公爵抗拒的力量是微弱的。如同海德格尔对死亡的理解，安德列通过对死亡清醒的认识，弄清了生存的最高意义。"那个严厉的、永恒的、不可知的、遥远的东西，——他在自己的一生中不断地感觉到它的存在，——现在和他靠近了。"他开始意识到，"他愈思考那向他展示的、永恒之爱的新原则，他愈不自觉地脱离尘世的生活。爱一切的东西，一切的人，永远地为爱而牺牲自己，意思就是不爱任何人，不过这尘世的生活。"《战争与和平》中的死亡正是在这样一种不爱（安德列公爵）与爱（玛丽娅和娜塔莎），一种无边的、上帝普遍的爱和有限的，凡间的对亲人的爱之间悄然展开，又慢慢地合

---

① 〔俄〕托尔斯泰：《战争与和平》，高植译，上海，上海译文出版社，1981 年，第 1 版，第 1394~1396 页。

② Толстой Л. Н., 2000: *Полн. собр., соч.,* в 90., т. 48, М., Художественная литература, с. 75.

拢：安德列"走得越来越远，慢慢地、平静地走向一个神秘的地方"，而玛丽娅和娜塔莎明白，"就应该如此，这样是对的"。安德列公爵辞世后她们流下了眼泪，但她们不是因为自己的悲哀哭泣，而是"由于那种虔敬的感伤的情绪，当她们意识到在她们面前所出现的简单而严肃的死亡的神秘性的时候，她们身上充满了这种情绪。"①

应该指出，中年的托尔斯泰对待死亡的态度正如《战争与和平》的主人公安德列·博尔孔斯基一样，先是惧怕死亡，拼命与死神抗争，在实在抵挡不住时，便沉入对基督教永恒生命的幻想，通过死亡的到来肯定生的意义。依照作家的观念，最可怕的不是死亡本身，而是正在死亡的生命的无价值。托尔斯泰终于认识到，由于人一获得生命就开始走向死亡，最终变成骸骨、蛆虫，可见，人能够感觉到的这个生命原来是"某种靠不住的、令人难受的东西"。托尔斯泰由此得出了一些具有存在主义哲学内核的结论："我这个人身的生命是恶，是荒谬。……不管我干什么，不管我获得什么成果，结果总是一样：痛苦、死亡和毁灭。我想要幸福，我想要生命，我想要理性，而我身上以及我周围的一切只有恶、死亡、荒谬。怎么办？如何生活？该做什么？"与此相关，托尔斯泰还意识到："人活得越久越清楚地看到，欢乐越来越少，而苦闷、厌烦、操劳、痛苦却越来越多……同时他发现，自己的生存每时每刻，每动一动都在接近虚弱、衰老和死亡。他的生命，除了遇到有可能被与他搏斗的其他生物消灭的千万次意外情况并陷入越来越大的痛苦以外，按照自己的属性也只能是不断地接近死亡。"②

这种对死亡的存在主义式的领悟曾令托尔斯泰无比恐惧和痛苦，但当伟大的作家认识到死亡不可避免，也不能被代替时，他从东方的佛教中汲取了"解脱"或"涅槃"的观念，生命的完结同时也是新的开端。

安德列公爵之死是个性走向无生界的过程。他的死是平静而又崇高的。托尔斯泰叙述上的最高真实（从心灵辩证法角度而言）与艺术上的最高非真实（从死亡过程的角度而言）在这里交错在一起。当托尔斯泰采用得以描绘出真实的透视聚焦法，但不是心灵辩证法，而是死亡辩证

---

① 〔俄〕托尔斯泰：《战争与和平》，高植译，上海，上海译文出版社，1981年，第1版，第1391~1397页。

② 《托尔斯泰文集·天国就在你们心中》（1~4卷），陈琛主编，长春，吉林人民出版社，1995年，第1版，第35~38页。

法时，他的作品中就显示出一种本体论意义上的真实。一种新的、与众不同的观点显现出来：死去的不是个性，而是一个有血有肉的本体论意义上的人；死亡不是事实，而是一个本体的、心理的和生理的过程，这一过程组成了一个独立的、具有自身价值的情节（行为）。早在1813年，歌德在与法尔克的一次谈话中就指出，绝不能把死视为简单的被击溃，死的本质乃是生命体本身赴死的行为。① 死亡的场面不应该被放在情境的周围来描写，而应该被视为情境本身，即死亡本身来描写；死亡不是社会、伦理、心理、神学层面上的对话，而具有独立的意义，因为它永远只是"我"的、唯一的、永远同个人是一对一的事件；生存的最高真理亦是死亡的最高真理。依照存在主义的理念，人正是通过死亡，走进自己本身的存在，人为死亡而生。

（四）《伊万·伊里奇之死》中死亡与再生的主题

按照苏联时期流行的社会学文艺理论的观点，通常认为列夫·托尔斯泰在中篇小说《伊万·伊里奇之死》中表现的是个性与环境间的冲突。作家不仅细致入微地描述了常人对死亡的掩盖和逃避，而且将这样一种掩盖和逃避揭示为人的普遍性命运。② 在我们看来，在这篇小说中，作家与其说是将描写人的死亡作为自己的艺术任务，毋宁说是想描写一个常人的"复活"，表现主人公通过死亡过程对生活真正意义的感悟，并最终通过这一过程完成个人精神上的再生。

托尔斯泰在撰写《伊万·伊里奇之死》时，已经开始思考人的死亡境遇。在这篇被纳博科夫称为"托尔斯泰最伟大的短篇小说"③ 中第一次记录了死亡的方方面面，而不是像在《三死》中那样只记录下死亡的情境。这一新的主题体现形式说明托尔斯泰的现实主义中开始凸显出存在主义的因素。他所采用的透视聚焦法不仅创造出现实主义的真实，而且显露出存在主义意识内容。托尔斯泰在现实主义框架下进行探索的同时，也走到存在主义对生活理解的层面上。

从苏格拉底在《斐多篇》中阐述人类关于摆脱肉体以寻觅心灵的最古老的梦想以来，物质的人和精神的人之间的矛盾始终是西方文化关注

---

① 〔德〕舍勒：《死·永生·上帝》，孙周兴译，北京，中国人民大学出版社，2003年，第1版，第21页。
② 黄裕生：《我们在生—死之中》，《江苏行政学院学报》2002年第1期。
③ Набоков В., 2001: *Лекции по русской литературе*, М., Высшая школа, с. 223.

的焦点，并由此引发无数人间的悲、喜剧。作为物质的人，伊万·伊里奇仕途上善于钻营，工作上养尊处优，生活中追求享乐。就是这样一个在常人眼中令人羡慕地生活了一辈子的人物，在死亡突然降临之际，经历了一个由逃避、拒绝死亡到对自己的人生有了新的认识、最终接受死亡的过程。

"数百年来乃至数千年来，在欧洲的世界观中就形成了认为死亡是一种在劫难逃的归宿的信念。在非基督教的理念中，死亡意味着永远失去了所拥有的一切。而基督教的理解中，死亡则是失去尘世的生活和肉体。然而，死亡在劫难逃的意义同样表现为它是一次对人的是非功过盖棺定论的决定性事件。"① 重病缠身的主人公伊万·伊里奇感到，生命之光离他远去，黑暗即将来临，死亡的恐惧越来越经常地袭向他的心头。这时，他突然意识到自己从前那看上去最简单、最普通的生活竟然是最可怕、最死气沉沉的。此时此刻，他承认了以前不愿承认的事实："你以前和现在生活中的一切都是谎言、欺骗，是你视而不见的生与死。"在临死前一小时他又看到："在洞的尽头有什么东西亮了起来。在他身上出现了火车上发生的一幕：当你认为你在往前走，其实是往后走，突然你辨别出了真正的方向。"伊万·伊里奇看见光明后，意识到他以前的生活"不是那么回事"，明白了但"这还可以挽救"，可以让生活变得"像回事"。可是怎样才算"像回事"呢？他这样问自己。临死前，伊万·伊里奇终于做得"像回事"了。妻子、儿子过来看他时，他开始可怜他们，认为自己连累了他们，使他们痛苦，自己死后他们会更好些。而在这之前，他只是怜悯他自己。在托尔斯泰看来，怜悯个人的人只是一个动物意义上的人，一个物质意义上的人，而怜悯他人的人，才是神性在一个人身上复活的标记。在临死前的一小时，伊万·伊里奇恰恰表现出了这样一种"神性"。

伊万·伊里奇想对妻子说些什么，但已无力表述出来。"为什么要说呢？应该去做。"他用目光指了一下儿子说："领他走……我心疼他……还有你……"突然间，他感到以前压抑在心头的东西烟消云散。身上的病痛以及对死亡的恐惧都消失了，取而代之的是光明。于是，在家人摆脱痛苦的同时，他自己也得到了解脱。"人的心灵走向神，走向最终的和

---

① Манн Ю., 1996: *Поэтика Гоголя Вариации к теме*, М., Coda, c. 405.

谐和幸福的道路，必定要经过死。"① 这一切都发生在一瞬间，但这瞬间的意义却是永恒的。它标志着人类最终要走向上帝，返回到人之初的善的基点上来。

小说最初的书名是《法官之死！讲述一个普通人的普通死亡》，后来作家放弃了原拟的名称。托尔斯泰的这一举动反映了他在修订小说题目时已经掺入了某种存在主义的思维方式，因为先前的书名更具有社会学的特点。对我们来说，重要的不是作家重新修改书名这一事实，而是他有意识地走向已经察觉到的新的艺术思维。

《伊万·伊里奇之死》将传统的对凡人的描写与作品自身特有的存在主义关注的问题有机地结合在一起，这正是托尔斯泰创作上的一个新的独到之处。小说中对死亡的描写侧重在其形而上的实质与意义上。伊万·伊里奇的死并不表明主人公在尘世的生存已走到尽头。小说中的死亡获得了独特的实质意义，并得到拟人化的处理。小说的结尾是这样的："死亡结束了……它再也不会有了。"② 伊万·伊里奇在世时，生命和死亡的界线完全是变幻无常、捉摸不定的。在这里，作家把对人的研究放到了生理和心理、有意识和无意识交界的层面上来进行。作家对存在的实质——生存与死亡的认识表现出极大的关注。

伊万·伊里奇的生存与死亡对书中所有人物提出的一个深刻的问题是：为什么？对伊万·伊里奇本人来说，是为什么要有死亡、疼痛？对他的女儿来说，是为什么要折磨我们？在生存以及死亡面前，人人都是孤独、平等的，谁都无能力去解释生存与死亡的意义。既然像小说中所描绘的那样，生活从一开始就死气沉沉，那么它是对人的奖赏还是惩罚？这引出了另一个极其可怕的没有答案的问题：生存到底是为了什么？

在存在主义问题的影响下，托尔斯泰的现实主义发生强烈的动摇。在《伊万·伊里奇之死》一书中，托尔斯泰从社会伦理的平面隐秘地转移到了存在主义的本体论的层面：人在生存中是一个人，在死亡时也是一个人。生存时得到的一切（职位、家庭、朋友）全都是欺骗、幻觉、谎言、虚荣、不真实的东西。真正的东西是一对一地面对死亡，在死亡面前任何人都无能为力。伊万·伊里奇和其他所有的人身处不同的世界，

---

① 〔俄〕弗兰克：《实在与人——人的存在的形而上学》，李昭时译，杭州，浙江人民出版社，2000年，第1版，第279页。

② Толстой Л. Н., 1999: *Повести и рассказы*, М., Слово, с. 434.

一个是行将就木的人，而另一些人则迸发着生命的活力。但有一点他们是相同的，即无论是生者，还是死者，都没能弄清楚生存和死亡的实质。在托尔斯泰看来，"伊万·伊里奇所体现的是19世纪下半叶一种普遍的生活原则。"① 死亡可能是更好的出路，它将人引向真理，使人安息，死亡就是世俗生命转入永恒生命，而生活中有的只是虚伪。

接近死亡给人以探寻真理的勇气和权利。但代替这真理的经常是医生提供的鸦片。鸦片是缓解痛苦的一种手段，但也是欺骗的手段。麻醉过后还是有疼痛，还将残留有对继续活下去的期望。当伊万·伊里奇面前出现了"你到底想要什么"这个问题时，答案"活着"远非不是没有条件的。生活是否值得你去希冀它？可怕的不是肉体上的痛苦，而是更剧烈的精神上的痛苦，因为从前整个有意识的生活现在看来已"全不是那么回事"。小说的结论和所有的存在主义思想体系中的答案相同，一切都是掩盖了生存与死的可怕的、巨大的欺骗。

小说中还留有托尔斯泰由来已久的民众对真理信仰的痕迹。书中人物盖拉西姆是一位青年庄稼汉，他是唯一理解和可怜伊万·伊里奇的人。他知道当他自己的大限来临之时，也有人会这样可怜他——看上去简单明了的逻辑道出了人与动物的区别。与以往的作品一样，小说同样表现出作家道德观中的人民性一面，但它已不再是本篇小说的主基调。作家视野中最主要的是有关生与死的问题。从这一点看，托尔斯泰的思想意识中的确出现了某种新的、不为我们所熟悉的东西：他间或从存在主义的立场出发，去探索人生与世界的秘密。

在小说中，我们看到的托尔斯泰既是一个道德说教者，真实的现实主义者，寻找上帝者，又是一个存在主义者。作为存在主义者的托尔斯泰竭力捕捉并描绘出生存的实质，努力要弄清生存与死亡的根本性问题。伊万·伊里奇没有在对基督教的顺从中死去，而是在近乎是魔鬼般的反抗中死去，是在怀疑（同时也是作家的怀疑）中走到了生命的尽头。主人公不知道什么是生存，为什么要生存，怎样度过一生。他临终前痛苦的思考也仅仅是弄清楚了以前的生活"不是那么回事"，而仍然没有参悟出生命的意义（人生的最终目的）。整部小说最终仍然是"一个蘸着浓浓的墨汁划出的有力的问号。这一问号从托尔斯泰力图使我们忘记以

---

① Линков В. Я., 2002: История русской литературы 19 века. В идеях, М., Издательство Московского университета, с. 125.

往的一切疑问的全部甜蜜的说教中浸透了出来"。① 既然以前的生活已"不是那么回事",不再有什么可留恋的,那么摆脱疑问的出路就一条:到不存在肉体的无生界中去;死亡将给人以解脱,使人轻松。托尔斯泰用简单得令人惊异的句子结束了这一切:"死亡结束了。"它蕴含着丰富的存在主义内涵:不是生存结束了(生是否有过,或有的只是生的幻影?),而是死亡结束了。

应该指出,对人生终极目标的追求,构成了托尔斯泰所有创作活动的内容。早在喀山大学攻读法学的时候,年轻的托尔斯泰就在日记中写道:"人生的意义究竟是什么?"② 当时的托尔斯泰同小说中的主人公伊万·伊里奇一样,认为人生的意义就在于经营、耕耘土地和人的其他有益于社会的作为。因为人不过是"世界精神的实体性事业的活的工具"。③ 这是一种俄罗斯式的黑格尔主义,视个体为公共的组成部分,个体的幸福在于严格克制和约束个人的物质欲望、在于个人的忘我和不断的作为之中。5年后的1852年8月28日,托尔斯泰在日记中写道:"我已24岁,但什么还都没有做。我觉得8年来我一直在同怀疑和欲望斗争着。我的使命究竟在哪里?只有未来能告诉我。"④ 但是,这一观点从其一产生就带有无法回避的内在矛盾。问题在于,这种对个人的物欲的克制和约束,只能通过个人的自我完善来实现,而后者仅仅是并且只是个人长期自我内在修炼的结果。托尔斯泰用了40年的时间,通过社会和家庭的各个方面的探索,最终发现他无法得出问题的答案。既然所有的生命,哪怕是最高尚的人生最终都通向死亡,那么生命就不会是终极目标。对终极目标的探索应该从死亡入手,而这却是任何活着的人所无法做到的。

"作为一种世界观,终极目标论经常被谴责为有决定论和宿命论的色彩。托尔斯泰的终极目标论与此不同。它仅以自身为满足,而并非要解释世界第一动力,解释人们的日常生活,扮演神谕的角色。托尔斯泰的

---

① Шестов Л. И., 2001: *Философия трагедии*, М., ФОЛИО, с. 90.
② Толстой Л. Н., 2000: *Полн. собр., соч.*, в 90 тт., т. 46, М., Художественная литература, с. 30.
③ 〔德〕黑格尔:《法哲学原理》,范扬等译,北京,商务印书馆,1961年,第1版,第54页.
④ Толстой Л. Н., 2000: *Полн. собр., соч.*, в 90 тт., т. 46, М., Художественная литература, с. 140.

主人公是自我目的的规定者，并通过精神上的探索决定自我的选择成为自身的第一动力。作为目的的上帝是隐性的、无法看到的，处于托尔斯泰的不断探索之中。"①

可以说，托尔斯泰的《伊万·伊里奇之死》是俄罗斯文学中最早按存在主义意识规律写就的作品之一。这部作品是作家在长期求索及以往的关于生与死的观念动摇破灭之后，试图从精神的角度所进行的新的创作手法的尝试。作家从物质世界的幸福观中摆脱出来，用一种更完整的、存在主义的现实主义手法再现了人与生活，将一种新的追求永恒之路展示给读者。

（五）《克莱采奏鸣曲》中的界限问题

托尔斯泰创作中关于存在意义的重要问题之一就是界限问题。这一问题的提出正值关于世界及人的存在主义观念在俄罗斯社会逐渐形成之际，反映了新意识形成的过程。以往在解决界限问题时人们常常诉诸基督教道德原则，而上帝的思想事实上在问题提出之前就已经解决。于是关于界限的思想已融入到上帝的思想中，人被规定为要信仰和遵从上帝的思想。

在没有上帝的世界里，人迷失了自我。人开始单独直面界限问题。这一问题实际上是在发问：在失去了上帝的世界上，人如何能从其不断的堕落中得到拯救？简言之，人在这样一个世界上可以做什么，不可以做什么，人行为的界限何在？当行为界限从人的外部转移到了意识和心灵之中，人就必须为自己确立一个目标。在摆脱了上帝和传统的道德感之后，人的心灵越来越复杂，其意识变得更加尖锐。以往的基督徒心中虽有负罪感，但并没有发生类似于陀思妥耶夫斯基笔下人物的个性的分裂。过去的负罪感曾经比较明了、单一，而现在那些困扰人的关于生存与死亡、个人命运、社会命运等问题则变得更为严肃，更具有现实意义。在俄罗斯文学中，托尔斯泰率先提出了界限问题。从19世纪80年代起，托尔斯泰开始从先前人与自然融为一体的观点转向了人远离其自身本原的观点。

中篇小说《克莱采奏鸣曲》也许是托尔斯泰最令人费解的作品。作

---

① Меджибовская И., 2002: *Критика телеологической способности суждения в 《Смерти Ивана Ильича》*, 《Толстой и о Толстом》, М., ИМЛИ РАН, с. 254.

家直接将自己置于 20 世纪哲学和艺术的语境中。小说表现了作家对古典主义哲学时代和存在主义哲学时代在艺术思考方面相互渗透、相互制约的复杂的辩证关系的思考过程，同时也印证了托尔斯泰的现实主义传统框架中的存在主义意识日趋成熟。

《克莱采奏鸣曲》创作于 1887 年至 1889 年间。契诃夫对这部小说的评论是："我认为，在我们国内和国外现在所写的一堆东西里恐怕还找不出一个作品，在含义的重要和描写方法的华丽上赶得上它。姑且不提有的地方的艺术效果达到了惊人的程度，单以它极其刺激人的思想这一点来说，我们就该感激这个中篇小说了。"①《克莱采奏鸣曲》讲述的是一个发生在 19 世纪俄国上流社会的爱情与家庭悲剧。作品主人公波兹德内舍夫是一个花花公子，他娶了美丽的平民之女为妻。几年后平庸、毫无生气的婚姻生活使双方都感到了厌倦。此时风度翩翩的青年音乐家特鲁哈切夫斯基闯入了他们的生活。此人与波兹德内舍夫妻子的密切交往引起了波兹德内舍夫的猜疑和强烈的妒忌，终于在暴怒之下，波兹德内舍夫杀死了无辜的妻子。

《克莱采奏鸣曲》吸引读者的是，它能够将读者带入哲学的语境，在主人公波兹德内舍夫关于生活目的的长篇议论中明显地流露出叔本华的悲观主义人生哲学理论。这里有托尔斯泰关于人类命运、人类繁衍的意义以及对肉体的爱和情欲的思考。因此可以说，《克莱采奏鸣曲》在很大程度上是为 20 世纪的意识而作。

如果说，在《战争与和平》中始终贯穿的一条主线是人类通过战争和苦难摆脱人世间的种种迷误而走向与上帝的同一，体现了作家的人民思想，而民心的顺悖犹如宙斯的天平一样决定着上天的意志，那么在《克莱采奏鸣曲》中，作家则道出了一个逆天而动的主人公（波兹德内舍夫）的存在哲学，一个杀人犯赤裸裸的自我辩白。

托尔斯泰感兴趣的是在失去了上帝的世界中的界限问题。这个具有不确定价值和多方面含义的问题构成了小说的主题，也深深地嵌入到主人公波兹德内舍夫的性格之中。波兹德内舍夫认为，传统的宗教界限已经消失，人们只能寻找人类生活中的其他界限。文明的法则被虚伪地臆造出来，它们试图替代真正的内部界限。因此这些法则以其虚伪将指引

---

① 〔俄〕托尔斯泰：《克鲁采奏鸣曲》，草婴译，上海，上海文化出版社，2008 年，第 1 版，前言。

人走向一个无界限的状态。社会观点不可能成为评判一个人良心的标准，不可能成为校正人的行为准则，因为这些观点可以为任何一种行为辩护，并且大家也都这么做。孩子是"牲口般生活"的最高目的及其唯一的辩解，也可以成为它的界限，但这个界限也是借助于同样的社会观点而形成的。无界限状态已经来临，因为社会观点完全逾越了良心的界限，把人从自然的义务中解脱出来，人被抛到上帝的世界中，却无法理解世界，并在生活面前无所适从。最后的界限丧失了，人在生活中的最后支点被撤走。随着所有界限的消失，人最本初的界限——良知也将随之丧失。

在波兹德内舍夫的陈述中，流露出许多不健康的极端主义因素、病态的感受和扭曲的心理、负罪感以及可怕的妒忌心理。从表面看，波兹德内舍夫的观点构成了小说的基本情节，并成为他行为的结果和辩解。在我们看来，更合理的观点是，托尔斯泰按照内容真实的艺术人物个性发展的规律塑造了这一形象，作家不仅借主人公之口说出了他本人在"后记"中的观点，还分析了主人公的性格。托尔斯泰的心灵辩证法反映了人的意识与心理毁灭和非理性化的过程。

波兹德内舍夫在杀妻之后的表白和他的过敏的神经、行为及同萍水相逢的旅伴的对话暴露出他完全沉浸于自己所犯的罪孽之中。他在乎的是周围的人如何看待他："我是波兹德内舍夫，就是你谈到过的那个杀死妻子的人。"虽然杀妻事件令人惊悚，但在波兹德内舍夫的意识里已经成为一种次要的感受。这件事完全充填着他的心灵，使他永生难忘，以至于他的世界观、逻辑和心理发生变化。事件的高潮是主人公意识深处的东西形成的结果。这一形成过程是逐渐、辩证的，由伟大的艺术家托尔斯泰抽丝剥茧地再现出来。托尔斯泰在这一再现过程中拟定出一个情境以及情境的理由。结果是，托尔斯泰的主人公经历了顿悟，既不是道德意义上的，也不是对真理认识的顿悟，而是我们称之为存在主义意义上的顿悟，即他病态般地得出结论："我现在完全都明白了。"这句不合乎逻辑、超出界限之外的话，不仅在杀妻事件之后，而且永远支配着波兹德内舍夫的行为与逻辑。无法遏制的寻求解脱的念头正是出自于在盲目的下意识状态中那些喋喋不休的自白，同时主人公被置于恐惧的情感背景中，置于一种永远的莫名的感受中，进而产生了扭曲的、充满恶意的意识和心理的逻辑。这种心理的意识使现实的支点丧失。从无责任能力的言语到无责任能力的心理只有一步之遥。小说中成为导火线的就是他臆想中的情敌——音乐家特鲁哈契夫斯基。波兹德内舍夫在误解他的同时，产生了可怕的妒忌心理，这种心理越来越强烈，最终转化为过激反应的情境，转化成对对手毫无根据的过分反应。

《克莱采奏鸣曲》和《安娜·卡列尼娜》在妒忌主题上存在着巨大的差异。这不能仅仅归结为波兹德内舍夫与卡列宁性格不同。在《安娜·卡列尼娜》中，妒忌主题在社会与伦理的层面上不断被深化，小说描绘的是一个永存的界限的时代。在《克莱采奏鸣曲》中，妒忌的主题则被转移到人的心理、形而上和情欲的层面上。作者通过《克莱采奏鸣曲》寻找一种新的界限来替代丧失了的界限，正是这一寻求过程构成小说中的杀妻事件和情节。

小说中，主人公建构出一种心理感受上毫无出路的情境，这正是存在主义所具有的显著的特征。这里有两种情感的主导思想交织在一起，即主人公对自己的怜悯和当时的纯动物般的感受。他对现实的意识不断地丧失，只需一个外在的因素就能使潜意识中隐秘形成的东西付诸行动，意识就会游离到界限之外。音乐在他身上形成形而上的生理上的深渊，成为一种契机。波兹德内舍夫这个带有存在主义特征的主人公总是把罪过推到别人身上，这表明他缺乏界限意识。有罪的是妻子、孩子、特鲁哈契夫斯基、音乐、《克莱采奏鸣曲》的作者贝多芬，唯独不是他本人波兹德内舍夫。一味推卸罪过的行为表明了他那不正常的意识和变态心理。在杀妻的当晚，他已不能分清现实与非理性因素之间的界限。在主人公身上仍然还留有一个界限，即对自身的怜悯，但这种怜悯心即刻转化成对妻子的仇恨，并占据绝对的上风，捍卫着由行动带来的充满个人主义的意识——自杀。然而，这一自杀能量却变成了对妻子的仇恨，变成了谋杀行为。

托尔斯泰在这部小说中不止一次郑重其事地强调，摆在20世纪存在主义的人的面前的任务是把自己从"动物"中分离出来，通过克服自身的自然属性为自己找到界限。

小说中，在波兹德内舍夫投宿的县城旅店的一幕中有一个特殊的情境，情境的中心已不再是《伊万·伊里奇之死》中那种对死亡的恐惧，而是波兹德内舍夫身上一种比死亡恐惧更加强烈的魔鬼的力量。在杀妻事件发生之后，他思考的并非是关于妻子的死亡，他没有对自己所犯的罪行进行反省，而是期望什么也没发生过！波兹德内舍夫的心灵没有感受到任何的震撼，占上风的是人的形而上部分，是虚假的逻辑、是魔鬼、是疯子。波兹德内舍夫本人也清醒地意识到，他是一个不可救药的人。

波兹德内舍夫的妻子提出的一个重要问题成为小说的中心。关于这一问题，《克莱采奏鸣曲》和《伊万·伊里奇之死》有着异曲同工之处："这一切是为什么？为什么？"生存是什么？这一问题并非由波兹德内舍夫而是由他妻子提出，因为死亡可以展示生存的真谛，只有在死神降临的前夕，人才会提出这样的问题。对波兹德内舍夫来说，他甚至没有机会弄清楚这一问题："现在我无论如何不能杀了自己，而且不能想这件事。"在妻子生命垂危之际，他的意识中只有两个念头："没穿鞋太愚蠢了"，"希望什么也没发生过"。他丝毫没有悔过，更不用说是道德上的重生。波兹德内舍夫对界限的寻求是在理论和抽象的层面上进行的。事实上，他是一个丧失界限的人，是一个精神正常但意识异常、心理变态的人。托尔斯泰在19世纪80年代就得出20世纪其他作家所作出的结论：理智与道德是不可分割的，其中之一的毁灭与丧失必然会导致另一个的毁灭和丧失。

《克莱采奏鸣曲》的结尾显得缺乏生气，毫无出路。这也许标志着作家的新思维和20世纪存在主义意识的产生。在这个结尾中，我们能体会到对世界悲剧性的感受和封闭性的意识的特征。

应该指出，托尔斯泰小说中死亡恐惧被永恒解脱的意识所取代，生命进入永恒与无限，一切的恶和荒谬都不复存在，这当然令人释然。由此可见，东方哲学，尤其是佛教中对解脱的向往和对涅槃境地的精神追求，对托尔斯泰晚年的世界观影响甚大，已成为他晚年追求的最高生活目标。他临终前离家出走，就是深受佛教思想的影响，想为自己寻找一个清静无"惑"的所在。除佛教思想之外，托尔斯泰亦接受了老子"无为"的思想、儒家的道德观等。他开始重新思考西方和东方哲学及基督教、佛教、道教等世界宗教的教义，这一切都集中体现在托尔斯泰19世纪70年代末至80年代的一些著作中，如《忏悔录》、《我的信仰是什么？》、《天国在你们心中》、《到底怎么办？》等。

总之，托尔斯泰的世界观是十分复杂而难解的，其中既有基督教、佛教、道教的宗教神秘主义思想，又有超越宗教的理性观念，所有思想和观念中又贯穿着他的存在主义哲学思想。托尔斯泰的存在主义哲学思想反映了作家对人类幸福、理性、爱情、痛苦、肉体、灵魂等问题的思索。正是基于这种探索，他的创作获得了博大深邃的思想价值，从而具有无穷的魅力。托尔斯泰晚期作品中的存在主义因素对俄罗斯文学乃至欧洲存在主义传统的形成都具有重要的意义。毋庸置疑，托尔斯泰是俄罗斯现实主义的最高峰，他率先觉察到美学上重复的无结果性和艺术的无出路性。他为俄罗斯文学开启了存在主义先河，使俄罗斯文学避免落入梅列什科夫斯基在20世纪初预言的自然主义的窠臼，为俄罗斯文学的现实主义思潮增添了新的活力。在俄罗斯文学中，托尔斯泰从存在主义的角度率先在自己的作品中注入了对即将来临的新世纪的思考。

第三章 荒诞世界中人的异化

20世纪俄罗斯文学中的存在主义传统受制于一系列的环境因素。世纪之初的存在主义意识与19世纪的艺术意识密切相关，它在对俄罗斯古典文学传统继承的同时又对其进行创新。进入20世纪之后，存在主义意识作为艺术思考的集成体和文学进程的趋势，其实质通过不同流派作家的创作得以实现。20世纪俄罗斯存在主义传统与俄罗斯古典传统的对话使得19世纪俄罗斯文学主题得到了新的挖掘并被注入新的内容。在19世纪俄罗斯文学的意识中，伦理层面始终占据主导的地位。通过这一层面，俄罗斯古典文学意识到文学乃是一种人文艺术的现象，价值的尺度由东正教道德的基本状况所决定。而到了存在主义文学意识时，伦理层面的内容则不再处于中心地位。在一个失去了上帝的世界里，一切价值均被重新评估。摆在作家和诗人们面前的任务是要确立思想和行为的界限。对界限的探寻成为存在主义文学传统最重要的情节，占据主导地位的是对存在实质的认知。上个世纪最初20年，存在主义意识在每一位独特的、不同美学体系的艺术家笔下均得到了不同的体现。存在主义世界观获得了关于人和世界的新观念的轮廓，并最终在安德列耶夫、别雷和索洛古勃完整的美学体系和创作中得以形成。

一、挣扎于高墙和深渊间的安德列耶夫

列昂尼德·尼古拉耶维奇·安德列耶夫（1871~1919）是20世纪俄国存在主义文学传统的奠基人之一。在安德列耶夫的创作中，体现了对俄罗斯和欧洲存在主义意识来说一种独特的类型模式——心理存在主义。存在主义观念作为完整的具有实质性的文体现象在作家的创作中获得了完整的体现。

(一) 从现实主义到现代主义的过渡

就安德列耶夫创作的思想性和风格而论,这是一位"双重的"、"跨界的"作家。① 对于这一作家的流派归属问题,在俄罗斯文学研究中一直争议颇多。甚至连作家本人也曾经追问:"我是谁?……对于出身高贵的颓废派,我是个可鄙的现实主义者;对于传统的现实主义者,我又是一个形迹可疑的象征主义者。"② 我国学者周启超先生指出,安德列耶夫的创作穿行现实主义与现代主义这两大流脉之中,"他既受惠于现实主义的培养,又吸收着现代主义的养分",这是一位"卓尔不群"的作家。③

安德列耶夫在创作初期秉承的是 19 世纪俄罗斯现实主义的传统。他对现实主义作家契诃夫、托尔斯泰、陀思妥耶夫斯基予以了高度的评价。他本人也认为列夫·托尔斯泰是他的导师,并肯定了后者对他创作的影响。④ 与此同时,作家清楚地意识到自己同 19 世纪文学传统的裂痕。随着作家创作诗学的不断演化,安德列耶夫的创作越来越多地表现出非现实主义的倾向。尽管现代主义作家对安德烈耶夫诟病不已而加以拒斥,但作家的创作最终成型于现代主义的诗学理念。

"安德列耶夫的声誉在 1906 年至 1908 年间达到了顶峰。在这个时期,作家内容丰富的创作方向和他作品的总体性问题,即我们今天归结为'存在主义'的东西,最终得以明确。"⑤ 应该说,安德列耶夫从现实主义向现代主义的过渡并非一蹴而就,而是由作家创作的现实主义本身的特点所决定的。一个绝望与希望并存的新时代,强行将新的内涵注入到了作家的创作中,并要求与之相适应的新的艺术形式的出现。安德列耶夫将事实表象置于真理的对立面,凭借艺术家的主观感受创造艺术中的现实。他敏锐的直觉和丰富的想象力使现实世界的一切表象在他眼中层层剥落,显露出其最终的本原形态。需要指出的是,

---

① Келдыш В. А., 2001: *Русская литература на рубеже веков*, в 2 тт., т. 2, М., ИМЛИ РАН, с. 335~336.
② 李建刚:《高尔基与安德列耶夫诗学比较研究》,北京,中国社会科学出版社,2008 年,第 1 版,第 14 页。
③ 周启超:《白银时代俄罗斯文学研究》,北京,北京大学出版社,2003 年,第 1 版,第 91 页。
④ 李建刚:《高尔基与安德列耶夫诗学比较研究》,北京,中国社会科学出版社,2008 年,第 1 版,第 14 页。
⑤ http://andreev.org.ru/biblio/about/megdu_stenoj_i_bezdnoj.htm.

在那个时代这并非只是安德列耶夫的个别现象,而是表现为社会和艺术形态的转型。沉浸在对现实悲观感受中的作家一方面对革命力量抱有希望,另一方面对上帝和至高无上的力量产生怀疑。这种情绪虽不足以成为反抗的力量,但其中蕴含了对人类主观感受的强烈冲击力。安德列耶夫的现实主义向现代主义转换的特点在于,他从来不在静止的尺度中去截取艺术现象。在他的创作中,作家善于利用多维的新视角在不同层面上发现问题,肯定与否定富有强烈的动态特征,具有鲜明的二律背反性。充斥在安德列耶夫作品中的那种惊慌、疯狂和恐怖的根源并非完全源于社会的动荡。作家的存在主义思想萌动的实质更多的来自于对上帝信仰的崩溃,导致孤独的个体必须直面荒诞。这是孤独个体的悲剧。

　　短篇小说《在窗旁》显示了安德列耶夫创作方法的转变始于对孤独这一问题的关注。小说的主人公是一个可怜地守护着自己心灵静谧、逃避书籍并醉心于窥探他人隐私的小官吏。作品的内容围绕着主人公在窗旁的所见、所闻、所想而展开。安德列耶夫从主人公的主观臆想出发,通过主人公内心对外部事物望、闻、思的反应和心理活动来展现人物的感受,以此传达出人物的孤独状态。安德列耶夫在存在主义的境遇中,关注人的孤独、人意识的分裂、孤独人畸形和变态的心理。这样一种创作风格让我们想起了陀思妥耶夫斯基。年轻的安德列耶夫正是继承了陀思妥耶夫斯基的这一创作传统。

　　小说《深渊》、《墙》、《警报》、《笑》的发表标志着真正意义上的作家安德列耶夫已然成形。对读者们难以理解的作品《墙》,作者自己作了这样一番解释:"墙,即横亘在通往完美幸福的新生活道路上的一切。它如同我们俄国几近弥漫的整个西方世界的政治和社会压迫;它是人性以及人性的疾病、动物本能、仇恨、贪婪等等的残缺;它是关乎生存的目的和价值、关乎上帝、关乎生与死的问题——该死的问题。"[①]墙、深渊、黑夜、蜡烛、门、木偶、雾霭、笑、红笑这些"具象化"的形象成为我们领悟安德列耶夫创作奥秘的关键,其象征意义生动而准确地体现了作家世界观的本质。作者以此表现出那些不可捉摸但却驾驭人生、支配世界的存在的力量和混沌、荒诞的现实生活。阿列克塞·波格

---

① Андреев Л. Н. , 1925. 2: "Письмо Л. Андреева к А. М. Питалевой", *Звезда.* , с. 258.

丹诺夫指出，意志的力量（即个性存在的法则）遍布于生活的每个角落，而摧毁人类道德和社会关系的乃是世界的法则，那些貌似自然基本概念的仁慈、爱和公正不具备任何客观基础且轻易便会坍塌。安德列耶夫在小说《深渊》和《雾霭中》里揭示，尽管无意识的东西表面遮盖着理智的律令、美的典范、信念和原则，但它却蕴含着无法驯服的恐怖力量。它是栖息着强力和放纵怪物的深渊；它一如荒谬之墙，压迫着脆弱的人类意识。①

成为安德列耶夫现实主义向现代主义转换的里程碑式创作的是小说《城市》。城市成为人的悲剧性命运的缩影。这是一个有生命的城市，其空间的死点却是人。到处都呈现出形而下的逻辑。物欲的游戏病态地渗透到物质和现象的实质之中。同样的基调在作家几年后发表的小说《野兽的诅咒》中得以再现。主人公畏惧城市，城市让他觉得"有无数道门，却没有一个出口……因为所有这些门全都是骗局。你打开一道，后面还有第二道；你再次打开它，另外的门又会接连不断地呈现在眼前……"城市的街道让主人公倍感荒凉、郁闷、逼仄，阴沉沉地充斥了凝滞的能窒息人的暑气。"这已不是那些能让人对大气与空旷产生联想的宽阔笔直的林荫道，这是陡壁直入云霄的曲折狭窄的走廊，是充满魔力而又永不开启的石头门，是通往陷阱的骗人旅途……而我所寻找的那些东西，那种来自人群的孤独和自由，突然让我恐慌起来……在这片街道门窗林立的荒凉之中，我只感觉到谎言，而就像所有的谎言一样，它很快就会变成一种潜在的威胁。"② 城市成为孤独的人与百无聊赖生活的封闭之所。人成为被整体之流——生活裹挟的一部分。虽然人有生命体征，但就其实质而言，他在精神上已经死亡，在其孤独的存在中丧失了理智，在自身中只留下原始的非生命的物质能量。在这样一个空间中，人注定要孤独，死亡注定会将人彻底封闭于生活的圈子中。

20世纪初，促成安德列耶夫写作方法转换动因的是他短篇小说中一种不断强化的新观念，即从存在主义思想出发对人之存在的特别关注。安德列耶夫在汲取现实主义养分的同时，致力于研究人心理最基本的界限境遇：生与死、理智与疯狂、良心与道德原则、有生命与无生命的物

---

① http://andreev.org.ru/biblio/about/megdu_stenoj_i_bezdnoj.htm.
② 〔俄〕安德列耶夫：《撒旦日记》，何桥译，北京，新星出版社，2006年，第1版，第143~151页。

质等等。这类界限问题均与存在主义的实质密切相连。短篇故事《意念》集中了诸多此类的原则。主人公克尔任采夫是一位自命不凡的医生，他虽有着体面的身份，生活在上流社会，却心胸狭隘，心理变态，自私而又自卑。这是一个类似于陀思妥耶夫斯基笔下的地下室人、拉斯科尔尼科夫和卡拉玛佐夫式的人物。他一面叫嚣着"无所不可"，一面以逻辑这件武器来消除内心深处的恐惧与战栗，甚至还自诩为来自深渊的巨大怪物。他因一个极其荒唐的理由而杀死自己的好友：只是要报复一下后者的妻子——一位他追求过的女人。为了让这位曾拒绝他求婚的女人痛苦不堪，他居然决定当着她的面杀死她丈夫。克尔任采夫运用自己所掌握的医学、心理学、社会学等各方面的知识，设计出各种杀人方案，最后决定装疯杀人，以逃避刑事追究。尽管主人公最终如愿以偿，然而他费尽心思策划和巧妙完成的谋杀却以彻底的崩溃收场。克尔任采夫自以为是在装疯，而实际上却是一个地地道道的疯子，因为他那强烈的意志已经失掉了唯一可依赖的思想的支撑。黑暗的根源占了上风，既不是对惩罚的恐惧，也不是良心上的谴责，恰恰是这黑暗之源摧毁了那道连接理智与无意识的深渊之门。就这样，安德列耶夫笔下的这个超人妄想狂成了深渊的牺牲品。克尔任采夫本人也意识到，他被抛弃在无边无际的旷野，自身只是一个卑微的原子，被阴郁沉默的宿敌所包围和扼杀，成为不祥的孤独者。

小说采用第一人称内心独白的形式，将克尔任采夫医生谋杀之后清醒的逻辑思辨和心理逐次展开。在良心与理性的交界之处，安德列耶夫得出结论：道德毁灭是一条通往理性毁灭之路。由此作家引出的一个问题是：是否存在着一条由一连串邪恶组成的界限？对克尔仁采夫来说不存在法官，没有法律，一切都可以做。同样，在《撒旦日记》中，所有的界限均被逾越，连撒旦自身都成为人之恶的牺牲品。有着如此之多的神，但却没有统一的永恒之神。能够成为这种神的只有良心，而理性威胁着良心。生活之环是封闭的，问题只能是无解。

（二）瓦西里·费维斯基的悲剧

安德列耶夫在《瓦西里·费维斯基的一生》和《七个绞刑犯的故事》中所描写的对象成为有生命和无生命物质的界限。在作为无神论者和表现主义、存在主义文学代表人物的安德列耶夫的笔下，教堂的神父形象得到了另一种演绎。主人公瓦西里·费维斯基是东正教乡村的一名教区神父。他恪守教规，虔诚侍奉上帝，然而却遭受到一系列的厄运：先是大儿子溺亡，又生了一个儿子，却是白痴、怪物，尤其雪上加霜的是他那因接踵而至的不幸和打击而患上了歇斯底里症的妻子在一场大火中丧生。神父异常恭顺虔诚，他把这些苦难当作上帝对他这个子民的考验，是在接受上帝的指引，"这只全能的手指引着他历尽磨难，迫使他舍弃住宅、家庭，丢却尘世，去建树伟大的功绩，去作出伟大的牺牲。上帝把他的整个生活引向茫茫的旷野，无非是要使他不致像芸芸众生那样在满目疮痍的老路上和诱人的邪路上陷身迷津，而能在广袤无垠、自由自在的旷野中寻找一条崭新的勇敢的道路。昨天那烟与火的柱子难道不就是当年在无路可走的旷野中为以色列人指路的火柱吗？"于是神父终日听取人们的忏悔，为教众们祈祷，希望能出现基督那样医治病人、使死人复活的奇迹，给予在苦难和黑暗中生活的人们以安慰和希望。同时，他此时已产生了对这种信仰的怀疑。

妻子丧生之后，瓦西里·费维斯基在她的尸体面前跪了下来，"把脸贴到那一堆沾满血污的棉花球和绷带中间的肮脏的地板上，似乎渴望自己能化作尘土，并与尘土混为一体。他怀着对上帝极其虔敬的兴奋心情，从自己的话中排除了'我'字，说道：'信仰你！'于是他重又祈祷起来，没有语言也没有思想，并且用整个虽生犹死的躯壳在那里祈祷；他的躯壳在火与死中感觉到上帝难以理解地近在咫尺。"但是他此时已明显地感觉到人在上帝面前的无助，人在上帝面前就像后者握在手心里的小鸡雏一样，只要上帝轻轻一捏紧，就会死掉，但是他的理性还不允许他产生这样渎神的想法。他看到，小鸡竟然依在他的胸口，信赖地睡着了。"难道我不也是在上帝的手心中吗？既然连这只鸡雏都相信我这个凡人的慈爱，相信我这颗凡人的心，我怎么敢于不相信主的恩佑呢？"①

尽管如此，他再也找不到任何力量来说服自己，使自己相信基督会向苦难中的人们伸出援手。他虽更加虔诚地祈祷，但他的行为在常人眼中却变得非常古怪，在给死去的穷苦教民谢苗做追思弥撒和入殓仪式时，他忽然面色惨白并带着欣喜若狂的欢乐神情冲向棺材，对着里面已经开始腐烂的尸体喝道："我吩咐你：起来！"他仿佛在无限强大的信仰中找到了上帝般的威仪，面对慌乱的人群他似乎明白了什么，但是面对人的

---

① 〔俄〕安德列耶夫：《安德列耶夫中短篇小说集》，靳戈等译，上海，上海译文出版社，1984年，第1版，第210页。

死亡他仍感到恐惧和无助，他向上帝发狂地呐喊："你非答应我！把生命还给他！"又对腐烂的尸体喝令着："你听着！去求求他！求求他！"但是当他看到棺材里只不过是一个变成腐肉的人，他终于精神错乱，冲出了教堂，"天空在燃烧。……而从那边，从那堆燃烧着、飞旋着的乱云中间，传来了像滚雷似的震耳欲聋的狂笑声……他的双脚不时被圣衣下摆绊住，因此他不时跌倒，在地上翻滚，弄得浑身鲜血直淋，人不像人，鬼不像鬼。"① 费维斯基神父就这样死了，倒在泥土中的他仍保持着那种向前奔跑的姿势。

身为一名神父，瓦西里·费维斯基却对上帝和复活的神迹产生怀疑，感到人只是注定腐烂掉的一块肉，由于这种恐惧自己也堕入死亡的深渊。正如安德列耶夫在戏剧《人的一生》中所体现的格调一样，《瓦西里·费维斯基的一生》说明了人生是虚妄而又无意义的，最终都无法摆脱命定的铁环。这种悲观绝望的情绪在安德列耶夫的所有作品中都能感受得到。但是从另一方面来看，费维斯基在失去对于肉体复活的信仰后，他理智的个性得以复活了，由于对腐朽的肉体的恐惧，他奔向广阔的宇宙。

安德列耶夫借费维斯基的悲剧说明，所谓的奇迹不但与理性是不相容的，而且和良知亦不相容。如果说某个神或某个人或者某个神人由于怜悯而行了奇迹，让一个盲人复明或使一个死人复活，那么人们就会据此认为，他应该对所有他没有怜悯的盲人或死了的人负有责任。一个能够治好病或使人复活却没有为整个人类采取行动的上帝，在费维斯基看来就不是一个爱人类的上帝，而是幸灾乐祸的上帝，他因此诅咒和拒绝这样的上帝，最后终于从这样一个上帝的教堂中逃走了，正如整个人类所面临的抉择一样。通过费维斯基神父，安德列耶夫对上帝的公正及合理性提出了质问：既然从教会的观点出发，如果一个人要求上帝显示奇迹以证明他的存在是对上帝的诱惑，是渎神的，是对宗教的反叛，认为他心中没有神；那么上帝不断地用奇迹的许诺诱惑人，以使人们相信他的存在，则也是他对人类的蔑视。基督徒们之所以会接受一个至高无上的上帝，完全是出于《圣经》和教义的训导，说上帝已经为人类而牺牲了自己，出于良知和理性，他们必须接受这种使世界的悲剧转变成上帝的悲剧的超"人性"的宗教，只有在这样的宗教中才能使罪过得到赦免

---

① 〔俄〕安德列耶夫：《安德列耶夫中短篇小说集》，靳戈等译，上海，上海译文出版社，1984年，第1版，第166~168页。

并变得神圣。

瓦西里·费维斯基神父渴望像上帝那样减轻人们的苦痛这一意图本来无可挑剔，但在上帝的殿堂里他却遭到无情的打击，因而走向毁灭。他的悲剧对于一个虔信的民族是无比沉重的。从东正教的道德观念来看，费维斯基神父这种对自己神选的身份的坚信以及由此而来的对于奇迹的奢望已经是陷入魔鬼的诱惑，是一种傲慢的心理，远离了基督所指示的谦恭和隐忍的美德。只有坚信上帝的救赎力量，不用神迹去考验上帝并使自己痛苦，一个东正教徒的心中才能充满感恩的欢乐。东正教的信仰要求的是人们这种积极乐观的态度。但是费维斯基突破了这张自欺欺人的网罩，径直来到上帝面前，与他对峙。他当然无力实施奇迹，因此失去了对神意的信任，对上帝产生了怨恨和怀疑也是不可避免的。最终他只能在拒绝信仰和反抗上帝的道路上悲惨地死去。

安德列耶夫的悲观主义无力达到理解和改造现实的目的。作家只有在自己精神世界所构筑的事实中独自品味人生的悲哀、虚妄和无意义。费维斯基的一生无疑是暗淡而可悲的，他没有看到，在现实世界与精神世界两者之外还有一种更加富有生命力的、更加光明的理性之源——无神论的乐观主义，他在宗教的信仰和怀疑之间处于一种理性愚钝、精神惶恐、怨天尤人的状态，最终导致他一生的虚妄、可悲和无意义。他只是简单而愚蠢地寄希望于复活的奇迹的发生，这样可以使无助的人类摆脱死亡的邪恶威胁。他不能理解的是，既然基督耶稣已经两次战胜死亡，为什么他不能帮助虔诚信仰他的乡村神父费维斯基，使扔下孤儿寡母而去的谢苗复活？但是奇迹并没有发生，这是痴狂地相信基督的费维斯基神父最终冲出教堂而惨死的原因所在。"既然如此，我为什么要信你？既然如此，你为什么要赋予我对苍生的怜悯呢——莫非你存心要让人家耻笑我吗？"①——临死前他绝望地呼喊道。他是用自己的生命和宗教信仰对抗，但是他失败了，他既不能承受对于注定要腐烂的肉体的恐惧感，也无法承受对于自己无能为力的爱的羞愧感。

瓦西里·费维斯基神父失去了对上帝的信仰，但是找回了对于个体价值的确认。从这个意义上说，他并没有失败。在人类认识自身和上帝的道路上，他迈出了实质性的一步。他甚至在死后仍保持着向前奔跑的

---

① 〔俄〕安德列耶夫：《安德列耶夫中短篇小说集》，靳戈等译，上海，上海译文出版社，1984年，第1版，第207页。

姿势，仿佛这个死人还在继续奔跑——他是在向人类精神自由和解放的方向奔跑，因为他最终敢于直面僵死的宗教，面向着未被认知的广阔宇宙，面向自由和理性。作为一名忠实的宗教信徒他死去了，但作为一个个体和认知者，他存在着并在精神上得到了复活。

勃洛克谈起自己读了这部小说后的印象时说道："我感到震惊，觉得到处都充满不安，灾难已经临近，可怕的事件就要在门口发生……"①

（三）安德列耶夫的心理存在主义

如果在小说《瓦西里·费维斯基的一生》中我们可以看到程式化因素渗入到形象诗学中，那么在《七个绞刑犯的故事》一书中作家把人物置于临刑前一天的界限境遇中，以展示人对可预见的死亡的恐惧和大限来临前心理变化的复杂感受。小说中，安德列耶夫把五个性格迥异的革命者与两个农民出身的死刑犯置于同一关押地点等候着行刑。其中前者是暗杀政府部长未遂的政治犯。七个绞刑犯对死亡的感受不尽相同。他们有的表现出大无畏的气概，有的贪生怕死，还有的则表现得浑浑噩噩，似乎对死亡还没有清醒的认识。安德列耶夫在小说中试图表明，人的心理、意识早在肉体死亡时刻到来之前就业已遭到毁灭，大脑已位于生与死的交界之处，它先于人的肉身越过这一界限。生理上活着的物质因毁灭的理智在肉体消亡之前就已经成为非生命的存在。

安德列耶夫继承了托尔斯泰的传统，从现实主义走向存在主义。他与托尔斯泰一样，为主人公设计出一种存在主义式的境遇，由此提出界限问题。一如托尔斯泰，安德列耶夫的存在主义世界观是在现实主义的内核中成熟的。在继承托尔斯泰传统的同时，作家没有在内容上进行简单的复制，而是创造出一种完全有别于托尔斯泰的心理存在主义。心理存在主义的模式在安德列耶夫的艺术世界中构成一个完整的美学体系。安德列耶夫的短篇小说《从前》（又译为《曾经有过》）就提出的问题实质而言，是托尔斯泰的《伊万·伊里奇之死》的翻版：人经历临死前的境遇。安德列耶夫把故事的场景安排在医院里，把人置于生与死之间。如果说托尔斯泰笔下的伊万·伊里奇在直面死亡时开始洞悉生命的实质，那么在安德列耶夫的主人公身上读者看到的则是无界限性和原始的混乱：到处肆虐着死亡，死亡唤起了主人公对有生命之物的仇恨。主人公科什

---

① http://zhidao.baidu.com/question/295164375.html。

维罗夫是一位商人，他一生百无聊赖，碌碌无为，生活中没有欢乐。在他看来，一切都已逝去，留在心坎的只有充满痛苦的屈辱和仇恨，还有冰冷的余烬。寂静的夜也是残忍的，毫无怜悯之心。他时而嘲笑别人和自己的愚蠢，时而扼腕长叹，既厌恶自己的过去又不相信有新生的可能，进而把仇恨发泄到一位风烛残年的善良的助祭身上。这已经不仅仅是科什维罗夫对后者预言他一周后会驾鹤西去，而是主人公本身在发泄其对一切有生命之物的仇恨。这里，安德列耶夫同样运用了托尔斯泰直面死亡的手法。只是在托尔斯泰的笔下，主人公经历死亡而洞悉生命的真谛（即便是最后得出了生命无意义的结论），安德列耶夫则在死亡中展示了存在主义主人公的实质：他身上日常生活中的程式化东西退去之后，其实质便表露无遗。死亡揭示了一切：生与死的实质，有生之物和无生之物的界限，对生与死的毫无怜悯之心的存在主义观点。

在安德列耶夫19世纪90年代的多部小说中，我们看到了安德列耶夫现实主义向现代主义转变和关于生活、存在观念的新美学意识的成熟过程。这一时期，反映作家存在主义观念意识创作的有短篇故事《瞬间》和《偶然事件》。小说《瞬间》把一个人从非存在的蜘蛛网中抽出来片刻。现实的时刻摆脱了过去的瞬间："再见了！——轻轻的告别声已经是从远处传来。——永别了，——我轻声地回答。——永别了，——树的黑影同我告别并向后跑去。永别了，——月台说完便消失在拐角之处。"①过去的留给了过去，一个片断因被从永远逝去的非存在的蜘蛛网中抽出而驻留了片刻。小说首尾呼应，让读者感觉到，未来的日子里，生活之流无处而来（"由于一个令人不快无聊的事情，我被叫离莫斯科"），也无处可去（"明天大清早我该去哪里，去哪里？"）。生活既无开端，又无结束，没有意义，没有目标。成为"微小因素"的不是所发生的事件，即有其自己的逻辑、目的、发展、原因、结果、动态，而是一个在非存在的蜘蛛网中被发现的偶然片断。这里安德列耶夫的"瞬间"就其实质而言并非是现实主义所表现出的那种来自于生活海洋的瞬间，而是渗透着存在主义思想的关于生活逻辑原则的思考。这是意识无法渗透至生活的事件中记录下来的生活中的偶然性。它们只是在瞬间互相照亮，自始至终将人与非存在的蜘蛛网相隔绝。

---

① http://az.lib.ru/a/andreew_l_n/text_0090.shtml.

如果说我们在安德列耶夫早期的短篇小说中看到了小人物类型和由于孤独而残缺变态的心理，那么短篇故事《偶然事件》中的主人公亚历山大·巴甫罗维奇则应该是过着一种心满意足的生活。作为一名体面的医生，他一切顺心遂意，有妻子、朋友，完全有别于作家以往小说中那些疏远他人和自我的主人公。在一次偶然间医生捉到一个小偷，却开始为后者的入狱感到难过，难以释怀。这部小说中与安德列耶夫其他小说唯一不同的在于令人费解的"瞬间"，即已逝的存在—非存在。故事中，人毫无缘故地被置于一个死胡同，即亚历山大·巴甫罗维奇被置于他本人面前。短篇小说《瞬间》中的这种非因果关系也出现在《偶然事件》中："……也许某个时候他们在人群中相遇，擦肩而过，却没有对视一眼……""假如我早五分钟离开商店，那就不会发生这种事了……"安德列耶夫的艺术世界充满了偶然性，正是这种偶然性使人直面自我，于是他"生平第一次看见人的嘴脸并第一次明白……"安德列耶夫小说《偶然事件》的实质已经不能用分裂来解释："……这时，医生感到自己的右手像是别人的，不仅是右手，还有整个自己……仿佛他的大脑沿全身散开……""他们两个，医生和小偷对他来说都是局外人，仿佛他俩就是他。"① 如果说在小说《城市》里，在对城市的描写中我们所见到的是到处体现的物欲性，那么《偶然事件》中的场面表现的则是人生理意义上的肉体的非物质与肉体相脱离的片刻。相同的情景在卡夫卡的《乡村婚礼的筹备》和《变形记》中也能看到："我根本用不着亲自去乡下，没有必要。我只需把我穿了衣服的躯体打发去就行。……我此刻正躺在自己的床上……"②；"格雷戈尔·萨姆沙从烦躁不安的梦中醒来，发现自己在床上变成了一只巨大无比的甲虫。"③《偶然事件》中的另一个物化境遇是：一个人抓住另一个人，至于谁是医生、谁是小偷这样的问题已经没有任何意义了。一个来自光明世界，另一个来自黑暗世界。其中一个问道："你怎么不说话？"另一个回答："我说什么呢？"亚历山大·巴甫罗维奇幡然醒悟：他和小偷即为同一个人。他开始可怜小偷，在小

---

① http://az.lib.ru/a/andreew_l_n/text_0177.shtml。
② 〔奥〕卡夫卡：《短篇小说精选》，叶廷芳等译，杭州，浙江文学出版社，2004年，第1版，第12页。
③ 〔奥〕卡夫卡：《卡夫卡中短篇小说选》，韩瑞祥等译，北京，人民文学出版社，2003年版，第1版，第150页。

偷身上心疼自己，在自身中又同情小偷。这是一种对人的本体论意义上的怜悯。真可谓是一个人存在于每个人之中，这个人中又有每一个人。这就是安德列耶夫在19～20世纪交界之际完整的关于存在主义观念的基本结论。作家善于在隐秘深处研究各种现象，以此展示出心理主义和存在主义的思考。

安德列耶夫的心理存在主义和美学观集中体现在他的中篇小说《加略人犹大》之中。这是一部源于圣经传说的存在主义野史，小说的独特性由作者"失去上帝的世界"这一特殊的立场所决定。安德列耶夫在这部小说中设计了一个对他的心理存在主义来说典型的界限情境，在这样一个情境中足以揭示生存的实质和人的心理根基。如果说在圣经故事中揭示了叛徒犹大堕落的无限性，恶战胜了善（为了弘扬后来善的胜利），那么在安德列耶夫独特的创作体系中，传统情境的界限性是显而易见的。犹大这一《福音书》中臭名昭著的叛徒和恶的化身，被作家在小说中作了颠覆性的处理。这一圣经故事的情境因犹大而形成，正是这个加略人用存在主义的内容充填着情境：他的叛节行为实质上属于一种心理测试，他试图通过测试来确立背叛、爱、信仰、忠诚、善和恶、真理和谎言的界限，最主要的是确立人堕落的无界限性和犯有罪过人的界限。这里，存在主义的调子出奇地改变了人们以往对犹大、耶稣的其他门徒和民众的评价。耶稣是不可替代的，但他只是一个名称而已。因为他的学说、他的神圣性以及自我牺牲最终都是无果的，叛徒嘴里的真理本身成为了谎言。那些耶稣深爱的门徒依然还活着的理由是为了以后可以讲述耶稣的事迹，传播导师的真理，把他的教诲带给人类。犹大谴责他们贪生怕死，没有拼死保卫导师，不愿随导师去赴死。因此，犹大既是叛徒，又不是叛徒。说他是叛徒，他为了衡量出耶稣生命的价值（还有他本人的）而出卖耶稣；说他不是叛徒，因为他的叛节行径实为一项残酷的测试，以便弄清是否有比他出卖人子更为可怕的叛变行为。这种叛变是存在的，它是无界限的，也是更可怕的：叛变隐藏在耶稣那些门徒、信徒、民众的爱、信仰和忠诚的白衣之下。这种叛变是无形的，同时裹挟着谎言和伪善。它依然存在着、沉睡着，准备传播被他们出卖的导师的未来事业；它依然在横行当道。只有犹大一人看清了这一可耻的叛变。犹大为了进行这项心理测试，付出了自己的生命。可以认为，犹大追求的不是堕落，相反他是忠诚的，他愿意与耶稣一同赴死，追随耶稣飞升。他想成为耶稣之后的第一人,渴望把令他不满的世界踏在脚下,并与耶稣比肩站立。与耶稣相比,他受到了朋友们更大的欺骗。犹大的上吊自尽何尝不是对其他所有人的一种羞辱呢?

小说中的耶稣形象鲜明,富有立体感及创意。创意就在于这一形象具有存在主义的特征:耶稣只是在肉体上存在,而世界依然没有上帝。

同样的相似在作家的绝笔之作——长篇小说《撒旦日记》中也能看到:出现了一个并非魔鬼的撒旦。在这部小说中,撒旦化为人形,以美国亿万富翁的身份来到罗马,并结识了一位叫福马·马格努斯的狂人。撒旦幻想用30亿美元的财富造福于人类,在欧洲大陆实现行善的目的。出人意料的是,这位敢与上帝作对的恶魔最终却被人类的邪恶所击败:马格努斯成功地骗取了撒旦30亿美元的财富。安德列耶夫让魔鬼在人间体验人生的辛酸和人世的荒诞,以此传达出下凡人间的撒旦对异化了的社会和令人厌恶的世界的心理感受。波格丹诺夫认为,"《撒旦日记》作为作家艺术探索的大成,汇集了他所有最重要的创作主题:世界的荒诞性以及它所带来的无边无际的虚无,作为人生和人类生存手段的谎言,生命本真的美、爱的拯救力量以及它们的无望和脆弱,摇摆于数万年本能深渊和蒙昧之墙间的人类意识的分裂。"①

需要指出的是,在安德列耶夫的创作中,上帝、魔鬼只是作为一种名称而存在。这样,一方面,安德列耶夫的创作经验被载入到20世纪初的魔鬼论的轨道。然而,这一背景恰恰证明了安德列耶夫的世界摆脱了上帝和魔鬼。这一原则性立场不只是为安德列耶夫一人所具有,而且为其他持存在主义意识的俄罗斯作家所共有。另一方面,上帝和魔鬼在作家的艺术体系中有着特殊的功能:根据对他们的态度,可以确定界限,首先是人的界限。因此,上帝和魔鬼在安德列耶夫的小说中的存在是必需的。况且,只有通过对上帝和魔鬼名称的态度才能揭示中心人物和作为测试的界限:在《撒旦日记》中是玛格努斯,在《加略人犹大》中则为犹大。耶稣和撒旦在这里充当测试犹大和玛格努斯的参照物,两个角色均成为这种测试的牺牲品。《加略人犹大》和《撒旦日记》仿佛是作家用以证明世界既无上帝亦无魔鬼的"二部曲"。

安德列耶夫的创作是对俄罗斯一个时代的反映。在他的作品中,利

---

① http://zhidao.baidu.com/question/295164375.html。

他主义、舍己精神、仁爱、对人的信赖与厌恶、自私自利、仇恨、背叛等多种情绪并存，并且常常是两种相反的因素融合出现在作家独特的艺术世界中。无疑，随着岁月的流逝，作家的乐观主义变得越来越少。作为一名无神论者，作家为自己没有信仰感到痛苦，他否定哲学家索洛维约夫所指引的拯救之路，不肯接受上帝。安德列耶夫无数次回味着隐秘的痛苦：人身上究竟什么占主导地位，生活的意义何在，真理是什么？他经常向自己和朋友直截了当地提出这样的问题。他在1904年6月给魏列沙耶夫的信中写道："我是谁？……意义，生活的意义何在？上帝于我无法明白……而人呢？当然是既美丽、高贵，又威严，但末日在哪里？……答案没有，所有的答案都是谎言。"① 安德列耶夫和高尔基多年的书信往来其实正是对这些问题的探讨。在对这些问题答案的上下求索中，他试图建构起自己关于人的独特的概念。

如同持民主主义观点的作家高尔基、绥拉菲莫维奇、魏列沙耶夫和捷列绍夫，安德列耶夫真实地再现了现实中截然相反的、触目惊心的事物，作家首先竭力展示出思想和情感的辩证法以及每个人物复杂的内心世界，从省长、工厂主、神职人员、小官吏、大学生、工人、革命者到跑腿当差的男孩、酒鬼、小偷、妓女。生活的实质就是如此。无论他的主人公拥有何种身份，每个人都背负着各自的十字架，每个人都异常地痛苦。对安德列耶夫来说，故事主人公的身份并不重要。重要的是，他是一个人，承载着相同的生活重负。安德列耶夫显然继承了陀思妥耶夫斯基的传统，把人的灵魂当作一个混乱与和谐冲突的场所来展示。然而，新世纪不断加深的意识危机又使两位大师如此之不同：陀思妥耶夫斯预示了和谐最终必将获胜，而安德列耶夫则被鲁迅称作是"绝望厌世的作家"，"其文神秘幽深，自成一家。"② 事实的确如此！

二、在有限中希冀无限的别雷*

安德列·别雷（1880~1934）是俄国象征主义的主要理论家和作家之一，其代表作《彼得堡》系作家精神世界探索与艺术创新的里程碑，

---

① http://lit-helper.ru/p_Poiski_smisla_jizni_Andreeva_L_N。
② 《鲁迅译文集》（第1卷），北京，人民文学出版社，1958年，第1版，第184页。
* 本章节的部分内容发表于《俄罗斯文艺》2014年第2期《〈彼得堡〉的存在主义与现代性》一文。

被纳博科夫誉为20世纪四部最伟大的小说之一。① 别尔嘉耶夫在评价这部小说时认为,作家别雷"以一种新的方式使文学回归以往俄罗斯文学的伟大主题。他的创作触及到俄罗斯、俄罗斯精神之进程"②。《彼得堡》的特殊意义在于作家敏锐地捕捉到了自19世纪下半叶以来传统文化观念中人的危机。别雷以特有的方式确立了存在主义意识,通过对人这个小宇宙和大宇宙关系的研究揭示了本体论的人,从而在关于人向存在主义的突破方面为后人提供了宝贵的经验。

(一)彼得堡:疯狂的人与混乱的城市

小说的情节被浓缩于1905年9月30日至10月9日期间的俄罗斯首都彼得堡。然而,这一有限的时空却涵盖了俄罗斯的历史与现实。当时的彼得堡革命情绪高涨,恐怖活动猖獗,全城陷入一片混乱之中。外部世界以虚伪、冷漠、专制和阴谋将人推至孤独的边缘,并最终迫使其自我消亡。现象世界为影子世界所控制,个体成为影子世界控制现象世界的棋子。人处在这一混乱的世界里,必然走向疯狂。疯狂导致个体自我意识的裂变。别雷曾在致伊万诺夫-拉祖姆尼克的信中写道:"我的整部长篇小说是借象征性的地点和时间描绘出残缺不全的想象下的意识生活……我的《彼得堡》实质上是对被意识割断了与自己自然本性联系的人们各个瞬间下种种念头的记录……这才是真正的登场人物,这是一些想象的片段,即所谓不曾真正进入到意识这道门槛中的想象片段。"因此,不妨把这部长篇小说称为"头脑游戏"。③ 这种"头脑游戏"具有突出的存在主义意识,我们将其置于现代性的语境中。不难看出,作者选取1905年的彼得堡作为小说承载的时空,是一种必然。

小说中没有跌宕起伏的情节。大学生尼古拉·阿波罗诺维奇·阿勃列乌霍夫曾向一个革命政党许诺炸死身为参政员的父亲阿波罗·阿波罗诺维奇·阿勃列乌霍夫。由此引申出小说人物疯狂的意识及混乱的精神世界。书中突出的疯狂人物有五位:参政员阿波罗、其子尼古拉、革命者杜德金、谢尔盖·利胡金及其妻子索菲亚·彼得罗夫娜·利胡金娜。每个人内心疯狂的表现形式迥然相异。

---

① http://en.wikipedia.org/wiki/Andrei_Bely。
② http://www.douban.com/group/topic/29490887/。
③ 〔俄〕别雷:《彼得堡》,靳戈等译,北京,作家出版社,1997年,第1版,第684~685页。

阿波罗·阿勃列乌霍夫是一个相貌丑陋、瘦小干瘪的老头。他的疯狂以一种极其冷酷的形式表现出来。阿波罗·阿勃列乌霍夫的言行中规中矩。严格的循规蹈矩压抑了他内心的全部情感生活。这首先表现为这位参政员对完美几何图形的推崇。他试图以此维系现有的国家秩序，在彼得堡实行几何式的管理。与此同时，他完全无法忍受曲线和开阔的空间，偏爱和谐的简洁。唯有规整和匀称才能使他那"缘自家庭生活的不和谐及因我们国家机器的轮子总是无可奈何地在原地打转而过分激动、紧张的神经松弛下来"。① 因此，他喜欢笔直的路街。阿波罗·阿勃列乌霍夫的冷酷也使家庭生活缺少了温情，他与儿子尼古拉几乎没有任何精神上的沟通，妻子也于两年前与一位意大利演员私奔到西班牙。这位心灵凝滞的参政员象征着旧俄时期僵化的政治体制。实际上，阿波罗·阿勃列乌霍夫是热衷于对国家实施平面几何式管理的牺牲品。

其子尼古拉·阿勃列乌霍夫的疯狂则体现在两个方面。首先是为爱情而疯狂。在追求友人谢尔盖之妻索菲亚·彼得罗夫娜·利胡金娜未果并被后者耻笑为"红色的丑角"之后，他穿戴上专门订购的画有黑胡子的面具和鲜红色多米诺斗篷，开始四处跟踪、恐吓利胡金娜作为报复，并因此成为报纸不无夸张的连载报道对象，引起了人们对鲜红色多米诺斗篷的恐惧和种种谣传，以为魔鬼降临了彼得堡。为爱情而疯狂导致他为革命而疯狂。尼古拉受失恋的刺激，向一个革命组织提议杀害自己的父亲。他毫不知情地将杜德金送来的一个装有炸弹的沙丁鱼罐头盒存放在自己的家中。在假面舞会上，他收到一封信，信中要求他兑现诺言，用沙丁鱼罐头盒装的炸弹炸死自己的父亲。尼古拉尽管憎恨象征着国家机器的父亲，但当恐怖分子头目利潘琴科命令他在"被捕、自杀、杀人"② 三者之间必须作出抉择时，他陷入了徘徊和疯狂。尼古拉因无法摆脱来自弑父者和承诺者的双重约束而几近崩溃，于是请求杜德金帮忙解脱。在小说的结尾，阿波罗·阿波罗诺维奇把装有炸弹的沙丁鱼罐头盒移到自己的书房。炸弹爆炸了，但是并没有达到预期的目的。刚因女主人的归来而有所改善的父子关系随着隆隆的爆炸声前功尽弃。之后，年迈的参政员夫妇归隐乡下安度晚年。尼古拉·阿勃列乌霍夫则前往埃及，专心研究古埃及文化，期间游历了突尼斯。在双亲百年之后，尼古

---

① 〔俄〕别雷：《彼得堡》，靳戈等译，北京，作家出版社，1997年，第1版，第24页。
② 〔俄〕别雷：《彼得堡》，靳戈等译，北京，作家出版社，1997年，第1版，第337页。

拉返回到俄罗斯,隐居于乡间劳作的同时潜心研读斯科沃罗达的著作,进而完成精神上的转变并获得了新生。小说中,主人公尼古拉这一形象象征着俄罗斯在新时期探寻未来天路历程中所遭遇的困境,而尼古拉最终走向朝圣之路的结局则揭示出俄罗斯必定会走向新生的主题。

  为革命事业而疯狂的另一个人是恐怖分子杜德金。他放弃一切物质利益,积极投身于革命事业。随着在党内声名鹊起,他的内心却备受狄奥尼索斯式的分裂情结的煎熬。此外,他还要忍饥挨冻,饱受酗酒、疾病、恐惧症、失眠、迫害与疏离的折磨。他尊崇青铜骑士,曾在深夜目睹青铜骑士跃离底座。一天,青铜骑士造访梦呓中的杜德金,将铜液神奇地铸进他的血管。为了阻止尼古拉的弑父行动,杜德金潜入同时身为检察官的利潘琴科的住处,在疯狂的状态下杀死了后者。随后他模仿青铜骑士,拿死者当马骑。与陀思妥耶夫斯基的小说《罪与罚》的主人公拉斯科尔尼科夫,《群魔》中的彼得·韦尔霍文斯基和基里罗夫,《卡拉马佐夫兄弟》中的米卡、伊凡、斯麦尔佳科夫相同,杜德金和尼古拉都是为了实现自己的目标而陷入疯狂。他们均因受到宗教、法律、伦理和自我意识的折磨而丧失理智。杜德金的形象和命运作为革命思想的化身演绎成为形而上的意识和独立的"头脑游戏"之完整的情节。他竭力想成为一个名垂青史的革命恐怖主义的理论家和实践者。有关革命恐怖主义的理论就是在他的简陋的寓所里,在"咖啡色的斑斑点点之间,通过对生存在潮湿墙缝里潮虫的活动的审视"而产生的。实际上,这位革命队伍中的上校无法深刻领会革命的实质。杜德金最终意识到这项共同事业只是一场闹剧而已,而其本人最后也作为革命事业的牺牲品被"这一共同事业从活人的名单上勾销"。在杜德金这一人物形象塑造方面,别雷继承了陀思妥耶夫斯基的传统,凸显出鲜明的存在主义意识。杜德金的意识乃是一个孤独人的意识。他试图通过一个被切开的通往无限的"窗口"来审视生命。这是一种犯罪和邪恶的病态意识,同时兼有自杀倾向。总之,这里我们看到的是一个因孤独和虚伪的思想而异化了的人,一个渴求死亡、厌恶生活的人。"对死亡的共同渴望,我也怀着欢呼、欣悦和害怕的心情,为它陶醉。"① 忧郁无时无刻不在无情地鞭挞着他。这是一个具备敏锐洞察力的人在预感到末日的恐惧时所表现出的一种形而上的

---

① 〔俄〕别雷:《彼得堡》,靳戈等译,北京,作家出版社,1997年,第1版,第125~151页。

忧郁。在杜德金身上可以看到，人失去上帝，也就失去了与传统的联系，变得没有根基，思维和行动开始异常，犹如恶魔附身，最终成为疯狂和混乱的载体。这是一个被旋入到革命洪流车轮之下的个性的悲剧。小说中，荒诞和宿命之必然结局并行发展，竞相交织，构成作家笔下时代之现代性的主旋律。杜德金的形而上意识游离于界限之外，其嬗变史构成一个自我封闭的空间，空间的顶端构建于1905年。这一空间的轮廓走向为：俄罗斯—乡村—城市—路街—周围地区，工厂—人群—民众—涅瓦大街。这个封闭和荒诞的空间被移至具体的历史的时空之外，其中永恒地凝结着无原因性和无逻辑性。这里既没有过去，也没有未来。

小说中另一对狂人是利胡金夫妇。他们的疯狂受到了尼古拉的感染。温和、宽容的谢尔盖·利胡金因妻子执意赴假面舞会而自杀（未遂）。他的另一个疯狂举动是试图阻止尼古拉的弑父行动而把他拖到家中痛打一顿。显然，彼得堡有着使人疯狂的魔力。作者在介绍利胡金娜时，运用讽刺的手法将她身上的两重性淋漓尽致地展示出来：她美丽动人，但"嘴边露出了蓬松的毫毛"；"她的一双小眼睛不是小眼睛——而是昏暗、蓝色的——深蓝色的大眼睛……这双明亮的眼睛，时而冒出闪光，时而昏暗失神"；"富有魅力的还有她灵活的身段"，但有时又"笨拙得难以形容"；"尽管前额狭小，可是她保守起秘密来却严得惊人"。这是一个优雅的女士，却不失某种武士的作风。"前额很小的她却蕴藏着最深刻的火山般的感情"，而在这感情的背后则是"混沌无序"。① 利胡金娜在红色多米诺斗篷的刺激下伺机复仇。她的疯狂中同时交织有爱与恨，受辱与轻蔑。从某种意义上说，她本人就是一种让他人疯狂的力量。

除了人物的疯狂，书中还浮动着两种混乱的力量：路街和革命。笔直的路街像是"生命两点之间的时间的流动"②，对人生命的挤压使得路街不仅能挤压时间，还能将过往的行人变成魅影，而这些魅影又反过来将彼得堡的路街变成行人。彼得堡正是用一条条铁一般坚硬的路街把大地牢牢圈裹住。路街展示着专制、冷酷和死亡的力量，化为生活的存在方式。而街上比肩接踵、犹如多足虫般茫然涌动的人群则暗示着一股潜在的力量。这些力量正汇集成对抗路街的洪流（游行、罢工、起义）并

---

① 〔俄〕别雷：《彼得堡》，靳戈等译，北京，作家出版社，1997年，第1版，第88~89页。

② 〔俄〕别雷：《彼得堡》，靳戈等译，北京，作家出版社，1997年，第1版，第24页。

进而转化成一场革命。小说中,路街一方面成为最常见的景物描写,另一方面它又是个人意识的产物;反之,个人意识也成为路街的产物。革命显现为一种使人陷入疯狂的力量。而这种疯狂,和彼得堡这个城市的现代性问题又密切相关。无论是对普希金《青铜骑士》的戏仿,还是陀思妥耶夫斯基人物的延续,都产生自彼得堡这个特殊的空间所积聚的现代性矛盾。正是在这些矛盾当中,激发了俄罗斯式的存在主义体验。

还需要提及的是小说中有关对彼得堡拟人化的描述。彼得堡城市是作者重点着墨之所在。对俄国知识分子来说,这座屹立在涅瓦河畔沼泽地上的都城已不再仅仅作为一个纯粹的地理概念,它是彼得一世欧化政策的纪念碑,凝聚着俄国知识分子多年来的精神追求,也记录着俄罗斯本土精神文化与西方现代性思想文化发生的强烈碰撞。独特的时空和精神文化的混杂,在别雷笔下道出了20世纪初这个城市的一大特征:疯狂。从普希金、果戈理开始,俄罗斯作家对这个城市的书写都有"疯狂"的特征,在别雷笔下也不例外。更何况,当时的彼得堡为社会变革的动荡氛围所笼罩,处于风雨飘摇的恐怖氛围之中。1905年的彼得堡革命在血的海洋中吞噬着俄罗斯。彼得堡既是彼得大帝意识的象征,同时又是作家意识悲剧的化身。别雷特意选用绿色和灰色为主色调来渲染彼得堡:绿莹莹的空间、绿莹莹的斑点、绿莹莹的斗室、月光灰色的斑点、青铜骑士绿莹莹深沉的眼睛、发绿的烟雾、绿莹莹的云朵、青灰色的气体、灰暗的气氛、略带绿色的日光、淡绿色的烟雾、全绿墙壁的背景等等,以此来强调"彼得堡是一个属于阴间的国家"。[①] 毋庸置疑,在彼得堡形象塑造方面,别雷继承了果戈理和陀思妥耶夫斯基对城市的描写。"对彼得堡形象的阐释及其思考已经成为俄罗斯文学的一个宏大传统。各时期的作家们都会被彼得堡这座城市在历史进程中的神奇意义和诡异传说激起无边的联想和幻觉。"[②] 彼得堡在作家们的笔下已经不再是一座具体的城市,城市的街道、广场、运河、小巷等也不再是市民行动和生活的场所,而成为一种更具深刻含义的象征性存在。

(二)个人意识的小宇宙和无限的大宇宙

别雷是首位从本体论角度将存在主义关于人的思想通过心理意识展

---

① 〔俄〕别雷:《彼得堡》,靳戈等译,北京,作家出版社,1997年,第1版,第475页。
② 刘锟:《梅列日科夫斯基创作中的彼得堡现代神话意蕴》,《外语学刊》2012年第6期。

示出来的作家。小说《彼得堡》中,在主要人物性格塑造方面,别雷多次使用隐喻:"这走廊——是他脑袋的无限伸长,脑袋的颅顶突然打开了——伸向了无限。"作家以各种形式设计了阿波罗·阿波罗诺维奇的第二空间①、尼古拉·阿波罗诺维奇的梦境(尤其是关于装有炸弹的沙丁鱼罐头盒的梦境)、造访梦呓中的杜德金的青铜骑士。梦境、谵妄、半清醒状态、幻象等等以不同方式体现出来。而在小说的背后,则隐藏着个人和宇宙特殊的存在主义关系。

随着1905革命初期彼得堡动荡、混乱和紧张的局面,个人的意识和情感也处于剑拔弩张的边缘。在这样一种劫难一触即发的极端状况下,人才得以弄清存在的本质,作家和读者则可以触及人物的深层意识世界。小说中,现实和虚幻的因素通过辛辣嘲讽的笔触有机地融合在一起。对于主人公阿波罗·阿波罗诺维奇而言,梦境中出现的第二空间纯属某种意外,它构成荒谬宇宙循环的延续。在这样一个空间中,主人公内心隐秘的潜意识、有悖于逻辑的因素在动荡时刻直接进入该宇宙空间,进入到一个从地理意义和历史意义来说均为另一个的世界。这里,个人意识中的小宇宙与全人类的世界和时间体系之间的界限已完全被湮没。

通常,在意识和思想之间存在着明显的分界线。人一旦跨越这些界限,思想就会使现实消失,而游离于现实界限之外的则是癫狂。"安德列·别雷具有一种只属于他的对世界万物条分缕析、抽丝剥茧的艺术感受,事物间原本固定存在的界限因而被打破并消失。作家笔下剥离后的人物形象失去了其原有的轮廓,人物与周围世界万物间的界限也变得模糊不清。"② 在别雷的《彼得堡》中,穿越界限的过渡地带不仅以最自然的形式出现,而且界限似乎从来就没有存在过。个体心灵的小宇宙自然延续着全人类的大宇宙。于是,在一个充满情感的物质空间,人在感受宇宙空间世界的同时,其意识又勾勒出种种幻象。主体作为一个具有情感及思维构成因素的小宇宙在融入大宇宙的同时进入一个循环的封闭圈中。

别雷的创作任务在于准确地展示出个人意识的空间和宇宙的无限性以及前者在后者中的延续。二者自然而然地形成别雷小说存在主义的内

---

① 〔俄〕别雷:《彼得堡》,靳戈等译,北京,作家出版社,1997年,第1版,第213~215页。

② Бердяев Н. А., 1994: Философия творчества, культуры, искусства, в 2 тт., т. 2, М., Искусство, с. 442.

涵并获得了富有寓意的表现形式。这一同宇宙的联系只是在"头脑游戏"中被展示出来（或者仅仅表现在诸如尼古拉·阿波罗诺维奇、阿波罗·阿波罗诺维奇和杜德金等人的现实与幻想的界限感上）。人尽管降临至当今世界，但却被置于一个远离这一世界的封闭空间中。小说中的索菲亚·彼得罗夫娜·利胡金娜正是处于这样一种封闭的空间。她的内心弥漫着无序的混沌，这一混沌无人可以与她分担。来自理性的惯性导致存在与不可解释的人之情感发生冲突。同社会和现实的疏远、隔绝造成了人的孤寂落寞之感，进而成为其心灵向着另一个维度、空间和存在突破的先决条件。

（三）头脑游戏与异化主题

小说中的异化主题借助于书中人物独立的思想和意识得以展开，这一情节完全符合存在主义意识的规律。独立的思想和意识超乎寻常地贯穿于次要情节中，其中有的则涉及阿波罗·阿波罗诺维奇，有的涉及尼古拉·阿波罗诺维奇和杜德金，还有的以思想碰撞的形式构成阿波罗·阿波罗诺维奇与作者之间的头脑游戏。这些关于一个个独立思想的情节描写、其形成及发展是如此巧妙地融合在一起，之后又获得层层铺垫式的展开。其中，阿波罗·阿波罗诺维奇的思想路线沿着静思—冥想—思想的运行—理性力量这一轨迹突然爆发。爆发之前的思想逻辑通过笔直的涅瓦大街这一描写被形象地传达出来，大街成为这位参政员思想行动的象征，即在主人公那里生活乃呈现两点间的直线。

我们不妨先来看一下小说人物的思想轨迹和头脑游戏之间的逻辑关系。《彼得堡》中的每一个人物均有其特定的思维空间。众多主人公的头脑游戏在相互碰撞中融入小说的情节。这里，头脑游戏完全取代了主人公的精神生活。通过这些头脑游戏，作者建构起一系列荒谬的表象，描绘出与现实疏离、意识扭曲的人最终是如何失去自我界限的。头脑游戏通常出现在失去上帝、信仰和精神缺失的情景之下。在小说《彼得堡》中，思想经常对立于不屈服于该思想的内心。例如，阿波罗·阿波罗诺维奇的内心就时常被一种不明的焦虑所袭扰。

《彼得堡》中的思想不仅独立不羁，而且间或带有形而下的特点。小说中的思想在表象产生过程中得以物质化。在物化的某一阶段，人物的思想开始摆脱硬壳世界和现实，因此形成了小说人物极富个性的思想，表现出典型的存在主义特征：人物服务于体现作家的哲理思想。需要指出的是，尼古拉·阿波罗诺维奇在思维方式、人物形象体系方面完全有别于其父阿波罗·阿波罗诺维奇，二者毫无同源性可言。前者不仅有着活跃的思想和自我意识，还善于聚精会神地思考、回忆和幻想，他的思想不受本人控制，与现实相脱离。而阿波罗·阿波罗诺维奇的思维方式则完全相反。头脑游戏方面的禀赋在他的自我意识和自我评价中呈现为非理性的形式，并决定了与之相应的表象：具备神秘主义力量的最高政府机构。阿波罗·阿波罗诺维奇的意识犹如炽烈的火焰，思绪如同奔腾的波涛。这一形象的讽刺内涵在于：这里所着力展现的只是思想的框架，却没有思想的内容！故而阿波罗·阿波罗诺维奇无论如何思维都是徒劳的。该形象在杜德金头脑游戏的背景衬托之下给人以尤为强烈的感触。

在小说《彼得堡》中，独立思想的情节体现了作家艺术思考的规律，即意识的二律背反。别雷从人的自我价值观出发，从本体论的角度将这一关于人的思想推向了极致。在分析主人公独立思想的同时，作者得出了完全相反的结论：一个在现实中道德平庸、精神空虚的人，他的思想一旦进入到无限的宇宙中就会遭到封闭。小说中的每一位人物的命运均是如此。人的自我价值和平庸性的二律背反因主人公尘世间种种非理性行为得到强化。由此导致彼得堡在无限和有限、存在与世俗之间的封闭。

得益于作者在《彼得堡》中确立的存在主义观和思想的独立性，小说的情节获得了巨大的内在动态性。如同其他具有存在主义特征的小说，《彼得堡》没有受制于故事情节。相反，思想与形而下的一切最终摆脱了界限。这一摆脱的过程在每一位主人公那里均以不同的方式实现。在作者讽刺的笔触下，阿波罗·阿波罗诺维奇的形象获得了与他本人意识不符的性格特征：作为头脑游戏最好的载体，阿波罗·阿波罗诺维奇游戏的内涵是从空洞的思想到大脑无法控制的外部行为。这就是阿波罗·阿波罗诺维奇真正的自我。别雷将在《彼得堡》中展示出独立的头脑游戏最终是如何从形而下转为形而上的全过程。

（四）别雷的历史存在主义观

在小说《彼得堡》中，物质、意识、事件的动态和内部的能量均脱离自身的界限，一切都违反其原有的自然形式。小说的荒诞所体现的节点是俄罗斯、彼得堡、十月。于是，从表面上看，绝对无法合拢到一个平面中的各种因素被别雷同时安插在小说中，如杜德金的病态意识与俄罗斯。前者游离于人的意识的界限之外,后者则处在历史的混乱时期。二者之间的共同点就是对形而上的恐惧,二者同为头脑游戏,均丧失了同现实、人、生活和思想的联系,成为丧失了善良、思想和上帝的独立思维的产物。世界失去了上帝,个体和俄罗斯也就失去了上帝的庇护。作家的意识表现出深刻的灾难性和悲剧性:反常的东西成为准则,荒诞取得胜利并主导世界、人和历史。小说所表达的存在主义历史观完全决定了作家对历史事件、社会现象的评价及对革命的态度。小说中关于荒诞的思想使得别雷和卡夫卡有了异曲同工之处。

可以说,"别雷的《彼得堡》在俄罗斯和欧洲存在主义传统文学中占有特殊的地位。别雷几乎是唯一一位体现历史存在主义观的作家。"[①] 他从存在主义的角度来审视俄国这段历史,精准地将小说定位于历史丧失逻辑性的那一时刻。在劫难逃的丧失理性和非逻辑性造就了俄罗斯、彼得堡及十月的各种事件及其他。也许,别雷的历史存在主义观的产生正是源于他所描写的特殊时期的俄国,空间和时间的直线以命定的形式在1905年、俄罗斯、彼得堡交汇并定格。别雷将小说《彼得堡》设定于一个独特的时段:两次革命之间、日俄战争和第一次世界大战期间、两个世纪交界之际。作家将一个具体的时代从政治的平面融入到日常的、本体论的存在主义平面。他努力要弄清本原之物,苦苦求索存在的实质,将人类的命运和历史密切地联系起来。个体、民族和国家及全人类的命运成为别雷作品中对一切进行衡量的基点。

《彼得堡》的存在主义的历史空间由完全不相同的经纬度建构而成。小说中时常出现与普希金关于历史的对话,既有史实、回忆及界限问题,又有已脱离界限的个人意识、作家本人对末世的预感以及历史观等。别雷艺术世界中的历史极具原创性,这是20世纪初俄罗斯历史中上演的一场最大的悲剧和闹剧,这也许是别雷为存在主义历史观建构的最具实质性的篇章。

尽管小说的史实意义相对而言较小,但别雷高度概括了存在主义的实质问题,进而得出关于未来的预言和警示。在小说的背景方面,我们看到史实的细枝末节被感受为一种纯属偶然性的历史片断。重要的是,在作者的笔下,存在于宇宙和混乱之间的因素成为人和历史隐秘的头脑

---

① Заманская В. В. , 2002: *Экзистенциальная традиция в русской литературе 20 века*, М. , Наука, с. 150.

游戏的推力。小说对革命行为、人民的激情和对革命态度的描写方面不乏讽刺因素。这是别雷痛苦"含泪的笑",他意识到某种荒诞的力量正在引导俄罗斯民众走向灾难和自我的毁灭。

在别雷的历史观形成过程中,陀思妥耶夫斯基、安德列耶夫对其的影响是毋庸置疑的。如同陀思妥耶夫斯基,对别雷的主人公而言,不存在法律,人无所不可。在失去了原本统一和永恒的上帝之后,理性也就丧失了其界限,人的良知和理智也随之湮灭,于是恶接踵而至,泛滥横行。别雷从良知、上帝、理智和人性的角度书写俄国这段历史。在他的笔下,人一旦丧失了界限感,内心的恶就会膨胀。在作家的这部小说中,恶就是现实中的彼得堡、1905年的俄罗斯及全人类的历史。

诚然,别雷从存在主义的角度出发解读历史具有一定的主观性。然而小说依旧可以使人感受到客观的内容,这就是有关良知的定义、有关头脑游戏的目的和理应付出的代价。如果失去了统一和永恒的上帝,那么对任何人来说就不再有界限。一旦思想获得某种独立性而沉溺于头脑游戏,就会不可避免地出现原始的混乱。这部被俄国诗人叶赛宁誉为最高意义上的"天才之作"[1] 为我们展示了别雷所特有的对存在主义主观性和客观性范畴的诠释。

小说《彼得堡》中,既有与传统发生的对话,也有反对话。这部充满俄罗斯哲学思想的长篇小说在历史允许的范围内最大限度地还原了存在主义的实质。就小说的典型性和复杂性而言,别雷这部技艺精湛的作品绽放出耀眼的光芒,表现出独特的存在主义思想体系和艺术特色。就艺术特色而言,最接近别雷的作家应该是卡夫卡。两位作家的小说在形式和遣词造句方面遥相呼应,均娴熟、大量地运用了重叠、阴暗的色调、形象性、声响、节律等写作手法。例如,阿勃列乌霍夫家冰冷的宅子和家庭成员间冷漠关系的主题、彼得堡的无限性主题、思考的主题、被傍晚昏暗灯火淹没了的涅瓦大街等都与卡夫卡的短篇小说(如小说集《观察》)具有相似之处。无论是别雷还是卡夫卡,在深奥的存在主义形象架构技巧方面,都达到了炉火纯青的境界,并形成了比哲学论著更富有成效和说服力的形而上的内涵。

总之,在小说《彼得堡》中,别雷通过对特定的时间、地点、人

---

[1] Эммануэль Вагеманс, 2002: *Русская литература от Петра Великого до наших дней*, М., РГГУ, с. 250.

物、环境和事件的描写，表达了他个人的美学观、历史观、哲学观以及作家对俄国历史和文化发展轨迹的现代性反思。在别雷的艺术世界里，疯狂和混乱肆虐于整个世界，仅凭个人的意志任何人也无法拯救充满灾难的世界，因为人本身就已处于混沌的意识之中。《彼得堡》凝聚了别雷对俄罗斯乃至人类历史和未来的思考。与此同时，小说也体现了20世纪初存在主义意识的发展趋势。在整合各个文化层面的同时，作家注重发掘书中人物的内心世界，细腻地描绘出梦境和神秘、抽象的瞬间世界。在写作技巧上，作家广泛采用暗示、隐喻、象征、联想、意象、通感和知觉化，以挖掘人物的内心奥秘和意识流，让看似毫不相干的事件组成齐头并进的多层次结构。小说同样反映了一个时代总的氛围、心理及意识。书中的人物竭力使自己的主观感受客观化，努力确立个性，争取完全自由地展示自我的权利。20世纪初的俄罗斯艺术家包括别雷对世界的感受决定了他们创作的诗学、主题、基调和形象性。

第四章 索洛古勃诗学中的存在主义主题

如果说在托尔斯泰看来，人的拯救之路只在于对上帝的信仰，在于人的无我、谦逊、真诚和爱，在于灵魂的自我完善，那么索洛古勃则为存在主义作家们从死亡中领会生存，从畏惧中领会自由，摆脱沉沦和被异化的境遇，从而揭示人的真正的存在，以恢复受社会和外部世界制约的人的个性的自由开启了先河。

一、生与死的游戏*

费奥多尔·库兹米奇·索洛古勃（1863～1927）的早期创作深受叔本华否定哲学的影响，生命与死亡、死与非死、存在与生存、善与恶等问题成为作家创作的基本主题。索洛古勃在上帝与魔鬼两种因素的相似与对立之上建构起其独特的世界，他把人的存在视为悲剧，在这样的存在中灵魂在善与恶的两极之间分裂。

（一）索洛古勃艺术世界中的死亡

正如伊万诺夫-拉祖姆尼克所指出的，索洛古勃把世界当作"表象"，当作某种"自我"的意识的反映来加以接受。① 生活对索洛古勃来说，只是存在的幻影。"究竟应该怎样看这个世界？我的渺小的'我'、我的个性意识被固定在特定的空间和时间中，被束缚在时空中；我的意识认清了物质隐秘的本质，但是仍然对人们称之为死亡的变化感到恐惧，死亡对我被束缚的意识来说是可怖的终结。正是这样一种对死亡的预感注定了艺术要追求悲剧性。"② 作家还在早期的诗作中就已经将毫无意义

---

* 本章节的部分内容发表于《俄语语言文学研究》2006 年第 4 期《孤独的诗人——索洛古勃早期诗歌译析》一文。

① Иванов-Разумник Р. В., 1908: *О смысле жизни*, М., Стасюлевича, с. 12.

② Сологуб Ф. К., 2002: *Собрание сочинений*, т. 6, М., НПК Интелвак, с. 424.

的日常生活同死亡相关联。人在尘世的所有愿望均无法实现,真理和真正的存在无法企及。我们生活在一个客体化的世界中。"客体化就是无个性,就是人被抛向被决定了的世界之中。""不能在客体化的自然界里寻找世界灵魂,以及宇宙的内在生命,因为客体自然界不是真正的世界,而是处在堕落状态的世界,是被奴役的世界,是异化了的和无个性的世界。"① 我们的生活要服从于某种必然性。生活像是一个封闭的谬误之环,人无法从中摆脱出来。对这种存在只能采取否定与拒绝的态度。真正的生活在尘世的界线之外,生活的本原在于作为某种非存在的死亡中,死亡代表完全的宁静、非存在、忘我,死亡使人得以摆脱荒诞的世界,并开启通往自由之门。

索洛古勃早期的创作带有某种颓废主义的特点,反映出根植于人天性中的悲剧性,揭示了人的迷茫、彷徨、精神上的病态和痛苦。作品中的主人公几乎无一例外地经历了对尘世深感绝望、渴望自由的状态。他们无法摆脱冥冥之中的黑暗势力,自认为遭到了上帝的抛弃。需要指出的是,这样一种思想在俄罗斯白银时代应该说具有一定的普遍性。"我们何许人也?我们是被冤屈的无罪者,是受与我们格格不入的、我们在历史进程中已经摆脱的自发势力奴役的外在恶的俘虏,或者我们是面对最高真理的罪人,受我们自己负有责任的内在恶势力奴役的罪人?"② 与此同时,索洛古勃作品中的主人公对恶十分恐惧,并由此产生了人格的解体。在索洛古勃那里,恶来自于人的天性,在世界形成之前,善与恶就存在于某一混合体中。善与恶的综合所构成的归宿就是死亡,人通过死亡可以获得涵盖生存意义的新的统一体。内心充满矛盾的人生活在这个虚幻、空洞、冷漠的世界中,犹如站在摇摆不定的秋千上。索洛古勃笔下的世界生成于叔本华的"意志与表象"的世界。在这个世界中,人注定要不幸、绝望。为了摆脱毫无意义的生活,只能是对意志加以拒斥,走向"无"、走向死亡。因此在索洛古勃早期作品中,死亡主题占主导地位,大部分主人公表现出拒绝生存、反抗生活意志的行为,人物意识被分解,呈现出两重化,生与死的范畴发生混合,人关于世界、关于善

---

① 〔俄〕别尔嘉耶夫:《论人的奴役与自由》,张百春译,北京,中国城市出版社,2002年,第1版,第27、117页。

② 〔俄〕别尔嘉耶夫:《自由的哲学》,董友译,桂林,广西师范大学出版社,2001年,第1版,第111页。

与恶的概念被倒置,而非理性的死亡世界则预示出了更多的意义。К. 楚科夫斯基写道:"死亡是唯一一位正面主人公。"① М. 基克曼指出:"索洛古勃创造了作为摆脱者和安慰者的死亡的神话。"② Ю. 艾亨瓦尔德这样解释索洛古勃的死亡基调:"他欢迎死亡,因为正是死亡能毁掉带有陋习的天性,他为这样的天性感到沮丧并号召新的创作回归自由。"③ А. 米哈伊罗夫同样认为:"索洛古勃在死亡中看到了摆脱不完善的现实进入崇高现实世界的出路。在他的作品中最常见到的是那些本应生存在更好的世界的人。尤其对于孩子们来说,死不是偶然的。"④ 在作家那里,关于死亡的神话有着不同的内涵。索洛古勃作品中的死亡犹如古代闪米特人神话中吞噬孩子的天神、太阳神、火神和战争之神莫洛赫。然而从永恒的角度去看,这是一条特殊之路,是一个可以离开牢狱世界、摆脱小魔鬼和彼列多诺夫之流的途径。

索洛古勃在关于永恒女性的神话中揭示了存在的两重性。在索洛古勃那里,无法结合的东西,如光明与黑暗、白天的因素与黑夜的因素、善与恶均结合在一个统一体中。死亡使生活矛盾化解,死亡是通往统一的必经之路,因此索洛古勃尤其醉心于死亡主题。艺术家在三部曲《编织的传说》和其他作品中,把留在这个世界上的人和去了另一个世界的人的相遇作为一种平常的现象来描写。这种对死亡的感受明显具有时代的精神。俄国空想主义宗教思想家、新基督教"宇宙论"的创立者 Н. 费奥多罗夫就否认死亡的绝对意义,科学和技术的力量使生命回归的思想是其思想体系的中心思想。尼采永恒轮回的思想在俄罗斯象征主义作家的笔下同样以不同的方式被发扬光大。

索洛古勃的主人公与外部世界格格不入,对世界持全盘否定的态度。作家执著寻求的是上帝的真理。生命的意义、死与非死、存在与生存问题成为索洛古勃创作的基本主题,这些主题构成了作家形而上学的基本框架。索洛古勃对世界灾难性的感受、人在世界上罕有的孤独和被抛弃的感觉契合了20世纪初的思想。克尔德什认为,索洛古勃创作的基本特

---

① Чуковский К. И., 1908: *От Чехова до наших дней*, СПб., Вершины, с. 47.

② Дикман М. И., 1979: "Поэтическое творчество Федора Сологуба", Сологуб Ф. К., *Стихотворения*, Л., Советский писатель, с. 28.

③ Айхенвальд Ю., 1917: *Силуэты русских писателей*, М., Мир, с. 179.

④ Михайлов А. И., 1991: "Два мира Федора Сологуба", Сологуб Ф., *Творимая легенда*, М., Современник, с. 9.

点是孤独的感觉，同周围世界的疏离。他对此写道："（索洛古勃）关于被异化了的人的实质具有典型的悲剧、闹剧的特征，预示着荒诞文学的临近。从卡夫卡到荒诞艺术这条线的源头之一是索洛古勃的小说。"① 指出这一点的还有 С. 伊列耶夫、М. 巴甫洛娃、Ю. 古斯科夫等。他们均认为，索洛古勃作品的典型特点是对现实的悲剧性的感受，充满悲观、阴沉的色调。索洛古勃的同时代人、著名的评论家楚科夫斯基在强调作家创作的这一特殊性时，称索洛古勃为苦行僧作家。② 可以说，索洛古勃创作的源泉、他的哲理思想的根源体现在关于世界和人的存在主义思考中。永恒的问题，或者陀思妥耶夫斯基所说的关于善与恶、真理和谎言的那些"该死的问题"构成了作家创作中最基本的主题。对此，格尔申宗指出："索洛古勃先生的基本兴趣、他的感受和他的执著追求的中心是人隐秘的内心生活。"③ 由此，我们可以认为，作家那种尖锐的、有时甚至是荒诞的对颓废、分裂的感觉类似于《卡拉马佐夫兄弟》一书的主人公对世界普遍的无意义的感受。对索洛古勃的主人公来说，对有生命的尘世存在的不满导致他们去寻求能给人带来永恒的生的意义的另一种现实、另一种非生命的存在。正是在理念世界与现实世界、善与恶的分界线上，摇曳着上帝和魔鬼两极之间对立的、二律背反的因素。

　　死亡、非死、生活的意义和无意义的基调尤其鲜明地表现在索洛古勃的早期创作中。在这些创作中，有叔本华对空虚的感受和对周围世界的变幻无常的哀叹。叔本华在《悲情人生》中写道："生存就其本质而言是毫无价值的……我们并没有从生存中获得欢悦……无论何时，只要我们专心致志地依赖生存本身时，它的空虚和本质的无价值便会清晰地呈现在我们面前。"④ 索洛古勃同样把世界描述为"精神的空虚和苦闷"。在这个世界上，生活即是幻觉，是梦，是欺骗，是幽灵，是制造荒诞和无意义的尘世生存的影子王国。对索洛古勃来说，世界是支离破碎的。一方面人知道自己生存着，另一方面人的生存最终却又是虚空的幻觉，是客体化的显现。人既无自由，又缺乏意志。作家正是在此基础上思考

---

① Келдыш В. А., 1993. 2: "На рубеже художественных эпох", *Вопросы литературы*, с. 96.
② Чуковский К. И., 1908: *От Чехова до наших дней*, СПб., Вершины, с. 130.
③ Гершензон М. О., 1911: *О Федоре Сологубе*, СПб., Шиповник, с. 118.
④ 〔德〕叔本华：《悲情人生》，任立等编译，北京，华龄出版社，1997年，第1版，第20页。

着生存的价值：

Я душой умирающей	我常怀濒临死亡之心
Жизни рад и не рад,	对生活既欣喜又郁闷，
И от бури взывающей	我不去寻觅任何庇护
Не ищу я оград.	以逃避狂风暴雨的来临。

这里淋漓尽致地表现出作家对愚蠢、疯狂的世界的嘲讽和怀疑。诗人仿佛在发问：什么是人的生活？是致力于上帝的和谐、美、某种崇高理念的实现，还是完全的心灰意冷、受控于死亡和瓦解的预感，没有任何和谐与美的理念？生活是魔鬼的凯旋之曲，还是死亡的狂欢之舞？

世界缺乏完美，生活对诗人来说犹如风中摇曳的蜘蛛网，是冰窟的表层，是幻觉。确切地说，生活看来不是某种存在，而只是存在的影像和影像的幽灵。由此产生了诗人对生存不可理喻的困惑：

Грустно грежу, скорбь лелею,	我忧郁地憧憬、哀怨地期盼，
Паутину жизни рву.	无法扯断尘世的藕断丝连。
И дознаться не умею,	用尽心机想弄明白也是枉然，
Для чего и чем живу.	我活着究竟是为了哪般？

身心日益的衰退，无法逃避的死亡、病痛，这就是索洛古勃对生活的评价。诗人正是从生活的目的开始了对其哲学的反思。诗人在生活中目睹的是恶，是梦，是非存在，世界上的一切都是白驹过隙。外在的喧嚣和显赫、尘世的所有空虚都无法给人的存在以真正的意义。于是世界变得对任何人来说均无关紧要，它呈现为一种毫无意义的生存，一种海德格尔描述的非存在。我们周围的一切不是真正的存在，而只是生活的幻影，存在的幻影。这种幻觉般的生活让人产生苦恼、异化感和绝望。生存像是某个恶魔所导演的游戏。"人生是在痛苦和无聊之间像钟摆一样来回摆动着"①，生—死、死—生无休无止，既没有开始也没有终结，直到死亡的权力之杖将这没有意义、死气沉沉的机械运动停下来为止。这

---

① 〔德〕尼采：《权力意志》，张念东等译，北京，商务印书馆，1991年，第1版，第427页。

里我们看到，诗人关于死亡的概念发生了变化，他将沉重的日常生活的操劳、忙碌、无意义等同于死亡。换言之，我们所有的希冀、志向、意图，即叔本华称之为"生活的意志"的一切，最终均不会到达真理和完全的存在。生活本身是否存在？如果答案是肯定的，那么它存在于作为某种结束的死亡中，这种死亡意味着魔鬼的凯歌，表现为毫无意义的戏剧的终结。"假如不问我们是什么力量把我们抛到这个世界上来的，那最好是说我们只能是尽快地死亡。"① 索洛古勃同样认为，人只能在死亡中得到拯救。诗人发自内心地祝福着："睡吧，疲倦的灵魂。"② 这里，睡梦对作家来说是摆脱非存在的一种朦胧的神秘的力量，是另一种现实，睡梦不只是另一种存在，而是本身就有着某种志向、运动或意志。睡梦是对新生活的憧憬，它更接近于另一种存在和"无"。沉入作为另一种存在的梦的状态，套用叔本华的术语，即古希腊伦理学的最高境界——"无感"，它表现为对生活的意志的彻底拒绝：

Смотри на мир как на непрочный иней,	世界不过是过眼云烟，
Не верь в себя.	不要相信自己的判断。
Разлей отраву дерзких отрицаний	请将大逆不道的否定的毒汁
На ткань души,	溅满心田，
И чувство тождества своих сознаний	快快打碎
Разбить спеши…	自我同一意识的情感……
И думы знойные о тайной цели	种种关于万物存在
Всебытия	神秘目的固执的理念
Умрут как звон расколотой свирели	犹如风笛被砸碎时的回声
На дне ручия.	葬身于溪间。

心灵充满诗意与忧郁，为毒汁所浸透，在理想破灭的世界中寻找充填物。这些诗句折射出作家所接受的叔本华的哲学思想，生与死在这里被置换，生获得了死的形态，因为它是非真实的。与此同时，死进入了生的界限之中，呈现为一种无感，一种隐藏于生活背后、对生活意志完

---

① 〔俄〕舍斯托夫：《在约伯的天平上》，董友译，北京，三联书店，1992年，第1版，第233页。

② Сологуб Ф. К. , 1995: *Стихотворения*, Томск, Водолей, с. 88.

全拒斥的另一种存在。在作家笔下存在的现实世界与人敌对,人一出生就注定要疏远世界,脱离世界。我们生活在变幻无常的世界里。在这个世界中,只存在着必然性。我们的生活必须臣服于这一必然性,臣服于"对生活的意志"。人的存在不过是客体化了的意志。我们希冀获得某种真理的志向原来是无法实现的。任何渴望在世界上找到存在基础的企图注定要失败。如果说世界具有欺骗性,是表象,那么我们的存在同样是幻象,即生活是虚假的,从虚假的生活中无法归纳出被称为真理的东西。真正的生活,作为真理的另一种维度的生活超验于人的世界。

索洛古勃的观点与喀巴拉教的教义有相似之处,二者均认为真理的本源不在这个世界,而在世界阈限之外:"只有降到无的深处,灵魂才能遇到神。"① 真理存在于作为尘世肉身消亡的死亡中:

Не надейся, не смущайся,	不要期望,不要惊慌,
Преходящим не прельщайся,	不要为易逝的东西迷惘,
Без печали дожидайся	要无忧无虑地等待
Утешительного сна.	令人慰藉的梦乡。
Все, чем жизнь тебя манила,	生活中吸引你的一切
Обмануло, изменило, —	最终都是谎言和伪装
Неизбежная могила	只有无法绕过的坟茔
Не обманет лишь одна.	才是唯一可信赖的地方。

索洛古勃认为生活的本原在于作为某种非存在的死亡中。我们生活在这个世界,无法看清真理与物质的联系,看到的只是幽灵的表象。只有在死亡来临的前一刻,人开始意识到自己的追求是徒劳之后,旋即与永恒相撞。在永恒中,死亡就是另一种存在,或者确切地说是一种"无"。从索洛古勃的作品中我们看到,这种非存在是使心灵得以摆脱贫乏和荒诞的世界、找到通向自由的唯一的出路:

После жизни недужной и тщетной,

После странных и лживых томлений,

---

① 〔德〕索伦:《犹太教神秘主义主流》,成都,四川人民出版社,2003年,第1版,第25页。

Мы забудемся сном без видений,
Мы потонем во тьме безответной,
经历过病态、枉然的生活,
经历过奇怪、虚假的惬意,
我们将陷入无梦的睡眠,
沉入无边的黑暗里。

И пускай на земле, на печальном просторе
Льются слезы людские, бушует ненастье:
Не найдет нас ни бледное, цепкое горе,
Ни шумливо-несносное счастье.
任凭在大地上、在愁苦的旷野中,
流淌着人类的泪水,肆虐着腥风血雨,
凄凄惨惨、无休无止的痛苦、
难忍的市井的幸福将与我们远离。

尘世的生活犹如白驹过隙,我们的操劳和希望亦是转瞬即逝,最终的生活将成为南柯一梦。"万物都是暂时的,即消逝和产生、流亡和降生的东西,万物都是空间的和异化于自己各部分的、亲近和疏远的、为把握全部存在而需要相同时间的东西,都是物质东西,即受必然性支配的呆滞东西,都是有限的和相对的东西;不可能有第三者,任何东西已不可能一下子成为 A 和非 A,存在已成为无理性逻辑的东西。"① 因此,我们尘世的幸福根本就不存在,我们本人也不存在,世界只是表象、是梦幻。在这个梦的世界里,在这个病态的、枉然的生活中,人孜孜不倦地寻觅着摆脱无边愁苦的出路,但最终还是未能找到。被异化了的生活毫无意义,没有出路。"生命不可能成为自我目的……我们生活是为了致力于某种东西,追求某种东西,而我们操劳和追求又是为了生活。这种笼中松鼠式的转圈使我们痛苦……我们大家都是命运的奴隶,是我们外部

---

① 〔俄〕别尔嘉耶夫:《自由的哲学》,董友译,桂林,广西师范大学出版社,2001 年,第 1 版,第 113 页。

和内部盲目力量的奴隶……奴隶是不可能拥有有意义的生命的。"① 人的命运是如此简单：要么服从于世界的必然性，要么死亡。这种"无梦的睡眠"、"无边的黑暗"就是绝对的空，这是一个与世隔绝的地方。人在幻觉的世界里原来就像是尘世生存的另一面，他仿佛置身于世界之外，立于客观和存在之外，而周围发生的一切对他来说都是陌生的。

索洛古勃所有的作品都表现出这种忧伤、无出路的基调。在他早期带有浓重颓废色彩的诗歌中，就反映出特有的悲剧般的激情。这是一种根植于人的自然属性和世界存在之中的悲剧情感。后者产生于一种难以摆脱的注定要伴随人终生的矛盾。"人的困难的根源在于，在人的内在世界和外在世界之间没有一致性和同一性，一个世界在另一个世界里没有直接的与合适的反映。"② 同时，这里也表现出人的力量的局限性同肢体的软弱无力、人的愿望同追求的无限性之间的矛盾：

Кто дал мне это тело,	是谁给了我现有的躯体？
И с ним так мало сил,	其中的力量是少之又少，
И жаждой без предела	是谁在用无边的渴望
Всю жизнь меня томил?	让我永生永世承受煎熬？

作者认为人的个性本身无法泯灭内心中的抵触和痛苦的源泉。这一个性来自于难以消释的欲望和不可避免的对欲望的遏制。"身体对营养的需要把我们卷进无穷的烦恼中。它落下了毛病，而这是我们探索实在的障碍。身体使我们充满了欲望、嗜好、恐惧、各种幻想和愚念，由此造成的结果是，它有效地终止了我们关于任何事物的思索……最糟糕的是，我们会碰巧得到足够的闲暇而投身于某类探索，身体就总是要打断我们的寻求，用喧杂的分心之物扰乱我们，阻止我们获得对真理的明确见解。"③ 在下面的诗句中，我们看到了类似的思想：

---

① 〔俄〕弗兰克：《俄国知识人与精神偶像》，徐凤林译，北京，学林出版社，1999 年，第 1 版，第 175～188 页。
② 〔俄〕别尔嘉耶夫：《论人的奴役与自由》，张百春译，北京，中国城市出版社，2002 年，第 1 版，第 50 页。
③ 〔英〕戴维·梅林：《理解柏拉图》，喻阳译，沈阳，辽宁教育出版社，2000 年，第 1 版，第 77 页。

Но где ж начало всех страданий?	一切的痛苦源于何方?
Увы, во мне же их исток!	唉,痛苦之源就在我的身上!
Не я ли сам хотел желаний!	难道不是我自己欲壑难填!
Не я ли сам к себе жесток!	又要无情地束缚我的渴望!

人无力从这个谬误的怪圈中摆脱出来,即摆脱自我强烈的欲望和无情的压抑及欺骗。封闭的怪圈在索洛古勃创作中作为一个象征,被诗人冠以其最好的诗作《火环》。索洛古勃的抒情主人公永远不满足于现状,他们感受到生活是一种毫无意义的无限的痛苦。在晚些时候的文章中,索洛古勃写道:"当一个颓废者是否可耻?象征主义出自悲剧性的深渊边上的强烈的忧愁,在其最初阶段不得不伴有巨大的精神上的痛苦和病态。因为任何不为人们所理解的痛苦均要受到人们的鄙视和嘲笑,甚至连这一痛苦本身也获得了令人鄙视的颓废派的代号。"①

索洛古勃早期颓废的抒情诗中饱含了巨大的痛苦和精神上的病态,其中既有对恶的恐惧,又有对存在主义的自由的向往。有因向往自由而又无法实现所引起的心灰意冷,有关于人生荒诞的喃喃自语(《小心翼翼地攀缘》、《白痴口中讲出的毫无条理的故事》),生活是那么不可思议,等待人的是对"无"的恐惧,在我的面前"无"变得越来越幽暗(《角落那边可否有人站着?》)。

诗人在窥视人内心的同时,感受到了个人的自我,并相应地创造出自己的艺术世界。诗人的抒情主人公戴着特定的幻想面具出现在读者的面前。这或者是"纽伦堡的刽子手",或者是出生于马伊尔行星下方奥伊列②地球上的居民,时而扮成小丑的形象,时而又成为民间故事中的女巫或国王的狗。索洛古勃的诗作《主的月亮高高挂……》和《白发国王的狗》都是以独特的狗的忏悔形式写成的。后一首诗中充满了对丧失"感觉"的生物不可言状的哀矜("连最香的气味也将弃我们而消逝")③。如果说诸如嗅觉、感受、色觉这样一些象征着尘世间愉悦和痴迷的感觉最终亦将化为乌有的话,那么在索洛古勃笔下,对任何生物来说,留下的只有坎坷和惆怅。索洛古勃在《五彩缤纷的存在的谎言》一

---

① ИРЛИ, *Сологуб Ф.*, Отдел рукописей, Ф. 289. Оп. 1, Хр. 376, 3.
② 马伊尔星球与奥伊列国及书中提到的里果伊城均为作家虚构的理想中的世外桃源。
③ Сологуб Ф. К., 2003: *Собрание сочинений*. т. 7, М., НПК Интелвак, с. 145.

诗中道出了突然面对萦怀不去的由生存谎言所产生的受骗感。

在索洛古勃笔下，恶的根源、人身上的奴性不是由历史、社会存在造成的，而是来自于人与生俱来的自然属性，来自于人对世界的感知。"在被创造的世界里，并非一切都是善；在被创造的世界里，也正因为它是被创造的，不能不存在恶，而且是难以计数的恶和难以忍受的恶。"① 我们在《纽伦堡的刽子手》一诗中见到的正是这样一种令人惊骇的黑暗力量的象征。在这首独特的叙事传说抒情诗中，主人公为寻找自由生活而离开神学院，只身闯荡世界，他被恶之谜底和刽子手所吸引，并亦步亦趋步其后尘。恶不仅以其恐怖，而且以其子虚乌有使主人公惊骇不已。对于抒情主人公来说，恶不仅发生于每天都在行刑的纽伦堡广场上，而且还遍布于世界的每个角落：

Стенания и слезы, —	到处是哀号和哭啼，——
Палач — везде палач.	还有那刽子手在四下林立。
О скучный плеск березы!	啊，白桦树乏味的沙沙声！
О скучный детский плач!	和孩子郁闷的啜泣。

刽子手用绞索在控制人的生命。在诗中，我们听见了生命不息的叠句。邪恶存在于每一天中，渗入到生活的每一个角落，于是生活变得乏味，这就是《纽伦堡的刽子手》一诗的形象逻辑。全诗充满作者对痛苦的疑问：恶是来自于生活的"平庸乏味"，抑或相反，"乏味"来自于无处不在的恶？

在《同路人》（1905）一诗中，索洛古勃同样以神秘的抒情叙事诗形式描绘了黑夜里两个在城里的过路人，一对偶然相遇、又不能分离的陌生人，彼此充满对对方的恐惧。这种恐惧最终使人丧失理智，并把人推上绝路：一个人因为怀疑另一个人在跟踪他，就把对方杀死。诗人借象征的形式表达出这样一种思想：恶是一个人对另一个人感到恐惧的衍生物，这一衍生物将是伴随行人心灵之旅的"同路人"。

（二）**存在的梦幻**

在索洛古勃的早期诗歌中，我们可以看到诗人创作思维的基本原则

---

① 〔俄〕舍斯托夫：《旷野呼告》，方珊等译，北京，华夏出版社，1999年，第1版，第4页。

就是存在的梦幻性原则。在倒置的魔镜似的世界里，很难确定何谓善而何谓恶，哪里是真实的存在，哪里是子虚乌有的现实。整个世界就像一架"魔鬼的秋千"。索洛古勃有一首题为《魔鬼的秋千》的诗。诗中秋千体现出人进退两难、摇摆不定、犹豫不决的心理状态。时进时退的秋千成为索洛古勃小说和抒情诗中的一个主要象征。秋千表明现实和意识具有正反两重性，人在秋千上处于被两面夹击的位置：一方面死亡要毁灭他，把他从尘世生活中剪除出去；另一方面生存要帮助他摆脱生命残酷的终局。在索洛古勃的诗中，常常可以看到类似的肯定—否定并存的模式："生活既喜且忧……"，"他让你既欣喜又悲伤……"

Печали ветхой злою тенью	我心灵蒙上了一层淡淡的
Моя душа полуодета,	挥之不去的不祥的忧郁，
И то стремится жадно к тленью,	时而满足于就此霉烂掉，
То ищет радостей и света.	时而追求光明与欢愉。
И покоряясь вдохновенно	我满怀渴望地恭顺
Моей судьбы предначертаньям,	命中注定的天意，
Переношусь попеременно	我不停地徘徊于
От безнадежности к желаньям.	绝望与希望之阈。

索洛古勃对意识两重性的认识和叔本华的观点遥相呼应。索洛古勃的世界同样分裂成存在和虚无、表象和意志两大部分。在叔本华看来，一切对生活的追求都是虚幻的，幸福是不可企及的，人在追求幸福时注定会意识到某种欺骗、梦幻。因此人的一生将是忧郁的、充满愁苦。索洛古勃的观点与叔本华这样一种对生活的看法十分接近。我们在诗人早期的诗作中看到，世界有的只是死亡，整个生活犹如一个慢性的死亡过程，充满了意志的瓦解和精神上的堕落。可以说，索洛古勃笔下的世界就是叔本华的意志与表象的世界的折射。生活为人提供了什么？叔本华对这个问题给予了明确具体的答复：生活给予人的只是不可避免的痛苦、绝望、悲哀、疾病和死亡。叔本华认为，"真理是：我们应该成为不幸的，所以我们不幸。人身上最严重的恶来自人本身：人彼此如野兽一样。世界对他来说就是一个地狱，这个地狱比但丁的地狱还要可怕，因为一

个人注定要成为另一个人的魔鬼……"① 同样，索洛古勃把他那个时代感受为"日常生活的堕落"、社会的"病态"。他认为，在这样的时代里日常生活已经变成了噩梦，日常生活本身已经走到其绝对的对立面。对世界悲剧性的感受，使得作家以最尖锐的形式传达出人之间的陌生感，并进而把"恶的生活"体现在一个"高大、臃肿的蛮婆娘"的形象中。②

在把现存的世界作为对生活的意志和虚无加以否定的同时，索洛古勃与叔本华均认为摆脱荒诞和无意义生活的出路在于走向超世界、超宇宙和超神圣的"无"。但是，叔本华在谈到陷入"无"时，认为出路在于清静无为、修身养性，在于忘却自我。而靠自杀是不能够摆脱虚无的。自杀"是一种愚蠢的尝试，因为它意味着意识的毁灭"③，"自杀并不提供什么解脱"④。索洛古勃则不否定自杀。相反，死亡对他来说是一位来自上天的特殊使者，是向永恒存在的回归。作家认为，"死亡在对所有的生活现象做出总结的同时，泯除了一切矛盾和敌意，解决了一切纷争，免除了一切令人无法忍受的结局，它照亮了生活并使人领悟。众所周知，随同死亡的到来，我们的家园也开始出现一种庄严的、静谧的气氛。梅特林克曾经说过：如果人们能经常想到死亡，那么他们在对待生活、对待人与人相互关系上会更多一份柔情、多一份缜密和沉思。生活中所有伟大的东西都是通过牺牲之门为我们所认识。牺牲、死亡和艺术在改变着世界。死亡和艺术的作用是相同的，因为死亡同艺术一样使生活得到升华、净化。我们渴望得到不可即的东西，而且正因为其不可即才被我们当作是必需的东西。根据明斯基的说法，我渴望的那些激动人心的神圣的东西，从来就未曾有过。既然如此，世界上除了艺术还有什么东西像死亡那样以其静谧的完善来满足我们的渴望呢？"⑤ 因此可以说，索洛古勃否定生活不仅是出自对意志的反叛，而且也出自其特有的本体论原则和诗学基础。

在索洛古勃的作品中，死亡主题的展开从来不是仅仅借助于纯哲学

---

① Шопенгауэр А., 1993: *Избранные произведения*, М., Просвещение, с. 68.
② Сологуб Ф. К., 1909~1912: *Собр. соч.*, в 12 тт., т. 10, СПб., Шиповник, с. 41.
③ 〔德〕叔本华：《悲情人生》，任立等编译，北京，华龄出版社，1997年，第1版，第28页。
④ 〔德〕叔本华：《作为意志与表象的世界》，石冲白译，北京，商务印书馆，1995年，第1版，第503页。
⑤ Сологуб Ф. К., 2002: *Собрание сочинений*, т. 6, М., НПК Интелвак, с. 439~440.

的思辨形式，而是蕴含着深刻的宗教神秘主义的内在基础。在论及生与死时，确切地说，在对这些概念进行换位思维时，作家把上帝和魔鬼间的不同存在进行比较，将为自杀所作的辩白同为撒旦及其恶魔的实质的辩解联系起来。在索洛古勃那里，人所能做的只有反抗，其结果导致把自杀与撒旦的抗争等同起来。于是，在索洛古勃的作品中，充满了拒绝生存、反抗"生活意志"的行为，这一点在《飞向星空》、《微笑》、《大地的当归大地》、《美丽》、《安慰》、《死亡毒刺》、《饥饿的反光》等作品中表现得尤为突出。

在索洛古勃的艺术世界里，占据着主导地位的是死亡的主题。短篇小说《光亮和阴影》为我们展现了关于生与死概念的游戏。呈现在读者面前的几乎完全是虚构的情景。在这一情景中，现实的存在同非现实的、玄想的存在紧密地联系在一起，以至于很难区分出现实世界与非现实世界的界线。在故事的开头，呈现在读者眼前的就是一个分裂的两重化的世界。它徘徊于光明和黑暗之间，它既是光亮，又是阴影。人的意识同样反映出这种两重性，其中生和死注定紧密相连，并由此产生出某种非生非死或生与死的混合物。小说的情节相当简单。主人公瓦洛佳·罗夫列夫是一个12岁的中学生，他的母亲年纪轻轻就守了寡。男孩从小就非常孤僻、郁郁寡欢，单调乏味的学习和因循守旧的生活使他早早失去了童年的欢乐。一天，他偶然得到一本介绍做皮影游戏的小册子。借助手影，他在白色屏幕或者墙壁上看见了人、动物、鸟类的各种映像。这种皮影游戏深深地吸引了他，在他面前的墙上可以根据自己的意愿和想象创造出一个奇妙的世界。瓦洛佳越来越迷恋于这一游戏而无法自拔，各种不同的物件、人均具有了影像，构成了独特的两重人及其存在。在这个双重的世界里，现实世界对立于幻想的、非理性的影像世界。这是一个引人入胜的非理性的世界，其中物质开始获得了某种特殊的、内在的存在。同时，这又是一种神秘的童话般的存在，世界由幻景和玄想构成。随着对这一激动人心却又无法实现的世界的迷恋的加深，现实的存在对主人公来说变得越加陌生和疏远。每当瓦洛佳走进想象的世界，他都能体会到现实的枯燥乏味，他同周围人的隔阂也就越来越大。渐渐地，同阴影世界的接触成了他每天必做的事情。幽灵般的影子完全控制他的意识，一个天真无邪、普通的儿童游戏最终成为一种变态的癖好。在这一游戏中，现实的世界开始为幻想的、非理性的世界所挤兑。这一变化过程是在不知不觉中进行的。最初影子只出现于房间里,后来被移植到街上、城里。瓦洛佳到处都能看到影子的存在,它们逐渐地控制孩子的"自我",进入他的意识深处。这种奇妙的嗜欲给小男孩带来甜蜜的感觉,他完全沉浸于幻想的彼世中。影子为小男孩打开了通往神秘的大门,但同时也让他忧心忡忡,一种被分裂的感觉越来越强烈地出现在主人公的意识中。最终,现实的世界失去全部原有的意义和价值,从前的生活呈现出自始至终的虚伪性。影子世界已经不是叔本华意义上的宁静的世界,而成为可怕的深渊和某种撒旦的意志,在这一意志中,所有人世间的快乐、光明的东西都像幽灵一样荡然无存。母亲开始还在为儿子的精神状态担忧。她来到教堂,试图求助于上帝。但在教堂里影子也开始跟踪她,教堂的蜡烛也投下长长的影子。上帝并没有理会她的祈祷。人只能单独面对幽灵世界。人生活在影子世界里,为阴影所围困。阴影这个来自黑暗深渊的产物和主宰,最终以凶恶的超个人力量也使母亲失去理智而醉心于皮影游戏,走进了孩子的幻想世界。影子占据了她的灵魂,控制了她的意识。母亲曾试图变换生活方式,到一个新的地方去,以摆脱阴影的纠缠。这时,孩子的话突然在她耳边响起:那里也有墙壁,到处都有墙壁。母亲绝望了,但她无处可去!"恶的道路就是以幻影手段追逐幻影,就是偷换、伪造、变存在为虚构。所有自然秩序,时间的、空间的、物质的、规律的秩序,都是罪孽的结果,恶之灵引诱的结果,都是存在的不完全伪造物、谎言和幻影,因为它笼罩着死亡、奴役和苦难。魔鬼不是与上帝相关联、与上帝相对立的力量,也不是具有与上帝中的存在相比较的存在力量;它的领域是非存在的谎言和欺骗。"①

母子双双彻底走进另一个世界,陷入非存在的深渊。死亡在他们身上烙上了印记。"在他们的眼里闪耀着疯狂、异常幸福的疯狂,黑夜降临到他们身上。"作者在小说的结尾想要强调的是,恶的力量、深渊的力量是无法被战胜的。在小说中,索洛古勃描写了善与恶的错位和生与死概念的置换。"他们的快乐极其忧郁,而他们的忧郁却又欢快到极点。"②在这里,我们通过游戏看到人关于世界、关于善和恶的概念被倒置。该故事在最后一次再版时,作家作了补充:"带状的光线渐渐变宽,忧郁沉

---

① 〔俄〕别尔嘉耶夫:《自由的哲学》,董友译,桂林,广西师范大学出版社,2001年,第1版,第120页。
② Сологуб Ф. К., 2000: *Собрание сочинений*, т. 1, М., НПК Интелвак, с. 384.

闷、脊背隆起的影子跑来跑去，像是肩上扛着沉重的家什匆匆赶往某处的漂泊的过客。"小说预示着一个无出路的结局。问题不在于影子随处可见，终生伴随着人，而在于到处都是高墙林立，墙在这里获得了存在主义的意义。作为象征的基调和原则，存在性在索洛古勃作品中同生存与反省的问题联系在一起。

在索洛古勃的笔下，一方面幻想的影子世界是恐怖的，是魔鬼的世界；另一方面现实世界从最初起就是虚假的、毫无意义的。相反，在影子世界里每一样东西都获得了某种与存在的相似性，结果在人的意识中出现了分裂体——影子，后者属于精神世界、纯撒旦领域。与日常世界相比，非理性的、虚幻的死亡世界则充满着更多的意义。异常幸福的疯狂产生了幽灵般的存在和泯灭现实的幻觉，世界因虚空而分裂成现实的物质及其身后的幢幢阴影。

短篇故事《石头上的幻想》是索洛古勃创作成熟时期的小说。小说中，作家继续发掘幻想与现实的主题。幻想在抽象的意义上象征着世界上一切美好的东西。小说的中心人物格里沙是一个有着"温柔灵魂"的小孩。世上所有黑暗和凶恶的东西均使他气恼。从性格和心理角度说，格里沙与作者十分相似，格里沙的幻想和神话在某种程度上是索洛古勃有关自己个人神话的再现。童年时代的格里沙相信自己出生于一个贵族家庭，成年之后他仍然坚持这一信念。索洛古勃同样创造了一个关于自己高贵出身的传说。作家出身于一个贫困的家庭，父亲是一名裁缝，母亲当过厨娘。作家的许多同龄人，特别是他的同学均与他保持着某种距离。索洛古勃原来的姓名全称是费奥多尔·库兹米奇·捷捷尔尼科夫，索洛古勃为后起的笔名。"费奥多尔"俄语意为"上帝的馈赠"，这一名字始终让作者感到不快。19~20世纪之交的一些作家，包括明斯基、沃伦斯基、A.普列谢耶夫，也均认为不宜用费奥多尔·库兹米奇·捷捷尔尼科夫①这样的姓名发表作品。《石头上的幻想》中的主人公格里什卡同样认为自己的名字是一个"傻乎乎的称呼"。借助这一情节，索洛古勃回到自己童年和少年时代一个一直令其心绪郁结的主题，一个无法实现的希望。格里沙耽于幻想，希望成为一名游侠骑士。这一希望为小男孩开启了通往未知远方的大门，替换下主人公生活于其中的严峻现实，

---

① 此姓与"苍鹰鸟"一词的发音相近。

使主人公的内心生活变得比堂吉诃德还要痛快淋漓。对远方美丽、充满魔力国度的憧憬一连几天来萦绕在男孩的脑海里。在他的眼里，家像是一所监狱，街道使人忧郁，彼得堡也变成了一座被魔鬼毁灭的颓败的北方之城。这些天来，"我是谁？"这个问题一直困扰着他。格里沙来到厨房，正在忙碌着的母亲在他的眼里变成了女巫。值得一提的是，在许多故事中，作家都把厨房描写成"不洁之地"和"被施了魔法的地方"，如《安慰》中酒吧的厨房。故事的一开头，厨房就被描写成犹如地狱一般的火灾遗址。在这里，小说中的人物备受生活的煎熬。"米佳怯生生地走进厨房，那里散发着油腻、大蒜、烟熏味，他停了下来，陷入了一种每次都会出现的感觉，这个对他来说既陌生又成为其家舍寓所的地方散发着一种令人窘迫不安、无地安身的气味。"① 在《卑劣的小魔鬼》中，厨房同样处在女巫的掌握之中。书中的男主人公彼列多诺夫曾不时地担心妻子瓦尔瓦拉在那里为他准备的不是咖啡，而是有毒的饮料。

索洛古勃的主人公向往高空，那里有他们憧憬的梦想。这个"憧憬的情节"在心理学意义上颇有意思。作者借其展示了主人公意识上的错觉。格里沙有时站在窗台的破板子上，有时则依在敞开的门框上。他举目远眺，看到了华丽明亮的大殿中披着淡褐色头发的图兰季娜公主。图兰季娜坐在又高又窄的窗边织着布，她向格里沙投来温柔的微笑。美丽的纺织姑娘的形象暗示出死亡的主题。图兰季娜用纤细的手指编织着细细的亚麻，后者象征着主人公既无过去又无未来的生活。图兰季娜招呼格里沙过去，问他是否知道她是谁。格里沙明白这是睿智的图兰顿国王的女儿图兰季娜公主。公主向男孩道出了他身世的秘密：原来格里沙也是一个王子，但他忘记了自己的真正名字，于是变成了厨子的儿子。在从面包店回家的路上，格里沙想象着自己是一位王子，罹患重疾，躺在先人留下来的宫殿里，在柔软、豪华的卧榻上说着胡话，想象着自己是厨子的儿子。这使我们想起了中国古代周庄的梦，梦里的庄子变成了蝴蝶。梦是如此的逼真，以至于周庄梦醒之后都不敢断定，究竟是他刚刚做梦变成了蝴蝶，还是蝴蝶做梦变成了周庄。在这里，梦幻与现实发生了倒置。对曾经身为教师的索洛古勃来说，每一个孩子都是王子。让作家感到恐惧的是，孩子们在大人的影响下已经忘记了自己的王室出身并

---

① Сологуб Ф. К., 2000: *Собрание сочинений*, т. 1, М., НПК Интелвак, с. 514.

屈从于大人们强加给他们的教律，这就导致作者笔下《死亡毒刺》中小主人公万尼亚·泽列涅夫的魔鬼般心理的产生，在《两个戈基克》中则出现中学生戈基克的意识分裂。索洛古勃把孩子的幻想与残酷的生活游戏相对照，最终让我们明白这样一个道理：现实中物质的东西事实上是非现存的，它们远离我们的意识。而非现实的因素占据着现实事物的位置。死亡的迷人之处在于，在这种幽冥中有着某种特殊的凋谢的美，它发出苍白的闪光，犹如行将凋谢的花朵散发出最后一缕芬芳。

（三）**大地孩子**①**的生与死**

具有撒旦风格的死亡的迷人之处在短篇小说《飞向星空》、《圣诞节的男孩》中也可略见一斑。在这两篇小说中，孩子们强烈地感受到世界的不公与邪恶，死亡以它逐渐暗淡下来的美和令人神往的非人间的冷华乘着月辉来到孩子们的身边。它以一个安抚者的身份降临人间，在那里有着无数为生活之刺所伤害了的弱者。死亡向他们展开迷人的披风，把人引入自己的宫殿，用自身的冷辉迷诱着他们。在小说《飞向星空》中，女佣淫荡的嬉戏、家庭男教师轻蔑的冷笑、表兄令人厌恶的行为、母亲的冷漠和客人的讥讽使得小主人公谢辽沙认为，地球上的一切都处在重重黑幕之下，太阳是暗淡无光的，照到人眼中形成一个个黑圈；白日里也是阴霾满天，天上什么也看不见。妈妈也只是偶尔才有光亮。只有星星在空中闪闪发光。在一个星空灿烂的夜晚，谢辽沙兴冲冲地从黑魆魆的露台投身到闪耀的星空中，以此来摆脱令人厌恶和恐怖的尘世。小说中，死神变成一条白色的亚麻布铺在他的面前。在亚麻布帐篷的圆顶下方，隐约有一个脸蛋红扑扑的男孩在对谢辽沙说着什么，谢辽沙的手中则握着一只能预示未来的鸟。在死神的呼吸中传出永恒的乐章和走向永恒的节拍，所有走向非存在的人最终都注定要为这个世界死亡。谢辽沙离开冷漠的人间去了星空，他是在冥想与梦境中离去的。成年人尘世的欢愉与天真烂漫的孩子关于上界的冥想形成鲜明的对照。

大地与上苍、善与恶对立的主题在短篇故事《大地的当归大地》中得到进一步的演化。该故事反映出索洛古勃独特的诗学中两极鲜明对立的特点。小说中的大地是索洛古勃创作中具有重大意义的形象之一。从索洛古勃早期创作开始，大地的主题就一直占有极为重要的地位。1904

---

① "大地的孩子"为索洛古勃的儿童题材专集的书名。

年作家曾写道:"大地。大地是有生命的,但我们不知道。我们好像没有发现。大地是神秘的,而且十分友好真诚。在大地上我们感到羞愧。究其原因何在?就在于人自身。"①

故事的主人公萨沙是一个属于大地的男孩。他孑然一身、耽于幻想,热爱大自然。他眷恋大自然中的每一块石头、一草一木,可以一连几个小时观察昆虫的活动,或者注视着河水拍打河岸。小男孩具有双重的天性,既爱大地上的一切,又极富想象力。在他的身上,索洛古勃创作出一个富有诗意内涵的形象。在这个形象中,集中显现出一个来乡村度假的城里男孩的所有特点,其中诗的旋律构成了他主要的心理品质。故事的开头展示出太阳硕大的威力:"头顶上灼热的太阳"犹如"卷曲起来的巨大的火蛇"。② 太阳被赋予了耀武扬威的龙的形象。萨沙躺在河边一株杨树下方的青草地上,脸朝向天空,伸展着胳膊,太阳在烘烤着他。他的身旁放着一支他亲手用芦苇做成的俄罗斯民间乐器托列卡。整个画面渗透出浓浓的诗意,赤裸的双脚和身边放着的托列卡衬托出男孩对诗歌和音乐的热爱。萨沙拥有机敏的双眼和乖觉的听力。他能感受到蜜蜂的嗡嗡声,听到炎热的空气在树枝边上沙沙的摇曳声。敏感构成了男孩主要的心理特征:"白天耀眼的辉煌给萨沙带来的是'若隐若现、且喜且忧的感觉'。他能听到最轻柔的声音,感受到光线最细微的变换。他的心灵对其他人早已熟视无睹的大自然中的一切产生着共鸣。"男孩的眼睛对一些东西特别敏感。他善于观察,可以看到生活范围以外的广阔的地平线。美好的生活和希冀中的生活作为生活中的两个不同方面最终得以统一地显现出来。借助于主人公,索洛古勃为读者展示了另一种生活。首先是男孩平躺的姿势具有某种象征意义:他躺在那里,脸朝着天空,默默地向上苍提着各种问题,然而却无法得到答案。主人公变幻的意识流显示出这一人物消极自省的心理结构,对答案的渴望使他心情沉重。这一人物情感活动的过程从另一个方面映衬出大自然那不可战胜的强大魔力。

小说中,另一个重要人物是老女佣叶比斯基米娅。萨沙有一天从日历上得知了这个老太婆名字的意义。这一出自希腊语的名字意为"无所不知的人"。小男孩相信这个老太婆在知识方面拥有某种超自然的力量。

---

① Сологуб Ф. К., 1990: *Творимая легенда*, М., Художественная литература, с. 340.
② Сологуб Ф. К., 2000: *Собрание сочинений*, т. 1, М., НПК Интелвак, с. 464.

人物的名字所具有的意义被扩大，老女佣叶比斯基米娅成为智慧的象征。老年人的智慧与童稚的纯真在索洛古勃笔下被巧妙地组合在一起。在灼热的阳光下萨沙困苦不堪，他极力要在阴凉处、在小草的凉爽中摆脱"炎炎的热光"。但烈日已经无法烘暖叶比斯基米娅的血液。在这里不仅表现出主人公在年龄这一自然现象方面的差异，而且给出了太阳对待两种人物的两副不同的面孔。

作为万物之首的太阳，还在远古时期就表现出宇宙的太阳和人类的太阳之间的差别。人类的太阳存在于人的躯体和灵魂中。卡尔·古斯塔夫·荣格曾系统地研究了共时性现象，被喻为"共时性理论的先驱者"。该理论根植于古希腊关于"万物皆有同感"的观念。荣格认为，心理现象是超越可能性的偶然性的东西，"有意义的巧合"是由于某种独特的心理状况，即某种被称为兴趣、期待、希望、信念等情绪上的心境。共时性现象是一种反因果的对应，它存在于对事实进行按时间顺序的平行排列之中。① 因此，当物质的太阳发着光使宇宙变暖时，在人的内心里就会隐现出一个类似太阳的神秘的实体，这个实体同样产生热和生命。小说中，萨沙是处于"物质的太阳"的控制之下。通常人们把创造的（人的）和繁衍的（大自然的）行为归功于"物质的太阳"。当充满善意的太阳在自己的"房子"里时，索洛古勃的主人公就处在安全之中。神圣的火花温暖着他的心灵。歌德把这样的火花称为"活力"，在《浮士德》的第一个版本中这个宝藏被天使带到天上。地球上因此不再有由神圣的火花发出的"活力"，就会出现诸如魔幻术家所描述的那种情况：我们大家都会像石头一样，有目，看不见。魔幻术中的太阳就是给予温暖的光的力量，是光明的大自然的一部分。很久以来，太阳就成为人类认识过程中一个强大的心理因素，人类总是依靠对自然现象的观察来确定大自然与个人的内心生活。对俄罗斯文学中太阳主题的思考，将我们一次又一次地带回到诗人们关于太阳的诗句中，见如下别雷的诗：

Солнцем сердце зажжено.	心灵是用太阳点燃，
Солнце — к вечному стремительность.	太阳是对永恒的一种向往。
Солнце — вечное окно	太阳是一扇通向

---

① 杨韶刚：《神奇的炼金术》，哈尔滨，黑龙江人民出版社，2004年，第1版，第203～204页。

в золотую ослепительность.

Роза в золоте кудрей.
Роза нежно колыхается.
В розах золото лучей
красным жаром разливается.

В сердце бедном много зла
сожжено и перемолото.
Наши души — зеркала,
отражающие золото.

眩目金光的永恒之窗。

玫瑰藏在灿灿的金发里，
玫瑰在温情脉脉地摇曳。
明媚的金光在玫瑰丛里
仿佛流溢着红色的温热。

可怜的心中有许多邪恶
被烧毁，被碾成齑粉，
我们的心灵是一面面镜子，
映照出哪是真的黄金。①

亦可见沃洛申的诗：

Святое око дня, тоскующий гигант!
Я сам в своей груди носил твой пламень пленный,
Пронизан зрением, как белый бриллиант,
В багровой тьме рождавшейся вселенной.
圣洁的白昼之眼，忧郁的巨人！
我心中也燃烧着来自你的火焰，
我像块白钻石，被你的目光刺穿，
在宇宙诞生的一片暗红中呈现。

Но ты, всезрящее, покинуло меня,
И я внутри ослеп, вернувшись в чресла ночи.
И вот простерли мы к тебе — истоку Дня —
Земля — свои цветы и я — слепые очи.
你能见万物，但你抛弃了我，
我内心失明了，重返黑夜身边。
我们向你，白昼之源，献礼：

---

① 顾蕴璞：《俄罗斯白银时代诗选》，广州，花城出版社，2000 年，第 1 版，第 83 页。

大地用鲜花，我却用失明的眼。

Невозвратимое! Ты гаснешь в высоте,
Лучи призывные кидая издалёка.
Но я в своей душе возжгу иное око
И землю поведу к сияющей мечте!
无法挽回！你在高天里暗淡，
从远处投射来缕缕诱人的光芒。
但我从心中点燃起另一只眼，
把大地引向灿灿生辉的梦想。①

  在人回到最初物质或死亡降临之时，太阳是主要的有能效的力量。叶比斯基米娅经常向萨沙抱怨自己的高龄："太阳见了我都要扭过脸去，不想暖和我这个老太婆。"萨沙吃惊地仔细瞅了瞅叶比斯基米娅。关于太阳、石头、水这样一些自然现象，萨沙有着自己的见解："所有的东西朝着我看，小草也好、小树丛也好、远处的也好、近处的也好。甚至连石头都是这样。"② 这里有古希腊人对自然万物的理解。"希腊人总是把自然想象为有生命的。在神秘主义的层次上，一切事物，陆地和海洋，山脉和河流，树木和丛林，在他们看来都是充满神性的东西；在哲学的层次上，他们把所有的物质想象成是有生命的，甚至石头也不例外，因为它们也会显示一种力量。因此说是物活论或泛精神论，会更准确一些。在这些思想家看来，不存在生命和精神的问题，因为一切事物都是有生命的，虽然程度不同，都注入了精神，一个失去了生命本原的自然，在希腊人看来是不可想象的，只是循着他自己的思路，不受外来的影响。"③ 萨沙的话让老太太纳罕不已。叶比斯基米娅骨子里是一个古代信仰的捍卫者。萨沙半童话的幻想在她看来只是空洞的臆想，男孩充满稚气的坦白让老太婆感到震惊。萨沙天真地承认他感觉到了幽暗的大自然同自己内心的联系，他不无自豪地说："瞧那儿，那岸边上的灰石头在盯

---

  ① 顾蕴璞：《俄罗斯白银时代诗选》，广州，花城出版社，2000年，第1版，第118~119页。
  ② Сологуб Ф. К. , 2000: *Собрание сочинений*, т. 1, М. , НПК Интелвак, с. 465~466.
  ③〔德〕策勒尔：《古希腊哲学史纲》，翁绍军译，济南，山东人民出版社，1996年，第1版，第26页。

着我看。"叶比斯基米娅想弄清楚，男孩是否真的有这种感觉。她畏怯地说道："去你的吧，这只是你的幻觉罢了。"萨沙为使她确信有这样的感受而高兴地回答说："不，叶比斯基娅纽什卡，我从来没有过什么幻觉。一切都是明摆着，虽然有些奇怪。我甚至看到，那里虽然没有眼睛，但是能看见。"① 叶比斯基米娅向他解释了某些人眼睛的这种特异功能来自于"幽暗的大自然"的危险性（对一些人来说，有时自然界里的雪、石头等常常被视为死亡的象征）。神秘的东西存在于小男孩个人幻觉的大自然中。他看到了别人看不见的东西，这是双方视觉交往的结果。作者在小说的开头就指出萨沙是一个与众不同的孩子。萨沙有一个满头银白毛发的伙伴。当萨沙对他说起自己的幻觉和思想时，后者惊诧得瞠目结舌。在萨沙面前显现的如果不是整个宇宙的话，那么也比通常其他孩子所能见到的要多（如果再考虑到孩子的感受的话）。与其他对大自然熟视无睹的同龄人不同，萨沙能够奇迹般地感受到美。小说里有这样一个场面：萨沙坐到石头上，突然之间他感悟到了大自然中美好的东西：河水是如何流动，青草是如何生长。小说中提到沉默的石头绝非偶然。索洛古勃以此暗示，美通过某种方式甚至同一块普通的石头，或者准确地说同石头的秘密联系在一起。

死亡的诱惑和基督教的道德准则折磨着这个男孩。作者借主人公表达出这样一种观点：即基督教的道德不能解释现有的尘世的秩序，不能为人所承受的凌辱辩护。于是小说中"教堂昏暗的窗户仿佛在用一双失明的眼睛望着茔地。"② 在索洛古勃创作中，诸如此类反抗上帝的主题随处可见。在作家的下意识里，他始终希冀个人潜意识中东正教因素和俄罗斯民族集体潜意识中的多神教因素能够合二而一。"实现历史辩证法的和实现真正人学之爱的第三约言，全面地回复多神教，但是清醒的和摆脱腐朽的多神教，使文化的整个躯体圣洁化，但是那种深思熟虑的和战胜死亡的文化。在我们时代还在诱惑许多人的全部多神教生活，不是恶，也不应加以消灭；这种存在的全部财富应当彻底争得。"③ 在象征主义者不约而同地寻找第三约的道路上，索洛古勃表达出期望第三约已经连接

---

① Сологуб Ф. К., 2000: *Собрание сочинений*, т. 1, М., НПК Интелвак, с. 466.
② Сологуб Ф. К., 2000: *Собрание сочинений*, т. 1, М., НПК Интелвак, с. 472.
③ 〔俄〕别尔嘉耶夫：《自由的哲学》，董友译，桂林，广西师范大学出版社，2001年，第1版，第186页。

了"关于大地（人间）的真理"（指多神教）和"关于天空（上苍）的真理"（指基督教）。

建立在游戏之上的思考是索洛古勃创作的独特之处。作家喜欢通过使截然对立的因素发生冲突，从而达到否定通常论据的目的。索洛古勃按照否定辩证法来思索关于存在的概念。在作家的短篇故事中，这种探索往往是由作者的代言人（故事里的孩子）来完成的。索洛古勃试图揭示物质世界和潜意识世界之间的关系，进而得出原始的概念体系。在这个体系中，推动两个世界发展、运动的能量在同等的程度上存在于太阳和生物（人、动物、植物）之中。也就是说，不仅在金子中，而且在人（尤其是崇高的人、忠实信徒）的身上能够找到并创建出最初的自然元素，运用这些独特的能量进行创造。奇迹由隐秘的大自然创造：它体现在形而上的有生命的物质中，不易为肉眼发现。这种"有生命的东西"来自天上。魔术家认为，忠实的信徒走近"神圣的物质"，为的是从神圣的实体中得到对魔法有用的微小的力量。古埃及炼金术士、魔术师穆罕穆德·伊本·乌马伊尔曾盗过法老的墓。与以寻找宝物为目的普通盗墓人不同，他所要寻找的是炼石成金的秘密。众所周知，炼金术始于古埃及。埃及人用泡碱对尸体进行处理。泡碱就是碳酸钠和碳酸氢钠的混合剂。其中的"钠"这个词的拉丁语词根意味着"神灵"。所以，制作木乃伊的过程就是用"神液"这种神圣的物质来清洗尸体，直到它完全浸泡在里并成为永恒之物。防腐师还要在木乃伊的指甲上涂上金液。古埃及人认为，用神液浸泡过的尸体才能和宇宙之神成为一体。他们希望运用化学技术程序和祈祷使死者获得永生。身为长老兼炼金术士的穆·伊本·乌马伊尔将自己的哲学运用于探索非死的秘密。在论及这个秘密时，他是这样评价物质世界的："在外部是肉体的物质，但在内部是精神上的物质。"炼金术的意义并不在于炼石成金，而是对立统一原理在人类心灵中的典型体现。无论是在古希腊、罗马时代，还是在古代埃及或中国、阿拉伯，炼金术士们在寻找物质转换这一奥秘的过程中，把自己也视为其中的一部分并发展和升华着自己的心灵。他们观察着物质的变化，带着疑惑探索着，与这些物质进行心与物的交流。炼金术士们认为，他们所寻找的炼石成金的秘密，或宇宙结构的秘密，就在他们的心灵之中，在他们自己的身体之中，他们通过沉思把内部的心理活动与外部的实验研究融为一体，这也是炼金术士自身的物质存在的精神源泉。①

在《大地的当归大地》中，精神的物质成为大地的一部分。萨沙经常拜谒母亲的墓地构成了小说重要的情节。吸引他到那里去的是关于大地和坟茔的秘密。索洛古勃力图传达出主人公同大地、同大地中隐藏的秘密的接近感。一块不大的墓地成为画面的中心部分，这块田野上一切有生命的东西都朝着萨沙，所有的东西呈现在他面前，但他无法得知视力所及范围以外是什么。照耀在墓地上的是"明朗、冷漠"的太阳，它不再以其灼热使人厌烦。这是一块"荒无人迹的静谧王国"的神秘大地。在结构上，这部小说构成了作家后来的长篇小说《编织的传说》中阴阳两界人相遇情节的雏形。《编织的传说》中，特里罗多夫的儿子基尔沙在整部小说中始终期待着同死去母亲的相见。在《大地的当归大地》中，"明朗的寂静"代替了充满死者反抗声音的魔鬼之夜。小说作者借主人公萨沙表述着自己的思想："她在坟墓里已经腐烂，整个人现在是又黑又软，像大地一样。"这些思想同作家早期未发表的短篇故事《学校的早晨》中的主人公的思考毫无二致。"当小男孩不再相信上帝和死人的反抗时，死后的命运使他感到恐惧。他想：'意识、灵魂、我身上的一切、思想与感情，让我高兴，使我痛苦。这个在我大脑某处隐藏着的一个小小的不为人知的物体将要腐烂，分解成原来组成它的自然元素。它们将被归置到什么地方去？'当他想象棺木合上之际的悲惨命运时，他不寒而栗，忧心忡忡。关于长生的思想和希冀、关于生活意义的思考，在小男孩想到'组成它的自然元素'时得到了统一。它的答案就是：这些'死亡的元素'将再次重构。'这些元素将再一次组合，再一次变成人体，我又将会活着！'当这个想法在他脑海中闪过时，他感到了某种巨大的快乐。我不会死！我将永远活着并思考……"② 在这里，我们看到了对尼采永恒轮回的思想的回应。

与此同时，在小说《大地的当归大地》中，梦作为一种神秘的力量，可以使白昼与黑夜、永恒与死亡、男性和女性因素趋向和谐与平衡。索洛古勃把死者的世界称为半醒半睡的世界："近处和远处的一切都朝着萨沙似睡非睡、一动不动地躺在那里……"近处和远处的一切指的是大地母亲

---

① 杨韶刚：《神奇的炼金术》，哈尔滨，黑龙江人民出版社，2004年，第1版，第11~12页。

② Сологуб Ф. К., 1990: *Тяжелые сны. Роман. Рассказы.* Л., Художественная литература, с. 362.

的身躯。在小说主人公身上观察力和行为和谐地结合在一起。与大自然通灵的本领和少年的勇敢无畏在萨沙身上和谐地结合在一起，赋予故事主人公成熟的智慧和锐敏的感觉。我们可以把男孩去墓地视为是对与人类毗邻的另一个世界的拜访。后者是我们面对着的世界的伸延："栅栏外面的一切都是另一番景象，拥挤、亲近，但又是那么简单、神秘。"黑魆魆的灌木丛，窗内已熄了灯的白色教堂瞪着"失明的眼睛"，旁边是参差不齐的十字架和坟墓，再就是高的高、低的低的树木，依然是那个物质世界。

男孩乖戾的行为给他自己带来了绝望，而绝望往往导致作出献身的决定。"在地下……死人们躺着，在腐烂，尽管十字架还竖立着。在坟堆下面已是臭气熏天，尸体变得令人恶心。但恐惧缘何出现？所有的物品均像幽灵一样美好，唯独没有幽灵。在安然的十字架之后并没有出现伸着双手求助的摇摇晃晃的白色的身影。"绝望缘于对奇迹般信仰的缺失。萨沙在回家的路上感到一种令人昏昏欲睡的忧闷，眼皮发沉，"血管里的血液费力地循环着"，主人公这时的状态像是在沉睡前，心灵深处倍感孤独。萨沙不希望家人知道他计划的冒险行动，尽管他没有什么可隐瞒的。他本能地维护着自己的内心世界，不让偶尔出现的使人厌烦的目光窥视到它。在家里，他感到可笑的是，原来所有令人恐惧的东西现在看上去都是虚幻的。他坦然地把耽于幻想和遁入梦乡当作是一种休息。然而他的梦境充满了惊悸，这衬托出小男孩复杂的心理。"窗外灯火通明。城市上空响起警报声。起先只是听得见悲哀的钟声，轻微的、来自远方的噼啪声，仿佛炉子里柴火的燃烧声。然后传来怯怯的声音，起先是零零落落的。有人跑了过去，边跑边喊。"他听见，慌乱临近，突然所有的人跑了起来，叫喊起来。梦魇中的一切是如此的真实，于是，"萨沙醒了过来。醒来后，他的心怦怦地跳着。天已经大亮，四周静悄悄的。晨曦像往日一样欢畅地照进窗棂中。"之后，主人公再一次又陷入了梦乡，梦境中他又回到火灾中。照在他身上的，已经不是早晨温暖的太阳，而是像龙一般的火蛇。作家似乎是在暗示，是作为恶之化身的龙使人昏昏欲睡。萨沙在梦境中并不是同火蛇、而是同神秘的龙搏斗着。如同神话故事中的那样，一切都是围绕着同恶龙的搏斗得以展开。梦魇者在睡梦中寻找着摆脱搏斗的途径。萨沙将头扭向墙，把被子拽到头上，免得光线妨碍他。小男孩再次进入梦乡。"他又梦见了那场火灾。窗户下面惊恐万状的人们又跑了起来，喊叫着。"尽是些陌生人。萨沙默默地行动起来，十分清楚自己的目的。他跳了起来，穿上衣服，向火灾发生地跑去。这时，索洛古勃指出了人物内心活动中最重要的东西：萨沙的心"一紧"。他知道，应该赶紧去救人。那些"面颊绯红、身材健壮的小伙子们无动于衷地看着一位不幸的母亲"。这位母亲一会儿扑向这个人，一会儿又扑向另一个人。痛苦使她目眩神晕。她扑向萨沙，但一看他还是个孩子，未必能帮得上她，又向远处跑去。"一种朦胧恍惚，但坚定的感觉促使萨沙向前跑去。"善的力量显现为人身上的神圣的东西。其神圣就在于决定一个人之崇高意志的精神世界通过外在的表现被展示出来。萨沙接下来的行为证明了他的意志，显示出一个少年身上逐渐增长起来的力量。萨沙"感到自己力大无比、无所畏惧"，他行动起来自然、灵便。整个梦境表现出节奏分明的动态特征。

　　梦境中的动态事件与做梦人的静态姿势构成了鲜明的对照。作家刻意描写了男孩在睡梦中露出的微笑，"他脸色苍白，像是盖上一层灰色的烟灰"。这里，我们看到了来自另一个世界的现实：做梦者从关于火灾的梦中醒来，脸上蒙着一层烟灰，肺部怕是也浸满了一氧化碳。正如人们常说的，日有所思，夜有所梦。梦复制着人们潜意识的记忆，实现着内心深处隐秘的愿望和理想："萨沙突然想起，以前他就不止一次想过怎样从火灾中救小孩，想过建立其他一些功绩等等。"当主人公再次进入梦境时，他梦见自己已死，一动不动地躺在棺材里，大家把他当作一位在火灾中英勇献身的英雄来安葬。他感受到了人们的爱和情，感觉到了父亲真挚的温暖，而他"像是在摇篮里不时地晃悠着"①。木床在他的梦境中变成一具棺材。梦将他又带回了摇篮时代，他置身于获救孩子的摇篮中。梦者再一次在"自我"中感觉到了自己的存在。关于一切个体生命万物一统的思想拓宽了梦者的个人界线：他既是一个获救的小孩，又是一个见义勇为的少年英雄。恒变和轮回的锁链在瞬间断裂，于是一种近似于进入天堂的幻觉油然而生。对立于地狱般的非存在的是期望获得天堂的拯救，对立于人间灼热凶恶的酷阳的是天堂里柔暖的日轮。意识的苏醒与回归使孩子明白，幸存下来的生命当捐赠于大地。正如弗雷泽在《金枝》一书所指出的，经过火的洗礼，人才能得到净化与再生。② 按照一

---

① Сологуб Ф. К., 2000: *Собрание сочинений*, т. 1, М., НПК Интелвак, с. 472～474.
② 〔英〕弗雷泽：《金枝》，徐育新等译，北京，中国民间文学出版社，1987 年，第 1 版，第 908 页。

般童话的规律,只有在经过火的考验、经历过暂时死亡状态之后,英雄才能拥有野兽的能力,听懂它们的语言。萨沙在梦见自己被火烧着之后,也出现了类似的情况:"萨沙所有的感觉在这些天变得异常敏锐……普通粗心人不易察觉的轻微声响只要在他周围一有动静,他立刻就能灵敏地分辨出来它们是来自何处:一会儿是看家狗沿着草茎跑来跑去,一会儿是小草中成熟的微小的果实绽开时发出爆裂声……在这些声响上方掠过最细微的若隐若现的摇动声——或者说还不是响声,而只是冥冥之中对它们的预感,不知是草儿在生长,还是地下传上来的小溪叮咚流淌声?"①

使索洛古勃的小主人公了解成年人生活的是保姆叶比斯基米娅和中学教师瓦西里·格里高里耶维奇。这两个人物形象均带有某种童话的性质。作为三维世界中的生物,叶比斯基米娅很容易使人联想到民间故事中凶恶的老妖婆亚加。M. 法斯梅认为"老妖婆亚加"一词是"凶恶妖婆"的同义语。通过对两个同根词的分析,可以发现该词同"不满意的人"的意义十分相近。② 这些意义在小说中得到完全的体现。叶比斯基米娅对男孩屡屡犯禁的行为极为不满。小说中对中学教师瓦西里·格里高里耶维奇的描写也绝非偶然。萨沙为了使欺侮自己的同班同学免遭惩罚,忍受了老师的挖苦。老师试图向孩子作一下解释,萨沙则期待着"充满善意和智慧的"话语。结果老师发现他对自己的学生无话可说,双方都感到十分的尴尬:萨沙"仿佛从老师那儿染上了窘迫的感觉"。③ 这种感受使主人公意识到人与人之间难以相互理解。这一发现使得小男孩痛苦万分,因为关于尘世的存在、思考和感受最终无法表达出来,无私的行为原来竟是不可能的。对朋友和周围人的帮助变成了主人公本不需要的"好处",老师为此表扬他,这位同学也许诺以后报答他。另一件使萨沙难以理解的事情是,在期末因为成绩优异和品行端正而获得的奖状给萨沙带来了欢乐。然而这种欢乐很快就被羞愧感所取代:"为诚实和善良授奖呢!不能。诚实是无私的。如果因为善授奖,那这还是善吗?"④ 在这些充满稚气的判断中,更多地表现出一种对现代文明的拒

---

① Сологуб Ф. К., 2000: *Собрание сочинений*, т. 1, М., НПК Интелвак, с. 479.

② Фасмер М., 1987: *Этимологический словарь русского языка*, в 4 тт., т. 4, Мюнхен, Iskra-Druckerei, с. 542.

③ Сологуб Ф. К., 2000: *Собрание сочинений*, т. 1, М., НПК Интелвак, с. 485.

④ Сологуб Ф. К., 2000: *Собрание сочинений*, т. 1, М., НПК Интелвак, с. 462.

斥，这种文明在激发人的最优秀品质的同时却忽视了其绝对价值。在这个世界上，人与人之间是如此难以相互沟通、相互理解，以至于最终演绎成为索洛古勃创造中重要的诗学手法——矛盾修饰法："活尸"。

在故事的结尾，萨沙体验到了期盼已久的恐惧。当他尾随叶比斯基米娅走向河心时，他陷入一种神秘的恐惧之中。这是一种完全不同的恐惧，是克尔凯郭尔描述的存在主义式的恐惧感。然而，与神话中的英雄不同，萨沙身上没有出现面临巨大危险时的恐惧反应。恐惧的结果是在他面前出现了全部矛盾对立的生活。童年无忧无虑的生存已不复存在。于是，突然降至梦中主人公身上的死亡童话的基调在小说中发生转换，在一个儿童的心灵和理智中引起混乱："萨沙出神地盯着河面，心想：'掉下去会淹死吗？淹死可怕吗？'河水散发出空洞的潮气吸引了男孩。已经没有什么可怕的了。萨沙坦然地想着即将来到的死亡。个人的意愿已经变得无足轻重，他最终会走向他第一印象向往的地方。"①

于是，萨沙跟着"活尸"的化身叶比斯基米娅亦步亦趋地走向河心。他已经别无选择：人的灵魂最终要接受尘世的规则，把属于大地的归还给大地。在此之前，索洛古勃的主人公始终处在存在主义的恐惧之中。这是一种对无意义生活的恐惧，是对孤独、人与人之间难以沟通的恐惧，是对他人和自己宿命的恐惧，是对人类原罪的恐惧。恐惧"生自于内心，弥漫于全身心，无法躲避，无法防卫。但恐惧又具有巨大的生存价值。恐惧是个体醒悟的早期体验，是个体对自我存在的原初认识……恐惧引发选择，选择意味着自由。"② 克尔凯郭尔对此写道："任何没有领悟到恐惧的人，无疑终将不能成为信仰义士……悲剧英雄的任务不久完成了，他的斗争是很快到达终点的，他使运动循环往复，并在普遍性中获得了安全感。但是信仰义士却保持着清醒，因为他接连不断地受到考验，并且无时无刻不在竭力忏悔着向普遍性回归。"③ 正是在这样一种对自我价值的认识和向普通性的回归之中，男孩萨沙完成了悲剧主人公的使命。然而，小说中的死亡形象的特点又具有多义性。在萨沙

---

① Сологуб Ф. К., 2000: *Собрание сочинений*, т. 1, М., НПК Интелвак, с. 487.
② 张政文：《西方近现代审美文化论》，哈尔滨，黑龙江教育出版社，1996 年，第 1 版，第 158 页。
③ 〔丹〕克尔凯郭尔：《恐惧与颤栗》，一谌等译，北京，华夏出版社，2004 年，第 1 版，第 71~72 页。

看来，唯一可能战胜"死气沉沉的生活"的是"死亡"。这位解救者为人类的存在作出了总结并注入新的内容，并让主人公最终意识到："大地的当归大地"。

小说中萨沙的双亲形象同样有着象征意义。一些突出的细节使得男孩的双亲获得了概括意义，成为人类类型学意义上的父亲与母亲，其中也包括他们没有名字这一细节。萨沙的父亲在法院就职，职业习惯使得他在家里对淘气的儿子也进行审判和惩罚。审判的基调使萨沙的父亲兼有了天父的形象意义。但索洛古勃借上帝的形象更多的是传达出尼采宣布"上帝已死"之后世界混沌的状态。在小说投射出的"现实"中，萨沙的父亲最主要的特征是公正不阿。

萨沙早已去世的母亲带有润泽大地母亲的形象。在 19 世纪末至 20 世纪初的俄罗斯抒情诗里，我们经常能遇见这样的形象。如索洛古勃同时代人 П. Д. 蒲杜尔丽娜的《润泽大地的母亲》。在索洛古勃的诗作中同样能见到润泽大地母亲的形象（《您不会吻我的大地……》）。① 同时，润泽大地母亲的形象又反映着俄罗斯民众的宗教宇宙观，象征着宇宙中唯一个获得个性体现的人。正如 П. Г. 费多托夫所指出的，在研究俄罗斯宗教性特征形成过程中，"就像在自己的美中一样，在自己的善中大地母亲不会把人抛弃在自己神圣的权利之外。"② 索洛古勃小说的主人公同样获得了大地母亲的庇护：萨沙对母亲的爱使人联想到人们对大地的崇奉和钟爱。在这块大地上，萨沙无所畏惧，大地在男孩的眼中始终是生机盎然。在神话体系中，萨沙的原型产生于关于上苍和大地间争斗的构思，是精神世界和物质世界角逐的对象和牺牲品。小说中表现出尘世最高层次的一种孤独，后者源于人类自身生存的不完整。大地母亲（尘世生活）的实质对一个在生活中缺乏最高层面精神因素的少年主人公来说高深莫测。正是由于上述诸因素，索洛古勃看来是将其美学目标定位于《圣经》中富有象征意义的箴言（"上帝的当归上帝，恺撒的当归恺撒"，并进而得出"大地的当归大地"）。犹如塞诺芬所说："一切都从土中生，

---

① Сологуб Ф. К., 1995: *Стихотворения*, Томск, Водолей, с. 163.

② Федотов П. Г., 1991: "Мать-земля（К религиозной космогонии русского народа）", *Судьба и грехи России*（Избранные статьи по философии русской истории и культуры）, в 2 тт., т. 1, СПб., София, с. 81.

一切最后又都归于土。……一切生成和生长的东西都是水和土。"① 唯有把生命归还给大地,我们才能领悟两种存在的范畴。在这两个范畴之间,梦与死亡起着纽带和媒介的作用。

死亡在揭开生活神秘的黑幕的同时,以一种奇妙的方式展示着未来。生活因死亡冰冷的气息使人着迷,整个尘世的空间弥漫着死亡神秘的阴影。卑劣的小魔鬼、魂飞魄散、黑巫术②,这些作者取之于斯拉夫魔妖传说的素材带有强烈的撒旦的色彩。作为万物一统中绝对的恶的象征,它们属于严格的形而下体系的一部分。

(四)分裂的灵魂

否定生活、拒绝世界的举动均以特定的境遇为其产生的背景,其结果导致了意志的两重化和非医学意义上的精神分裂。索洛古勃笔下的主人公几乎都经历了这一意志崩溃的过程。小说《光亮和阴影》中的瓦洛佳、故事《蠕虫》中的女孩万达、《两个戈基克》中的戈基克、《美丽》中的叶列娜、《饥饿的反光》中的莫什金、长篇小说《沉重的梦魇》中的罗金等,他们最终都听命于某种凶恶的妖法,屈服于某种来自于另一个黑暗世界的影响,结果是变得与周围的世界格格不入。虚伪和卑鄙的世界令主人公们绝望,绝望又促使其人格的解体。在很多情况下,绝望往往是通往存在主义的第一步。绝望和恐惧更多的是使人失去了现实感,将人强行从现实中驱逐出去。于是,原来的生活在他们的眼里慢慢地死去。并且在这一死亡中,即在类似于此的某种非理性的存在中,或者更确切地说,在非存在中生命获得了真正的意义。死亡之所以在索洛古勃的作品中成为主基调,是因为它把人从尘世的束缚中解放出来,死亡的真正意义就在于此:

Страны есть, недостижимые	超越日常的退想,
Для житейской суеты.	来到那难以企及的异邦,
Там цветут неизъяснимые	那里绽放着难以言传的
Обаянья и мечты.	魅力与幻想。

---

① 汪子嵩:《希腊哲学史》(第1卷),北京,人民出版社,1997年,第1版,第554页。
② 均为索洛古勃作品的名称。

Там все дивное, нездешнее,	那里非尘世的一切令人神往，
Нет печалей и тревог;	没有烦恼，没有忧伤；
Там стоит, как чудо вешнее,	在那里，犹如春天的奇迹，
Зачарованный чертог.	屹立着迷人的殿堂。

诗人为那神秘莫测的宫殿所深深吸引。然而，在现实中，无和死亡常常结伴而行，处于某种相互关系的统一中。在《死亡》一诗中，死亡呼唤着诗人去探索另一个无的世界：

Уйдем к долине неизбежной	让我们穿过无法绕行的谷地
На берега пустынных вод,	来到一片死寂的河矶，
Когда совершится неизбежной	看着冉冉出现的星辰
Звезды таинственный восход.	神秘地升起。

在索洛古勃的笔下，世界按照恶的规则构成。恶与善出自同一个本原。在世界形成之前，善与恶只是潜在地存在于某一混沌状态之中，均未被最终展现出来。索洛古勃认为，"所有的衡度之线均呈现出单极或两极特点，或者更明确地说，是聚集在'无'中。又根据两极对立同一的原则，通常只说一个极就足够了。"① 换言之，在"无"中对善与恶彼此尚未明晰化。在"无"逐渐将自我清晰化、从纯粹的潜能转化为动能时，就产生出统一。统一又衍生出两个彼此对立的范畴。第一范畴为美的上帝、希腊神话中的太阳神——光明的赫里奥斯。赫里奥斯在自身中拥有"无"，他无所作为。作为一个拥有超自然能量的超人，他满足于自身，无需创造世界，就像佛教中之梵一样，他既是完整的同一（единица），又是"无"。另一个神圣的范畴则是"凶恶的龙"，即创世主。他呈现为一种积极行动的力量，用自身创造世界，并把世界归拢到物质的渊薮中。他在所有的物质存在中建立起明确的等级制，低级世界要臣服于高级世界。降心相从的关系使得生命体的自由受到了束缚。但与此同时，在规定世界秩序的同时，创世主又赋予了整个世界以自由。有了自由，任何一种物质可选择与造物主分道扬镳，也可以选择留在那

---

① Сологуб Ф. К., 2001: *Собрание сочинений*, т. 2, М., НПК Интелвак. с. 494.

里。在这种情况下，选择被视为是一种行为的自由、一种从善或从恶的自由。创世主在将自由投射到自身时，自由也就从纯粹的势能变成动能，从潜在的行为变为现实的存在。世界上的万物均是由具备这样一种属性的造物主所创造的，它们同样拥有自身的存在，后者使它们有权利远离造物主而去。这种远离在逻辑上不尽合理，但是存在本身就意味着运动与不断的变化。创造的行为本身作为一种存在同样证实了这一点。创造就是某种运动，而造物主是构成这一运动的动力。从这个意义上说，神是完整的同一，他设计出一系列数字，确定了严格的等级制，形成了存在的范畴。尽管对同一必须严格服从，但是对于任何创造性行为来说，同时也出现了脱离同一的可能。从古希腊文明伊始，我们就看到了这种同一和对抗的矛盾。正如研究者们所指出的，在古希腊人的神话观念中，"宙斯和命运暗示着两种不同类型的秩序。命运暗示着一种非个人的、非道德的秩序，独立于诸神与人类的选择。另一方面，宙斯暗示着一种道德秩序，体现着一种超越通常英雄价值的理智与意志，但仍然可以被辨认出来属于一个理智的道德主体。"① 于是，低一级的物质世界利用赋予它的自由起来反抗自己的造物主，以获得高一级的完整性。它们希冀达到存在的终极，破坏已经确立的世界秩序，因此造成了世界的混乱。在这种混乱中，每一种物质或个体都可能成为世界的中心或救世主。"人的起源微不足道，人的未来则具神性，这当然不是某个具体人的意识，而是一般人的意识。按现代意识，人不具有深刻的存在根源，他不是起源于神灵，他是尘土的产物。但是正因为如此，人必须变成神，尘世的威力、世上的王国正在等待着他，把人起源意义上的庶民身份变成了未来贵族人的保证：人——子虚乌有，因此将拥有一切，人——虫子，因此将成为王者，人按其起源并非神灵，正因为如此他将成为神灵。"② 除此之外，物质还可能产生其他的物质世界，这些世界同样可能奋起反抗造物主。于是，经过种种不同的混乱过程，创造出新的世界及中心，世界将过渡到另一个永恒。

为了使世界臣服于自己，回归到既定的世界秩序中，造物主为创造

---

① 〔美〕欧文·特伦斯：《古典思想》，覃方明译，沈阳，辽宁教育出版社，1998年，第1版，第21页。
② 〔俄〕别尔嘉耶夫：《自由的哲学》，董友译，桂林，广西师范大学出版社，2001年，第1版，第108~109页。

追加了新的特质。他把世界限制在物质中，规定了空间和时间的框架，从而导致自由的完全客体化。对索洛古勃来说，造物主的权力就是"必然性"，它对立于"偶然性"和"变易性"，所有的存在均变成了一个个神秘的环。人处在这些彼此相连而又相互封闭的环的中心，或是扮演牺牲者的角色，或是作为刽子手而存在。德国研究者汉斯·霍特豪森写道："因为世界由产生恶的意志所控制，索洛古勃的形象世界就具有了两重性。'人对人来说犹如魔鬼'……人同时处于其自身心灵斗争的对立面的中心。"① 人失去了驾驭自我的能力。索洛古勃作品中的很多人物不能左右自己的行为，无法控制自己的感情，只能听任事态自然发展。《光亮与阴影》中的瓦洛佳在迷恋上皮影游戏之后向母亲抱怨说："妈妈，我自己也不知道这是怎么了。"在小说《大地的当归大地》中，萨沙试图不再理会剥夺他宁静的东西，但他却惊奇地发现，"眼睛不知不觉就转向了那东西"。故事《藏猫猫》中的小女孩患有严重的自闭症，喜欢玩藏猫猫的游戏，借此逃避世界上的一切。她痛苦地想抗争一下，要克服自我，然而却一败涂地，最后在忧郁中死去，尽管当母亲的早已察觉到女孩的病态。《饥饿的反光》中，主人公骤然间将多年来的愤世嫉俗的情感一股脑儿地发泄到了招聘人身上，然后自己跃入城里的运河，自杀身亡。《野兽般的日常生活》里，那位差点成为杀害孩子凶手的女人在心里悲叹道："我自己也不知道是怎么了。"作家一生都对自发事件惊诧不已，他在给妹妹和朋友的信中常常抱怨自己突然犯下了这样或那样的过失。这是人与生俱来的、理智的和本能的东西之间病态的、无法控制的悲剧的冲突。在封闭的生活之环中，一方面人有着原本生就的自由；另一方面人又被固定到了物欲的框架中，令他无法享有这一自由。创世主或者罪恶之蛇在限制自由的同时，使人丧失了洞悉完整存在的可能性，天下苍生从此不会成为创世主，人也无法成为分辨善恶的上帝。诗人对此写道：

| Не свергнуть нам земного бремени. | 我们无法摆脱尘世的重负， |
| Изнемогаем на земле, | 一任尘世中气息奄奄， |

---

① Хольтхузен И., 1995: "Федор Сологуб", *История русской литературы. 20 век. Серебряный век.*, М, с. 296.

> Томясь в сетях пространств и времени, 在空间与时间织成的丝网中，
> Во лжи, уродстве и во зле. 在谎话、变态与邪恶中苦不堪言。

根据诺斯替教学说，恶来到这个世界并非因亚当的堕落而使恶的潜能现实化，而是因为注定要如此，因为恶有其自身的实在性。恶就其本性来说是独立于人的，因此它被嵌入了上帝的存在。恶成了隐秘生命有机过程中的一种残渣。① 正如别尔嘉耶夫所指出的："宗教哲学意识经常动摇于二元论和泛神论之间，所有的异端时而倾向这一方面，时而倾向另一方面。诺斯替教之否定恶和辩护恶，都是一种具有诱惑力的放弃自由。恶是绝对的不合逻辑，即与逻各斯相反，是不可知、无底洞、无理性的东西。诺斯替教之所以为恶辩护，是因为它是弱者、无能力者、幻想者的意识形态。"② 对索洛古勃来说，创世主或蛇在播撒恶的同时，或许尚未知道其中的恶，但已经将恶投射到了世界中。物质无法自我确认、自我肯定，因为它是罪恶之蛇亲自创造的一种现实，一切源于罪恶之蛇并包含在其自身行为之中。③ 索洛古勃断言恶产生于创世主和罪恶之蛇。创世主自身有两种天性：光明的和黑暗的、神圣的属性和魔鬼的因素二者共存并互相斗争，如同作家在《存在集》中展示的那样。蛇作为上帝的另一个实质，它出现后即敌对于自己的"父亲"，引诱亚当和夏娃犯罪。

在人类认识发展的过程中，灵魂的作用是逐渐凸显出来的。"人所由造成的泥土正是上帝的大地。他由此而获得自己的躯体。他的躯体属于他的本质。他的躯体并非他的牢笼、他的外壳、他的外表，他的躯体是他自己。人并非'有'一副躯体，'有'一个灵魂，人就是躯体和灵魂。"④ 在古希腊人的观念中，"灵魂"一词的本义是生命、呼吸，后指生命的源泉，生命赖以维持的内在的力量。一个人只要还在呼吸，血液还在流动，就是活着，就有灵魂。而当人体生理循环衰竭、呼吸停止时，

---

① 〔德〕索伦：《犹太教神秘主义主流》，成都，四川人民出版社，2003年，第1版，第230页。
② 〔俄〕别尔嘉耶夫：《自由的哲学》，董友译，桂林，广西师范大学出版社，2001年，第1版，第115页。
③ Сологуб Ф. К., 2003: Собрание сочинений. т. 7, М., НПК Интелвак, c. 473.
④ 〔德〕朋霍费尔：《第一亚当与第二亚当》，朱雁冰等译，北京，华夏出版社，2004年，第1版，第140页。

灵魂也就不复存在于生命之中。肉身的人是真正的人，灵魂只是一种无力的虚幻的影像。因此对于希腊人来说，在阳光下的人世生活是真实的生活，而另一世界只是这一世界的一种黯淡的模仿。①

灵魂同肉体的分裂起源于关于狄奥尼索斯的传说。据说狄奥尼索斯曾被巨人泰坦当作是一头公牛而被撕碎并吞食，只有其心脏被雅典娜救下来带给了宙斯。宙斯用雷电摧毁了巨人泰坦，用其骨灰作为肢体并安上心脏，狄奥尼索斯遂得以复活。于是，人就有了双重性质。"他们既有寓于肉体中的泰坦的成分，又有神圣的狄奥尼索斯的成分，人的灵魂来源于此。肉体是有死的，灵魂是永恒的，无始也无终。灵魂被禁锢在人的肉体凡胎之中。……肉体并非灵魂的工具，倒是它的镣铐、监狱和坟墓。灵魂必须经历数千年再生轮回，遍历地狱净化，并进入各种各样的植物、动物和人体诸阶段。灵魂只有遵循符合奥尔弗斯这位大师戒律的得救之途，过一种纯洁的生活，戒除荤腥和其他禁忌食物（例如豆类），避免所有带血祭品，才能最终从生死轮回之中解脱出来，回到失去的神性极乐状态。"② 灵魂与肉体分裂的结果，设定了人的肉体与其灵魂的截然差别。自此之后，灵魂就逐渐取得了对肉体的优越地位。与灵魂所赋予的高贵相比，肉体则被看成是不洁之物。到后来，灵魂变得先于肉体而存在。"灵魂享有强大的生命力和类神的本质，它甚至在我们出生以前就存在。"③

"人同时既是受造物，也是非受造物，是相对中的绝对，也是绝对中的相对。他就是活的悖论，不可调和的两重性和具象化的矛盾体。这种悖谬性是人在其意识深处、作为其真正本质的显现而发现的。"④ 浮士德曾经感叹说："我的胸膛里有两个灵魂"。索洛古勃笔下众生所经历的痛苦不啻浮士德之痛苦。在索洛古勃的作品中，势同水火的东西在一个个别的、有时在分裂的灵魂中戏剧性地结合起来，由此变奏出"双重人

---

① 〔德〕策勒尔：《古希腊哲学史纲》，翁绍军译，济南，山东人民出版社，1996年，第1版，第15~20页。
② 〔德〕策勒尔：《古希腊哲学史纲》，翁绍军译，济南，山东人民出版社，1996年，第1版，第15页。
③ 〔希〕柏拉图：《苏格拉底的最后日子》，余灵灵等译，上海，三联书店，1988年，第1版，第192页。
④ 〔俄〕布尔加科夫：《亘古不灭之光》，王志耕等译，昆明，云南人民出版社，1999年，第1版，第99页。

格"主旋律。主旋律又构成了作品中其他冲突的基础。故事《蜕变》所讲述的就是这样一部变奏曲。小说中描写了发生在不同人物身上的蜕变，揭示出同一灵魂的两个不同方面。伊万·彼得罗维奇老人既诵读有教益的书籍，同时也爱好诙谐庸俗的小册子；冬季里的教师安德列·尼基季奇·沙加罗夫与夏天发号施令的安德列前后判若两人。在短篇小说《两个灵魂的人》中，作家松波利耶夫痛苦地经历了对年轻同事加尔莫诺夫①从迷恋到仇恨的过程。谜底由藏身在墨水瓶后面的小魔鬼揭开。他喊道："长着一颗脑袋一个灵魂的家伙，好好回忆一下你的过去……那时你和他是在一个躯体里。"了解短篇小说《石头上的幻想》的抒情引言对索洛古勃文化遗产研究不无裨益："一年复一年地多少个世纪逝去了，世界的秘密乃至更大的关于人的灵魂的秘密至今不为人所洞悉……甚至很少有人会自问：我究竟是谁？"类似于回忆的遐想折磨着本篇故事的主人公——厨娘的儿子格里沙的灵魂。男孩产生了幻觉，自以为是王子。只是在生病的呓语中他才感受到格里沙应有的生活。双重人格虽然能导致理智的丧失，但这一分裂性行为自身藏匿着令人神往的一面，梦幻中的影子世界尽管朦胧、令人生畏，但这个世界充满魅力，动人心弦。走进幻想，走进非存在，这里犹如撒旦反抗上帝一样：人奋起反抗物质化了的世界，向往看不见的远方，追求精神上的自由。这种追求在创造的狂热与神秘中得以实现，被意识到的"我"把死亡作为进入成年仪式的一个必经的台阶，在这种对神秘和永恒理念的追求中同时涵盖了对以精神自由为主要内涵的生活的追求。

　　承上所述，索洛古勃关于创世主或罪孽之蛇以恶的形象出现、在尚无知觉中将恶投射到世界上的观点表现出明显的诺斯替教学说的倾向。我们可以把索洛古勃的观点同古代奥费特教的学说相比较。根据后者关于世界和人的学说，创世主在自身中存在着两种天性的斗争。索洛古勃为何不为创世主辩解？显然是因为造物者泯灭了众生成为上帝的可能性。相反，索洛古勃为撒旦进行辩护。撒旦在奋起反抗上帝的同时想成为上帝，这一想法本身没有罪，表明被造物将朝向获得更完整、唯上帝才有的实质的方向前进。撒旦说："我是大地的曙光！我是撒旦！爱戴我吧！我将带你们前进！"② 撒旦所追求的不仅仅是一种存在，而是某种超存

---

① 这是一个由于其特别意义而引人注目的姓，俄语意为"和谐"。
② Сологуб Ф. К., 2003: *Собрание сочинений*. т. 7, М., НПК Интелвак, с. 350.

在。他向往在非存在的深渊中建立上帝的世界,梦寐以求创世的第一天。"恶起源于天使在精神上的罪。撒旦的态度向我们揭示了每一种罪的根源:作为对上帝之反叛的傲慢。因神恩而首先被召唤去神化的他,希望自己也能成为上帝。因而,罪之根即对自我神化的渴望,对恩典的痛恨。叛逆的灵魂就其存在而言仍然依赖于上帝,因为他的存在是上帝创造的,但后来滋生出对存在的恨意、对毁灭的狂热、对于不可能的虚无的渴望。既然只有尘世世界还对他开放的,他在这里就试图毁坏神圣的计划,并且由于不能彻底毁灭造物,就力图毁坏其外观。在天上开始的戏剧在地上继续,因为忠实的天使对于堕落的天使毫不妥协地关闭了天国之门。"[1] 撒旦向亚当、夏娃许诺了永恒的知识,那是关于神的实质的知识。当人类的始祖品尝了善恶之果后,他们发现,救世主并不完美、慈善,而是凶恶的统治者,是人类的敌人。在索洛古勃的笔下,圣经神话发生了质变,撒旦根本就不是恶的参与者,而是对人发出了坚定不移的召唤:"跟我走!去洞悉真谛!成为上帝本人!"

在这个世界上究竟什么是恶?什么又是善?索洛古勃不无讥讽地指出:"因为违反奇怪的禁律而用死亡来报复的难道不是为恶?用智慧的光明来使人洞彻事理的难道不是行善?"[2] 作者在把神一分为以"无"为内涵的上帝和以造物为内容的上帝的二元对立的同时,为作为自由意志唯一选择的死亡和魔鬼进行了辩白。这种魔鬼学说尤为明显地表现在短篇故事《死亡毒刺》中。本篇故事描写了无辜少年的自杀,其诱因是一个恶小孩对一个善小孩强烈的心理影响,魔鬼诱惑的主题贯穿于整篇小说。小主人公们因无法获得某种存在而绝望,于是向死亡求助。在他们面前突然展现出一个可怕的深渊。原来善是不存在的,美好的上帝同样不存在。所有令人厌恶和畸形的一切均来自于上帝的创造,不值得生活在这个毫无意义的残酷的世界中,宁可不惜代价以求死亡。因此撒旦的召唤就具有一定的合理性,使得作家有理由为之辩解。众所周知,撒旦的意志是通过罪孽表现出来的。这篇故事建立在强烈的对比之上:两个来别墅度假的少年性格完全相反:万尼亚凶恶、缺乏道德标准,"他的脸色发青、畸形,一副凶相",是魔鬼和黑暗力量的化身;科里亚善良,有着良

---

[1] 〔俄〕洛斯基:《东正教神学导论》,杨德友译,石家庄,河北教育出版社,2002 年,第 1 版,第 64 页。

[2] Белый А., 1918: *На перевале. Кризис жизни*, ПБ, Алконост, с. 565.

好的家庭教育，是天使、光明和注定死亡力量的化身。前者成为后者虚情假意的好朋友。两个主人公更像是来自世界的两个极、心灵的两个方面，代表两种不同的生命观。其中一种观点又同另一种观点不可分离地缠绕在一起，这一点我们从男孩们的对白中可以窥见一斑：

> 科里亚用银铃般的嗓音温柔地说："这地方真美。"
> 万尼亚怪怪地耸耸肩，用沙哑的男低音反驳说："有什么美的？"
> 科里亚说："悬崖真高，太高了……你看那一棵挨一棵的白桦树……"
> 万尼亚低沉着嗓音说："河水会冲掉下面的泥土，悬崖会坍塌……"①

这里，我们看到了东西方文明在本质上的区别。"与东方文明的天人合一结构相比较，西方文明本质上是一种二元对立的文明形态，善与恶、人与自然、灵与肉、精神与物质、美与丑、情与理、自由与限制等等，两种对立的范畴总是处于一种分裂、碰撞、抗衡的生存状态，平衡与融合是暂时的，而对立与碰撞是持久的，西方文明正是在这种动荡不安中集聚着积极进取的内驱力。"② 两种对世界彼此相异的态度纠缠交错在一起，既相互否定，又相互补充，光明因黑暗而存在。然而构成这个统一基础的不是来自于上帝的属性，而是衍生于魔鬼的世界。从故事中可以看出，对自由和另一种生活的向往使两个男孩彼此相接近。作为最初的诱惑者，万尼亚萌生了要摆脱繁重生活的想法。对他来说，最好的出路就是幻想。后者占据了他的全部意识，并最终转化为现实。万尼亚将世界视为原本就是空洞、荒诞的，妖风恶习穿透了生活的里里外外，凸显出畸形生活的方方面面。而万尼亚正是被这一畸形社会所异化。正如弗洛姆所说："异化的人……不可能健全。因为他将自己体现为受到自己和他人所支配的一件东西、一项投资，所以他缺少自我感。自我感的缺乏，便产生了极度的焦虑。这种面临虚无的深渊所产生的焦虑比地狱的煎熬更为可怕。在地狱的情景里，是我受到惩罚与熬煎——在虚无的情景里，

---

① Сологуб Ф. К., 2000: *Собрание сочинений*, т. 1, М., НПК Интелвак, с. 567.
② 谭桂林：《人与神的对话》，合肥，安徽教育出版社，2000年，第1版，第142页。

我却被逼得快要发疯,因为我自己已经不再能说'我'了。"① 正是畸形的生活打碎了作为魔鬼力量化身的少年万尼亚力图获得拯救的最后希望。他也曾希望相信世界的虔诚之美,如果后者存在,他会很乐意地去摆脱罪恶。然而世界并不存在真和善,因此也就不会有对真和美的希望。

渐渐地科里亚也察觉到存在的荒谬。他明白了,事实上人很自私,残酷生活中总是恶压倒善。世界的虚伪、做作表明现实中充满了罪孽。魔鬼把人推上了反叛之路。有个时候,小说的主人公们试图想象另一种更好的生活,但是回避丑陋现实的唯一出路只有死亡。万尼亚瞪着充满魔力的双眼,紧盯着科里亚,眼睛中射出无法抵御的阴鸷的目光,说道:"已经没什么活头了!在这个可恶的世界上活着简直是糟透了。人对人来说是豺狼。……那里一切都是另外的一种样子。"索洛古勃在《当今艺术》一文中写道:"十分明显,当我们活着的时候,不可能自然地去钟爱死亡。我们习惯地对死亡不寒而栗,认为死亡毫无意义。死亡褫夺了生活的全部意义。既然死亡不可避免,那么活着是否还有意义?"② 小说中,"那里"不同于这里世界的想法使两个男孩激动不已。"现实而真正的存在应当不是在我们这儿,也用不着我们去寻找,它是在那生死规律的权力的终结处。"③ "怕死吗?地球上有的只是死亡。大家都会死去……唯独那里没有死亡……而只有自由。你现在的皮囊只会给你带来很多烦恼。要割弃,就会疼。那里就不会这样。肉体没有。肉体有什么用?你会自由,谁也不会支使你做这做那……一切的一切都只是你的幻觉而已。事实上什么也没有,一切都是骗人的鬼话。你自己想一想,假如这一切都是真的,人难道会死吗?难道能死吗?这里的一切最终都会像海市蜃楼一样消失得踪影全无。"④ 小说中的人物陷入了对尘世生存深深的悲哀和绝望之中。两个精神漫游者坦然自若、心平气和地谈论着死亡。他们开始确信,死神是唯一的解脱者,它是最可信赖、最温柔的朋友。它会为你提供另一种存在的方式,不会欺骗人们。死是通往永生的入口,是关于自由的许诺,精神上的死亡比肉体上的死亡更为可怖。死

---

① 〔美〕弗洛姆:《健全的社会》,孙恺祥译,贵阳,贵州人民出版社,1994 年,第 1 版,第 163 页。

② Сологуб Ф. К., 2002: *Собрание сочинений*, т. 6, М., НПК Интелвак, с. 439.

③ 〔俄〕舍斯托夫:《舍斯托夫集》,方珊编选,上海,上海远东出版社,2004 年,第 1 版,第 392 页。

④ Сологуб Ф. К., 2000: *Собрание сочинений*, т. 1, М., НПК Интелвак, с. 589～590.

亡在孩子们眼里已不是毫无内容的空想,而成为要面对的残酷的现实。光明的力量和黑暗的力量汇集在一个统一体之中,死亡成为化解善与恶矛盾的唯一途径。对另一种自由的存在的愿望成为一种无法抵御的最强烈的诱惑。死亡的诱惑是可怕的,它可以泯灭人灵魂中对创世主任何残留的希望,芟除人们内心深处哪怕最微小的一点善意。"被造物因其固有的自由、选择道路的自由而脱离造物主,脱离存在的绝对根源,走上一条自然的道路。它分裂成部分,而所有部分又都陷于相互奴役之中,服从于腐朽规律,因为永生的根源已丧失殆尽。"① 选择自杀的人从不寄希望于上帝。上帝对他来说遥不可及,更何况这还是一个充满恶意的上帝。绝望的灵魂总是感到自己已被上帝抛弃,这是悲剧的关键所在。正是被遗弃的感觉和上帝的冷漠把人的灵魂推向魔鬼的怀抱。小说的主人公感受到自己已为上帝所弃,甚至当男孩们抱着最后一线希望,在临死前求助上帝时,上帝仍然无动于衷,放在男孩袋子中用来协助下沉的石头并没有因孩子的祈祷而变成面包。② 最后一线希望的破灭让男孩们的内心充满愁怆,这时他们的灵魂已经彻底被甜蜜的死亡俘获而无法自拔。在生理和心理上,万尼亚是一位具有否定特征的典型少年。正如索洛古勃所指出的,过错最终不在万尼亚身上,在于他的父母,在于他生长的世界。魔鬼的诱惑来自于他生活的现实。根据斯拉夫社会通常的信仰,缺乏爱心的孩子,最终会变成魔鬼。从万尼亚的话中,我们能听到自由的思想同关于爱的期盼和向着宁静回归的理想紧密相关。对索洛古勃来说,爱就意味着自由。对死亡与生俱来的爱在孩子们心中战胜了对生命的爱恋。孩子们壮着胆子离开了家。在他们出走的瞬间,头顶上明月高照,发出浅绿色的光。现实的世界散发出梦一般的色彩。月光将猥獕的光芒洒在孩子们身后。他们木然地走向河边的悬崖。那里是"静谧的月儿,明朗、清冷"。③ 月亮在那一瞬间获得了某种与人通灵相交的特征。在祭礼仪式结束后,月亮变得更为寒冷。这是一个宗教仪式的场面,场面中的主人公为献身的愿望所推动,决定献身于崇高的力量。他们自杀的原

---

① 〔俄〕别尔嘉耶夫:《自由的哲学》,董友译,桂林,广西师范大学出版社,2001年,第1版,第121页。
② 这里引用了《圣经》中基督受诱的主题。魔鬼对他说:"如果你是上帝的儿子,那就吩咐把这块石头变成面包。"(路加福音 5.3)
③ Сологуб Ф. К., 2000: *Собрание сочинений*, т. 1, М., НПК Интелвак, с. 598.

因是意识内部的错位,在意识的深处生与死的概念发生了偷换。

索洛古勃笔下的孩子常常被描述为失去保护的天使,有时甚至成为上帝的弃儿。《蠕虫》中的万达向上帝祈祷求助,然而上帝却无动于衷。"和颜悦色的天使在她的上方飞向那些福星高照的人们;却没有飞向她。"① 作家在这里要指责的是:上帝可以宽恕罪恶,却使无辜孩子遭受牺牲。

在这个意义上,短篇故事《羔羊》所表达的观念更具有典型意义。小说的中心是羔羊的形象,对索洛古勃来说在这一象征的众多意义中,重要的是凸显其伦理方面的意义——道德的纯洁、内心的孤独和信任感。在现实中,羔羊同时又是上帝的奴隶,是用以祭祀的牺牲品。作者在故事中并非偶然地写道:"山羊全身洁白,孩子的头发也是洁白的。"在先知以利亚节前夕,一户农家正在屠宰一头小羊羔来作为祭品。这一切都是当着自家的孩子阿尼斯卡和谢恩卡的面进行的。对孩子们来说,所发生的一切都如同游戏一般。他们兴高采烈、无忧无虑地嬉戏着,甚至是鲜红的血在汩汩地流。后来孩子们决定自己来玩"羔羊"的游戏。阿尼斯卡将刀插进了谢恩卡的脖子,顿时鲜血往外四溅,溅到了谢恩卡洁白的衬衣上和阿尼斯卡的手上。谢恩卡立刻断了气,阿尼斯卡则边笑边喊着:"羔羊,羔羊!"② 当阿尼斯卡意识到铸成大错之后,藏身到壁炉中,后被母亲生炉子冒出的烟活活呛死。这一切均是由于大人对孩子缺乏关心造成的,大人就是直接的肇祸者。

基督赎罪的代价是靠无辜人的牺牲。在这方面,小说《令人慰藉的梦》的结尾极具辛辣的讽刺意味。15 岁聪明、活泼的少年谢辽沙是全家的宠儿。孩子后来于复活节的前夜死去。人们本来还期望"他会因为过节能感觉好一些"。在描写谢辽沙临死前的梦境时,索洛古勃运用了一个基督教的象征。沉湎床榻的孩子仿佛在自己的痛苦中看到了降落在基督身上的苦难,随后基督神奇地复活了,家里家外到处洋溢着基督复活的喜庆气氛。这种气氛充满了童年的心灵和灵魂,通过现实的尘世之感的演变,孩子想象自己变成了基督。"我是谁?"小孩问,他已经分不清自身中的尘世因素和基督因素。大人们安慰他说:"不要怕……你将在第三天复活……"于是这个打算赴死的孩子叹着气嘟哝着:"我将在第三

---

① Сологуб Ф. К., 2000: *Собрание сочинений*, т. 1, М., НПК Интелвак, с. 404.
② Сологуб Ф. К., 2000: *Собрание сочинений*, т. 1, М., НПК Интелвак, с. 488~489.

复活。"然而，复活的奇迹并没有发生。短短的独立成章的一句话"第三天将他安葬了"读来让人不寒而栗。通过孩子的命运和与之相关的象征，读者明显地感到作者对创世主和基督复活的奇迹所持的怀疑态度。

可以说，索洛古勃是出于无奈而被迫偏离上帝。在《死亡毒刺》中，我们看见两个孩子因为被上帝抛弃而产生孤独感所付出的代价。魔鬼在引诱人时总是给人以希望，用死亡吸引着形单影只、伶仃落寞之人。但是，犹如没有站到上帝一边，索洛古勃亦没有站到魔鬼的一边。在死亡中否定世界的同时，作者认为存在着某种第三种因素，而那正是既不承认善又不承认恶的一种新的质上的统一，它指向某种有别于善与恶的彼岸的存在。在《人对人来说犹如魔鬼》一文中，索洛古勃建构起自己严格的世界观体系。构成这一体系的基础是两种因素的对立统一，一种新的综合。这种综合在作为纯否定因素的"无"中才得以实现。"我们因此知道，上帝和魔鬼是一回事。"① 这一论点在索洛古勃的诗学体系中可以说是处于核心的位置。在关于恶与上帝的关系问题上，神秘主义通常的推论是："上帝中有恶的根源。"② 受神秘主义的影响，在索洛古勃的笔下，善与恶的问题来自于统一的本原。善与恶的综合构成第三种因素——死亡，它以消除两极对立的矛盾为己任，从而使整个人类朝着新的方向发展。在通往另一种理想存在的每一阶段中，死亡都成为新的台阶和过渡的纽带。在后一种存在中，人远离了大千世界，远离了它的诸多烦恼。死亡成为获得不受任何意志束缚的前提，在死亡中隐含着对另一种超自然的、永恒存在的希望。死亡把灵魂引向另一个世界，引向"非存在"，引向"无"。通向无的第一个台阶即是对现实生活的反抗，从此反抗开始了自由灵魂的悲壮之路。对自由的追求使人脱离造物主，同时也导致存在悲剧的产生。脱离了统一的"圣父"，世界犹如一枚出膛的弹头，在一瞬间就碎裂成无数的小碎片，由此形成了带有众多银河系和星团的宇宙。可以说，在索洛古勃那里，死亡中的魔鬼因素就是人内心世界的溃裂和散落。

在短篇故事《两个戈基克》中，我们看到了人的两重性。主人公戈

---

① Сологуб Ф. К., 2001: *Собрание сочинений*, т. 2, М., НПК Интелвак, с. 565.
② 〔德〕索伦：《犹太教神秘主义主流》，成都，四川人民出版社，2003 年，第 1 版，第 13 页。

基克①是一个耽于幻想的中学生。白天他总是郁郁寡欢，晚上则梦见在自己的灵魂中存在着另一个人，即"黑夜里的戈基克"。后者在梦境中出发去访问神秘的仙女城堡。梦渐渐地占据了现实的位置。关于人间的思考现实被梦境中洒满月华的美妙的幻想所取代。在这个意义上，死亡作为一种通往无的对自由的追求，显得比生更令人神往。在故事中，我们清楚地看见灵魂毁灭的过程，"黑夜里的戈基克"原来是换了装的女仆娜斯佳。在皎月当空之夜，娜斯佳身着戈基克的外套，跑到河边与村里的姑娘和小伙子们跳舞。戈基克第一次看见另一个穿着自己衣服、外貌与他相同的人。在洒满月色的花园里，他把这位换了装的姑娘当作了另一个"我"，当作自己的影子和灵魂隐秘的一面。当然，他并不知道这仅仅是他的错觉，而是把这件事当作一个幻想事件。与地球世界并存的还有一个月光的世界。梦幻将戈基克带进了一个与灵魂要逆来顺受的现实世界完全不同的世界。戈基克"只是这时"（即在梦中）才知道月光世界的存在。他身处童话、魔幻世界的梦幻王国之中，这里掌权的是公主谢列尼塔②和她的父王谢列尼特。两个毗邻的世界在戈基克的梦境中融合在一起。月亮王国的居民为一些肉体半透明的无血生物，透过其身体他们非尘世的内心光彩熠熠。戈基克本人在梦境中也变成了一个摆脱了肉体的精灵："就像一个轻飘飘的影子，依稀可辨地穿过草坪。"③在那个遥远的国度里，"黑夜里的戈基克"是一位王子，而神秘的月球人是中了他魔法的童话中的仙女。这个特殊的幻觉在他的意识中产生了对另一个注定无法实现的生活的期望。终于有一天，他的父母发现了女仆夜半外出的秘密。从这一刻起，戈基克的幻觉破灭了，对另一个世界、神秘的童话世界的期望泯没了。奇怪的梦境、神秘的夜晚的影子原来均是错觉，是空空的幻觉。生活再次变得毫无意义，不为人们所需要。尽管错觉被拆穿，现实还原了本来的残酷，但是灵魂的另一面是否存在？戈基克重又试图走进另一种生活，去寻找他心目中神秘的公主——白色的月球人谢列尼塔。他认出这位他所倾心的公主不是别人，正是连接现实世界和理想世界桥梁的死亡。就这样，现实存在的生活在作者的笔下

---

① 为名字"格奥尔基"的指小表爱形式。值得注意的是，在索洛古勃的作品中不乏叫格奥尔基的主人公。在俄罗斯神话传说中，格奥尔基是手拿长矛战恶龙的常胜者。

② 意为"月球人"。

③ Сологуб Ф. К., 2001: *Собрание сочинений*, т. 2, М., НПК Интелвак, с. 300.

被与童话般美好的生活对立起来。

（五）生死两相依

在索洛古勃的艺术世界里，创世主成为"恶之源"，其在创造中同时衍生出恐惧。人们害怕在灵魂中暴露隐秘的愿望，害怕直面自己的影子、另一个隐秘的"自我"。从这个意义上说，我们的生活就意味着灵魂的死亡和生命的不真。因此，向意识深处真正"自我"的运动就成为一种追求。并且无论看上去多么荒诞，多么不合情理，作为向另一个世界过渡的死亡却为达到这一真正的自由提供了可能。只有同撒旦一起走进死亡的世界，人才能获得自由。对索洛古勃来说，死亡在某种程度上是通向另一个存在的必经之路。"死亡带来生活的全部意义，没有死亡，生活可能会变得不可思议，生活作为一个过程，会成为一种无休无止、无任何目的的存在状态的延续。"① 死亡意味的不仅是摆脱毫无意义、枯燥的生活，而且可能获得具有生存意义的新的统一体。死亡作为一种过渡，是达到新的统一的必要条件：

Сгорали демоны и боги,	群魔和众神光彩熠熠，
Но я с тобой всегда была	而在善与恶的
Там, где встречались две дороги	交汇处
Добра и Зла.	永远是我与你。

人作为自身同时包含有创世主的力量、太阳的热能和黑暗的魔鬼的欲望的生物，为了获得永恒的宁静，必须穿过神秘的生命之环。由此，在索洛古勃的笔下出现了回归存在、穿越"火环"的主题：

Все, что вокруг себя знаю,	我知道周围的一切
Только мистический круг.	只是神秘的套环。
Сам ли себя замыкаю	我是否亲自将自己锁进
В темное зарево вьюг?	暴风雪昏浊的光圈？

"人的生活充满痛苦，这不但是因为它依赖于偶然性。偶然性在人命

---

① Сологуб Ф. К., 2002: *Собрание сочинений*, т. 6, М., НПК Интелвак, с. 439.

运里发挥巨大的作用。"① 在索洛古勃的笔下，向着全人类存在之环的回归被喻为"必然性"和"偶然性"这两种具有相关性的力量，两种力量沿环相向运动。"必然性给世界带来的是与人的诞生紧密相连的可怕的死亡的法则，并力图毁灭已经产生与正在产生的一切法则。"② "必然性"意味着客体化，"偶然性"是断开环的力量，死亡同样是一种"偶然性"。它以自己的出现使连环断裂，人以此逃逸到另一种存在之中，到达另一个没有必然性法则的世界。

如果说在索洛古勃的世界里邪恶源于造物主的行为，那么这一邪恶最终会获得物欲化的表现形式，而禁锢在物质中的任何存在都将是有限的存在、非自由的存在。由这些存在构成的世界将由于其先天不足而遭到人们的反抗。实际情况亦如此。否则我们的生活就不会是纯粹的噩梦，我们也不必一定要苦苦地追求。于是死亡作为魔鬼永恒的同路人，摇身变为令人神往的友人。死亡永远与撒旦偕行，它是太阳世界的对跖人。成为夜晚死亡象征的月亮女妖丽丽特则是撒旦创造力的折射。在索洛古勃的笔下，月亮作为神秘的象征总是同阿尼玛基质、女性及世界灵魂索菲亚联系在一起。在诺斯替教学说中，永恒的女性索菲亚属上天堕落的灵魂，是一种消极因素。索洛古勃对索菲亚有其独特的理解，世界的灵魂在他的笔下体现在丽丽特和伊丽莎白的象征形象之中。这些形象在自身中连接着两个世界。长篇小说《编织的传说》中的女主人公伊丽莎白长着一双绿眼睛。在索洛古勃早期的诗歌中就有忽闪着绿宝石般目光的伊丽莎白。诗中绿色象征着创世主和蛇。在喀巴拉教学说中，绿色是女性因素的象征，意味着对阿多纳伊神的爱和顺从。通过女性因素发生了最初人类的堕落，但通过索菲亚同样实现通往统一的上升，借助女性因素可以达到摆脱世界权力的目的。在索洛古勃的笔下，索菲亚的形象代表着和谐、秩序和向心力，她象征着作为被确定的秩序和某种创造力量的生活，她把生活变成一个火环：

Зеленый изумруд в твоем бездонном взоре, 你深邃的绿宝石般的眸子，

---

① 〔俄〕别尔嘉耶夫：《精神与实在》，张源等译，北京，中国城市出版社，2002年，第1版，第107页。

② 〔俄〕舍斯托夫：《舍斯托夫集》，方珊编选，上海，上海远东出版社，2004年，第1版，第392页。

| Что зеленело на просторе, | 在空旷中发出绿色， |
| Замкнулось в тесный круг. | 组成一个严丝合缝的套环。 |

另一个女性形象是丽丽特。她是摧毁存在之环的力量，长着一副令人联想起死亡的面孔。在短篇小说《红唇女客》中，丽丽特呈形为女巫、吸血鬼，代表着死亡，她的魔法属"黑巫术"①。在斯拉夫民族关于魔鬼的传说中，黑巫术属于亡者用来施行魔法、象征死亡的邪术。《红唇女客》（1909）讲述了天真无邪的主人公尼古拉·阿尔卡基耶维奇·瓦尔戈尔斯基如何从黑夜邪恶的巫术中获救的故事。作家似乎是要表明，被黑暗力量的操纵只能是暂时的，生命之后即为永恒。故事发生在一个寒冷的秋天，地点是一幢幽静房子内绿色的客厅。在这个确定的空间内，作家叙述了主人公对生与死这一问题的思考。故事的存在主义因素还在于，主人公正面临着生与死的选择。他本人不知道自己已落入一个年轻女子的掌控之中，死亡在等待着他。这位女子拥有奇异而又冷艳的美貌和魅力。而主人公也一直在期待着这位神秘女客的光临。索洛古勃借助主人公的形象，描述了一个完全自由的普通人在孤寂落寞、形影相吊的境遇中的精神状态。此人已摆脱日常生活的烦恼，远离朋友，对待金钱和职位也已心如枯井。他富有、独立，独自一人住在自己的房子里。这是一幢类似于地主庄园、城市公馆或中世纪城堡的房子。主人公同一个不寻常的年轻女子的结识构成了小说的全部情节。故事是远古时代关于第一个女人丽丽特的神话在当今现实中的延续。女客讲述了自己隐秘的生活："我叫丽迪亚，但我更喜欢别人叫我丽丽特。我的爱能置人于死地。"②

伪经野史中关于丽丽特的传说在很长一段时间内一直为索洛古勃所特别关注。伪经野史在这里的意义为虚幻的传说，它同幻觉、错觉交织在一起。同丽丽特的幽会和随之而来的恐惧感牢牢地嵌入到瓦尔戈尔斯基的意识之中。作者试图营造出一种神秘的气氛：他（主人公）确信的只有一件事：无论丽丽特的拥抱多么热烈，无论她的吻是多么无理智和充满野性，他们的关系归根到底是粗野的。当丽丽特消失得无踪影时，瓦尔戈尔斯基却在不经意中陷入"黑暗笼罩下的脱力状态"之中。他头

---

① 长篇小说《编织的传说》首次出版时的书名。
② Сологуб Ф. К., 2001: *Собрание сочинений*, т. 3, М., НПК Интелвак, с. 641~642.

脑一片空白，什么也不打算想，什么也想不起来，浑浑噩噩中已经没有了理想。偶尔清醒时，瓦尔戈尔斯基意识到，她不是人，是吮他血、置他于死地的吸血鬼，应该对她有所提防。

在《红唇女客》中，一切的一切，包括这一切所产生的原因，都显得根深蒂固，又阴森幽暗。主人公的宅第有着厚实的地基、悠久的过去。地基深深地根植于大地与历史之中。房子作为生存的第一要素，是主人公存在的物质世界和精神氛围的象征。索洛古勃还指出了这一象征在时间上的极限。时值18世纪俄罗斯崇尚法国文化的时代，瓦尔戈尔斯基的旧房子昭示着18世纪时代的特征。房子是小说空间和时间的中心，房子里有着过去的幽魂和对未来的向往，房子的时代特征和主人公的心灵特征一样具有两重性，仿佛在解析着周围物质世界的意义。尼古拉·瓦尔戈尔斯基生活在过去和现实的交汇处，他出奇地冷漠，言行极为理性。丽丽特惧怕这个牺牲品所具有的自我意识。为了熄灭意识之火，她对他施展了一系列巫术，灌输了种种离奇古怪的念头，以唤起非正常的感觉。丽丽特之图谋是要夺走心爱人的生命和灵魂。

我们的男主人公徘徊于生死之间。无论是在短暂、昏暗的白天，还是在漫长漆黑的夜间，他都端坐在自己的旧公馆里，陷入深深的沮丧之中。不久前他还眷恋着愉悦、美好的生活，对周围的一切兴致盎然。而现在他对生活已索然无味，心旷神怡、逍遥自在的生活留下来的只是模糊的回忆。取代过去明快、生动的景象的是眼前这位红唇女客苍白美艳、令人心悸的面孔。

在丽丽特的肖像中，作家主要侧重嘴唇和眼睛这两个细节，它们鲜明地显示了女性的力量，在视觉上表现出一种露骨的美艳："丽丽特炽热奔放、贪婪的嘴唇刺进了他的骨头里。他们的吻如同是相互之间冰冷而又疯狂的咬啮。"主人公"感觉到她那过于平静的一双绿眼睛发出令他不寒而栗的无法抗拒的魅力"。这里重要的是情爱在小说结构和诗学方面特殊的作用。"在爱的神魂颠倒的顶峰就有一种与死亡的神魂颠倒的接触。实际上，神魂颠倒意味着超越，是走出日常世界的范围。爱与死亡是人生中最重要的现象，所有不具备特殊天赋的人，没有能力达到创造高潮的人，都有爱的体验，也有死亡的体验。而且死亡的体验在生命自身的内部存在，它是对死亡秘密的接触。与爱和死亡相关的是人生最大的张力,是摆脱强迫性的日常性的统治。"① 具有现实意义的是,女客的来访一方面让男主人公体验到了某种自由感,另一方面,也使主人公对女性的美产生了恐惧心理:"我仿佛是从吸血鬼的坟墓里站了起来,被盼望已久的嘴唇牢牢地咬住……在嗓子与肩之间还能感受到急促的喘息。"②

索洛古勃更早些时候的小说《血滴》、《比毒甜》中主人公的形象在这部小说中得到了进一步的演化。丽丽特对主人公谈起自己时说道:"我的爱情和我的死亡比生快乐、比毒甜。"丽丽特是伊甸园第一位女人,亚当的第一任妻子。丽丽特向自己的牺牲品灌输了关于成为女性是最大幸福的观点。男主人公甘心情愿地献出自己的血,只要能使自己的恋人复活。丽丽特仍然显得毫无生气,男女主人公的幽会缺少肉体上的快乐。在神秘的丽丽特身上我们看到了荒诞和奇特的现象。她无法忍受白昼的光亮,而将多姿多彩的生活变成了阴晦的梦幻。女客将混乱、疾病和拒绝生存的愿望注入到瓦尔戈尔斯基原本井然有序、内涵清晰的生活之中。她用悦耳的嗓音迷惑住男主人公,用她的巫术遮挡住整个世界。

阴森的爱情和性欲与人类之爱格格不入。在小说的结尾,丽丽特在主人公求助于传统的信仰时消失。驱走女客不仅意味着主人公在意识上的胜利,同时也是一次对深层无意识的凯旋。它展示了信仰对意志和理智的统摄地位。尽管这一过程在作品中仅仅是初露端倪,但它在索洛古勃的小说中获得了生命成熟的特殊意义。

索洛古勃作品中形象的两重性构成了其艺术感受中魔鬼内容的组成部分。上帝先给予后又夺走的亚当的第一任妻子的形象在索洛古勃的创作中占有重要的位置。人类的第一任妻子的原型丽丽特作为人类始祖亚当的妻子,更多的具有超时间的意义并因此驻留在人的记忆之中。索洛古勃如同其他象征主义作家,充分运用关于丽丽特的母题。丽丽特的形象常常能够唤起对丧失的过去的模糊的感觉,这种感觉始终让索洛古勃的主人公们坐立不安。在索洛古勃看来,人的整个生活都充满了谎言。亚当的第一位妻子欺骗—出走—死亡的母题在诗歌《病快快的妻子》、中篇小说《野兽般的日常生活》、长篇小说《编织的传说》中均可以

---

① 〔俄〕别尔嘉耶夫:《论人的奴役与自由》,张百春译,北京,中国城市出版社,2002年,第 1 版,第 267 页。

② Сологуб Ф. К., 2001: *Собрание сочинений*, т. 3, М., НПК Интелвак, с. 643.

看到。

在现实中，诚如短篇故事《记住，就不会忘记》所展示的，受骗者不是离去的妻子，而是经常回忆她的人。回忆建立在梦幻的基础上，这是作者的思想核心。记忆同"被遗忘的、无限可爱的、唯一真实的"东西藕断丝连地缠绕在一起。关于这样的记忆早已消耗到"不稳定的轻率、贫穷的生活中"。天堂在索洛古勃那里常常同关于月亮的概念相关。索洛古勃很少在传统的意义上谈论天堂。他把天堂称为"遥远的国度"。在这个国度里，亚当有一个可以取代地球上所有人的女友，她出现于夏娃之前。女性基质历来被视为同月亮的神秘力量相关，这也反映在丽丽特这一名字①上。"月亮般忧郁的"女人（丽丽特、丽迪亚）与"白天和灼热"的女人（夏娃、伊丽莎白）形成了鲜明的对照。

根据伪经野史的传说，丽丽特和亚当是用同一块黏土捏成的。《圣经》中的黏土并非现实中的物质，而是神秘的第一物质的象征，人便是用它做成的。"人来自一块泥土。他与泥土的联系属于他的本质。'泥土是他的母亲'，他来自她的怀抱。当然，人所由造成的泥土是田地，并非受诅咒的、而是被祝福的田地，人所由造成的泥土正是上帝的大地。"②从这个意义上可以说，"黏土"是最原始的象征，并且同关于不死的思想和死而复生的信仰相连。对于丽丽特来说，情况亦是如此。

在长篇小说《编织的传说》中，每个人的生活中永远重复着从前某个时候为理想而编撰的关于人类始祖的故事。这个故事以记忆的片断形式残存于人类的原始思维之中。亚当最初得到了两个妻子，继而认识了两个真理。两种真理表现了关于女性的两种观念。两种观念既不重合又不分离，永远是一个相对于另一个，同时又处于一个隐秘的、不为人知的联盟中。第一个真理同月亮的主题相关。关于丽丽特的真理被沉寂和神秘所笼罩，这种神秘旁及到死亡和梦幻。作为一种真理、一种理想，它对于亚当来说可谓咫尺天涯，可望而不可即。第二位妻子则是充满阳光的、蔚蓝的和金色的夏娃，她对亚当来说既陌生又亲近，既是家中的贤妻良母，但同时又极为平淡无奇。她不理解亚当的许多想法，属于人间美德的不完美的体现。昔日的第一位妻子让自己的恋人辗转反侧，她

---

① 意为"月亮女妖"。
② 〔德〕朋霍费尔：《第一亚当与第二亚当》，朱雁冰等译，北京，华夏出版社，2004年，第1版，第140页。

乘着月华来到男人的身边,用回忆和未实现的梦想使其困苦不堪。作为一名艺术大师,索洛古勃追求明亮的形象和感受,这些形象和感受作为个性经验的一部分拓宽了人的心理疆域。因此,夏娃的左右总是伴随着丽丽特的身影。她在作家小说中既是柳德米拉,又是图兰季娜,后者因此也披戴上了人类之母的凤冠霞帔,成为男主人公朝思暮想的永恒的情人。

索洛古勃的神秘源于日常的生活。生活中的日常情节常常在讽刺的世界中被展示出来。我们注意到,神秘和讽刺相结合是索洛古勃小说艺术的主要诗学特征之一。在这位艺术家的世界里,可笑的东西和可怕的东西并存。神话传说中的丽丽特的形象本身就包含了令人恐惧而又可笑的成分。这个形象同时还给人以难以消释的悲剧感。根据传说,丽丽特认为自己和亚当是平等的,因为她和亚当是用同一块黏土做成的。借助于神的力量,亚当第一任妻子的反抗被镇压下去了。然而,她并没有被消灭,没有回到尘土中。丽丽特失败后变成了恶魔。她隐藏到天上,偶尔返回地球实施报复,报复的对象便是男人和孩子。

索洛古勃的主人公有充分的理由惧怕夜晚只身独处。正是在这样一个夜晚,丽丽特以一个魅力四射的女人的形象控制了男人。有时她用魔鬼的孩子来替换人间的孩子。在乌丽亚娜(《沉重的梦魇》)、巴卡的母亲(《石头上的幻想》)、厨娘阿克西尼亚(《安慰》)和阿努什卡(《石头上的幻想》)的身上我们看到了戴着不同面具的丽丽特。

短篇小说《记住,就不会忘记》中主人公尼古拉·阿列克塞耶维奇的第一任妻子伊丽努什卡的形象对他来说犹如一场春梦。索洛古勃在小说中讲述了主人公缠绵的内心生活。对故事叙述者来说,主人公日常所有的一切并不重要。尼古拉·阿列克塞耶维奇依旧沉浸在对过去的痛苦回忆中,无法融入现实世界。第二任妻子的形象同样表现出人物的两重性。在年轻、可爱的妻子身上时而会出现前女友的特征。"尼古拉·阿列克塞耶维奇深爱着第二任妻子,对她柔情款款,她生的孩子在他看来也非常可爱。但最近一段时间他时常梦见伊丽努什卡,这时第二任妻子和周围的一切对尼古拉·阿列克塞耶维奇来说又变得如此陌生和遥远。"

作者笔下的"眼前—遥远"、"月亮—太阳"、"黑夜—白昼"彼此间的不相融在小说的一开始就使主人公感到惶恐。在第八章里,这种不安的感觉达到了顶点。妻子和孩子们去了教堂。由于患病卧床,主人公没有去参加教堂复活节的杂役,而是独自留在家里。主人公的孤独日渐加重。索洛古勃的主人公通常是一些弱者,是自身卑劣的魔鬼的奴隶。主人公当时的状态已令他无法区分出现实和梦境。被他召来的伊丽娜的形象占据了他的整个身心。曾经两情眷眷的爱人在回忆和梦境中变成了魔鬼:"她悄然无声地走近他的卧榻,眼睛露出嗔怪的神色。伊丽努什卡蔚蓝色的眼睛看上去如黑夜的天空般深邃。她摇着头,想说些什么,却欲言又止。"无形的魂灵咬啮着生者,迫使他思考自己同永恒的关系。

这时孩子们和第二任妻子突然从教堂回来了。"从前厅传来了说话声和嬉闹声。说话声很快活,轻轻的嬉闹声。门外一阵匆忙的脚步声。随着一阵轻轻的叩门声,回荡起第二任妻子可爱的嗓音……"家人的出现引起了主人公的不安。

作家没有明示主人公痛苦的原因,但读者很容易作出判断。主人公当时正处于死去的灵魂的掌控之下,他不想起来见任何人,于是阴沉的脸转向沙发的靠背。漂亮衣服发出一阵沙沙声,妻子轻盈地朝尼古拉·阿列克塞耶维奇走来,细声细语高兴地在谈论着什么,一边坐到了他的身边。"她依旧是那么美丽,可爱。但这只是第二任妻子,而不是伊丽努什卡。伊丽努什卡,可爱的伊丽努什卡,你究竟在哪里?可爱的伊丽努什卡,记住,就不会忘记?你究竟在哪里?我多么希望你能到来!"

上述一段表述中,作者运用了一种倒叙心理的手法。读者只是到了小说的结尾才明白,主人公呼唤的不是年轻貌美的现任妻子,而是另一个温顺、文静、业已作古的伊丽努什卡。小说的结尾呈现为一种开放式结构。对于小说中展开的情节和主人公的意识来说,这一结尾具有重要的意义。故事讲的是能够实现的奇迹。"传来一阵轻声慢语,像是对热切召唤的祝愿:'基督复活了'。尼古拉·阿列克塞耶维奇同样轻声地回答:'是的,复活了!'"这一对话衬托出主人公对前后两位娇妻不同程度的依恋。起初,作者描绘了主人公因卧病在床而疏远了他人。这种疏离本身就包含着魔幻的因素于其中。第二任妻子把丈夫的那些不敢自我面对、但却对她说的话当作了谵语和耳旁风。这里明显地表现出作家的讽刺态度,作者仿佛在着力加深主人公内心的戏剧冲突。第二任妻子无法理解丈夫内心的痛苦。主人公同他前任妻子的魔幻关系既具有现实性,又是虚幻的。任何药品制剂对他来说都无济于事。

尼古拉·阿列克塞耶维奇意识到对前妻的依恋之情后,为逝去的她感到深深的歉疚，因为他在生活中没有认出自己的前妻。在梦境中，她试图知道："难道你认不出半夜悄悄地来到的人就是我吗？你把我当作第二任妻子，你爱我，却不知道我是谁。你像家里人那样用娜塔莎这个可怜的外人的名字来称呼我。但在这个神圣的夜晚，你要知道，我就是我，我是你的，我是被你忘记的人、你呼唤的人……你永远的伴侣，永远和你在一起。"伊丽娜和娜塔沙、丽丽特和夏娃汇聚在尼古拉·阿列克塞耶维奇的梦境中。而现实生活中，在和谐的和弦中不时地挣脱出阴森混浊的声音："科里亚，亲爱的，你的神经完全失常了。我早就跟你说过，不要这么拼命地工作。闻一点溴剂吧！"①

在索洛古勃小说中，关于丽丽特的神话同远古时代崇拜紧密相连。P.格雷弗斯把这种崇拜称为"万物皈依的宗教"。在《白女神。神话诗学的历史规则》一书中，他潜心研究了古代宗教的功能形式。这种宗教产生于遥远的过去，但一直延续到基督教时代。那些同古犹太神话和神圣女性崇拜有关的概念，在20世纪初的俄国和西欧时有出现。在索洛古勃的笔下，梦境与复活的主题直接指向对生命的存在主义思考。在早期的人类学研究中，关于死亡与复活的神话被放在关于死亡和复活的情节交织中来研究（如弗雷泽）。在索洛古勃早期创作中，占主要地位的是异教的基调。亲人的死亡湮灭了他对基督的信仰。逐渐地，透过主人公的梦，作家先是采纳了神话的内涵，然后建立起灵魂不死的信仰。

永恒女性的神话昭示了存在的两重性。在世界灵魂统一体内隐藏着光明与黑暗、白昼与夜晚两大对立因素，但在对立中索洛古勃看到了统一。作家写道："我们知道的永恒法则的核心在于完全对立的东西相互吻合。"② 从这种吻合中作家得出了关于两种因素互相斗争和统一的观点。只有在统一中我们才能洞悉为何索洛古勃如此关注死亡，因为在死亡中生活的矛盾得到化解，人在新的基础上得到复活，死亡对我们来说是失去的统一的象征形象。在这层意义上，它既是神秘的，对世界来说又是必需的。法国著名评论家巴泰认为，"对于生命，有时必须正视死亡的存在。在感情丧失之际，在死亡本身结束的地方，应该允许阴影在生之中增多……很少有死亡的阴影是不经过我们的意志参与而产生的，我们应

---

① Сологуб Ф. К., 2001: *Собрание сочинений*, т. 3, М., НПК Интелвак, с. 712～713.

② Сологуб Ф. К., 1991: "Человек человеку — диявол", *Творимая легенда*, в 2 тт., т. 1, М., Художественная литература, с. 155.

该并自觉地使它们再生……"① 我们认为，这段论述对理解索洛古勃的创作观极为有益。

索洛古勃在作品中揭示了死亡的形而上的本质，为了解人的内心世界提供了可能性。现实的生活是幻觉，是表象，现实生活亦玄亦幻，既为梦境，又为表象。在现实生活中，生与死的概念被本末倒置。死亡与非存在使人得以摆脱荒诞的世界和无意义的生活，为孤寂的灵魂指出了通往自由之路。"死亡好比是太阳的西沉……太阳只是看上去似乎被黑夜吞噬了，其实它是一切光明的源泉，仍在不停燃烧，给新的世界带来新的一天。"② 死亡作为一种永恒的现象，通过它可以研究人和宇宙存在的意义，人存在的内涵。在索洛古勃的笔下，现实中的恶是无法根除的，人们所能做到的只是在善与恶新的统一的基础上获得另一种真正的彼岸的存在。

二、孤独与为自由的徒然抗争*

索洛古勃作为一名象征主义作家，其作品触及存在主义和宗教神秘主义的冲突，并深受二者的影响。他的哲理思想与叔本华的悲观主义、索洛维约夫的宗教神秘主义十分接近。作家一方面继承了叔本华关于生活是空虚、关于服从创世主——蛇的邪恶的意志和有生命的存在毫无意义的思想，另一方面索洛维约夫、新柏拉图主义者和诺斯替派关于创造的天体演化论等观点对作家也产生了深刻的影响。同时，他回避了索洛维约夫的万物一统的观点，否认创世主上帝的善，醉心于奥弗特教和诺斯替教关于恶的学说。С. Л. 斯洛博德纽克的研究证实了诺斯教体系对索洛古勃的影响。他指出，善与恶、生与死的问题与诺斯替派的异说有着密切的关系。② 在多种思想的影响下，索洛古勃首先提出的是与善和恶相关的存在主义问题。这里涉及由创世主恶的意志产生的孤独的问题。"恶当作被上帝摧毁的原初世界的遗留物……只是为了增加人的选择，因为上帝要人成为自由的，他规定了恶的真实存在，这样人就可以克服恶以

---

① Батай Ж., 1994: *Литература и зло*, М., МГУ, с. 52.

② 〔德〕叔本华：《作为意志与表象的世界》，石冲白译，北京，商务印书馆，1995 年，第 1 版，第 502 页。

* 本章节的部分内容发表于《俄语语言文学研究》2009 年第 4 期《索洛古勃作品中孤独与自由的主题——试析长篇小说〈沉重的梦魇〉》一文。

② Слободнюк С. Л., 1994: *Русская литература начала 20 века и традиция древнего гностицизма*, СПб., Магнитогорск, Издательство Магнитогорского университета.

证明自己的道德力量。"① 人被上帝遗忘与否定，被抛到了一个陌生的敌对世界，他在这个世界上的存在是无法忍受的，并失去了任何目的和意义。可以说，从人堕落的那一刻起，整个世界和宇宙的结构就开始发生变化。索洛古勃把这种分裂和堕落同创世主的恶的意志联系在一起。自从世界分裂成精神和物质、空间和时间之后，人仿佛从永恒被换置到一个有限的时空世界之中，被卷进生活中永不停息的存在与变化的旋涡中。人像是无边大海中的一颗沙砾，被命运奇妙的浪花抛来抛去。人作为被造物，受上帝的意志左右并臣服于上帝的意志，缺乏思想自由，于是产生孤独感与被弃感，进而陷入到绝望之中。绝望是人走向反抗的第一步。因此，有别于早期创作的是，索洛古勃成熟期著作中的主人公开始奋起反抗创世主，对抗上帝规定的存在，并要取代上帝本人。然而，这种暴动使人倍感孤寂与精神上的煎熬。长篇小说《沉重的梦魇》中主人公罗金的经历就是最好的印证。在这部小说中，作者揭示了主人公的全面孤独和绝望，整部小说的激情通过一个地下室人的意识被展示出来。生活意志和权力意志的冲突构成小说的基本冲突。有冲突，就有人物的反抗。然而，在短篇小说《微笑》中，主人公反抗的形式只能是自杀。

对索洛古勃的主人公来说，世界从一开始就处于敌对、陌生之中。另一方面，仁爱、美善、真理均为蛇的凶恶意志所否定。在诗集《统一的意志》、《祭祀香火》、《奥伊列国》等作品中，索洛古勃从否定世界和上帝转而对获得自由与统一的"我"作了肯定。人的意志与统一结合在一起，构成作家笔下的"超人"——大写的"我"。"我"象征着统一的创造力量，"我"超然于上帝之上。超自然的"我"与万物一统的"我"相呼应，成为造物主的光明因素的载体。

创造因素的对立面，即"死魂灵"的王国，出现在索洛古勃最优秀的象征主义长篇小说《卑劣的小魔鬼》中。小说中的世界被本末倒置。这里看不到真正的存在，到处充斥着畸形、幽冥、庸俗与空虚。从空虚与尘埃中生成了彼列多诺夫式的双重人格的小妖（Недотыкомка②）。后者擅长在自己的周围制造卑鄙、下流的存在，与彼列多诺夫一起用腐烂

---

① 〔德〕索伦：《犹太教神秘主义主流》，成都，四川人民出版社，2003 年，第 1 版，第 231 页。

② 根据雷巴科夫的考证，该词俄语意为"妖精"，属吸血鬼一类的魔鬼。（参见 Рыбаков Б. А., 1985: *Язычество древней Руси*, М., Наука。）

的毒素戕害周围的一切。主人公彼列多诺夫象征着世界的毁灭与堕落，在他身上集中了尘世间所有的恶。他身上的恶习和变态心理是从远古时代的该隐开始一代代地遗传下来的。彼列多诺夫的命运也同该隐一样，注定要终生流浪。小说中其他人物与疯子彼列多诺夫同属一丘之貉。在这部小说中，索洛古勃再现出人身上普遍存在的"卑劣的小魔鬼"的精神基质，体现了当时俄罗斯现实生活中疯癫凶狂的因素，小说由此获得了概括性意义。与此同时，索洛古勃在小说中表明，缺乏创造的力量会导致毁灭与死亡。通往自由之路在于确立对立于魔鬼因素的"自我"和魔法师的意志，唯有这样，才能获得真正的存在。

（一）孤独——人存在的实质

"如果康德敢于把话说彻底的话，抑或，更有可能的是，如果他敢于毫不羞惭地说出自己的结论的话，那他想必只能这么说：上帝是没有的，灵魂（也没有）是会朽的，意志自由不过是神话。"① 撒旦的堕落和人的原罪在索洛古勃的笔下有着重大的意义。在谈到悲剧的定义时，海伦·加德纳指出："悲剧使我们从痛苦的人生束缚中解脱出来，让我们品尝退让和放弃的狂喜滋味。'因此，召唤人们放弃生存意志，就是悲剧的真正倾向，就是有意展示人类苦难的最终目的'。因为悲剧主人公不是在救赎自己个人的罪过，而是在救赎原罪，即'生存本身的罪过'：人之大孽，在其降生。"② 创世主在限制堕落的天使的权力的同时，把世界定义为物质形式，并因此给整个生存圈定了明显的界域，褫夺了物质最初的自由。整个世界对人来说是一个封闭的环，结果人被存在所压抑而失去了自由。"自由是不能从存在里导出的，自由根源于虚无，根源于无限，根源于非存在，如果使用本体论术语的话。自由是没有基础的，不是被存在决定和产生的。没有连续的、不间断的存在。只有断裂、分裂、深渊、悖论，有超越。只因为如此，才存在着自由，存在着个性。"③ 生活成了人难以忍受的重负。"生"作为种族的延续、作为生存的斗争，成为头等大事。

---

① 〔俄〕舍斯托夫：《雅典与耶路撒冷》，张冰译，昆明，云南人民出版社，1999 年，第 1 版，第 92 页。
② 〔英〕海伦·加德纳：《宗教与文学》，江先春等译，成都，四川人民出版社，1998 年，第 2 版，第 23 页。
③ 〔俄〕别尔嘉耶夫：《论人的奴役与自由》，张百春译，北京，中国城市出版社，2002 年，第 1 版，第 86 页。

世界现存的秩序把人的意志固定在必然性的锁链上,存在被客体化,受到自然法则的严格限定。索洛古勃认为,"我们的自由意志原本就不存在。我们的整个存在正陷入到一个深渊中,陷入到一个没有出路、没有自由、四周像是装着一片黑暗的口袋。"①

"恶产生了必然性和束缚的世界。"② 必然性变成了某种冥冥之中的天意,控制着人的存在。而人自由的内核则促成了对上帝大胆的反抗,从而形成了"必然"和"自由"两个极。分裂的结果是社会加强了对自由的限制。自由和必然性来自同一个对立统一的法则,本应该紧密地相互依存,如同上帝与魔鬼。这种紧密联系的性质衍生出我们存在的两重性。一方面人是上帝最好的创造物,从一开始他就被赋予自由的生命;另一方面他因为有生命,于是构成神无限统一中的一小部分。作为被造物,人同上帝相连。但作为生物,人又远离上帝,并且作为被造物,人有自我确证的权利。这样,人的生活犹如"魔鬼的秋千",在存在与非存在之间荡来荡去。而灵魂则如同钟摆,在地狱与天堂之间摇曳着。这种摇摆不可能达到完全的平衡和统一。"人很难在同一个时刻容纳完满,而且也没有能力把包含在他身上的那些原则归于和谐和一切统一,这些原则可能是相互对立和相互排斥的。"③ 这种存在的不稳定性同样可以产生灵魂内部的分裂、非医学意义上的精神分裂症。

索洛古勃以罕见的艺术手法在长篇小说《沉重的梦魇》、《卑劣的小魔鬼》中描写了双重人格。作者以此表明,人意识中现实的存在和幻想的存在之间的界线正在消失。现实的存在对人来说犹如某种噩梦,要摆脱这样的生活在这个世界上实际是不可能的。生活的噩梦和恐惧迫使人远离世界,甘愿放弃生活中恼人的钟摆。但在奋起反抗世界之前,"自我"处于深深的孤独与不幸之中。那些要求给出答案的问题迫使他通过自我去审视外部世界,这样一种观察事物的方式为个性打开了通往永恒幽深的大门。"个性进入无限之中,也允许无限进入自身之中,个性在自我展开过程中趋向无限的内容。同时,个性还要求形式和界限,因为它

---

① Сологуб Ф. К., 1991: "Человек человеку — диявол", *Творимая легенда*, в 2 тт., т. 1, М., Художественная литература, с. 145.
② 〔俄〕别尔嘉耶夫:《精神与实在》,张源等译,北京,中国城市出版社,2002 年,第 1 版,第 117 页。
③ 〔俄〕别尔嘉耶夫:《论人的奴役与自由》,张百春译,北京,中国城市出版社,2002 年,第 1 版,第 11 页。

不与周围世界混淆，也不消融在世界之中。个性是个体以不可重复的形式体现出来的宇宙。个性是普遍—无限和个体—特殊的结合。个性存在的表面矛盾就在这里。人身上个性的东西正是其与他人没有共性的东西，在这个非共性之中包含着普遍的潜力。"① 在对形式和另一种存在的追求中，个性不可避免地会与世界其他部分发生冲突，于是导致在个性的存在中又开始出现了被上帝抛弃的主题。人在同世界的关系中产生了"我"和作为"非我"的另一个"我"的对立，并且另一个"我"从一开始就敌对于"自我"。在索洛古勃的短篇小说《大地的当归大地》、《忧郁的魅力》中均能见到这种对立。在《变化集》中，周围世界对小主人公来说一开始就具有格格不入、陌生的特点，因为这一世界尚未融入到主人公"自我"的世界中去。并且"自我"的世界在精神上越丰富，它所能给予外部的"非我"世界的空间就越小。相反，精神上的空虚往往要求通过外部的东西来充填。可以说，索洛古勃笔下的主人公都是一些生性孤独、形单影只、离群索居的人。一切外部的东西对他们来说都是不可理解的，是陌生、荒诞的现实，并从一开始就充满针对"自我"的挑衅。在力图消灭、推翻这样一个世界的同时，人作为最初就是敌对、陌生的因素，自然会奋起反抗造物主，而向往另一种存在。那里有着遥远的奥伊列国之岸、神秘的马伊尔星球之光以及无法企及的非尘世之美。"求之不得，辗转反侧。"于是，人的心灵中充满了悲戚和忧愁，因无法企及肉眼所及的光明而痛苦不堪。短篇小说《美丽》的情节正是围绕这样一种无法企及的愿望而展开的。女主人公叶列娜是一个"局外人"，在唯一的朋友——母亲去世后，她变得更为孤独。她只好经常对镜欣赏自己裸露的胴体，在自己的身上她找到了世上尚存的美丽。然而有一天，她的这一嗜好被佣人偷窥到，从此佣人们用异样的眼光看她。叶列娜在同卑俗和畸形的生活发生冲突时，向世界及其创造者发出斥责，并以自杀的形式表达对世界和创世主的反抗。这一自杀行为意味着她要亲手毁掉美之化身。在这里，"自我"本身追求的不仅仅是要接近上帝，而且要成为上帝本身，不仅仅要"变成光亮本身"，而且要成为光之源。索洛古勃在这里进行了对调，个性的"自我"取代了上帝的位置，并从世界中分裂出来，但分裂的过程中"我"力求站到主导的地

---

① 〔俄〕别尔嘉耶夫：《论人的奴役与自由》，张百春译，北京，中国城市出版社，2002年，第1版，第21页。

位上，成为真理和绝对精神之源泉。在索洛古勃笔下，对世界不接受的观点直接来自于对创世主的否定：

Слепит глаза Дракон жестокий,	残酷的恶龙令人目眩，
Лиловая клубится тьма.	空中紫色阴霾缭绕。
Весь этот мир такой широкий,	如此广袤的世界，
Одна обширная тюрьма…	原来只是一座无边的监牢……
Под бренной тюрьмою тела	在凡人躯壳的重负下
Томится пленная душа	被囚的灵魂在经受煎熬，
Она в бессилье охладела,	它已然冰冷无力，
Освободиться не спеша.	尚不急于挣脱镣铐。

与此同时，世界在索洛古勃的笔下呈现出一个异化了的世界：

Злое земное томленье,	凶恶的尘世的生活，
Злое земное житье,	凶恶的尘世的苦闷，
Божье ли ты сновиденье	你是上帝的梦幻
Или ничье?	抑或不属于任何人？

正是荡涤一切的恶的意志产生了非上帝的存在。恐惧的存在和对这一存在的恐惧——这就是作家眼中世界的意义。对索洛古勃来说，作为意志的世界是现实的，作为现象的世界是梦幻的。处于现象和意志之间的"自我"感受到失去自由的愁苦，自由对他来说无法企及，在他的内心产生了绝望。因为"人不仅属于社会领域，而且还属于精神领域，他的自由之源泉就在于后者。……自由属于作为精神存在的人……自由不仅仅是社会中的自由，而且是摆脱无限野心的自由。"① 绝望是走向孤独的第一步。当一个人感到自己是一个与众不同的"局外人"时，自然而然就要寻找原因，并且每次都发现这个原因就是隐藏其自身的另一个"我"。这是一个秘密的、独一无二的"我"。外部的存在有其日常性，生活中要为衣食烦心，每天都有快乐与烦恼。生活中所触及的只是深处

---

① 〔俄〕别尔嘉耶夫：《别尔嘉耶夫集》，汪建钊编选，上海，上海远东出版社，2004 年，第 2 版，第 243~244 页。

独特的"自我"的表层部分。

短篇小说《召唤怪兽的人》中的主人公古罗夫在自身中打开的正是这样一种"自我"。他试图弄清楚隐藏在生活面具后面的上帝的真实圣容,便深入到一个完全陌生的"自我"存在的世界中。在那里他发现自己肉体的表层下生活着一个远古时代的人,这是一位名叫阿里斯托马赫的英俊青年。主人公的另一个"我"——季马里德出现在他的梦境中,迫使他进入灵魂的深处,到最初的存在状态中去。这位阿里斯托马赫曾经把自己的朋友季马里德留在绝境中,没有兑现当初许下的与其并肩战胜怪兽的诺言。在这个向"自我"回归的过程中,季马里德对主人公讲述了赎罪的必然性。为达到真正的存在必须走向永恒,在永恒中现在和过去才能相互交汇。对故事主人公来说,重要的是回归自己并弄清现存的世界,深入到它原初的秘密中。在人的这一悲剧性回归自我的过程中,外部世界对主人公来说变得不再具有重要的意义,不再为其所需要,因此在主人公的内心就产生了孤独感。在进一步深入到内部世界时,就会发现另一些众多的"我",他们可能生活在某个遥远的时代。因此,我们越是试图深入到自己世界的深处,外部肉体的或尘世表层就变得越单薄。在这一内部世界的作用下,外部世界离人越来越远,变得越来越陌生,以至于对"自我"来说完全消失,导致"我"占据了上帝的位置并成为上帝本人。在索洛古勃后来的创作中心思想中,正是这种对上帝的取代成为了"我"的志向。这种向绝对的"我"的转折首次出现在诗集《火环》的前言中:"一切的一切中只有我,唯有我,别无他人,过去不曾有过,将来也不会有。"① 在这里我们看见的几乎就是尼采超人学说,诗人要推翻的不只是现有的世界,而且还有上帝本身。为了对上帝规定的存在方式进行反抗,作家努力将"自我"放到上帝的位置上,用人神的宗教来代替神人的宗教。通向"自我"的统一之路到处是否定、反抗和暴动。所不同的是,对索洛古勃来说,暴动之路表现出肯定和否定两个方面。一方面,暴动是获得自由的前提,在将"自我"置于世界后,人的生存将不再取决于外部世界的普遍法则和魔鬼的善与恶。也就是说,"自我"站到了善与恶的对立面,直面后者而不再取决于其中的任何一个因素。另一方面,如同撒旦,暴动是"自我"对要成为上帝这一目标

---

① Сологуб Ф. К., 2003: *Собрание сочинений*. т. 7, М., НПК Интелвак, с. 7.

的追求，是对完美的追求。"自我"反对上帝的暴动，是绝望了的心灵的暴动。这样的暴动类似于拉斯科尔尼科夫的造反，使人注定要遭受孤独的煎熬与精神的折磨。在长篇小说《沉重的梦魇》中，造成这种反抗结果的是人身上的绝对的自我得到肯定。小说随着主人公的思想和故事情节的展开依稀流露出作者对世界和人的哲学思考。

　　索洛古勃的这部小说在诗学特征上清晰地勾勒出某种确定的象征主义特征，而在思想内涵上可以明显地看到叔本华哲学观的痕迹。主人公罗金是一位中学教师，他蔑视周围世界，离群索居，过着孤独、寂寞的生活。他使人想起之前陀思妥耶夫斯基的地下室人和之后加缪、萨特小说中的存在主义主人公的原型。通过对置人于死地、充满令人厌恶的毒素的生活氛围的描摹，小说阐发了对世界加以拒绝的形而上学理论。如同短篇小说《光亮和阴影》，这部长篇小说充满了生活与噩梦、生与死对比的基调。对"自我"来说，外在世界是不真实的。作者对外省小城的描写构成了非存在的幻觉，死水一潭的生活把我们带进了一个独特的荒诞世界中。展现在我们眼前的是破烂不堪的街区与房子，缺乏生气的大自然，表情呆滞、精神贫乏的市民。这里，"死魂灵"多于实实在在的活人。小城以其最原始的下流行径、不可置信的谣言、互相间的中伤和彼此的虚伪构成了小说的情境，人处于其中犹如在噩梦中一般，书名即由此而来。当地知识分子、教师、演员、小官吏构成了小说的主要人物。呈现在读者眼前的是他们荒诞、无聊的生活氛围（如谣传将有神秘人乘空气球到来，准备在城里展开暴动，进行革命，小城从此将无宁日，由此引发惶恐不安的情绪）。在小城里，愚蠢与庸俗纠结在一起，让主人公感到深恶痛绝。城里的一切，街道、房屋都令人感到压抑，灵魂被世界束缚。浑浑噩噩的日子在主人公心中产生了难以忍受的忧愁和绝望。在这个封闭的空间里心灵陷入迷惘，人在毫无出路的存在的迷宫中旋转。世界对人的束缚使得小说主人公罗金先是深深地忧郁，然后是彻底地绝望。单调乏味的生活营造出神秘、静止的梦境，让人产生幻觉。幽灵般的小城陷入了非存在的深渊，在主人公的意识里变成了一头可怕的怪兽，它是吞噬一切的残暴力量。母亲与亲生女儿为同一个情人争风吃醋，甚至在梦里都希望对方死去。孩子痛恨世界，仇恨父母。在这种空虚、无意义和虚伪的生活中无法获得光明的理念、摆脱旧的束缚。愿望无法实现，渐渐增长的异化感使罗金的生活发生裂变。对他来说，生活就像是一座立在松动桥墩上的桥。

　　改变生活、走进理想并摆脱生活中难以理解的一切，这些努力最终被证明是无法实现的。人生存在这个世界上，身不由己地同世界发生着千丝万缕的联系，被纳入到世界的形成过程中。对世界的依赖使罗金成为一个病态的人。他明白，要摆脱冷酷的世界和人是不可能的。每一次的呼吸、每一轮的日出、每一天的生活都在为他的内心增加着一份毒素。年复一年，生活以时间、不幸和灾难的形式慢慢地侵蚀着他的灵魂，在他的人生之路上消灭着一切光明、美好的东西。甚至他所钟爱的姑娘，善与爱、纯洁的化身安娜·叶尔莫丽娜在他眼里也变得遥远、陌生。在同周围人的交谈中主人公感受到了难以忍受的寒气，有时他甚至觉得这些人像是无生命的木偶。

　　罗金内心生活的两重性和矛盾性构成了主人公每一个瞬间的感受。在他身上总是能感受到存在的两种原型意象："轻信、善良的亚伯"和"阴鸷的该隐"。例如，小说中的女主人公安娜是这样理解罗金的：他像另外一个人在接近她，醒来时是轻信、善良的亚伯，阴鸷的该隐藏匿在隐秘心灵的深处。但敏感的安娜在罗金温柔的语言中辨别出该隐冷冰冰的口吻，并由此怏怏不乐。她绞尽脑汁地在思考：怎样才能使寒冰融化？怎样才能使该隐不复出现？怎样才能在罗金那惶惶不安的心灵中确立永不熄灭之神光？哪怕为此要作出牺牲！

　　在把自己对立于世界的同时，罗金认为"自我"与物质化世界不共戴天。但与此同时，他感到内心深处正在形成一股反抗一切的冲动，就像一股无法遏止的仇恨的火焰要消灭他面前所有的障碍物，包括善与恶之间的界线。对他来说，界线将不复存在，世界将分解成"我"和"非我"，而不是善与恶："我"是统一的现实，"非我"是存在的幻觉。如果要使整个外部的"非我"死亡，那么为了完全的解放则必须彻底地消灭世界，消灭一开始就使人类异化的"我"。必须立足于善与恶的彼岸以获得"自我"的统一，以获得完全的解脱，进入无限自由的领域。孤独产生于对自由的渴望，为了不受生活的摆布，必须腾升到生活之上，在因循守旧的存在中确立自己最崇高的意志，消灭这一与意志对立的世界。然而要获得"我"的最高意志，只能通过对上帝的否定。反对上帝的法则意味着暴动，所以罗金在"自我"深处悄然酝酿着否定尘世存在的暴动。这一切导致主人公下意识中萌发谋杀的念头。主人公认为犯罪的念头来自于对被禁止的自由的追求。在这种情况下，他更敏感地体验到世界的陌生化和客体化。罗金认为，犯罪是对世界的一种挑战，正因为此，犯罪是崇高的行为。他说："有一种被禁止的东西，你也向往它……超自然的快乐吸引着人……我们过早地得知秘密而成为不幸的人……我们曾经拥抱幽灵、亲吻理想。我们把心灵的激情徒耗在虚无缥缈之中……把生活之种播撒在深渊里，因此我们将收获绝望。"① 对罗金来说，在孤独中死亡，是比服从于短暂的世界的权力更为明智的选择。作为一个拒绝世界的"局外人"，对罗金来说既不存在法则、善恶，也不存在上帝。这种拒绝世界的态度使我们想起陀思妥耶夫斯基笔下的拉斯科尔尼科夫。在索洛古勃的艺术世界里，"罪与罚"的基调得到再现。如同拉斯科尔尼科夫，罗金竭力要实现"超我"。在《罪与罚》中，拉斯科尔尼科夫的形而上学在为爱、为寻求为索妮娅和马尔美拉多夫所受苦难的辩解中崩溃。有别于拉斯科尔尼科夫的是，罗金的孤独感和对世界的陌生感没有被爱所战胜。这里既没有善，也没有爱，美不能拯救世界。罗金试图站到善与恶的另一面，却不能战胜世界和自己的欲望。他想成为上帝，同时又明知这是不可能的。他的理智经常陷入矛盾状态之中，没有统一的准则和关于善、爱的标准。自由对于他来说最终可望而不可即，于是孤独依旧，无法克服。他想通过暴动达到自由的愿望最终也成了泡影，因为被造物是不能成为造物主的，被造物本身是被创造出来的。撒旦的悲剧正在于此，在于其宏愿无法实现。

  小说中罗金和安娜的形象带有一定的象征、甚至是神话的意义。在罗金②身上我们看到具有某种内在的规律性与逻辑权威中的恶的根源。无论是哲学家们冥思苦想的抽象思维逻辑，还是科学家严谨推导的逻辑，归根到底都无力解决关于生存的问题。"形而上学家在实在之下掘了一条深长的地道，科学家则在实在之上架了一座高大的桥梁，然而，事物的运动之流却在这两个人工的建筑之间通过，而不与它们接触。"③ 安娜的象征意义包含在她的名字中。神赐、幸福、安宁、顺遂是安娜这个名字的词源意义。在小说结尾的几个片断中，作者相当模糊地勾勒出解开生活之结的可能性。在安娜裸露的美丽与纯洁面前，罗金的内心充满了虔

---

① Сологуб Ф. К., 2000: *Собрание сочинений*, т. 1, М., НПК Интелвак, с. 148.
② 俄语意为"逻辑"。
③ 〔法〕柏格森：《形而上学导言》，刘放桐译，商务印书馆，1963年，第1版，第36页。

敬的兴奋,把对未来的希望寄托于他们的结合,寄托于理智与绝妙的爱情和神赐的结合。虽然小说是在欢快的乐曲中结束,但在乐观的结局背后仍然可以感受到作者明显、辛辣的讽刺。男女主人公共同憧憬着未来纯洁美好的生活。但是,尽管他们对世界抱着美好的希望,人间依然一切如故:小城的生活仍像从前那样在缓缓流动着,丝毫没有改变,人们的表情还是那样呆滞,生活中仍旧是没完没了的梦。希望越来越渺茫,甚至连爱也是如此。作为一个"局外人",罗金总是期望着更多的东西,不满足于现实中的一切,爱只能使他因瞬间的惬意暂时驻足,但瞬间之后又将是对世界的否定,因为罗金追求的不是此在的存在,而是超世界的、可想而不可即的东西,而这又促成他对肉身存在的不满。根据作者本人的观点,"罗金在寻求真理并预先感受到了真理,他是有意识地寻找……他的生活就是对真理的不断寻求,但他自始至终的努力是徒劳的,因为真理不是耗费力气就能得到的。真理是天赐的。"① 然而罗金所不能接受的正是这种天赐。世界对他来说是毫无意义的痛苦,像一场同敌对于人的凶恶的精神力量的角斗。正是由于对世界和周围人丧失信心,对浸透着空虚的现实中所有生存的东西的鄙视和厌恶,导致主人公人格的分裂和心灵的冲突。

罗金渴望爱,他希望得到人间真情,但与此同时,他既不会爱,也不会从别人那里接受这种爱。他仿佛是中了凶恶的撒旦的魔法,紧紧地被箍在封闭的魔环中,魔鬼的迷烟困住了他的灵魂,促成他意识的分裂。М.巴夫甫洛娃对此写道:"罗金事实上是被紧箍在恶的魔环中。"② 索洛古勃对此是这样描写的:"对他(指罗金)来说,爱情同仇恨一样。在仇恨中,掺杂着一种对得不到的东西的向往。在人对痛苦的感受中,同样可以看到这样一种情况。他的爱与恨相近,因为痛苦兼有希冀得到和对得不到东西的仇恨。"③ 这种爱与恨使主人公渴望把生活作为某种宿命即某种必然性来接受并热衷于死亡与反常的东西。这种意识的两重化与分裂不仅体现在主人公自身内部的无意识中,而且还表现在主人公的外

---

① Сологуб Ф. К., 1974: "Переписка с Л. Я. Гуревич и А. Л. Волынским", *Ежегодник Рукописного отдела Пушкинского дома на 1972 год*, Л., АН СССР, с. 119.

② Павлова М., 1990: "Между светом и тенью", Сологуб Ф., *Тяжелые сны. Роман. Рассказы.*, Л., Художественная литература, с. 8.

③ Сологуб Ф. К., 1997: "Афоризмы", *Неизданный Федор Сологуб*, М., Новое литературное обозрение, с. 191.

部行为上。罗金常常为此陷入矛盾状态中。有一次，他突发奇想地要去做一件事情，以改变自己的生活。他想组建一个救济协会。或者是采取某种从事教育的形式，抑或是某种乌托邦的合作方式，将所有的人组合在一起自由自在地共同劳作、休息。但与此同时，他又明知这件事不可能做成。他为此痛恨自己和周围所有的人，充满恶意地渴望能够随心所欲地支配他人。在这一堕落的意识支配下，他汲汲于抓住某种希望，哪怕是两性之间的爱情也好。但最终希望和爱情注定要在"对生活的意志"的面前泯灭，因为意志世界的权力不承认爱情和人与人相互的依依之情，人注定最终要孤独终生。

索洛古勃作为一名出色的艺术家，通过罗金内心的独白准确地传达出孤独人的心理。罗金的独白属于地下室人的独白，有其独特的内在辩证法。类似的独白总是企图在孤独的迷宫中寻觅自我独特的"赞成与反对"。随着对"自我"的深入，分裂愈演愈烈，直至内心的反抗愿望毁掉已经松动的生活赖以支撑的支柱。在犯罪的愿望中，重要的不是结果，而是感到解脱的那一时刻本身。对罗金来说，关于谋杀的念头比意志的活动本身更为强烈。他的意志想得到一切，他对生活的反抗是某种力量、某种通向不可能的突破。他断言说："生活中应该有不可能的东西，并且只有它才有意义。"① 罗金认为，解脱蕴于不可能之中，通过努力人可以成为新人，统一的意志可以使生命之环碎裂。在肯定"自我"和个人意志的同时，罗金实现了摆脱生活羁绊之行为。对主人公来说，从今往后所有的结束和开端都汇集在统一的"我"中，对生活的意志被对权力的意志所战胜。自己之所以还活着，是由于惯性的作用，每一个体由于惯性而得过且过地活着。但如果生存是恶的，那么为什么不可以把它从他人那里褫夺走呢？问题本身的合理性看似令人无懈可击。人在"彼岸"时，确实拥有如此的权利。然而问题在于，"我"对现实的权力是否也是像"对生活的意志"的统治一样叫人深恶痛绝呢？罗金最终明白：他不能享有这种自由，因为他的"我"最终并未获得内在的统一和内心的清明。

事实上，在对世界作出判决后，罗金就感到他无力改变世界。成为高高在上的创世主的愿望注定无法实现，良心也不允许他逾越最后的界

---

① Сологуб Ф. К., 2000: *Собрание сочинений*, т. 1, М., НПК Интелвак, с. 48.

限。良心作为"自我"的内在声音,具有天然的规范和约束力量。应该指出,对索洛古勃来说,良心不仅具有伦理学的意义,而且属于本体论的范畴。正是良心对行为的左右说明了世界上有最高的存在,即有神的因素。良心犹如上帝在非存在的黑暗中能够透视灵魂的警觉的双眼。在基督教的教义中,良心还另有其独特的功能,即可以洗涤灵魂。"悔不当初"、"良心的谴责"等作为固定的语言现象描述着由于不可调和的矛盾而深受折磨的惴惴不安的灵魂。罗金无法通过悔过来获得精神上的自由。他关于对"自我"如何获得自由这一问题的思考——确切地说是对获得这种自由的手段的探求(并且任何一个目的都能成为为手段行之有效的辩护)——无异于拉斯科尔尼科夫对生物和创造的推断。在陀思妥耶夫斯基和索洛古勃的笔下,主人公均成为自己高傲不屈的牺牲品,他们无力克服桀骜不驯的天性。渴望获得最大的权力意志的愿望使罗金在自己的良心面前一筹莫展、无计可施,因为他已被报复的心理和欲望所控制,成为这一欲望的奴隶。然而,他如此渴望的权力既没有给他带来精神上的幸福和内心的宁静,也没有带来获得解放的自由感。主人公依然像从前那样形影相吊,孤寂落寞。罗金感悟出,为了实现这种自由,还必须拥有个性创造的权力。主人公失去了内心的平衡,感到在良心面前罪孽深重,他试图在恋爱中找到生活的意义,但爱同样离不开创造和改变。创造带给心灵的是真正的自由。没有自由,生活将不复完整。

(二)恶的世界与通往自由的唯一出路

C.索洛任基娜指出:"罗金像是果戈理笔下不幸的霍马·布鲁特,在教堂里后者在自己的周围画了一个圆圈以避邪,但最终魔鬼还是闯入这个圆圈。而罗金从一开始就与魔鬼一起封闭在这个圆圈中。恶不是在远离他的地方,它就在周围,甚至在他自身中……根据索洛古勃的观点,人一生的时光呈现为一种程序,而恶与生俱来地根植于人的天性中,这是永恒的事实。在世界上存在着某种无形的恶的力量,它规定着物质的进程,只是它的表现形式各有不同,但本都是宇宙间的恶。"①

主人公为失去生活意义感到痛苦,这是一种为失去昔日有价值的东西而悔之莫及的痛苦。读者不止一次地成为罗金对爱的真实性怀疑的见

---

① Соложенкина С., 2000: "Живая и мертвая вода. Вехи судьбы Федора Сологуба", Сологуб Ф., *Собр. соч.*, т.1, М., НПК Интелвак, с.11.

证人:"爱未必有多少真实在里边……"这种怀疑在罗金对安娜的态度中可略见一斑。男主人公下意识中曾多次犹豫不决。这里有对信仰的动摇、对宗教的不信任和对上帝的怀疑,归根到底是主人公对传统的社会观念和民众的失望。罗金在同"人民之友"的女教师伊娃基娜相遇时,不无嘲讽地审视着这一略带荒诞的形象。我们听到这位教师在侈谈"进步",谈论处在"无知与愚昧迷信的水深火热之中"的民众启蒙运动,谈论"把文明与进步事业推向前方的行动",并把自己标榜为"启蒙文化"的"忠实朋友"。

对一切持怀疑态度的主人公,犹如处在一个封闭的圆圈中。有一次,罗金和安娜在象棋对弈时承认:"我只好认输。只有拥有信仰的人,才能赢,谁会爱,谁就会获得信仰。会爱的只有上帝,可上帝不存在,不存在。因此也就没有了爱。被称为爱的东西,是不可实现的企图……这里不可能有赢家,而且问题不仅仅关乎谁赢谁输、谁胜谁负。生活本身就是荒唐的。"这里,主人公所谈论的不仅仅涉及棋艺、智慧的角逐,进而转入对生活意义的存在主义的思考,而且伴随着现实中随时转入到另一个维度的趋势:"摆着棋子的棋盘清晰地呈现在他的眼前,然后缓缓移动起来并逐渐消失。"① 这里,作者清晰地勾勒出男主人公由于社会萧条、世界生活转轨而忧心忡忡、痛心疾首的心理状态。

获得程式化和象征意义的是一些假定性的、有条件的、相对的因素。主人公绝望中所要采取的唯一行动便是谋杀一位身居要职、担任区中学学监的摩托维罗夫将军。罗金认为,后者是周围世界所有卑鄙与龌龊的化身,是一个具有象征符号意义的形象。谋杀摩托维罗夫将军②这件事同样带有善与恶的相对性质。主人公这时仿佛是在模仿《罪与罚》中的拉斯科尔尼科夫,并在下意识中完成了由亚伯向该隐的嬗变。他开始认为,一个恶人的死是好事,无法避免的东西只能服从。更有甚者,安娜不停地亲吻着罗金那双刚刚干掉摩托维罗夫的手,仿佛是在原谅主人公并为他辩护。

作者在小说中指出,罗金所犯下的罪过并没有解决自由和必然性之间的冲突。我们愿望的虚幻性表明在这个世界上不可能获得自由,哪怕是通过诸如谋杀、反抗这样一些极端的手段。但与此同时,愿望本身又

---

① Сологуб Ф. К., 2000: *Собрание сочинений*, т. 1, М., НПК Интелвак, с. 204.
② 对这一情节的描述采用了自然主义细节描写手法,谋杀时斧子多次砍落到死者身上。

成为对不可能实现的事情的一种尝试。在这一过程中，人在冲动的一瞬间仿佛已经感受到梦寐以求的自由，自由之幽灵也降临到生活之上。对自由的追求本身有着更深刻的意义，在自由的虚幻中往往隐藏着真正存在的思想。

在《沉重的梦魇》中，索洛古勃为我们揭示了人的孤独和绝望的存在主义形而上学。整部小说充满悲剧式的激情，并通过一个地下室人的意识被展示出来。作家善于首先从美学的角度发掘哲学的主题，小说中主人公行为的道德、心理分析几乎均服从于关于主人公和来自主人公富有哲理的思考。正是这种哲理性赋予小说以特殊的意义。索洛古勃犀利的心理剖析触及了意识的深层结构。主人公的"我"在这里仿佛是在很大程度上影响其行为的另一个超世界的"我"。"生活意志"和"权力意志"相互影响，又相互冲突，构成故事基本的叙事冲突。

短篇小说《饥饿的闪光》中出现的同样是这样一种反抗的基调。主人公莫什金不同于罗金，前者已经不再寻找任何慰藉，犯罪在这里导致的不是与往昔理念的脱离，也不是对自身的失望，而是直接的自裁。作者通过小说表明，通往自由之路在于对生活的否定和拒绝，在于对荒诞生活的反抗。正如加缪指出的，这种反抗属于挣脱式的反抗，它湮灭了人对未来的一切希望。然而自杀并没有使人获得真正的自由，自杀如同飞跃，只是对自己拓宽行为界限的一种赞许。随着一切的结束，一个人献给了事先为他写好的历史，他在前面看见的是可怕的未来。① 面对荒诞的世界，人的选择只有两种，或是反抗，或是自杀。如果选择自杀，那么产生两个对立面的荒诞也就将不复存在。这是因为"荒诞的本质是一种分裂，它不存在于对立的两种因素的任何一方，它产生于它们之间的对立。……荒诞不在人，也不在世界，而在两者的共存。"一旦荒诞消失，自杀也就失去了其原来的意义。因此，加缪认为自杀是错误的，是一种对现实的逃避，而正确的做法应该是在分裂的现实中去穷尽这种荒诞的生活。② 与加缪不同，索洛古勃把自杀辩解成最后的出路，确切地说是获得自由的最后希望。对索洛古勃来说，重要的是自杀对世界的反抗性质。无论是在《沉重的梦魇》中，还是在《饥饿的闪光》中，孤独

---

① Камю А., 1992: *Бунтующий человек*, М., Республика, с. 53.
② 〔法〕加缪：《西绪福斯神话》，郭宏安译，《文艺理论译丛》第3期，北京，中国文联出版公司，1985年，第1版，第330~358页。

人的反抗均是独一无二的"我"的反抗。在《饥饿的闪光》中，主人公有意识地走向同世界的决裂，有意识地对世界作出判决。主人公感到自己因自私和刚愎自用而犯下的过错，但他不能拒绝内在的"我"，于是就执意将处于个性另一面的仁爱和同情之心置于不顾。我们当然可以谴责主人公的自私，可以认为从个性自私的习性中能够最终解释和铲除孤独，因为在个性的心灵深处还残留着为爱辩解的希望。但有时我们会有一种感觉，似乎作家在故意把情节推向荒诞，有意消灭一切对爱、善、美的希望。

在短篇小说《微笑》中，主人公单枪匹马地同周围的生活现实发生毫无意义的冲突。小说中的世界不仅仅缺乏理性，而且极其残酷，正是这种残酷性排除了主人公同现实和解的任何可能。在我们面前呈现的是在这个充满恶的世界中茕茕孑立、寂寞独行的主人公。与《沉重的梦魇》、《饥饿的闪光》中的主人公不同，《微笑》中的主人公格里沙·伊古姆诺夫是一个宁静、腼腆的小男孩，他不具备颓废型主人公的恶，也没有要做超人的愿望。小说中展示出的完全是另一番情景，主人公是一个心地善良、怀着爱心的小孩，这样的人"只能适宜于保持本真状态的世界……而在冷酷的现实生活中他们必然四处碰壁"。[1] 善在世界之恶面前丝毫没有与之抗衡的力量。在这个世界上，"为生存作斗争"成为压倒一切的法则，世间的生活就是人反对人的战争，就是吞噬和消灭一切人的普遍的法则。主人公的整个悲剧在于他不会按照残酷的法则去生活。童年时代，格里沙就曾因轻信而受骗。由于不善于保护自己，渐渐地小男孩成了一个"局外人"，一个从一开始就注定在这个世界的游戏中要被戕灭的人。格里沙的微笑怪怪的，充满了忧伤，完全是一副"局外人"的表情。小说中，"我"和作为另一个内在的"我"的对立成为作为世界的我和"另一个我"的对立。这里，我们看到的不是主人公对世界的反抗，而是世界对主人公的压迫。格里沙敞开的心灵、孩子般的善良与周围人格格不入，他的善良唤醒了心灵中沉睡的良知。然而良知总是避免不了被人们驱逐的命运，因为它一开始就是作为抵抗摧毁一切的世界意志的对立面存在的。在这种世界意志中，恶涤除所有法则并以人为其首要目标，凶残的命运到处追逐着人，不给他留下任何对生活的希

---

[1] 金亚娜：《充盈的虚无》，北京，人民文学出版社，2003年，第1版，第10页。

望。同龄人不接受他，孩子们对他的态度和大人一样残酷，唯一爱他的母亲的死亡，亲戚的冷酷，同事的鄙视，"朋友"的嘲笑，这一切都使他对人生绝望。世界不断地追逐他，把他挤到角落里，不断地加以心灵上的残害。最终他陷入绝境，无路可走。无限的孤独导致对生活的恐惧。这种孤独已超出格里沙内心的承受力，成为一种现实的、然而又是荒诞的存在，并在自身的荒诞中为我们打开通往可怕的黑暗和深渊般生活之门。通过对主人公无出路和绝望的描写，作家展现在我们面前的是充满邪恶的生活的实质。正是如此这般的孤独和软弱，无出路的抗争才会显得如此的可怕和不可思议。摆脱荒诞生活的唯一出路只有死亡，它是主人公唯一想要得到的朋友。假如没有死亡，孤独就会让人不堪忍受，就会撕碎人的心灵，涤荡一切生存的愿望和改变生活的任何企图，进而将人封闭在必然世界对生活的意志的旋涡中。

索洛古勃在小说中表现出的无出路的苦境更甚于但丁的地狱。作者为我们描绘了一个现实的地狱和在这个地狱中一颗孤独、受苦受难、被生活凌辱的灵魂，这是一个挣扎着试图反抗世界意志的灵魂。在这一环境下，唯一正确的出路就在于自杀，唯有自杀才能获得自由，离开吞噬一切的恶的世界而投身于另一个遥远的地方，进入完全的忘却，在那里既没有上帝也没有魔鬼。这最后的反抗在主人公纵身跃入涅瓦河的一瞬间完成，他通过这一行为找到了通向自由的最后的出路。

（三）善与恶的异教理念

对索洛古勃来说，世界从一开始就是陌生、敌对的。在这个世界上为仁爱、同情、善良作任何辩护都无济于事，因为索洛维约夫所称颂并被置于世界框架之中的爱、美、真已经被全能的蛇的凶恶意志所湮没。索洛古勃通过展示那些无助的孩子的自杀事件，对上帝作出判决，继而提出问题：为什么他们会对幸福绝望？为什么全部的过错要由孩子来承担？他们并没有品尝过禁果，没有犯下过失！带着这些疑问主人公们走上最后的绝望和反抗之路，奋起反抗上帝的意志，否定作为上帝绝对精神所固有的属性——善。对于索洛古勃的这样一种构思，霍夫曼作出了一语中的的评价。他认为，索洛古勃世界观的典型特征是某种恶的绝对化，这种典型化的结果是对上帝的否定："索洛古勃具有浓厚的宗教思想，但他的宗教是一种反基督的宗教，基督对他来说是一位善于欺骗的诱惑者，他用真理掩盖虚伪的道路和生活中的桎梏，所有这一切构成上帝承认的完整而严谨的宗教体系，这是恶的现实的神性化……索洛古勃关于恶的形而上理论产生于无限的痛苦和对存在的悲剧的感受。"霍夫曼进而指出："索洛古勃的恶具有悲剧性，因为这不是对恶的自然现象盲目的顺从，不是一种轻率的残酷性，索洛古勃的恶带有浓郁的宗教形而上的性质。索洛古勃是一位苦行圣徒。"① 从人间的痛苦中逐渐衍生出作家的唯我主义。心灵的绝望、无限的痛苦导致在作家眼里主宰世界的不是善，而是恶。在分裂与绝望的边缘出现同天堂、善和关于拯救等希望的决裂：

Я воскресенья не хочу,	我不企盼复活，
И мне совсем не надо рая, —	我根本不需要天堂，——
Не опечалюсь, умирая,	濒死之际我决不会悲伤，
И никуда я не взлечу.	我不会飞向任何地方。
Я погашу мои светила,	合紧我的双唇，
Я затворю уста мои,	熄灭我星球的余光；
И в несказанном бытии	在难以言状的存在中
Навек забуду все, что было.	把曾经拥有的一切遗忘。

这就是诗人的信条。索洛古勃从否定世界和上帝转而对可能获得自由与统一的"我"的肯定。实现这一自由的先决条件是死亡，至于它的体现形式是采取《编织的传说》中的再生，还是具有神秘主义思想的《光亮和阴影》中异常幸福的疯狂，或是《微笑》中完全的忘却，并不是问题的关键所在。这里重要的是，在上升到另一种境界时，死亡克服了"我"与"非我"之间的矛盾。索洛古勃的世界观在从作为绝对的无的死亡统一体中形成。他认为，正是这种人的意志与统一结合起来，构成作为超人、超世界因素的神圣统一的"我"。"一切的一切中只有我……"② 这种大胆的自我肯定与把具有生物属性的个人主义当作各种恶的因素来否定的万物一统的观点形成强烈的对照。我们在研究索洛古勃的作品时会发现，唯我主义能产生最深层的痛苦，这种痛苦导致人的

---

① Гофман М. Н., 1909: *О русских поэтах*, СПб., изд. М. О. Вольфа, с. 245.
② Сологуб Ф. К., 2003: *Собрание сочинений*. т. 7, М., НПК Интелвак, с. 7.

绝望和反抗。然而应该指出的是，索洛古勃之所以针对世界之恶的哲学趋向提出善的愿望，正是基于事先就认为不可能解决善与恶的二律背反这样一种认识。这种建立在悲剧世界观基础之上的生存及存在的辩证法与存在主义观点十分接近。作为一名象征主义作家，索洛古勃在其作品中展现了存在主义的人生理念。他从神秘主义、宗教的角度出发去研究人和世界。作为统一的"我"在他那里不只是尘世的"我"，而且是一种超凡、先验的因素，是某种具有最高象征意义的"我"。诗集《火环》中所体现的作者神秘主义的世界观，所展示的痛苦、孤独，同时又具有创世主因素的神秘的"我"，一个同作为绝对的恶的体现者龙—蛇作斗争并因此染上"绝对"色彩的个性的"我"，都集中体现了作者这一关于人的理念。

在喀巴拉教忠实信徒埃·莱维神秘的体系中，我们可以看到两种因素、两种原则的统一。我们之所以谈及埃·莱维的形而上体系，是因为这一体系对索洛古勃的世界观产生了相当的影响。莱维的研究成果表明，索洛古勃曾耽迷于炼金术、喀巴拉教学说以及招魂术和魔法学。在其体系中，莱维是这样陈述"两种因素的统一"的："人的统一同时由外面和里面进行补充……事实上，神性的统一为了其自身的生存而需要具备必然性和自由这两个基本的属性。最高理智的法则要求上帝给予理智、智慧以自由。为了使光具有可视性，上帝只能认可黑暗。为了显现真理，上帝使怀疑成为可能。黑暗衬托着光明，错误显现真理……于是宇宙因向心力和离心力两种力量的支撑而获得平衡。"①

嘴衔自己尾巴的龙—蛇在索洛古勃笔下成为与炼金术的魔环与世界之环重叠的象征。В.Л.拉比诺维奇写道："我认为吞掉尾巴的蛇象征着新柏拉图和诺斯替派学说中最主要的思想，即在自身把无限的世界的精神（上帝）和无限的世界的物质连接起来。"② 对龙—蛇的秘密的控制沿着存在的台阶逐级攀升，最终上升到控制世界的高度，同神完全交融在一起。在通向统一的第一阶段出现分别向阴与阳、生与死两极的分化。这一过程的具体表现为：善由外向内，恶自内向外，而最高的善高乎于两者之上，它使得恶为善的胜利服务，而善的存在是为了修正恶。和谐的原则最终使善恶相互统一。

---

① Леви Э., 1994: *Учение и ритуал высшей магии*, М., refl-book, c. 249.
② Рабинович В. Л., 1971: *Символизм в западной алхимии и традиция*, М., Наука, c. 3.

在确定"我"的双重人性之后,作家开始对绝对精神和完美统一的追求。在诗集《统一的意志》、《祭祀香火》、《奥伊列国》中,诗人在拒绝生活的基础上,试图根据自己的意愿、借助于神秘的魔法来创造新的生活。在索洛古勃的《我。完全自我肯定集》中,反抗成为用魔法来改变世界的一种途径。在喀巴拉教哲学中,人的身体被视为是光之领域的物质体现。人被称为微观宇宙或小世界,它根据宏观世界的形象被创造出来,是宏观世界的一部分。① 因此人的目的就是达到神的界线,成为上帝。И. 列布写道:"尘世的人是被造的最高的生物,亚当的艺术形象是其原型,构成一个完整的微观世界。"② А. 巴彼尤斯这样确定人的任务:"物质化并受欲望影响的人,应该按照自己的意愿自由地找回最初原本的状态。他应该建立起自己失去的非死。"建立起人的结构的思想,即改变了的"我"的最初统一的思想,在很多方面使得索洛古勃的思想体系与喀巴拉教哲学十分相像。巴彼尤斯的研究表明,索洛古勃同样认为,最高的光明状态(Исуар)不是通过再现,也不是通过对上帝意志的顺从实现的,而是通过对上帝的反抗才能达到。巴彼尤斯进而写道:"为此(即为达到神的完善)他将根据需要的次数再现,直到用爱赎清自己的堕落……"③ 索洛古勃同样认为,"我"创造了并正在创造时间与空间,还有其他无数的场所……从"我"的意志中产生"我"的创造的理智,从"我"的理智产生强大的创造力。……通过我从"我"的意志中产生"我"的强大的精神以及精神上的慰藉。"我"在这里不仅是作为某种以自我为中心的个性的"我",而且首先是一个非理性、形而上学的、象征着统一的创造力量的"我"。这个"我"在上帝之上,它在成为统一的组织力量过程中代替了创世主。"啊,我的兄弟,请明白我的秘密,请相信,两个对立面——存在与非存在完全雷同。'我'用各种现象的法则把改造过的非存在放到存在中,并把存在放到另一种完全的非存在中。'我'用'我'的创造的法则立下了这样的游戏规则,在变成无时从无中产生出一切。"④ 对作家来说,通往自由之路建立在对排除对立面的

---

① Мэнли П. Холл., 2003: *Энциклопедическое изложение масонской, герметической, розенкрейцеровской и каббалистической философии*, М., Эксмо, СПб., Terra Fantastica, c. 530.

② Папюс, 1910: *Каббала*, СПб., АСТ, c. 57.

③ Папюс, 1910: *Каббала*, СПб., АСТ, c. 202.

④ Сологуб Ф. К., 1991: "Человек человеку — диявол", *Творимая легенда*, в 2 тт., т. 1, М., Художественная литература, c. 149~151.

"我"的肯定中,并且任何对"我"的否定,消灭任何统一意志的后果只能是导致人格解体,导致世界的毁灭和堕落。这种毁灭好比是代表魔鬼世界的哥连①,是一个把其他有生命的生物的能量吸引到自身中并消灭任何自由运动的旋涡。充溢着自由意志的"我"以狄奥尼索斯的热情创造世界,缺少这种热情,世界就会充满畸形与恶习,表现出死亡的空虚。

(四) 颠倒的世界

在索洛古勃最优秀的长篇小说《卑劣的小魔鬼》中,我们看到了创造因素的对立面,即"死魂灵"王国的出现。小说描述了一个被颠倒的世界,那里没有真正的生存和自由,只有某种虚幻、畸形与庸俗的存在。由于缺乏意志的力量,物质的因素无法集中起来,无法将自己的属性上升到精神层面。在这个虚幻的世界里,在形形色色的面具下藏匿着各种各样的空虚。从空无与灰尘中滋生出畸形的小妖,后者在自己的周围制造出一些卑鄙的、毫无生气的空虚的生物。这些生物像是工厂里上足了发条的机器人,以其存在演奏出一曲曲庸俗、不堪入耳的小调。从这种空虚中,产生出假面与画皮的世界。小说开头描写的就是这样一个世界。在外部看似平静中潜伏着生活的虚幻性。偏僻的小城街道和房屋给人以井然有序和舒适的印象。"看上去,在这个城里人们生活和睦、友好,甚至很愉快。但这些都是假象。"② 整个世界化为一个哈哈镜,所有美好、纯洁的东西在镜子里根据某种魔鬼不可思议的法则变成畸形、低级的东西,由此人的内心产生出无法忍受的苦闷与绝望。小说中到处充满这种使人感到压抑、弥漫着非存在的无限愁闷的气氛。凄凉、辽阔的空场,人迹稀少的街道,小城中任何希望的产生都是不可思议的。展现在我们面前的是幽灵的世界、镜子里的世界,任何的"我"在无界限的空间和在莫名的空虚中均被消灭。

主人公彼列多诺夫精神不健全,狂妄自大,自以为是超人。由于失去内在的"我",他感到无比的空寂。与索洛古勃笔下感到忧伤和弃世远遁的罗金等主人公不同,彼列多诺夫的"我"已在经常的恐惧和忧愁中被彻底毁掉,留下的只是深渊般黑暗的真空。"对他来说,已不再有因

---

① 奥地利表现主义作家古斯塔夫·麦林克同名长篇小说里由炼金术士设计出来的一种机器人。

② Сологуб Ф. К., 1988: *Мелкий бес*, М., Художественная литература, с. 25.

世界崇高而感到的慰藉和尘世的乐趣，他现在像是一个被恐惧和忧愁打入黑暗孤独中的恶魔，用死人的眼睛看着世界，直至永远。"孤独来自于个性的缺失，来自于灵魂的分裂和人格的解体。彼列多诺夫作为世界毁灭、堕落的象征，他的外貌同样表明了这一点："他感觉迟钝，意识僵化，像是无生机的机构。所有进入他意识中的东西均变得既卑鄙又肮脏。"① 在这个人身上集中了人世间所有的恶，而小说中的其他主人公只是他的折射和假面。他的疯狂体现在对一个毫无意义的空虚的目标（学监职位）的拼命追求。在这种疯狂的驱使下，原本通过各种荒诞不经的愿望体现出来的孤独被发挥得淋漓尽致。然而，在这个世界里，既没有真正的存在，也没有真正的生活，所有想获得存在的企图和行动均将是镜花水月、枉费心机。主人公生存的悲剧在于：空虚无法泯灭，自由无法实现，"自我"无法统一，周围的一切死气沉沉，毫无生机。任何想找到生存意义的企图都是枉然的。于是小说中的郁悒之情茫无涯际，充斥了作家笔下的整个空间。彼列多诺夫的郁郁寡欢表现出主人公空虚的灵魂。这是一个完全被遗弃了的"单子"，失去了与万物一统的联系。他让人感到可怕的正是其空洞的灵魂。作为无，他那疯狂的灵魂在自身中消灭了整个世界，没有留下一丝对生活的希望。彼列多诺夫的行为与果戈理笔下代表地狱世界的乞乞科夫毫无二致。

与这种死气沉沉相呼应的是彼列多诺夫那一副木偶的表情。他的脸像是戴了张假面具，后面空旷无物。这是一张"绯红色的、惯常可见的那种冷漠无情、睡眼惺忪的脸"。他的眼神阴沉，举止乖戾，精神萎靡。"他的脸上毫无表情，目光呆滞，让人觉得奇怪，像是一只被人操纵着舞蹈的大木偶。"② 在他死气沉沉的眼睛深处一股贪婪的欲火悄悄地燃烧着，所有的生灵遇见彼列多诺夫时就像在哈哈镜里一样被照变了形，大自然也变得面目全非，万物变得令人厌恶不堪。彼列多诺夫所到之地，所有的一切就如同是被施了魔法，开始移动，变成威胁人的怪物。周围的一切和每一个人在他眼里都成了与他作对的暗探。主人公自身带有"小魔鬼"的实质，他不时想对周围的人做一些令人作呕的事。尽管主人公已身为一名中学教师，他却一直想去偷葡萄干，好嫁祸于厨娘。他在搬家之前，为了跟女房东作对，故意把室内的墙壁弄脏，撕下壁纸。

---

① Сологуб Ф. К., 1988: *Мелкий бес*, М., Художественная литература, с. 89.
② Сологуб Ф. К., 1988: *Мелкий бес*, М., Художественная литература, с. 191.

在街上经过一根挺拔、洁净的柱子时,他首先想到的是要将它弄得弯弯曲曲和龌龊不堪。为了防止暗探躲在树后监视他,他砍倒花园里的树木。这种心态标志着尚被禁锢在主人公心灵中的犯罪意志已经迈出摆脱羁勒的第一步。

彼列多诺夫喜欢看小孩子哭泣,尤其是当他们抽泣着向他认错。他以惩罚学生为乐趣,为此他进行家访,向家长告学生的恶状,让家长鞭打他们。他必须折磨人,甚至连猫也不放过。猫一不顺他的心,他就会拿带刺的植物扎过去(他把带刺的植物整天备放在口袋里)。彼列多诺夫总是提防着自家的猫,怀疑是给他安置的暗探。随着小说情节的发展,彼列多诺夫的疯狂愈演愈烈。他怀疑朋友沃洛京图谋要替代他,因此就在自己身上做上记号,在胸前、肚子、胳膊肘等地方用墨水写上他姓氏的首个字母П。他觉得处处都是"敌人",尤其是神秘、凶恶的小妖在图谋反对他。小妖一会儿变成灰色的尘柱,一会儿扮成绿色的浴帚。在这两样东西后面也许就藏着小妖?或者是秘密派遣的恶棍?失去理智的彼列多诺夫拿着专门购买的锥子朝无形的恶棍扑去。锥子扎透了墙纸,而他则为此欢欣鼓舞、手舞足蹈,仿佛是建立了一项伟大的功勋。当妻子瓦尔瓦拉问他为何如此高兴时,他回答说:"打死了一只臭虫!"这种扭曲的现实在彼列多诺夫的意识中产生断断续续、零乱无序的梦幻,这些梦幻完全控制了他的灵魂,越来越经常地让他陷入到黑暗的非存在中。渐渐地,敌对世界的一切以奇妙、幽冥的形式占据他的意识,并愈来愈甚地折磨着他。在同敌对的幽冥世界接触之后,主人公陷入更深的忧悒中。周围的人对彼列多诺夫的疯狂熟视无睹,女人们为了他争风吃醋。在这场争夺战中,瓦尔瓦拉战胜了对手们。然而她欺骗彼列多诺夫,向他许诺彼得堡的一位有影响的公爵夫人在他俩完婚后将为他谋取一个很好的职位。瓦尔瓦拉伪造了一封公爵夫人的来信,借此达到自己的目的,当上了这位神经错乱的中学教师的合法妻子。所有的人与彼列多诺夫水火不相容。小妖始终没有停息反叛,敌人们仍然在暗地里图谋,造谣中伤,猫还是跑到宪兵队去告密,而主人公的朋友沃洛金伪装成山羊(或许他原本就是一头山羊),和猫一起跟踪彼列多诺夫,很可能是要最终取代他。彼列多诺夫本人如同乞乞科夫,走访了市里所有德高望重的前辈,竭力要证明自己安分守法,并寻求可能的保护。主人公的灵魂早已霉烂,并且用毒素在腐蚀着周围的一切。整个疯狂的世界是彼列多诺夫病态意识的反射，这一意识从一开始即呈现出空洞无物、死寂沉沉的特点，不知真理为何物。彼列多诺夫在俱乐部举办化装舞会时的纵火行为构成其病态、疯狂的高潮。由恐惧和忧郁产生的疯狂最终导致主人公个体及其自我世界的毁灭。① 在小说的结尾，疯癫的恐惧和分裂的外部世界将彼列多诺夫推向犯罪。彼列多诺夫在谋求学监差事以及得知上当受骗的全过程中自始至终怀疑、嫉妒和惧怕沃洛京，最后终于在疯狂中把他杀死。"他用疯狂的双眼盯着尸体……头脑中一片空白……从彼列多诺夫的嘴里嘟囔出一连串毫无联系、无意义的话语。"② 沃洛京全身从上到下，从外表到行为举止，都像是一只绵羊，因此注定要成为祭品，成为屠刀下的牺牲。刁绍华在其译著《卑劣的小鬼》的前言中谈到，彼列多诺夫与沃洛京之间的关系暗示着该隐与亚伯的骨肉相残，影射出当代社会中的罪恶。③ 但在完成这一祭祀仪式之后，他并没有使自己从这个世界解脱出来，相反陷入了永远的忧郁之中。彼列多诺夫没有走上自裁的道路，他的命运犹如该隐，在充满疯狂和邪恶的幽灵世界中永远地漂泊。索洛古勃在小说中同时表明，缺乏创造的力量和与神相通的基质最终将导致毁灭和死亡。

　　小说中，支配彼列多诺夫的主要有两种情结，即恐惧情结（他对一起共事的"敌人"疑忌重重、在追逐他的女人面前畏葸不前）和虚荣心无法满足的情结（幻想谋到学监职位）。由此产生小说情节结构特点，即由此发展出两条主线：一条是彼列多诺夫和"未婚妻们"的相互关系（主人公一方面逃避她们，生怕被人看穿低估，另一方面又希冀能借助于女人获得梦寐以求的学监之位），第二条主线则是主人公向上司告密的情节。告密人与被告密人互相畏惧、互相诽谤、传播流言蜚语，并且明知是流言蜚语，仍然毫无顾忌地继续传播，这一切组成了作家笔下的日常生活的全部内容，其中没有人知道种种谣言和告密始于何时何处以及最终将止于何方。小说中有一个极富象征色彩的细节：有一个时期，彼列多诺夫自己也搞不明白："是他告的密，还是别人告他的密——真是弄不懂……"主人公沉醉在这种充满悖谬幻想、荒唐的生活方式中。作家在彼列多诺夫的行为中勾勒出的不仅仅是种种悖逆的行为，而且还着力刻

---

① 小说中这一情节表现在彼列多诺夫对沃洛京的谋杀中。
② Сологуб Ф. К., 2001: *Собрание сочинений*, т. 2, М., НПК Интелвак, с. 288.
③ 〔俄〕索洛古勃：《卑劣的小鬼》，刁绍华译，沈阳，辽宁教育出版社，2000年，第1版。

画其中疯狂的"逻辑"。我们在这里看到的不仅仅是一些微不足道的琐事,而且是隐藏在深处的邪恶的魔鬼力量。"彼列多诺夫常常自称是猪。猪通常是魔鬼的一个典型的体现……这里回荡着同小魔鬼主题相关的欺骗和诽谤的基调:撒旦最擅长的就是搬弄是非,挑拨离间。"①

在索洛古勃的描写中,彼列多诺夫表现出对造谣中伤乐此不疲的天性。这样的人在世间虽然微不足道,但却具有极其可怕的实质:这种具有反常人性的个体的生存只能建立在戕害他周围有个性的人的基础之上。小说中心人物形象的鲜明个性、其艺术的真实性和创新性也正在于此。

彼列多诺夫这一形象的双重人格具有另一种非现实的属性。关于这一点,我们只要看一下这一双重人格在小说中与主人公生活的现实和臆想相交混杂的作用以及渗透的结果就可感受到。小说的形象素材是充满臆想的日常生活方式。在叙述过程中,臆想的细节和形象在小说昏暗的背景中变得越来越凸显,越来越醒目。小说中,有一只猫在主人公的想象中跑到宪兵那里去告密;墙上挂的是会使眼色的米支凯维奇的肖像;主人公把纸牌上面带笑容的皇后的眼睛剜了出来;维尔什娜则是一边嘴吐着黑烟,一边对他吹毛求疵,等等。透过这些幻想暴露出来的恐惧昭示了主人公卑劣的小魔鬼的内心世界。作为彼列多诺夫灵魂的衍生物,小妖逐渐使世界走向毁灭。它是一种无形的灰色小生物,动作敏捷,移动迅速,它不仅具有噩梦的形象,还常常化为主人公谵妄的幻觉。小妖毫无疑问酷似彼列多诺夫本人,是他的"小魔鬼"的灵魂,是他灵魂的同貌人。小妖来自主人公病态的意识,它猖狂作乱于这个木偶世界并使其服从于自己。它如同一条火蛇在人群中滑来滑去,把所有生存的东西变得一团混乱。所有的人在这场同无形的邪恶之魔法的战争中均输得一败涂地,获胜的只有机智的小妖,它象征着毁灭。

与此同时,在小说中我们看到了导致彼列多诺夫最终精神失常的来自现实的种种原因。但是这些原因在作品中并非起决定性作用。如果把主人公放在小说诸多人物形象体系中去看,那么结论足以证明这一点。小说中其他人物与精神失常的彼列多诺夫并没有本质上的差别。比如,在中学生萨沙与彼列多诺夫故事的冲突中,彼列多诺夫怀疑萨沙是一个改了装的女生。校长赫里巴奇最终屈从了这个疯子悖逆常理的逻辑,视

---

① Сконечная О., 2001: "《Отчаяние》В. Набокова и《Мелкий бес》Ф. Сологуба", *Владимир Набоков*, СПб., Издательство Русского Христианского гуманитарного института, с. 506.

荒唐的假设为真，特意指定学生进行体检。小说中其他人物对彼列多诺夫的态度也说明了这一点：在瓦尔瓦拉对彼列多诺夫的评价中不乏溢美之词，鲁基罗夫家姑娘们争先恐后要嫁给他。由此，"丧失理智"一词获得了包罗万象的普遍的象征意义。索洛古勃的构思表现出人的潜意识中普遍存在的永恒的"卑劣的小魔鬼"的精神实质。作家本人在接受记者采访时说道："彼列多诺夫的疯狂不是一种偶然现象，而是一种普遍的流行病。这，也就是现代俄国的日常生活。""彼列多诺夫习气"的破坏性……它的可怕性，在小说的叙述中获得了一种超历史的概括性，一种形而上的本体性。① 因此，《卑劣的小魔鬼》所展示的虚幻在艺术上给人以贴切、得体、浑然天成的感觉，再现了当时俄罗斯社会现实生活真实的疯狂场面。作者在对虚幻进行艺术上抽象加工的基础上，展现全部现实和整个世界的疯狂。在日常生活中，经过索洛古勃的艺术处理，每一个普通人就其实质而言，或多或少都成为了"卑劣的小魔鬼"。

小说中与这种虚无截然对立的是柳德米拉对萨沙的爱情。柳德米拉喜爱鲜花、香水、鲜艳的衣服，自称是个异教徒，是一个犯有罪孽的女人。她常常为自己没有生在古代的雅典而感到遗憾。她把萨沙奉为"少年天神"，视为古希腊的文化守护神——裸体的青年阿波罗。萨沙则把柳德米拉幻想成大海泡沫中诞生的爱与美之神阿佛洛狄忒。他们试图用爱排解忧愁和孤独感。他们彼此相爱，在魔鬼般的、疯狂的欲望中感受到了瞬间的自由。与此同时，爱总是限制人的"自我"，使其服从于某种东西。作者在小说中力图证明，柳德米拉施行丽丽特的魔法，想完全占有自己的恋人。她陷入到自己的嗜欲中，不由自主地服从于魔力的影响，并用她的毒香浸染天真无邪的少年萨沙。柳德米拉绿色的着装显示出她同月亮女妖丽丽特的内在联系，表明她同样来自于魔鬼的月亮世界。丽丽特由于沉湎于自己的魔法而不能成为圣女，无论是统一的"我"，还是逻各斯意志的运动都无法拯救她，最终她因耽于这种戕害人的游戏而灭亡。萨沙和柳德米拉所表现出的狄奥尼索斯的激情和疯狂最终被生活中无所不在的卑鄙所吞噬，巨大的黑暗的深渊湮灭了所有的生灵和美好的事物。在黑暗的势力下，柳德米拉和萨沙充满闲情逸致的爱显得苍白无力，也表明个性不可改变的孤独，表明人的内在的统一是无法实现的。

---

① 周启超：《白银时代俄罗斯文学研究》，北京，北京大学出版社，2003年，第1版，第186页。

索洛古勃把人生存的世界描述为一个"颠倒"的世界。在这个世界中，精神的因素服从于物质的因素，由此人物产生孤独和忧郁的心绪，产生被抛弃的感觉，进而渴望获得内在的统一。在索洛古勃的小说中，受苦受难的灵魂的孤寂来自于世界的非存在，在那里物质的东西泯灭了一切有生命的因素，人不善于也无法对抗这个世界。因此，通往自由的唯一出路就在于消灭深渊，确立对立于魔鬼因素的"自我"和个性的意志，进而获得存在主义的生存意义。后者包含在作为整个宇宙核心和真正智慧之源泉的统一的"我"的自我确证中。索洛古勃这种果敢的意志在《编织的传说》的新世界里得到确立。奥伊列王国和神秘的星球马伊尔就是诗人对获得现存世界的存在主义思维的最后希望。在自我的灵魂和意识中消灭邪恶之蛇的世界的同时，索洛古勃创造出另一种宇宙，上升到了造物主的高度。诗人在诗集《蛇的眼睛》里写道："我就是创世主，是自己的创造物……"①

　　建立在"是"与"否"独特的辩证法和游戏之上的世界景象在索洛古勃那里是以是否接受创造因素为前提的。"如同在西奈向先知显形的上帝，在我们看却是一种虚幻的杜撰一样，圣经中的'善'在我们看来也是一种虚幻的杜撰。我们这些知识渊博的人的希望，全寄托在自主道德上，我们把对它的赞扬，视为对自己的拯救；把对它的攻击诋毁，当作永久的死亡。"② 超自然的"我"与某种万物一统的"我"相对应，成为造物主的光明的载体。在索洛古勃的作品中，隐藏着寻找世界出路的存在主义方式的思考，存在主义被当作理想的生存原则、当作宇宙和人的有机的统一的保障、当作真正自由的源泉来诉诸思维的。

三、创造的意志与向永恒的回归

　　索洛古勃在揭示个性孤独的同时，试图指出一条获得真正存在的可能途径。由于作家当时所处的社会、历史背景，索洛古勃能够赋予存在以更多的存在主义内容。作家笔下的存在主义促使人先是奋起反抗世界，然后确立个人的创造意志。在指出人在完全陌生、敌对的世界上孤寂索寞的同时，作家触及到真正存在的问题。索洛古勃在否定毫无任何意义

---

① Сологуб Ф. К., 2003: *Собрание сочинений*. т. 7, М., НПК Интелвак, с. 317.
② 〔俄〕舍斯托夫：《雅典与耶路撒冷》，张冰译，昆明，云南人民出版社，1999年，第1版，第13页。

的虚伪世界的同时，针对这一世界提出另一种生存方式。通过描述个性对自由的追求和对个体意识运动轨迹的跟踪，通过探索主人公对某种超存在的汲汲之心，作家力图表明，在现实生活深处隐藏着某种源于万物一统的真正永恒的本原的因素。作为本体论上统一的存在主义在作家眼中对于现实乌七八糟的社会无疑具有巨大的拨乱反正的价值。存在主义理念赋予个性以意识的权利，强调每一个"自我"是完整、永恒的生物，与上帝永存，兼有上帝的神性，并因此可以成为神的宇宙间的生灵。作家晚期创作（1910～1917年）所表现出的正是对这样一种存在的探寻。存在主义生存在现实世界中显现为一条备受劫难和疯狂并与死亡相伴的道路，这是一条孤独的内心要终其一生面对充满矛盾的现实世界的道路。孤独只身的灵魂的反抗必须以存在主义方式对世界进行思考为前提，必须深入到生活的实质深处去寻找真正的自由和人生的意义。正是在这样一种存在中，索洛古勃实现了从否定到统一的思想转折。作家竭力要达到的不仅是对世界的否定，而且是对具有创造因素的存在的肯定。这就要求首先必须改变原有的关于世界的理念。有了理念，作家才会具有在不完善的行尸走肉般的世界中生存下去的勇气，才能敢于直面世界上猥琐的芸芸众生与邪恶的小人。人只有深入到自我中，才能获得最本原的存在。因此作家必须从创造者和魔法师的角度、从创造另一个世界的角度去思考关于存在的问题。索洛古勃对人和世界意义的思考正是始于这种具有魔幻色彩的存在主义和通灵论。世界统一的因素与各种相互矛盾、对立的因素混合在一起，构成索洛古勃象征主义诗学中的存在主义世界观。"火环"在同另一个世界冲突中发生断裂，"统一意志"和"祭祀香火"开启了通往新的认知空间和地平线的大门。在浅蓝色的雾霭中，洋溢着祥和，人类理想中的城市奥伊列和里果伊拔地而起。在这些城市中，诗人仿佛是一位古希腊的先哲，沉浸在怡然自得的陶醉中并宣称：

На Ойле далекой и прекрасной	在遥远、美丽的奥伊列
Вся любовь и вся душа моя.	有我的爱、我全部的精神世界。
На Ойле далекой и прекрасной	在遥远、美丽的奥伊列
Песней сладкогласной и согласно	甜蜜的音符编织的赞歌
Славит все блаженство бытия.	称颂着尘世所有的愉悦。

诗句把我们带进了逍遥自在的心境。在我们面前出现的已经不再是一位诗人，而是一位宣告痛苦和恐惧从此消失的预言家。在神圣的水晶球中显示的是一个"被创造出来的世界"，那里将没有上蹿下跳的"小魔鬼"，也没有魔镜中的迷宫。

魔法师创造性的意志贯穿于索洛古勃的三部曲小说《编织的传说》的始终。该作品乃是作者篇幅最大的一部象征主义长篇，也是俄罗斯文学中被公认的第一部象征主义长篇体裁的小说。[①] 小说中，作家在把诗人喻为魔法师和肩负着预言责任的司祭的同时，断言创造的意志最终将战胜生活中种种非必然因素和各种悖谬现象。索洛古勃在小说的开头这样写道："我撷取一块粗俗、贫穷的生活，把它变成美好的传说，因为我是诗人……我要在生活之上编织出一个美丽动人的创造的传说。"[②] 作家在小说中开辟了一条通往最初本原的唯一神圣的道路。这是一条通往未知世界的道路。它为魔法师统一的创造意志所建立，是作为人神的"本我"奋起反抗丑陋的现实、探索确立另一种存在的结果。小说中，索洛古勃提出了关于世界和人的新的理念：人若想在静谧沉思中得到复活并摆脱鄙俗猥琐的尘世，其必需的前提是要依靠创造的力量，去毁灭现存世界。

（一）《编织的传说》中的两个世界[*]

索洛古勃在《编织的传说》中展现了两个世界——鄙俗的现实世界和被创造力量改变后的世界。小说写于俄国第一次革命的混沌时代。无论是杜撰出来的埃特纳火山喷发出团团的雾霭和尘灰，还是动荡的局势，都无法阻止科学技术的快速发展。男主人公格奥尔基·谢尔盖耶维奇·特里罗多夫是一名化学专业的编外副教授。他善于驾驭超自然的神秘力量，使用魔法让死者复生。主人公在自身中连接起过去和未来、尘世和上苍的因素，试图用"本我"的力量将世界导向真正的完善。他的生活目的就是要改变现有的不合理的存在。

《编织的传说》可以被视为索洛古勃另一部小说《卑劣的小魔鬼》

[①] Мескин В. А., 2000: Грани русской прозы: Ф. Сологуб, Л. Андреев, И. Бунин, Южно-Сахалинск, с. 24.

[②] Сологуб Ф. К., 2002: Собрание сочинений, т. 4, М., НПК Интелвак, с. 5.

[*] 本章节的部分内容发表于《俄罗斯文艺》2012 年第 2 期《索洛古勃长篇小说〈编织的传说〉中的两个世界》一文。

的对跖作品。这两部大作的主人公属于精神上完全对立的两类人。《卑劣的小魔鬼》中的主人公彼列多诺夫灵魂卑劣,精神猥琐;而特里罗多夫则充满朝气,有着强大的能量。前者深谙此间世界运行之法则,以消灭一切改变世界的企图为己任;后者是一位通灵术士,能够按照自己的意愿创造世界。这位积极的主人公既是一位发明家、神秘学家和化学魔法家,又是一位教育家、社会主义者、政治思想家。在从事各种创造的同时,他还间或搞些创作。在特里罗多夫的身上,我们看到了索洛古勃本人的影子。一言以蔽之,彼列多诺夫的悲哀与忧郁之情在《编织的传说》中被欢快的基调所取代,为特里罗多夫富有创造力的个性所战胜。这部小说无论就题材还是内容,均比作者的其他小说更为乐观。

　　《编织的传说》分为"血滴"、"奥尔特鲁达女王"、"烟与灰"三部。小说中两条情节主线清晰可见。故事的基本情节发生在斯科罗捷恩①河边的一座小城里。该情节主线描述了化学家特里罗多夫与伊丽莎白如何相爱,如何以自己的创造改变现实世界,建立起一个崭新的世界;另一条情节主线则发生在一个虚构的、地中海沿岸的联合岛王国,讲述的是联合岛王国女王奥尔特鲁达与唐克列特王子因缺乏忠实的爱情最终导致王国毁灭的故事。书中所描述的联合岛王国酷似中世纪的城堡。那是一个骑士、美妇人与少年侍卫的世界,一个充满幸福与爱情并纠结着阴谋的地方。

　　让我们回过头来看男主人公特里罗多夫。尽管他的姓有着超常的意义②,但他还是无法摆脱与俄罗斯文学中许多正面主人公相同的命运,即无法接受新的现实。小说中的主要人物是一些天才的乌托邦主义者和优秀人士,他们勇于反叛社会,敢于改造现存的物质秩序,制订自己的世界模式。特里罗多夫最终告别因无法解决的社会、政治、心理等矛盾而被混沌笼罩的20世纪初的俄罗斯,选择幻想性欧式联合岛王国的月球作为自己的栖居地。

　　索洛古勃通过《编织的传说》中的主人公体现出一种积极乐观的精

---

① 俄语意为"白驹过隙"。
② "特里"在俄语中表示数字"3"。该数字代表灵魂、神圣、综合,意味着众多性、创造的力量和增长,象征着自然界中天空、大地和水三个部分。(Турскова Т. А., 2003: *Новый справочник символов и знаков*, М., РИПОЛ-классик, с. 679.)

神。然而，在涉及社会善恶的对立关系时，作者依然表现出一如既往的悲观。在这部长篇中，恶的力量更多地体现在规定了具体社会历史进程的本质中。虚拟的斯科罗多什市的全景在小说中同俄国第一次革命时期的现实惟妙惟肖地交织在一起。城里有一整套从叶卡捷琳娜时代遗留下来的旧的极权制度，有一部靠士兵和哥萨克运转的强大的官僚政治机器。作家在民众中没有找到显现光明、博爱和公正的力量。小说中有的只是一些善恶不分、在纷繁复杂的历史环境中找不到出路的愚昧的农民和在精神上早已死亡了的市民阶层，以及肆无忌惮地利用动荡时局为非作歹的刑事犯罪分子。

特里罗多夫本人积极参与各类社会活动。他参加集会，匿藏遭政府通缉的人士，给社会运动以物质上的支持。然而在内心深处，他与革命者存在着分歧，对他们缺乏理解。特里罗多夫本人对革命的态度间或表现出纯索洛古勃式的讽刺，但更多的是带有疑惑的同情。作家并没有在革命者身上看到推动历史的积极的力量。

如同托尔斯泰和陀思妥耶夫斯基，索洛古勃把触及人精神生活深处的伦理、道德、社会等综合问题同革命的概念混为一谈。一位反动分子曾向特里罗多夫提了一个狡黠的问题："黑色百人团①和红色百人团哪一个更好？"素有睿智和洞察力的特里罗多夫竟一时语失，不知如何作答。索洛古勃至死也不相信可以通过暴力手段消灭邪恶，而是认为可以创造一个美与公正的王国来取代邪恶。1917 年革命后，作家这样写道："我从不曾属于俄罗斯执政者的世界，也无任何个人理由去惋惜旧生活制度的终结。但我不相信这样的结局。并非因为留恋以往的过去，只是因为在我们的旧形式、新题材的民间口头创作中我听到了我们久远的过去。假如改变的不只是政体、不只是外在生活的制度，而且还包括心灵的机制，我相信旧世界将回天乏力。"② 对索洛古勃的主人公来说，摆脱地球上无法消除的恶的唯一办法就是远离这个世界。或者死亡，或者遁入幻想中的另一类美好的国家——奥伊列国或联合岛王国。索洛古勃作了后一种选择：主人公特里罗多夫偕同妻子伊丽莎白来到联合岛王国，即将统治这个国家，小说就此画上了句号。

---

① 指 1905~1907 年俄国保皇派武装集团。
② Цехновицер О. В., 1993: "Два мира Ф. Сологуба", Сологуб Ф., *Мелкий бес*, М-Л., Academia, с. 13.

小说其他主人公中特别值得一提的是奥尔特鲁达女王。她美貌迷人，心地善良，热爱自己的子民，崇尚自由和个人意志，幻想着把自己的国家变成一个理想国。然而她的命运凄惨，丈夫不忠，蓄谋政变。小说的第二部着重刻画了她的爱情世界的冲突。最后，当岛上火山爆发时，奥尔特鲁达女王从容地走向火山，仿佛走向祭祀的圣火，使自己成为牺牲品。读到这里，我们不禁联想到耶稣基督登上各各他、赴死拯救人类的悲壮举动。

正如米哈伊罗夫所指出的："载入俄罗斯文学史册的索洛古勃要把不完美的现实改变成善与和谐的世界。"① 从这个意义上说，《编织的传说》是一部集中反映作家哲理性思考和神秘主义世界观的典型作品。作家描写了虚拟的历史进程，这个历史的始端与末尾相吻合，形成了一个严丝合缝的神秘的存在之环。在我们的面前，一颗漂泊的心灵降落到无穷尽的意识迷宫，迷宫中有"本我"和"非我"的统一体，有真正的存在。在这个时而荒诞、时而扑朔迷离的幻想世界中，我们看到的是一个堕落世界的原型，它呈现为一个本质上被扭曲了的、没有真正意识的幻觉世界，体现在奥伊列国形象中的另一股力量正陆续地涌入到这个世界上来。

神秘的世界消除了"本我"和世界的矛盾，充满矛盾的外部世界因"本我"的魔法师的意志而化为乌有，为魔法师创造的另一个新的世界所取代。小说中魔法师的形象在特里罗多夫的个性中得到体现，所有人物的行为仿佛均聚焦在这个形象上。特里罗多夫的名字是格奥尔基，暗示着古代传说中用矛刺蛇的常胜者格奥尔基。整部小说自始至终贯穿着特里罗多夫同恶之蛇的搏斗，两种力量的较量通过两个平面展现出来：一个是客观存在的平面（诸如与现实相关的各种历史事件），另一个则是主观理想的平面（一个虚构的"被创造出来的国家"——联合岛王国）。其次，特里罗多夫的形象象征着完美之人亚当第二，后者经历了人生的三个阶段：哥连、作为旧约之人的亚当和作为弥赛亚的新亚当。索洛古勃在特里罗多夫形象中赋予其个人的理想。"让我们来解析一下完美生物这一概念。其首要特征当然是全知。其第二个特征是全能。……完

---

① Сологуб Ф. К., 1991: "Человек человеку — диявол", *Творимая легенда*, в 2 тт., т. 1, М., Художественная литература, с. 7.

美生物的第三种特征：完美生物处于永恒的安宁之中。"① 然而，现实中的邪恶是如此的强大，作家十分清醒，并没有将自己笔下的理想人物完全理想化。

作为魔法师和创造者，特里罗多夫善于用"自我"的力量掌握自然的秘密。他是一名化学家，这一职业直接同古代的炼金术相联系。特里罗多夫的法术，他那改变生命机体的非同寻常的试验与炼金术的伟大事业和使徒行为均有着某些相似。在这种相似中，世界的能量被魔法净化并发生变化。在特里罗多夫的身上承载着整个世界。在他神秘的房间里，尘世的空间发生了变化，物质世界神秘的实质呈现出其原始的非理性的形式："古里古怪的房间，这里一切都不规则：倾斜的天花板，凹陷的地板，圆形的屋角，还有墙上挂着的令人匪夷所思的绘画和莫名其妙的图形。"② 就是在这样一个不规则的房间里，实存的现实仿佛已被泯灭。特里罗多夫的镜子是婆罗门教中的三主神之一——创造之神梵天那洞察一切的眼睛。神的目光自内向外射出，注视着外面的大千世界。这就是神秘主义哲学所谓的"智慧之眼"，其中可逆的子午线意味着超验于物理世界的因素。③ 特里罗多夫镜中经纬线汇集之处，过去和未来出现了位移，世界呈里外倒置状，并显现出世界内部的某些潜在的特质。应该指出，镜子手法在小说中的运用绝非偶然。显然，索洛古勃参照了喀巴拉教的世界镜子学说。这种镜子汇集了各种对立的因素和以对立统一为基础的喀巴拉教流溢层的存在④，它表明认知得到升华，"本我"与对跖人的"非我"在完全统一的最初生存状态中（Кетер）相结合。镜子中，光明与黑暗两极相互作用，通过神圣之光的三棱镜折射出来。小说中积极与消极、男人与女人、魔鬼与神圣各种因素结合在一起。意识的经线既连接存在的两极，又将其分割开来，犹如镜子既能聚焦又能反射光线，以此来显现统一的原则。这一原则在索洛古勃的笔下得到了充分的体现，如小城中发生的现实事件以及在联合岛王国上发生的幻想性事件。为了实现统一的奇迹，两个世界在综合中彼此相映呈现，

---

① 〔俄〕舍斯托夫：《钥匙的统治》，张冰译，上海，上海人民出版社，2004年，第1版，第81页。
② Сологуб Ф. К., 2002: *Собрание сочинений*, т. 4, М., НПК Интелвак, с. 23.
③ Додельцев Р. Ф., 1992: *Энциклопедия оккультизма*, М., Avers.
④ Лайтман М. С., 1993: *Кабала*, т. 1, М., Интербук.

构成一个完美的世界。

作家关于新大地的学说与喀巴拉教理论同出一辙。喀巴拉教理论认为，人的生存失去神的认识，就会变成空洞的硬壳。相反，一旦人摆脱了"硬壳"世界，就能走向真正神圣的存在，回到统一的起点。因此，统一是物质和精神的同一，确切地说，是"本我"光明的精神意志在物质世界的再现。最崇高范围内的真正存在同样可以被视为真正的人及作为其对跖人的综合。小说中，在同捍卫基督第三约思想的革命者彼得·马托夫交谈时，特里罗多夫谈及佛教（消极）和基督教（积极）因素的新的统一，并说道："我们看到的是两个同样强大的流派。认为其中一个会获胜的想法是不可思议的，这是不可能的。谁也不可能消灭整个历史的另一半能量。"对此，彼得回答说："然而，如果基督、菩萨都不会获胜，那么等待我们的将是什么呢？"特里罗多夫反驳说："是综合，您把它当作是魔鬼了。"

小说中可以看到喀巴拉教的雏人①以及完美的人，即第一个被造物亚当的原型。特里罗多夫把这个完美的人投射到自己身上，并通过意志试图在自身中连接阴阳两极。在被他施行"黑巫术"的孤儿院中，既有阳光普照之下狄奥尼索斯式的狂欢，又有月夜里充满死亡阴霾的惨惨戚戚。在阳光明媚的日子里，不时传来孩子们的欢声笑语，身材匀称、晒得黝黑的孩子们向往着狄奥尼索斯式的欢乐。然而夜幕降临之后，他们又变成一群安静的魔鬼的孩子，仿佛是一群死亡的天使。特里罗多夫让在贫困和苦难中死去的孩子们复活之后，并没有立即将他们从恶的世界领入和谐的存在之中，而是暂时领到炼狱。这里，迷人的幻景在乌托邦和残酷现实的交相辉映下熠熠生辉。

特里罗多夫凭借"本我"的力量把世界引向真正完善的道路。他的生活目的就是要改变现实的存在。特里罗多夫的终身伴侣伊丽莎白与他志同道合。夫妻双双后来成为另一个世界的国王和王后。同时，他们依然还在与由蛇统治的硬壳世界抗争着。这种反抗的实质乃是反抗创世主的意志。小说中，奥尔特鲁达女王说道："创世主向我们隐瞒真正的知识。他在隐秘的统一中放入所有的知识和才智，使我们无知，给我们增添绝望、精神贫困的痛苦和难以忍受的忧愁。"为了实现自己的目标，特

---

① 根据中世纪炼丹术士的说法，为一人形生物，可运用化学方法在试管中获得。

里罗多夫和伊丽莎白不惜使用任何力量,包括纯魔鬼式的力量。为此,特里罗多夫与魔鬼丽丽特发生关系,而伊丽莎白则祈求撒旦给予她支配生物世界的权力。然而,在认知欲望和"对权力意志"的相互角逐中,势必产生巨大的悲剧,任何一个召唤撒旦、渴望权力的人最终均会陷入魔鬼的掌控之中。魔法师凿开了硬壳,导致世界的毁灭和死亡。在小说的结尾,世界在落入撒旦之手后即被毁灭,留下的只有往昔辉煌建筑的废墟。

"人的灵魂永远渴望生气勃勃的创造,渴望在自身中创造世界。"① "既然我们生活中的一切均相互联系着,那么艺术中的创造就会引发生活中的创造。尤其是对于浸透着自由意志的当今艺术。艺术越充满创造的活力,这一活力就会越多地注入到生活之中。艺术走在生活的前面,要求在生活中建立创造性的功勋。为什么说创造生活是可能的?只有敢于说'我'的人才敢于想象和创造生活。只有把自己置于世界进程中心的人才能够在自身中找到足够的力量,以便给自己制定出始终一贯的创造生活的目的。"② 然而,特里罗多夫的创造之路并非一帆风顺,而是充满了荆棘。低级世界的意志竭力要主宰魔法师的意志,使他陷入到危险的诱惑中。构成对特里罗多夫和伊丽莎白诱惑的是对无限权力的追求,同时还有炽烈的爱欲。特里罗多夫在同丽丽特结合后,失去了内心的自制力,完全献身于低级生物,成为情欲的小魔鬼。在小说的第一部"血滴"中,我们看见某种低级力量在竭力控制特里罗多夫的意志,特里罗多夫同时既迷恋于酷似他第一任妻子、长着火热的红嘴唇的丽丽特-阿尔基娜,又陷入到"卑劣的小魔鬼"、骗子奥斯特罗夫的掌控中。这些人物是硬壳世界魔鬼生物的投射,他们代表着空虚、恶习和精神上的腐朽。奥斯特罗夫作为魔鬼因素,其身上具有典型的撒旦特征:令人反感的、敏捷的"卑劣的小魔鬼"的目光,奇形怪状的穿戴(尖角帽、人造宝石装饰品)。丽丽特的恶魔因素也表现在热恋着特里罗多夫的阿尔基娜的形象中:她那苍白的脸和鲜红的嘴唇像是魔鬼的面具,举止表现出同样的矫揉造作。有趣的是,小说中我们还看到了彼列多诺夫的形象,他从精神病专科诊疗所被放出来,还谋到了地方监察员的职位并构成小说中一个无形的存在。彼列多诺夫是无和非存在的直接投射,所有关于他过去

---

① Сологуб Ф. К., 2002: *Собрание сочинений*, т. 6, М., НПК Интелвак, с. 413.
② Сологуб Ф. К., 2002: *Собрание сочинений*, т. 6, М., НПК Интелвак, с. 441.

的荒诞传说都证明了这一点。小说主人公特里罗多夫因此被无形的线与无形世界的恶魔连接到一起。后者在成为绝对空虚的无的投射的同时，把主人公同外部魔幻的硬壳世界紧紧地联系在一起。

对特里罗多夫来说，唯一的拯救在于拒绝热烈的愿望，拒绝任何对权力的意志，在于通过神秘的爱确立统一的意志。奥尔特鲁达—伊丽莎白安慰的力量拯救了他。这是一个与丽丽特截然相反的人。这一形象同样与索菲亚堕落和升华的理论相关。正如小说中所指出的，在硬壳世界里，联合岛王国奥尔特鲁达女王之前同特里罗多夫一样，受着黑暗力量和恶魔情欲力量的支配。她不幸落到了一条绿龙的魔爪中，并因此堕落和最终身亡。对无法实现的愿望的追求使她陷入到撒旦的控制下，自由、虚假的幻象不时地在她的眼前晃动着。她说道："我们渴望生活，它迷人地来到我们面前，并把我们吸引到爱情和欢乐的甜蜜中。但是一位死而复生的英俊的诱惑者站在门槛上，召唤去认知真理，我也召唤：噢，在朝霞或晚霞中到我这儿来，我的太阳，请在我面前照亮世界……"然而照亮世界的并不是快乐、神圣的阳光，而是汹涌的火山喷发出的火柱。岛上的火山苏醒过来，滚烫的熔岩将炽热的火舌抛向大地。这时宫里一位名叫阿斯托尔福的英俊青年正奄奄一息，他的父母也成了阴谋的牺牲品。在王位的周围，阴谋和变节之网纠缠在一起。最终国家屈服于以奥尔特鲁达的丈夫唐克列德为首的阴谋家毁灭一切的力量。唐克列德是一位爱情上朝三暮四、功名上锱铢必较的军人。太阳的世界渐渐地陷入混乱的深渊之中，罪恶之龙在即将毁灭的岛国上横行霸道，"一条凶恶的龙化为卑劣的小魔鬼在全国上蹿下跳，大自然也发生了巨变，原本鲜艳明快的色调由于火山灰的弥漫变得黯然失色。"黑暗的力量在小说中化为恶魔般、低级世界的形象。火山和凶恶的龙—蛇成为世界恶之巅峰和象征，蛇代表着来自地狱、可以吞噬世界的恐怖的力量："令人窒息的黑魆魆的浓烟像一条灰褐色的蛇慢慢地在街上爬行。它的脑袋是白色的，长着十只冒火的眼睛，它的火舌一会儿露出欣喜若狂的红色，一会儿像烟一样地躲进宽大、苍白的嘴唇里。城市在毁灭中呻吟，在烟雾中苟延残喘。"从这段描写中可以看出龙—蛇和制造灾难的野兽与幽魂的王国、死亡的冥界、"硬壳"世界的统治者是何其的相似，它们代表幻觉与戴着真理面具的谎言。人们对绝对权力的追求最初是被当作对真正的认知的探索。蛇将视而不辨的人引入到耽想之中，在现实和想象之间筑起一道不可逾越的墙，并使受害者对此全然不知。

在关于如何企及真理的问题上，我们在小说中可以看到，通往神秘的成年仪式的道路是经过堕落达到升华。伊丽莎白和特里罗多夫在经历死亡之后，洞察了生活的真谛，于是死亡成为对他们的考验，成为火的洗礼。正如莱维所指出的，那些要到达赎罪的篝火的人，要像大力神赫耳库勒斯一样自己点燃自己，以此来摆脱自己的痛苦。① 在小说的结尾，伊丽莎白和特里罗多夫走在通往新生活的魔鬼之路上，把寻找真正的知识作为自己的最终目标。

特里罗多夫和伊丽莎白的婚姻与喀巴拉教的过渡性理论具有相似性，这是一种从死亡进入生的门槛式过渡。根据这一理论，人在神圣的婚姻中使自己脱离开尘世短暂的硬壳进入精神世界的领域。他的神圣的"我"同精神之妻结合在一起，构成完美人亚当第二。索洛古勃通过颜色的象征揭开了这桩婚姻的意义：成为伊丽莎白的象征的是绿色（她经常身穿黄绿色或金绿色的服装），特里罗多夫接近她的时候，她身上闪耀出天空蔚蓝的光芒。绿色标志尘世天堂的原型变成神圣、纯洁的颜色。这种索菲亚的本质和变化标志着炼金术事业获得真理的最后阶段，点石成金符合太阳（金）和月亮（银）成为神圣的组合、世界最初的源泉。另一个"我"得以被"自我"承认（否则无法实现统一的奇迹）。

就实质而言，索洛古勃在小说中展示了作为世界象征的神圣的爱，提出了关于世界和人的新概念。这一概念已经不是建立在孤独的"我"的独特性之上，而是建立在"本我"得到承认的基础之上。这样，人就可以在佛教的清凉寂静、烦恼不再、众苦永寂的愉悦中苏醒复活。然而，要达到此精神世界，必须先毁灭硬壳世界。特里罗多夫最终从现实的世界走进他本人所创造的世界。索洛古勃让他的主人公到"蔚蓝色的星球上"定居，在主人公生活过的空虚、嘈杂、缺乏和谐的世界上一切都僵化凝固，是不可能出现什么变化的。只有依靠创造的力量，才能脱离目前栖身的世界，进而在另一个光明的世界中改变现有的世界，这就是主人公特里罗多夫的事业之意义所在。

索洛古勃在把爱作为统一的源泉来描述的同时，接受了索洛维约夫

---

① Леви Э., 1994: *Учение и ритуал высшей магии*, M., refl-book, c. 257.

关于圣索菲亚的学说。在小说中，能救赎一切之罪、具有拯救力量的"永恒的妻子"毫无疑问就是索菲亚。索菲亚的道路就是堕落和上升的交替之路，是死亡之路与再生之路，确切地说，关于永恒存在的哲学学说可以表达为经过死亡的经线通向永生的道路。死意味着我们摆脱了物质的世界。我们的身体好比是蛹，为了更崇高的生活，我们挤破外壳走了出来。死亡时我们的精神走出躯体，仿佛香味离花而去。

"编织的传说"建立在死亡之上，而"鬼魂之路"则意味着通往获得上界的存在之路。由此，在小说中，未来的生活成为决定人是否将存在的关键。于是，小说的中心思想在现实与幻想事件的交织中得以展开，与世界万物同一的存在紧密联系在一起。最终获得统一、综合的世界方是真正存在的世界。索洛古勃笔下的现实世界，犹如柏拉图洞穴喻中的王国，是我们尘世生存的"洞穴"的存在，是某个空虚、黑暗世界的存在。在这样一种存在中，我们的灵魂无法企及纯洁的理念，只能与虚幻世界的魑魅魍魉打交道。

Я живу в тёмной пещере,	我生活在窄小的洞穴，
Я не вижу белых ночей.	我看不见白夜的临降。
В моей надежде, в моей вере	在我的希望、信念之中
Нет сиянья, нет лучей.	没有辉耀，不见光芒。
Ход к пещере никем не иден,	谁也没告知洞的入口
И не то ль защита от меча!	莫非这是为防刀剑！
Вход в пещеру чуть виден,	洞的入口依稀可见，
И предо мною горит свеча.	蜡烛点燃在我眼前。
В моей пещере тесно и сыро,	我的洞穴窄小而潮湿，
И нечем её согреть.	无一物可以把它温暖。
Далёкий от земного мира,	离人间十分遥远的我
Я должен здесь умереть.	应当在这里离开人间。①

---

① 顾蕴璞：《俄罗斯白银时代诗选》，广州，花城出版社，2000年，第1版，第40页。

为了获得真理、看到神圣思想的真正的光明，必须走出"洞穴"。在走出洞穴的过程中，如同眼睛慢慢习惯于光亮，人逐渐地认知真理，获悉生活的真谛。可以说，真正的存在并非一蹴而就，人必须在通向真理之路上经历被抛弃和忍受孤独的煎熬。然而，人一旦获得真正的知识，就会运用知识来创造另一种理想的生活。仿佛他举起了火把，照亮洞穴的出口，思考着如何走出无知的深渊。

在索洛古勃的世界里，知识是光明唯一的象征。而在自身中连接起点和终点的六角星则代表着东、南、西、北、上、下六个方位以及创世的六天。作家关于六角星的诗篇为我们揭示了创造的力量：六角星将无限、光明和神秘三种因素统一在一起。① 圣三一成为宇宙的象征与奥秘。六角星是神之化身的奇迹，是位于最高级的神的统一，它汇集着全部的认知。诗人徜徉于生活的迷宫，经过心灵漫长的求索之路，在向自己蔚蓝色国度的回归中找到了归宿。美好的生活就在地平线的尽头，蔚蓝色的雾霭散发出阵阵芬芳，筑起一道密密匝匝的栅栏，将一切尘世之恶拦在其外，即使是万能的生活意志也无法摧毁这一同一的栅栏。

（二）索洛古勃创造的实质*

在存在主义框架之下对存在的思考在索洛古勃那里是通过神秘主义世界的反光镜折射出来的。在诗人的引导下，我们跟随主人公一起登上存在的台阶，步入神秘的世界。在我们面前重又出现最初存在时期伟大的景象，在那遥远的过去呈现出新的统一：

В последнем свете злого дня,	伴随邪恶日子最后的余晖，
В паденьи сил, в затменьи бога,	上帝隐去，万物衰退，
Перед тобой Моя дорога.	到我这里来，爱我吧，
Приди ко Мне, люби Меня.	我将告诉你人生的轮回。

真正的存在通过死亡被融入到意志创造的统一中，它成为"自我"追求的终极。只有将存在的理念融汇到心灵中，人才有可能获得自由的意志。这是一种试图挣脱被空间、时间框架所限制的世界的运动，是一

---

① Сологуб Ф. К., 2003: *Собрание сочинений*. т. 7, М., НПК Интелвак, с. 348.

* 本章节的部分内容发表于《俄语语言文学与文化研究》2012 年第 1 期《索洛古勃创作中的人与世界》一文。

种具有突破性和积极性的运动着的力量,"自我"力求远遁到另一个新生的世界,在那里生存的各个方面在统一的意志中交融在一起。在这一意志下,存在的世界呈现出多样性,纷繁复杂的世界成为通往精神世界的台阶,每一层台阶为世界统一之光所普照。在索洛古勃的诗篇中,太阳的光环象征着存在的高度,统一的光辉将各个台阶连接在一起。诗中的我渴望进入到永恒之中,凭借创造的力量去突破尘世的界线,正是在这些界线之内不可逆转地上演着我们生存的悲剧。

在尘世中,受压抑的人试图获得生存的意义。他在朝着自由的每一次挣扎中和倏忽即逝的瞬间里寻找存在。然而,这样的存在仿佛是一个销声匿迹的隐身人,人无法找到它,由此产生要在没有幻想的梦中永远沉睡的愿望。在索洛古勃的作品中,寄身于物质中的暂时的存在无法臻于完美。真正的存在只有在永恒同暂时的综合中才能获得,在综合中,物质世界的先前界线必须被破坏。人固然可以否定现实,也可以改变它,把它变成神圣的现实,但要做到这一点谈何容易。这需要人的意志得到最高的集中和统一。因此,魔法、通灵论在索洛古勃那里成为创作中的一个重要因素,成为创造的力量,凭借创造的力量"我"的统一意志得以战胜时间和空间的障碍,成为统一的组织力量。诗人在接受这种统一时,抛弃了时间的召唤,宣布"我"的意志为唯一的现实性:

Пусть будет все не так, как было,	愿一切并非一如从前,
Пусть будет все, как я хочу.	愿一切犹如我希望的那般。
Я дам по красному лучу	所有苍白的世界,
Всему, что прежде белым было.	我要照射以红色的光线。
Все яркоцветное мне мило,	我喜欢鲜艳明快的色调,
Себе я веки золочу,	要用金色装扮我的双眼,
Чтоб было все не так, как было,	为的是一切并非一如从前,
Чтоб было все, как я хочу.	为的是一切犹如我希冀的那般。

在这里,诗人通过对此间世界的否定,完成了对另一个世界的肯定。经过改变的"我"成为宇宙的中心,确立"我"和"非我"之间本已失去的相互关系。两极在这里汇集在一起,世界在创造的行为中同"我"连接在一起。个性在自身中集中了所在存在,从而获得完全的权力,成

为追求统一的上帝。从"我"之中产生出所有创造力量的源泉,产生美好的理念世界。统一中的我在自身中包含了一切和无,构成包罗万象的存在。

在索洛古勃那里,作家的任务在于把永恒与暂时、精神世界与现象世界归一起来。这两种因素、两个世界的结合构成一种新的、神圣象征的统一的前提。索洛古勃在谈到神圣统一时,置万物于世界中心的不是神人,而是人神①。在诗集《火环》和《我。完全的自我肯定集》中,诗人把作为某种最高实质的"我"置于世界的框架中。"如果统一意志在支配着世界,那我的意志又是什么?如果整个世界处于必然性的锁链上,那我所感受到的、作为我个人存在的必然性法规的自由又是什么?我们的个人主义不是要对抗社会,而是要奋起反抗机械的必然性,反对过度沉溺于物质的世界观。在个人主义中,我们寻求的是个体解放和自我肯定。……摆在我们面前的问题是:人在世界上究竟为何物,他与统一意志又处于什么样的关系中?"② 在索洛古勃那里,富有创造性的我改变了短暂的世界,创造的"我"同世界的灵魂索菲亚连接在一起。我们可以看到人世间所有的经纬之线均汇集在"我"之中,即在"我"之中存在着一切的开端和结束。③

在索洛古勃的艺术世界中,宇宙中全部的"是"与"否"均汇集在统一的存在中,通往存在主义的道路就建立在"是"与"否"之上。堂吉诃德主题构成了作家神话题材的主要部分。索洛古勃在作品中成功地展示了"赞成与反对"的统一中的存在主义意义。堂吉诃德在疯狂和幻想中推翻了现实性,有意从自己的意识中排除掉一切畸形、不完善的因素,以此对世界说出坚决的"否"。但是,在"自我"改变世界的同时,在创造出神话般的传说,把愚蠢的阿尔堂莎变成美丽的杜尔西内娅的同时,堂吉诃德也向世界说出了"是"。这里,我们看到两极的对立在统一意志的影响下融汇在一起,神话通过通灵论的三棱镜折射出统一的象征。索洛古勃对此写道:"根据两极对立同一的规则,必然性和自由是一

---

① 人向上帝的运动的结果不一定都是真正的人的诞生,而常常是人神的诞生,即人自称为神。在俄罗斯神学思想里,人神也被称为反基督者。(参见张百春:《当代东正教神学思想》,上海,三联书店,2000年,第1版,第511页。)

② Сологуб Ф. К., 2002: *Собрание сочинений*, т. 6, М., НПК Интелвак, с. 422.

③ Сологуб Ф. К., 2001: *Собрание сочинений*, т. 2, М., НПК Интелвак, с. 494~495.

回事。诗人对必然性说：你是我的自由；对自由说：你是我的必然性。"① 于是我们看到，在这样一种"赞成与反对"中打开了通向无限的窗口，而在统一的意志中经过对生活的改造开始了对创造性的探索。在作家的"自我"中汇集了全部存在所及之疆域。世界之镜在索洛古勃那里变成了理想之存在的原型，在现象世界的背后，清晰地折射出其真正的实质。这样的镜子与长篇小说《卑劣的小魔鬼》中颠倒的世界构成截然的对立，在那里渺小的自我、"我"的个人的意识被固定在特定的地点和时间内，为空间和时间的框架所限制。相反，在未变形的真正的镜子里，隐藏着物质世界的本质。在表面光滑的现象背后总是藏匿着某种我们感官无法探知的东西。通过玻璃的反射，光线也发生折射。朝着死亡意志的运动使灵魂得以前往另一个世界，进而实现向另一种世界的过渡，使存在逐渐获得意义。在短篇故事《图兰季娜》中，另一种生活以童话中公主的形象走进人的世界，完全改变了世界的灵魂，它成为理想世界的楷模，戴着面具神秘地呈现在人的面前。神圣、独特的创作所致力于的正是要求获得这样一种功能。在创作与新的神圣的艺术中，"生活本身看上去是一系列的偶然性、笑话，还多多少少引人入胜……像是被统一的意志推动的世界进程中的一部分。现象的所有相似性与非相似性显示了各种可能性，成为这一种可能性的载体的是世界。"②

诗人走进遥远的幻觉境地，获得梦寐以求的恬静与欣悦。缺乏神赐的渺小世界充满了残害人的毒素，遭到诗人始终如一的否定。在《祭祀香火》、《二韵八行诗》以及晚期的一些诗作中，诗人在谴责空虚、死气沉沉的世界的同时，重新起来反对创世主—蛇的束缚。这些诗篇证实了创造只能在自身中进行："我"和"你"的统一只能在理想世界、在另一种存在中实现。诗人对空无世界的态度始终如一，他把抒情的"自我"放到了高于世界的地方：

Как часто хоронят меня!	人们常常将我埋葬！
Как часты по мне панихиды!	将我的亡灵追念！

---

① Сологуб Ф. К., 1991: "Человек человеку — диявол", *Творимая легенда*, в 2 тт., т. 2, М., Художественная литература, с. 164.

② Сологуб Ф. К., 1991: "Человек человеку — диявол", *Творимая легенда*, в 2 тт., т. 2, М., Художественная литература, с. 172.

| Но нет для меня в них обиды, | 但我从不为此不平, |
| Я выше и Ночи и Дня. | 我高于黑夜和白天。 |

诗人接下来呼唤要像希腊神话中冥河上的艄公卡戎那样去追求真理。死亡之路仿佛把他带回到存在的最初的源泉：

Оставьте ненужное дело,	请搁下无益之琐事,
Направьте обратно ладью, —	扬起返航的船帆,——
За грозной чертою предела	在阴森的绝地之外
Воздвигнул я душу мою.	我已将灵魂重建。
Великой зарею зардела	生活之爱的朝霞
Любовь к моему бытию.	预示着美好的明天。
Вселенское, мощное тело	我要为世界之魂铸出
Всемирной душе создаю.	宇宙般强大的躯干。

大船象征着死亡和回归。经过漫长的漂泊和与风浪的搏斗，大船终于要返航回归到最初的源泉，回到诗人理想中遥远的奥伊列国和蔚蓝色的里果伊城。诗人在永恒的回归中心灵获得宁静，在永恒的气息中领悟到真正的存在，在自身中找到苦苦追求的永恒和生存的真谛。

索洛古勃无疑是20世纪俄罗斯现代主义先行者之一。孤独、荒诞，对自己力量失去信心，嗟叹死亡的不可避免性，这就是索洛古勃创作中表达的人对世界的感受。索洛古勃的创作处于19～20世纪交界之时不同文化意识之间的一个断层之上，他为我们展示了人类生存的前所未有的深渊。在诗人看来，那个时期人类放弃先前的定位，失去了先前的完整性以及同周围世界的相互关系，走进另一个世界和维度。"人已脱离了上帝，他败坏的理性以客观化的方式来作为认识方法。人外在于自己的主观感受，将这些感受置于身外，以事物来建构世界，以与自己对立的'对象'来建构世界。这样，就形成了一个推论出来的、外在化的、客观化的诸种现实的体系，而这种现实则通过强制和奴役反作用于人。这种客观化所造就的是反精神的本性，是一个充满裂隙的表象与现象世界。"① 此在世界已经毫无希望，正在逐渐消亡，所有的生物被黑暗的硬壳世界的旋涡所吞噬。人在尘世的生存成为这个吞噬一切的怪物口中的牺牲品。死神掌管着世界，人只是它强大的手掌上的一只可怜的木偶。"分裂的我"不可能再谈论和谐与最初建立的美。美的概念已经发生偏离，这是死亡之美、颓丧之美、病态之美。

索洛古勃作品中的世界无异于叔本华所谓的意志与表象的世界，生存于其中的人或者有被遗弃感、离世远遁，或是苦苦寻求生存的意义，却总是劳而无功。著名挪威画家蒙克在其画作《呼喊》中为我们展示了类似临终前的挣扎：前方只有一条路、一座桥、炽热的太阳，前方只有死亡。画面上的人物猛然察觉到自己置身于一个恐怖的境地，他的脸呈黄绿色，表现出无奈和极度的绝望。他试图用双手捂住自己的耳朵，以免听见从自己张大的口中所发出的绝望的呐喊。人物仿佛迎着观众走来，欲挣脱尘世。蒙克为我们展示了一颗慌乱、被揉碎的、备受苦难的灵魂及与上帝和世界失去联系时灵魂发出的呼喊。画的背景是山、平静的海和冷漠的人群，似乎任何人都听不到他惊恐的呐喊，他们与观众距离遥远，仿佛是在世界的彼岸。画面上一片凋敝与死亡的景象。这幅画无论就结构，还是内容，与索洛古勃笔下的世界有很多相似之处。索洛古勃的世界正是这样一种世界。《卑劣的小魔鬼》中灰色的天空和街道，《沉重的梦魇》中摇摇晃晃的桥，仿佛都在强调生活的不稳定性。在变形的空间里是无声的恐惧，在这里绝望的呐喊标志着一切。

光明与黑暗的较量，善与恶、生存的意志和死亡的意志之间的冲突构成了索洛古勃创作的基调：

Столкновение бешеных воль,	疯狂意志的冲突，
Сочетание воплей и стона...	呻吟伴随着哀嚎……
Прокажённого радует боль,	疼痛使麻风病人欢欣，
Как сияние злого Дракона.	仿佛是凶猛的龙的咆哮。
Он лицо поднимает к лучам,	他的脸朝向光明，
Острупелые тянет он руки,	双臂伸向上天，

---

① 〔俄〕叶夫多基莫夫：《俄罗斯思想中的耶稣》，杨德友译，北京，学林出版社，1999年，第1版，第154~155页。

И смеётся жестоким бичам,	残酷的笑声像啪啪作响的长鞭，
И приветствует дикие муки.①	在迎接野性的苦难。

  这里展现的一面是难以忍受的疼痛，死神之刺仿佛就要扎进世界，另一面是恶变得轻松愉快，人物向往痛苦，在痛苦与疯狂的哀嚎声中荡漾着愉悦的陶醉。这已经不是奥伊列岸边的月光，不是水光潋滟、悦耳动听的里果伊，这里不是无言的讽刺，而是浮士德式的神经质的大笑。舍斯托夫是这样谈论索洛古勃的："无论您从索洛古勃的小说中拿出什么，到处都重复着同一个东西，到处是使您和作者昏晕的瘴气。"② 在人类黄昏之际，恐惧来自对世界和作为恶的本原的上帝的否定。创世主按照恶的原则创造世界，这一点已被人为生存而进行的斗争、连绵不断的战争和毁灭性的社会剧变等所证实。在另一个绝对的存在和尘世之间，横亘着一条巨大的深渊，索洛古勃为我们展现了这个深渊的魔法和恶的形而上学：

Когда я в бурном море плавал	漂游于汹涌澎湃的大海，
И мой корабль пошёл ко дну,	我的小船翻进海里，
Я так воззвал: "Отец мой, Дьявол,	我大声疾呼："我的魔鬼天父，
Спаси, помилуй, — я тону.	救救我，我正在沉入海底。
Не дай погибнуть раньше срока	不要将让我变得凶恶的灵魂
Душе озлобленной моей, —	在规定的时刻之前置于死地：
Я власти тёмного порока	我要将余下的阴晦的日子
Отдам остаток чёрных дней".	献给黑暗恶浊的势力。"

  索洛古勃创作中的悲剧性激情、存在主义思想与20世纪西方作家关于"存在"的思考在本质上是相同的。索洛古勃的创作主题是生与死、善与恶、孤独与自由。作家在创作中自始至终关注人在世界上悲剧的命运。索洛古勃的主人公大都经历了一条对存在和真理、对痛苦和死亡的认知道路。综观索洛古勃的整个创作，其基本出发点始终是人，他的全

---

① Сологуб Ф. К., 1995: *Стихотворения*, Томск, Водолей, с. 213.
② Шестов Л. И., 1911: *Поэзия и проза Ф. Сологуба*, СПб., Шиповник, с. 11.

部思想均是围绕人的生活体验展开的。在人的问题上，处于中心地位的则是自由问题。这里所谓的自由主要是指人的创造性活动。创造是自由的集中体现，创造在自由中产生，创造是人的根本使命所在，是基督教哲学的中心问题之一。上帝、人、个性、精神、自由、存在、历史等等诸多范畴都可以通过"创造"这个概念加以说明。人、自由、创造三者构成索洛古勃创作的基本内容。人是作家描写的基本对象，自由是他所揭示的人的本质特征，创造则是作品中人物自由的集中体现，构成人和历史的意义之所在。人是存在的主体，几乎整个外部世界都是对人的限制，人自身要存在和发展，就必须不断突破这种种限制。在象征主义理论中，人是上帝的创造物，具有上帝的形象和上帝所赋予的创造能力，人在自己的各种活动中创造着新的存在，创造着甚至对上帝而言都是前所未有的世界。处在世界中心的不仅有上帝，而且还有人。索洛古勃在《当今艺术》一文中写道：别雷曾经指出："象征主义使得艺术不再只是艺术，艺术变成了自由人类新生活的内容和遵循的教义……"作家本人也认为："新艺术呼唤我们去从事伟大的劳动，去改变我们的生活，去重建和复原人类自由的灵魂。"[1]

因此，通过创造活动来完善世界是人不可推卸的使命。这一活动最终将使人与上帝接近并成为神人。人在创造活动中使自身的神性得到发展，进而走向人自身和整个历史的终点。在索洛古勃的艺术世界里，人的整个生命、人之存在的实质就是精神与客体化世界的斗争。这种斗争呈现为人以自由的理念和创造活动来反抗与突破客体化世界的限制，标志着建立在人的创造基础上人与世界的共同发展。人之存在，不是简单的"在"或"有"，人通过自己的创造活动克服恶和客体化因素，回归永恒。人的创造是向历史的终点——神的王国的接近。因此，在揭示对人有威胁的世界的现实、展现世界是敌对于受苦受难的人的同时，索洛古勃没有否定另一个世界，即真正的存在主义所主张的世界。在索洛古勃那里，通往获得存在真谛的道路只能建立在否定非真实、虚伪的"现象世界"和日常世界之上。在奋起反抗沉沦生活的同时，索洛古勃预言了另一个理想的彼岸世界的存在。两个世界内涵的对照构成作家创作的典型特征。这样一种双重世界在19~20世纪之交所有文化语境中都有所

---

[1] Сологуб Ф. К., 2002: *Собрание сочинений*, т. 6, М., НПК Интелвак, с. 438.

反映。索洛古勃创作的新颖之处，与其说是指出两重世界，不如说是艺术地揭示生存的存在主义的底蕴。对索洛古勃来说，世界并非完美无缺。尘世是一个堕落的世界，在堕落中不断地远离创世主。正是这种远离构成索洛古勃作品的悲剧性源泉。人在世界上存在的过程中，无论他怎样努力要把世界变得更美好，后者依然将是不完满的，由此产生对生活的不满和悲观。但与此同时，这种不满促使人朝着对上界的存在的认知迈出了一步。这条认知的道路布满了荆棘，只有走过这条道路的人才能获得生活真正的、永恒的意义和完整的存在感觉。

正如我们在索洛古勃所有的作品中看到的那样，他的创作直接指向对理想之存在的探寻，后者在自身中包含了生活的意义和价值。在论及荒诞的感觉、强调外部世界的客体化时，索洛古勃总是希望寻求上界的存在。对作家来说，重要的不是结果，而是求索的过程，这是一条涵盖人类生存全部价值的道路。这一问题的处理方式使得索洛古勃与存在主义哲学家之间产生了异曲同工之处，这就使得我们能够用象征主义来诠释索洛古勃创作中的存在主题并加深我们对 20 世纪俄罗斯文化与文学的理解。

索洛古勃的创作同世界和人的存在主义问题紧密相关。作家提出关于生活的意义和生存的目的等问题，他的作品充满悲剧的激情，折射出舍斯托夫、克尔凯郭尔等存在主义理论家关于有生命世界的荒诞、人的孤独并与上帝疏远的思想。有别于西方存在主义作家的是，索洛古勃首先是一位神秘主义者，因为存在的意义在他那里被置于通灵论、象征创作神秘的行为中来揭示。可以说，作家关于世界和人的理念不仅建立在存在主义的感受上，而且建立在神秘的意识之上。索洛古勃笔下的人一方面逃离上帝，另一方面在创造性地对另一个存在和自我的肯定中走向上帝。索洛古勃把人的悲剧性的存在与堕落同神明相对应，平面的存在直接对应于立体的存在，神圣的世界原来同尘世紧密相连，一切都在力争使存在完善。在这个意义上可以说索洛古勃以特有的方式对索洛维约夫关于宇宙发展、历史精神进程的思想进行了再思考和补充，这种思想的最终目的是与作为永恒生活源泉的创世主的统一。索洛古勃的索菲亚观建立在宇宙发展思想和末世论之上，对未来王国的向往和期待有助于人们克服存在中的荒诞和无意义。索洛古勃关于世界和人的索菲亚观念同样对应于诺斯替派、喀巴拉教、玫瑰十字教等神秘主义学说，尽管这里不无某种折中。索洛古勃关于世界和人的概念不仅建立在神秘主义学说的基础上,而且还建立在伦理学和形而上学的基础上。他从叔本华、尼采、明斯基的理论中汲取养分,他从否定世界最终走向肯定世界、肯定世界之美和真理。在这个世界上真正的、存在主义之下的存在只能通过创造的努力、创造的意志而获得,这是一条经过否定这个世界的不公正和伪善、进而肯定另一个世界的神圣存在的道路,它指引人去认识真理。索洛古勃对此指出:"对无情宿命的畏惧,奋起同命运的抗争,导致现实生存全部根基的令人忧心忡忡的动摇,这一切再一次进入当今艺术的领域,并向我们预告埃斯库罗斯和索福克勒斯伟大艺术时代的到来。"①

奥地利表现主义作家古斯塔夫·麦林克在世界观方面和索洛古勃十分接近。在两位作家的作品中,上帝恶的意志均建立在对世界否定的基础之上。在长篇小说《哥连》中,麦林克详细研究了哥连现象。哥连象征着世界的客体化,这是上帝手中死亡的面具、木偶和被遥控的机器。麦林克认为上帝只是为显示自己至高无上的权力。耶和华在创造人的同时,给予人以自由。但自由把人引向堕落,结果人类永远地脱离了最初永恒的存在和天堂。为了使脱离自己的"单子"重新臣服于自己,耶和华把世界纳入到物质中,用空间和时间来使创造客体化。小说里犹太人居住区中一派生灵涂炭的乱世景象,无法消灭的贪婪的精灵一手遮天,这个犹太人区就是一个典型的被客体化了的世界。② 麦林克用喀巴拉教的术语"硬壳"来称谓为生存作殊死斗争的世界。哥连与这个世界血肉相连,他是炼金术士创造出来的某种具有理智的机械装置。在麦林克的笔下,哥连是一架不会说话的机器,它象征着没有精神、空有形状的人,只能对外部机械刺激物有反应,并且盲目服从于操纵者。在一定的意义上,哥连就是与精神内核分离的壳。为了达到真正的存在,精神应该从物质中脱离出来,即消灭哥连,起来反抗客体化世界,这也是对上帝意志的反抗。反抗要经历死亡走向另一种生活。麦林克在小说中展示了生与死、善与恶的对立。毫无意义的哥连式的生存就是恶,它等同于痛苦与死亡。索洛古勃的独到之处在于,作为一位象征主义诗人和作家,他歌咏死亡,认为死亡可以把两个世界连接起来,而不是麦林克提倡的与

---

① Сологуб Ф. К. , 2002: *Собрание сочинений*, т. 6, М. , НПК Интелвак, с. 435.
② Майнринк Г. , 1990: *Голем. Вальпургиева ночь*, М. , Прометей, с. 17.

此在世界的分离。死亡是在涅槃中的诞生，它破坏硬壳世界，战胜恶并成为统一的绝对精神。索洛古勃幻想将善与恶纳入到一个统一体内，使世界走向正面的无，走向象征的统一，以使尘世的因素与上界的因素在死亡与非存在中连接在一起。

  无论是对麦林克，还是对萨特或加缪来说，肉体是尘土，是微不足道的壳，它正在被消灭、融解、消失殆尽。然而对作为象征主义作家的索洛古勃来说，肉体不会腐烂，在死亡中它将获得不灭的意义。在推翻上帝以及为他所创造的世界的同时，索洛古勃建立起自己的世界和自我，因为他是一位诗人、通灵论家和魔法师。他是一位象征主义者，是柏拉图理念的崇拜者。他同时又是游侠骑士堂吉诃德，把诅咒同赞扬混合在一起。由此我们可以说，索洛古勃的秘密就是合二为一的秘密：白天的和夜晚的两种不同的灵魂出现在某个统一体内，由此而来的对巴尔神的赞美、对撒旦的颂歌和关于神秘星球马伊尔的美好诗句。索洛古勃在自己的创作中渴望用创造的力量改变世界，这就是作家创作的独特性。

Настало время чудесам.	奇迹产生的时辰已经不远。
Великий труд опять подъемлю.	我将再一次体验劳苦的艰难。
Создал небеса и землю	在创造了大地和苍天之后，
И снова ясный мир создам.	我将重建一个光明的人间。

  索洛古勃的创作为我们指明了如何探寻完整的知识和最高的理念。他的创作有助我们更深刻地理解人类精神生活和存在的实质。作为一名象征主义者，索洛古勃对世界并没有失去希望，在生与死的交界之处他依然相信能够摆脱恶的桎梏，依然期望获得存在与生活的意义，虽然世界在人面前永远是一个无法猜透的斯芬克斯之谜，人不得不一再地回到自己的起点。

第五章　浮游人生的孤独主题[*]

在存在主义创作中，孤独主题占有特殊的位置。"自由与孤独"常常并行于存在主义情境之中，进而揭示出存在和人内心隐秘的实质。在欧洲乃至世界文学创作中，自由、孤独、异化的问题均构成作家所关注的基本问题。通过诸如此类的情境，俄罗斯文学与欧洲存在主义传统遥相呼应。应该说，在俄罗斯哲学和文学中，孤独的概念更能体现俄罗斯式的存在主义对世界的感受。

孤独的概念在获得其独立的自身价值的同时，反映出对前一个世纪之交来说个体与世界的一种典型的相互关系：个体单独直面世界。在摆脱传统的上帝和道德的界线之后，个体开始承受所有关于存在问题的重负。在全球化的社会动荡和由此愈发引出的存在主义问题面前，孤独这一概念成为上一个世纪之交时人的一种典型的心理状态和意识：人因感到被时代异化而惊慌失措，渺小的自我陷于孤立无援的境地。从艺术思考的角度来说，这一大容量的情境使得20世纪初人对世界悲剧性的感受发生物化。这一感受不仅反映到文学作品中，同时还渗透到音乐家（斯克里亚宾、拉赫玛尼诺夫）、画家（伏鲁贝尔、大部分的俄罗斯先锋派）的创作中。上一个世纪之交，作为哲学、生活方式的最强大的思潮——象征主义和孤独的感受成为当时文学中的一种时髦和主题。

正因为如此，20世纪之初文学中孤独主题在安德列耶夫、别雷、曼德尔施塔姆、索洛古勃、帕斯捷尔纳克等作家和诗人具有存在主义内涵的作品中均有体现。诗人勃洛克对人的主要心理活动进行了详细的研究。关于孤独这一概念最复杂的细微心理差别已经出现在蒲宁早期的诗作中，并成为他后来具有成熟的存在主义思想的长篇小说《阿尔谢尼耶夫——

---

[*]　本章节的部分内容发表于《俄语语言文学与文化研究》2013年第1期《俄罗斯诗歌中孤独的主题》一文。

生》的创作诗学基础。

20世纪初的文学通过多种途径体现和反映孤独这一概念的内容与来源。在纷繁复杂的艺术体系中，存在主义意识成为一种特殊的诗学。这一诗学最重要的建构因素就是情境。除此之外，孤独以主题、问题、概念的形式有效地渗透到20世纪初的俄罗斯文学中。这一情境提供了对艺术进行加工的广阔天地，同时又表现出特定的不可复制性：有多少个体就有多少种孤独。经过作家们高度的艺术加工，孤独呈现在我们眼前，使我们无法对其熟视无睹。另一方面，对孤独情境的艺术特征的研究（尤其是经过个人独特的存在主义式的艺术加工），常常表现出似曾触及而又转瞬即逝的特点，让人难以捕捉。伴随这一现象见仁见智的理解和二律背反的阐释正是源于此。此外，我们通常往往无法泾渭分明地标出艺术家的美学观、创作及生活命运之间的界线。

下面我们仅以象征派诗人勃留索夫、阿克梅派诗人阿赫玛托娃和不属任何派别的诗人茨维塔耶娃的诗歌创作为例，来探讨存在主义情境在俄罗斯诗歌中的体现。在他们的诗歌创作中，孤独的概念作为一种存在主义的情境融入到人的日常行为、内心感受、社会生活等方方面面之中。与此同时，这一因素在不同的诗人创作中也获得了与他人不同的表现。

一、踽踽独行的诗人——勃留索夫

瓦列里·雅科夫列维奇·勃留索夫（1873~1924）这位俄罗斯象征主义诗歌的旗手和杰出代表，是白银时代用诗歌揭示孤独主题自身价值的先驱之一，并奠定了那个时代诗歌的美学基础。勃留索夫集艺术理论家、文学史家、文学评论家、诗歌研究者、记者、出版商、教育学家、文学活动组织者于一身，他的文学创作涉及中长篇小说、戏剧、翻译。在勃留索夫卷帙浩繁的文学遗产中，最珍贵、最有影响的是他的诗歌创作。因此，在同时代人及后人的心目中，他首先是一位俄罗斯诗坛杰出的巨匠。

勃留索夫深受纳德松和莱蒙托夫的影响，他所创作的诗歌多为反映公民主题、人的理想和现实之间的矛盾。纳德松几乎是最早体现俄罗斯人对孤独偏爱的诗人。在勃留索夫早期的诗集（《杰作》、《这是我》）中，存在主义意义下的孤独在他的主人公的心灵中占有实质性的位置，他们内心痛苦，与世界隔绝：

Я бегу в неживые леса…	我跑向死寂的森林……
И не гонится сзади никто!	身后竟无一人追随！

诗人在《孤独》一诗中流露出内心的孤独与苦闷，感叹人与外界的阻隔：

Мы беспощадно одиноки	我们忍受着残忍的孤独
На дне своей души — тюрьмы!	在心灵的深处是囚徒！

勃留索夫的诗篇中常见的人物形象是行人、孤独的游子，或者是一个不为社会所需要的人。Бреду в молчаньи одиноком…（我在孤寂的无语中踽踽独行……）；В безжизненном мире живу, Живыми лишь думы остались（我生活在一个毫无生气的世界中，只有思维尚存一丝气息）。这些诗句成为勃留索夫诗集《这是我》中主人公典型的内心写照。需要指出的是，брести（踽踽独行）是诗人使用频率较高的一个词，如И снова бредешь ты в толпе неизменной…（你一如从前，在人群中踽踽独行），Тихо бреду я, печальный…（我悲不自胜，默不做声，踽踽独行），Меж людей, как в тумане, брожу…（我随着人流，犹如在雾中，踽踽独行）等等。可以说，孤独这一主题映衬出诗人隐秘的内心状态，这是一位象征派诗人对存在主义世界感受的总结。

勃留索夫的孤独情绪在爱情诗中表现得尤为明显。他提供了一个象征主义从伦理角度思考爱情的特有视角（如《爱情组诗》）。在这一文学类型的爱情主题中，诗人通过对白建构起"一个人的心灵同心爱人的心灵结合"的对话关系。在勃留索夫的笔下，这样的心灵结合可以转化为爱情，表现手法可以是从"爪哇岛中午灼热的骄阳"到"死神就要来临"：

Моя любовь — палящий полдень Явы,
Как сон разлит смертельный аромат,
Там ящеры, зрачки прикрыв, лежат,

Здесь по стволам свиваются удавы.
我的爱情是爪哇岛中午灼热的骄阳，
它像梦幻一般喷射出致命的芬芳，
这里，蟒蛇绕树成团。
那里，蜥蜴闭瞳静躺。

И ты вошла в неумолимый сад
Для отдыха, для сладостной забавы?
Цветы дрожат, сильнее дышат травы,
Чарует все, все выдыхает яд.
为了憩息，为了赏心，
你走进这神明难祈的花园。
花儿摇曳，草儿溢香，
一切吐着毒汁，一切令人心迷神往。

Идем: я здесь! Мы будем наслаждаться, —
Играть, блуждать, в венках из орхидей,
Тела сплетать, как пара жадных змей!
День проскользнет. Глаза твои смежатся.
走吧，我在这里！我们漫步，游玩，
像一对周身用兰花编织的
贪婪的蛇，共乐寻欢！
时日流逝。你合上了双眼。

То будет смерть. — И саваном лиан
Я обовью твой неподвижный стан.
死神就要来临——我用藤蔓
将你凝卧不动的身躯紧裹入殓。①

即便是主人公和他心爱的女郎之间，也总是有一个无法充填的沟

---

① 〔俄〕勃留索夫：《勃留索夫早期诗选译》，岳凤麟译，《国外文学》1988年第3期。

鋆——孤独！它无法消除，构成诗人作品中挥之不去的主题：

Никогда мы не будем вдвоем, — я и ты...
И на грани пред вечной разлукою
Я восторгов ищу в тайной муке мечты...
我们永远不会重新相聚，我与你……
永远天各一方，
幻想的隐秘痛苦中有几多甘甜……①

Блуждаю один я меж вами,
По древним, рассеченным скалам...
在古老的断崖上，
我独自游荡在你们之间……

这样一个孤独的游子在这个世界上最终的结果必然是：

Как царство белого снега,　　　我的心业已冰凉，
Моя душа холодна.　　　　　　 宛如无边的大地冰雪茫茫。

在勃留索夫的诗篇中，除了时常出现的道路、毫无目的且又不知疲倦的游荡者的形象之外，还有与孤独情绪相伴的疾病、黑暗等形象：

Демон сумрачной болезни　　　悒郁的病魔
Сел на грудь мою и жмет.　　　坐在身上挤压我的胸口。
Все бесплодней, бесполезней　　灰暗的岁月我日渐蹉跎
Дней бесцветных долгий счет.　 无所用心，一天天毫无结果。

Ночью сумрак мучит думы,　　 夜里，黑暗令遐思倍增痛苦，
Утром светы множат грусть,　　清晨，光明令我悒郁不舒。
За окном все гулы, шумы　　　 窗外始终是车马辚辚，市声不断，

---

① 郑体武：《俄罗斯象征主义领袖勃留索夫》，《国外文学》1992 年第 1 期。

Знаю, помню наизусть.	这声音我知晓,我早已记熟。
То, что прежде так страшило,	从前令人恐怖的一切
Стало близким и простым:	已悄然走近,又如此自然
Скоро новая могила	很快会有一座新的坟冢
Встанет — с именем моим.	我的名字将刻在上面。①
Что ж! Порвать давно готов я	算了!我早已做好了准备
Жизни спутанную нить,	把这混乱的生命线扯断。
Кончив повесть, послесловья,	小说写完,再加上几句赘言,
Всем понятного, не длить.	人人都能理解,免得抱怨。
Только жаль, мне не дождаться	临死前我只有一件遗憾
До конца тех бурь слепых,	没等到把那场盲目的暴风雨看完,
Что гудят, летят, крутятся	暴风雨它在咆哮、在嘶喊
Над судьбой племен земных.	在世人的命运之上盘旋。
Словно бывши на спектакле,	这就像去看戏,
Пятый акт не досмотреть	第五幕还没看完
И уйти... куда? — во мрак ли,	就走……到哪儿去?走进黑暗
В свет ли яркий?.. Мысль, ответь!	还是光明?……遐思呵,给我答案!②

勃留索夫孤独的主题诗构成其自我表达的一种手段。这里,诗人将富有激情的个性在最大程度上进行了典型化的处理。通过对孤独的热烈推崇,诗人实现了象征主义诗学对俄罗斯诗歌的有意识的投射。后者最终成为诗人创作原则之一。

二、孤寂皎洁的月轮——阿赫玛托娃

安娜·安德列耶夫娜·阿赫玛托娃(1889~1966)是白银时代阿克梅派优秀代表,被誉为"俄罗斯的萨福"。同时代俄罗斯女诗人茨维塔

---

① 本段为原译文漏译,现补齐。
② 张冰译。请见 http://www.my285.com/sc/yishi/boliusuofu.htm。

耶娃称她为"全俄罗斯才情并茂的安娜",叶甫图申科则将她与"俄罗斯诗歌的太阳"普希金相提并论,称她为"俄罗斯诗歌的月亮"。阿赫玛托娃的多篇诗作被谱写成歌曲和音乐作品。

阿赫玛托娃早期将日记语体引入诗歌,其主题为爱情。她创作了俄罗斯文学中几部最优秀的歌咏爱情的诗篇(《黄昏》中的《我对着窗外月光祈祷》、《有多少请求……》等)。在这些朴实无华、内容丰富的女性诗篇中,表现出诗人的孤独和使命感。

孤独是阿赫玛托娃早期的诗集《黄昏》的基本情境。《黄昏》、《念珠》和《白色的鸟群》将读者引入一个充满孤独与哀婉缠绵的封闭世界。女诗人直白地营建出孤独的情境,作为自己同世界的相互关系的艺术模式。她的早期诗作的一个常见的孤独情境就是女主人公承受着失恋的痛苦与煎熬:

Сжала руки под темной вуалью…	在深色的面纱下握紧双手……
"Отчего ты сегодня бледна?"	"今天你为何如此憔悴?"
— Оттого, что я терпкой печалью	——"是因为,我用苦涩的忧愁
Напоила его допьяна.	把他给灌得酩酊大醉。"
Как забуду? Он вышел, шатаясь,	我怎能忘记?他踉跄着出门,
Искривился мучительно рот…	痛苦地扭曲着嘴唇……
Я сбежала, перил не касаясь,	我顾不得扶靠护栏,
Я бежала за ним до ворот.	忙不迭地追他到门口。
Задыхаясь, я крикнула: "Шутка	我气喘吁吁地喊道:"那一切
Все, что было. Уйдешь, я умру".	不过是玩笑。你再走,我就死。"
Улыбнулся спокойно и жутко	他只是平静地一笑,冷冷地
И сказал мне: "Не стой на ветру".	对我说:"别站在风口里。"①

在阿赫玛托娃的笔下,爱情总是伴随着孤独与无助、忧伤与空虚、悲观与绝望。她为读者展示的是一颗遭受遗弃、失恋的女人破碎的心,

---

① 汪剑钊:《阿赫玛托娃诗14首》,《俄罗斯文艺》2005年第2期。

她们正在被痛苦湮没：

Так беспомощно грудь холодела,	心儿无可奈何地冰凉，
Но шаги мои были легки.	迈的脚步却轻捷如常。
Я на правую руку надела	我的左手的那只手套，
Перчатку с левой руки.	戴上自己右手的手掌。
Показалось, что много ступеней,	仿佛有好多级的台阶，
А я знала — их только три!	但我清楚总共才三级！
Между кленов шепот осенний	秋风在枫树间悄声地
Попросил: "Со мною умри!	求我："同我一道死去，
Я обманут моей унылой,	我受了这令人沮丧的
Переменчивой, злой судьбой".	多变的厄运的欺骗。"
Я ответила: "Милый, милый!	我回答说："亲爱的，亲爱的！
И я тоже. Умру с тобой..."	我也是。随你离人间……"
Это песня последней встречи.	这就是最后相见的歌，
Я взглянула на темный дом.	我抬眼望一望黑暗的住房。
Только в спальне горели свечи	只有卧室一处还依旧
Равнодушно-желтым огнем.	闪着冷漠而黄昏的烛光。①

在阿赫玛托娃的艺术世界中，女主人公的形象被刻意塑造得异常鲜明（《有多少请求……》、《惊慌》、《我学会了朴实、睿智地生活》）。她的诗歌的情节转折往往基于孤独的情境之上。而孤独的情境有时甚至建构在个人的生活之上。如在《丈夫用鞭子抽我……》一诗中，我们几乎无法区分这是现实还是富有诗意的另一种存在。

阿赫玛托娃经历了影响 20 世纪俄罗斯的所有重大事件。长达 20 多年，她居无定所，寄人篱下。她前后三任丈夫，两个被迫害致死。第一任丈夫，诗人古米廖夫，因莫须有的"塔甘采夫案件"遭诬陷入狱，惨

---

① 郑体武：《俄国现代主义诗歌》，上海，上海外语教育出版社，1999 年，第 1 版，第 359 页。

遭刑罚后被秘密枪决；第三任丈夫，艺术史家普宁，于大肃反中死于劳改营；她唯一的儿子廖瓦因受父亲牵连，一生数次被捕，甚至一度被判处死刑。作为诗人，她曾一生两度遭到官方"决议"批判，数十年不能发表作品，生活贫苦并遭受监视。痛苦和厄运几乎笼罩了她一生。她仿佛命定是要饱尝这世间所有的苦难与厄运。她的一生都伴着如影随形的孤独、痛苦与死亡，让她不知该如何继续生存：

Во дворе горят окошки,	院里窗内亮着灯，
Тишиной удалены.	静谧得让人感到陌生，
Ни тропинки, ни дорожки,	没有足迹，没有小径，
Только проруби темны.	只有黑暗的冰窟窿。

在阿赫玛托娃看来，孤独是神圣的，地狱也可以成为期盼的地方：

О святое мое одиночество — ты!	呼唤你，我神圣的孤独！
И дни просторны, светлы и чисты,	时光宽敞，明亮而洁净，
Как проснувшийся утренний сад.	犹如清晨的花园刚刚苏醒。
Одиночество! Зовам далеким не верь	孤独！请不要相信远方的召唤
И крепко держи золоту дверь,	好生看好你现有的财富，
Там, за нею, желанный ад.	那边有通往希冀的地狱之路。

这些诗篇体现出阿赫玛托娃的创作个性，反映出她的创作情感、她性格的心理主导思想，正是这些促成诗人命定孤独。孤独的基调显示出她作为一个诗人的性格条件，同时也构成阿赫玛托娃生活的最悲剧时代展示诗人桀骜不驯性格的语境。

阿赫玛托娃的孤独不仅来自于个人生活中的磨难，还来自于对祖国和人间的担忧：

Я пью за разоренный дом,	为破碎的家园，
За злую жизнь мою,	为自己的命运多舛，
За одиночество вдвоем,	为二人相处时的孤单，
И за тебя я пью, —	也为你，我把这杯酒喝干——

За ложь меня предавших губ,	为出卖我的口道出的谎言,
За мертвый холод глаз,	为眼中毫无生气的冷焰,
За то, что мир жесток и груб,	为残酷而粗野的人寰,
За то, что Бог не спас.	为上帝没有拯救的苦难。

从阿赫玛托娃和她诗中女主人公所经历的种种磨难来看,在其诗歌自我表达的深层意思中,其遭遇多为诗人的孤独天性使然。孤独作为一种存在主义情境贯始终穿于阿赫玛托娃早期的诗歌创作中。

同最初几部诗集相比较,阿赫玛托娃后来的作品中爱情主题退居第二位。回忆和告别往事、对俄罗斯悲剧命运的思考成为主旋律,并蒙上了淡淡的宗教色彩,如《耶稣纪元》、《安魂曲》等。无论是在《耶稣纪元》,还是在《安魂曲》中,阿赫玛托娃式的孤独以各种方式融入到诗歌创作中,并因此获得存在主义的深度和内容。这里的一切都是悲剧性的分裂的话语,是单声部背景下的多声部。诗歌在结构上吸收和综合了时代巨大的张力。

这种个体的、社会的、心理的和存在主义的孤独的情绪凸显出诗人对新世纪的担忧。阿赫玛托娃的诗作为文学的一种形式,凸显出诗歌内在的任务和潜力,并作为诗人的一种自我表达方式,最终描绘出 20 世纪作为全球人的俄罗斯人的内心生活。

在这样一种浸透着凄凉和孤独感受的诗歌中,我们看到基于 19 世纪诗歌之上的新型主题——期望逃避孤独和渴望被人关注。关于孤独的问题,与其说已变为艺术家同周围世界的关系问题,毋宁说是变为作家同自我的关系问题。孤独是 20 世纪初创作的必要条件,是个性自我价值和自我内心世界得以保存的标志。对 20 世纪文学来说,关于孤独问题最直白的解释是自我与世界及人的对立,是个性发展的一种延伸。对许多诗人来说,只有通过孤独的情绪才能踏上他们通往真正存在的道路。

三、离群索居的天鹅——茨维塔耶娃

玛丽娜·伊万诺夫娜·茨维塔耶娃(1892~1941)的诗歌及其所表现出的激情、孤独、痛苦、隐喻是她的遭遇得以隐藏和栖息的外壳,是她一生真实的写照。茨维塔耶娃的孤独是无与伦比的。她在少女时代所写的诗篇《祈祷》中,在表明生活与创作的志向的同时期盼着死亡:

Христос и Бог! Я жажду чуда	此时此刻，一天刚开始，
Теперь, сейчас, в начале дня!	基督和上帝！我渴望奇迹！
О, дай мне умереть, покуда	趁着我对生活还有对书一般的情感，
Вся жизнь как книга для меня.	哎，倒不如让我就此死去。

茨维塔耶娃在 20 岁时就曾在《我的诗，写得那么早》中预言自己必将面临的孤独境遇和自己诗歌未来的命运。诗人以超前的意识渴望世人的理解：

Моим стихам, написанным так рано,	我的诗，写得那么早，
Что и не знала я, что я — поэт,	殊不知我已做起诗人的行当，
Сорвавшимся, как брызги из фонтана,	我的诗如同喷泉溅起的水珠，
Как искры из ракет,	又像绚烂的火花之绽放，
Ворвавшимся, как маленькие черти,	我的诗犹如闯进圣殿的小鬼，
В святилище, где сон и фимиам,	殿堂里缭绕着梦幻与神香，
Моим стихам о юности и смерти,	我的诗赞美青春与死亡——
— Нечитанным стихам! —	只是尚不曾有人欣赏！
Разбросанным в пыли по магазинам	诗散落在书店，满是尘埃，
(Где их никто не брал и не берет!)	无人问津，无论过去还是现在，
Моим стихам, как драгоценным винам,	我的诗宛如珍贵的佳酿，
Настанет свой черед.	定会受到青睐。

1916 年，茨维塔耶娃写下了组诗《莫斯科吟》。莫斯科除了有诗人熟悉的一切，更重要的是——"克里姆林宫的肋骨承受着一切"，那是茨维塔耶娃的诗歌之根。而她对彼得堡诗人的敬仰则催生了组诗《致勃洛克》和《致阿赫玛托娃》以及献给曼德尔施塔姆的一系列诗歌。在《致勃洛克》中，她以充满激情的语调倾诉着：

Имя твое — птица в руке,	你的名字是掌中之鸟，
Имя твое — льдинка на языке,	你的名字是舌尖上的甜冰，

Одно единственное движенье губ,	双唇轻轻地嚅合,
Имя твое — пять букв.	你的名字五个字母组成。
Мячик, пойманный на лету,	如凌空被截住的飞球,
Серебряный бубенец во рту,	似落到嘴里的银铃,
Камень, кинутый в тихий пруд,	静谧中被抛进池塘的石子——
Всхлипнет так, как тебя зовут.	抽泣地轻吐出你的姓名。
В легком щелканье ночных копыт	黑夜里阵阵的马蹄叩声——
Громкое имя твое гремит.	敲打出你那响亮的大名。
И назовет его нам в висок	扳机对着太阳穴一勾——
Звонко щелкающий курок.	为我们报出你的英名。
Имя твое — ах, нельзя! —	你的名字——啊, 无法形容! ——
Имя твое — поцелуй в глаза,	你的名字是亲吻之下的眼睛,
В нежную стужу недвижных век,	冰凉的眼睑脉脉含情。
Имя твое — поцелуй в снег.	你的名字如雪中之吻。
Ключевой, ледяной, голубой глоток.	似蓝蓝的冷泉玉洁冰清。
С именем твоим — сон глубок.	念着你的名字, 沉沉入梦境。

诗人甚至觉得, "念着你的名字" 进入梦乡, 是一件最为甜蜜的事情。在组诗《致勃洛克》中, 勃洛克已不是一个现实中存在的诗人, 而是被赋予了 "温柔的幻影"、"无可挑剔的骑士" 和 "雪白的天鹅" 等形象, 成为一种诗歌的理想和象征。在缅怀诗人勃洛克的同时, 茨维塔耶娃流露出孤独与恐惧的情感:

То не ветер	那不是风儿
Гонит меня по городу,	在满城追我。
Ох, уж Третий	唉, 已经三个夜晚
Вечер я чую ворога.	我感到魔鬼的追迫。
…	……
Так по перьям,	我踏着羽毛
Иду к двери,	向门口走去,
За которой — смерть.	门后是亡殁。

如果说在组诗《致勃洛克》、《少女诗集》中孤独的主题只是初见端倪，那么在诗歌《里程集1》（1916年）、《里程集2》（1917~1920年）中茨维塔耶娃已深化了这一主题。《里程集1》中的诗篇展示了年轻女诗人对爱情、生命、死亡的思考及对诗歌艺术的探索，《里程集2》这本诗集大多描写了诗人对丈夫的思念及其个人生活的艰难，流露出诗人对未卜前途的忧虑和孤独感。

Как правая и левая рука,	我们的灵魂是那样亲近，
Твоя душа моей душе близка.	犹如左手右手相邻。
Мы смежены, блаженно и тепло,	仿佛左右两只翅膀，
Как правое и левое крыло.	我们陶醉于相拥和温馨。
Но вихрь встает — и бездна пролегла	可一旦刮起风暴，深渊降临
От правого — до левого крыла!	左右两翼不再相邻。

茨维塔耶娃从1917年至1920年所写的诗中编选出的诗集《天鹅营》亦是她思想的真实写照。诗人认为白卫军让人联想起美丽的天鹅，故而把白卫军称为天鹅营。这部诗集显露出茨维塔耶娃孤傲的天性。只有用茨维塔耶娃孤独的衡量标准才能诠释《天鹅营》：每一个词、形象、语调乃至言外之意无不诉说着人世间的空旷。对茨维塔耶娃来说，她诗歌中的空间从来不受限制，诗中每一个声响、事件都进入了无限的宇宙之中。《天鹅营》这种"超空间性"的运用如同神来之笔。在这部诗集中，时代、影子、心灵各自按着特定的方式凸显出来。倒下去的士兵和仍在继续作战的战士之间，前辈们、同时代人和后人之间，生者与死者之间已经失去了截然分明的界线。他们均被封闭在各自存在的空间中。有的只是：

Триединство Господа — и флага.	三位一体的主和旌旗、
Русский гимн — и русские пространства.	俄罗斯国歌和俄罗斯大地。

《天鹅营》所描写的生活是一种采撷自真实的存在。这一存在跨越

不同的世纪和空间，其中亦隐匿了此在和彼在的界线。这首诗抒发了诗人自然的感受。茨维塔耶娃善于将自然的感受纳入到自己的诗篇中。也只有在自然的感受中我们得以窥视到茨维塔耶娃孤独的天性，其内在实质和无尽的孤寂。在《天鹅营》中，茨维塔耶娃倍感形只影单，她（每一个人均如此）作为一粒被自然感受到的沙砾，是宇宙、历史、永恒与存在的唯一的中心。她在《致安娜·安捷斯科娃》中写道："我的圈子是宇宙圈（亦即灵魂圈）和人、人性的孤独和离别构成的人的圈子。"①《天鹅营》呈现在读者面前的是毫无人性的自发势力。人无法根植于这样的存在之中，由此催生了诗人的寂寥落寞感。这是一种社会的、历史的、精神的和本体论的孤独。茨维塔耶娃全面孤独的实质是：她本人便是"易逝的大海的白沫"。世上万物最终都会成为尘埃，会被未来遗忘。这是一种末日般的孤独。

诗人苦苦寻求摆脱世俗人的情感——孤独的出路。这就决定她注定要忍受茕茕孑立的煎熬，背负尘世的十字架。在世人不能理解的很长时间里，茨维塔耶娃都无法成为一位名副其实的诗人。茨维塔耶娃的悲剧在于，她自己已经清楚地意识到孤独作为诗人在尘世的命运是不可避免的。茨维塔耶娃诗歌的深刻性和心理主导思想正是源于她对这一原始的真理的知晓。她不为孤独所惧，通过孤独获得勇气和灵感，进而把孤独当作是上苍馈赠的天赋。

茨维塔耶娃艺术世界中不断增长的孤独感不是偶然的，它本身已成为大地与水、空气与火的一部分而与宇宙同存。这种孤独来自于异化的世界。在茨维塔耶娃看来，"世界不过是在高墙之内。/出口由刀斧组成。/'整个世界就是个舞台，'/演员夸夸其谈。"②。面对这样一个世界，茨维塔耶娃渴望的是另一种生活：

Так: Лермонтовым по Кавказу	如莱蒙托夫走遍高加索，
Прокрасться, не встревожив скал.	悄然行走，不惊动山岗。
…	……
Так: Временем как океаном	把时间当作海洋，

---

① 〔俄〕茨维塔耶娃：《茨维塔耶娃文集·书信》，汪剑钊译，北京，东方出版社，2003年，第1版，第186页。

② 绿豆译。请见 http://tieba.baidu.com/f?kz=1362102119。

Прокрасться, не встревожив вод... 悄然行走，不惊动海浪……

诗人执意逃避所处的时代，回归自我，寻求内心的自由天地，对于谁是生活的赢者漠不关心。她渴望的是一种离群索居的生活。表面上看，离群索居是退缩逃避，实际上却表达了诗人想独自与世界相抗衡的愿望。诗人要否定所处的时代，否定外部世界：

Уединение: уйди	离群索居，回归自我，
В себя, как прадеды в феоды.	像祖辈们回归封地。
Уединение: в груди	离群索居，走进内心
Ищи и находи свободу.	来把自由寻觅。
Чтоб ни души. чтоб ни ноги.	没有踪影，不见人迹，
На свете нет такого саду	这样的花园世间难觅
Уединению. В груди	离群索居。清爽惬意
Ищи и находи прохладу.	只在内心寻觅。
Кто победил на площади —	谁是广场上的赢家——
Про то не думай и не ведай.	不必知晓，无须介意。
В уединении груди —	在内心的离群索居中——
Справляй и погребай победу	获得胜利再让它悄然逝去。
Уединения в груди.	离群索居，只在一心。
Уединение: уйди,	离群索居：回归本体，
Жизнь!	生活啊，离去！

日常生活犹如大海中无休无止的波涛，令茨维塔耶娃感到厌倦。她不愿歌功颂德，也无意追求桂冠，唯独渴望能停泊登岸，置身于大自然，以获得心灵的片刻宁静：

Закачай меня, звездный челн! 继续颠簸吧，我星空下的独木船！

Голова устала от волн!	头脑因波涛已昏倦!
Слишком долго причалить тщусь,	用尽浑身解数,却久久不能靠岸,
Голова устала от чувств:	头脑空白一片:
Гимнов — лавров — героев — гидр,	—颂歌、桂冠、英雄、九头蛇——
Голова устала от игр!	疲倦的大脑已不再思念!
Положите меж трав и хвой, —	请将我置于青草与松柏之间,——
Голова устала от войн...	头脑因战争已经昏倦……

诗人与世界互不相容,难以继续共存。时间作为一个冷漠的杀手,在依据自己的规则改变着世界,让人无容身之地。诗人越来越感到绝望。然而生性桀骜不驯的茨维塔耶娃不想就此屈服,她拼命抗争,渴望超越时间:

Беженская мостовая!	逃难的马路!
Гикнуло — и понеслось	尖叫着向前伸延,
Опрометями колес.	时间啊! 我跟不上,
Время! Я не поспеваю.	车轮般飞速的旋转。
В летописях и в лобзаньях	在年鉴中,在亲吻里
Пойманное... но песка	只有捕捉到的瞬间……
Струечкою шелестя...	时光如流沙不肯驻留……
Время, ты меня обманешь!	岁月啊,你把我欺骗!
Стрелками часов, морщин	时光的指针,
Рытвинами — и Америк	深深的皱纹,
Новшествами... — Пуст кувшин!	美国的新玩意儿——一切皆空,
Время, ты меня обмеришь!	光阴啊,你丈量我的耐力。
Время, ты меня предашь!	岁月啊! 你终将叛我而去!
Блудною женой — обнову	我重新梳扮,像要弃家出走的少妻

Выронишь... — "Хоть час да наш!",　你说时间虽短，但属于我们自己。
— Поезда с тобой иного　　　　　——而你乘坐的列车，
Следования!.. —　　　　　　　　有着另一行进的轨迹！……——

Ибо мимо родилась　　　　　　　既然我生不逢时，
Времени! Вотще и всуе　　　　　再挣扎也是枉费心机。
Ратуешь! Калиф на час:　　　　　奋力搏一下吧！趁还有时间
Время! Я тебя миную.　　　　　　岁月啊，我会超越你！

茨维塔耶娃无时无刻不在思考诗人与时代及世界的关系。她明确无误地宣告，风暴与喧嚣的时代不属于她。这种恃才放旷、独立不羁的处世态度，注定了诗人不合时宜的孤独：

О поэте не подумал
Век — и мне не до него.
Бог с ним, с громом. Бог с ним, с шумом
Времени не моего!
时代不会想到我这个诗人——
我亦无暇顾及。
随别人如何呼风唤雨，
时代与我远离！

Если веку не до предков —
Не до правнуков мне: стад.
Век мой — яд мой, век мой — вред мой,
Век мой — враг мой, век мой — ад.
如果世人不再敬重前人
我也不会将后人顾及
我的时代是我的劫难和灾星，
我的宿敌，我的地狱。

茨维塔耶娃是一个注定在生活中要永远孤独的"局外人"。爱伦堡对她的性格作了精辟的分析:"孤独,确切地说,离群索居,符咒一样一生都缠绕着她。而且,她不仅把这个符咒极力推荐给他人——自己也把它作为最高的幸福。在任何环境里她都觉得自己是一个流亡者,一个置身社会之外的人。"① 茨维塔耶娃在生命最后年代的几行诗句传达出她心灵的疲惫、孤寂和绝望:

Пора снимать янтарь,	是时候摘下琥珀项链,
Пора менять словарь,	是时候更换写作词典。
Пора гасить фонарь	是时候熄灭悬挂在
Наддверный…	大门上的孤灯一盏……

女诗人的知交帕斯捷纳克为她所作的诗篇《致玛丽娜·茨维塔耶娃》成为她孤独一生的真实写照:

Любую быль сметут как сон,	过去的一切,如逝梦一般,
Поэта в ней законопатив.	浸透着诗人命运多舛。
Клубясь во много рукавов,	曲折蜿蜒的无数的支流,
Он двинется подобно дыму	汇成烟雾缭绕冉冉,
Из дыр эпохи роковой	从一个不幸时代的夹缝中,
В иной тупик непроходимый.	飘入另一个无路可行的人寰。

茨维塔耶娃的作品以生命和死亡、自由与孤独、爱情和艺术、时代和祖国等为题材,被后人誉为不朽的、纪念碑式的诗篇。对诗歌的热爱与执著是诗人一生的精神支柱。在难以想象的生活困境和毫无任何同情可言的境遇下,诗人仍旧忠实地守望着孤独。在悲剧性的1941年一个秋天的日子里,身陷绝境的诗人终于无法继续忍受生存的种种折磨(战争、迫害、失去至亲的悲痛和绝望),而自愿过早地进入了永眠和荒冢。

孤独这一主题构成俄罗斯诗人艺术创作和日常生活观念的一部分。诗人们所表达的孤独主题的范围和形式表明,体现这一主题的倾向、性质和个人的尺度各有不同。在每一位诗人的创作中,孤独这一概念有其

---

① 乌兰汗:《苏联女诗人抒情诗选》,桂林,漓江出版社,1986年,第1版,第43页。

独立性、完整性和深刻的存在主义内涵。那个时代的诗人创作为存在主义意识的形成奠定了基本的主导概念。有别于19世纪的诗歌，20世纪诗歌中的孤独情绪并非体现在社会、伦理的层面上，而是体现在存在主义的层面上：孤独根植于人的天性之中，它所反映的不仅仅是个性与社会的矛盾，还包括人的存在主义意识的显现。孤独同时也是个体进行深刻反思、自我意识觉醒并确定个人价值的必要条件。

第六章　俄侨作家创作中的存在主义世界

在西欧以萨特、加缪为代表的存在主义作家经典作品诞生之前，存在主义意识已在俄国侨民作家和诗人们的创作中鲜明地体现出来。俄国侨民文学中的存在主义意识的形成有其客观的历史原因。在 20 世纪初那个疯狂的年代里，一部分俄罗斯人骤然间被迫背井离乡，成为无家可归的游子。历史把他们抛进了一个陌生的异域和因举目无亲而倍显空旷的世界里。这是一个被遗弃的充满了形形色色存在主义因素的境地。侨民们各自以不同的方式遭遇了被边缘化带来的孤独。俄罗斯成了侨民们心目中永远失去的天堂，可爱的家园只能存留在众人的记忆之中。在俄罗斯民族史上，还从未有过像那个时期般让人如此孤独与绝望。对这一时代的悲剧性和被抛弃的感受尤为明显地体现在蒲宁、纳博科夫、加兹达诺夫、什梅廖夫、А. В. 库普林、Б. Ю. 波普拉夫斯基、В. С. 雅诺夫斯基、С. И. 沙尔顺、В. С. 瓦尔沙夫斯基、В. Б. 索辛斯基、Ю. 费尔岑等侨民作家和诗人的创作中。他们清醒地意识到自己所处的特殊境遇和独特的内心状况，为自己确立了新的创作任务。正如波普拉夫斯基所指出的："那些失去家园、失去信仰的父辈们或者对信仰产生怀疑的人，所有那些不愿接受这一来自外部现实生活的人，都强烈地希望洞悉最简单和主要的东西，即生活的目的和死亡的意义。"① 侨民作家和诗人们所面临的任务无疑和存在主义思想的出发点不谋而合：要摆脱人此在的生存，要以自己的努力和社会实践去发现弥漫着末日般忧伤、绝望与死亡气息的真正存在。

---

①　Семенова С. Г., 2001: *Русская поэзия и проза 1920 ~ 1930-х годов*, М., ИМЛИ РАН, Наследие, с. 508.

一、游弋于瞬间和永恒间的蒲宁[*]

"在俄国文学史上伊万·蒲宁已为自己确立了重要的地位。不仅如此,长期以来,他无疑是一位举世公认的大作家。他继承了19世纪文学辉煌时期的光荣传统,开辟了一条持续发展的道路。"[①] 同时,伊万·阿列克塞耶维奇·蒲宁(1870~1953)又是俄国侨民文学中的主要作家。他的作品集中反映出俄罗斯人复杂的天性。他在日记中记下了无所不包的来自生活的各种印象,从天气的变化到大自然的风光,从形形色色的芸芸众生到他们生动活泼、形象贴切的语言。最主要的是,蒲宁的绝大部分作品虽如他所说纯属虚构(当然这里所说的不是无情节的抒情性随笔),虚构的人物、情节自始至终让人感觉到是经过作家细致构思、从生活中精心提炼出的一种现实之上的真美。

(一)永远的俄罗斯人——蒲宁

在创作的初期,蒲宁的小说就表现出某种驳杂性。故事的主题丰富多样,主人公的形象迥然各异。如外省教师屠尔兵,这是一个能让人联想起契诃夫的作品、又接近库普林作品主人公的人物;一个在穷乡僻壤中苦苦挣扎的平民知识分子(《教员》);还有那些自命不凡来别墅做客的市井之徒,他们中只有一个人可以够得上人的称呼,这就是那个生性秉直、性格怪僻的"托尔斯泰主义者"卡缅斯基(《在别墅里》)。在蒲宁的作品中,我们常常能感受到作家对童年的回忆(《乡村》、《往事》),对痛苦无望的爱情的惋惜(《无亲无故》),对动人的爱情故事和美好的爱情的赞美(《秋天》)。

如果说,蒲宁20岁前的生活相对单调平淡,那么他后来丰富的生活经历则决定了其作品题材和内容的复杂多样性。蒲宁少年时期就告别了故乡,开始独立漂泊的生活。19世纪90年代和20世纪初这段时间,似乎总有一个不安分的因素促使他不断迁徙居住地,从奥廖尔辗转到哈尔科夫、叶列茨,后又经哈尔科夫到斯摩棱斯克、莫斯科等等。有一个时期,蒲宁曾就业于《奥廖尔时报》,并出版了他的第一部诗集。正是在这段时间,他结识了列夫·托尔斯泰,甚至迷恋上托尔斯泰主义。之后

---

[*] 本章节的部分内容发表于《俄语语言文学研究》2003年第2期《幽径深深情难再》一文。

[①] 1933年瑞典科学院诺贝尔文学奖授奖词。

是同帕先科的四年恋爱，然后又是辗转迁徙、结婚、生子，两年后离异，30岁时第一次出国旅游并同契诃夫结下深厚的友谊，后来再度出国旅行，莫斯科、敖德萨、莫斯科、故乡的村子、彼得堡、莫斯科，儿子夭折，同他第二任妻子相遇，加盟高尔基主持的出版社，同高尔基相识并结为相知，参与捷列绍夫文学小组星期三的活动，接下来是第三、四次出国旅行。值得一提的是，在这段忙碌漂泊的日子里蒲宁从来没有忘记过他长大的乡村，每年至少要回故乡一次。

此刻的蒲宁确实是在忙于生活、感受生活，他无法忍受单调平淡、无明确目的的生活。而这种生活是每一个从贵族破产沦为普通市民的俄罗斯人命中注定的。蒲宁在研究俄罗斯的现实，研究农民和地主的生活。他看到了以前不曾知道的一个事实，即庄稼汉和地主老爷无论就生活方式还是在脾气秉性方面都是何等的相似！俄罗斯人内心深处的特点和斯拉夫人的心理特征深深地吸引了他。

著名的中篇小说《乡村》为蒲宁带来了荣誉。可以说，在这篇小说之前蒲宁所写的许多短篇小说都是该中篇的铺垫。蒲宁为人们描绘出一个愚昧的俄罗斯的现实，这一现实产生了俄罗斯人怪诞的自相矛盾的心理。作家苦苦探寻着一个问题：人身上的善和恶两极是如何产生的。在蒲宁的笔下，普通人可分为两种类型，一种是典型的俄罗斯性格，另一种则表现为某种变幻不定的面孔和反复无常的性格。他们既可以成为圣徒谢尔盖·拉多涅日斯基，也可以成为暴动者普加乔夫。犹如一块木料可以做成棍棒，也可以加工成一幅圣像，区别仅仅在于由谁来加工而已。在《乡村》这部小说中，蒲宁还描写了克拉索夫兄弟的愚昧、他们那无毫价值的生活及其环境。在作家看来，这里的一切都不正常：整整一个世纪的愚昧状况使得俄罗斯已病入膏肓，俄罗斯人对野蛮心安理得，整日无所事事、百无聊赖。俄罗斯人懒惰成性，整天期盼着一只带着魔戒的青蛙出现，会为人们安排好一切，而人所要做的仅仅是走上台阶，把戒指从一只手扔到另一只手里。作家尽管是通过漠然的手笔，用白描式的手法描绘出俄罗斯毫无理智和黑暗的现实，但是仍让人能感到作品文字下面涌动着一股激情。这一激情不在于作者的评论，也不在于他试图想说明什么，而是表现在他整个作品的字里行间中，表现为一种为俄罗斯、为生存在这片广袤土地上的农民而痛心疾首，为农民的俄罗斯痛心，因为这个国家已经堕落到物质和道德崩溃的边缘。

在小说《旱峪》中，蒲宁继续对俄罗斯畸形生活的研究和对俄罗斯心灵的探索。小说描述了雇工和老爷之间为法理不容的隐秘的血缘关系。在"旱峪"里生活的人都沾亲带故。蒲宁描述了地主生活的堕落、寄生、愚昧和荒唐。人们的日常生活充斥着畸形、野蛮和荒诞不经，这一切导致人的理智的丧失。在某种程度上，作者的每一个主人公的心灵都是不完整的。蒲宁并没有明确地道出这一思想，只是自然地在作品中有所流露。作者描绘出一个病态的俄罗斯，每一个这样的《旱峪》都是一个布满脓疱的溃疡。高尔基高度评价了这篇小说，认为《旱峪》是俄罗斯最令人毛骨悚然的小说之一。这部小说描写的是一些注定要导致毁灭的激情。这些激情有的隐藏在主人公的下意识之中，有的则清晰地存在于他们的意识之中，有的出自人的本能，有的则属于罪恶。女佣娜塔莉娅、姑姑冬尼亚小姐、老爷的私生子格尔瓦西卡、彼得·基里雷奇爷爷无一例外地受着这种种激情的左右，可又无法弄清这究竟是怎么回事，尽管他们都竭力想弄清活着究竟是为了什么。《旱峪》中的爱情是不同凡响的，而仇恨同样是异乎寻常的。

《乡村》和《旱峪》这两部小说开启了20世纪最初十年内震撼人心作品的先河。蒲宁入木三分地展现了俄罗斯的心灵及其独有的精神特征、它的闪光面和阴暗面。作品不时地冒出这样一种思想：人是一个谜，其心灵是不可企及的。

蒲宁对每一个主人公态度都各有不同，但有一点是始终如一的，即对弱者、对无家可归者、对那些虽有过失但不是十恶不赦的人，他总是抱有极大的同情和善意。这些人当中有饥肠辘辘的小塔妮卡（《塔妮卡》）；有英俊、健壮的农村小伙子扎哈尔·伏洛比约夫（《扎哈尔·伏洛比约夫》），后者因为同一个小市民打赌而丢掉了性命。这里可以看出蒲宁的矛盾的心理：一方面是对无辜受难的人的怜悯和同情，另一方面又对制造出俄罗斯痛苦生活和丑恶荒谬的事物感到愤怒，这种矛盾的心理贯穿于他的多部作品之中。

与上述情况相映成趣的是，蒲宁天生具有鲜明开朗的性格。20世纪头十年正是他精力充沛、满怀希冀、才华横溢的时代，也是他一生中最幸福的时光。而恰恰是在这段时期，他开始对人性和生活中扭曲的一面发生了强烈的兴趣。蒲宁热爱生活，渴望生活，并对它充满了好奇，因此他敢于面对生活中最令人毛骨悚然的现象。在一个寒冬里，他随着守林人叶勒米尔来到荒芜的密林深处，以期探索守林人由环境所造成的畸形残忍的心灵（《叶勒米尔》）。作家领着读者走进令人震惊的潮湿的半地下窑洞，这里在拥挤中住着卢基扬·斯捷潘诺夫一大家子人，而窑洞的主人却是一个出奇富裕而又十分吝啬的农村财主。还有那昔日挥金如土而在破产后穷困潦倒的地主，或者是从未真正富起来过的一些小地主。所有人都是同样的消极悲观，丧失了生活的能力，在新主人的驱赶下苟延于世，如同契诃夫《樱桃园》里的罗巴欣。这些遗旧们所能做的就是将他们要离去的旧宅丧心病狂地全部毁掉，甚至将所有的狗都勒死，为了不让它们落入新主人之手（《最后的一日》）。蒲宁敏锐的观察，言简意赅的表达，自然流溢的节奏，音乐般的抒情，使得他的小说看上去如同散文诗一般，并且随着时间的流逝越来越清晰地显示出它们的特点。

　　蒲宁总是孜孜不倦于新的印象、新的结识、新的阅读和旅游。人类的文化和古老的智慧、世界旖旎的风光深深地吸引着他。蒲宁具有一种积极探索世界的精神，加上他与生俱来的敏锐的洞察力，从而产生了他那个时代的散文作品的特点：淡化情节、哲理般的抒情和深刻的戏剧性。世界在蒲宁的笔下是一个深渊或者泥潭。"生活是枯燥无味的，就像下等酒馆里的冬日，决好不了多少……"[1]《阿强的梦》中的船长如此评判说。人的生活就像行驶在海浪中的船壳，是微不足道的，随时都有不测风险。旧金山来的先生纵有万贯家产，也逃避不了死神。小说《旧金山来的先生》在细节上非常接近列夫·托尔斯泰晚期的作品。细腻的描述十分自然地同作者天才的激情结合在一起。蒲宁不吝笔墨地描写了外部世界，这个世界只属于强者。蒲宁鄙视世俗琐事，鄙视作为物质世界代表的轮船、旅店的种种奢侈，它们在一些人眼里构成真正生活的内涵。这位旧金山来的先生具有存在主义文学中人物的某些特点，他没有任何明显的外表特征，甚至无名无姓，无法在读者的脑海里形成一个完整的主人公的形象。

　　蒲宁带着强烈的否定态度去看待那些以牺牲人的生命为代价的幸福以及种种能吞噬掉人的所谓幸福。有的人为了获得和占有这种幸福，葬送了自己的一生。对这种幸福的夸耀和低级的庸俗始终让蒲宁感到愤怒。他认为，幸福并不是生活，而是一种生存，是真正生活、自然和爱情的

.　[1]《蒲宁文集》（第3卷），戴骢译，合肥，安徽文艺出版社，1999年，第1版，第52页。

对立物。在 20 世纪头十年以及蒲宁中晚期的创作中，我们所看到的主人公总是为强烈、痛苦的爱情所驱使，并最终毁掉了自己的生活。如果说有些人能幸运地生存下来，那只是因为他们别无选择，如同《儿子》中的玛洛夫人和她的小恋人埃米尔一样。同样，地主赫沃辛斯基在侍女卢什卡死后，竟然 20 多年来一直坐在她的床上，足不出户，翻来覆去地读着一些爱情故事。他在精神上早已随着心爱的女人逝去。蒲宁试图凭借一个艺术家的直觉深入到上述现象中去，最终弄清他的主人公究竟是精神失常了，还是执著于追求并因此遭受到某种巨大的心灵的创伤（《爱情学》）。

蒲宁在 20 世纪头十年间的创作中没有刻意去塑造栩栩如生的主人公形象，只是轻描淡写地点到为止。如《轻盈的气息》中奥丽娅·梅谢尔斯卡娅，《克拉莎》中不谙人世、用情天真的克拉莎·斯米尔诺娃。蒲宁在 20 年代至 40 年代塑造出形象各异的女性（如《伊达》、《米佳的爱情》、《骑兵少尉叶拉金案件》中的形象）。在 20 年代间，作家基本上是侧重于对男主人公的描写。蒲宁在 1916 年所写的系列故事中，描绘出众多的男主人公形象。这些形象与其说是构成作品主人公人物群，不如说是一个系列肖像画廊。除了《阿强的梦》中的船长和《卡齐米尔·斯坦尼斯拉沃维奇》中举止古怪的同名主人公，他们中没有人经历过甜蜜的爱情。故事《档案》中的老档案管理员，不仅从来没有体验过爱情，甚至从未想到过在档案馆和他每天上下班来去的路程外还存在着另一个世界。他每天机械地往来于一个狭隘的空间里。只有深刻了解蒲宁本人对生活的热爱、旅游生活给他带来的热情的感受，才能够理解这个"活死人"对作家来说是多么的陌生和不可思议。与此同时，作家又是怀着同情心和好奇心来描述这位举止古怪的俄罗斯人，他不是生活在现在，而是生活在过去，这个过去已然寿终正寝，然而却总能在蒲宁的心中唤起某种亲切之感。

相比之下，蒲宁对佐托夫就不那么同情了。后者是一个精力充沛的商人。他有着罕见的毅力、丰富的阅历，人生得意，事业有成。他总是迫不及待地去从事新的冒险：就任政府公职、经营轮渡代理、茶叶经销等。佐托夫为人干练却总是感到前途一片渺茫。只有在他为命运所驱使行走在印度的小路上时，才偶尔感到寂寞无聊，并回忆起遥远的往事和故乡。由于无法找到精神上的出路，佐托夫最终自焚身亡（《同胞》）。

作为一个由成长环境所决定的举止乖戾的人物，佐托夫远非是心狠手辣的亚当·索科罗维奇的对手。对后者来说，沉着蓄谋并不动声色地杀害女人带来的是某种快感、某种对神经的刺激。蒲宁通过主人公的一连串设问告诉读者，这些长着两只像绞索环一般圆耳朵的残暴分子变得越来越多，他们是一切动乱和战争的罪魁祸首（《圆耳朵》）。1916年"一战"正酣，蒲宁的作品中出现了亚当·索科罗维奇这一恐怖至极的形象，这一形象同另一个自信的德国青年、一个未来的科学家的形象的出现都不是偶然的，后者同样令人可怕。对这位德国青年来说，什么都不存在，只有个人的仕途，为了这一仕途，他可以心安理得地踏着别人的尸体前进（《沃托·斯坦因》）。

1916年，蒲宁的世界观发生重大的转折。还在1915年的秋季，蒲宁在给好友画家尼鲁丝的信中描绘了战争带来的破败的景象：村庄里荒烟蔓草，令人恐惧。战争折磨、蹂躏着百姓。"老百姓不想参战，他们讨厌战争，甚至不明白为什么去打仗。……战争改变了一切，我五脏俱裂，就像常说的，应该重新评价人类以往的价值观了。"① 战争使国家更加贫困，生灵涂炭。作家1916年间的日记里充满了绝望与愤怒。报纸上对前线战事和后方局势的报道、与他人的交谈、文坛的新作——一切都使他恼怒和悲观。因为报纸一派胡言，颂扬俄罗斯人的英勇精神，颂扬他们的组织性，鼓动百姓去充当炮灰，所有这一切都令民众激动不已。但是，所有这些谎言中无丝毫对国民的了解。蒲宁惊恐地意识到旧的生活已经终结，他在日记中写道："心智脆弱不堪，文学创作一直毫无进展。我感到异常的疲惫，这种感觉由来已久，但我不会认输。一定是战争在这里起的作用，它使我心灵感到极度的绝望！"②

1916年年底及后来的几年中，作家的创作出现了危机，他很少再能捕捉到创作的灵感。从1916年年底到1920年1月，蒲宁只创作了近十篇短故事，它们或是根据往日的日记加以改编的（《最后的春天》、《最后的秋天》、《吵架》），或是根据书面资料改写的短篇历史故事或传说（《安德烈·舍尼耶》等）。其中，结构比较严谨的是短篇小说《结局》。

---

① Бабореко А. К., 1983: *И. А. Бунин. Материалы для биографии*, М., Художественная литература, с. 211.

② Бабореко А. К., 1983: *И. А. Бунин. Материалы для биографии*, М., Художественная литература, с. 157.

作家描写了一位公爵之死，村里的残疾姑娘阿妞塔一生都毫无指望地爱着他。这里作家复现了故事《旱峪》中的主人公可怕的欲望。

1920年是蒲宁在国外度过的第一年，这一年蒲宁几乎只字未写。只是到了这一年的12月，蒲宁才完成一篇短小的故事《流星》。《流星》讲的是一个女子中学学生和贵族学校学生之间的爱情故事。从作家保存下来的日记来看，以后两年间他感到百无聊赖，已经不再寄希望于写出具有分量的作品，并且对离开的祖国怀着甜蜜而揪心的思恋。他总是带着深深的惋惜去回忆自己的青少年时代，觉得似乎一切都已被葬送——他全部的生活，还有他的俄罗斯。

蒲宁缓慢地重拾写作。他那时心情悲观，情绪波动，竭力要忘却现实，全身心地投入到以往关于开罗之行的日记中，完成了故事《三等车》、《退教之夜》等。在故事《疯狂的画家》中，蒲宁怀着深深的绝望创作出一个画家的形象，这位画家力图在画布上描绘出一个和谐的上天世界，然而却不由自主地画了一幅血淋淋的再现毁灭和死亡的场面。此后不久，蒲宁创作了一个极其真实、甚至是无情并具有特殊艺术感染力的作品《完了》，这是一则以个人由敖德萨乘法国轮船离开俄国开始流亡生活为主题的故事。

渐渐地，在蒲宁的创作中出现了另一种声调："我的心灵、我的爱情、记忆，只要一息尚存，就不会有生离死别！……耶利哥玫瑰。我把我往昔的根和茎浸入心灵的清流中，浸入挚爱、忧愁和柔情的净水中，于是我珍贵的刺草便一次又一次抽芽爆青。"[1] 这更像是蒲宁的座右铭。此刻爱情和记忆一次又一次地促使他去再现以往。作家已经完全转换到另一个角度去审视过去。有时蒲宁仿佛亲历到《变容》中的农夫加夫里拉所体验到的感觉。后者看到他刚刚去世的母亲换了另一副模样出现在眼前。"她即将坐起身来审判整个世界，审判整个充满兽性而又昙花一现的可鄙的活人的世界！"[2] 在故事《刈草人》中，对蒲宁来说，最感人的不仅有农民，还有他们幽悠的歌声。祖国的儿女们团聚在一起，所有的人都感到非常幸福、安宁，充满了爱，甚至都不需要意识到自己的感情，因为这种感情不需要、也都不必去体验它，它们本来就存在着。这种美

---

[1] 《蒲宁文集》（第3卷），戴骢译，合肥，安徽文艺出版社，1999年，第1版，第67页。

[2] http://bunin.niv.ru/bunin/rasskaz/preobrazhenie.htm。

好的感觉来自祖国,来自共同的家园——俄罗斯。只有俄罗斯的灵魂才能在这片每一次呼吸都能引起回声的白桦林里唱歌。

然而祖国在作家心中并不总是美好的,在对祖国的记忆中还有另一个俄罗斯,一个经过作家创造性想象并加以改造过后的俄罗斯。"旱峪精神",它体现在某个堕落地主——一个逃亡的女佣和老爷所生的小少爷身上(《邻居》)。作家复现了这一"旱峪精神"。这位小少爷总是前言不搭后语,言谈中掺杂着法语。他的庄园从前曾经是一个豪华宅第,而现在只剩一把六弦琴、一个重100普特的破烂不堪的皮沙发、一条由五颜六色的破布缝起的小市民的被子和一些破破烂烂的物品。故事《荣耀》具有特殊的社会历史意义,它讲述的是一伙俄罗斯骗子、小偷,其中的几个人物形象以特别鲜明的手法描绘出来,着色浓重。他们把自己装扮成圣徒模样,趾高气扬地横行在愚昧、黑暗的俄罗斯,欺骗愚弄着百姓。

20年代前半期,在蒲宁的创作中黑暗和光明两种因素激烈地斗争着。在《王中之王的城市》① 和《吞噬了一切的火焰》② 中,作家被一种无出路感所笼罩。而故事《晚来的春天》表现出非同寻常的奇异的爱情和孤独。它是作家世界观形成的一个转捩点。这也许是蒲宁所有作品中唯一一篇似乎来自梦境、纯粹通过想象、远远遁离人世的故事。故事中的某些细节(肮脏的车厢里的乘客、某个小饭店的啜茗等等)虽能给人以真实感,但就其实质而言,一切都不过是一个可怕的梦,而不是现实的生活。自始至终的唯一存在是作家的孤独,一种致命的、毫无希望的、无法摆脱的孤独。整篇故事贯穿着一种孤独的痛苦,这是一种不仅失去了祖国,并且清醒地认识到不可能再有第二个祖国的痛苦,一种无法在现实中找到自己定位的痛苦。但是,即便是如此,蒲宁也不会因此成为蒲宁,成为一位出自俄罗斯的世界级作家。如果把《晚来的春天》仅仅看成是一个关于被毁掉的美好的往事的"安魂曲",一个对残酷、可恶的现实的诅咒,那就未免有些片面和肤浅。重要的是蒲宁在这里表现出一种力求挣脱黑暗、奔向光明,挣脱毁灭、奔向生活的精神。当今世界从最初起就不可避免地遭受灾祸、暴力、残酷,人在充满灾难、暴力、残酷的世界里寻找生活的支点和出路,这一支点和出路就在于大自然本身,在于人类用双手和智慧在世间创造出的一切美好的杰作之中,

---

① 这是一个关于从地球上消失了的古代都城的故事。
② 故事描写了一位美丽的妇女之死,她留下的仅仅是一小撮骨灰。

这里既有令人惊诧的宫廷建筑，又有神奇的诗歌作品。作为陀思妥耶夫斯基思想基础的"美拯救世界"这一公式，尽管蒲宁没有明确地提出过①，但却继承并再一次肯定了它。在小说《理性女神》的末尾，作者道出了《晚来的春天》没有说出的话：几千年来人类世代相传的是崇高和善良的东西，除此再无其他东西。一切邪恶、卑鄙和愚昧的东西最终都会消失得无影无踪。代代相传的是那些不朽杰作中最精彩的篇章，是那些讴歌荣誉、良知、自我牺牲和卓越功勋的传说，是那些美妙动听的歌曲和完美的雕塑，是伟大而神圣的陵墓，是希腊式圣殿、哥特式教堂……

在1924年写就的故事《圣虫》中，蒲宁早期创作中肯定生活的乐观精神又一次占了上风。作家已经不再为埃及五千年历史留下的仅仅是一些帝王的圣虫饰品而苦笑，相反感到高兴，因为他的心，一颗跳动着的心和数千年前死去的古埃及人的心息息相通。它们都信仰生命，而不是死亡。这段期间，蒲宁作品中善的主题不断得到升华。作家认为，所有的人在本质上都是善的。在同年发表的短篇随笔《盲人》中，蒲宁写道："我漫步在街上，呼吸着空气，看着眼前的一切，感受着生活、它的全部内涵和喜悦。这意味着什么呢？这就是说，我在感受我周围的一切，而一切又那样的可亲，那样的令人愉悦，那样的令我感到亲切，在我心中唤起爱意。所以生活毫无疑问就是爱和善，减少了爱和善，就意味着缩短生命，意味着走向死亡。"② 这段话同晚期的托尔斯泰的观点如出一辙。这里，我们看到了作家天性中对生活的热爱，这种热爱逐渐战胜了长久以来折磨着他的有关生与死的问题。

蒲宁在爱中看到了与死的对抗。从20年代中期起，爱的主题就在他的作品中占了上风，而到了30年代末期和40年代，则成了主要的内容。蒲宁20年代最长的一部短篇是《骑兵少尉叶拉金案件》。主人公爱上了一名女演员，这一爱情使他备受折磨，整个爱情过程充满戏剧性的情节和悲剧性的内容。毫无疑问，蒲宁在《骑兵少尉叶拉金案件》中再现了他少年时期对叶列茨城医生的女儿帕先科的痛苦爱情。帕先科曾主动向蒲宁表白爱情，但她又总是对自己的感情缺乏自信，并且反过来责怪蒲宁对她爱得不够。她无法从自身混乱的感情中摆脱出来，对蒲宁的信也

---

① 蒲宁从来就不曾喜欢也没有认同过陀思妥耶夫斯基。
② http://bunin.niv.ru/bunin/rasskaz/slepoj.htm。

常常不予回复，最终离开蒲宁，选择了另一个人。蒲宁当时几乎处于自杀的边缘。经过很长一段时间的磨炼，愤怒的绝望化为阵阵的柔情和宽恕，并伴随强烈的妒忌之情。在叶拉金和索斯诺夫斯卡娅的关系中，男主公人强烈的感情和女主人公时冷时热变化不定的感情，从最初的冷漠转为绝望和突然爆发出的柔情，都是蒲宁自我感情的真实写照。① 男主人公的妒忌不仅是自然的，而且是不可避免的，因为女主人公经常做出一些导致这种结果的举动。蒲宁发挥了一个他孕育已久的思想，即经常引起强烈的妒忌心理（包括同样强烈的爱情）的女性身上体现了典型女性的天性。这类女性总是令人疑惑不解，人们很难弄懂她们，而她们自己也无法弄懂自己。这些女性具有叛逆心理，心情多变，举止无一定之规，精神上尚未定型。她们总是在折磨自己的同时也折磨着别人。只有像骑兵少尉叶拉金这样注重感情而又有着丰富想象力的男人才会迷恋上矫揉造作、歇斯底里的索斯诺夫斯卡娅之类的女人。

爱情与死亡之间的相互联系在《米佳的爱情》中也有所表露。蒲宁在这篇故事中揭示了世间所有爱情的悲剧，他以震撼人心的笔触展现了可怕的、敌对于人的、魔鬼般的性的自然力。米佳的不幸不仅在于他自己无法摆脱与一个戏剧学院的女学生卡佳的感情纠葛，还在于被蒲宁归结为全人类爱情的悲剧性所在。

在短篇小说《中暑》中，蒲宁继续宣扬他的爱情哲学。如果说他以往作品中的爱情悲剧在于它往往都是单恋、无回报的，那么在这篇小说中则增加了过于强烈的爱情无以为继的内容。两个在一夜情中彼此相爱的人都清楚，他们之间那种使双方感到惊奇、神秘的中暑般的感觉会随着双方继续的交往而消失殆尽。蒲宁坚信，爱情体现为某种崇高的、紧张的生存时刻，犹如夜晚的光，它照亮人的一生。这一思想对敏锐观察生活、拥有崇高感情的蒲宁来说尤为重要。在他一生光明的时刻里，当那些令人讨厌的思想、无出路感和痛苦不再折磨他时，他写下了许多类似于散文诗并富有哲理的抒情性随笔。

蒲宁将古代人民的智慧按照自己的方式不断地打造、加工，从中筛选出那些肯定生活、赞美生活的美好和迷人的因素，抛弃那些否定生活乐趣和意义的东西。在这些欢快的日子里，他写出了《夜》、《汪洋一

---

① 在中篇小说《米佳的爱情》和长篇小说《阿尔谢尼耶夫一生》中的情况亦是如此。

片》这些赞美在无限时空中创造世界的美、和谐与神秘的颂歌,突出地表现了个人作为宇宙中微小的粒子的感受。蒲宁认为自己是一个喜好幻想与沉思并对世界感到好奇的人。他不断地体验到了这种好奇感,并且扪心自问道:人脆弱的机体在凡间的生命究竟有什么意义?"我常常想:我们的生命是一个多么神奇而又可怕的东西,每分钟都可能有不测!我现在活得很好,身体健康,可是谁知道,一分钟后我的心脏会是什么样。这颗心脏和其他人的心脏一样,它有着某种特有的神秘和细致的创造性。"① 故事《阿列克塞·阿列克塞耶维奇》中的主人公在感觉到心脏不适之后,立即赶去就医。在听完医生漫不经心的诊断之后,猝死在回家的马车上。这里作家要表达的不是宿命的悲观主义,而是一种对生活无休止的惊奇,对生活永不停止的爱。

从 1927 年 7 月起,蒲宁全身心地投入到长篇小说《阿尔谢尼耶夫的一生》的写作中。1930 年,他出版了《短篇故事集》和《往事集》,其中收集了 40 多篇微型随笔、评论和风景描写。这些短篇的内容是作家在创作长篇小说过程中突发奇想式的对往事的回忆。作者没有将这些回忆写进长篇小说。蒲宁往往通过寥寥几笔就描绘出昔日俄罗斯鲜明的图景。这些微型散文诗式的随笔主题和形式丰富多彩,它们或是对所见所闻进行素描(《就这样》、《厄运之家》、《木偶》、《红灯》、《隘口》),或是一些情节剧小说(《大象》、《小牛头》),或是对话体小说(《泪水》、《资本》、《本地人》),或是肖像描述(《墙外的天空》、《杀人犯》、《玛丽娅》、《老婆子》、《祖父》),还有独白式小说(《投宿者》),笑话、幽默短篇(《小蘑菇》、《驼子的故事》、《青春》)等。每个故事只有 1~2 页的篇幅,还有一些是不超过 8~10 行的微型小说(《公鸡》、《正午》、《流浪汉》)。

《短篇故事集》构成了一幅独具特色的七彩拼图。从这幅色彩浓厚、对比度强、多平面的拼图中,可以看到昔日俄罗斯广袤而鲜明的全景。

(二)《阿尔谢尼耶夫的一生》中的存在主义思想

蒲宁的《阿尔谢尼耶夫的一生》是一部集自传、回忆录、抒情哲理散文为一体的文学作品。小说共由五部组成,情节发展到主人公 20 岁那年终止。作者就此搁笔,无论别人如何劝他再继续下去,但他再也没有

---

① http://bunin.niv.ru/bunin/rasskaz/vody-mnogie.htm。

回到小说的情节上来。在所有被称为艺术自传的作品中,《阿尔谢尼耶夫的一生》占有某种唯一的位置。一些同时代人将这部书视为作者本人的自传,对此蒲宁十分恼怒。他强烈反驳并声称《阿尔谢尼耶夫的一生》是一个虚构出来的人物的自传。作者最初的构思是要撰写一个诗人兼演员的一生。从幼年时起,所有生活中的印象便在主人公的心灵里骚动不安,并且最终以文字的形式诉诸表达。由此看来,《阿尔谢尼耶夫的一生》的确是一个虚构人物的自传。这是一个具有某种天赋并有可能成为诗人的人,而不是现实中的伊万·阿列克塞耶维奇·蒲宁。与此同时,这又是蒲宁作品中一部最具有忏悔性质的书。现实与虚构的统一,真实与创作的交融,复现与改造的结合——这就是这部作品内在的辩证法。书中,人们总能感觉到作者在场,看到作者的经历,听到他的议论,他的世界观似乎与许久前的世界观融合到了一体,过去与现在相互渗透。从回溯童年与少年时代转瞬就跳跃到作者 60 岁的年龄时段。时而是沉湎于过去,时而又是作者晚年的再现。所有这些构成某种缓缓的意识流,这股意识流在同样平缓流动的抒情散文中通过几个较长的阶段、间隔显现出来。

蒲宁在撰写《阿尔谢尼耶夫的一生》的时候已经对生活具备了更为敏锐的感触。这一感触并没有随年龄的增长而钝化,相反越来越强烈,并且获得了越来越新的内涵。这种对生活奥秘的锐利感触,对生活中每一个瞬间的敏感最终形成他深邃的洞察力。世界上的任何存在自始至终都是一个深不可测的谜。一个人不可能知道自己生命开始时的情景,也不可能知道生命何时终结。这样一种思想早在 20 世纪头十年蒲宁的旅行日记中就已初见端倪。随着作家创作的成熟,这一思想越来越清晰地表现出来,并且贯穿于小说《阿尔谢尼耶夫的一生》中,尽管在小说中它不是被直接表述出来,而是被暗示出来。蒲宁作为一个具有非凡才能和个性的文学家,始终在为每个人生活的两种结局感到不安。对蒲宁来说,此刻的存在随着岁月的流逝变得越来越珍贵,他尽力逃避命运的打击,因为每一次打击都可能是致命的。他竭力延续这一存在,尽管这一存在有时可能是痛苦的、令人失望的。

主人公的忏悔构成小说最大的现实,阿尔谢尼耶夫全部意识和下意识都存在于这一忏悔思想之下。书中所有的人,包括亲朋好友,都是偌大世界的一部分,这个世界、尤其是自然界以无数具体的个体进入到了小男孩的心灵中。蒲宁将自己对自然界的热爱和极其敏锐的感觉赋予了阿尔谢尼耶夫。对自然界的哲理性的思考，促使阿尔谢尼耶夫去思索生活的意义和奥秘，去思索世界和时空的无限性。所有来自生活的印象都在小男孩的意识中骚动不安，他的心灵没有因此疲倦，而是孜孜不倦地悄然探索着。

小说《阿尔谢尼耶夫的一生》的五个部分标志着主人公心路历程的五个具体阶段。童年家中的房子，父母，周围的大自然，第一次见到死亡，接触宗教，阅读普希金和果戈理，对哥哥格奥尔基的崇拜，古板无味的中学，最初的几次恋情，对探索世界的热望和早期的旅行，等等。主人公就读小学期间就已经萌发要表达自我的朦胧愿望，并感受到无法实现最初的写作冲动而产生苦恼。阿尔谢尼耶夫"想虚构些什么，并且用诗的形式表述出来"，"想弄懂和描述出他内心所发生的一切"。① 第五部是小说最重要的部分，谈到阿尔谢尼耶夫最终成了一名诗人。蒲宁没有描述他自己生活中艰苦的年代，那些为了生存而不得不从事枯燥乏味的工作、同时还要承受巨大的心理压力的苦难岁月。阿尔谢尼耶夫似乎跨越了整整一个时代。在同心爱的人分手之后，他孤独一人，为不可能实现的东西，同自己和这个世界抗争着，同那些他试图用语言表达而又难以表达出来的东西抗争着。这是一场为获得对他来说至关重要的幸福而作的抗争。幸福就是要学会"在自己的心里构制出某种真正值得写作的来自生活的东西"，而其他一切感情和欲望都让位于这一幸福。于是有一天，创作的幸福突然降临到主人公的头上。这时光顾他的已经不是心灵的折磨和痛苦的探索，而是平和而简单的决定："抛弃一切痛苦，简单地写点什么，任何想法、感情和观察到的东西。"一个抒情作家和诗人就这样产生了。他要写出他所看到的和感受到的一切，作家的使命感和创作欲望油然而生。

（三）幽径深深情难再

综观俄罗斯古典文学，爱情题材始终占有重要的地位。作家们笔下的爱情不尽相同：有惋惜的爱（卡捷林娜·卡巴诺娃与吉洪）、有忘我的爱（维拉与毕巧林）、有疯狂的爱（罗果静与娜斯达霞·菲丽波夫娜）、有绝望的爱（安娜·卡列尼娜与奥伦斯基）等。俄罗斯传统文学

---

① http://lib.ru/BUNIN/buninars.txt。

中作家们对男女间情爱的描写往往很含蓄。① 屠格涅夫作品中的女性纯洁的爱情成为理想爱情的通用模式,普希金笔下的达吉娅娜更是俄罗斯文学中的女性楷模。

蒲宁继承了俄罗斯古典作家的传统并有所创新,他的作品在人生观,尤其是爱情观方面有着独特的见解。1937年,蒲宁完成了一部兼具哲理性、评论性的回忆录《托尔斯泰的解脱》。书中,他对伟大作家列夫·托尔斯泰的创作、他的人生及人格作了恰如其分的评论,并表述了自己由来已久的有关生与死的想法,关于人在充满奥秘的世界中生存的意义。以下是蒲宁描述的几个片断:"物质对我来说是最难以理解的东西……";"我是什么?理智没有回答心中的这些问题。答案只有来自意识深处的某种感觉……";"为了使生活变得有意义,就必须使生活的目的脱离由人的理智来感悟的界限";"和生活中那些能看到生存界限之外的人交往,真是一件令人珍惜和高兴的事";"我所生活的这个世界,只是无数生命分布在其中的众多的可能世界之一。在这众多不同的演化阶段中,对于我来说只存在着一个阶段,借助于这一阶段我在完成着我的时间之旅";"人的生存反映在有限对无限的关系中"等等。② 作者坚决反对托尔斯泰远离生活的"出世"思想,不是远离,也不是停止生存,而是应该使生活本身极其宝贵的瞬间,使人在地球上所感受到的一切美好的东西都永远地保存下来。这构成了蒲宁的信念。耐人寻味的是,托尔斯泰所说过的话中,蒲宁恰恰记住的是下面几句:"生活中没有幸福,有的只是幸福闪光的瞬间,要珍视它们,感受它们。"这些幸福闪光的瞬间、美好的时刻可以装饰人的一生。在蒲宁看来,它们就是爱情,而爱情否定死亡,爱情就是生活。蒲宁从《战争与和平》中摘下了安德列·博尔孔斯基的这段话,于是在下意识中、在同托尔斯泰不知不觉的争论中产生了关于描写凡间最崇高、最圆满的幸福,关于记下幸福闪光的构思。早在1924年蒲宁在《题词》中就写道:"幸福的时刻会消逝,但是应该,也必须设法把某些东西保留下来,以同死亡、同蔷薇花的凋谢相抗争。"他要撰写一本奉献给人类"幸福闪光"的书,这本书便是在后来被评论家称为"爱情百科全书"的《幽暗的林间小径》。这是他"一生中写得最好、在技巧上最圆熟的一个集子。……这些作品无论就它们的

---

① 托尔斯泰晚年的《谢尔基神父》是一个例外。
② 〔俄〕蒲宁:《托尔斯泰的解脱》,陈馥译,沈阳,辽宁教育出版社,2000年,第1版。

独创性、多样性、洗练、艺术魅力、内有和外在的美来说，都是出类拔萃的。"①

《幽暗的林间小径》的确可以称得上是一部"爱情百科全书"。书中，作家所感兴趣的是两人关系中极富奥妙的东西，其中有最富有诗情画意的崇高的感受（《露霞》、《娜塔莉》），有相互矛盾、离奇的感情（《缪斯》），有正常的欲望和情感（《亲家母》、《开端》），还有低下的动物性本能的强烈的表现（《克拉拉小姐》、《客人》），有充满仇恨的爱（《沙拉托夫船》），有肉体上相互吸引，但性格、精神上无法接受对方的爱（《塔尼娅》）。但是，最吸引蒲宁的是真正的凡间爱情，是一种"凡间"和"上天"的和谐。这样的爱情是一种巨大的幸福，但幸福就像电光石火一样，瞬息即逝。在《幽暗的林间小径》中，爱情总是非常短暂，不仅如此，爱情越强烈，夭折得就越快，夭折并不等于死亡，而是在人的记忆和一生中都留下印迹。曾经令主人公刻骨铭心的爱情将永远占据他（她）的心灵。女店主娜杰日达（《幽暗的林间小径》）说道："每个人的青春都会过去，可爱情却是另外一回事。"② 她一辈子都珍藏着对老爷尼古拉·阿列克塞耶维奇的爱，虽然30年前后者心狠手辣地将她抛弃。偶然相见时，他竟不能理解娜杰日达的情感，奇怪凭她当年的漂亮怎么会嫁不出去。而娜杰日达恰恰是为他守了一辈子，多少年过去了，她始终是独身。尼古拉·阿列克塞耶维奇离开了客栈，而娜杰日达却永远留在这里。诚然，她此刻的心境是酸楚的，但她曾经拥有过如此强烈的感情，那么多的快乐与幸福，以至于终身不能忘怀，爱对她来说就是幸福。故事《金黄鹂》中的主人公把这痛苦当作巨大的幸福铭记在心，认为在这样的痛苦中也许有比幸福的日子里更多的幸福。从前年轻时曾在露霞家当家庭教师的男主人公对女主人公始终难以释怀。而故事《寒冷的秋天》中的女主人公在将未婚夫送往前线后（他一个月后阵亡），不仅在以后历经沧桑的30年内在心里保留着对他的忠贞不渝的爱情，甚至认为在她的一生中只存在那个相互告别的寒秋的夜晚，而其余的一切不过是一场多余的梦。

在故事集《幽暗的林间小径》中，作者所表达的世界观、情调性、

---

① Бунин И. А., 1984: Избранные сочинения, т. 3, М., Художественная литература, c. 513.
② 《蒲宁文集》（第3卷），戴骢译，合肥，安徽文艺出版社，1999年，第1版，第250页。

小说结构、描写风格都很接近。作家借《海因里希》中的男主人公之口，表明了自己的艺术信条："著者有充分的权利利用其文笔大胆地描述爱情和热恋中的男女……"① 所以他在这部书中进行了一个艺术上史无前例的大胆尝试：本书收入的38篇故事中描写的都是爱情故事，但每个故事的结局是令人震惊的，敏感的读者读完每一个故事都会有一种全新的感受，读者的感觉不仅没有钝化，反而得到了加强，全书自始至终洋溢着强烈的情感和活力。

蒲宁大部分作品中的爱情是一种特殊的灵与肉的结合体。蒲宁认为，不经过肉体上的爱是无法上升到精神境界的，所有和性有关的都是纯洁的，有重大意义的，一切都显得隐秘，甚至神圣，所以他在小说中对两情相悦的情景进行细致入微的描写。在他的作品中，犹如在托尔斯泰的《安娜·卡列尼娜》、《战争与和平》、《克莱采奏鸣曲》等作品中，女性全然没有过错。他更不像果戈理，在作品中对女性保持一种戒备、不接受的态度。他笔下的爱是人间的欢愉，是对异性的迷恋。蒲宁恰到好处并坦诚地描写爱情，他的主人公怀着一种使人难以相信的力量去爱对方。《幽暗的林间小径》中的主人公的行为绝对没有逻辑，他们逾越道德规范，超出了日常生活的框架。这种不道德的行为对蒲宁来说是某种真正爱情的特征，因为通常的道德规范是为人们确定的一种程式化的框架，在这种框架中没有真实生活的自然力量。

在《幽暗的林间小径》中，蒲宁只是让主人公尝到禁果，并享受到爱情的欢乐，然后使之分离，失去幸福、希望、欢乐、甚至生命，幸福是不可能永恒的。加丽亚·甘斯卡亚服毒自杀，海因里希被妒火中烧的情人枪杀，《露霞》中的一对恋人被露霞歇斯底里的母亲拆开，《中暑》中则表现为爱情过于强烈，以至于不能持续。两个相爱的人都清楚，如果他们继续交往，把各自的命运联系到一起，那么那种使双方感到惊奇、神秘的中暑般的感觉就会荡然无存。

《幽暗的林间小径》中的爱情没有进入家庭轨道，未能缔结成为幸福的婚姻。《娜达莉》中的男主人公同时爱上了两个姑娘，然而他并没有和其中的任何一个去寻找家庭的幸福。在《海因里希》中，有众多外表、性格迥然不同的女性，但男主人公依然是孤独一人，没有步入婚姻

---

① 《蒲宁文集》（第3卷），戴骢译，合肥，安徽文艺出版社，1999年，第1版，第361页。

的殿堂。作家在《骑兵少尉叶拉金案件》中写道:"是凡强烈的、超凡脱俗的爱情都具有一个特色:似乎要避免结婚……"① 蒲宁没有赋予其主人公以永恒的幸福,因为读者已习惯于永恒的幸福,这种习惯会使爱流于平淡,导致爱的丧失。司空见惯的爱情不会比真挚的、闪电式的爱情更美好。短篇故事《幽暗的林间小径》中的男主人公没有把自己的命运同女奴娜杰日达结合在一起,娶了一个门当户对的女人,但他并没有获得幸福,妻子背叛了他,儿子是一个败家子、无赖,家庭本身成了最司空见惯的、庸俗的家庭。与此同时,尽管爱情短暂,但却永存在男女主人公的记忆中,因为这爱曾在生活中犹如昙花一现。在《阿尔谢尼耶夫的一生》的第五部中,阿列克塞与表妹丽卡由相爱到结婚,婚后由于阿列克塞自我满足及公务的繁忙,俩人感情逐渐降温,丽卡无法忍受阿列克塞的冷落,终于忧郁成疾而死。作者认为丽卡和阿列克塞既然已没有了爱情,便只能以死来结束这段爱情生活。也许只有死,才能挽回失落的情感,逝去的才会永存。

蒲宁同样不去描写地久天长的爱情。他赞同拜伦的观点:为女人死,要比同她生活在一起更容易些。两个相爱的人结合后已经完全是另一种关系。这时已经没有了痛苦,也就是说,已经失去了令人焦虑、压迫的幸福感,因此蒲宁对此不感兴趣。短篇小说《秋千》中的年轻的姑娘,改变了要同她所爱的人结婚的初衷,说道:"现在的一切就很好,不会比这再好了。"② 故事《塔尼娅》中的主人公一想到要他把塔尼娅带走就感到恐惧,尽管他强烈地爱着这个塔尼娅。如果相爱的人力图将他们的生活连结在一起,那么到最后一刻,当所有的人都会感到会有一个圆满的大结局时,一定会爆发某种突如其来的横祸,或者出现某种未曾预料的情景,甚至是主人公的死亡。灾难的出现似乎是为了让这一瞬间停下,保持在感情的最高峰。在露霞和心爱的人约会的时候,露霞患抑郁症的母亲突然持枪出现,导致恋人的永远分离。如果某一个故事接近尾声时一切都十分顺利,那么在故事结尾蒲宁也会用这样一些句子来使读者感到沮丧:"在复活节后的第三天,他死在地铁的车厢里了,当时他正在看报纸,突然把头往后一仰,靠到椅背上,阖上了双眼……"(《在巴

---

① 《蒲宁文集》(第 3 卷),戴骢译,合肥,安徽文艺出版社,1999 年,第 1 版,第 207 页。
② http://bunin.niv.ru/bunin/rasskaz/temnye-allei/kacheli.htm。

黎》）；或是："这年12月，她由于早产在日内瓦湖畔与世长辞了"（《娜达莉》）。类似的结局我们在短篇小说《净身星期一》中也能看到：热恋中的女主人公出乎意料地遁入修道院。①

蒲宁将不可能结合在一起的因素结合在一起，着重指出了爱情与死亡的离奇关系，表达了自己对人生变幻无常的深切感受和对流亡生活的惆怅。在故事《在巴黎》中，蒲宁以饱含同情的笔墨描写了流亡异乡的俄罗斯人的苦楚和孤独的心灵。一段艳遇刚刚抹平男主人公心灵的创伤，死神却降临到他的头上。女主人公从墓地回来的那天，"春光明媚，在巴黎柔和的天空中，有几朵春日的浮云飘过，万物都说明生活是青春常在的，但也说明了她的生活却已经到尽头。"② 生命就在这有限与无限之中繁衍，人们也只在爱情和死亡面前平等。蒲宁感叹爱情难以把握、生活难以驾驭、幸福又有尽期。集子命名为《幽暗的林间小径》并非偶然，这里指的不是阴暗背光的地方，而是黑暗的、充满悲剧的、幽深神秘的爱情迷宫。尽管系列小说的结尾都充满了悲剧，使人略感凄婉，但读者依然能感到一种明快的感情，因为故事中的男女主人公都怀有一种非同寻常的光明的力量和真挚的感情。他们的爱情虽像短暂的闪光，但恋人们的心灵却清澈见底。

蒲宁小说中的故事情节以及所表现的人物性格和心理描写是如此的逼真，以至于许多人都断言，似乎蒲宁所写的都是烙印在他记忆深处的东西。蒲宁的确从他自己青年时代的经历中筛选出一些片段。但这通常是在描写女主人公的时候，并且仅仅占很小一部分。绝大多数具体的情节场合是作家想象出来的产物，这一想象给蒲宁带来了莫大的创作满足感。

蒲宁的作品具有极大的艺术感染力。他善于极为坦率和细致地描述两性之间最隐秘的关系。为使高度精湛的艺术格调不落入自然主义的窠臼，他表达得极有分寸。同时，他又像一个画家和雕塑家用画笔精心勾勒出美一样，用最恰当的词语来展示女性全部的美与和谐。在《幽暗的林间小径》中，女性的形象占据着主导地位，男主人公则常常作为背景

---

① 对该小说的论述详见"Восприятие рассказа И. А. Бунина 《Чистый понедельник》 китайским читателем", *Мировая словестность для детей и о детях*, Москва, 2004。
② 《蒲宁文集》（第3卷），戴骢译，合肥，安徽文艺出版社，1999年，第1版，第342页。

来衬托女主人公的形象和举止。作家通常不去描绘男主人公的性格，而更愿意淋漓尽致地描写他们的感情和体验，他们对女主人公是如何地倾慕，又是如何强烈地试图破解女性那不可抵挡的神奇和奥秘。在《幽暗的林间小径》中，蒲宁塑造出一系列令人难以忘怀的女性形象。她们有的心地单纯、至死不渝（《斯捷潘》、《塔尼娅》），有的矫揉造作、行为古怪、大胆前卫（《缪斯》、《安提戈涅》），有的过于早熟，无法控制自己的天性（《卓伊卡和瓦列里娅》、《娜达莉》），有的庸俗贪婪（《克拉拉小姐》），有的天真幼稚（《马德里》）等。每一个形象都栩栩如生。故事几乎都发生在昔日的俄罗斯，即便有个别情节发生在国外（《在巴黎》、《报复》），故事的主人公也都是一些地道的俄罗斯人。

《幽暗的林间小径》写于第二次世界大战期间，那时蒲宁全家陷于贫困之中。不仅如此，这一创作本身是作家对恐怖的"二战"的抗议，从这个意义上可以说，蒲宁在晚年比青年时期更英勇、顽强。众所周知，在作家的成年时期，"一战"的爆发曾将他卷入长期的精神压抑状态。后来，当蒲宁把此书赠送给季娜伊达·莎霍夫斯卡娅时，他在扉页上写道："《十日谈》写于瘟疫流行的时候，《幽暗的林间小径》写于希特勒和斯大林时代，他们竭力想吃掉对方。"在如此悲剧性的年代里，此书的含义就是：无论世事有多残酷，人间终有真情在。从这个意义上说，这部小说无疑是作家一项伟大的功绩，也是俄罗斯文学和世界文学中的瑰宝，是一首向往人间真情的歌。只要地球上还有人类，就会有人唱起这支隽永的情歌。

二、两个世界中的纳博科夫[*]

"我认为，你将成为一个前所未有的作家，俄罗斯会为你痛苦不堪……"[①]这是纳博科夫小说《天赋》中女主人公季娜[②]的预言。可以说这一预言应验了。20世纪20～30年代，俄罗斯文学中的存在主义意识在弗拉基米尔·弗拉基米罗维奇·纳博科夫（1899～1977）的创作中达到顶峰。他的艺术创作可谓是俄罗斯与欧洲思维方式的有机结合。这是唯一一位属于西方世界的俄国作家。20世纪20至30年代，纳博科夫用笔

---

[*] 本章节的部分内容发表于《外语学刊》2014年第3期《两个世界中的纳博科夫》一文。
[①] Набоков В., 1990: *Дар*, Собр. соч. в 4 тт., т. 3, М., Правда, с. 328.
[②] 作家之妻维拉·斯洛宁的原型。

名"西林"创作出一系列小说并以独特的才华和出色的艺术手法令俄罗斯侨民世界折服。纳博科夫的创作玄妙难解,他因此成为俄罗斯存在主义文学中最深刻、细腻和最有才华的作家之一。

俄侨圈中对纳博科夫的作品褒贬不一。大部分人对他独特的天才和出色的艺术手法予以充分的肯定,同时指出作者"内心的空虚","纳博科夫的小说沉闷、恐怖、冷峻"。也有评论不能原谅他对读者日益增长的傲慢的嘲笑和表现出的信仰的缺失。

所谓信仰缺失,主要是指作家对基督教明显的背离。侨居环境下的大多数俄罗斯人关于本民族和文化的定义是以东正教的方式固定下来的。在这一环境中,存在主义式的、无上帝的观点成为这一指责的主要诱因。鲍里斯·扎伊采夫曾经指出,在纳博科夫那里"没有上帝,也许只有魔鬼"。蒲宁读完纳博科夫的小说《卢仁的防守》之后,第一印象是,"这小子掏出手枪,一枪就撂倒了所有的老家伙,包括我"。蒲宁后来把他斥为"怪物"。①

(一) 纳博科夫两重世界的实质

纳博科夫存在主义小说艺术世界构思的所有奥秘蕴含在其创作诗学的两个世界中。纳博科夫构筑了一个复杂的艺术与生活、作者与读者相互关系的综合体。在纳博科夫的艺术世界里,诗学不再是作者反映自我的手段,而是他同读者游戏的一种形式。作家营造出一种假象,并将它注入到读者的感受中。作者所设计的游戏是如此成功,乃至于纳博科夫在读者眼中成为一位冷酷、陌生而又令人匪夷所思的作家。我们甚至可以认为,展现在读者面前的并非作家本人,而是他所创造出来的两重人。

游戏同时为纳博科夫建构起一个两重世界。缺失了这一因素,世界将平淡无奇。纳博科夫的两重世界体系光怪陆离,具体呈现为:梦幻与现实、上帝与魔鬼、现实与记忆、生存与死亡、生活与游戏、"我"与"我的影子"、光明与黑暗、真理与谎言、俄罗斯与非俄罗斯。这些相互对立的因素交织在一起并不断相互作用,进而构成了作家的两重世界。世界的实质就隐藏在游戏之中,与主人公共同处在两重世界的界限之上。

两重世界的界限并非绝对固定,而是灵活易变的。两重世界提供了

---

① Семенова С. Г., 2001: *Русская поэзия и проза 1920 ~ 1930-х годов*, М., ИМЛИ РАН, Наследие, с. 546 ~ 547.

一种新的坐标体系，其中每一个世界体系的价值刻度又不尽相同。纳博科夫笔下所有的现象既相对立，又非完全排斥。但通过各种坐标体系的相互交叉，仍然可以辨别出存在的真正意义和种种现象的绝对价值。一方面是作家对现实世界得心应手的描绘；另一方面，其创作又常常使读者产生陌生感。作者在创作中有意识地、合理地将现实投射出来，借此隐晦地表达自己诗学的实质。纳博科夫小说中的所有人物都是按照神秘性、游戏性和假面具的规则创作出来的，因为这时的作者不是纳博科夫，而是西林。扭曲的人物符合纳博科夫的美学观：艺术反映的不是生活，而是生活的模式，不是真理，而是相似；文学不是生活的反映，它是关于生活的梦幻。纳博科夫所描写的是生活，而不是作家自己；他要描写的是世界，而不是一个人在这个世界上逗留的片刻。纳博科夫在其《文学讲稿》中指出："文学是创造。小说是虚构。说某一篇小说是真人真事，这简直侮辱了艺术，也侮辱了真实。"①

纳博科夫的存在主义世界观形成于20世纪30年代小说《眼睛》（1930）和《绝望》（1934）发表之际。可以说这两部小说是纳博科夫创作的转捩点，从此作家开始走向成熟，并为自己打开了一条通往当代最伟大的文学大师之路。

（二）《眼睛》中的存在主义思想

中篇小说《眼睛》的主人公"我"是一位于20世纪20年代旅居德国的穷困潦倒的俄裔年轻人，仅靠在一个俄罗斯人家庭当家教维持生计。对于主人公的过去，我们不得而知。一次，在两个男孩面前"我"遭到情人丈夫一顿羞辱和毫不留情的痛殴，自尊心受到灼伤，萌生死念，同时又期望在另一个人身上获得重生，之后做一个普通人活着。尽管自杀未遂，然而"我"真的以为自己已经死去。"我"被送进了医院，出院后带着一种已经死亡的梦幻去重新找寻记忆中的柏林街道。接下来的情节极具虚构性：原来人死之后，思想可以按着惯性继续存在。枪伤没有夺去"我"的性命。于是，一个从前可怜、畏缩、头戴礼帽的小人物获得了新生。俄罗斯文学理论家阿维林指出，主人公的自杀企图成为他个性分裂的导火线。②"我"开始对自己及自己的使命有了新的认识，并且有

---

① 〔俄〕纳博科夫：《文学讲稿》，申慧辉等译，北京，三联书店，1991年，第1版，第21页。

② Аверин Б. В., 1997: *Владимир Набоков PRO ET CONTRA*, СПб., РХГИ, с. 514.

了新的举动和思想。"我"瞪大双眼，用一种好奇心来观察自己和周围人，揣摩他们，并千方百计地窥探众人对一名姓斯穆罗夫的俄国人的印象，进而相信以幽灵存在的方式会给自己带来种种快乐。这就是书名"眼睛"的寓意。一如后来萨特在剧作《禁闭》中所描写的情景：人只能把他人当作镜子，从他人那里寻求自我存在的证据。"我"还臆想出一个拯救人的魔术——把原本庸俗的生存替换成富有创造性和想象力的生活。在新的生活中，"我"作为一名由其本人创造的世界级艺术家，成为自己的上帝和审判官，可以随心所欲地操纵那些玩偶般的人们。早在自杀之前，"我"的存在主义意识就已经觉醒。"我"对自我存在的问题进行过思考，对荒诞亦有所认识："我"一直怀疑世界是荒诞的，并清楚地意识到："我"突然感受到的难以置信的自由其实就是荒诞的一种表现。

"我"费尽心机窥探到的基本上是对斯穆罗夫的负面评价。由此"我"明白："我"遇到的这些人仅仅是反射斯穆罗夫的镜子而已；即使是最明亮的一面镜子也未能向"我"展示出真正的斯穆罗夫的形象。在小说的结尾，"我"为了取悦房东去为她购买鲜花。"我"买了一束铃兰花后在花店的镜子中看到："我"的映像——一个头戴礼帽、手拿花束的小伙子快速向"我"移近。那映像和"我"融为一体。

在小说《眼睛》的两重世界里，纳博科夫引领主人公穿越镜子构成的地狱，并且以两个形象的重合而告终。读者只是到最后一刻才恍然大悟："我"—"眼睛"—斯穆罗夫实为同一个人。作家运用独特的游戏手法，让读者看到了不同的斯穆罗夫，并将其整合为一个卑微、无耻、人格分裂、荒诞的斯穆罗夫！这其中折射出纳博科夫对人的存在、个体与他人关系哲理式的思考。而心理片断——揣摩、刺探、窥视最终是毫无结果的。无论有多少种类型的斯穆罗夫，真正的"原型"是永远找不到的。斯穆罗夫不仅存在于"镜子"中，而且还存在于其他人的印象中。由此得出的结论是：每一个人都是斯穆罗夫，都是无法定义的非"原型"，都只是镜中的一个影像。"我"最终意识到："……我并不存在，存在的只是折射我形象的成千上万面镜子。随着我认识人的增多，和我一样的幽灵的数量也会增加。他们在某处生活，他们在某地繁殖，单个的我是不存在的。"① 作者以"我"的幡然醒悟揭示出人的存在需要自我审视及通过他人的目光来最终完成认识自我这样一个过程。

小说《眼睛》所体现的是纳博科夫对人的一种整体化的认知（人直面本我）。作者由此得出对另一部小说的主人公卢仁来说防守原则上是无法实现的推论——一个人命中注定要异化，每一个人都是这个现实的造物，是由镜子反射出来的映像。人不仅自始至终视他人为陌路，而且丧失了客观现实化的可能性，因为在其周围根本就没有人。有的只是无数面反射自我的镜子。主人公认为，在这个荒谬的世界里唯一可以使人心安理得的是这样一种存在主义的幸福观："观察、窥视、睁大双眼看自己和别人，不作任何结论，只是旁观。我发誓，这就是幸福。"或许，同样崇高的幸福感在卡夫卡、萨特、别雷、安德列耶夫那里也能够看到："这个世界，无论怎么折腾，都伤害不着我，我有一副金刚不坏之躯。"②

《眼睛》是一部象征并且几乎是警世的作品。在斯穆罗夫的身上读者看到了人格的两重性，目睹了个性人格分裂的全过程。书名"眼睛"俄语为соглядатай，意为"观察者"、"暗探"、"窥探者"。作者显然是要表达一种"窥视"的意图。小说中的"我"总是睁大双眼，即使在熟睡中也未停止过对自我的审视，然而最终还是无法洞悉"我"的存在。作家借"我"对斯穆罗夫的"窥探"以及他人对斯穆罗夫的印象，来对自我的存在进行确认。斯穆罗夫从自我否定走向对自我的超越，最终被社会边缘化。其实，我们大部分人又何尝不是多多少少地带有某些斯穆罗夫的习气呢？我们往往比较在乎自己在他人心目中的形象，因缺乏自我定义的能力，需要依赖外部来检验自我及其存在。而他人其实就像一面镜子，可以反射出无数个"我"。一旦反射出的映像和我们的愿望背道而驰，我们就会试图去改变这种反射。一如镜中的映像无法改变，自我的意识又如何改变得了他人的意识呢？只有他人的意识与自我的意识的综合才能体现一个完整、真实的"我"！

（三）《绝望》中分裂的人格

分裂的人格、以自我为中心的观照和镜像原则在纳博科夫的长篇小

---

① 〔俄〕纳博科夫：《眼睛》，张玉夺译，长春：时代文艺出版社，1997年，第1版，第9页。

② 〔俄〕纳博科夫：《眼睛》，张玉夺译，长春：时代文艺出版社，1997年，第1版，第332页。

说《绝望》中得到了最完整的体现。小说的主人公赫尔曼是一个经营巧克力生意的德裔俄国人。一个偶然的机会,他遇见一位名叫费利克斯的单身流浪汉。赫尔曼自认为费利克斯与他长得一模一样,简直是自己的复制品。他策划让费利克斯顶着赫尔曼这个名字死去,以骗取巨额的人寿保险。赫尔曼将费利克斯诱骗到森林中,开枪打死了后者。之后,他冒用费利克斯的名字,躲到法国的一个小村庄里,等待外界的反应。主人公从报纸上得知,原先的如意算盘已完全落空,费利克斯的尸体并未被当成是主人公的,因为二者毫无相似性可言。赫尔曼觉得受到了公众的冷落,立即着手撰写一部杰作。他原打算把这部杰作署名为"作者镜中之像",或者是"答评论家",或者是"诗人与庶民"。当赫尔曼最后意识到自己在谋杀过程中犯下了致命的低级错误(把刻有费利克斯姓氏的手杖遗忘在了自己的车里)时,他承认自己是一个十足的傻瓜,于是署上了最适合的书名——"绝望"。

在小说《绝望》中,纳博科夫通过主人公表明了对上帝的见解:"上帝之不存在是很容易证实的……我既不能,也不希望信仰上帝:关于他的童话故事并不是给我讲的,它属于异乡人,属于一切俗人,它浸透着成千上万其他灵魂散发的邪恶的臭气……"这一观点与存在主义思想具有异曲同工的内涵:思想"不是给我讲的",而是"属于一切俗人",这一思想是被玷污了的、庸俗低级的,"它之于我是不熟悉的、格格不入的,而且也是令人讨厌并且毫无用处的。"① 显然,这里有强烈、冷漠的排斥,并且涌动着反抗的萌芽:如果我不是自己生活的主人,不是一个对自己的存在可以独断专行的人,那么任何逻辑和任何人都不会改变我作为上帝奴仆的状况。所以,既然我不能像上帝一样可以掌控自己的存在,那么我的整个存在就如同其他人一样,是偶然的,也是枉然的,是某种愚蠢和荒谬。

小说《绝望》展现在读者面前的是一种生与死的界限:"那个人,特别是当他睡着的时候,他的脸部一动也不动,显示出了我自己的脸、我自己的假面具、完全是我的躯体的毫无二致的拷贝……尤其是在沉沉熟睡之后……那么死亡又是什么呢?如果不是一张平和宁静的面孔——或者说是这张面孔经过艺术加工后的完美典型,又会是什么呢?生命仅

---

① 〔俄〕纳博科夫:《绝望》,常立等译,长春,时代文艺出版社,1999年,第1版,第118~119页。

只是玷污了我的替身……"①

这绝对是另一个"我"／"非我"的奇妙力量游戏的结果，是一种奇迹般的现象。费利克斯是赫尔曼一个难得的两重人。对赫尔曼来说，费利克斯（非我）构成另一个的我；而对费利克斯来说，赫尔曼（我）则是他的另一个自身。在两个人彼此通过对方反射出自己的同时，双方又都失去了"我"的界限；他们融合在一起，失去了作为个体的完美的独立属性。这是一个充满了玄机的游戏，体现着纳博科夫两重世界深奥的内涵。两个世界合二为一；或者相反，从前的一个世界分裂为两个世界。对纳博科夫来说，这里隐藏着一个秘密：一个独特的存在主义情境——两重性的界限与实质。除了合二为一和一分为二这两种形式外，还存在着第三种形式：赫尔曼-费利克斯的两重性，即复制品现象。在这一现象中，两个世界里的两个存在合为一体并得以固定。纳博科夫这一存在主义情境在赫尔曼身上唤起了一种形而上的原始的混乱："真让人难以置信！我凝视着一个奇异的景观，它之完美、它之缺乏原因和目的让我顿生敬畏之心，连我自己也莫名其妙……"主人公置身于心智难以企及的存在界限之外："我的理智在那时已经开始在探索那种完美，已经开始在查寻其原因，在猜测其目的。"② 于是，在赫尔曼的意识和心理中，一个毁灭原本的个体的过程开始了。这一过程最终将在虚幻的存在和噩梦中得以结束。从发现两重人那个令人难以置信的一刻起，主人公的内心就开始了对话："……他（读者）不知道哪张脸是我的，哪张脸是费利克斯的，我只能一笑置之。我来了！现在——又走了，没准那来的也不是我！""我觉得最好是能让他与我保持一定距离，仿佛只要越雷池一步就会打破致使我俩彼此相像的那种魔力。"③

这里，纳博科夫的存在主义描写与卡夫卡的语境极其相似，"我"分裂成"我"和"我的身体"（《乡村婚礼的筹备》）：主人公拉班在风中吃力地赶往乡下，梦想着自己能灵魂出窍，一具穿着衣服的躯体将代替他赴约，而真身像一只甲虫留在家里，躺在床上冬眠。

---

① 〔俄〕纳博科夫：《绝望》，常立等译，长春，时代文艺出版社，1999年，第1版，第16页。

② 〔俄〕纳博科夫：《绝望》，常立等译，长春，时代文艺出版社，1999年，第1版，第9页。

③ 〔俄〕纳博科夫：《绝望》，常立等译，长春，时代文艺出版社，1999年，第1版，第34~36页。

纳博科夫《绝望》中的存在主义情境具有一种独一无二的属性。根据这一情景,"两人如此酷似的事实本身已经是一种罪过?"也许,赫尔曼所犯的罪行和诱因并不是他本人的过错,而是在不同的"我"身上制造出"彼此酷似"的自然界罪恶的延续。赫尔曼根本就没有犯罪(如同加缪小说《局外人》中的主人公默尔索):这一行为在最初就被宣告无罪(甚至是无法回避的!);绝对的相似是不可能共存的——注定要引起相互间的残杀。一个人的生存本身事实上已经规定了他人自由的界限。因此,这一罪行就不再是人之罪恶,它来自于"为自己而存在"的构造,来自于"生存"自身的规律。

纳博科夫的存在主义情境综合了各种精巧的设计,借此为读者打开了观察世界的不同视角。同时又佐以轻松的笔调、精湛的构思、非阴暗的存在主义和色彩斑斓的形而上的论述,建构出别具一格的存在主义情境。从形式和语调上看,它是游戏人生的。但从直面自我的人的存在和心灵深层的挖掘角度,它又是超存在主义的。特殊的情境决定了纳博科夫存在主义意识的独特性,后者成为一把开启理解作家小说诗学和两重世界的钥匙。赫尔曼的真正悲剧缘于相似,意味着在正负之间负的存在是不会得到社会认可的。

纳博科夫在小说第九章的结尾把情境推向了高潮。纳博科夫是这样描写"我"的复制品死亡的情景:"他不是马上应声而倒,他开头的动作说明他还有几口气,他几乎旋转了360度。……他(已经被子弹穿透了)和我面对面,缓缓伸出双手好像在问:'这是为什么?'……他开始变硬的身子猛地抽搐了一下,好像他那身新衣服不合身,很快就一动也不动了。"这与安德列耶夫的小说《瓦西里·费维斯基的一生》的结尾如出一辙:有生命的和无生命的物质世界只是相对而言,在两种情景下并非固定不变。

在纳博科夫主人公的意识中,现实的和非现实的存在紧密交融。如同《洛丽塔》中扭打在一起而无法区分彼此的亨伯特和奎尔蒂(我们压着我。他们压着他。我们压着我们)。而当亨伯特杀死奎尔蒂之后,后者的影子始终挥之不去,依然有流血之前扭打在一起的感觉。亨伯特虽然消灭了奎尔蒂的肉体,却无法驱赶自己的影子。在《绝望》的第十章中,我们同样难以将赫尔曼的"我"和费利克斯的"我"以及凶手本人赫尔曼区分开来:"我俩如此酷肖使我真的说不上来到底是谁被谁杀死了——

我还是他。"① "一个反照出的形象，维护它自己的权利，要求我注意它。不是我在外国的土地上寻找避难处，不是我长出了胡子，那是费利克斯，杀死我的凶手。啊，如果我对他了如指掌，有多年的交情，我甚至可能会发现在我继承的那具灵魂里占据一个新寓所还是蛮好玩儿呢。"② 主人公认为自己是一个"无私的艺术家"，而不是一个罪犯。然而，他的灵魂在新寓所里并没有发生任何变化。对赫尔曼来说，既不存在理智的界限，也不存在良心的界限。他从一开始就游离在界限之外。

纳博科夫的两重世界聚焦了世界的实质和人的本质。这一手法还投射出某些替身的因素："……各种报纸都印出我的护照相片（在那上面我真的很像罪犯，根本不像自己）……"③ 这里，赫尔曼心灵发生裂变，他彻底丧失了界限的概念。相片、镜子可以使"我"不断复制，成为通往负"我"的一条途径。赫尔曼早就在按着卡夫卡《地洞》中自我毁灭的逻辑生活着。"让我害怕的是，独自一人处在一个由反射映像构成的奸诈危险的世界里，是精神崩溃，而不是坚持下去，直到某一个非同寻常的、非常快活的、终见分晓的瞬间来临……"在主人公的意识和潜意识中，现实与非现实界限发生了位移。对赫尔曼来说，虚幻的存在、可恶的梦魇、幻想的空间都闭合上了。"难道不可能有数以百计的人阒然无声地站在那里围观的幻景？"④ 这是良心醒悟的标志，主人公终于明白谋杀其实就是他本人所为。如同小说《眼睛》的主人公斯穆罗夫，可以把赫尔曼实施的谋杀视为是对本体的存在感到不满足，他杀死自己，以便偷偷逾越死亡的界限，得到重生和超越本我。所有这一切都围绕着关于荒诞的人生的存在主义思想而展开。正如赫尔曼所说的，"可能一切都是虚假的存在，一场邪恶的梦；就在此刻我应该是在别的什么地方刚刚醒来……"⑤

---

① 〔俄〕纳博科夫：《绝望》，常立等译，长春，时代文艺出版社，1999年，第1版，第197～198页。

② 〔俄〕纳博科夫：《绝望》，常立等译，长春，时代文艺出版社，1999年，第1版，第204页。

③ 〔俄〕纳博科夫：《绝望》，常立等译，长春，时代文艺出版社，1999年，第1版，第224页。

④ 〔俄〕纳博科夫：《绝望》，常立等译，长春，时代文艺出版社，1999年，第1版，第212页。

⑤ 〔俄〕纳博科夫：《绝望》，常立等译，长春，时代文艺出版社，1999年，第1版，第244页。

在纳博科夫的存在主义情境的形成过程中，存在主义的基调独出心裁、精巧奇异，完美的因素和非完美的因素并存。但在纳博科夫的小说中，远非一切都可以解释为艺术家意识和心理的位移：小说中的情境（赫尔曼的我、费利克斯的我、作者的我的分裂）呈现为一种游戏成分和故弄玄虚的配置。它们奇妙地交织成一条存在主义的主题链，在作家的意识和读者的感受中环环相套地紧扣在一起。只有参照卡夫卡、陀思妥耶夫斯基、安德列耶夫的语境，即将俄罗斯与欧洲的存在主义传统语境相结合才能最终解读小说《绝望》。

（四）无法防守现世的进攻

成为纳博科夫存在主义最高语境的是长篇小说《卢仁的防守》（1929）。主人公卢仁性格内向、不谙世事，却极具象棋天赋。他整日痴迷于棋道，逐渐从一个神童成长为一名象棋大师，在棋场鲜逢对手。然而现实生活中的卢仁，完全是一个孤独的人，他无法融入到周围的生活和世界中去，甚至与父母也格格不入。象棋构成他生活的全部。他"看到了象棋深不见底的深渊里的恐惧……但也有绝无仅有的和谐。因为，在这个世界上除了象棋还有什么呢？"① 卢仁酷爱蒙眼比赛形式，这样棋子就不会打搅他的思考了。在他看来，棋子"不过是那些不可见的奇异的象棋力量在现实世界中表现出来的可视的粗糙外壳。在蒙上眼睛下棋的同时，他感受得到这些形形色色力量的原始纯正的形态。……主人公头脑里会闪现出移动棋子后会发生的一幕幕——一声爆炸、一次猛烈的地震、一次闪电之后，整个棋区都会随之紧张地震颤起来，而他则是控制这个紧张局势的主宰，是他在这里收集电能，然后在那里再释放出去。"因此"他以非尘世的态度来下每一盘棋……他在这种比赛中得到了某种慰藉，同时也找回了胜利"。在柏林的一场比赛中，他与意大利棋手图拉提对弈，输给了后者。之后他"下定决心一定要找到对付图拉提的最佳防守办法。但是图拉提的开局走法令人十分棘手……创造出了一个棋与棋之间的不可预料、变幻多端的关系。"②

现实生活使卢仁的思想和孤独的心理发生扭曲，错误的推断转变为

---

① 〔俄〕纳博科夫：《防守》，陈岚兰等译，长春，时代文艺出版社，1999年，第1版，第133页。

② 〔俄〕纳博科夫：《防守》，陈岚兰等译，长春，时代文艺出版社，1999年，第1版，第80~86页。

思想的崩溃。卢仁在少年时期就找到了客观世界的替代物（几何、智力拼板游戏、象棋），这些替代物使他的异化变得顺其自然。人世间充满了"令他憎恶的陌生的新事物，那是一个不可抗拒的、无法接受的世界"。① 主人公在作家的笔下成为一个谜，其成年时期的种种怪僻几乎就是神童时各种禀赋在现实中的综合再现。作家试图从理性和非理性两个层面潜入到这个"惨淡发黄的额头中"。② 20年前，主人公通往生活的客体化过程被神秘的象棋世界所吞噬，进入了一个使人完全异化的世界。纳博科夫详细地回顾了卢仁的客体化过程——一个13岁少年的生活。这个少年也曾试图使时光倒流："他的童年变成了什么，游廊漂到了何处，沙沙作响的灌木丛中间那些熟悉的小径又都延伸到了何方？"③ "童年的地盘"是一个人进行思维的唯一一个奇妙的安全地带。童年的地盘在20年后扩散——一个成年的卢仁就这样出现了，他怀着一颗封闭的心灵去感受来自四面八方的柔和的生活。卢仁的形象集中体现了纳博科夫小说人物的实质。《绝望》中的赫尔曼就是这一类型的变体。两个主人公的区别仅在于，卢仁从小就被作家关注，即作家展示了这类性格得以铸成的源泉；而赫尔曼出现在读者面前时已经是一个成年人，他其实就是卢仁进化至成年的最终类型。

在纳博科夫的艺术世界里，人的思想可以是无限的，但会循着某一界限，而不应该在自我毁灭的恐惧中跨越到界限之外。生活的所有阶段应该自然地、符合逻辑地加以完善，人应该是一个和谐的统一体。和谐的缺失、过度发达的思维无异于蓄意破坏人类世代相传的平衡，进而导致个性的畸变。这正是小说的存在主义精髓所在。"童年的地盘"不仅没能挽救卢仁，而且还会激发他产生难解的棋步之致命错觉。也许，卢仁的潜意识中在有了棋步之前就推算出爱妻给他规划好的旅游及生活。与象棋比赛相比，不排除主人公会更倾向于从这一有损尊严的游戏中退出。卢仁的防守属于一种对使人成为奴隶和牺牲品的思维的防守，这种防守主人公自己也无法掌控。因此，在其结束生命的前一天，"他已经想

---

① 〔俄〕纳博科夫：《防守》，陈岚兰等译，长春，时代文艺出版社，1999年，第1版，第8页。
② 〔俄〕纳博科夫：《防守》，陈岚兰等译，长春，时代文艺出版社，1999年，第1版，第155页。
③ 〔俄〕纳博科夫：《防守》，陈岚兰等译，长春，时代文艺出版社，1999年，第1版，第163页。

出了一个有趣的、可能会挫败他神秘对手策略的方案。这个方案是由生命规则系统之外的令人意想不到的不合理的步骤组成的，因此可以破坏他的对手计划中的棋步。……但是卢仁在难以预料的下一个棋步面前感到束手无策，再也找不到一个更好的防御了。"当主人公意识到"他的防守战略已经表明是有错误"时，他决定"退出比赛"（即退出生活），这是"唯一的出路"。于是他从盥洗室的窗口跃身而去。同自我的交锋以失败告终，而转化成非交锋。与异化了的"我"的对话注定要落败。在纳博科夫的笔下，卢仁在现实世界中不具备依外部条件变化而作出反应的能力和机械性的防守功力。因此主人公的结局是不可避免的，他注定要被生活将死。而充当防守的力量实际上是"永恒"的对立物，尽管时而这种"永恒正在热心地不容改变地展现在他的前面"。

小说的结尾体现了纳博科夫式的独一无二的构思，象棋的影像贯穿至小说结尾：甚至连坠楼而下的卢仁脚下的整个深谷也"分成了暗色和浅色两种方格"。破门而入的家人和朋友喊着："亚历山大·伊万诺维奇，亚历山大·伊万诺维奇！"但是，亚历山大·伊万诺维奇已经不见了。①耐人寻味的是，"名字＋父称"这一俄国人的尊称形式首次出现在主人公离世之后，而生前他只有一个简单的姓氏——卢仁。小说中，除了他的棋父瓦连基诺夫，卢仁的父母、姨母、妻子、岳父、岳母及偶然出现的熟人均没有姓名。

在纳博科夫的艺术世界中，对于超越自然界限之外的思维，无论是爱情、家庭还是生活本身都不可能设计出另一种防守的措施，除了卢仁所选择的防守。

纳博科夫存在主义基本特征在于，情境从来不会在可视的存在平面被展示于生活之中。情境通常是作为假定性因素进入小说（如《绝望》的开场白使用了假定式）。由此纳博科夫式的"游戏"情境得以自然地融入到小说中。它并非是虚幻的，而是具有某种可能性。《绝望》、《卢仁的防守》中的情境结构设计便是最好的印证。

在纳博科夫的情境中，人直面隐秘的本我。突然分裂的"我"同时折射出另一个自我。这其中暗藏着纳博科夫艺术世界的镜像原则和虚幻性原则。小说中，主人公同自我交锋每次都会触及明显的界限，并在每

---

① 〔俄〕纳博科夫：《防守》，陈岚兰等译，长春，时代文艺出版社，1999年，第1版，第241~254页。

一次的超越中都对自己产生陌生感，同时又与自己纠结在一起，构成"我"同"非我"的交锋。纳博科夫通过这一程式化的情境力图揭示人隐秘的心理本质。纳博科夫的两重世界则在启迪读者理解现实生活。作家将世界一分为二，进而使我们感受其完整的奇妙！

三、俄罗斯的加缪——加兹达诺夫

盖托·伊万诺维奇·加兹达诺夫（1903～1971）是一位作家兼文学评论家。他出生于一个护林员家庭。俄国国内战争爆发时，加兹达诺夫认为自己没有权利袖手旁观。正如作家后来所说的，哪一方最终会赢得战争他并不关心，只是出于对新的、未知事物的追求，同时为了体验一下战争，未满16岁的他于1919年成为一名白军战士。之所以选择白军而非红军，是因为他当时身处白军的占领地。① 一年后加兹达诺夫随白军撤退到克里米亚，后流亡到土耳其。1922年，他在君士坦丁堡完成了第一部短篇《未来的宾馆》。1923年，加兹达诺夫移居巴黎，在那里度过一生中的大部分时光。在巴黎，他当过司机、机车洗涤工、钳工，教过法语和俄语。失业时，也曾夜宿街头。1928～1952年期间，尽管他已是一位小有名气的作家，然而迫于生计，当上了一名夜班出租车司机。加兹达诺夫在长篇小说《夜路》中，描写了他所熟悉的巴黎底层人的生活。战后，《菩萨归来》一书的问世为他带来了极大的声誉与生活的保障。作家一生著有9部长篇（《克莱尔家的夜晚》、《亚历山大·沃尔夫的幽灵》、《苏醒》等），37部短篇（《黑天鹅》、《幸福、第三生命》、《过错》、《乞讨者》等），数十篇文学随笔（如《在法兰西》等）和评论。在加兹达诺夫的笔下，生活呈现为残酷与抒情两方面，其中不乏浪漫与乌托邦的描写。在作家早期的创作中，从存在主义角度对人的存在的描写已初见端倪。这些作品均以第一人称叙述，所描写的人物、地点、事件均通过叙述者的感受展现出来。叙述者的意识成为一根竖轴，连接了有时看似与叙述环节毫不相关的各种事件。俄侨文学评论界在评论加兹达诺夫的小说时，常将他与纳博科夫、加缪、普鲁斯特进行比较。② 他因自己的存在主义主张而被誉为"俄罗斯的加缪"。③

---

① http://interlibrary.narod.ru/GenCat/GenCat.Scient.Dep/GenCatPhilology/170000001/1700000017.htm。
② http://interlibrary.narod.ru/GenCat/GenCat.Scient.Dep/GenCatPhilology/170000001/1700000017.htm。
③ http://news.xinhuanet.com/2006russia/2006-04/04/content_4382009_1.htm。

（一）《克莱尔家的夜晚》中的孤独因素

加兹达诺夫的第一部长篇小说《克莱尔家的夜晚》发表于 1929 年，那是一个沉重的时代。小说的主题乃是当时的社会、政治等诸问题。对美好未来的信心以及对社会嬗变的憧憬构成小说的基本内容。小说一经发表，便获得纳博科夫、高尔基及侨民文学评论界的一致好评。① 小说没有章节，可分为两个主要部分：描写同克莱尔相遇之前的事件以及对国内战争的回忆。主人公尼古拉·索谢多夫是一个怀有强烈求知欲并立志付诸行动的人，但同时他又经常沉湎于对往事的回忆，而在当下的生活中缺乏具体的目标。他封闭在自我的世界中，思考着个人的往事，试图从中找到失去至亲的安慰。同克莱尔的相爱改变了尼古拉。在与恋人阔别了十年之后，他依然保持着那份衷情。在巴黎，尼古拉重温了以往的爱情，俄罗斯的形象又在他的心目中渐渐复活。克莱尔成为主人公尼古拉对青年时代的怀念和对俄罗斯思乡情结的化身。小说鲜明地深化了俄罗斯国内战争的主题。对主人公来说，这场战争无异于对未知的新生活的认知与追求。《克莱尔家的夜晚》以现实主义传统将一些琐事作为铺垫，勾勒出叙事主人公的内心世界。

事实上，每一种哲学和艺术体系都在试图以其特有的方式解决关于人的问题。存在主义的实质在于，人创造了以人为中心的存在的概念。在存在主义思想家看来，人及个性独特的不可复制性毫无疑问属于绝对真理。加兹达诺夫所关注的正是人的存在、生活的意义、个人的命运与抉择、自由与个人、对自己及他人的责任、信仰与非信仰、人的使命及死亡观等问题。

如同这一时期的其他小说，《克莱尔家的夜晚》没有完整凸显的情节，小说的外部事件没有起到应有的作用，因为重要的不是小说所描写的事件，而是作者对这些事件的反思。小说以日记形式写就，但并不具备编年史的性质。作者在时间和空间上进行了大胆的试验，自由地融合了各个时间层面，允许大范围的失真。如果读者了解作家的生平，那么就会明白，这是一部自传体小说。当时的历史事件乃是革命、国内战争和分崩离析的俄罗斯社会，这些都是曾身为一名白军战士、后成为侨民

---

① Семенова С. Г., 2001: *Русская поэзия и проза 1920～1930-х годов*, М., ИМЛИ РАН, Наследие, с. 529.

作家的尼古拉·索谢多夫的个人经历。《克莱尔家的夜晚》按存在主义小说的特征以第一人称方式叙述，以此完整地集成主人公的回忆、感受等存在的情感范畴。成为叙述对象的不仅有所发生的事件，还有主人公内心的感受及反应。作家的任务就是以相应的形式，捕捉最细微的内心活动，并把它们固定下来，使个体的主观感受获得最大的客观性。通常，存在的意义是集中在某个有着此时此刻的情绪和冲动的个体的生存中，这样的个体往往成为存在主义作家创作的始发点。另一方面，这一特定个体的存在也可以成为人类生存的缩影。

小说的叙事主人公尼古拉经常反省自身，沉溺于回忆。尼古拉在幻想中将孤独发挥到了极致。在那些战争让他们走到一起的同胞们看来，他的举止与其说是"俄罗斯式的"，不如说更像一个"外国人"。正如主人公本人所指出的，他喜欢孤独，孤独使他可以保留自由，不受时间和他人权威的限制。可以将主人公的孤独视为他唯一可能的一种生存方式，如同第欧根尼的木桶①。这是由艺术创造的最理想的生存方式。在这样一种生存中，主人公可以感悟到关于世界和人的存在主义真谛，在其中自由呈现为主要范畴之一，并在逻辑上同真理自然相连。正如海德格尔在《论真理的本质》一书所指出的，真理的本质乃是自由。

（二）《克莱尔家的夜晚》中的忧郁情绪

存在主义将世界对立于人。世界被理解为某种不可理喻的宇宙，这样一个宇宙不服从于任何规律，它充满了荒诞，不易受逻辑思维的影响。人被抛到这个世界上，来到一个特定的社会环境和历史情境中。面对庞大的世界，人命定处于充满悲剧性的孤独之中。存在主义小说的主人公均身处于萨特所形容的存在主义式的恐惧和令人作呕的环境中，存在于加缪的所谓无聊之中，而在加兹达诺夫的艺术世界里，则表现为极度的忧郁状态。

忧郁是一个彻底意识到存在末日的人的唯一反应，它将尼古拉对童年、家庭、朋友、初恋的回忆染上了浓浓的情态色彩。主人公的爱情集中了他全部的内心能量，使他敢于去牺牲，并成为几乎是他生存的唯一

---

① 古希腊哲学家第欧根尼居住在一个木桶里。他所拥有的全部财产包括这个木桶、一件斗篷、一根棍子、一个面包袋。一天，第欧根尼正在晒太阳，亚历山大大帝前去拜访他，询问他需要什么，并保证兑现他的愿望。第欧根尼回答道："我希望你闪到一边去，不要遮住我的阳光。"亚历山大大帝事后说："我若不是亚历山大，我愿是第欧根尼。"

目的。这一爱情在其自身中具有全人类忧郁的印迹,并受制于任何人感情的矛盾情绪的意识:"世间一切爱情无不伴有愁思恨意。幸福的爱情伴随着对爱情终止和结束的恐惧,徒劳的爱情伴随着对得不到爱情和失去从未属于过我们的感情的悲戚。"① 加兹达诺夫的忧郁情调复现了存在主义作家对世界的悲剧性感受。在存在主义作家看来,死亡的存在是最主要的。在加兹达诺夫叙事主人公的语言中,"死亡"几乎是最重要的一个词语。在小说《克莱尔家的夜晚》中,常常有对死亡的思考和论述,每个人均寄希望于死亡。一切情节均以不同的形式触及着这个主题,如一本儿童读物中有关于一个小男孩孤儿的故事,一个在狩猎时被误射的小官员,对死于伤寒的从前的战友迪克夫的回忆,还有记忆中闪现的众人被处死的画面。总之,小说中的死亡不仅是残酷的客观事实和社会剧变过程中不可避免的产物,而且还是主人公从思想上回归存在哲学范畴的助力器。尼古拉和他的父亲均对死亡充满了神秘感。尼古拉回忆到,他的父亲无法忍受那象征着死亡的洪亮的钟声,钟声在他看来是一种不可理喻而又充满敌意的东西。这种对死亡的恐惧遗传给了尼古拉:"我活得很幸福——如果人可以活得很幸福的话,尽管在其身后的空气中飞掠而去的是纠缠不已的阴影。死亡从来就没有远离过我,想象力也使我深陷于其中的深渊,它们如同死亡的掌控者。我想,这种感觉具有遗传性:难怪我的父亲如此不喜欢使他想起不可避免的末日的东西;这个勇敢的人在这里感到了自己的无助。"② 在尼古拉看来,童年时代见到的春天田野上亮丽的雪堆成为死亡独特的隐喻。在阳光下闪耀的白雪显得松软、肮脏,这在男孩的内心引起了绝望和不可名状的恐惧。这种"透明而又遥远的忧郁"之感作为人之希望的枉然的回忆,冲击着他的心灵:"我想象着春天的田野和远方的白雪,想象着只要迈出几步,就会看见肮脏、融化的残迹。——再也没有别的了么?——我问自己。生命在我看来就是:我在世上生活若干年,走到最后一刻然后就会死去。怎么?就再也没有别的了么?"③ 这种童年时代对死亡的抗拒后来转化为对神职人员的

---

① Газданов Г. И., 1992: *Вечер у Клэр // С того берега: Писатели русского зарубежья о России. Произведения 20 ~ 30 гг.* кн. II. М., Водолей, с. 14.

② Газданов Г. И., 1992: *Вечер у Клэр // С того берега: Писатели русского зарубежья о России. Произведения 20 ~ 30 гг.* кн. II. М., Водолей, с. 56.

③ Газданов Г. И., 1992: *Вечер у Клэр // С того берега: Писатели русского зарубежья о России. Произведения 20 ~ 30 гг.* кн. II. М., Водолей, с. 21 ~ 22.

反感。主人公偏重理性的勇敢，对死亡恐惧有一种本能的克服，对在非存在面前失态的胆小鬼极其藐视。死亡作为一种盲目的、不可推断和人均有份的力量，对无耻之徒和英雄是同样的无情。死亡成为加兹达诺夫这部小说的主基调。

加兹达诺夫关于世界的理论与存在主义观念相近之处还表现在作家将欧洲近代史上所发生的事件感受为"世界的灾难"、"文明的日落"。小说的主人公经常梦见，"一个巨大而又平坦的大地的空间，如同沙漠，可以看到尽头。这个空间的远方突然被一道蓝色的缝隙隔开，毫无声息地连同一切坠落到深渊里。一片寂静。然后第二层又悄然无声地脱离世界，之后又是第三层；我离边缘仅几步之遥，我的双脚已迈进滚烫的沙砾中；在缓缓漂浮的沙砾的云彩里，我艰难地飞向众人坠落的地方。不远处，在头顶的上方，闪耀着一道道黄色的光，太阳像是一个巨大的灯，照着静止的黑魆魆的湖水和死一般静寂的橙色大地。"在这一幅全人类灾难的画面图上，折射出存在主义的末世论，即无论是个性的存在还是人类的存在，均是白驹过隙，随时会走向末日。在这样一个信念的世界里，关于死亡和不完善的意识对人来说就成为最深奥和必须掌握的知识。死亡为人类历史的各个阶段设置出界限，具有绝对和绝无仅有的性质。对于死亡，宗教和生存的哲学具有共同点：如同宗教，存在主义认为，人应该将死亡视为独立于其意志的客观现实。因此，人不应该回避关于自己死亡的意识，不应该高度评价那些现实存在的忙碌。与此同时，有别于宗教的是，存在主义作家没有向个体展示出任何彼岸的前景和希望。

死亡是生物的一种存在方式，而不是它的消亡，也不是从一种状态向另一种状态的生物意义层面的过渡。然而，死亡在存在主义学说中，不具有存在的消极特征。它为人的存在成为真正的存在提供了可能性。在海德格尔那里，死亡成为人生活的目的，成为人的最后一种可能性。在加缪的艺术世界中，死亡并非有助于人认识生存的意义；相反，它否定各种意义。而在萨特的笔下，死亡不能成为对人的独特性的证明，它不会使个体获得个性，而是消灭个性的差异。死亡对萨特来说，是所有可能性的终结。

（三）主人公最终的存在主义归宿

尼古拉·索谢多夫把卸去痛苦的负担和消除与世人的隔阂视为自己的天职。他竭力要对现实加以协调，使之服从于理智的规则，以达到某种和谐。然而，他的努力是注定要失败的。被创造出来的现实依然是虚假的，无论如何都无法改变存在的荒诞性质。事实上，尼古拉希望通过努力，改变混乱的世界，从中汲取美感，并以此暂时克服自身对世界偶然性的感受。这即是加缪号召的对荒诞的存在进行的反抗。关于人的悲剧性的无助和遍及世界的恐怖的思想成为存在主义哲学最主要的思想。世界处在自我界限之外，由物质世界和他人构成。存在主义哲学所研究的对象是从一开始就有意与世隔绝的人。社会的作用在存在主义者看来是否定性的：社会侵入到个体的精神生活中，用传统的观念和道德准则限定个体的自由。在存在主义作家的世界里，人与人之间的关系已经异化，世界丧失了人性，且对人具有侵略性。

在现代世界中，人际关系遭到破坏，每一个人只能在孤独中直面不幸的命运，人与人之间的隔阂无法消除。个体向他人的突破、以达到真正的相互理解都是不可能的。存在主义者否定由时间、伦理和宗教规定的友谊、爱情、家庭、尊重等传统的交际形式，因为这些因素已经丧失了自身的意义，只有道德关系被保留了下来。

在小说《克莱尔家的夜晚》中，主人公与他人的关系构成了一个特殊的生存空间，而心灵上的距离始终无法消除。在尼古拉那里，与另一个"我"发生对话的尝试并没有架起交际的桥梁，主人公也没有为克服孤独去努力。相反，驱动主人公的愿望是接触未知的存在："我喜欢某些人，但没有特别接近他们。这时，在他们中间会留下某种说不清的东西，虽然我知道，这个说不清的东西应该是简单、普通的，但仍然不由自主地为自己制造出幻觉，如果没有说不清的东西，这些幻觉是不会出现的。"[1] 友谊被认为是最紧密的情感联系，这一联系如果没有将"自我"融入到他人的主观性中则是不可思议的。一个人在同他人发生交际时，必须学会在关键时刻放弃个人利益。而尼古拉非但不善于放弃自己的孤独，也不善于向亲近的人袒露心扉，因此他只能毫无遗憾地告别客观上因他的缘故而离他远去的那些人。主人公将情感上的亲近视为"自己的损失"。只是在多年以后他才明白自己所犯的过错："我为这个过错付出了昂贵的代价，我失去了一个最珍贵的机会：我只是从理论上去理解'伙伴'和'朋友'这样的词语。我作出了难以置信的努力，在自身建

---

[1] Газданов Г. И., 1992: *Вечер у Клэр // С того берега: Писатели русского зарубежья о России. Произведения 20 ~ 30 гг.* кн. II. М., Водолей, с. 85.

立起这一感觉；但我只是做到了，能够明白和感受到他人的友谊，那时我蓦然地感觉到了它。当出现死亡或者衰老的幽灵时，当诸多同时获得的东西现在又同时失去，它就变得尤其珍贵。"①

使尼古拉回到过去的是他对克莱尔的爱情。这种感情是对未经体验的情感莫名的向往。尼古拉明白，克莱尔之所以吸引他，是因为她不仅属于另一个社会，而且属于另一个他难以企及的世界。在某种程度上，他对这个平凡、妖媚可爱的姑娘的兴趣可以解释为后者是一个法国人。

小说的基本情节主线围绕着对克莱尔的追寻。使他们两人分开的不仅是几千公里的地域和长达近十年的生活，还有使男主人公忧郁的战争及颠沛流离的经历。苦难的历程结束了，主人公仿佛获得了所要寻觅的一切。然而，他依然感到生活中缺乏完美，理想没有实现，愿望与现实没有丝毫共同之处："我现在遗憾的是，我已不能再对克莱尔抱有幻想，正如我始终幻想的那样；很多年以后，当我自己塑造她的另一个形象时，新形象从另一个意义上让我难以理解，就像她的胴体、头发、这蔚蓝色的云彩至今令我感到费解一样。"②

最初，尼古拉的爱情掩盖了克莱尔身上所拥有的尘世和物质方面的因素，主人公个体感受的特殊性使他不能认清他所钟爱的是一个完全来自现实的女人，他用富有创造性的幻想赋予了这个女人全然不属于她本质的特征。在尼古拉的想象中，她拥有不同女性如德国剧作家格哈特·霍普特曼的童话剧《沉钟》③ 中的哈密尔顿夫人、林中女妖罗登德兰的面貌。"我期待着，却很失望：在这些常犯的过错中，克莱尔黑色的长袜子，她的笑声和眼睛汇集成非人的奇形怪状，在这一形象中，幻想的东西与现实的东西融合在一起，我童年的回忆与隐约的灾难性的预感交织在一起。"④ 主人公本人意识到自己将与克莱尔的关系过于理想化。丰富

---

① Газданов Г. И., 1992: *Вечер у Клэр // С того берега: Писатели русского зарубежья о России. Произведения 20~30 гг.* кн. II. М., Водолей, с. 34~35.

② Газданов Г. И., 1992: *Вечер у Клэр // С того берега: Писатели русского зарубежья о России. Произведения 20~30 гг.* кн. II. М., Водолей, с. 14.

③ 故事发生在德国北部的一个小山村。铸钟师海因里希为了铸就一口洪钟，历经艰辛，却始终未能成功。他左右摇摆在以他的妻子玛格达、牧师、教师、理发师为代表的世俗社会和以情人罗登德兰（林中女妖）、魏迪肯、尼克尔曼（水妖）、林魔为代表的仙界之间，迷惘不已。

④ Газданов Г. И., 1992: *Вечер у Клэр // С того берега: Писатели русского зарубежья о России. Произведения 20~30 гг.* кн. II. М., Водолей, с. 73.

的想象力同他开了一个恶意的玩笑。尼古拉对克莱尔的依恋可以看作是他竭力希望留住易逝的东西。爱情使他得以存活下来并战胜所有的考验。然而,他遭受了命运的捉弄:同克莱尔的结合并没有让尼古拉感到幸福。相反,在认清现实与他所追求的东西之间存在着不可逾越的鸿沟时,他感到非常沮丧。克莱尔那对雾蒙蒙的眼睛是如此的变幻莫测,时而残酷,时而无耻,时而笑吟吟的,很长时间以来一直闪现在他的眼前:"她入睡后,我翻过身去,脸朝着墙,以往的忧郁再一次向我袭来;忧郁弥漫在空中,它那透明的波浪在克莱尔雪白的胴体上方,沿着她的双脚和胸部移动;忧郁像是出自克莱尔唇际隐现的呼吸。我躺在克莱尔的身边,无法入眠;我的目光扫过她发白的脸颊时,我发现,克莱尔房间里的蓝色壁纸看上去突然变浅了,发生了令人恐怖的变化。在紧闭的双眼前我看成的深蓝色常常为我呈现出某种可以明白的秘密,这种明白曾是灰暗、突发的。"①

尼古拉怀着无法实现的希望和绝望的期待以及沉重的空虚感结束了与心爱人的关系。之前,他在自己的心目中塑造起一个美好的恋人形象,并为她所倾倒。然而,现实中的克莱尔与理念中的大相径庭。对生活中的理想的追求如同对海市蜃楼的追逐。幻想破灭了,世界又回到了主人公习以为常的无聊的生活中。"可以明白的秘密"再没有引起尼古拉的兴趣,主人公只有无果地感叹着过去,感受着习以为常的"透明的忧郁"。

主人公尼古拉生活中的全部经历说明:存在的剧情不由人所主导,生活中占主导地位的乃是各种事件,人无力使现实屈服于自己。个体对世界、他人以及自身的认知是有限的,他人的意识无法渗透到另一个"我"的硬壳中。与他人的意识发生对话只能是一种虚构,并不能从另一个"自我"中得到真正的回应。

小说《克莱尔家的夜晚》的不朽之处在于:作家塑造了史诗般的宏伟画面,在主人公身上建立起和谐、色彩丰富、复杂和多维的心理结构的同时,精彩地刻画出一个在充满矛盾的世界里依然能够保持完整人性的人物形象。

加兹达诺夫创作的独特之处在于他的存在主义倾向,这尤其反映在

---

① Газданов Г. И., 1992: *Вечер у Клэр // С того берега: Писатели русского зарубежья о России. Произведения 20~30 гг.* кн. II. М., Водолей, с. 12~13.

他后期的作品中。他的长、短篇小说中的人物在性格上均属于精神漫游者，他们在濒临死亡的现实和形而上之间游荡。这种漫游预示着人物的精神剧变。通常，书中人物的心灵无法企及周围的世界，世界对他们而言是模糊不清的。需要一个特定的情境，以使原来隐秘的东西显现出来。总的来说，加兹达诺夫的小说表述敏感，让读者可以感受到生活的气息及其每一瞬间的价值。

四、踏上天国之路的什梅廖夫

"在俄罗斯侨民作家中，伊万·谢尔盖耶维奇·什梅廖夫是最典型的俄罗斯作家，他充满激情的内心无时不在牵挂着俄罗斯，并为她的不幸而忧心如焚。"① 在什梅廖夫（1873~1950）的创作中，有关生存与死亡、上帝和魔鬼、上苍与人间的主题更多的是表现对世界宗教式的感受，表达作家对生与死、善与恶主题中"生"与"善"最终战胜"死"与"恶"的乐观信念。

（一）《上帝的夏日》中的精神与肉体、永恒与瞬间主题*

生活在某一时刻会突然急速转入另一个轨道。1920 年至 1921 年对俄罗斯作家伊万·谢尔盖耶维奇·什梅廖夫来说就是这样一个急转弯。那个时代先前人们习以为常的生活秩序突然悲剧性地被中断，人们的命运遭遇强行的改变。革命把作家的创作道路分成两个部分：即在俄罗斯期间的创作和侨居期间的创作。无论在哪里，作家的笔耕均以俄罗斯为内容，他为俄罗斯著述，为俄罗斯人民写作。作家始终坚信人民的精神力量，以道德为最高标准和对俄罗斯人民的信仰构成了什梅廖夫创作的实质。

什梅廖夫于 1873 年出生于莫斯科，1918 年偕同妻子来到克里米亚。作家心爱的独生子谢尔盖从前线退役到乌克兰的阿卢什塔。当时克里米亚在德国人的掌管之下。国内战争期间，这个半岛先后六易执政当局。作家的儿子被白军征兵入伍后，由于患肺病，改在阿卢什塔警备司令部任职。弗兰克兵败之后，谢尔盖同其他一些本来对布尔什维克抱有同情感的青年军官们拒绝了弗兰克流亡国外的建议，留在了费奥多西亚的兵

---

① Ильин И. А., 1956: *Памяти Ивана Сергеевича Шмелева*, Мюнхен, с. 31.

* 本章节的部分内容发表于《外语学刊》2013 年第 4 期《什梅廖夫小说标题的意义》一文。

营里。他在那里被捕，并未经审判即被枪决。当时的革命军事委员会副主席托洛茨基在电文中指示："只要乌克兰还残留一个白卫军官，战争就将继续下去。"① 克里米亚成了俄罗斯国内战争史上俄国军官的坟墓，有六万军人被杀。

令人黯然神伤的是，1921年1月什梅廖夫的儿子竟然是在主动去红军部队登记后被枪决的。作家夫妇长时间没有他的消息。什梅廖夫四处奔走，不断打听、写信询问，希冀儿子是被捕后被流放北方。他同妻子在克里米亚经历了可怕的饥荒，又辗转返回莫斯科。经蒲宁的再三劝说，他们于1922年11月去了德国，两个月后辗转到了法国。在法国，作家最后证实了儿子的死亡。一位和他儿子一同被羁押在费奥多西亚的一个地下室里、后得以逃生的医生找到什梅廖夫，诉说了实情。从那时起，什梅廖夫决定不再返回令人断肠的俄罗斯。作家原本是一个性情活泼、精力旺盛、感情炽烈的人，说话声音洪亮，现在却变成了一个白发苍苍的驼背老人，讲话声勉强听得见。深深的皱纹，凹陷的双眼使人想起中世纪的受难者。扎伊采夫在回忆1922年在柏林见到什梅廖夫的情景时说道，什梅廖夫已处在"内心被击垮"的状态。什梅廖夫所有20年代的伤口都反映出绝望、沮丧，为心目中的俄罗斯感到痛心。什梅廖夫在国外侨居了28年。他不仅在生理和心理上发生了巨变，精神上也得到了再生。作家来到教堂，求助于东正教，变成了一个茕茕孑立、孤寂落寞的信徒。对于俄罗斯文学来说，重要的是什梅廖夫的创作主题、风格、形象都发生转型，作家完全走进了另一种艺术境界。

1925年，什梅廖夫萌生了一个要为流亡国外的俄罗斯人和他们的孩子们写出某些警示性作品的念头，再一次开启某个时刻充填着他心灵的东西，向读者展示俄罗斯真正的面貌。在什梅廖夫来看来，俄罗斯永不磨灭的面貌、它的思想、它的理念就在于东正教的信仰之中。侨居时期的信仰成为唯一连接作家与俄罗斯的纽带和心灵上的慰藉。对于一颗俄罗斯的心灵来说，其任务就是展示民族文化的精髓与核心，探索和抒顺蕴藏在历代人民心中的信仰，为生活提供坚实的基础和真实的感觉。什梅廖夫的大部分政论文和小说，如《祖国的灵魂》、《死与生的道路》、《谋杀》、《基督复活》、《来自莫斯科的保姆》、《上帝的夏日》，写的正

---

① Смирнова Л. А., 2003: *Русская литература 20 века*, М., Просвещение, с. 70.

是这方面的内容。这些作品概括了作家半个世纪以来的探索，这是关于俄罗斯、俄罗斯人及其对自身作用和世界意义的观察与思考的结晶。

《上帝的夏日》（1927～1944）是这些作品中最重要的并具有总结性意义的一部。在这部作品中，作家展示出一个珍藏在心中的俄罗斯。小说从七岁男孩万尼亚讲述的故事逐渐演变为关于俄罗斯生活和俄罗斯人的叙述。什梅廖夫选用一个小孩的身份展开故事，因为儿童对周围世界具有一种独特的、纯真的反映，他们可以更完整、清晰地认知周围世界，因此世界会以完整、明朗和真实的形式呈现在读者面前。对作家来说，重要的是通过表述孩子对世界的理解来揭示俄罗斯民族性格和精神世界形成的过程。

小说由"节日篇"、"欢乐篇"和"悲哀篇"三部组成。在第一部"节日篇"中，作家描写了圣诞节、谢肉节等12个东正教大节。作家把节日的祭祷歌、颂歌、赞美歌、圣诗、福音书的某些片断写入作品。他让书中小主人公万尼亚的教导者高尔金来解释每一个节日。作家还讲述了教堂的祈祷：祈祷仪式的顺序、固定节日，如大斋、圣三一主日、主易圣容节时教堂的陈设。讲述了信徒们虔敬的风俗习惯。过复活节烤制的圆柱形大甜面包、甜奶渣糕、搅奶油和鸡蛋的鸟形小面包……在"欢乐篇"和"悲哀篇"中，除了偶见节日描写，如圣诞节等，更多的是个人自传性的经历。"节日篇"中讲述的是全民节庆，而"欢乐篇"和"悲哀篇"中呈现在读者面前的则是家庭故事。在这个意义上讲，作品更接近于其他侨民作家的自传体小说，如蒲宁的《阿尔谢尼耶夫的一生》、扎伊采夫的《格列伯游记》、库普林的《士官生》。

如果说什梅廖夫之前的创作带有社会或纯艺术性质（如《来自饭馆的人》、《离别》、《亡者的太阳》），那么在小说《上帝的夏日》里，作家的任务则是描绘人生道路并揭示其意义。小说中的种种琐事、细节均构成一个个符号，通过这些符号人们可以厘清自己的使命，而人与人之间的各种关系则构成纷繁复杂的社会图景。所有这些均服从于"悲哀篇"的基本主题，为父亲的死亡进行铺垫。"节日篇"是按信仰来讲述生活，其后的"欢乐篇"和"悲哀篇"中描述如何在信仰中死亡以及如何问心无愧地迎接死亡。灵魂救赎是小说中心论题。

"节日篇"的前几章所出现的《圣经》中的赞美歌与"悲哀篇"的最后几章中同样出现的赞美歌彼此间形成一个回路，使全书首尾相呼应。

小男孩在为父亲的死亡感到悲哀的同时，更多的是不安和担心：不洁的力量会不会带走父亲的灵魂？高尔金安慰男孩：不要害怕，父亲是个善良的人，很多人为他祈祷，他临死前做过忏悔，领过圣餐，涂了圣油。死亡本身并不那么可怕，它只是向另一个世界的过渡。

在俄罗斯文学宝库中，《上帝的夏日》对俄罗斯的描写独一无二。蒲宁、库普林、扎伊采夫、巴尔蒙特等侨民作家在怀念失去的俄罗斯的同时，都曾努力在自己的作品中使心目中的俄罗斯复活。但这一奇迹只有什梅廖夫实现了。作家不仅缅怀一去不复返的童年和失去的祖国，而且以天才般创造奇迹的力量还给人们一个可以触摸的、真实的俄罗斯。小说通过充满爱意的场景和片断描绘出莫斯科河南岸市区一家姓什梅廖夫的中层商人的宅院生活。这是一个光明王国的生活场景，男孩父亲的雇工、俄罗斯手工艺匠和劳动者在这里进行着艺术创造。"我们大院"里的居民们完成着日常生活中的创造性活动：造桥、旋转木马、为节日装饰城市、运木料修建民居和教堂等等。作家描绘了老木匠高尔金、男孩的父亲谢尔盖·伊万诺维奇·什梅廖夫、伙计瓦西里·瓦西里耶维奇、青年木工安德列卡和所有信奉东正教的俄罗斯人，描写了这些劳动者和创造者的勤恳劳作。作家把他们的劳动当作人类生存中最重要、最必需的东西来描写。他特别注重大容量的日常生活细节，对心理上的细微差别进行富有艺术表现力的描写。这种描写再现了多变、但触手可及的生活。

什梅廖夫创作的主导特征是清醒的现实主义和现实的浪漫主义的诗意相结合。小说《上帝的夏日》的艺术世界是现实的，甚至是有凭有据的，但同时又是理想化的。这是一个19世纪80年代革命前的莫斯科，是一个幸福、富饶的童话世界："雪橇上的大藤条筐装的全是红红的酸果蔓果，还有蓝莓、越橘和为大斋准备的馅饼、果羹……瞧，这是豆子……有红的、黄的，放在雪橇上，成袋成袋的。这是白菜。雪橇上有大木桶，散发着难闻的酸味。啊，还有浓浓的鲜黄瓜味……土茴香、洋姜味、泡在盐水里的黄瓜泛出金色……这一堆堆的是胡萝卜，可以再加些洋葱做馅饼，还有葱、芜菁，还有那糖萝卜，像西瓜一样，红红的、甜甜的……这是蜜饯，有安东诺夫卡苹果脯、云莓脯、醋栗脯、淡紫红色的越橘脯……各种口味的克瓦斯饮料，有面包做的，有酸冷饮的，有麦芽做的，有家酿的，有很早以前放姜的那种……那边烤小面包圈发出的噼啪声。有梭形面包、小面包圈、干小细包圈……有甜的、有玫瑰味的、有芥末味的、有放茴芹的、有带茼蒿籽的、有带罂粟籽的咸面包……面包还有柠檬味的、带罂粟籽的、带干番红花粉末的,有用筛过的面粉烤制的葡萄干大面包,还有黑麦面包……啊,这是蜂产品。一派宗教节日的气氛,散发出蜂蜡味……这是果酱。那儿是过大斋用的糖、李子干、桃干、葡萄干和枇杷干,有小捆的无花果、有带叶子的杏庭荠、甜芝麻、糖渍的马林果和花楸果……还有蜜糖饼干,这种饼可多哩。"莫斯科大斋前的市场真是丰富极了,这就是物产富饶的俄罗斯大地。难怪自传体的主人公在这里听见了"俄罗斯不同的名称和城市名"。[1] 作家勾勒出的日常生活的景象在小说中获得了社会、历史、心理、哲学的诠释,唤起读者对象征民族生存基础的革命前的俄罗斯及其民族的思考。

没有日常生活的俄罗斯文学就像一棵根基松动的树。俄罗斯的日常生活由贵族、农民、商人、小市民的生活构成,这就是自古以来勤劳的人居住的环境,是他们的一个小天地。只有在这里,人的心灵才能为自己找到栖身之所。俄罗斯人的家永远是一棵无花果树,在这棵树上俄罗斯家庭生生不息地繁衍。由此,家的形象,确切地说,含有具体日常生活意义的"我们大院"和"家"的概念具有多义性。家是世界的中心,是人的小宇宙,是家庭成员精神生活的支点,是作家最珍贵的概念:它代表祖国、家庭、生命的开始。失去了家,人无家可归,人就失去了根,成为苦命的流浪汉。小说中凸显出家和异乡的二元对立。在侨居之地,没有皑皑的白雪,没有俄罗斯鸟儿的欢唱,连星星都是陌生的。这里没有克里姆林宫,没有让人愉悦的花园。这是他人的土地、他人的世界,而心爱的家园俄罗斯已是一个满目疮痍的断垣残壁。被生活磨炼得更加成熟的作家坚信,过去的东西是毁灭不了的,人的灵魂和世界一样是永恒的。它可以把世界容纳到自身中。人民信念中的智慧和道德感就体现在日常的生活中。作家通过自己的记忆和上苍的协助为下一代读者重现了过去。

"我们大院"对小主人公以及信奉东正教的俄罗斯人来说是最珍贵、神圣的地方。在它的每一个角落里,人们都能感到上帝的存在。自传小说主人公觉得:"基督就在我们大院里。在牛栏、马厩、窖口上的小棚

---

[1] Шмелев И. С., 1989: *Лето господне*, М., Правда, с. 307~310.

里，哪儿都有……我们所做的一切都是为了他。"① 世界充满了上帝的神赐，俄罗斯人深深地感受到了这种祥和，并用信仰和感情去体验它，去建设俄罗斯。对整个大地的爱在小说中同对天国的追求联系在一起。同时，崇高的精神价值在丰富、牢固的俄罗斯日常生活中找到了支点并在物质世界中得到体现。莫斯科河南岸的家在什梅廖夫的描写中只是俄罗斯和整个东正教世界的缩影。小说中的空间和时间被融合在一起。同无处不在每时每刻光顾每个人生活的基督联结在一起。"我看着耶稣受难的十字架。上帝的儿子在受苦！"② 这里的受苦不是发生在以前，而是在此时此刻。正如有研究者指出的："凸显生命的价值，而绝对不只是东正教传统固有的基督象征性地光临世界这件事本身，使什梅廖夫的主人公和他的世界获得了被广泛理解的精神上持久的活力。"③ 作家把宏观世界放到微观世界中，把无限放到有限的家中，把永恒放到每一秒中，使得小说《上帝的夏日》获得了史诗般的特征。

《上帝的夏日》描述了一个虔诚的俄罗斯社会。这里，人们每天日出而作，日落而息。作品情节服从于一年四季的自然交替，按螺旋式循序渐进地发展着，从一个节日到另一个节日，年复一年。这种循环结构反映了东正教日历的循环周期。通过这样一个链式结构，作家绘制出一幅"光明的俄罗斯王国"日常生活的完整图景。在这个独特的世界中，一切都相互关联着，存在于一个牢不可破的统一体中。这种循环结构象征着生生不息，合乎自然的发展节奏为我们展示着其强大的内在生命力和动能。什梅廖夫首先给出了俄罗斯一年中令人神怡的大自然及其轻松、宁静的节律。这种宁静的节奏与交替往复的严格的东正教礼仪交织在一起，让人感受到一个真实可信的俄罗斯。

小说中一年的节日内容令人眼花缭乱地更迭于读者的视野中。作者详细描绘人们准备过节的热闹景象、节日礼仪和风俗习惯，在鲜明的场景中展示出每一个节日的独特性。东正教的节日成为俄罗斯民族精神生活和日常生活不可分割的有机部分。在这些日子里，"我们大院"的所有人都感觉到自己是在一个人人平等的集体中。节日在人的生活中有着重要的意义。正是在这些日子里，陷入了日常劳作"旋涡"的人们可以

---

① Шмелев И. С., 1989: *Лето господне*, М., Правда, с. 326.
② Шмелев И. С., 1989: *Лето господне*, М., Правда, с. 286.
③ Есаулов И., 1992.10: "Праздники, радости, скорби", *Новый мир*, с. 236.

放缓自己生活的节奏，从忙碌中解脱出来，思考关于永恒的问题。甚至像谢尔盖·伊万诺维奇这样的大忙人，在节假日里也放慢了生活节奏，关注起时间以外的永恒的东西。他打开房子里所有的灯，欢乐而忧郁地唱着"主啊，我们向你的十字架鞠躬"。

作者更为细致地描写了东正教的各种节日。作家通过描绘教会日常的习俗以及给小主人公讲故事的高尔金来揭示每个节日的特点和意义。这位老手艺人的叙述就是对东正教节日的阐释，所有节日显得明快、直观，富有表现力。例如，他是这样给小主人公万尼亚·什梅廖夫讲圣三一主日的实质和意义的："……明天是圣三一主日，上帝会到各地去。也会到我们这儿来……明天是整个大地的命名日，上帝要来拜访大地。你有天使伊万，我有天使长米哈伊。每个人都有一个。大地母亲有上帝本人……上帝说：'我要在圣三一主日去看一看，拜访一下……'然后就离开。明天我们要跪着祈祷，向大地祈祷，为罪过求得宽恕：主啊,请赐给我们一个丰盛的夏季吧！"① 这里作者同时揭示了小说题目本身的意义。信奉东正教的俄罗斯人的四季生活的意义在于劳作和对上帝和圣母的祈祷。人们祈祷有个平安之年，祈祷他们的劳动能受到上帝的庇护，保佑他们免受不幸。夏日象征着蓬勃生活，是生存中永远快乐的时光。作家希望人们生活中的每一年、每一天、每一刻都能像夏日一样美好，并始终处于内在的精神光明——神的到来的光明照耀之下。

随着东正教日历的进程，"我们大院"的日常生活被连在一起：举十字架游行、过命名日、斋戒，还有各种与节日有关的家务事，大斋那天储存夏天用的冰，在主显圣容节采摘春播的苹果，大斋前夜腌制黄瓜，过完举荣圣架节后剁白菜。圣母领报节前腌制安东诺夫卡苹果。万尼亚的父亲要打点与节日有关的生意之事：雇工人安排圣三一主日的划船活动，谢肉节期间打滑梯的山坡，准备好主显节用的冰窟窿，在圣诞节到主显节期间，请下人吃饭并向他们分发礼品等等。高尔金介绍说道："我们会储存好东西，使我们的住处更保暖，我们的上方是圣母，她会庇护我们……我们只管干活、生活，无需害怕，因为我们的庇护者无比的伟大。"② 什梅廖夫对日常的描写和回忆富有诗意地组合在一起，犹如精心铺设的马赛克图案。所有这些均散发出老莫斯科生活及其习惯的独特的

---

① Шмелев И. С., 1989: *Лето господне*, М., Правда, с. 350~351.
② Шмелев И. С., 1989: *Лето господне*, М., Правда, с. 451~452.

气息。可以说，此书不仅是俄罗斯侨民喜爱的书，也是当代俄罗斯读者的案头卷，它是一部独特的百科全书。

小说处处体现着东正教的思想和世界观。伊·伊里英指出，什梅廖夫创作了一部具有民族和玄妙意义的艺术作品，它描绘出俄罗斯民族精神力量的源泉。① 作家本人认为，信仰构成俄罗斯人的道德原则和民族性格的基本特征②，它与人民的灵魂紧密地联系在一起，当今生活的复苏应该以宗教、崇高的道德为基础。苏联境外东正教教会著名大主教谢拉菲姆把什梅廖夫称为"描写虔诚的俄罗斯日常生活的作家"。他强调说，什梅廖夫的作品"无疑是文学形式中一部描写我们美好幸福的宗教日常生活的最好作品"。③ 但作家描写的不是教会规范下的俄罗斯东正教，而首先是既有正式的宗教内容，又有古老的仪式、信仰，甚至迷信、预言、有预示力的梦、兆头等普通百姓的东正教。什梅廖夫精通并展现出民间口头传说的美不胜收和丰富多采的内容，以及斯拉夫神话学的和谐世界。什梅廖夫笔下的主人公对基督和圣人的信仰与大自然和已故先辈的崇拜融合在一起。小说中重要的口头神话内容展示的是颂扬养育万物的大地母亲圣母的基调，这一主旨来自于深深地烙印在民间两种信仰并存于古斯拉夫人的传说和宗教诗篇。小说中有一个片断是高尔金教万尼亚从曾祖母乌斯基尼亚那儿听来的向养育万物的大地母亲的古老的祈祷："只要我们拿着花一跪下，你就对小草轻声说：'大地润泽母亲，我的灵魂和身体在你面前有罪。'她能听到，你再忏悔罪过，我们大家在她面前都有罪过。"④

在作家描写中，日常生活的宗教是民族性格和生存的原始基础，因为宗教的节日和习惯与日常的生活已经密不可分。上帝在人间的显现鼓舞着人们去做每一天的事情，把人的生活变成神圣的仪式。在造物主创造的复杂世界里，一切都是有规律的、合理的，所有东西都有它自己的位置，甚至包括院子中间毫无用处的水洼。高尔金对想把水洼弄干的瓦西里说："你最好不要动它，瓦夏，水洼一直在那里。"⑤ 作家没有喋喋

---

① Ильин И. А., 1996: *Собр. соч. в 10 тт.*, кн. 1, М., Русская книга, с. 383~384.
② Шмелев И. С., 1996: *Лето господне*, М., АСТ ОЛИМП, с. 560.
③ Черников А. П., 1995: *Проза И. С. Шмелева*, Кулуга, с. 265.
④ Шмелев И. С., 1989: *Лето господне*, М., Правда, с. 351.
⑤ Шмелев И. С., 1989: *Лето господне*, М., Правда, с. 303.

不休地强调有生命和无生命的世界的一体性及它们之间的相互关系。

　　周围的世界在一个七岁的男孩的眼中变得崇高而尊贵。他用一双好奇、充满爱意、闪亮的眼睛去仔细观察这个世界的秘密。"我看见的所有东西……都用爱的目光望着我。"对小主人公来说，最珍贵的比喻一定要含有与生命基调吻合的东西。"我听见，一条有生命的河流涌了过来"，"我觉得房间不一样，好像里面有活物"，小草有生命，每一个春天有生命，谢肉节同样有生命，莫斯科河水里未融化的水面也在"呼吸"，教堂的钟声在"飘荡"，等等。小万尼亚从祥和、生机盎然的自然界中获得了精神与美的享受。他赞叹地嗅着成熟的苹果散发出的甜丝丝的香味，欣赏着五彩缤纷的复活节彩蛋，品尝热气腾腾的谢肉节的春饼。甚至大斋日子里的饭菜都是最丰盛的。①

　　在城市的手艺人、农民、神职人员身上，小主人公万尼亚看到了充满真正诗情画意和智慧的生活。小说的叙述从头至尾都是对多姿多彩生活的欢乐的感受。万尼亚也正是在这样一种东正教式的日常生活和对上帝的信仰中，在对周围世界人性和神性的感触之下，逐渐认识生活。博大精深的《圣经》的崇高意义慢慢地渗入这个男孩的生活中。"神秘的话，里面有神圣的东西……好像是上帝？我喜欢……《夜晚的祭品》，好像我们是在教堂里吃晚饭，上帝也和我们在一起……"所有和上帝有关的东西，在孩子看来都是神圣的。他按照自己的方式去感受上帝的存在，并以一个孩子特有的方式来表达自己的印象。

　　作家没有用成年人的感受来拔高孩子的感受，相反，有时还用善意的幽默来叙述对一个小孩来说略微复杂的宗教仪式。万尼亚把宗教节日的意义同自己当时的智力和生活经验放在一起重新加以思考。如他是这样描述主易圣容节的："今天在热乎乎的空气中有一股特别的味道，那是苹果的香味，苹果摆得哪都是，唱诗班歌手席上也有……与往常不一样，真高兴，好像是在做客，教堂也不成教堂了。我看，大家都在惦记着苹果：大家给主送来的苹果。瞧，天哪，多好的苹果！他看见后会对大家说：'太好了，尽管吃吧，孩子们！'于是大伙就开始吃，这可不是市场上的苹果，是教堂的苹果，是圣果。这就是主易圣容节。"②

　　小万尼亚第一次领略到尘世间的欢乐与美好。周围世界对他来说是

---

① Шмелев И. С., 1989: *Лето господне*, М., Правда, с. 286.
② Шмелев И. С., 1989: *Лето господне*, М., Правда, с. 364~366.

上天的，同时又是尘世的，是充满了声、色、味的物质世界。在主人公幼小的心灵中，每一个东正教节日不仅有其不同的仪式，还有不同的声音、色彩和气味。大斋散发出醋味和薄荷味。圣诞节散发出烤肉饼、烤乳猪和米饭香味。灰不溜丢的大斋过后是五颜六色的复活节，蛋壳有粉色的、红的、黄的、蓝的、绿的，闪着光彩。小说中的色调丰富，有鲜艳的色调、补充色调和半色调。有些画面用富有表现力的彩色笔墨来完成（"看不见雪，挤满了黑压压的人"），有时则诉诸小说中的基本色调：蓝色、白色，尤其多的是金色。"微蓝的黎明正泛出鱼肚白"，深雪中的花园"正在变亮、变蓝"。圣诞节的太阳"红红的，亮亮的，阳光摇曳在树梢上，杨树泛出紫色，小寒鸦变成了暗红色，白桦树泛出金色，黄灿灿的斑鸠的影子洒落在皑皑白雪上"。小男孩的童年和故乡的世界都披上了金色："金灿灿的阳光泻到了金色的窗户上和金色的木板围起来的院子里"，在秋天金色的花园里"苹果金光闪闪"，"天也是金灿灿的，还有整个大地。和周围所有的东西一样，于耳不绝的钟声在我看来也是金色的"。① 而在所有这些之上的是莫斯科教堂金色的圆顶和十字架，它们洋溢着节日的气氛和宗教的光彩，给童心带来了神圣、美满和吉祥之感。

在《上帝的夏日》中，没有大段的风景描写。大自然在小说中就是和主人公生活中的方方面面有着千丝万缕的周围世界。万尼亚深深地感到自己已同大自然浑然一体，他把自己的感情、思想和心理倾注到大自然中："我眯起眼睛看阳光是怎样洒到房间里。一条金色的带子像一块新的木板子歪斜着泻进房间，满屋的阳光金灿灿地嬉戏着。天使们沿着这些带子离开上帝从天上下来，我在画上看到过……闪耀的光辉越来越多。通风口闪耀着金色的火花。保姆那包着带有小鼓包图案的马口铁的箱子的一角闪着雪白的光亮。火炕上的长颈玻璃瓶反射出五颜六色的光芒。那可爱的一对对的仙鹤和狐狸欢欣鼓舞地跳跃着，因为等来了春天，它们相爱了，甚至在谁的老家已经说完了媒，那是最欢快的一对对。我的玩具炮，像是金子做成的……金色的星点从顶上四射，密密实实地流淌下来，像金线一样缠绕着。春天，春天来了！……"② 小说中的景色描写成为主人公心理描述的一种重要手段，但经常又是作者对生活的理解，

---

① Шмелев И. С., 1989: *Лето господне*, М., Правда, с. 339.
② Шмелев И. С., 1989: *Лето господне*, М., Правда, с. 299~300.

对故乡的感受:"严寒的俄罗斯……但温暖……"①

  对城市风景的描写使俄罗斯的东正教染上诗情画意。高尔金指着远处说:"这是我们喀山的绿塔楼台,那儿,它的边上那个白塔楼……是那利夫卡救世主教堂。淡紫色的,是哥萨克升天教堂……戈里高利·恺撒列伊斯基、圣三一沙勃罗夫卡,紫罗兰色的……是我们的顿河修道院,那个在小树林里的是达尼罗夫修道院。再后边那个高大的钟楼那边,像蜡烛……那是西蒙诺夫修道院,非常古老!……瞧瞧,我们的克里姆林宫,啊!……我们的莫斯科!……"② 作家就是这样借书中人物的双眼来展示东正教莫斯科的宏伟。东正教教堂的圆顶有其重要的宗教和美学象征意义。圆顶象征着升华的思想和激情,是对上帝的向往。什梅廖夫笔下的带有金色圆球状顶的莫斯科是崇高的精神和虔敬的升腾的象征,它仿佛是一个举着一根根蜡烛的巨人。

  小说的主题之一是对世代相传和历史的记忆。生活中的瞬间囊括了大千世界。人在纷繁忙碌的日常生活中经常会忘却永恒,而使自己的日子流失于瞬间的忙碌。人总是专注于未来,不愿回忆起过去的哪怕是神圣的东西。但过去总能让人想到它对现在和将来的权力。只要人关注传统、永恒和神圣的东西,就会发现生活充满了深刻的哲理。开启记忆思考的钥匙就隐含在卷首词普希金著名的诗句中:

Два чувства дивно близки нам —	两种感觉我们异常地亲切——
В них обретает сердце пищу —	心灵从中获取食粮——
Любовь к родному пепелищу,	对家园的爱,
Любовь к отеческим гробам.	对祖先墓地的崇尚。

  小说中,瞬间与永恒的记忆交织成十字状。在其空间坐标上,横轴是作者的时间,纵轴则积淀着永恒、无限的时间。这种叙述方式以更大的尺度体现着作家关于记忆问题的美学思想。在什梅廖夫的意识中,记忆永远是和宗教道德观念交织在一起。这一意识既使人感觉到自己是过去的继承人,又使人产生对未来、整个上帝的世界的责任感。"要记住。""我记着呢。"一问一答晨钟暮鼓般地回响在小说的字里行间。这

---

① Шмелев И. С., 1989: *Лето господне*, М., Правда, с. 369.
② Шмелев И. С., 1989: *Лето господне*, М., Правда, с. 354.

是对俄罗斯虔诚、充满静谧愉悦的记忆，它能修复人的历史记忆中的断裂层。在什梅廖夫对生存的理解中，过去、现在、未来不可分割地融合在一起。小说中的细节容量博大、意义深刻，间或穿插有对历史往事的联想和众多的隐喻。小说再现了几代人的生活景象，肯定人民创造生活的无限的能力，并保存对人民良好的记忆。生活不应该建立在易断裂的地方，而应该建立在坚固的基础上。《上帝的夏日》的作者正是从这一角度理解人类的发展演变的。对什梅廖夫来说，为了拥有绝对价值，就必须继承人类世代沿袭、构成先辈生活意义的永恒不灭的东西。不应该忘却自古以来就确立并被岁月证明的规律和道德准则；要严格遵守并发扬光大。主人公万尼亚·什梅廖夫就是在这种传统教育的氛围中成长起来的。"自古以来是这样"、"从曾祖母乌斯基尼亚起就是这样了"，高尔金不止一次地讲起对"我们大院"的人来说特别重要和神圣的生活秩序。他认为应该保存并把对所有好人的记忆一代代传下去，继承他们有益的事业。这就是逝者永恒的东西和生者生活的意义。

小说中还有一些与情节毫不相干的人物，他们构成了世代相传的记忆中的一部分。在这些人中，万尼亚已故的曾祖母乌斯基尼亚是一个重量级人物，万尼亚是从高尔金那儿了解她的。曾祖母在万尼亚看来是一个现实中的人，她有自己的个性，同时她又是个神圣的人，她的一生是智慧和虔诚的典范，她经常为后人所称道。故去的女主人的事迹、遗志、行为对高尔金和万尼亚来说真是太神圣了。他们记得她所遵守的习俗，保存着她的物品。甚至那匹外号叫"独眼龙"的马还在留用，因为它曾经载着曾祖母乌斯基尼亚，它"比莫斯科河年龄还大"。就这样，过去的时间和现在的时间交织在一起，它们不仅不相矛盾，反而互为补充。"过去"进入"现在"并走进"将来"，"现在"变得复杂，变得牢固，用它的传统和先辈们珍贵的经验不断地丰富着自身。

联系"过去"和"现在"的中介人物是高尔金，他是东正教生活方式忠实的捍卫者和继承人，是神圣性理念、善良和美好的载体。他作为万尼亚精神上的导师，引领他缓缓走在生活和精神经验的迷宫中。他为人善良、精神高尚，举止像个苦行修士。他在万尼亚眼里如同圣人一般："高尔金，他真是个圣人，和所有的圣人一样，又老又干巴。他还是木匠，许多有名的圣人以前都是木匠：谢尔盖·普列波多布纳当过木匠，还有圣约瑟夫。"① 同时，高尔金并非是一个与世隔绝的宗教狂。他是男孩父亲勤勉、可靠的助手，是一位聪明、敏感的培养者，出色的木匠。因此，大家都非常尊重他。高尔金这一形象在小说中十分重要，他代表着俄罗斯民族的普通人，俄罗斯正是靠这些人支撑着。伊里英正确地指出："在俄罗斯文学中，诸如高尔金、普拉东·卡拉塔耶夫、陀思妥耶夫斯基《少年》中的马卡尔·伊万诺维奇、列斯科夫笔下的布道者，他们属于俄罗斯，并且是他们给予了世界最真实的东西，他们来自于构成俄罗斯世世代代酝酿成熟的精神实体。"②

历史记忆的感觉对人尤为重要，因为记忆出自心灵，它有深深的根基，建立在对故土的爱的基础之上。作者和他的主人公预感到自己不仅是祖国的现在，而且是过去不可分割的一部分。大斋前，在高尔金和小主人公万尼亚去市场的路上，"独眼龙"在石桥上停住了脚步，从那里可以看到克里姆林宫的全景。小万尼亚看着尽收眼底的克里姆林宫教堂和塔楼说道："我们最神圣的地方，最伟大的圣地……我看，那里是圣地……圣人坐在教堂里，沙皇在沉睡。那儿一切静悄悄的……金灿灿的十字架发出神圣的光芒，一切都在金色的空气中，在微蓝、烟雾蒙蒙的光亮中，像是有人在那里摇炉散香……是什么东西在我心中撞击着，雾霭般地涌现在我的眼前？我知道，这是我自身的东西。围墙、塔楼教堂……还有它们后面烟雾缭绕的云彩。这是我的河流，黑黑的未结冰块的水面……还有小马，河对岸远方的城镇……一切永远在我心中。我什么都知道。那里，在墙的那边，在小丘那边是小教堂，我知道。墙上的裂缝我都一清二楚，我往墙缝里看过……什么时候？……还有着火时冒出的烟，叫喊声、警报声……我什么都记得！暴徒手持斧子，还有断头台，还有祈祷……我感到往事、我的往事就在眼前……好像是在梦里。"③

在世世代代永恒的关系中，小万尼亚看到了俄罗斯民族精神不断得以丰富的基础，感受到支撑生命延续的信念，体验到自己是东正教世界中不可分割的部分。这给一颗童心带来欢悦，这是一种参与先辈事业和东正教俄罗斯国家生活才能体会到的欢乐和幸福。

---

① Шмелев И. С., 1989: *Лето господне*, М., Правда, с. 291.
② Ильин И. А., 1959: *О тьме и просветлении*, Мюнхен, с. 176.
③ Шмелев И. С., 1989: *Лето господне*, М., Правда, с. 306.

生活中不仅有节日、欢乐，还有悲哀。在"悲哀篇"中，小主人公万尼亚领着读者去感受无法逃避的悲伤；最亲的人父亲的患病与死亡。对父亲的患病和死亡的描写在小说中占有很大的篇幅。作家大量使用梦境、预兆等象征手段。大斋的第三个星期六高尔金梦见仿佛死去的木匠马尔丁拽着万尼亚的父亲到顿河修道院。就在当晚，万尼亚的父亲梦见一条腐烂的鱼，那鱼游到房子的居室，站到神像跟前。跳过几章后作者写道：大斋那天，椋鸟没有像往常那样飞来栖息，"它们感觉到了有人要亡故前的空虚"。① 那条绰号叫"狂怒"的看院狗开始狂吠不停。还有那个外号叫"不可动摇"的马，它的脸上也预示着临近的悲剧，马的"眼里发出暗色的火光"和蓝色的反光，像画上的鬼一样。确实，在亡灵祭祀日，"不可动摇"在疾驰中把万尼亚的父亲谢尔盖·伊万诺维奇甩下马背。在"悲哀篇"中还描写了给父亲治病的情景：对他有病的脑袋施用圣人潘捷列蒙的圣骨，在澡堂用"活水"给他治疗，"穷人们给他拿来几瓶圣骨油，修女们带来了阿尔托斯面包，需空腹服用一块。父亲仍不见好转。"② 节日按着顺序交替着，和往常一样，圣彼得节有客人光临，圣母安息节后腌制黄瓜。但都已经没有了往日的欢乐。

随着主人公心情的改变，小说的色调也发生了变化。白色和金色逐渐让位于灰色和黑色。9月26日在万尼亚的天使节那天，孩子们得知父亲将不久于人世，前来同他告别。父亲用圣三一圣像为爱子万尼亚祝福。故事叙述者详细地讲述了父亲的葬礼仪式和那些天里自己的状况。"我画着十字，小声嘟哝着……棺木被抬了起来放到挂着羽毛的幔帐下。披着黑布的马儿蹒跚地走着，身穿黑衣服的人拥挤着，根本看不见刺柏，也看不到小石头子，眼前一片黑蒙蒙，大雨倾盆，什么也看不见。"叙述就在这样悲哀的曲调中结束了。

但什梅廖夫对生存的见解是乐观的，因为他的主人公深信无限永恒的生活的存在。高尔金和万尼亚相信，在另一个世界里等待他们的有基督，还有曾祖母乌斯基尼亚，还有许许多多无愧于自己一生并按照上帝的意愿走完尘世之路的人。父亲的葬礼和整部作品在赞美永恒生活和灵魂不灭的东正教祭祷歌中顺利结束：

---

① Шмелев И. С., 1989: *Лето господне*, М., Правда, с. 563.
② Шмелев И. С., 1989: *Лето господне*, М., Правда, с. 629.

我听见：
……神—圣—的……永—生—的……
请—宽—恕……
我—们……①

父亲就要离去，在这悲哀的日子到来之前，家里增添了一件喜事：万尼亚的妹妹出世了。万尼亚本人就要上学了，生活仍在继续。这种欢乐与悲哀的交替考验着万尼亚天使般的心灵，按照高尔金的话来说，就是放到易折处来考验。这种交替时而使人兴奋，时而令人哭泣，有时让人充满温柔亲切的感情之光，虔诚地呼唤着上帝。在把周围世界作为精神运动和新的内容来感受的同时，小男孩感觉到他同周围人浑然一体："一切，大家和我连在一起，我和大家连在一起，从来要'一张小小的薄饼'的厨房的老下人，到丁零当啷奔跑在黑暗中的陌生的三套马车。"② 随着对生活的认识，万尼亚的精神境界变得高尚起来，心灵充满崇高感，形成了对祖国、对周围人的爱。

小说《上帝的夏日》中出现了很多人物，记忆之车载着作家走过千辛万苦，从遥远的年代为我们复现各式各样的俄罗斯性格，从父亲和高尔金，到民间的能工巧匠：木匠、油漆匠、看澡堂的、女仆、小贩、乞丐和其他俄罗斯人，正是他们组成了一个千姿百态的俄罗斯。小说中万尼亚的父亲谢尔盖·伊万诺维奇是作家怀着浓浓的爱意刻画出来的人物。《上帝的夏日》不只是儿子的敬礼，还是什梅廖夫给父亲树立的一座纪念碑。对聪明、能干、精力充沛的谢尔盖·伊万诺维奇充满敬意的不仅有家仆、雇工，还有莫斯科的居民。当他训斥略带醉意的瓦西里时，他是严厉的，当他看见那些尽心尽职地完成他所布置的事情的人时，他就变得和蔼可亲。他看不惯玩忽职守、做事浮躁的人，并对自己的事业兢兢业业。高尔金教导小男孩说："就这么干，学你爸爸的样……"万尼亚总是照这个建议去做。伙计瓦西里、女仆玛莎、士兵杰尼斯和其他人物形象也毫不逊色。每个人的个性迥然不同，但被作者的信仰连接在一起。他们勤劳、能干、无私，对上帝虔诚，有着宽阔的胸怀，在行为上近乎于苦行者，对故土无限地眷念。

---

① Шмелев И. С., 1989: *Лето господне*, М., Правда, с. 670.
② Шмелев И. С., 1989: *Лето господне*, М., Правда, с. 480.

如同什梅廖夫的其他小说，作者在这部小说中同样表现出非凡的才能。他借助人物的语言使他们富有个性。语言的基础是鲜明生动的俗语、成语。男孩父亲的语言规范、精练、准确。伙计瓦西里口齿不清，说话结结巴巴，言语中有大量粗俗的词。高尔金的语言悦耳动听，掺杂着斯拉夫教会用词、俗语、祈祷文的片断。故事叙述者的语言充满了隐喻。大量的声音、不知名的人物的意见被采纳到叙述者的话语中。直接引语、对话、人物的思考非常自然地相互切换、交织在叙述者的话语中。作家没有给读者造成喋喋不休叙事的印象，他的语言极富个性。小说不乏作者的幽默，从而冲淡了事件的庄严性，使教会的事务日常化。

由于过去和现在的时间的交织，微观世界和客观世界得到统一。读者仿佛直接参与描述的事件，与小说中的人物一起同欢悦、共悲伤。作家借助独特的主题和视角揭示永恒生活的价值：真、善、美。作者通过"我们大院"的宅院日常生活的画面和小说的形象结构，展示出对俄罗斯命运和俄罗斯人的思考，由此形成了史诗般的历史意义。①

什梅廖夫战胜了个人生活中的悲哀与绝望。创作《上帝的夏日》使他在生活中支撑下来，把他从深谷的边缘救了出来。作家在经受住个人的痛苦后，回到东正教的怀抱，成为生活中的胜利者。同时他又是一位创作中的强者，写下了惊人、明快的作品，融汇了艺术、训诫、完美的形式和深刻的宗教内容，揭示了俄罗斯东正教精神的实质。很多俄罗斯作家曾竭力赋予文学以神性，努力探寻创作宗教小说。这一愿望最终在什梅廖夫的巅峰之作《上帝的夏日》中得以实现。

（二）宗教小说的试作——《天国之路》②

什梅廖夫的创作以其广阔的主题和多样的体裁构成一个与众不同的完整的世界。在这个艺术世界中，有作家创作别具一格的诗学理念和形象体系、独具匠心的形象塑造手段和自出机杼的结构原则。在什梅廖夫的作品中，关于生活的美学观念来自于日常生活和存在的统一，来自于物质世界和精神世界的交汇。什梅廖夫的大部分作品浸透着明显的基督教精神，可以视之为俄罗斯文学中的净化洗礼池。作家本人不止一次地指出："真正的艺术无不具有深刻的宗教理念"，认为自己的任务在于

---

① Ильин И. А., 1959: *О тьме и просветлении*, Мюнхен, с. 177.
② 本章节的部分内容发表于《俄语语言文学研究》2004 年第 3 期《尘世之路与天国之路——浅析伊·谢·什梅廖夫的宗教小说〈天国之路〉》一文。

"使艺术具有神性"、创立"一种新的美学观"。① 在作家 20 世纪头十年的作品（《苍天之下》、《来自饭馆的人》、《病疾》、《旋转的木马》、《隐秘的圣容》、《没有上帝你不能活》）中，不乏基督教的形象和主题，人物的思想和行为也多染上了浓郁的宗教色彩。在中篇小说《朝圣者》(1931~1932) 中，作家通过对朝圣者的心理的探究，通过对灵魂拯救之路的描写，对俄罗斯的发展过程以及个人的命运进行了深刻的思考。长篇小说《来自莫斯科的保姆》中的达丽娅、斯捷潘诺娃·西尼齐娜集中体现了俄罗斯普通宗教信仰者的形象。

在什梅廖夫的艺术世界里，有两大因素相互关联并决定着个人的命运，这就是"上苍"和"大地"。在作家的笔下，对大地刻骨的爱与对天国执著的追求常常密切相关，亲切之中给人以崇高、神秘之感。在作者所描写的民间日常生活中，更确切地说，是在人的尘世的存在中，每每迸发出具有崇高的精神价值的感人的火花。在什梅廖夫的小说中，这种日常生活的场景俯拾皆是，间或也能看到某些进入到情节之内的或停留在情节之外的宗教意义上的象征形象。在此基础上，作家描绘出俄罗斯几代人广阔的生活全景，同时也确立了关于人民创造无限的生活和基督教精神在民众中代代沿袭的历史主义宗教观。

在作家的作品中，长篇小说《天国之路》(1935~1947) 占有重要的位置。小说既是作家的绝笔之作，也是他的一部艺术遗作。小说的第一部于 1936 年完成，第二部创作于 1944~1947 年。作家是在与病魔的搏斗中，在孤独和穷困潦倒的生活条件下，在对俄罗斯的深深怀念中完成了作品第二部的写作的。

如同什梅廖夫的所有作品，长篇小说《天国之路》有其坚实的现实基础。小说叙述了机械工程师韦坚加梅尔和妻子达丽娅·科洛列娃是如何走上通往上帝的艰辛之路的。书中的主要人物并非虚构，而是确有其人，甚至连姓名都未曾改动。维克托·阿列克塞耶维奇·韦坚加梅尔 (1844~1916) 是作家妻子奥·阿·什梅廖娃的亲舅舅。由于前妻另有所爱，30 岁的工程师离家而去。后来，他偶遇在莫斯科斯特拉斯修道院做杂役的年轻姑娘达丽娅·科洛列娃。后者是一个孤儿，在床单厂当过绣金女工，后与韦坚加梅尔未婚同居（因为男主人公没有与第一任妻子离

---

① Ильин И. А., 1956: *Памяти Ивана Сергеевича Шмелева*, Мюнхен, с. 322.

异，所以他不能合法地办理第二次婚姻手续）。一次，当他们拜访奥普塔修道院①时，阿姆夫罗西长老预言达丽娅将不久于人世。后来发生的事情正如长老不幸而言中的那样，在陪同丈夫前往哈萨克斯坦的突厥斯坦修建铁路的途中，达丽娅在车站跑去买东西的路上被迎面开来的火车碾断了双腿，并死在了去医院的路上。达丽娅死后，韦坚加梅尔曾想过要了断余生，但后来他还是听从了奥普塔修道院约瑟夫长老的建议，于1900年当上了奥普塔修道院的杂役，并在那里走完了他人生最后的路程。在修道院里，他显示出一个设计师的全部天才。在他的指导下，建成了维捷尼耶教堂的主体部分和列夫·卡当斯基教堂。

什梅廖夫在谈起这部小说时，把它作为一部宗教小说的尝试。② 作家十分清楚自己所面临的问题的复杂性——将古典小说的体裁同宗教文学的体裁有机地结合起来。他对此写道："不管有无重大意义，俄罗斯小说在我们知道的范围里都与信仰有关。"尽管许多俄罗斯著名作家都曾表示要创作一部在宗教方面论据充分的小说，"然而谁也没把它创作出来……也许我也写不出来……"③ 与作家共同分担这种担忧的还有他亲密的朋友、在巴黎神学院任教的 A.B.卡尔塔什夫。后者在读完这部作品的某些章节后这样谈论自己的印象："我不禁为艺术家和人怆恨伤怀。果戈理已经为此精神失常，陀思妥耶夫斯基和托尔斯泰也已疲惫不堪！"④ 什梅廖夫创作的伟大功绩在于他成功地完成了其先人们——俄罗斯文学经典作家们的遗愿。

作家坚信在这部小说创作的过程中，是上帝的意志一直在引导着他。什梅廖夫在1937年3月14日给伊里英的信中写道："有时在我的心里为创作这部小说出现了许多莫名其妙的感情……我早该动手写，但不知道为什么延宕至今。"⑤ 他在1945年12月给朋友的信中这样说："假如没

---

① 该修道院建于14世纪，是以一个忏悔的强盗的名字命名的。俄罗斯部分作家的生活片断与奥普塔修道院密切相关。1877年，B. C. 索洛维约夫将丧子的陀思妥耶斯基领到这里。后者在修道院的隐修区居住了一段时间。《卡拉马佐夫兄弟》的部分细节就诞生于这次外出的印象。佐西玛长老的原型出自于当时生活在奥普塔修道院隐修区的阿姆夫罗西长老，后者于1988年被尊为圣徒。
② Ильин И. А., 1956: *Памяти Ивана Сергеевича Шмелева*, Мюнхен, с. 27.
③ Дакварт-Баркер В., 1955. 36: "Иностранец о Шмелеве", *Возрождение*, Париж.
④ Ильин И. А., 1956: *Памяти Ивана Сергеевича Шмелева*, Мюнхен, с. 157.
⑤ Ильин И. А., Шмелев И. С., 2000: *Переписка двух Иванов*, т. 2, М, с. 175.

有上帝的帮助,我不会写出《天国之路》。"① 这是一条作家力图在艺术形象和画面中建立起人类通往精神再生、获得拯救的崎岖之路。小说的情节始于韦坚加梅尔在达丽娅·科洛列娃死后的回忆。男主人回忆了两人如何相识、共同生活,两颗心如何互相贴近,回忆了为他们所理解的俄罗斯东正教的实质和精神。主人公通过作者的身份以叙述的形式展开回忆,回忆中大量穿插有韦坚加梅尔的叙述和达丽娅的致亲密朋友的手记。作家选用这样的叙述方式,可以全面地展示人物的性格、理想,他们生活的道路和沉重的心路历程。现在和过去的两个平面在主人公的回忆中不断切换,如同一部即兴的口述作品。

主人公的天国之路始于尘世。在小说的 87 个章节中,作家生动形象地叙述了年轻姑娘达丽娅·科洛列娃如何以自己的爱和东正教信仰的力量引导知识分子的男主人公走向上帝,帮助他获得精神上的再生。

存在的意义是在人类文明整个发展过程中始终困扰着人们的一个问题。对人类精神探索的几个世纪的经历追踪使我们发现,早在文艺复兴时期就已经出现了宗教意识危机的萌芽。这种危机到 19 世纪后半叶达到了顶峰,并在很大程度上确定了 20 世纪宗教发展的独特性。以前所信奉的关于神的启示现在被彻底推翻,人们已不再求助于"神力"去洞悟、解释某些神秘的本质,而是开始凭借人固有的意识、经验和智力能力去认识他们所面对的客观世界。在科学领域确立了实证主义,而更希望在宇宙的中心看到崇高的神性的古典哲学在新的历史条件下已受到挑战,甚至出现危机,它们已不能适应新形势的需要。这种 19 世纪末人的精神意识的危机也反映到了《天国之路》的字里行间中。小说的男主人公韦坚加梅尔是一位机械工程师和天文爱好者,他崇尚西欧哲学,受过上流社会良好的教育。年轻时他曾一度有过否认上帝创造世界的念头。韦坚加梅尔认为,宇宙只是"物质力量自由的游戏。"对死后的生命问题,他的观点和屠格涅夫笔下的虚无主义者巴扎罗夫相同:"一切都是虚无缥缈……还是巴扎罗夫说得对!"他后来将自己对事物的理解方式称为"心灵的崩塌"。他甚至把男女关系视为"生理的选择定则",直到突然有一天,他发现自己个人生活中出现了巨大的裂痕。内心的空虚和绝望使这位沉溺于科学的年轻人产生了关于许多科学的推测最终是水中月镜

---

① Ильин И. А., Шмелев И. С., 2000: *Переписка двух Иванов*, т. 2, М, с. 373.

中花的想法。看似合理的东西在绝对不可知的、无论什么样的科学假想都无法解释的力量面前被击得粉碎。韦坚加梅尔在绝望中得出的结论是："人的智慧无法理解不可知的东西，我们所有的公式、假设和体系对无界线的东西来说是最纯粹的无稽之谈。"①

这样，在小说的一开始，作家就把主人公置于对科学和人的智力彻底绝望的境地。所有后来的叙述都建立在韦坚加梅尔对青年时代的回忆之上。他从一个有信仰的人的立场出发，对自己生活中的每一件事都要作出精神道德上的解释。主人公精神探索的画面由一个人独立的回忆组成。这一精神探索始于他记忆中的1875年3月的一个夜晚，那天，他所有的科学研究被一股不可知的力量摧毁，这力量在他面前以一种"刺出的微小的孔"、"大头针圆头般的光亮"在"茫无边际的夜空闪耀下"显现出来。神秘的宇宙、无助的感觉导致主人公心灵遭到强烈的挫折。他甚至动了自杀的念头。就在自己生活和沉重心灵的十字路口上，他偶然遇到了一个无与伦比的姑娘，她用内心的精神之光照亮了他，并引领他走向新生之路。小说中，作家运用了传统爱情小说的形式和体裁，同时充实以新的内容。借助于恋爱故事，作家体现出关于人的生活中一切都是天意安排的思想。

什梅廖夫确信：上帝给了我们每个人一张"生存的平面图"。如果一个人仔细研究一下这张平面图，并按其行事，他的生活就会富有成果，就会美满吉祥；否则，就是巨大的痛苦。对于我们所有的人、我们的地球和整个宇宙来说，情况无不如此：一切都在"平面"中，一切均已布置完毕。"你就去完成吧，我会帮你。"② 上帝与人、自然界相同，始终处于创造活动中。重要的是，这种创造活动与平面哪怕能有一丁点儿的相称也是好的。上帝总是给人保留在罪过与纯洁之间作出选择的可能，甚至当一个人为黑暗势力所左右时，他也同样可以祈求上帝的帮助来抵制黑暗的力量。

韦坚加梅尔在特维尔街心花园里遇到的这位姑娘，为逃避好色、专横的主人而流落街头。她当时不知道未来应该如何生活。年轻姑娘的遭遇引起了韦坚加梅尔的深切同情，他真诚地承担起安排姑娘命运的义务，帮助她进入修道院当了一名修女，因为后者认为那里是她唯一能够获得

---

① Шмелев И. С., 1998: *Собр., соч.*, т. 5, М., Русская книга, с. 19~22.
② Ильин И. А., Шмелев И. С., 2000: *Переписка двух Иванов*, т. 2, М, с. 175.

拯救的地方。对一个亲近人的怜悯使韦坚加梅尔又回到了生活中。这位年轻人热情、忘我地爱上了这位叫达丽娅的陌生女郎。后来维克多·阿列克塞耶维奇·韦坚加梅尔称她为上帝的馈赠。

随着小说爱情情节的不断深入，男女主人公在精神上也日趋成熟，爱情获得了越来越复杂和崇高的内涵。已近中年的男主人公在强烈的爱情的驱使下来到修道院，如同圣经传说中诱惑夏娃偷吃禁果的魔鬼，不达目的誓不罢休。韦坚加梅尔后来用魔鬼的引诱来解释他当时的动机。① 黑暗的力量把主人公推向了罪孽的道路，而光明的力量用十字架挡住了最后迈向毁灭的一步。魔鬼的法术在修道院的神赐力量面前被彻底粉碎。在修道院朴实无华的日常生活中，维克多·阿列克塞耶维奇·韦坚加梅尔通过身处神圣的修道院的几个小时，深入地观察默默无语的见习修女平静的劳作，内心体验到从未有过的宁静与和谐。此后，他开始填补由于"心灵的崩塌"造成的内心空虚。他直到这时才认识到，先前把生活理解成科学机械的东西是多么的无知和荒唐。他仿佛是第一次看到了活生生的现实：所有的东西均在这世界上呼吸、生长，一切都会爱、会思考、会感受。从对第一次婚姻的绝望中醒悟过来之后，韦坚加梅尔此刻突然感悟到，正是在这种感情中包含着"无限小的"、但赏赐给他的超出生活之外的最重要的部分。从此，他的命运和达丽娅的命运便紧密地联系在一起，后者为他打开了一条崭新的精神之路。沿着这条道路他们将共同克服一切艰难险阻，经受各种考验，最后完成精神上的升华。

维克多·阿列克塞耶维奇·韦坚加梅尔和17岁的达丽娅·科洛列娃的命运结合略显突兀，但并非偶然。达丽娅是这样看待他们的相遇的："我知道这是上帝吩咐不要离开他，他的心灵碰到了障碍，渴望神助。"在主人公这种对他们生活之路相交的理解中，我们看到了一个人在上帝面前为亲近的人的命运而表现出的崇高的使命感和责任感。在这方面，达丽娅的一生具有特殊的意义。作家为自己确立了一个目标，要在《天国之路》一书中指出，力所能及地实现福音书中的真理是无怨无悔的唯一道路。作家从这一点出发，尤其突出了俄罗斯文学中的女性性格。他写道，俄罗斯文学塑造了"一系列意志坚强的俄罗斯妇女和姑娘的美好形象。"② 在俄罗斯经典作家塑造的优秀女性长廊中，什梅廖夫笔下的达

---

① Шмелев И. С., 1998: *Собр., соч.*, т. 5, М., Русская книга, с. 36.
② Полторацкий Н. П., 1972: *Русская литература в эмиграции*, Питсбург, с. 235.

丽娅也应该占有一席之地。作家把她描写成一个在精神上不断完善自身的形象。男主人公在成年时才明白的那些真理，这位年龄比他小将近一半的姑娘在孩提时就已经熟悉了。

达丽娅没有受过上等人的教育。她是由姨妈按照修道院的戒律教育带大的。除了宗教生活，她实际上没接触过任何其他生活方式。她从小就养成了温柔、顺从的性格，连怀疑信仰的念头都不敢有过。她熟悉祈祷文，熟读圣人的行传，并从中获取到智慧。受难者和殉教者的痛苦在达丽娅看来就是为上帝做的最有意义的事情，并值得为此作终生的准备。圣徒行传对她来说不是传说和神话，而是崇高的精神功绩的典范。她那时就知道，尘世上的一切都不会永久存在，永恒的只有灵魂。人之所以被赋予生命，是为了从善，而僧侣生活之路是一条最好、最能拯救人的道路。正是带着这种希望，她在第一次遇见维克多·阿列克塞耶维奇·韦坚加梅尔的那个夜晚走进了斯特拉斯修道院。也正是在这种想法的支配下，她又出乎意料地回到尘世，成了无神论者韦坚加梅尔的未在教堂结婚的妻子，开始生活在没有教堂祝福的婚姻中。为此对她的惩罚是重病、不育乃至死亡。小说中，作家通过男女主人公的命运体现出"灵魂磨难的历程"的福音精神。经过道义上的堕落、苦难的重负与困苦，人在精神之路上得以净化。达丽娅经历了尘世间的诱惑与享乐，在小说中，作家尤为详细地描写了她如何面对韦坚加梅尔的朋友、出色的年轻御前近卫官德米特里·瓦加耶夫公爵的强烈爱情的诱惑。女主人公把那些日子称为"凶恶的情形"。那些日子里，纯朴天真的达丽娅俨然成了一位社会名媛。她开始出入社交娱乐场——戏院、舞会，学会了握扇、抛媚眼、莫测高深地压低嗓音说话，浏览海报，对着镜子梳理发型，活脱像一个风月场中老道的交际花。爱的欲望深深地控制了达丽娅，将精神上的自我完善问题挤到了第二位。为此，作家描写了暴风雪的一幕。一次，瓦加耶夫和达丽娅在暴风雪中迷了路。小说中的暴风雪有着疯狂的基调："暴风雪狂怒"、"狂怒的烟雾"、"马儿咆哮发怒"。就是在这种情况下，主导方向的手始终没有离开过女主人公和她的同伴。他们以美妙的形式得到拯救，避免了毁灭。在尘世的忙碌和上流社会的娱乐中，达丽娅失去了内心的平静与和谐，她整天犹如在噩梦中一般坐卧不安。这一次，来自上天的力量帮助她避免了堕落，克制住了罪恶的情欲。当达丽娅陷入情欲无力自拔、准备献身于瓦加耶夫时，看门人卡尔普在关大门时无意撞到了沉重的护板，撞得他直摇晃，这一偶然性使达丽娅幡然醒悟。根据圣文的教义，上帝总是对人充满关爱，通过所谓的偶然性事件为人指明生活的道路。作家在解释卡尔普关门时的举动时说道："卡尔普关了几百次门，从没发生过这样的事……"在我们生活中，这种"偶然性就是奇迹。偶然性有时获得了特殊的'征兆'意义……是尘世之路的里程碑。"① 女主人公对瓦加耶夫的爱可以说是精神毅力的考验，表明她同邪恶势力的斗争还没有结束。达丽娅先是差点没成为正人君子里特林格男爵的猎物，这一次天国的力量再一次使她免受灾难。

达丽娅急急忙忙赶去圣三一谢尔基修道院，向著名的长老瓦尔纳瓦忏悔，并坚持要求留在那里。但上帝为她安排的是另一种命运。"咦，你倒是眼尖，"瓦尔纳瓦神甫训导她说，"你想当修女……那谁来驾驭你的马车雪橇呢？没有你，你的胜利者怎么办呢？！"达丽娅这才知道，"维克多"意味着胜利者。"这点磨难你就忍一下吧……继续驾驭你的马车雪橇。你是没有罪过的罪人，你忍一忍就会忍过去。别人说你……难道没有说我吗？你不穿教袍，却是一个修女。就让我们挨骂吧……不管他们怎么给我们抹黑，我们不会比教袍更黑。这就是你命中注定的。"② 这位有先见之明的修士在达丽娅身上看到了一种精神美。他为她明确了在尘世的义务，因为隐居修道院对她来说是一种较轻的负重。在尘世中反而要愈发严持戒律，这是小说的主导思想之一。达丽娅在同尘世间的诱惑和情欲的斗争中，实现了自己的精神探索，完成了道德观的形成。她自己克服了"魔鬼的引诱"，并竭尽全力帮助其他人克服这一引诱。她精神上的重任也正在于此。这一重任感升华了女主人公内心的激情。

在基督教传统中，燃烧的蜡烛是人的灵魂的象征。在一个有信仰的人的身上，精神的火焰总是明亮地燃烧着，同时用善和爱的光亮照亮那些内心火苗已经暗淡的人的灵魂。女主人公精神上的神赐的光亮慷慨地照亮了和她的命运联系在一起的人的心灵。达丽娅的名字就含有"战争"的意义。她用信仰、善良、爱和自我牺牲精神战胜了邪恶与罪过。在小说的第一卷中，达丽娅身上所要发生的事情实际上已由小说章节标题本身反映出来："引诱"、"诱惑"、"理智模糊"、"堕落"、"启明"等等。达丽娅做祈祷时经常昏厥，根据作家的理解，这显示了她的崇高的

---

① Шмелев И. С., 1998: *Собр., соч.*, т. 5, М., Русская книга, с. 233.

② Шмелев И. С., 1998: *Собр., соч.*, т. 5, М., Русская книга, с. 248.

精神，表明她同时生存在尘世与天国两个世界中。一位书中人物，年轻的医生，《心灵精神力量》一书的作者是这样向韦坚加梅尔解释达丽娅的昏厥现象的："你的妻子生活在两个世界中，她非常痛苦。由此可能发生'意识崩塌'，昏厥……是一种对您的环境的脱离，也可能是要去那里……"①

作家在小说中谈到了人所经历的痛苦和获得拯救的办法。达丽娅在引导别人的同时，自己也走过了相同的道路。在经受了痛苦的生活考验、饱尝了痛苦和内心的悔过之后，小说的女主人公获得了内心的宁静与欢乐。净化的思想同样体现在韦坚加梅尔和他朋友德米特里·瓦加耶夫的命运中。瓦加耶夫公爵天生具有纯洁的灵魂和高尚的心灵。他曾经沉迷于财富、荣耀、女人和上流社会的娱乐，以不断征服女人的芳心、参加舞会、宴会为乐。只是在结识达丽娅之后，他才开始重新审视自己的生活。经历了女主人公纯洁、真诚的感情，经过割舍不断的爱情的痛苦，年轻的军官最后走完了道义精神净化的道路。爱情和痛苦明显地使他的天性变得纯净、高尚。他把达丽娅拒绝他的求婚视为上天的安排。年轻的军官奔赴前线为的是不愧于自己的一身戎装和荣誉。达丽娅祝福他一路平安，并开始像瓦尔纳瓦长老预言的那样，履行上帝交给她的职分，完成精神上的升华，带领其他人、首先是韦坚加梅尔走向光明。

维克多·阿列克塞耶维奇·韦坚加梅尔也曾经受到诱惑，他在彼得堡迷上了一位令人着魔的女人。这个女人悄然出现，又神秘消失。他后来把那段缺乏理智的日子称为"魔鬼般的日子"。维克多·阿列克塞耶维奇用哲学的智慧探索着在他身上所发生的"偶然性"。他凭直觉感到，有一股未知的力量支配着他。每一次生活考验都给这位男主人公带来了深深的痛苦和内心的斗争。因为自己的堕落，他觉得对不起达丽娅，深深的罪恶感使他完全改变了对自己以及自我行为的看法。他学会了忏悔，为自己所犯的过失深受良心的谴责。在这种内心状态下，达丽娅和韦坚加梅尔告别了莫斯科，此前智慧的瓦尔纳瓦长老不仅预言了达丽娅的使命，而且还预言了他们将远离喧嚣的莫斯科。

小说第二部的情节基本上发生在奥尔罗夫外省的姆岑斯克，这是一个风景如画的地方，附近有一座修道院。在经历了大城市的虚伪所加诸

---

① Шмелев И. С., 1998: *Собр., соч.*, т. 5, М., Русская книга, с. 384.

的精神痛苦之后，达丽娅和维克多·阿列克塞耶维奇需要精神上的宁静。他们在这座简朴、安宁的乌尤托沃村找到了这种宁静。正是在这个俄罗斯大地舒适的角落里，小说的主人公获得了精神上的炽盛。乌尤托沃犹如一座人间的天堂，小说结尾处有一章的标题就是"人间天堂"。在这个田庄里，有现实日常生活细节中"天堂般的花"、"驯化了的飞禽走兽"，生活在这里的人充满了善意，和蔼可亲。韦坚加梅尔把乌尤托沃称为"人间的天堂"，达丽娅和小说中的其他人物也深有同感。周围的人因为女主人温顺的天性和纯洁的心灵立刻对她产生了好感。和她在一起变得纯洁和崇高的不仅有家仆、村民，甚至还有公认愚昧、自傲、无人性的邻村地主库久莫夫。达丽娅在乌尤托沃显示出来的精神力量不仅为韦坚加梅尔的变化所证实，也为库久莫夫、花匠穆霍莫尔，尤其是娜斯坚卡身上的变化所证实。这些变化同样可以被视为是圣徒行传般的奇迹。

在小说的风景描写中，有作家对祖国和人民命运的思考。什梅廖夫笔下的大自然是民族生活、作家的伦理与美学思想的基础。大自然本身充满了善意和爱，它更能全面地显示出基督之爱的公正与美的理念。在乌尤托沃村，达丽娅特别强烈地意识到自己在精神上对周围所有的人来说是上帝的一部分。她站在燕麦地前，"这些沙沙作响如钻石般的柔荑花序中的燕麦，在她看来获得了生命，同样属于上帝，就像她一样……她觉得心中对一切都充满了柔情，仿佛悟出什么，她开始感谢这金灿灿的田野。这是一种同所有的一切融为一体的感觉，是苦行修士所熟悉的那种感觉，达丽娅在圣徒行传中读到过。在这个早上，她心中明显地领悟到了很多东西。"① 这块燕麦地和周围所有的东西一样，因此染上了神圣的色彩。在这里，人与大自然、心灵与上帝、思想与宇宙融为一体。在乌尤托沃村，韦坚加梅尔也感悟到存在的崇高意义。他自己承认，好久没有体验到这种宁静与轻松。"只有在这里才能走进自己的内心深处，明白生活的真谛，远离尘世烦恼，和人民生活在一起，感受人民的真理……"②

俄罗斯人民的集体形象在什梅廖夫的这部宗教小说中占有重要的位置。他们心胸开阔、性情豪放、勤劳、充满信仰。这一集体形象由小说中很多次要人物组成。这些人中，有看门人卡尔普，这是一个有深刻信仰的人，正是他按照上帝的旨意制止了达丽娅同瓦加耶夫的堕落；有少

---

① Шмелев И. С., 1998: *Собр.*, *соч.*, т. 5, М., Русская книга, с. 475.
② Шмелев И. С., 1998: *Собр.*, *соч.*, т. 5, М., Русская книга. с. 466.

女孤儿阿纽塔，她总是和达丽娅一起去教堂与修道院；有乌尤托沃教堂的教会长老彼梅老人；有多亏达丽娅精心照料而痊愈的女圣愚；还有乌尤托沃村女管家阿格拉费娜·马特韦耶芙娜，等等。

从根本上动摇韦坚加梅尔的唯物主义世界观的是他之前最不愿意相信的被达丽娅称之为"上帝的奇迹"的事情。这些"奇迹"几乎均与达丽娅的命运有关。韦坚加梅尔得知达丽娅的家谱后惊诧不异：这位贫穷的绣金女工的父亲竟是一个诚实、高贵的世袭伯爵，他在狩猎时死于偶然事故，没有来得及与达丽娅的母亲、一位纯朴的乡村姑娘成婚。第二件奇事是韦坚加梅尔夫妇前往的乌尤托沃村，竟是达丽娅父亲的亲妹妹奥尔加·尤托娃公爵夫人的世袭领地，这好像也是出自偶然性的安排。第三件奇事是有关一个与达丽娅一生紧密相关的奇迹创造者尼古拉的事迹。此人在俄罗斯广受尊敬，达丽娅从小就从姨妈那里学会向这位圣人祈祷。当达丽娅逃离色魔手掌，欲投河自尽时，有一个老头阻止了她。老人与奇迹创造者尼古拉的长相极为相似。这位圣人在乌尤托沃教堂尤其受到尊崇。圣徒尼古拉本人原来就是达丽娅父亲家族中的著名人物。在经历了这种种"奇迹"之后，韦坚加梅尔已经不敢将诸如此类的与命运交舛在一起的现象称为偶然性事件了。"生活之路的交舛点"上的偶合使他惊奇错愕，因为在所有的地方都能感觉到上帝的存在。不久前还是无神论者的韦坚加梅尔得出结论，这一类事情按常理是无法理解的。照顾作家晚年生活的尤·阿·库特丽娜（他妻子的外甥女）证实说，什梅廖夫在自己的小说中为自己提出的任务是展示一个"在基督形象中改变的俄罗斯人"。① 作家基本完成了规定的任务。庆祝主人公进入乌尤托沃村的乔迁之际的流星雨成了男人公世界观发生变化的转捩点，是他精神升华的标志。这个场面与小说结尾相呼应。如果说在此之前韦坚加梅尔推翻了上天赐予他的神的启示，那么此刻他确信，要理解存在的复杂性只能依靠信仰："思想无法领悟无限！……需要依靠信仰……！只有信仰才能领悟绝对的东西。别无其他……"小说的第二部中有一个意味深长的片断：达丽娅赠送给韦坚加梅尔一本福音书。"这是……什么？"他问道，一边在黑暗中接了过去。"福音书。我没有再好的东西赠予你。这里有一切。""一切……"他重复了一句，"一切。"② 杜纳耶夫对此写道：

---

① Шмелев И. С., 1998: *Собр. , соч.* , т. 5, М., Русская книга, с. 473.
② Шмелев И. С., 1998: *Собр. , соч.* , т. 5, М., Русская книга, с. 438～439.

"可以断定，这个简洁的对话体现着完美的艺术手法，它可以最完整地表达此时此刻发生的事情的意义。"① 作家在第二卷的结尾处写道："从那时起，他们找到了生活的方向。从那个寂静的夜晚起，在主人公尘世存在的快乐与陶醉之中，'升华之路'开始了。"②

什梅廖夫的绝笔之作证明，作家的才华并没有随着时间的流逝而消退。清晰、引人入胜的情节，形象突出的语言，自然流变的结构，这些都构成了该作品内在的特色。小说最重要的宗教哲学思想在可信的生活材料中得以再现并融入了时代的日常生活特征，如骑马疾驰的场面、乘坐三套马车、对主人公在莫斯科和乌尤托沃村生活的描写等等。同以往的作品一样，《天国之路》的作者深入日常生活中，怀着浓浓的爱意，生动形象地描绘了生活中的细枝末节。如小说中准备过圣诞节的情景，就其鲜明度来讲不亚于《上帝的夏日》中的相关场面。什梅廖夫笔下的日常生活是存在意义下集中体现出来的具体的、能够感受到的东西。

除了爱情故事之外，小说中还有对征兆、预言、预示凶兆的梦、奇迹、预示上帝旨意的事件、祈祷等的描写。这证明了《天国之路》同宗教文学，首先是使徒行传体裁有紧密的联系。这些因素构成了什梅廖夫小说中最重要的思想和体裁。敏感而富有洞察力的批评家伊里英把小说的特点与行传传统的因素联系起来："小说缓缓地展开成'行传'和'说教'。"③ 作家在给他的回信中说道："是的，这是一部关于使徒行传、生平的小说……"④ 某些小说章节的标题，例如"暗示"、"征兆"、"十字架之梦"、"显现"、"奇事" 等足以说明作家的倾向性。就连小说中的艺术时间也具有行传文学的倾向。这些现实中发生的事情经过被投射到宗教的日历上，暗示出它们所代表的时间的永恒性和无限性。"这事发生在星期二的晚祷后，苦难女圣徒达吉雅娜节的一天"；"在复活周的星期六"⑤；"在主显节的早晨"⑥，等等。主人公的生平经历在时间上的永恒性是由小说的性质所决定的。

---

① Дунаев М. М., 1999: *Православие и русская литература*, т. 5, М., Христианская литература, с. 714.
② Шмелев И. С., 1998: *Собр., соч.*, т. 5, М., Русская книга, с. 439.
③ Ильин И. А., Шмелев И. С., 2000: *Переписка двух Иванов*, т. 2, М, с. 196.
④ Шмелев И. С., 1998: *Собр., соч.*, т. 7, М., Русская книга, с. 395.
⑤ Шмелев И. С., 1998: *Собр., соч.*, т. 5, М., Русская книга, с. 44.
⑥ Шмелев И. С., 1998: *Собр., соч.*, т. 5, М., Русская книга, с. 240.

如果对小说的体裁特点不加以考虑，就不能客观、正确地评价作者诗学手法上的独到之处。什梅廖夫在创造性地利用并反复思考俄罗斯文学中世俗和宗教的传统、并将两者有机地结合的同时，创造出独特的宗教叙事体裁。这是陀思妥耶夫斯基当年所盼望的宗教小说的体裁。《天国之路》令人信服地证明了文学作品可以具有宗教性质，而又不失其艺术魅力。可以说，什梅廖夫的遗作《天国之路》是俄罗斯经典小说史上一部新的叙事体作品。《天国之路》，以及《上帝的夏日》、《朝圣者》、《来自莫斯科的保姆》、《老瓦拉姆》等其他作品均体现了什梅廖夫艺术体系中独特的宗教现实主义。通过作品中大地与上苍不可分割的联系，作家表现出对绝对精神的追求，对尘世中的一切、对信徒形象及其生活的宗教探索，对祖国历史命运的浓厚兴趣。这种现实主义反映了耶稣基督在尘世间的存在，反映了代表天国理念的人的生活在尘世显现的存在。什梅廖夫在自己的创作中重新连接起了文艺复兴时期人文主义所割裂的上天和尘世两个世界。

　　作家于1947年完成了《天国之路》的第二部。第三部（可能还有第四部）的情节基本上应该发生在奥普塔修道院。鉴于小说男女主人公后来生活的改变，什梅廖夫打算讲述俄罗斯修道院和东正教长老的故事，以及两者在俄国文化和人民中的宗教领导作用。作家在1945年12月给伊里英的信中写道："您想象不出是什么让我热血沸腾。我打算（不知能否）在第三部里写很多！！！还有第四部中……因为还有很多事要去做。应该为所有的幸福……为这样的俄罗斯、为这样的人民、为人民如此的宗教力量赞美上帝。"[①] 为了能够更加深刻地体验修道院的生活气氛，同样为了使身体康复，让灵魂更加坚定，年老体弱而又形单影只的作家在经历大手术后不久即决定去离巴黎140公里的比尤西安奥特的圣母庇护东正教修道院。他在1947年9月25日给伊里英的信中写道："我不能在这里[②]走完'道路'，需要宁静……我在这里无法找到。应该离开这里，应该走进教堂，前往修道院，接下来的一切小说会告诉你。"[③] 1950年6月24日，什梅廖夫动身上路。但在到达修道院的当晚，作家由于心脏病突发而溘然长逝。库特丽娜和修道院费多西亚嬷嬷是这样解释作家的身

---

① Ильин И. А., Шмелев И. С., 2000: *Переписка двух Иванов*, т. 2, М, с. 226.
② 即在巴黎。
③ Ильин И. А., Шмелев И. С., 2000: *Переписка двух Иванов*, т. 3, М, с. 186.

殒的："上帝把伊万·谢尔盖耶维奇·什梅廖夫提前召唤去了，因为……上帝认为他的著作已经完成。"① "……这个人来到圣母的脚下，在她的庇护下离世。"②

什梅廖夫的生命和创作道路就这样按天意结束了。今天，这位伟大作家的作品重回俄罗斯，走进新一代的读者中，被扯断的时代之线重又被连接起来。什梅廖夫曾经苦苦思索存在的意义、思索祖国的命运。他的作品蕴涵了作家一系列宝贵的思想，那里有苦难灵魂的全部情感和精神财富，有对人的最复杂的生活的不断探索的美学思考。

《天国之路》是作家探索精神再生的尝试。什梅廖夫凭直觉感到这条道路有多么的艰辛。但他认为探索这条道路是自己的职责，他想告诉读者和自己：探索者一定能走完自己的路。

（三）什梅廖夫部分书名的意义 *

需要指出的是，什梅廖夫的小说《上帝的夏日》和《天国之路》的标题在整部作品中起着有机的、提纲挈领的作用。作家另外几部小说，如《啜不尽的酒杯》、《亡者的太阳》、《一个老妪的故事》等小说的标题同样有着深刻的内在语义，高度概括了作家对人类社会的思考。下面我们来看看这些标题的内涵。

1. 体现上苍的永恒意志

小说《啜不尽的酒杯》讲述一位才华横溢的青年农奴圣像画家伊里亚·沙罗诺夫凄惨的命运。沙罗诺夫深深地爱慕着女主人阿娜斯塔霞。这种爱在他的内心中升华为一种创作灵感，一种神圣的非尘世之爱。画家以女主人为原型创作的圣母画像成为他离世前的绝唱。在完成这幅圣像并经历了唯一的、无果的爱之后，这位农奴画家病死在自己窳陋的小房里。小说的标题既影射出伊里亚·沙罗诺夫凄凉生活中无尽的苦涩，他那啜之不尽的充满人间哀怨的尘世苦酒，又蕴含着对上帝无限的爱。画家在对上帝无尽的爱中找到慰藉：圣母疗慰所有人的心灵创伤。"啜不尽"这一修饰语在小说标题中兼有双重意义：一方面它暗示着无限、永恒的上苍意志，另一方面表明在尘世和天国之间始终存在着一条不可逾

---

① Шмелев И. С., 1998: *Собр., соч.*, т. 7, М., Русская книга, с. 475.
② Шмелев И. С., 1968: *Свет вечный*, Париж, с. 375.
* 本章节的部分内容发表于"Семантика заглавий романов и повестей И. С. Шмелева", *Пасхальные чтения*, Москва, 2004.

越的界线。尘世永远是一盏装满苦艾的"啜不尽的酒杯",天国永远不会降临人间。生活中既有上帝的永恒之爱,又有上帝恩赐之苦难的历程。与小说情节和主人公遭遇相比,书名传达给读者更多的信息。这部小说的书名取自于教会史上一幅真实的圣像画的名称,并在作家的笔下有机地融入整部小说的内在结构中,因此具有象征意义。诸如此类的诗学特征,使得什梅廖夫被视为一个正统的东正教作家。

2. 坚信人民的力量和复兴的奇迹

在《亡者的太阳》一书中,什梅廖夫再现了1920年8月到1921年3月期间克里米亚半岛上的生活。作家于1923年3月抵达柏林后开始创作这部作品,并于当年9月客居格腊兹小城蒲宁家期间完稿。同年,《亡者的太阳》在巴黎的刊物《窗》上发表,立即被译成多种文字。这在当时的俄罗斯侨民文学中被视为罕事,因为那时的什梅廖夫作为一位作家,在西欧还鲜为人知。小说描述了俄罗斯人苦难的命运,俄罗斯大地的悲怆与死亡,俄罗斯大自然的枯萎,俄罗斯的花园、天空以及太阳的凋落。故事的叙述者是一位知识分子,他曾有过一个不大的别墅,亲眼目睹了同时期发生的许多事件。作品中的情节空间被着意定格于经常出现在意大利热那亚画派笔下带有古塔的小镇里。尽管城市的名字没有指明,但附近的山名、路名、峡谷名均暗示事件的发生地是乌克兰的阿卢什塔。这座曾几何时还是熙熙攘攘的城市,尤其到了夏秋之际,疗养者、度假者从四面八方蜂拥而至,附近的居民也到这里打发闲暇时光。现在,这里的一切都沉寂下来,再也看不到任何生命的迹象。伴随着主人公的只有几只小鸟和家畜:"长着火红色斑点的白色家庭支柱"——母牛塔玛尔卡、孔雀、山羊布比克、"干燥的花楸果上的黑鸭"、火鸡和田鸡。这里曾经是一个充满善的美丽世界。正面人物伊万·米哈伊罗维奇教授、年轻作家鲍里斯·希什金、小男孩利亚利亚和瓦洛基奇卡、咋咋呼呼的马丽娜·谢苗诺夫娜、遵从教规和严守戒律的塔尼亚、邮递员德罗兹德等一干人心地善良,性情笃实,好善乐施,他们具有悲天悯人的慈悲心怀。他们身上体现出真正的人的精神价值。

然而,在这里生活的所有人都注定要死亡。出身于伏尔加河畔一个农民家庭的伊万·米哈伊罗维奇是欧洲闻名的罗蒙诺索夫大学教授,他的收入仅够维持买面包的开支。因此,有一天,这位总是缠着别人索要食物的教授,终于为女厨子们所厌烦,死去她们做饭的勺子之下。米哈伊·瓦西里耶维奇大夫的妻子死于饥饿，他本人也由于无法忍受饥饿和侮辱，在自家的别墅中纵火自焚。"教授之角"原本是阿卢什塔风景秀丽的地方，坐落着许多教授和作家的别墅，如今却是死寂沉沉。往日膳食公寓里提醒客人用餐的钟声早已销声匿迹，连大钟也已被人拆卸下换了酒。

在厄运中罹难的不仅仅有人，还有因饥饿和人的残酷而死去的牲畜和家禽。母鸡接二连三地死去；驯化了的聪明的孔雀和消瘦的母牛塔玛尔卡最后也成为邻里们的腹中之餐。与之呼应的是这部作品很多章节的标题都带有"末日"的字样："孔雀的末日"、"布比克的末日"、"大夫的末日"、"三个末日"，等等。

在什梅廖夫的创作美学体系中，太阳的形象具有重要意义。这一来源自远古艺术的形象代表着自然界的欣欣向荣，展示着对劳作的赞美，象征着生命的繁衍和繁荣，给人以光明、温暖和希望。然而，在这部小说中，阳光下只见死亡，不见生机。任何自然界的生物都逃脱不了毁灭的结局。作家在小说中呼吁人民传统精神的复苏，借助民间口头传说的形象描绘出具有全人类意义的生生死死的悲剧。作家认为，主宰这一死亡的是地狱般的力量，这种力量竭力消灭所有生物，要在世界上抹掉关于人类的记忆。但记忆是无法抹去的。书名《亡者的太阳》采用矛盾修辞法，凸显出社会悲剧在作家笔下作为全宇宙悲剧来思考的事实，进而使小说获得史诗般的历史意义。

《亡者的太阳》是一部浸透着深刻悲剧性的作品。这部作品中，作家没有诉诸大规模的历史事件，而是通过挖掘苦难人的心灵状态再现国家和民族生活的悲剧。然而，作家并没有对人民的力量失去信心，相信在民众中蕴藏的活力最终会战胜厄运。小说中，鞋匠年轻的遗孀塔尼亚就是这样一位恪守教规、严循戒律的人。她每周两次背着1普特重的酒桶，沿着崎岖陡峭的山路行走50多里路，把酒换成面粉，给孩子糊口。与她境况相似的还有从前的邮递员德罗兹德，他也在竭尽全力养活着一大家子人，还时时尽己所能帮助邻居。作家在小说的结尾写道："春天就要到了……我相信奇迹！伟大的复兴一定会来临。"①

3. 对祖国命运的忧心戚切

在短篇小说《一个老妪的故事》中，作家描写了科斯特罗马州的一

---

① http://az.lib.ru/s/shmelew_i_s/text_0070.shtml.

个叫玛尔法·彼加乔娃的农民悲惨、艰难的生活。她家有身患重病的儿媳妇和三个孙子,她只能冒着生命危险去外省产粮地坦波夫把以前女主人送给她的布料换成面粉。老太婆竭尽其全部微薄之力与小偷、巡逻队、歹徒们周旋以保住救命的面粉。当火车抵达莫斯科时,有人把老太婆扔出了车厢,指责她投机倒把,要没收她的面粉。老太婆死死抓住装粮的袋子。巡逻队中有一个人穷凶极恶地冲了上来想要抢夺老太太手中的粮袋。这时,老太太认出这个人就是自己家轻浮放荡的儿子尼基塔,便狠狠地训斥了他一顿。尼基塔最终良心发现,开枪自杀。老太太也由于不堪忍受种种折磨、凌辱与背信弃义,心力交瘁而死去。

书名"一个老妪的故事"涵盖了丰富的概括意义,"老妪"一词不仅仅是指一个老太太,而且暗喻着整个俄罗斯——祖国母亲。她为亲生儿子所抛弃,但依然为自己的子孙后代在拼命地抗争着!这部短篇故事的主基调就是寻找人的灵魂的最终归宿。在作者看来,这一归宿存在于人的道德、心灵和自身。

什梅廖夫小说的标题含义深刻,反映作家的创作实质和作品所处的纷繁复杂的时代。什梅廖夫以其深邃的思想成为一位具有广博精神、基督般纯洁和光明灵魂的侨民作家。他的《上帝的夏日》等小说无疑是俄罗斯文学中充满东正教神性的经典之作。

第七章 俄罗斯作家与西方存在主义作家之异同

对于 20 世纪文学意识的形成，尼采具有划时代的意义。自这位哲学家宣布上帝已死之后，无论是欧洲还是俄罗斯的文化界都力求按新的方式去思维和感受世界与生活。作家和诗人们从存在主义的角度出发，关注人的价值与存在等问题。人存在的非真实性、世界的荒谬性、恐惧、孤独和被抛弃感使得部分俄罗斯作家和诗人与西欧存在主义作家的创作具有了共同的内涵。这种共性来自于艺术家们一致的世界观和对世界灾难性、生活悲剧性的相同感受。

对荒诞世界和被边缘化的孤独、绝望情境感受最深的莫过于俄罗斯侨民作家。俄侨作家和诗人格·伊万诺夫将对世界悲剧性的感受投射到短篇小说《原子的裂变》之中，小说因此获得了存在主义的中心思想。主人公在混乱的世界和碌碌无为的生活中感受到了生存的危机。然而，他的心灵却如同一个即将裂变的原子，隐藏着一股随时欲爆发的力量。同样，俄罗斯白银时代现代派作家和诗人索洛古勃亦是在其创作中将世界、上帝和人的相互关系的问题置于存在主义的框架中进行思考。在索洛古勃的作品中，物质世界短暂的存在无法自我完善，臻于完美。真正的存在必须通过创造因素的参与获得。创造性的存在成为主人公自我追求的终极。对人类生存和荒谬世界的认识，关于传统信仰和欧洲文明根基崩溃的看法，对人命定的生存强烈的反抗，这一切使得伊万诺夫的《原子的裂变》、索洛古勃的《野兽般的日常生活》、《沉重的梦魇》等与萨特的《恶心》、加缪的《局外人》在哲理性、形象性和主题方面具有许多共同之处。

俄罗斯和西欧存在主义传统的基本观念之一就是存在、现象的非解释性和非逻辑性。到了萨特，这一观念表现为某种不为人所知和人无法企及的主宰世界的第二逻辑（如萨特的《恶心》）。人成为牺牲品，他无法感受和解释存在渊薮的逻辑。面对这一渊薮，生活的逻辑失去了意义，变得对人来说无法捕捉，无法感触。俄罗斯作家和欧洲作家的创作遥相呼应，昭示了存在主义思想的全人类性。

一、格·伊万诺夫与萨特*

格奥尔吉·弗拉基米罗维奇·伊万诺夫（1894~1958）是一位俄侨诗人和作家。他早期的创作深受未来派的影响，后转向阿克梅派并成为该流派的重要代表。1922年，诗人离开俄罗斯，侨居意大利。1923年移居法国巴黎。侨居生活让他饱尝了人世间的艰辛。伊万诺夫的主要诗集有《灯》、《花园》、《玫瑰》、《漂向齐特岛》、《毫无相似的肖像》、《1943~1958诗集》和《死亡日记》等。此外，他还著有长篇小说《第三罗马》、短篇小说《原子的裂变》、回忆录《彼得堡的冬天》和《中国的影子》等。成熟期的伊万诺夫流露出较强的怀疑意识，他在小说《原子的裂变》中以深邃的存在主义思想揭示了人存在的悲剧性，被侨民文学评论家罗曼·古尔称为"是一名比法国人超前多年的俄罗斯存在主义诗人"。①

（一）《原子的裂变》中的存在主义意识

伊万诺夫的《原子的裂变》发表于1938年。这是一部作家关于存在主义的宣言性作品。小说篇幅不大，却浓缩了存在主义的中心思想和精华。伊万诺夫将自我和自己的灵魂置于原始混乱的中心。1958年，罗曼·古尔在诗人去世前几个月发表的总结性诗作《1943~1958诗集》的前言中写道："格奥尔吉·伊万诺夫目前是我国文学中唯一一位俄罗斯存在主义者。"② 这位评论家将伊万诺夫与法国新无神论存在主义相提并论，认为伊万诺夫的观点与萨特的观点极为接近，二者均视世界为平庸

---

* 本章节的部分内容发表于《俄罗斯文艺》2013年第2期《论格·伊万诺夫的小说〈原子的裂变〉中的存在主义思想》一文。

① 汪剑钊：《超前的俄罗斯存在主义诗人——格·伊万诺夫简述》，《星星诗刊》2009年第4期（上）。

② Семенова С. Г., 2001: *Русская поэзия и проза 1920 ~ 1930-х годов*, М., ИМЛИ РАН, Наследие, с. 520.

的黑洞和乏味的凶险之地。①

《原子的裂变》与萨特的《恶心》发表于同一年。俄罗斯作家和法国作家的这两部作品异曲同工，其中表达的世界观又是如此的相近。前者的叙事方式属忏悔式独白。小说中的"我"一如《恶心》中的日记式主人公洛根丁的"我"，同属于存在主义式的主人公。他体验到了自己存在的感觉："我呼吸着……我活着。我行走在街上。我正走进咖啡馆。这是今天，这是我的独特的生活。"② 哲学家笛卡尔有一句名言是："我思，故我在。"这种不受意识支配的生理感受是对"我"的存在的一种确信，进而演化成"我"存在的特征。存在主义文学中的主人公异常孤独，他们没有社会地位，一事无成，失去了亲朋好友和家人，被挤到社会的边缘。但他们敢于挑战神明，善于思考和想象，去反抗现实世界和存在，截然不同于那些自以为在社会和生活中有着举足轻重作用的人物。伊万诺夫的主人公亦是如此。他从消极无为、机械的日常生活中苏醒过来，感悟到现有的存在死气沉沉，充满了偶然性和荒诞。

伊万诺夫这部短篇充满了说教式的嘲讽和尖酸刻薄的挑衅。作者从里外倒置的存在本质中筛选出一些恐怖的视觉画面和幻象来撞击读者的心理。对这种非传统的美学观来说，"一切中间的、古典的、平静的东西都是不可思议的，都是不可能的。"③ 很多存在主义作家持这样的美学观。不管他们如何运用存在的真理来摆脱生存的表象，在欢乐、鲜花的背后永远是畸形的阴暗面。在《原子的裂变》中，呈现在读者眼前的是垃圾、污水坑、唾液、梳掉落的头发、腐烂的老鼠、尸骨、恶臭、堕落、尸恋欲、暴虐狂等等。街上一位身着艳丽连衣裙的美女，笑吟吟地迎面走来。而在主人公看来，这个女人的颅骨已被斧子劈开，正赤身裸体地仰卧在地上。

关于万物死亡的概念不断地萦绕着主人公。看着端坐在咖啡馆里的人们，他不禁想到：每个人不可避免地要么第一个、要么最后一个"在精确到秒的期限内"死亡；甜丝丝的腐烂的气息在他们看来如同嘴里习以为常的味道，抑或是可以决定一切的存在的感觉。

---

① Гуль Р. Одвуконь, 1973: *Советская и эмигрантская литература*, Нью-Йорк, Мост, с. 64~65.

② Иванов Г. В., 1994: *Распад атома*, Собр. соч. в 3 тт., т. 2, М, с. 6.

③ Иванов Г. В., 1994: *Распад атома*, Собр. соч. в 3 тт., т. 2, М, с. 17.

作者把主人公这种灾难性的感受归结于第一次世界大战和革命。伊万诺夫的主人公在反思战争时认为："这是一场速决战，如同电影里浓缩成精华的生活。在世界所经受的不幸中，战争就其本身而言毫无关系。它只是一种推动力，对不可避免的事情提前到来起了加速的作用，仅此而已。如同任何东西对一个病入膏肓的人来说都有危险，病人食用了黄瓜之后殒命。世界大战就是这样一根黄瓜。"① 在伊万诺夫看来，世界和战争状态没有原则性的区别，它们具有相同的法则，到处都是争斗和死亡，战争令人惊悚地展示了这些东西，使日常生活变得更加恐惧。

笼罩着主人公的就是这样一种恐惧。这就是为什么他如此病态而又细腻、敏锐地感受着生活的原因，这种恐惧成为他苏醒的最后推动力。小说中，主人公经历了心灵的冲击和边缘化的状态：不久前他永远地失去了心爱的姑娘，这位姑娘在他看来"集中了世上所有美好的事物"。② 显然她是主人公想象中的美妇人，象征着消逝的俄罗斯、凋谢的艺术、逝去的灵魂和冷凝的生活。

1938年，法国作家加缪发表了独幕剧《卡利古拉》。剧中人物古罗马皇帝卡利古拉在未婚妻死后感到异常的绝望和荒谬，最后他感悟到了人生的真理——人无法逃避死亡，故而是不幸的。世界的荒诞令他无法容忍。而人们在荒诞和邪恶的命运面前，麻木不仁，仅仅满足于生活在假象之中。于是卡利古拉便采取极端的手段，把自己装扮成死亡的载体，实行暴政，任意杀戮，使人们难以活下去从而清醒地认识到命运的真正面目。可悲的是卡利古拉自己却成了邪恶与荒诞的化身，最终走向毁灭。

同样，在《原子的裂变》中，主人公的未婚妻昨天还健在，今天两人却阴阳相隔。主人公的心脏仿佛停止了跳动，肺部也出了问题，呼吸开始不畅，周围的一切都飘散到了痛苦的非现实中。在对那些洋洋得意的幻想家的愤恨中，主人公时而发出狂噪的怒吼，时而发出令人惊悚的细语。③ 间或这些声音与阿卡基·阿卡基耶维奇关于异常的彼得堡、黑色的幻想意识交融在一起。这位阿卡基·阿卡基耶维奇每天去办公室誊写公文、吃饭、喝茶、睡觉、攒钱购买朝思暮想的大衣，过着我们熟悉的机械的生活。但这一切只是表象，是梦幻，是一些远离世界实质的微

---

① Иванов Г. В., 1994: *Распад атома*, Собр. соч. в 3 тт., т. 2, М, с. 7～9.
② Иванов Г. В., 1994: *Распад атома*, Собр. соч. в 3 тт., т. 2, М, с. 13.
③ Иванов Г. В., 1994: *Распад атома*, Собр. соч. в 3 тт., т. 2, М, с. 6.

不足道的事情。阿卡基·阿卡基耶维奇的心灵及个性的原子极其渺小,不为人所见,依然沉睡着。"然而,在他的内心,在无法穿透的孤独的内核下面有着无限复杂的荒诞,有一种可怕的爆炸性的力量和隐秘的理想,它们如同具有腐蚀性的硫酸。"① 由此产生的一个重要问题是:如果去触摸它、碰撞它,使个性的存在主义内核本身产生分裂,凿开其保护壳和因循守旧的表层而进入其核心部分,那将会是怎样一种情景呢?

这时心灵深处隐约可见的幻象就会变得更加具体,意识中也清晰地出现了将军的女儿普西海雅②的幻影,一个"阁楼办公室童话"奇迹般地开始了("他曾是一名九等文官,而她是将军的女儿"):天使般的普西海雅主动来到他栖身的阁楼,躺到他的床上,"提起薄纱裙摆,劈开丝绒般裸露的大腿,顺从地等待着他心满意足、彻彻底底地对她尽兴个够。"难以逾越的鸿沟正在被跨越,甜蜜的疯狂近在咫尺!然而,此时作者却展示了阿卡基·阿卡基耶维奇分裂、变态的内心:"普西海雅,你说,透过天真和玫瑰香水,你那双白白的小脚散发出什么气味?回答啊,它们在物质的实质中散发出什么气味?小天使,和我的脚散发的气味一样,小宝贝,和我的脚散发的气味一样。你欺骗不了我,欺骗不了!……也就是说咱俩之间没有一丁点儿的区别,我没有什么可让你鄙视的;我吻了你那双高贵的脚,我为它们献出了灵魂,因此你也得俯下身子吻一下我的臭袜子。普西海雅,现在我该对你做什么?杀了你?"③ 作者以阿卡基·阿卡基耶维奇令人惊悚的暴虐幻象来说明,如果撕掉所有的面罩,褪去非固有的外表层,那么各阶层人士都是相同的,均是一具具行尸走肉!

弗洛伊德著作中有一个主要理论就是关于性和攻击的关系。他认为性是人生活中向上的主要力量,这种与生存相关的本能是生物的内驱力。弗洛伊德用古希腊爱神的名字厄洛斯(Eros)来命名它。同时,弗洛伊德认为攻击是由死亡的本能引起的,他用古希腊死神的名字将它命名为塔那托斯(Thanatos)。这两种力量互相对抗,贯穿于生命的始终。起初厄洛斯(生存本能或性本能)比较强,最后塔那托斯(死亡本能)占了

---

① Иванов Г. В. , 1994: *Распад атома*, Собр. соч. в 3 тт. , т.2, М, с. 28~29.
② 古希腊神话中灵魂与气息的化身,以蝴蝶或者长着一对蝴蝶翅膀的年轻女郎的形象出现。
③ Иванов Г. В. , 1994: *Распад атома*, Собр. соч. в 3 тт. , т.2, М, с. 30~32.

上风。通常，在暴虐倾向的深处有着对死亡原始的需求和恐惧。然而在性欲的影响下，这样的需求和恐惧会转变为对他人的侵犯，以此使它的载体远离自我的毁灭。

短篇中，有主人公对纯洁与爱情的向往，有对仙逝的心爱的姑娘的缅怀，有关于上帝的思考，还有对畸形世界和无耻之徒卑劣内心的细节描写。主人公所想的那些事情都是建立在混合着"毫无人性的世界的美妙和生机勃勃的世界布局"的对比之上。① 作家对畸形和无耻的世界深感悲哀与愤恨，对美好世界的无法企及而忧心惨切（"我正在凋落，生命之火正在熄灭，我将不久于人世"），作家将这些情感杂糅在了一起。瞬间飘逝的忧郁之美（"夜幕笼罩着格鲁吉亚高地"，同样的夜幕笼罩在"蒙马特高地、屋顶、十字路口和咖啡馆的牌匾上"）随即为另一幅画面所代替：一个衣衫褴褛的老翁，在公厕门口连一块被尿泡胀了的面包也不放过。而"夕阳，成千上万个夕阳"，有的照在俄罗斯、美国和卢比扬卡的上空，有的照在停尸房和手术室里，还有的照在军营茅房的上空，照在一个还没来得及"想象一下留在农村的未婚妻"的新兵蛋子"匆匆手淫"的地方，而他即将成为被战争吞噬的炮灰。②

作者运用这类在生理上令人厌恶的灰暗的自然主义描写手法，让读者产生一种被鞭挞的痛楚。"……那些人都没有面孔，说的话没有声响，一切都是荒诞的。"③ 在世界华丽帷幕的背后是混乱和荒谬：泔水桶、烟蒂、腐烂的老鼠、用来包裹老鼠的破报纸。昨天还有愉悦、生命和新闻。然而这一切现在正以"黑暗降临般可怕的速度"疾驰到幻灭和虚无之中……

作者在恐怖而又宁静的气氛中安插了一个同死去女孩交媾的尸恋场景。成为这个刺激感官的封神仪式的是主人公的幻觉意识，而旋入这一意识的正是那些颠倒的生活及其凌乱和致命的因素："我在树林里。周围是对那颗不明事理、惶恐不安、注定要死亡的灵魂来说可怕的、童话般的雪景。装有肿瘤块的玻璃罐子，有肠癌、肝癌、咽喉癌、子宫癌、乳腺癌。浸泡在淡绿色酒精中的发白的早产胎儿……呕吐物、痰迹、肠子上沾满了刺鼻的黏液。动物的尸骨。人的尸骨。"这一场面

---

① Иванов Г. В., 1994: *Распад атома*, Собр. соч. в 3 тт., т. 2, М, с. 9.
② Иванов Г. В., 1994: *Распад атома*, Собр. соч. в 3 тт., т. 2, М, с. 27~28.
③ Иванов Г. В., 1994: *Распад атома*, Собр. соч. в 3 тт., т. 2, М, с. 15.

无异于主人公那洞察世界深刻真理的灵魂所呈现出来的畸形、疾病与腐烂物的陈列馆。

心灵在这样的恐怖中偶尔得以片刻的休息，使心灵变得坚不可摧的并不是基督教徒那种对世界的溃疡及麻风病的积极态度，不是对战胜自然界的死亡与堕落的存在的期盼，而是北极冰天雪地的景象。在北极，生命在其所有进程中被冷冻起来，无论是花香鸟语还是颓败和腐化："北极的圣诞节。北极光和雪。掩盖生命的冬天最洁白的覆盖物。"① 逃离腐臭世界的出口只是通向凛冽寒冷和无生命的洪荒。

无独有偶，萨特在《恶心》中，运用同样能够引起联想的手段，使读者对发酵了的存在、形而下之肉体和物质世界产生厌恶。纯粹的存在被赋予令人恶心的、黏黏的甚至是无以名状的品质。人的意识陷入到存在的浑浑噩噩的感觉中。这是因为现实世界的本质与意识发生分裂，并在生活中莫名其妙地转化为一股敌对于人的精神力量。有一天，当洛根丁在海边想要拾起一块石子击打海面以溅起水花时，他突然体验到一阵恶心。"恶心"——这就是萨特的主人公对这个世界的感受，这是人的一种黏性意识，它无法将人与自身的躯体同物质世界分开，严重干扰着人的存在。当洛根丁搜肠刮肚要找到一个词来表达他的感受、理解他的存在和生活时，他所想到的唯一的词就是"荒诞"。只有荒诞是真实的。洛根丁发现，荒诞导致人格解体、世界分裂。而人的存在犹如无形的岩浆和混乱，上面穿梭而过的是一些道貌岸然、心怀叵测的伪君子们，他们准备随时踏破世界的硬壳沉沦下去。同样，伊万诺夫的"我"感觉到来自畸形世界那具有穿透力的"甜丝丝的腐烂的气息"。他们过于自信地认为，脚下的大地是敦实可靠的。萨特和伊万诺夫均把这种荒诞提高到匪夷所思的程度，在我们面前出现的不再是人，而是某种畸形的面具、怪物，它们把生活变成了噩梦和某种幽灵游戏的统一体。

在伊万诺夫和萨特的笔下，呈现在读者眼前的都是一幅吞噬万物的畸形世界的全景画。两位作家的主人公均经历着生存的危机，对周围世界的感觉也是相似的，他们有着对畸形世界散发出的"甜丝丝的腐烂的气息"感受的第六感觉，均具有存在主义的人的标准情感——

---

① Иванов Г. В., 1994: *Распад атома*, Собр. соч. в 3 тт., т. 2, М, с. 12~13.

恐惧，病态地渴望在"原子分裂"的层面（存在主义观念的基础）上认识世界。伊万诺夫与萨特有着同样令人惊诧的"世界顶级的孤独"：人只能在孤独的深处产生幻想。非实质性的区别在于，萨特所描写的恶心感有助于主人公洛根丁超越和渗透到生活的实质中去。伊万诺夫所描写的则是为了引起读者恶心的感觉，以此让读者能够感受到存在实质的状态。悲剧的激情——对人类的生存和荒谬世界的认识，关于传统信仰的动摇和几百年欧洲文明根基崩溃的想法，对人命定的生存强烈的反抗，这一切使《原子的裂变》与萨特的创作在思想性、哲理性以及形象性和主题方面具有许多共同之处。

（二）对艺术的不同认识

然而，对于艺术的功能，两位作家的认识却大相径庭。在萨特的小说《恶心》中，洛根丁听着唱片，觉得身体沉稳、坚挺，精神勃发，令人难以承受的恶心感也荡然无存了。主人公期望在创作关于纯洁美好的非现实的小说过程中能够摆脱危机，得到拯救。他要用自己的小说去深深地触动读者，以使他们分享自己已经获得的解脱意识，克服长期以来物质和躯壳存在的惯性状态与荒诞。在萨特的笔下，艺术作为一种古老的审美体验，被赋予重整秩序和逻辑的意义，以补偿生存之平庸。

与洛根丁相反，伊万诺夫的主人公不相信虚构之美的安慰，他认为自杀才是避免精神最终毁灭的唯一出路。自杀并非是因为绝望和对自我的肯定，而是出于对存在的恐惧和反感。在他的意识中，生活的规律同睡梦的规律密切相关。由此世界在他的眼里发生了扭曲。然而，这种鄙陋的睡梦要远逊于真正的现实。这个毫不起眼的"原子"仿佛命定要饱尝痛苦的生活。他彻底地被形而上的孤独和存在主义的恐惧所战胜。他意识到，经历了之前的一场战争后，一切都发生了改变，世界的根基开始动摇。

伊万诺夫在感受世界的同时没有向永恒妥协。作家仇恨针对人的永恒之恶，视这种恶为肮脏和畸形："世界顶级的丑陋"、"世界顶级痛苦的污水坑"、"长满蛆的墓穴"、"家畜棚里肮脏的墙"，这就是他对永恒的定义。在这样的永恒中，人还能有所期待吗？除了记忆和痛苦，还有什么可以让我们忘却生活？伊万诺夫无法找到答案，他只能展示出非存在及消极被动生活中的沟壑，展示出威胁人的冷峭的

"无"。在非存在中，人被彻底消灭，丧失的不仅有生活和回忆，甚至还有关于非存在的意识。在这样一个非存在中，人不得不继续生存并单独面对痛苦和死亡的折磨，而对痛苦和死亡的预感荼毒了整个尘世生活。在非存在的胁迫下，人的自我——"原子"发生裂变，同时辐射出恐惧、痛苦和肮脏的幻想。

在伊万诺夫的艺术世界里，凶恶和畸形不再属于普通人，而源于毁掉生活的存在之本质。荒诞来自于该存在的本质。只有在接近这一存在之本质的时候，人才能意识到它，才能认清某种遍及全人类的荒诞和"永恒的无意义"。伊万诺夫的永恒是一种耀眼冷峭的"虚无"。如果说在萨特的作品中，我们可以看到作为存在主义概念的"空无"，那么伊万诺夫的创作给我们的则是对世界总体的感受，其中有着强烈的道德及宗教标准。

关于艺术的救世功能，伊万诺夫在《原子的裂变》中与艺术家、创造者、美学家进行了尖刻的对话。后者相信，"对生活可塑的观照就是对生活的胜利"，"事情已做成，一切已获得拯救，生活的荒诞、痛苦的虚荣、孤独、痛苦、具有黏性的令人作呕的恐惧均已转化为艺术的和谐。"而伊万诺夫则认为，"奇迹已不可能再被创造出来——艺术的谎言已无法再嫁给真理。"因此，作者拒绝承认艺术是最珍贵的东西，而热衷于拯救生活本身和每一个有生命的个性："一位自鸣得意的鉴赏家"，伊万诺夫不无讥讽地写道，"在伦勃朗的一幅画面前，像圣徒般地坚信，老妇人脸部的阴影和光线的变化是世界的胜利，在这一胜利面前，老妇人本人显得微不足道，成为一粒灰尘，毫无价值。"主人公随即炽烈地表达了自己的观点："我们还会拥有什么？会相信，老妇人比伦勃朗重要得多。会不明白，我们该拿这个老妇人怎么办。会痛苦地期盼拯救和安慰这个老妇人。会清楚地意识到，无法拯救和安慰任何人。"①

这是对洋洋自得的无耻行径和平庸无奇的伪艺术的抨击，是对"用虚构之美进行安慰"的否定。这种否定来自"被选中的、唯一独特的活着的人或者死去的人"对存在价值的真实体验②，来自对"独特生活中每一个忐忑不安的瞬间"的感受。一个毫无价值、无明显外部

---

① Иванов Г. В., 1994: *Распад атома*, Собр. соч. в 3 тт., т. 2, М, с. 13~16.
② Иванов Г. В., 1994: *Распад атома*, Собр. соч. в 3 тт., т. 2, М, с. 10.

特征、痛苦而又复杂的人只会发现"自己孤独的黑暗的洞穴"。"每一个人如同一粒被裹进坚不可摧的铠甲内核中孤独的原子",并产生同所有一切结合的特殊的悲剧性感受,所有的人都是平等、独特的,"所有的人都是令人反感的,所有的人都是不幸的。"如同在茫茫的沙漠中迷路那般令人绝望,无论怎样,一切都无法改变。对获得拯救的失望衍生出一个荒诞的问题:"婴儿在母体中成胎。婴儿有什么用?没有长生不老。不可能有长生不老。我为什么需要长生不老,既然我如此的孤独?"①

伊万诺夫认为,如果说存在着某种艺术,那么它也只是如同锋利的螺旋锥,曲折蜿蜒地去穿透那个缺乏和谐因素的肮脏世界及令人恐惧的存在的实质,犹如"钢丝绳上的空中飞人和丑陋、凌乱、漏洞百出的生活速记报告一般"在移动。② 小说《原子的裂变》本身就是一篇关于主人公痛苦意识的速记报告,这是一个身处古老的宇宙爆炸中心的人,他已被严重灼伤,孤独而又绝望地站在宇宙的废墟上,如同在蜘蛛网上摇摇晃晃。这里,伊万诺夫揭示了黑暗与丑陋及个体对失去上帝的荒诞世界的反应。随着上帝的死亡,支撑世界的三个支点轰然倒塌:对上帝的信仰早已丧失,俄罗斯已经逝去,艺术业已凋零。

(三)生活的实质

在伊万诺夫的主人公看来,越过非存在界限前的最后一刻集中了所有生活的实质。生活的实质究竟是什么?我们也许可以期待某种最终能够使人宁静或者具有洞察力的暗示。然而,作为存在的本质,生活中所有相似或者对立的一切错综复杂地聚合到一起,构成一幅幅触目惊心的画面:"螺旋锥被扔到了永恒的深处。一切都沿着永恒飞过:烟蒂、夕阳、名垂千古的诗篇、剪得尖尖的指甲、指甲下的脏物。具有世界意义的思想、为这些思想而流的血、谋杀和交媾的血、痔疮的血、从脓包溃疡淌出来的血。稠李花、星星、贞洁、排污管、肿瘤块、享受乐趣的金科玉律、讽刺、阿尔卑斯山的雪……"

所有这些"世界之畸形物"排列在一起,仿佛在瞬间闪现到自杀者的意识中后行将熄灭,并在另一个世界存在的维度中让位于某种新

---

① Иванов Г. В., 1994: *Распад атома*, Собр. соч. в 3 тт., т. 2, М, с. 23~26.

② Иванов Г. В., 1994: *Распад атома*, Собр. соч. в 3 тт., т. 2, М, с. 17.

的东西——"生活的意义、上帝……"然而，在伊万诺夫看来，所剩唯一崇高的便是"你那张珍贵、冷酷无情、永远张皇失措的脸孔"。存在的恐怖、荒诞和噩梦是如此的全面，以至于哪怕是通过如此义无反顾的举动也无法摆脱它们而进入"无"的状态，进入"完全的宁静、绝对的夜晚"。年轻的托尔斯泰在新婚之夜后写道："曾经是如此的美妙，乃至于想死都不能了。"作为"畸形世界的一分子"的主人公，临终前在留给"尊敬的警官先生"的便条中不无讥讽地写道："在修改新婚燕尔的托尔斯泰的话时，我想添上一句：'这是如此的荒诞，乃至于想死都不能了。'"①

为了展示存在的实质，伊万诺夫之前的所有作家——从托尔斯泰到萨特、卡缪、蒲宁，均是在外部或者对话中建构起主人公（伊万·伊里奇、洛根丁、"局外人"、阿尔谢尼耶夫）与存在的深渊之间的相互关系。正是这些相互关系确定了20世纪部分小说主人公的人物类型。作家与主人公之间始终保持着一个距离和空间，作家得以观察和分析主人公。然而，伊万诺夫则更加注重深入角色的体验，他把自我、自己的生活和命运当作从自我内部来研究人的存在的对象。在这一主观的存在中，在时间与空间维度，存在的渊薮、混乱、自由以及每一次行动上的跨越都与外界隔绝。在自我的命运中，伊万诺夫努力接近人的存在和命运的最终实质，在自身中找到一个失明之后又复明的人。在伊万诺夫看来，世界和非世界按着特殊的法则并存在一起："除了非现实，还是非现实；除了荒诞，还是荒诞。"这就是伊万诺夫衡量存在价值的标尺。这把标尺在对艺术及其任务、对世界的评价和人在生活定位的探寻方面有其自身的意义。因此伊万诺夫异常注重来自生活、死亡和自我深处的东西。"巨大的精神生活丰富起来，并在人这个原子中发酵，这是一个外表毫不出众，但被选中的唯一一个独特的人。"②

只有在欧洲和俄罗斯存在主义传统语境下才能真正解读伊万诺夫的这部小说。我们认为，开启《原子的裂变》诗学的钥匙依然还是那个具有存在主义哲理的结论："我们那些可恶、不幸、孤独的灵魂结合成一个灵魂，如同穿透畸形世界的螺旋锥一般拼命挤向上帝。"③ 这个

---

① Иванов Г. В., 1994: *Распад атома*, Собр. соч. в 3 тт., т. 2, М, с. 33~34.
② Иванов Г. В., 1994: *Распад атома*, Собр. соч. в 3 тт., т. 2, М, с. 10.
③ Иванов Г. В., 1994: *Распад атома*, Собр. соч. в 3 тт., т. 2, М, с. 31.

上帝乃是无法遏止的对奇迹的渴望，它活在人们的心中，尤其是那个时代的俄罗斯人的意识中。

伊万诺夫在《原子的裂变》中，以痛彻心扉的苦楚和黑色幽默表达了人在失去上帝的世界上的感受，并从存在主义的角度对人生和人的感受作出了总结。这部作品让我们了解了一个隐秘的伊万诺夫，同时也将作者完全载入到存在主义文学的轨道。一如欧洲存在主义作家，伊万诺夫在作品中浓缩了所有存在主义的意识。他在《原子的裂变》中不仅捕捉并揭示了"无"的内涵（自发势力、混乱、深渊、糟粕），并且还设计了一种缺乏结构性的小说结构，这一结构本身就象征着混乱和存在的最终实质。《原子的裂变》以无情的真实性和使人痛苦的尖锐性揭露了人类生存的悲剧性矛盾。作者在人的自身及其末日意识中揭示了存在的实质，在光明的真理中展示了死亡、死亡的末日及其唯一性，并从存在主义的角度阐释了关于存在、异化等永恒问题。深刻的思想性使伊万诺夫成为 20 世纪最耀眼的俄罗斯存在主义作家之一。

二、索洛古勃与萨特、加缪*

人类在迈进 20 世纪的同时，强烈地感受到生存与认知的危机。当时西方世界对价值的重新界定加剧了俄国知识分子阶层的悲剧性感受。以往被公认的同上帝的联系遭到颠覆，先前的认知根基开始动摇，人不再感受到自己的存在是理性的。展现在人面前的是一个巨大的非存在的深渊，世界渐行渐远并物化为与人对立的恶之渊薮。这种同世界分裂的情绪在当时俄罗斯颓废派和象征派的创作中得到了渐次的反映。同时，类似对世界的疏远感对后来的俄罗斯文学乃至西欧文学的发展无疑产生了重大的影响。应该说，萨特、加缪的存在主义创作以及舍斯托夫、别尔嘉耶夫的宗教伦理学说就其本质而言十分接近索洛古勃的创作。这种相似性又被解释为哲学问题的共同性或同一性。① 人生的意义和价值成为这一时期作家创作探索的核心，并演绎为新的认知世界的出发点。

---

* 本章节的部分内容发表于《外语学刊》2012 年第 1 期《索洛古勃与西方存在主义作家之比较》一文。

① Ерофеев В. В., 1985. 2: "На грани разрыва", *Вопросы литературы*.

（一）生存的实质

对于人来说，什么才是真正的存在？人是否有可能企及这一存在？什么又是真理？此岸世界是否具有真实性？抑或它离上帝是如此之遥远，以至于变成了一个荒诞的世界？如果是这样，此岸世界是否会在荒诞中最终完全否定其自身？诸如此类的一系列问题，无论对于索洛古勃，还是对于其他存在主义作家，均是需要给出答案的。

在加缪的长篇小说《鼠疫》中，叔本华所描写的现象世界屡屡出现。《鼠疫》是一部寓意性极强的作品。小说讲述的是20世纪40年代阿尔及利亚奥兰市突然爆发的一场鼠疫。凶残的鼠疫仿佛是一头毫无理性、无法制服的怪兽，吞噬了众多市民的生命。当鼠疫神秘地隐去之后，人们涌向广场，载歌载舞，欢呼庆祝。然而，灾难并没有就此结束，鼠疫杆菌仍然潜伏在城里，随时准备再度肆虐全城，戕害百姓的生命。小说中，大自然的一切均受制于某种无所不能的力量，鼠疫作为恶的象征，永远地威胁着人的生存。

在索洛古勃作品中，整个世界同样是服从于某种恶的意志。荒诞与恶无法根除，世间的一切都是虚伪的存在。人无法支配自己的生活与命运，任何一种希望和向命运的挑战都如同"西叙福斯劳作"一样徒劳无益。于是，索洛古勃的主人公成为孤独与绝望的地下室人。作家所感受的世界恰似"魔鬼的秋千"，表现为一种为凶恶力量掌控下脉动式分裂的存在。唯有死亡的意志才能战胜这一存在。生与死的基调使索洛古勃和西方存在主义作家的作品获得了某种相似性。然而，有别于西方存在主义作家，索洛古勃作品中还有另一个存在。该存在遥立于彼岸，呈现于作家理想中的奥伊列王国和里果伊城中。

在意识到永远失去以往同上帝的联系之后，人感到自己在世界上茕茕孑立。周围世界与人相互敌对，让人感到陌生和残酷。于是，世间的生存变成了一场毫无意义的游戏和荒唐的表演，犹如一部"魔鬼的轻松喜剧"。在这幕与人作对的戏剧中，人成为命运摆布的玩偶。现行的法律、种种道德准则迫使每一个个体在全人类荒唐的剧院里扮演着各自的角色。任何一种对现实世界法则的反抗都将受到死亡的惩罚。一言以蔽之，人好比是一头笼中的困兽，无法挣脱强束于其身的羁绊。他注定要将被指定的角色扮演至最后一刻，直到死亡为他打开通往另一个世界的大门：

Мы — плененные звери,	我们是一群被囚的野兽,
Голосим, как умеем.	扯着嗓子嚎叫一气。
Глухо заперты двери,	眼看大门被严严地锁住,
Мы открыть их не смеем.	我们却不敢将它开启。①

  这就是索洛古勃艺术世界中荒唐的戏剧舞台。这种对世界之荒谬离奇的认识，我们在 19 世纪存在主义哲学家克尔凯郭尔的笔下同样可以看到。后者对读者坦诚相告说："因为荒谬，所以我才相信。"② 克尔凯郭尔认为个人的存在属于非理性的存在，个人由于始终困扰于负罪感，进而对世界产生出厌恶、忧郁、恐惧和绝望。人在世界上所扮演的角色使其同世界紧紧地缠绕在一起，生活也因之被客体化，所有的自由都被世界游戏的共同法则所泯灭。谁会是这场游戏的获胜者？是象征着创造者的小丑？还是观众？或是毁灭剧院舞台的死亡？谁又是创造者？谁在扮演这些角色？对于这些问题，没有人能给出答案。世界之所以存在，是因为它本来就存在。至于它为什么存在，一切又是如何被幽灵般的游戏颠倒过来，答案则不得而知。正是这一荒唐的情境构成了存在主义的基本实质：生活由于残酷显得毫无意义，人在充满虚荣与虚假的世界中永远只是一个"局外人"。

  如同叔本华在《作为意志和表象的世界》中所描述的那样，在存在主义认识中，生活是盲目的，它表现为一种毁灭一切的邪恶的意志，同时展示出现象世界与本质世界的对立。这种"现象"在别尔嘉耶夫那里体现为客体化，在加缪那里则呈现为无或者荒诞。现象世界本身在本质上是一种杂乱无章并极具破坏性的力量。萨特认为，现象世界无所不在，富有侵略性，令人厌恶之极。在其小说《恶心》中，物质世界由一种松软、黏稠状的东西构成。它的出现令主人公历史学家安东纳·洛根丁惊慌失措，不寒而栗：在滨海城市的街道上升起了黏糊糊的雾气，雾霭中似乎马上要发生某种可怕的事情。主人公感觉到周围的世界充满敌意，显现出一股欲吞噬、毁灭一切的力量。它给人蒙上了一层潮湿、肮脏的盖布，直至遮挡住最后一丝光明，并竭力要把

---

① 顾蕴璞：《俄罗斯白银时代诗选》，广州，花城出版社，2000 年，第 1 版，第 44 页。
② 刘放桐：《新编现代西方哲学》，北京，人民出版社，2000 年，第 1 版，第 49 页。

人融化在冰冷、无限的自身中。

在加缪的作品中，同样可以看到这种弥漫于整个宇宙之中处处与人为敌的精神力量。在长篇小说《鼠疫》中，大自然像是一个被分解的腐烂了的怪物，一个令人作呕的痈疽，随时都可能胀裂。它是黑暗的象征，一边不断地吞噬着生命，一边又构成早期生命存在的原始基础。世界的本质就是毁灭和死亡，所有的东西——自然万物、肉体和灵魂均无法避免不被其吞噬。世间万物均受制于这一恣意暴虐、疯狂杀戮的全能的力量。它使整个世界都臣服于自己，扼杀着任何欲获得自由的可能性。由此产生的一个存在主义哲学的问题是：这个世界是否是一个真实存在的世界？在这个世界上我们是否确实存在，抑或我们已经死亡？在这样一个关于恶的命题中，包含了存在主义哲学思考的全部实质。这里，孤独感、失去自由感使人直面生存的意义。正是这样一种对存在的形而上的思考贯穿于索洛古勃的作品中。于是，作品的世界显形为一个荒诞的空间，比卡拉玛佐夫式的地狱和果戈理的《死魂灵》世界更为阴森恐怖。关于生存无意义的思想是如此之强烈，以至于外在的一切都转化成纯粹的荒诞，并且通过一个邪恶的形象——一个主导着空无世界并表现其全部特性的小妖外现出来。在小妖的身上，既有撒旦的狡黠凶残，又有小鬼的卑劣龌龊；读者所看到的是一副空洞畸形的嘴脸。小妖与这个现象世界血肉相连，它既是这个世界的象征，又是这个世界丑陋的假面。在《卑劣的小魔鬼》中，我们所看到的小妖呈现为一个纯粹的无的折射，一个非存在的外现。在这一荒诞的外现折射中，人生命的意义变得扑朔迷离，令人无法探究，最终化为撒旦可恶的身影。

绝望和恐惧充斥着索洛古勃的大部分作品。人的生活仿佛是一根正在慢慢燃尽的蜡烛，死亡最终会把它消灭殆尽，使它荡然无存。由此得出的结论是：无论生命是否有过，均无法改变充斥于现实世界中的冷酷、黑暗和死亡。这一结论蕴含了索洛古勃创作中关于存在主义的定义。索洛古勃把周围所发生的一切形容为一层"坚固的霜"，一种转瞬即逝、虚假空无的存在。外界的生活对于作家已经毫无意义。整个大自然乃至世界在索洛古勃看来都要服从这一"邪恶的意志"。因此，这一自然和世界在实质上是无根基的、无目的的。犹如萨特的《恶心》和加缪的《局外人》中的主人公，索洛古勃笔下的人物大都对生活充满厌恶和恐惧。小说《野兽般的日常》中所呈现的毫无生趣的图景使得忧愁和绝望变得愈发浓烈。在短篇故事《蠕虫》中，小万达每时每刻都能感到类似的绝望和惊悚。从脏兮兮、灰蒙蒙的街道到凄凉、像是缩成一团畸形怪物的鲁勃诺索夫家的房子，最后到童话故事中才会出现的凶残的食人怪鲁勃诺索夫夫妇，所有这一切在小万达那里只会使这种感觉变得尤为强烈。男主人弗拉基米尔·伊万诺维奇·鲁勃诺索夫生性粗野。此人的魔鬼特质表现为他对女人的憎恶。当寄宿生万达打碎了他心爱的杯子时，他威胁说要拿鞭子"爱抚"她。之后代替体罚的是一种精神折磨，他不断地恐吓万达说将有蠕虫爬向她的喉咙。小说中，鲁勃诺索夫夫妇被描绘成人类的敌人。他们与孩子和其他人不共戴天。渐渐地，恐惧感控制了万达的意识并窒息了她对生活的任何遐想和渴望。作者着重描述了万达与周围世界的格格不入。在万达看来，世界充满了形形色色丑恶的人及万物。通过万达的形象，索洛古勃描绘出一个他所爱怜的孤独、不幸的孩子。这种孤独表现在被上帝抛弃和绝望的感觉中。索洛古勃认为，这些不幸的人甚至连上帝都不会将爱怜降到他们的身上。小说中，天使飞过不幸的万达身旁，飞向幸福、快乐的人们。作家把不幸当作难以根治的心理疾病来展示，"只有死亡才能结束万达的噩梦。"[1]

在索洛古勃的长篇小说《沉重的梦魇》中同样可以看到对生活的厌恶和反感。阴霾的生活之路崎岖蜿蜒。一望无际，肮脏、偏僻的外省小城好似一只正在蠕动的爬行动物，抛出一张具有极强吸附力的丝网在吞噬着人们的灵魂。这是一个蜘蛛网般的世界，一个刽子手横行的城市，其宗旨是要消灭所有不幸的人。乌烟瘴气的街道上，脏兮兮的土灰色房子的窗户支离破碎，红砖砌成的一幢幢建筑物反射出昏暗的光霭，树木在一团团灰色的尘埃中艰难地喘息着——周围一切都使人产生无法遏止的厌恶，到处充斥着死亡，恰似魔鬼留下的一处处印迹！

在《卑劣的小魔鬼》中，我们同样看到疯狂占据了书中人物的灵魂和空间。在幽灵的面具下，玩偶们在狂欢，伶俐的小妖在一团团神香的烟雾中翩翩起舞，整个世界以撒旦般的探戈舞步疯狂地旋转，在

---

[1] Белый А., 1994: *Символизм как миропонимание*, М., Республика, с. 382.

死亡熏人欲醉的气味中喘息着。诗人感叹道：

Недотыкомка серая	浑身土灰的小妖
Все вокруг меня вьется да вертится,	在我周围上蹿下跳,
То не лихо ль со мною очертится	拼命地左转右绕,
Во единый погибельный круг?	旋出一道道死亡的圈套。

Недотыкомка сера	浑身土灰的小妖
Истомила коварной улыбкою,	面带狡黠的奸笑,
Истомила присядкою зыбкою,	疯狂旋转让人眩晕,
Помоги мне, таинственный друг!	快帮帮我，神秘的知交!

  这无异于绝望的呐喊，是疲惫不堪的心灵发出的吼声，又像是由病态的意识产生的恐惧的缄默。在充满悲恸的心灵的滴血处，在绝望的喊叫声中，我们看到的是一个"荒诞"的主人公，站在肮脏生活的对立面，奋起反抗凶恶的尘世。在短篇故事《野兽般的日常生活》中，主人公阿列克塞·戈里高利耶维奇·库尔加诺夫试图反抗这种残酷的生活，但最终获胜的是荒诞的现象世界。生活无情地殒灭了所有的希望。在这场殊死的搏斗中，唯一的赢家是撒旦——一个长着野兽形体的黑暗世界的统治者。人从呱呱坠地起就命定要服从于邪恶的必然性。在其生命之初，人的角色就已为世界性的游戏规则所设定，任何期望都将是徒劳无益的。

  在索洛古勃看来，在荒诞的世界上对生活寄予希望是荒唐的，主宰世界的是小说《野兽般的日常生活》中所体现的宿命。主人公任何向命运挑战的企图最终均注定要失败，而一系列的失败所反衬出的恰恰是某种呈规律性的东西，是现实中的普遍规律。这里，在生活注定的归宿中，映射出某种游戏人生的概念，其本质蕴含在后人加缪"西叙福斯劳作"这一独特的存在主义隐喻之中。索洛古勃的神话与加缪的神话在此遥相呼应：生活中的一切都是命中注定的，犹如西叙福斯劳作。加缪试图通过西叙福斯神话建立起某种思想与价值体系，其结果是他像西叙福斯一样，每一次把思想的巨石推往山顶时，石头注定都要滚落下来，于是一切又从头开始。不仅如此，滚动的石头还裹挟着致命的危险。每一次石头滚落,都可能会碾压到推石头者本人。西叙福斯神话表明:从今以后,主宰人的将不再是神的意志和旨意,而是无所不在、无所不灭的多舛之宿命。在它的面前,人类的生活将失去一切价值,变成荒唐的西叙福斯劳作。在索洛古勃和加缪的笔下,这一形象的比喻折射成全人类游戏人生的基本法则:人已经无法支配自己的生活与命运;人只是某种无形力量股掌之间的一只玩偶。加缪否定有作为某种统一因素、最高第一原则的神的存在,而索洛古勃则直接把上帝同最初就敌对于人类天性的魔鬼视为同一。正是这种与上帝的疏远使得索洛古勃得出生活毫无意义的结论。索洛古勃作品中的主人公时时感觉到自己被上帝抛弃到了一个完全陌生的世界。他们在同现实的冲突中,如同加缪《局外人》中的主人公一样,无力改变任何东西,命运的重负使他们在人生的旅途上步履艰辛,难以为继。在长篇小说《沉重的梦魇》中,主人公罗金深感自己的生存缺乏坚固的根基,所期待的另一种更美好、更理想的生活同样毫无意义。"某种凶恶的命运牢牢地攫住了罗金的思想,仿佛是某种敌对于他的力量压抑着他的意识。罗金感觉到,黑暗像一条锁链,把人捆绑起来,使人窒息,又把人拎起来抛向无底的深渊。深渊里回荡着嘹亮的笑声。"①

(二) 非宗教世界的感受

萨特和加缪的非宗教的存在主义的理解与索洛古勃对世界的感受极为相似。萨特在小说《墙》中强化了死亡不可避免的基调。不仅如此,作家还强调任何一种自由或对自由的选择均将被死亡所剥夺。在读者面前,以荒诞的色调描绘出的主人公沦为了一具具行将就木的肉体;人将完全被消灭,而占据他位子的将是一个被肢解了的混沌、模糊的无形巨物。死亡与解体不可避免,现存的世界对萨特来说已经失去了任何意义。在这样的世界上,有意义的存在是不可能的。作者将小说的人物置于一个被处以死刑的特定环境中,三名身陷囹圄的死囚暴露出他们的本来面目。他们犹如困兽般地相互仇恨,而相同的命运又把他们关联在一起。在死亡面前,他们体验到了焦虑、恐惧与绝望。萨特通过这一富含哲理性的情境揭示出人的普遍生存状态。如同加缪一样,萨特否定上帝的天意,上帝被彻底消灭,成为空无。在萨特的

---

① Сологуб Ф. К., 2000: *Собрание сочинений*, т. 1, М., НПК Интелвак, с. 35.

笔下，不再有作为上帝世界和魔鬼世界的天堂和地狱的对立，人与人的关系被概括为"他人即地狱"。地狱即我们存在的空间，即我们日常的生活，其中有操劳，有纯朴的欢愉，又有无限的重负。日常现象在作品中表现为具有普遍意义的恶，人在日常生活中失去了"自我"，成为被规范的社会体系的一部分。生活一旦缺乏创意，就意味着肉体在尘世间的死亡。在小说《恶心》中，萨特把这种荒诞提高到了匪夷所思的程度，在我们面前出现的不再是人，而是某种畸形的面具、怪物，它们把生活变成了噩梦和某种幽灵游戏的统一体。

　　索洛古勃的创作让我们看到了与萨特相似的对世界的感受。在短篇小说《野兽般的日常生活》中，动物魔幻的面具尽显世界之恶："一张令人厌恶、戴着神秘冷酷面具的面容越来越频繁地出现在阳光下。在人们的言行和决定中，不时露出它那可憎的形象……那些令人不寒而栗的话语、那些野兽般的吼叫……如同散发着魔力的召唤，在俄罗斯的上空弥漫开来，并且化为一桩桩可耻的勾当。在逝去的往事中，很少能看到比这更为恐怖的事情了。整个生活为一般野兽般的气息所戕害……"①《恶心》中的洛根丁所感觉到的正是这种野兽般的气息。小说中，现实世界的本质与意识分裂开来，在生活中莫名其妙地转化为一股敌对于人的精神力量。只有恶心和荒诞的感觉是绝对的。洛根丁发现，我们的价值观如果未经不断的破坏和重建就会固化。在索洛古勃和萨特的主人公意识中，均发生了人格的解体、世界的分裂。这种人格解体来自于同世界联系的中断，是主人公意识分裂的必然结果。

　　在荒诞的世界里，每一个人都成了"局外人"，世界不再统一属于人，而分裂成相互封闭、支离破碎的一个个空间。人与人无法相互沟通理解，彼此间仿佛隔着一道不可逾越的高墙。同时，荒诞的世界也使人的心灵发生裂变。在加缪的《局外人》中，主人公默尔索对周围世界发生的一切均无动于衷：母亲的辞世、女人的爱情以及自己犯下的死罪，他都能超然处之，表现出无所谓的心态。正如作家所解释的那样，"《局外人》写的是人在荒谬世界中孤独无援，身不由己。"② 小说对人和社会、人与人之间的疏远感作了犀利的剖析。主人公无法理解他周围的人，仿佛远离了他们。对于这种疏离感他本人在法庭上感触尤

---

① Сологуб Ф. К., 2002: *Собрание сочинений*, т. 6, М., НПК Интелвак, с. 121.
② 朱维之：《外国文学史》（欧美卷），天津，南开大学出版社，2004年，第1版，第528页。

甚。对他进行的谋杀起诉看上去毫无意义，没有任何内在的逻辑。执行判决的检察官同样无法理解"局外人"的行为，他试图在道义上审判这个人，竭力要将其行为归类处理。然而论据越多，判决就越显得荒谬。在检察官与被告之间，仿佛出现了一道无法拆除的高墙。小说中，默尔索犯罪的情境极其荒诞，他是在一种未知力量的控制之下，受到太阳的影响才犯下了杀人罪。于是，太阳成为导致戏剧般宿命因素产生的力量；杀人罪不是默尔索本人犯下的，他只是太阳魔力的牺牲品。正是这一魔力把他推向了荒诞的边缘。而促成犯罪的初因恰恰是主人公与周围世界的疏离。人只是在这种异化的边缘上才能真正获得悲剧般生存的体验。也唯有在这样一种状态下，人才能独面"自我"。人徘徊于生与死之间，进而洞悉了生活的真谛。认知的道路演绎成死亡之路，只有在死亡降临时才能感受到自由的存在。真正的自由隐藏在对主人公短暂生命的意识中，"局外人"对日常生活进行反抗的原因皆出于此。加缪清晰地展示了局外人面对死亡时的意识的觉醒。默尔索在上绞刑架之前评判说："什么都无关紧要，我十分清楚为什么……在我所度过的这段荒诞的生活里，一股阴暗的气息穿越了尚未到来的岁月，从遥远的未来向我扑来，这股气息所过之处，使别人向我建议的一切都变得毫无差别，未来的生活并不比我已往的生活更真实。"① "局外人"意识到，人的生存毫无意义，继而也就失去了原本所保有的期冀的根。空旷的天空笼罩着死一般的静寂，仿佛是在讲述着毫无意义的生与死。在主人公对生活的拒绝中，藏匿着反抗的原因。通过死亡，作者揭示出荒诞的实质：行刑前，主人公终于明白了他从前的生活和生存实际上是一种荒诞和非存在，作为真正的存在主义本质的生活本身在他看来包含在死的形象之中。如果时光倒流，他宁愿将一切再经历一遍。在故事的结尾，牧师的来访激起了这位冷漠的"局外人"的反叛和对自由热情的反应。

我们在索洛古勃的艺术世界里看见了同样的情景。在《沉重的梦魇》、《卑劣的小魔鬼》、《一个孤独人的日记》和《腐烂的面具》等作品中，作家均描述了同样模糊的生与死的界限。索洛古勃在《魔鬼的秋千》这首诗中，把世界裂变、荒诞的情景淋漓尽致地展现出来：

---

① http://blog.sina.com.cn/s/blog_6d5fe1760100mh5o.html。

В тени косматой ели,	在茂密的云杉树下，
Над шумною рекой	在喧腾的河上面
Качает черт качели	毛茸茸的手在挥舞，
Мохнатою рукой.	一个小鬼在荡秋千。
Качает и смеется,	他荡着、笑着，
Вперед, назад,	向前，往后，
Вперед, назад,	向后，往前。
Доска скрипит и гнется,	板子吱吱响，微微弯，
О сук тяжелый трется	啊，重重的树枝蹭擦着
Натянутый канат.	紧绷的绳缆。
Держусь, томлюсь, качаюсь,	我在摇动、在陶醉、在悠荡，
Вперед, назад,	向前，往后，
Вперед, назад,	向后，往前。
Хватаюсь, и мотаюсь,	我用力抓着、摇晃着，
И отвести стараюсь	尽量回避
От черта томный взгляд.	魔鬼慵困的泡眼。
Над верхом темной ели	从茂密的云杉上空
Хохочет голубой:	传来了小鬼的笑声：
"Попался на качели,	"你终于来到秋千上。
Качайся, черт с тобой!"	荡吧，魔鬼和你相伴！"
Я знаю, черт не бросит	我知道小鬼不会松开
Стремительной доски,	急速悠荡的秋千，
Пока меня не скосит	直到一只恐怖的手
Грозящий взмах руки…	将我悠至倾斜之间……

展现在我们面前的是一种存在主义对生活的感受，这样的生活无异于在凶恶的力量控制下遭遇解体的存在。生最终就是通向死的路径。索洛古勃和西方存在主义作家是何其的相似。世界并非自然形成，而是为

恶的意志所创造，其中本末倒置，真伪不分，黑白颠倒。从这种荒诞中产生了存在主义的反抗，"局外人"在否认现存世界的同时也摧毁了其道德规范。

在加缪的笔下，默尔索令人愕然的抗争是对破坏道德准则的荒诞进行的反抗，以维护人类共有的尊严。索洛古勃作品中的反抗则具有更为离奇的性质。在短篇小说《饥饿的反光》中，主人公对招聘人的攻击无丝毫动机。但正是这种偶然的逢场作戏使主人公的行为脱离了社会规定的程序。悲剧性的结尾展示的是主人公以自杀对抗荒诞，最终获得胜利。主人公摒弃了最后的幻想，他终于明白：唯一的真理就是挑战生活。无任何犯罪动机的行为表明了主人公的内心"自我"和潜意识的反抗。这种抗争来自于意识深处，来自于对生活中的伪善和不公正的否定。在抗争中展示出的是存在主义的真谛。在对日常生活的感受中，这种抗争有着重要的意义。它使人不再孤茕，并使个人同大众联合起来："我反抗，故我们存在。"

反抗把人推向了存在主义的世界，真正的自由在人与世界分裂的边缘产生。在边缘化的状态下，人选择了自由。加缪认为："死亡具有唯一的现实性，它是一切游戏的终结。死亡之手让人惊悚，但同时也给人以解脱感。对自己的生活完全陌生的感受，以摆脱恋人般的近视后使生活增色并继续下去，继而产生无限的信任，这就是解脱的原则。"自由在所有的希望成为泡影之际降临，唯有此时才会真正发现其本质。犹如一个被处以死刑的人，他只在行刑的那一刻会确定其自身的存在，那一生活的瞬间对他来说则具有了永恒的意义和价值。在"局外人"身上，我们看到主人公在战无不胜的死亡面前的这种觉醒。苍天与尘世同人的最终生命相比，在小说中获得了某种永恒的彼岸意义。整个生活只是死亡的序曲。对加缪来说，死亡中所包含的正是某种自由的起点和存在主义的真谛。

索洛古勃笔下的存在主义思想是在人同死亡发生冲突时获得的。死亡在这里构成界限、转折，界限之外另有一种生活。因此，小说的主人公把希望寄托于一种永恒的生活，一种摆脱尘世间荒诞的生活。

对于萨特和加缪来说，荒诞之外不再有其他东西。他们泯灭了对永恒生活的希望，这便是加缪和萨特描写"荒诞"的目的之所在。相反，索洛古勃的存在主义思想则迸发于人同死亡发生的冲突中。死亡构成一道边缘界限，一种居间过渡状态。索洛古勃的主人公寄希望于一种可以摆脱尘世间荒诞的永恒的生活。同时，索洛古勃消灭的不仅是对尘世的希望，而且还有对上帝的善的希冀。然而，索洛古勃并不否定对另一个世界的期望。上帝在他看来，最终是存在的。他否定的只是通常意义下的上帝的善，即哲学家和思想家们所津津乐道的良知。"良知驱使人远离上帝逃入完全可靠的隐蔽之所。在这个远离上帝的地方，他自己扮演着法官的角色，以此来避开上帝的审判。这时，人真正在凭靠自己的善恶，凭靠他内心深处与自己本身分裂生活着。良知是面对上帝时的羞耻感，人以这种羞耻感隐藏自己的邪恶心术，人以这种羞耻感为自己进行辩白；而在另一方面，同时又违背本意地包含着对另一个人的意识。良知并非犯罪人内心中的上帝声音，而恰恰是对这种声音的抗拒，但它作为抗拒却违背人的认知和意愿地证明着这种声音的存在。"① 索洛古勃在谈到恶时，同样影射上帝的行为。造物主的恶在他笔下同宿命的主题紧密相关。创世主既寄身于必然性，又化形为种种命中注定的偶然性。同时，命运神秘的功能对作家来说又表现为某种对立于尘世生活的彼岸力量。另一种存在的神秘世界过去是、现在依然是理念之所在。这个世界坐落在彼岸，伸展在蔚蓝色的里果伊的月光中：

Все, чего нам здесь недоставало,

Все, о чем тужила грешная земля,

Расцвело на вас и засияло,

О лигойские блаженные поля.

啊，里果伊怡人的田野，

我们这里缺少的一切，

尘世间的希冀和遐想，

光彩四射，为你而开放。

Мир земной вражда заполонила,

Бедный мир земной в унынье погружен,

Нам отрадна тихая могила

---

① 〔德〕朋霍费尔：《第一亚当与第二亚当》，朱雁冰等译，北京，华夏出版社，2004年，第1版，第167页。

第七章 俄罗斯作家与西方存在主义作家之异同 | 333

И, подобный смерти, долгий, темный сон.
尘世到处充满邪恶的对抗,
可怜的尘世陷入了苦闷的彷徨,
我们更倾心静谧的丘冢
和那似死非死的长久的梦乡。

Но Лигой струится и трепещет,
И благоухают чудные цветы,
И Маир безгрешный тихо блещет
Над блаженным краем вечной красоты.
里果伊之河潺潺流淌,
奇葩四溢着醉人的芬芳,
皎洁的玛伊尔之星祥和地照耀着
永恒之美的世外桃乡。

  对索洛古勃来说,向自由的突破意味着从尘世的生存向另一种存在的转折。知识的源泉在于对神的本质世界的神秘洞察之中。上界在作家看来是神圣的,其中蕴含着真理。与索洛古勃相比,存在主义作家加缪和萨特则完全是以另一种方式感知自由。后者认为,自由包含在人的认知中,包含在"自我"及"自我"的选择中。"自我"之外再无他物,再无其他的存在。不存在绝对的上帝和绝对的自由。另一个世界只是幻影,它更像我们幻想中的游戏,我们臆想的结果,仅此而已。在我们个人的意识之外,不存在任何别的东西,只有纯粹的"无"和非存在。
  "陀思妥耶夫斯基以恐惧始,即在《地下室手记》中讲述了其极度痛苦的屈辱,而结之以《卡拉马佐夫兄弟》及其在《作家日记》中的预言。而托尔斯泰则相反,从《童年与少年》和《战争与和平》始,而以《伊万·伊里奇之死》、《老爷与雇工》、《谢尔基神父》作结。"[①] 索洛古勃生命观的实质是在向永恒世界说"是"的同时,对形而下世界坚决地说"否"。索洛古勃在《魏尔伦诗选·序》中写道:"在诗歌创作中,我认为有两种趋向:一种是肯定的、讽刺的,对世界说'是',从而揭示

[①] 〔俄〕舍斯托夫:《旷野呼告》,方珊等译,北京,华夏出版社,1999年,第1版,第119页。

出生活的与生俱来的矛盾性;一种是否定的、抒情的,对这个世界说'否',从而创造出另一个世界,一个所期待的、不可缺的、不可能离开对这个世界的彻底改造的世界。"① 在索洛古勃的整个创作过程中,他对永恒存在的渴望始终如一。作者在晚期的诗歌和小说中对世界与人作出了总结,其中真正的存在和创造生活的愿望被表达得尤为强烈。

与《编织的传说》中的神秘主义不同,诗人晚期的诗篇更加充满哲理性,同时这些诗作中所显露出的灾难性也越发强烈。回归到最初的源泉成为中心的主题。在荷马的《奥德赛》中,俄底修斯经过不懈的努力,最终重返家园。他努力争取的是一切物体在天地间的和谐、归附和共存。"他不仅在历经磨难之后缩小了自己与家园的时空距离,而且在回归自我、回归人之精神本体需求的顽强搏斗之中,缩小了自己与天神的精神距离。"② 同样,在这一意义上,索洛古勃号召我们进入存在,去坚决地说"是",用自己对难以企及的终极的追求去战胜此世的强权,在永恒的每一个气息中领悟存在,感受生活。唯有这样方可获得生活的真正意义。创造世界之路充满坎坷与艰辛,创世主的恶的意志束缚着世界之空间和时间,而在创造的意图中蕴含着某种伟大的、但几乎是无法实现的理想。这是一条从无到万物一统、从非存在到存在的道路。生物世界在最初就拥有存在的权利,拥有自由,拥有存在主义式的"存在"。这一内涵构成其自身内在深刻、隐秘的意义所在。脱离了这一本质,任何创造都将是徒劳的。但是,"本我"最大的愿望以及对存在的追求导致生物世界的分裂。在分裂的边缘上,"本我"滋生出要高于造物主的愿望,即最大限度地走入存在,成为类似上帝的存在。"本我"经过无数次的反抗,将最终获得自由。然而,自由好比是圣餐,受施者在领受时常常是迫不及待。这种急不可耐的焦灸构成索洛古勃晚期诗作的一个典型的特征。于是,这些诗篇常常向读者道出诗人急于生活的感受,诗的内容形成了一个生活之环,以求最大限度地表达作家的诉求。

索洛古勃同萨特、加缪等存在主义作家在创作中将世界、上帝和人的相互关系的问题置于存在主义的框架中进行思考,在人的内心世界和唯一的"本我"中寻找着存在的根源。基于这一根源之上的富有创造力

---

① 郑体武:《俄国现代主义诗歌》,上海,上海外语教育出版社,2001年,第1版,第121~122页。

② 潘一禾:《故事与解释》,北京,学林出版社,2000年,第1版,第43页。

的个体与普遍的荒诞、绝望形成了强烈的对比。存在主义哲学为我们揭示了存在的形而上的根源。索洛古勃创作中的存在的实质只有在具有通灵论的神秘创造中才能获得。对世界和人生的存在主义认识是索洛古勃创作中的一个主要特征。从这个意义上说，索洛古勃是俄罗斯现代主义思潮的先驱之一。作家在诸多方面率先进行了其后在 20 世纪被称之为"存在主义"的哲学探寻。同时，存在主义作为 20 世纪哲学中一股独特的思潮也表明哲学思想与文学创作始终具有文化传承上的联系。

参考文献

1. Kalbouss George, 1986: *Echoes of Nietzsche ln Russia*, ed. Bernice Glatzer Rosentlhal.

2. Аверин Б. В., 1997: *Владимир Набоков PRO ET CONTRA*, СПб., РХГИ.

3. Айхенвальд Ю., 1917: *Силуэты русских писателей*, М., Мир.

4. Алексеев А., 1998: *Проблема духовного реализма в русской классической литературе 19 века*, Екатеринбург.

5. Альберт Ковач, 2008: *Поэтика Достоевского*, М., Водолей Publishier.

6. Андреев Л. Н., 1925. 2: "Письмо Л. Андреева к А. М. Питалевой", *Звезда*.

7. Бабореко А. К., 1983: *И. А. Бунин. Материалы для биографии*, М., Художественная литература.

8. Бальмонт К., 1904: *Горные вершины*, М., Гриф.

9. Батай Ж., 1994: *Литература и зло*, М., МГУ.

10. Бахтин М. М., 1983: *Запись лекций об Андрее Белом и Ф. Сологубе*, Studia Slavica, Hungary.

11. Белый А., 1918: *На перевале. Кризис жизни*, ПБ, Алконост.

12. Белый А., 1990: *Начало века*, М., Художественная литература.

13. Белый А., 1994: *Символизм как миропонимание*, М., Республика.

14. Бельчевичен С. П., 1999: *Проблема взаимосвязи культуры и религии в философии Д. С. Мережковского*, Тверь: ТвГУ.

15. Бердяев Н. А., 1994: *Философия творчества, культуры, искусства*, в 2 тт., т. 1, М., Искусство.

16. Бердяев Н. А., 1994: *Философия творчества, культуры, искусства*, в 2

тт. , т. 2, М. , Искусство.

17. Бердяев Н. А. , 1994: *Философия свободного духа*, М. , Республика.

18. Блок А. , 1962: *Творчество Сологуба*, Собрание сочинений, М. , ГИХЛ.

19. Богомолов А. Н. , 2000: *Русская литература начала 20 века и оккультизм*, М. , Новое литературное обозрение.

20. Бойков В. Ф. , 2002: *Владимир Соловьев PRO ET CONTRA*. СПб. , РХГИ.

21. Борисова Л. , Дзыга Я. , 2000: *Продолжение 《золотого века》:《Пути небесные》 И. С. Шмелева и традиции русского романа*, М. , Симферополь.

22. Бродский Н. Л. , 2001: *Литератураный манифест*, М. , Аграф.

23. Брюсов В. Я. , 1912: *Далекие и близкие*, М. , Скорпион.

24. Бубер М. , 1993: *Я и ты*, М. , Высшая школа.

25. Булгаков С. Н. , 1994: *Свет невечерний*, М. , Республика.

26. Бунин И. А. , 1984: *Избранные сочинения*, т. 3, М. , Художественная литература.

27. Вальтер Шубарт, 2003: *Европа и душа востока*, М. , Эксмо.

28. Владимир В. , 1911: "О Федоре Сологубе", *Критика. Статьи и заметки*, СПб. , Шиповник.

29. Волынский А. Л. , 1906: *Борьба за идеализм*, СПб.

30. Волынский А. Л. , 1923. 39: "Ф. К. Сологуб", *Жизнь искусства*.

31. Вячеслав Иванов, 1994: *Родное и вселенское*, М. , Республика.

32. Гаврикова И. Ю. , 1992: "Картина мира в малой прозе А. Белого и Ф. Сологуба", Автореф. дис. канд. филол. наук, Днепропетровск.

33. Газданов Г. И. , 1992: *Вечер у Клэр // С того берега: Писатели русского зарубежья о России. Произведения 20 ~ 30 гг. кн. II.* М. , Водолей.

34. Гершензон М. О. , 1911: *О Федоре Сологубе*, СПб. , Шиповник.

35. Горький М. , 1949 ~ 55: *Собр. соч.* , в 30 тт. , т. 30, М. , Государственное издательство художественной литературы.

36. Гофман М. Н. , 1909: *О русских поэтах*, СПб. , изд. М. О. Вольфа.

37. Гуль Р. Одвуконь, 1973: *Советская и эмигрантская литература*,

Нью-Йорк, Мост.

38. Гуськов Ю. И., 1995: *Проза Ф. Сологуба и литературный авангард*, Автореф. дис. канд. филол. наук, Литературный институт им. А. М. Горького, М.

39. Дакварт-Баркер В., 1955. 36: "Иностранец о Шмелеве", *Возрождение*, Париж.

40. Дикман М. И., 1979: "Поэтическое творчество Федора Сологуба", Сологуб Ф. К., *Стихотворения*, Л., Советский писатель.

41. Додельцев Р. Ф., 1992: *Энциклопедия оккультизма*, М., Avers.

42. Достоевский Ф. М., 2008: *Записки из подполья*, СПб., Азбука-Классика.

43. Дунаев М. М., 1999: *Православие и русская литература*, т. 3. М., Христианская литература.

44. Дунаев М. М., 1999: *Православие и русская литература*, т. 5, М., Христианская литература.

45. Ерофеев В. В., 1985. 2: "На грани разрыва", *Вопросы литературы*.

46. Есаулов И., 1992. 10: "Праздники, радости, скорби", *Новый мир*.

47. Заманская В. В., 2002: *Экзистенциальная традиция в русской литературе 20 века*, М., Наука.

48. Иванов Вяч. В., Топоров В. Н., 1965: *Славянские языковые моделирующие семиотические системы*, М., Наука.

49. Иванов Вяч., 1994: *Родное и вселенское*, М., Республика.

50. Иванов Г. В., 1994: *Распад атома*, Собр. соч. в 3 тт., т. 2, М.

51. Иванов-Разумник Р. В., 1908: *О смысле жизни*, М., Стасюлевича.

52. Ильев С. П., 1992: *Русский символистский роман*, Киев, Лыбедь.

53. Ильин И. А., 1956: *Памяти Ивана Сергеевича Шмелева*, Мюнхен.

54. Ильин И. А., 1959: *О тьме и просветлении*, Мюнхен.

55. Ильин И. А., 1996: *Собр. соч. в 10 тт.*, кн. 1, М., Русская книга.

56. Ильин И. А., Шмелев И. С., 2000: *Переписка двух Иванов*, т. 2, М.

57. Ильин И. А., Шмелев И. С., 2000: *Переписка двух Иванов*, т. 3, М.

58. ИРЛИ, *Сологуб Ф.*, Отдел рукописей, Ф. 289. Оп. 1, Хр. 376, 3.

59. Камю А., 1990: *Избранное*, М., Художественная литература.

60. Камю А., 1992: *Бунтующий человек*, М., Республика.

61. Келдыш В. А., 1993. 2: "На рубеже художественных эпох", *Вопросы литературы*.

62. Келдыш В. А., 2001: *Русская литература на рубеже веков*, в 2 тт., т. 2, М., ИМЛИ РАН.

63. Колобаева Л. А., 2000: *Русский символизм*, М., Издательство Московского университета.

64. Кушнер А. С., 1999: *Поэзия русского футуризма*, Санк-Петербург.

65. Лайтман М. С., 1993: *Кабала*, т. 1, М., Интербук.

66. Леви Э., 1994: *Учение и ритуал высшей магии*, М., refl-book.

67. Линков В. Я., 2002: *История русской литературы 19 века. В идеях*, М., Издательство Московского университета.

68. Майнринк Г., 1990: *Голем. Вальпургиева ночь*, М., Прометей.

69. Манн Ю., 1996: *Поэтика Гоголя Вариации к теме*, М., Coda.

70. Мардов И. Б., 2003: *Лев Толстой. На вершине жизни*, М., Прогресс-Традиция.

71. Меджибовская И., 2002: *Критика телеологической способности суждения в 《Смерти Ивана Ильича》*, 《Толстой и о Толстом》, М., ИМЛИ РАН.

72. Мережковский Д. С., 1914: *Полн. соч.*, т. 15, СПб.

73. Мережковский Д. С., 1995: *Л. Толстой и Ф. Достоевский. Вечные спутники*, М., Республика.

74. Мескин В. А., 2000: *Грани русской прозы: Ф. Сологуб, Л. Андреев, И. Бунин*, Южно-Сахалинск.

75. Минский Н., 1905: *Религия будущего (Философские разговоры)*, СПб., Альма.

76. Михайлов А. И., 1991: "Два мира Федора Сологуба", Сологуб Ф., *Творимая легенда*, М., Современник.

77. Мэнли П. Холл., 2003: *Энциклопедическое изложение масонской, герметической, розенкрейцеровской и каббалистической философии*, М.,

Эксмо, СПб. , Terra Fantastica.

78. Набоков В. , 1990: *Дар*, Собр. соч. в 4 тт. , т. 3, М. , Правда.

79. Набоков В. , 2001: *Лекции по русской литературе*, М. , Высшая школа.

80. Павлова М. , 1990: "Между светом и тенью", Сологуб Ф. , *Тяжелые сны. Роман. Рассказы.*, Л. , Художественная литература.

81. Папюс, 1910: *Каббала*, СПб. , АСТ.

82. Плотин, 1995: *Космогония*, М. , REFL-book.

83. Полторацкий Н. П. , 1972: *Русская литература в эмиграции*, изд. Питтсбур.

84. Поярков Н. , 1907: *Поэты наших дней*, М.

85. Рабинович В. Л. , 1971: *Символизм в западной алхимии и традиция*, М. , Наука.

86. Розанов В. В. , 1911: *Темный лик*, СПб.

87. Рыбаков Б. А. , 1985: *Язычество древней Руси*, М. , Наука.

88. Семенова С. Г. , 2001: *Русская поэзия и проза 1920 ~ 1930-х годов*, М. , ИМЛИ РАН, Наследие.

89. Сконечная О. , 2001: "《Отчаяние》 В. Набокова и《Мелкий бес》 Ф. Сологуба", *Владимир Набоков*, СПб. , Издательство Русского Христианского гуманитарного института.

90. Слободнюк С. Л. , 1994: *Русская литература начала 20 века и традиция древнего гностицизма*, СПб. , Магнитогорск, Издательство Магнитогорского университета.

91. Смирнова Л. А. , 2003: *Русская литература 20 века*, М. , Просвещение.

92. Соловьев В. С. , 1992: *Собрание сочинений и писем*, в 15 тт. , т. 2, М. , ПАИМС.

93. Сологуб Ф. К. , 1906. 4: "О 'Грядущем хаме' Мережковского", *Золотое руно*.

94. Сологуб Ф. К. , 1974: "Переписка с Л. Я. Гуревич и А. Л. Волынским", *Ежегодник Рукописного отдела Пушкинского дома на 1972 год*, Л. , АН СССР.

95. Сологуб Ф. К., 1988: *Мелкий бес*, М., Художественная литература.

96. Сологуб Ф. К., 1995: *Стихотворения*, Томск, Водолей.

97. Сологуб Ф. К., 1997: "Афоризмы", *Неизданный Федор Сологуб*, М., Новое литературное обозрение.

97. Сологуб Ф. К., 2000: *Собрание сочинений*, т. 1, М., НПК Интелвак.

99. Сологуб Ф. К., 2001: *Собрание сочинений*, т. 2, М., НПК Интелвак.

100. Сологуб Ф. К., 2001: *Собрание сочинений*, т. 3, М., НПК Интелвак.

101. Сологуб Ф. К., 2002: *Собрание сочинений*, т. 4, М., НПК Интелвак.

102. Сологуб Ф. К., 2002: *Собрание сочинений*, т. 6, М., НПК Интелвак.

103. Сологуб Ф. К., 2003: *Собрание сочинений*. т. 7, М., НПК Интелвак.

104. Сологуб Ф. К., 2004: *Собрание сочинений*, т. 8, М., НПК Интелвак.

105. Сологуб Ф. К., 1909 ~ 1912: *Собр., соч.*, в 12 тт., т. 10, СПб., Шиповник.

106. Сологуб Ф. К., 1990: *Творимая легенда*, М., Художественная литература.

107. Сологуб Ф. К., 1990: *Тяжелые сны. Роман. Рассказы*. Л., Художественная литература.

108. Сологуб Ф. К., 1991: "Человек человеку — диявол", *Творимая легенда*, в 2 тт., т. 1, М., Художественная литература.

109. Сологуб Ф. К., 1991: "Человек человеку — диявол", *Творимая легенда*, в 2 тт., т. 2, М., Художественная литература.

110. Соложенкина С., 2000: "Живая и мертвая вода. Вехи судьбы Федора Сологуба", Сологуб Ф., *Собр. соч.*, т. 1, М., НПК Интелвак.

111. Сорокина О. Московиана., 2000: *Жизнь и творчество Ивана*

Шмелева, М. , Московский рабочий.

112. Толстой Л. Н. , 1987: *Собр. , соч. , в 12 тт.* , т. 2, М. , Наука.

113. Толстой Л. Н. , 1999: *Повести и рассказы*, М. , Слово.

114. Толстой Л. Н. , 2000: *Полн. собр. , соч.* , в 90 тт. , т. 46, М. , Художественная литература.

115. Толстой Л. Н. , 2000: *Полн. собр. , соч.* , в 90. , т. 48, М. , Художественная литература.

116. Турскова Т. А. , 2003: *Новый справочник символов и знаков*, М. , РИПОЛ-классик.

117. Фасмер М. , 1987: *Этимологический словарь русского языка*, в 4 тт. , т. 4, Мюнхен, Iskra-Druckerei.

118. Федотов П. Г. , 1991: "Мать-земля (К религиозной космогонии русского народа)", *Судьба и грехи России* (Избранные статьи по философии русской истории и культуры), в 2 тт. , т. 1, СПб. , София.

119. Флоренский П. А. , 1990: *Пути русского богословия*, т. 1, Вильнюс.

120. Флорова Л. Н. , 1996: *Проблемы творчества Д. С. Мережковского*, М. , МГОПУ.

121. Флоровский П. А. , 1991: *Пути русского богословия*, т. 2, Вильнюс.

122. Хольтхузен И. , 1995: " Федор Сологуб ", *История русской литературы. 20 век. Серебряный век.* , М.

123. Цехновицер О. В. , 1993: "Два мира Ф. Сологуба", Сологуб Ф. , *Мелкий бес*, М-Л. , Academia.

124. Черников А. П. , 1995: *Проза И. С. Шмелева*, Кулуга.

125. Чуковский К. И. , 1908: *От Чехова до наших дней*, СПб. , Вершины.

126. Чулков Г. , 1911: " Федоре Сологуб ", *Критика. Статьи и заметки.* СПб.

127. Шестов Л. И. , 1911: *Поэзия и проза Ф. Сологуба*, СПб. , Шиповник.

128. Шестов Л. И. , 1993: " Достоевский и Ницше ", *Избранное сочинение*, М. Ренессанс.

129. Шестов Л. И. , 2001: *Философия трагедии*, М. , ФОЛИО.

130. Шестов Л. И., 1907. 8 ~ 9: "О книге Мережковского", *Мир искусства*.

131. Шмелев И. С., 1996: *Лето господне*, М., АСТ ОЛИМП.

132. Шмелев И. С., 1968: *Свет вечный*, Париж.

133. Шмелев И. С., 1989: *Лето господне*, М., Правда.

134. Шмелев И. С., 1998: *Собр., соч., т. 5*, М., Русская книга.

135. Шмелев И. С., 1998: *Собр., соч., т. 7*, М., Русская книга.

136. Шопенгауэр А., 1993: *Избранные произведения*, М., Просвещение.

137. Шубарт В., 2003: *Европа и душа востока*, М., Эксмо.

138. Щуплов А., 1992: *Эрос Россия Серебряный век*, М., Лептос.

139. Эммануэль Вагеманс, 2002: *Русская литература от Петра Великого до наших дней*, М., РГГУ.

140. 〔俄〕阿格诺索夫：《20世纪俄罗斯文学》，凌建候等译，北京，中国人民大学出版社，2001年，第1版。

141. 艾合买提江·艾山：《世界三大一神教中的神秘主义》，《新疆师范大学学报》2004年第1期。

142. 〔俄〕安德列耶夫：《安德列耶夫中短篇小说集》，靳戈等译，上海，上海译文出版社，1984年，第1版。

143. 〔俄〕安德列耶夫：《撒旦日记》，何桥译，北京，新星出版社，2006年，第1版。

144. 〔美〕奥德尔：《叔本华》，王德岩译，北京，中华书局，2003年，第1版。

145. 〔俄〕巴赫金：《巴赫金全集》第二卷，李辉凡等译，石家庄，河北教育出版社，1998年，第1版。

146. 〔法〕柏格森：《形而上学导言》，刘放桐译，商务印书馆，1963年，第1版。

147. 〔希〕柏拉图：《斐多篇·西方哲学原著选读》（上卷），北京大学哲学系编译，北京，商务印书馆，1981年，第1版。

148. 〔希〕柏拉图：《苏格拉底的最后日子》，余灵灵等译，上海，三联书店，1988年，第1版。

149. 〔俄〕别尔嘉耶夫：《别尔嘉耶夫集》，汪建钊编选，上海，上海远东出版社，1999年，第1版。

150. 〔俄〕别尔嘉耶夫：《别尔嘉耶夫集》，汪建钊编选，上海，上海远东出版社，2004年，第2版。

151. 〔俄〕别尔嘉耶夫：《俄罗斯的命运》，汪建钊译，昆明，云南人民出版社，1999年，第1版。

152. 〔俄〕别尔嘉耶夫：《俄罗斯思想》，雷永生等译，北京，三联书店，1995年，第1版。

153. 〔俄〕别尔嘉耶夫：《精神王国与恺撒王国》，安启念等译，杭州，浙江人民出版社，2000年，第1版。

154. 〔俄〕别尔嘉耶夫：《精神与实在》，张源等译，北京，中国城市出版社，2002年，第1版。

155. 〔俄〕别尔嘉耶夫：《论人的奴役与自由》，张百春译，北京，中国城市出版社，2002年，第1版。

156. 〔俄〕别尔嘉耶夫：《自由的哲学》，董友译，桂林，广西师范大学出版社，2001年，第1版。

157. 〔俄〕别雷：《彼得堡》，靳戈等译，北京，作家出版社，1997年，第1版。

158. 〔俄〕勃留索夫：《勃留索夫早期诗选译》，岳凤麟译，《国外文学》1988年第3期。

159. 〔俄〕布尔加科夫：《东正教——教会学说概要》，徐凤林译，北京，商务印书馆，2001年，第1版。

160. 〔俄〕布尔加科夫：《亘古不灭之光》，王志耕等译，昆明，云南人民出版社，1999年，第1版。

161. 〔德〕布尔特曼：《生存神学与末世论》，李哲汇等译，上海，三联书店，1995年，第1版。

162. 〔德〕策勒尔：《古希腊哲学史纲》，翁绍军译，济南，山东人民出版社，1996年，第1版。

163. 曾思艺：《在荒诞的生存中创造神话——试论索洛古勃的诗歌主题》，《邵阳师专学报》2000年第4期。

164. 陈鹤鸣：《美好而难解的"小绿棒"情结》，《外国文学研究》1997年第3期。

165. 〔俄〕茨维塔耶娃：《茨维塔耶娃文集·书信》，汪剑钊译，北京，东方出版社，2003 年，第 1 版。

166. 〔英〕戴维·梅林：《理解柏拉图》，喻阳译，沈阳，辽宁教育出版社，2000 年，第 1 版。

167. 戴卓萌："Восприятие рассказа И. А. Бунина 《Чистый понедельник》китайским читателем", *Мировая словестность для детей и о детях*, Москва, 2004。

168. 戴卓萌：Семантика заглавий романов и повестей И. С. Шмелева, *Пасхальные чтения*, Москва, 2004。

169. 戴卓萌：《复调与戏剧性——论陀思妥耶夫斯基小说的艺术特点》，《国外文学》1991 年第 3 期。

170. 戴卓萌：《幽径深深情难再》，《俄语语言文学研究》2003 年第 2 期。

171. 戴卓萌：《尘世之路与天国之路——浅析伊·谢·什梅廖夫的宗教小说〈天国之路〉》，《俄语语言文学研究》2004 年第 3 期。

172. 戴卓萌：《列夫·托尔斯泰创作中的宗教存在主义意识——谈托尔斯泰创作中的死亡主题》，《外语学刊》2005 年第 2 期。

173. 戴卓萌：《伊谢什梅廖夫的悲哀与欢乐——浅析什梅廖夫小说〈上帝的夏天〉》，《俄语语言文学研究》2005 年第 4 期。

174. 戴卓萌：《孤独的诗人——索洛古勃早期诗歌译析》，《俄语语言文学研究》2006 年第 4 期。

175. 戴卓萌：《索洛古勃作品中孤独与自由的主题——试析长篇小说〈沉重的梦魇〉》，《俄语语言文学研究》2009 年第 4 期。

176. 戴卓萌：《索洛古勃与西方存在主义作家之比较》，《外语学刊》2012 年第 1 期。

177. 戴卓萌：《索洛古勃创作中的人与世界》，《俄语语言文学与文化研究》2012 年第 1 期。

178. 戴卓萌：《索洛古勃长篇小说〈编织的传说〉中的两个世界》，《俄罗斯文艺》2012 年第 2 期。

179. 戴卓萌：《论托尔斯泰小说〈克莱采奏鸣曲〉中的存在主义思想》，《俄罗斯学刊》2013 年第 1 期。

180. 戴卓萌：《俄罗斯诗歌中孤独的主题》，《俄语语言文学与文化研究》2013 年第 1 期。

181. 戴卓萌：《论格·伊万诺夫的小说〈原子的裂变〉中的存在主义思想》，《俄罗斯文艺》2013年第2期。

182. 戴卓萌：《什梅廖夫小说标题的意义》，《外语学刊》2013年第4期。

183. 戴卓萌：《〈彼得堡〉的存在主义与现代性》，《俄罗斯文艺》2014年第2期。

184. 戴卓萌：《两个世界中的纳博科夫》，《外语学刊》2014年第3期。

185. 刁绍华：《二十世纪俄罗斯文学词典》，哈尔滨，北方文艺出版社，2000年，第1版。

186. 俄罗斯科学院高尔基世界文学研究所：《俄罗斯白银时代文学史》（第1卷），谷羽等译，兰州，敦煌文艺出版社，2006年，第1版。

187. 〔德〕恩斯特·卡西尔：《语言与神话》，于晓等译，北京，三联书店，1988年，第1版。

188. 《法国作家论文学》，王宗琪等译，北京，三联书店，1984年，第1版。

189. 〔俄〕弗兰克：《俄国知识人与精神偶像》，徐凤林译，北京，学林出版社，1999年，第1版。

190. 〔俄〕弗兰克：《实在与人——人的存在的形而上学》，李昭时译，杭州，浙江人民出版社，2000年，第1版。

191. 〔英〕弗雷泽：《金枝》，徐育新等译，北京，中国民间文学出版社，1987年，第1版。

192. 〔美〕弗洛姆：《健全的社会》，孙恺祥译，贵阳，贵州人民出版社，1994年，第1版。

193. 〔俄〕格罗斯曼：《陀思妥耶夫斯基传》，王健夫译，北京，外国文学出版社，1987年，第1版。

194. 顾蕴璞：《俄罗斯白银时代诗选》，广州，花城出版社，2000年，第1版。

195. 〔德〕海德格尔：《存在与时间》，陈嘉映译，北京，三联书店，1999年，第1版。

196. 〔德〕海德格尔：《尼采十讲》，苏隆编译，北京，中国言实出版社，2004年，第1版。

197.〔德〕海克尔：《托尔斯泰宗教哲学思想综述》，董江阳编译，《宗教学研究》1995年第1期。

198.〔英〕海伦·加德纳：《宗教与文学》，江先春等译，成都，四川人民出版社，1998年，第2版。

199.〔德〕海塞尔：《陀思妥耶夫斯基的上帝》，斯人等译，北京，社会科学文献出版社，1999年，第1版。

200. 郝斌：《现代主义框架下的俄罗斯"象征主义"》，《郑州大学学报（哲学社会科学版）》2006年第1期。

201.〔俄〕赫克：《革命前后的宗教》，高骅等译，北京，学林出版社，1999年，第1版。

202.〔德〕黑格尔：《法哲学原理》，范扬等译，北京，商务印书馆，1961年，第1版。

203.〔德〕黑格尔：《历史哲学》，王造时译，北京，商务印书馆，1963年，第1版。

204. 黄裕生：《我们在生—死之中》，《江苏行政学院学报》2002年第1期。

205.〔法〕加缪：《西西弗的神话》，杜小真译，北京，三联书店，1987年，第1版。

206.〔法〕加缪：《西绪福斯神话》，郭宏安译，《文艺理论译丛》第3期，北京，中国文联出版公司，1985年，第1版。

207. 金亚娜：《充盈的虚无》，北京，人民文学出版社，2003年，第1版。

208. 金亚娜：《俄国文化论集》，哈尔滨，黑龙江教育出版社，1994年，第1版。

209. 金亚娜：《俄罗斯神秘主义认识及其对文学的影响》，《外语学刊》2001年第3期。

210. 金亚娜：《俄罗斯语言文学研究》，文学卷，第1辑，北京，人民文学出版社，2001年，第1版。

211. 金亚娜：《俄罗斯语言文学研究》，文学卷，第2辑，北京，人民文学出版社，2003年，第1版。

212.〔奥〕卡夫卡：《短篇小说精选》，叶廷芳等译，杭州，浙江文学出版社，2004年，第1版。

213. 〔奥〕卡夫卡：《卡夫卡中短篇小说选》，韩瑞祥等译，北京，人民文学出版社，2003 年，第 1 版。

214. 〔德〕康德：《纯粹理性批判》，韦卓民译，上海，华东师范大学出版社，2000 年，第 1 版。

215. 〔德〕康德：《历史理性批判文集》，何兆武译，北京，商务印书馆，1991 年，第 1 版。

216. 〔丹〕克尔凯郭尔：《恐惧与颤栗》，一谌等译，北京，华夏出版社，2004 年，第 1 版。

217. 〔德〕兰德曼：《哲学人类学》，张乐天译，上海，上海译文出版社，1988 年，第 1 版。

218. 〔德〕劳特·赖因哈德：《陀思妥耶夫斯基哲学》，沈真等译，北京，东方出版社，1997 年，第 1 版。

219. 李建刚：《高尔基与安德列耶夫诗学比较研究》，北京，中国社会科学出版社，2008 年，第 1 版。

220. 林精华：《西方视野中的白银时代》，北京，东方出版社，2001 年，第 1 版。

221. 刘放桐：《新编现代西方哲学》，北京，人民出版社，2000 年，第 1 版。

222. 刘宁：《俄国文学批评史》，上海，上海译文出版社，1999 年，第 1 版。

223. 刘锟：《梅列日科夫斯基创作中的彼得堡现代神话意蕴》，《外语学刊》2012 年第 6 期。

224. 《鲁迅译文集》（第 1 卷），北京，人民文学出版社，1958 年，第 1 版。

225. 〔俄〕洛斯基：《东正教神学导论》，杨德友译，石家庄，河北教育出版社，2002 年，第 1 版。

226. 〔德〕洛维特、沃格林：《墙上的书写——尼采与基督教》，田立年等译，北京，华夏出版社，2004 年，第 1 版。

227. 〔俄〕梅列日科夫斯基：《重病的俄罗斯》，杜文娟译，昆明，云南人民出版社，1999 年，第 1 版。

228. 〔俄〕纳博科夫：《防守》，陈岚兰等译，长春，时代文艺出版社，1999 年，第 1 版。

229. 〔俄〕纳博科夫：《绝望》，常立等译，长春，时代文艺出版社，1999年，第1版。

230. 〔俄〕纳博科夫：《文学讲稿》，申慧辉等译，北京，三联书店，1991年，第1版。

231. 〔俄〕纳博科夫：《眼睛》，张玉夺译，长春，时代文艺出版社，1997年，第1版。

232. 〔德〕尼采：《查拉图斯特拉如是说》，黄明嘉译，桂林，漓江出版社，2000年，第1版。

233. 〔德〕尼采：《权力意志》，张念东等译，北京，商务印书馆，1991年，第1版。

234. 〔德〕尼采：《权力意志》，贺骥译，桂林，漓江出版社，2000年，第1版。

235. 〔德〕尼采：《善恶之彼岸》，北京，华夏出版社，2000年，第1版。

236. 〔美〕特伦斯·欧文：《古典思想》，覃方明译，沈阳，辽宁教育出版社，1998年，第1版。

237. 潘一禾：《故事与解释》，北京，学林出版社，2000年，第1版。

238. 〔德〕朋霍费尔：《第一亚当与第二亚当》，朱雁冰等译，北京，华夏出版社，2004年，第1版。

239. 《蒲宁文集》（第3卷），戴骢译，合肥，安徽文艺出版社，1999年，第1版。

240. 〔俄〕蒲宁：《托尔斯泰的解脱》，陈馥译，沈阳，辽宁教育出版社，2000年，第1版。

241. 任光宣等：《俄罗斯文学史》，北京，北京大学出版社，2004年，第1版。

242. 〔德〕舍勒：《死·永生·上帝》，孙周兴译，北京，中国人民大学出版社，2003年，第1版。

243. 〔俄〕舍斯托夫：《旷野呼告》，方珊等译，北京，华夏出版社，1999年，第1版。

244. 〔俄〕舍斯托夫：《舍斯托夫集》，方珊编选，上海，上海远东出版社，2004年，第1版。

245. 〔俄〕舍斯托夫：《雅典与耶路撒冷》，张冰译，昆明，云南人民出版社，1999 年，第 1 版。

246. 〔俄〕舍斯托夫：《钥匙的统治》，张冰译，上海，上海人民出版社，2004 年，第 1 版。

247. 〔俄〕舍斯托夫：《在约伯的天平上》，董友译，北京，三联书店，1989 年，第 1 版。

248. 〔俄〕舍斯托夫：《在约伯的天平上》，董友译，北京，三联书店，1992 年，第 1 版。

249. 〔德〕叔本华：《悲情人生》，任立等编译，北京，华龄出版社，1997 年，第 1 版。

250. 〔德〕叔本华：《作为意志和表象的世界》，石冲白译，北京，商务印书馆，1982 年，第 1 版。

251. 〔德〕叔本华：《作为意志与表象的世界》，石冲白译，北京，商务印书馆，1995 年，第 1 版。

252. 〔德〕索伦：《犹太教神秘主义主流》，成都，四川人民出版社，2003 年，第 1 版。

253. 〔俄〕索洛古勃：《卑劣的小鬼》，刁绍华译，沈阳，辽宁教育出版社，2000 年，第 1 版。

254. 〔俄〕索洛维约夫：《俄罗斯与欧洲》，徐凤林译，石家庄，河北教育出版社，2002 年，第 1 版。

255. 〔俄〕索洛维约夫：《神人类讲座》，张百春译，北京，华夏出版社，1999 年，第 1 版。

256. 〔俄〕索洛维约夫：《西方哲学的危机》，李树柏译，杭州，浙江人民出版社，2000 年，第 1 版。

257. 〔俄〕索洛维约夫等：《俄罗斯思想》，贾泽林等译，杭州，浙江人民出版社，2000 年，第 1 版。

258. 谭桂林：《人与神的对话》，合肥，安徽教育出版社，2000 年，第 1 版。

259. 〔美〕汤普逊：《理解俄国：俄国文化中的圣愚》，杨德友译，北京，三联书店，1998 年，第 1 版。

260. 〔俄〕托尔斯泰：《克鲁采奏鸣曲》，草婴译，上海，上海文化出版社，2008 年，第 1 版。

261. 《托尔斯泰文集·天国就在你们心中》（1~4卷），陈琛主编，长春，吉林人民出版社，1995年，第1版。

262. 《托尔斯泰文集》（第15卷），倪蕊琴选编，冯增义等译，北京，人民文学出版社，1989年，第1版。

263. 〔俄〕托尔斯泰：《战争与和平》，高植译，上海，上海译文出版社，1981年，第1版。

264. 〔俄〕陀思妥耶夫斯基：《白痴》，臧仲伦译，南京，译林出版社，1998年，第1版。

265. 〔俄〕陀思妥耶夫斯基：《卡拉马佐夫兄弟》，耿济之译，北京，人民文学出版社，2004年，第1版。

266. 〔俄〕陀思妥耶夫斯基：《陀思妥耶夫斯基论艺术》，冯增义等译，桂林，漓江出版社，1988年，第1版。

267. 汪剑钊：《阿赫玛托娃诗14首》，《俄罗斯文艺》2005年第2期。

268. 汪剑钊：《超前的俄罗斯存在主义诗人——格·伊万诺夫简述》，《星星诗刊》2009年第4期（上）。

269. 汪介之：《现代俄罗斯文学史纲》，南京，南京出版社，1995年，第1版。

270. 汪子嵩：《希腊哲学史》（第1卷），北京，人民出版社，1997年，第1版。

271. 乌兰汗：《苏联女诗人抒情诗选》，桂林，漓江出版社，1986年，第1版。

272. 熊伟：《存在主义哲学资料选辑》，北京，商务印书馆，1997年，第1版。

273. 杨韶刚：《神奇的炼金术》，哈尔滨，黑龙江人民出版社，2004年，第1版。

274. 〔苏〕叶尔米洛夫：《陀思妥耶夫斯基论》，满涛译，上海，上海译文出版社，1985年，第1版。

275. 〔俄〕叶夫多基莫夫：《俄罗斯思想中的耶稣》，杨德友译，北京，学林出版社，1999年，第1版。

276. 于沛：《斯拉夫文明》，北京，中国社会科学出版社，2001年，第1版。

277. 袁可嘉等：《现代主义研究》，北京，中国社会科学出版社，1989 年，第 1 版。

278. 张百春：《当代东正教神学思想》，上海，三联书店，2000 年，第 1 版。

279. 张政文：《西方近现代审美文化论》，哈尔滨，黑龙江教育出版社，1996 年，第 1 版。

280. 赵桂莲：《漂泊的灵魂》，北京，北京大学出版社，2002 年，第 1 版。

281. 郑体武：《俄国现代主义诗歌》，上海，上海外语教育出版社，1999 年，第 1 版。

282. 郑体武：《俄国现代主义诗歌》，上海，上海外语教育出版社，2001 年，第 1 版。

283. 郑体武：《俄罗斯象征主义领袖勃留索夫》，《国外文学》1992 年第 1 期。

284. 周启超：《俄国象征派文学研究》，北京，社会科学文献出版社，1993 年，第 1 版。

285. 周启超：《白银时代俄罗斯文学研究》，北京，北京大学出版社，2003 年，第 1 版。

286. 朱立元：《当代西方文艺理论》，上海，华东师范大学出版社，1999 年，第 1 版。

287. 朱维之：《外国文学史》（欧美卷），天津，南开大学出版社，2004 年，第 1 版。

288. 邹诗鹏：《生存论研究》，上海，上海人民出版社，2005 年，第 1 版。

图书在版编目(CIP)数据

俄罗斯文学之存在主义传统/ 戴卓萌,郝斌,刘锟著.
—北京:中央编译出版社,2014.6
ISBN 978-7-5117-2184-6

Ⅰ.①俄… Ⅱ.①戴… ②郝… ③刘…
Ⅲ.①俄罗斯文学－现代文学－存在主义－文学研究
Ⅳ.①I512.06

中国版本图书馆 CIP 数据核字(2014)第 106228 号

俄罗斯文学之存在主义传统

出 版 人:	刘明清
出版统筹:	贾宇琰
责任编辑:	李小燕
责任印制:	尹　珺
出版发行:	中央编译出版社
地　　址:	北京西城区车公庄大街乙 5 号鸿儒大厦 B 座(100044)
电　　话:	(010)52612345(总编室)　(010)52612340(编辑室)
	(010)52612316(发行部)　(010)52612315(网络销售)
	(010)52612346(馆配部)　(010)66509618(读者服务部)
传　　真:	(010)66515838
经　　销:	全国新华书店
印　　刷:	北京金瀑印刷有限责任公司
开　　本:	787 毫米×1092 毫米　1/16
字　　数:	369 千字
印　　张:	23.375
版　　次:	2014 年 6 月第 1 版第 1 次印刷
定　　价:	79.00 元
网　　址:	www.cctphome.com　　邮　　箱: cctp@cctphome.com
新浪微博:	@中央编译出版社　　　　微　　信: 中央编译出版社(ID: cctphome)

本社常年法律顾问:北京市吴栾赵阎律师事务所律师　闫军　梁勤
凡有印装质量问题,本社负责调换,电话:(010)66509618